KB118298

AWAKENING

김진석 옮김

서강대를 졸업하고 전문 번역가로 활동중이다. 옮긴 책으로 『마지막 증언』, 『심장 강탈자』, 『살인 위원회』, 『검은 비밀의 밤』, 『블루존』, 『연쇄살인범 파일』, 『도리언 그레이의 초상』, 『댈러웨이 부인』 등이 있다.

이 도서의 국립중앙도서관 출판시도서목록(CIP)은 e-CIP 홈페이지(http://www.nl.go.kr/ecip)와 국가자료공동목록시스템(http://www.nl.go.kr/kolisnet)에서 이용하실 수 있습니다.
(CIP제어번호 : CIP2015010959)

뱀이 깨어나는 마을

샤론 볼턴 지음 **김진석** 옮김

엘릭시르

차례

“뛰어오르기 전에 발밑을 확인하렴.
예쁜 꽃들 사이에서 뱀이 기어나올지 모르니.” -격언

발단

내가 경험한 것 중 가장 암담했던 시간이 지난 목요일 해가 뜨기 직전에 시작되었다. 집을 나설 때만 해도 화창한 아침을 맞으리라 생각했던 것이 기억난다. 초여름 새벽에만 들을 수 있는 부드럽고 친근한 속삭임으로 가득한 아침이었다. 공기는 선선했지만 무지개 빛깔로 물든 지평선이 곧 뜨거운 열기가 다가올 것을 경고하고 있었다. 새들은 혼신의 힘을 다해 울어댔고 벌레들도 일찍 깨어났다. 아침 일찍 일어난 보상을 최대한 받아내려는 듯 제비들이 주변에서 급강하했다. 너무 가까워서 눈을 깜빡여야 할 정도였다.

맷의 집으로 이어지는 진입로에 다가서자 길섶에서 야생 캐모마일 향기가 피어올랐다. 맷이 가장 좋아한다고 했던 향기였다. 나는 잠시 멈춰 서서 월계수 덤불 근처에서 사라지는 자갈길을 응시하다가 발로 향기를 휘저었다. 캐모마일 향은 잘 익은 사과 냄새와 가을 산들바람에 실려 오는 장작 연기의 첫 내음과 비슷했다. 만약 이 길을 따라 맷의 집에 몰래 들어가서 베개에 캐모마일을 문질러 그의 잠을 깨우면 어떻게 될지 무척 궁금했다.

나는 다시 걸음을 옮겼다.

카터스 레인 꼭대기에 이르자 바이얼릿의 집 현관문이 약간 열려 있는 것이 보였다. 지금은 문을 열어놓을 시간이 아니었다. 나는 그 집에 다가가 페인트칠이 벗겨진 문간을 보다가 캄캄한 복도로 시선을 옮겼다. 노인들이 대개 그렇듯 그 할머니도 일찍 일어나는 습관을 지녔으리라. 한데 열려 있는 출입문을 보고 있으니 왠지 꺼림칙했다.

문 앞의 바닥이 젖어 있었다. 젖은 신발을 신은 사람이 방금 전까지 그곳에 서 있었던 게 분명했다. 물론 그것에 특별한 의미를 둘 필요는 없었다. 우연일 수도 있으니까. 하지만 무슨 말로 얼버무려도 불안감은 점점 커지기만 했다. 나는 문을 밀었다. 십오 센티미터쯤 열리던 문이 뭔가에 가로막혔다.

"바이얼릿 할머니?" 대답이 없었다. 집은 잠자코 나의 다음 행동을 기다리는 듯했다. 문을 다시 밀자 조금 더 열린 문틈으로 바닥에 길게 이어진 축축한 자국이 드러났다. 나는 틈을 비집고 들어가 복도에 발을 디뎠다.

문 뒤에는 주둥이를 끈으로 묶은 갈색 천 자루가 놓여 있었다. 홍

수를 대비해서 환경청에서 배포하는 모래 자루였다. 그런데 그 속에 모래가 들은 것 같지 않았다. 무게가 그리 나가지 않아 보였고 젖은 모래치고는 모양이 잡혀 있지 않았다. 자루는 단순히 축축하다기보다 흠뻑 젖은 상태였는데도 말이다.

"할머니." 나는 다시 불렀다. 내 목소리를 들으면 바이얼릿이 나올 것이다.

문이 열려 있는 복도 끝의 방은 비어 있었다. 바이얼릿의 반려견 베니의 흔적도 보이지 않았다.

불안이 공포로 바뀐 것은 바로 이 시점이었다. 왜냐하면 아무리 늙고 건강이 좋지 않아도 개라는 짐승은 누가 자신의 집에 들어오면 어떤 식으로든 반응을 나타내기 마련이다. 바이얼릿은 아직 잠에서 깨지 않아 내가 부르는 소리를 못 들었을 수도 있다. 그러나 베니라면 들었을 것이다.

절대로 하고 싶지 않았지만 어쩔 수 없이 자루를 향해 돌아서서 몸을 숙였다. 젖어 있고 나름의 형태가 있는 내용물은 모래가 아니었다. 확실히 모래는 아니었다. 호주머니에 넣고 다니는 주머니칼을 꺼내 끈을 자르자 자루의 주둥이가 벌어지며 한옆으로 쓰러졌다. 나는 젖은 자루의 양쪽 귀퉁이를 잡고 움직이지 않는 무언가를 낡은 마룻바닥에 쏟아냈다.

베니, 살아 있을 때보다 더 작아 보이는 베니가 내 앞에 누워 있었다. 죽은 것을 확인하기 위해 손을 대볼 필요는 없었지만 그래도 몸을 숙여 베니의 거친 털을 쓰다듬었다. 베니의 얼굴과 목에 얕은 상처가 몇 군데 있었다. 연못이나 강에 던져진 후 빠져나오려고 몸부림을 치다가 스스로 가한 상처인 듯했다. 자루에 무언가가 남아 있었다. 나는 자루를 다시 뒤집었다. 끔찍하게 훼손되고 처참하게 찢어져 끊기기 일보 직전인 뱀이 꿈틀하더니 바닥에 떨어져 잠잠해졌다.

순간 구역질이 날 뻔했다. 나는 차가운 바닥에 주저앉았다. 바이얼릿을 찾아야 한다고 생각했지만 용기가 나지 않았다. 아주 이상한 생각이 머릿속을 스쳤다.

뭔가 빠진 것 같았다. 학교에서 역사 시간에 고대 로마에 대해 배운 기억이 떠올랐다. 선생님이 재미로 들려주신 로마 시대의 재판과 고문, 처형 이야기에 완전히 혹해서 하나도 놓치지 않으려고 집중했던 적이 있었다. 학생들을 사로잡은 것은 특이한 형태의 처형이었다. 최악의 범죄를 저질러 유죄가 확정된 죄수를 결박하여 개와 뱀, 원숭이나 다른 가축과 함께 자루에 집어넣는다고 하지 않았던가? 그리고 그 자루를 티베르 강에 빠뜨린다는 이야기였다. 학생들은 대부분 웃음을 터뜨렸다. 옛날이야기이긴 해도 인간과 동물의 조합이 우습게 여겨졌기 때문이었다. 나 역시 그렇게 생각했다. 지금까지는 결박되어 동물과 함께 자루 속에 갇혀 물에 던져지면 어떻게 될 것인지 진지하게 생각해본 적이 없었다. 아마 미친듯이 격렬하게 싸워야 할 것이다. 짐승의 이빨과 발톱이 사방에서 날아들고 허파에는 물이 차오를 테니까. 상상도 못 할 고통…….

바이얼릿을 찾아야 했다.

나는 복도를 걸어 거실을 지났다. 복도의 가장 깊숙한 곳에 있는 문은 층계로 이어졌다. 전등 스위치를 찾아 불을 켰다. 계단은 그다지 길지 않았지만 그래도 오르는 데 한참 걸렸다.

계단 꼭대기에 오르니 방문 두 개가 열려 있는 것이 보였다. 왼쪽의 작은 방에는 1인용 침대 한 쌍과 화장대, 벽난로, 숲이 보이는 창이 있었다. 나는 숨을 깊이 들이마신 후 오른쪽으로 몸을 돌렸다.

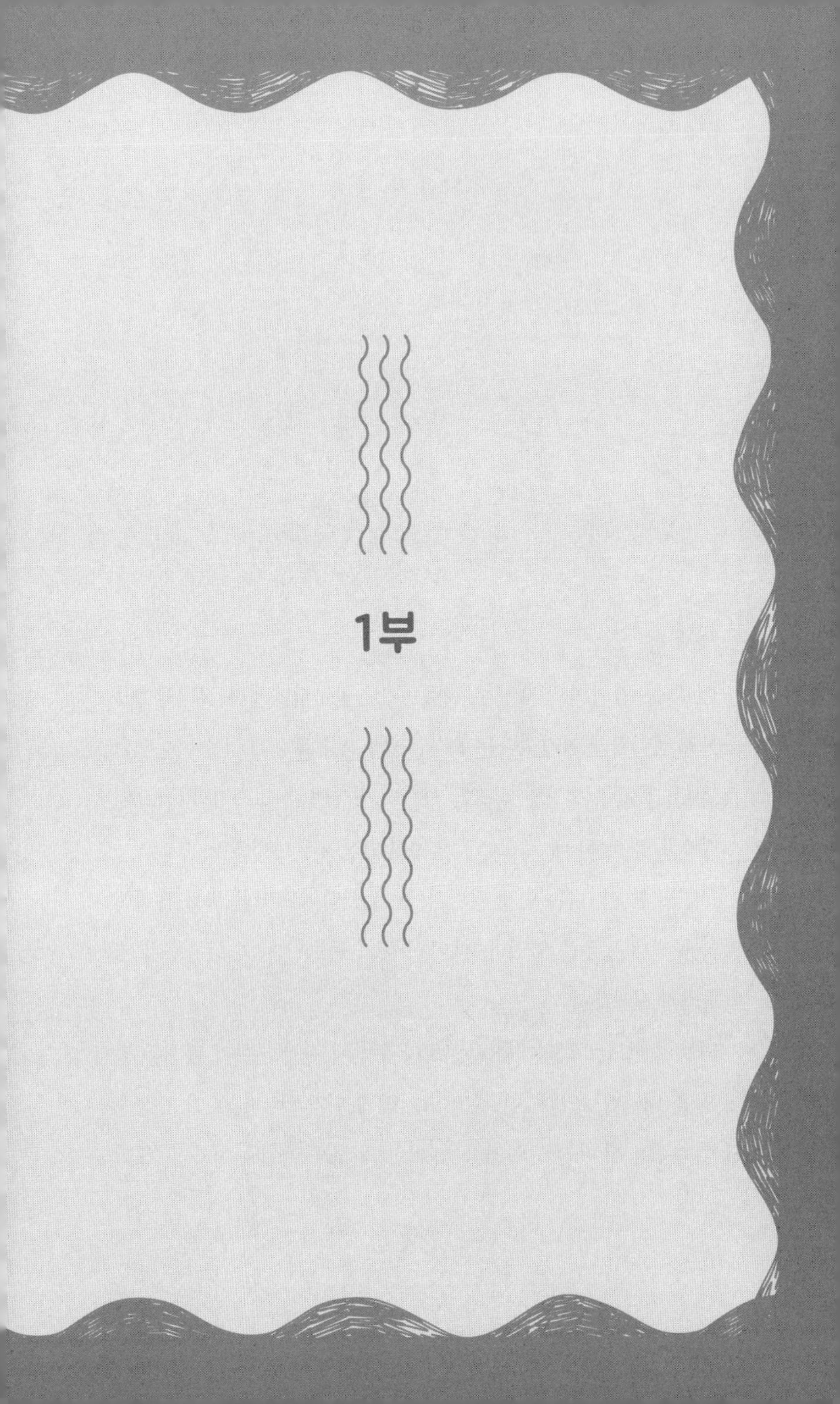

1부

1

엿새 전

이 모든 일이 어떻게 시작되었던가? 살무사에게서 갓난아이를 구하고 엄마가 돌아가셨다는 소식을 들은 날, 유령과 처음 마주쳤던 것 같다. 잘 생각해보면 정확한 시간도 짚어낼 수 있으리라. 금요일 새벽 6시 몇 분 전 내 고요하고 정돈된 일상이 끝나버렸다.

6시 칠 분 전, 나는 힘껏 달렸다. 숨을 헐떡이고 땀을 뚝뚝 흘리며 열쇠를 꺼내 뒷문을 열었다. 때마침 내가 돌보던 새끼 동물들이 삐악거리기 시작했다.

나는 수건으로 목덜미를 문지르며 주방에 가서 부화기 덮개를 들어 안을 내려다보았다. 한 주먹 크기밖에 되지 않는 굶주리고 심술난 털북숭이 세 마리가 있었다. 태어난 지 하루 만에 어미가 큰 트럭에 치여 고아가 된 헛간 올빼미 새끼들이다. 부화한 지 이제 겨우 이 주째였다. 지역의 조류 파수꾼이 죽은 올빼미를 발견한 뒤 둥지를 찾아냈다. 그곳에서 구조된 올빼미 새끼들은 내가 수의사로 있는 야생동물병원으로 옮겨졌다. 당시의 새끼들은 추위와 굶주림으로 죽어가고 있었다.

새끼들은 여전히 굶주려 죽어가는 것처럼 울어댔다. 나는 냉장고에서 먹이가 든 상자를 꺼내 집게로 조그마한 죽은 쥐 한 마리를 부화기에 넣어주었다. 새끼들은 먹이를 금방 해치웠다. 무럭무럭 자라는 새끼들이 내게 너무 익숙해지고 있어 안타까웠다. 사람의 손을 탄 야생 올빼미라니. 인간의 간섭이 없었더라면 고아가 된 새끼들은 죽었을 것이다. 하지만 새들이 인간에게 의존하게 만들어도 안 될 노릇이었다. 나는 이삼 주 안에 새끼들을 조류 사육사에게 넘겨주고 싶었다. 새들은 알아서 먹잇감을 찾고 사냥하는 기술을 배워야 한다. 그전까지는 주의를 기울여야 했다. 어쩌면 이제부터라도 새끼들을 사방이 막힌 상자에 옮기고 먹이를 줄 때에도 헛간 올빼미 모양의 장갑을 껴야 할지도 모른다.

6시 삼 분 전이었다. 샤워를 하러 계단을 올라가던 중 전화기가 울렸다. 나는 A35번 도로에서 차에 치인 노루 시체를 수거하러 가야 한다는 용건 정도로 예상했다.

"베닝 선생님? 수의사 베닝 선생님인가요?" 아주 격앙된 젊은 여자의 목소리였다.

"네, 말씀하세요." 샤워를 못 할 수도 있겠다고 생각하며 대답했다.

"전 린지 휴스턴이에요. 선생님 댁 바로 위쪽에 살고 있어요. 2호 주택요. 아기 침대에 뱀이 있어요. 어떡해야 할지 모르겠어요! 도대체 어떻게 해야 하죠?" 여자는 목소리가 점점 높아졌으며 경기를 일으키기 일보 직전인 것 같았다.

"확실해요?" 어리석은 질문이었지만, 아기 침대에 뱀이 있는 광경을 상상하기란 쉽지 않았다.

"그럼요, 확실해요. 지금도 보여요. 대체 어떡하죠?"

여자의 목소리가 너무 컸다.

"목소리를 낮추고 갑작스러운 행동을 삼가세요." 나는 집에서 나설 준비를 서둘렀다. 한 손으로 자동차 열쇠를 챙기고 부츠의 지퍼를 내려 발을 집어넣었다. "혹시 아기가 물린 것 같진 않아요?" 내가 물었다. 놀랍게도 아기가 여자아이인 것이 기억났다. 몇 주 전 그 집 바깥에 걸린 분홍색 풍선을 보았다.

"모르겠어요. 잠자는 것처럼 보여요. 맙소사, 자는 게 아니라면 어쩌죠?"

"피부색은 정상인가요? 숨을 쉬는 게 보여요?" 나는 차량 뒤 칸에서 두어 가지 물건을 챙겨 언덕으로 걸어갔다. 언덕 꼭대기에 휴스턴 가족이 사는 하얗고 예쁜 집이 보였다. 마을에 새로 이사 온 그녀 가족은 이곳에 산 지 몇 주밖에 되지 않았다. 나는 나와 비슷한 나이에 금발을 어깨까지 기른 키가 큰 여자를 떠올릴 수 있었다. 그녀와 말을 나눈 적은 없었다.

"네, 숨은 쉬는 것 같아요. 피부는 분홍색이고요. 오실 수 있나요? 제발 그렇다고 말씀해주세요."

"거의 다 왔어요. 뱀을 놀라게 하지 않는 게 중요해요. 절대로 뱀을 겁먹게 하지 마세요." 나는 대문을 열고 현관으로 이어지는 길을 뛰어갔다. 현관문은 잠겨 있었다. 뒷문을 향해 뛰었다. 들고 있는 전화기는 본체에서 멀어져 삐 소리를 내기 시작했다. 나는 전화기를 끄고 뒷문을 밀었다.

화사한 색의 현대식 주방이었다. 신생아가 있는 집치고 놀랄 만큼 깨끗하게 정돈되어 있었다. 전화기를 탁자에 내려놓고 복도를 지나 웅얼대는 소리가 들리는 위층과 연결된 층계 쪽으로 향했다. 계단에 가까이 다가갔을 때 티끌 하나 없이 깨끗할 것 같던 타일 바닥에 축축한 천 조각과 진흙 자국이 보였다. 귀에 익은 소리가 주의를 끌었다. 오른쪽으로 고개를 돌리자 작은 다용도실에 갓 태어난 병아리를 키우는 부화기가 보였다. 닭을 키우는 집이었다.

"어디 계세요?" 나는 나지막이 불러보았다. 계단 꼭대기에 오르자 복도 끝의 문 뒤에서 겁에 질린 하얀 얼굴이 나를 바라보고 있었다. 손짓을 하는 여자에게로 다가갔다. 그녀는 내가 방으로 들어갈 수 있게 뒤로 물러섰다.

나는 처마 밑 구석에 자리잡은 분홍색과 크림색의 작은 방에 들어갔다. 어두운 색깔의 버팀목이 흰 벽에서 튀어나와 있었다. 자그마하고 옴폭 들어간 창문에는 요정과 독버섯이 인쇄된 분홍색 천이 둘러 있었다. 곳곳에 놓인 동물 인형도 대부분 분홍색이었다. 가장 긴 벽을 따라 놓여 있는 유아용 침대는 동화 속 아기 공주의 요람 모양이었고 크림색 레이스와 분홍색 주름 장식으로 치장되어 있었다. 요람에 가까이 다가서면서 나는 앞서 전화를 받았을 때 품었던 희망을 다시 떠올렸다. 뱀인 줄 알았던 것이 실은 장난감이고, 제법 자란 아이가 엄마를 놀래주려고 장난을 쳤을 거라고.

침대에는 분홍색 토끼들이 수놓인 흰 유아복을 입은 작고 완벽한 아기가 조용히 새근거리고 있었다. 약간 벌어진 입, 윗입술 위로 오뚝 솟은 완전한 콧구멍, 길고 짙은 속눈썹, 두 뺨에 우유 때문에 생긴 발진의 흔적도 희미하게 보였다. 움켜쥔 두 주먹을 머리 위로 뻗은 모습이 전형적인 신생아의 수면 자세였다. 아기는 아주 평온한 상태였다.

조금이라도 꿈틀했다가는 자신을 습격할지도 모를 독사와 침대에 누워 있다는 사실을 제외한다면.

2

아기 엄마가 그토록 소란을 떨었음에도 불구하고 뱀 역시 잠든 것 같았다. 아기의 가슴에 가로누워 반쯤 똬리를 튼 뱀은 아기의 체온을 즐기며 자신의 온도를 서서히 끌어올리는 중이었다. 삼십오 센티미터 정도의 길이에 가장 굵은 몸통의 둘레가 구 센티미터쯤 되는 듯했다. 어린 뱀은 아니었다.

내가 도착한 뒤 조금 진정했던 아기 엄마는 금세 다시 흥분할 태세였다.

"풀뱀◆일지도 모르겠어요. 확실하지는 않지만요. 진한 회색인 풀뱀들도 있죠?" 그녀가 과장된 투로 속삭였다.

◆ 유럽과 아시아에 흔한 독 없는 뱀.

나는 질긴 가죽으로 된 장갑을 끼고 팔뚝까지 끌어올렸다. 오소리나 여우 같은 큰 포유동물에게 물릴 경우에 팔을 보호하기 위한 장갑이었다. 뱀을 잡으려고 장갑을 껴보기는 처음이었다.

"풀뱀이 아닙니다. 가만히 계세요. 갑자기 움직이거나 소리를 내지도 말고요."

"맙소사, 살무사는 아니죠? 지난주 큰길가에 사는 남자가 살무사에 물렸잖아요. 위중하다던데요."

나는 아기 침대에 가까이 다가갔다. 누가 뱀에 물렸다는 소식은 듣지 못했지만, 그 일이 딱히 중요할 것 같지 않았다. "그 사람은 괜찮을 거예요. 살무사에 물린다고 해도……." 나는 말을 멈췄다. 살무사에게 물려도 건강한 성인이라면 죽을 염려가 없다는 말을 하려 했지만 지금 상황에서는 쓸데없는 소리였다. 영국에서 마지막으로 살무사에 물려 죽은 사람은 다섯 살 된 아이였다. 신생아가 다 자란 살무사에게 물린다면 병원으로 옮기기 전에 목숨을 잃을 수도 있다.

"이제 조용히 하세요, 제발요."

"전 뭘 해야 하죠? 구급차를 부를까요?"

아기 엄마는 진정하지 못했다. 그녀를 방에서 내보내야 했다.

"그렇게 하세요, 아래층에 내려가서 조용히요. 상황을 얘기하고 아기에게 의료 지원이 즉시 필요할지 모른다고 말해요. 아기를 소생시킬 장비가 필요할 거예요."

아기 엄마는 주저하며 방에서 나갔다. 나는 앞으로 걸었다. 다리가 말을 듣지 않고 두꺼운 장갑을 낀 손이 떨렸다. 오랜만에 동물에게 겁을 먹었다. 나는 호랑이 우리에 들어가기도 했고 코끼리의 발톱을 다듬은 적도 있다. 고통스러워 몸부림치는 오소리에게 진정제를 놓기도 했고 물소의 출산을 도운 적도 있었다. 흥분과 기쁨을 여러 번 경험했다. 예민해진 동물에게 공격받은 적도 몇 번 있지만 겁을 먹지는 않았다.

그런데 불과 한 발자국 앞에 우유와 인형 꿈을 꾸며 달콤한 잠에 빠져 있는 아기를 보고 있자니 조바심이 났다. 아기의 가슴에 자리잡아 기생충처럼 온기를 빼앗고 있는 짐승이 무서운 살상력을 지녔기 때문이었다. 뱀의 독액은 먹잇감을 무력화해서 죽이고 소화를 용이하게 해주는 복합적인 물질이다. 만약 이 작은 생명이 뱀에 물린다면 몇 분이 채 지나기 전에 뱀의 독에 있는 항응고 성분이 작용해 상처에서 피가 계속 흐를 것이다. 극심한 고통을 느낀 아기는 그 쇼크만으로도 죽을 수 있다. 시간이 조금 지나면 단백질 가수분해 효소가 아기의 세포조직을 분해하고, 아기는 내부 출혈로 고통받을 것이다. 살이 부풀어오르고 피부색은 푸르죽죽해지거나 심지어 검게 변하게 된다.

단 한 번만 물려도 이 모든 증상이 나타난다. 일격에 아기의 짧은 인생이 끝날 것이다. 살아남는다 해도 심각한 후유증이 남는다.

글쎄, 내가 손을 쓰지 않는다면.

마음을 진정시키려고 숨을 깊이 들이마셨다. 뱀은 여전히 잠들어 있었는데 아기는(아, 안 돼, 안 돼) 잠에서 깨어나려 했다. 입을 오물거리고 팔다리를 뻗으며 꿈틀거렸다. 내 조카가 아기 시절 그랬듯 잠에서 깨는 순간 허기를 느낄 것이다. 입을 벌리고 엄마를 찾을 것이다. 발길질을 하고 팔도 휘저을 테지. 겁이 난 살무사는 자신을 방어하려 들 것이다. 시간이 없었다. 그런데도 나는 움직이지 못했다.

영국의 야생 뱀을 만져본 적이 없었다. 살무사를 직접 본 적이 있는지도 확실하지 않았지만 눈앞의 뱀이 살무사라는 데에는 의심할 여지가 없었다. 풀뱀은 길고 가늘며 머리가 타원형이다. 이 뱀은 짧고 땅딸막하며 독특한 지그재그 무늬가 진한 회색 비늘 아래로 뻗어 있고 이마에 브이 모양 무늬가 있었다.

아기가 옹알대는 소리에 뱀이 깨어났다.

머리를 치켜든 뱀이 사방을 둘러보며 혀를 날름거렸다. 위협을 감지했지만 어디에 있는 무엇인지 모르는 듯했다. 갑자기 밖에서 소리가 들렸다. 린지가 돌아오고 있었다. 나는 뱀에게 팔을 뻗었다. 뱀은 몸을 돌려 나를 공격했고 우리는 서로를 붙잡았다.

가죽 장갑에 이빨을 박아 넣은 뱀의 머리를 다른 손으로 잡아서 들어올린 후 요람에서 떨어져 나왔다. 린지가 알아듣지 못할 비명을 지르며 아기 침대를 향해 뱀의 일격보다도 빠르게 달려왔다. 아기를 안으며 엄마야, 엄마 하고 그녀가 중얼거릴 때 나는 차에서 가져온 동물 운반 상자의 덮개를 발로 차서 열고 뱀을 집어넣은 다음 손을 놓았다. 머리 뒤쪽을 살짝 꼬집자 뱀이 장갑에서 떨어졌다. 상자를 닫아 잠그고 장갑을 벗었다. 오른쪽 손목에 뱀에게 물린 두 개의 작은 자국이 생겼지만 피부는 벗겨지지 않았다. 나는 린지와 그녀의 딸을 향해 돌아섰다. 아기 엄마의 눈에서 눈물이 줄줄 쏟아졌다.

"아기의 옷을 벗겨봐야겠어요. 괜찮은 것 같지만 그래도 확인은 해봐야죠." 내가 말했다.

모녀를 기저귀 교환대로 데려갔다. 어쩔 줄 모르는 린지에게 조심스레 아기를 넘겨받아 기저귀 교환대에 눕혔다. 유아복과 내의, 기저귀를 벗기니 믿기 힘들 만큼 보드라운 진줏빛 피부가 드러났다.

평소처럼 안고 젖을 주지 않자 아기는 화가 나서 팔다리를 사방으로 휘저었다. 아침밥을 달라며 울어대느라 얼굴이 시뻘게졌다. 아기의 손목을 잡고 팔과 다리를 당겨보았다. 엎어놓고 등을 검사한 뒤 토실토실한 엉덩이와 목덜미도 살폈다. 모두 온전했다.

아기를 들어서 엄마에게 마지못해(놀라운 일이었다. 난 아기를 좋아해본 적이 없었다) 넘겨주었다. 린지는 잃어버린 자신의 신체 일부를 되찾듯 아기를 받아들고 블라우스를 벌렸다.

그 후 몇 분 동안 린지는 무슨 말을 할 상황이 아니었다. 나도 딱히 할말이 없었다. 아래층에서 발소리와 남자 목소리가 들렸다. 마음을 단단히 먹고(낯선 사람들을 마주하는 것이 언제나 고역인 까닭에) 뱀이 든 상자를 챙겨 구급대원을 보러 아래층으로 내려갔다. 조심스럽게 시선을 피하면서 무슨 일이 있었는지 설명한 뒤에 전화기를 집어들며 린지와 그녀의 딸에게 작별을 고했다.

집으로 걸어오면서 그제야 아기 이름을 물어보지 않았고, 앞으로 그럴 기회가 없으리라는 것을 깨달았다. 나는 아기 이름을 펄(진주)이라고 멋대로 정했다. 연분홍빛의 진주 같은 피부를 지녔으니까.

현관문을 열자 올빼미 새끼들이 평소처럼 기운차게 울어대기 시작했다. 집 전화기와 휴대전화 소리보다는 덜 시끄러웠지만 급한 사정은 매한가지인 듯했다. 나는 들고 있는 집 전화기를 힐끔 보았다. 병원이었다. 주방 탁자 위에 놓인 휴대전화도 확인했다. 역시 병원에서 전화가 오고 있었다. 선택의 여지가 없었다.

"클래라, 오소리가 들어왔어요. 심하게 다쳤어요. 서둘러 오세요. 오시는 데에 얼마나 걸리죠?" 내가 일하는 동물병원의 간호사이자 접수원인 해리엇이 말했다.

"오소리요? 여러 마리인가요?"

"세 마리요. 숨이 겨우 붙어 있어요. 오늘 아침 라임 외곽의 창고에서 발견되었어요. 부상이 심해요."

한숨을 내쉬고 시계를 확인했다. 겨우 7시 20분인데 살무사와 일전을 벌인 것도 모자라 평소의 오전 내내 상대하는 사람보다 더 많은 사람들과 말을 나누었다. 더구나 이제 고역스러운 '오소리 골리기'의 희생양들을 상대해야 하다니.

A35번 도로를 따라 삼 킬로미터를 가서 차를 도로에 세웠다. 뱀들의 서식지인 히스가 무성한 황야였다. 나는 백 미터쯤 걸어가 상자를 열어 뱀을 풀어주었다. 뱀은 순식간에 사라졌다.

3

오소리들 중 한 마리는 임신한 암컷이었는데 병원에 도착한 지 십오 분 만에 새끼를 낳고 바로 죽었다. 생쥐만 한 크기의 조그만 새끼 세 마리는 집중 치료를 위해 즉시 옮겨졌다.

남은 두 마리 가운데 어린 수컷 한 마리가 심한 부상을 입었다. 배 부위가 깊이 베여 있었고 양쪽 앞발톱에는 물린 흔적이 있으며 주둥이 절반이 사라진 상태였다. 한쪽 앞발의 모양이 정말 끔찍했다.

"나쁜 놈들." 수간호사인 크레이그가 옆에서 말했다. 나도 동감했다.

영국에서 '오소리 골리기'는 1835년에 불법으로 지정되었음에도 오늘날까지 계속되고 있는 잔인한 불법 유혈 게임이다. 영문은 알 수 없지만 최근 몇 년간 남서부 지역에서 새롭게 성행하는 중이었다. 규칙은 간단하다. 건강한 오소리 성체를 구해 미리 치밀하게 상처를 입혀 행동을 굼뜨게 만든 후 개 몇 마리와 함께 제한된 공간에 집어넣는 것이다. 그런 다음 오소리가 얼마나 오래 버티는지를 두고 판돈을 건다.

한때는 오소리 땅굴이 있는 지역에서 주로 게임을 벌였지만, 이제는 사냥개들이 오소리를 땅굴에서 내몰아 구덩이를 파놓은 비밀 장소로 이동해 게임을 하는 경우가 잦아졌다. 시골 개활지에 있는 오래된 농가 건물 같은 아늑한 공간이 인기 있는 장소이지만 시내 근교의 산업 지구나 버려진 창고에서 '오소리 골리기' 흔적이 발견되기도 했다.

만약 게임에서 오소리가 이기면 오소리는 죽을 때까지 몽둥이찜질을 당한다. 살아남은 오소리가 세 마리나 발견되는 경우는 극히 이례적이다. 게임 도중에 방해를 받아 악당들이 어쩔 수 없이 달아났을 거라고밖에 짐작할 수 없었다.

오소리는 촘촘한 철망이 쳐진 튼튼한 우리에 갇혀 있으니 어떻게 다룰지 걱정할 필요는 없었다. 오소리는 극도로 힘이 세고 행동을 전혀 예측할 수 없으며 쉽게 난폭해진다. 더구나 무는 힘은 상상을 초월할 정도이기 때문에 오소리에게 물리기를 바라는 사람은 없을 것이다. 나는 녀석들을 진정시킨 후 가장 심한 부상을 치료하고 진통제를 놓아줄 생각이었다. 그 후의 운명은 오소리에게 달려 있다.

크레이그는 오소리가 움직이지 못하도록 철망 우리의 천장을 낮추었고, 내가 메데토미딘, 케타민, 부토르파놀 혼합액을 뒷다리 근육에 주사했다. 마취제와 진통제를 섞은 주사액은 아주 효과가 좋지만, 치료 과정 동안에도 호흡을 통해 마취제를 흡입하도록 해야 할 것이다. 그 역할은 크레이그의 몫이었다. 안전하다는 판단이 섰을 때 내가 우리를 열었고 크레이그와 힘을 합쳐 녀석을 수술대에 올렸다.

오소리는 피를 꽤 많이 흘린 상태였다. 혈관을 찾는 데 일이 분이 걸렸지만 링거 주사를 꽂는 데에는 시간이 얼마 걸리지 않았다. 흥분을 가라앉히기 위해 메틸프레드니솔론 주사를, 감염을 막기 위해 아목시실린 주사도 놓아주었다.

"나쁜 놈들을 잡을 가망이 있을까요?" 오소리의 주둥이 주변 상처를 닦은 뒤 근육 손상이 심각하지 않은 것에 안심하며 말했다. 느슨하게 매달린 살가죽도 있었다. 내가 다시 붙여줄 것이다.

"거의 없죠." 크레이그가 대답했다. 마스크를 쓰고 있어서 목소리가 둔탁했다. 남서부 지역에는 소결핵이 빈번히 발생했다. 모든 오소리들이 감염되지는 않았을 테지만 치료할 때는 가능성을 염두에 둬야 했다. "경찰이 차량 번호를 확보해서 엑서터까지 추적한 적이 있지만 결국 그때도 도난 차량이었잖아요?"

나는 고개를 끄덕였다. 악당들은 조직화된 갱단이었다. 불법 집회를 통해 상당한 돈을 벌어들이고 자신들을 보호하는 방법을 터득한 자들이었다.

복부의 열상은 처음 우려했던 것만큼 심각하지 않았다. 그래도 늦봄이니만큼 벌어진 상처에서 구더기증이 발생할 수 있었다. 소독제와 살충제를 바르고 상처를 말끔히 닦아냈다. 그래야 재빨리 봉합할 수 있었다.

"경찰이 현장에서 죽은 개도 발견했어요. 빈민가 아이들의 반려견이었던 스태퍼드셔불테리어요." 크레이그가 말했다.

예전에도 크레이그의 떨리는 목소리를 들었었다. 크레이그는 심하게 병들고 다친 동물을 대하는 일에는 문제가 없었지만 인간의 고의적인 잔인함을 참아내지는 못했다. "요령이 뭐예요, 클래라? 어떻게 그렇게 침착할 수 있죠?" 십 대 불량배들에게 눈알이 파인 어린 사슴을 안락사시킬 때, 그가 눈물을 줄줄 흘리며 물었던 적도 있다. 직원들은 나를 냉정하다고 생각한다. 그렇지만 인간의 잔인함에 내가 절대 놀라지 않는다는 사실을 어떻게 설명한단 말인가. 그 문제가 기억날 때마다 씨름하고 있는데.

열린 문으로 해리엇이 모습을 나타냈다. 그녀의 얼굴을 보자마자 남은 오소리 한 마리가 죽었다는 소식일 거라 예상하며 마음을 단단히 먹었다.

"클래라, 전화 받아요." 그녀가 문간에서 서성이며 말했다.

나는 고개를 저으며 피와 털로 범벅이 된 장갑 낀 손을 들어 보였다. "한 시간 이내에 끝날 거예요." 내 환자에게 고개를 돌렸다.

"클래라, 아버님이세요. 전화를 꼭 받으셔야 해요."

나는 다시 그녀를 본 뒤에야 그녀의 젖은 눈과 겁먹은 표정이 무슨 의미인지 깨달았다. 오소리가 아닌 것이다. 죽은 것이 오소리가 아니라는 뜻이었다.

나는 마스크와 장갑을 벗었다. 수화기를 귀에 꼭 붙인 채 아버지의 말을 귀기울여 듣고는 나중에 전화하겠다고 말했다. 아버지가 계속 말을 하고 계셨지만 버튼을 눌러 전화를 끊고 해리엇에게 전화기를 돌려주었다.

“상박골이 부러진 게 확실해 보입니다. 오늘밤을 무사히 넘긴다면 내일 아침에 상태를 봐야겠어요. 체내에 핀을 넣어 고정시켜야 할 거예요.” 내가 말했다.

해리엇은 여전히 방에서 나가지 않고 살균제로 전화기를 닦는 척하고 있었다. 나는 곁눈질로 그녀가 크레이그를 쳐다보는 것을 알아챘다.

“괜찮겠어요?” 크레이그가 물었다. 고개를 천천히 끄덕이고 봉합을 계속했다. 일에 집중하려 했지만 해리엇이 크레이그를 향해 입을 실룩거리는 모습과 크레이그가 그녀의 입술 모양을 읽으려 애쓰는 것이 눈에 들어왔다. 크레이그는 이제 오소리의 머리를 쳐다보지 않고 일에도 집중하지 못했다. 나는 눈을 치켜떴다.

“깨어나려는 것 같아요.” 내 말에 크레이그는 고개를 숙이고 다시 일에 집중했다.

“클래라, 가보셔야 해요. 가족과 함께 있으셔야죠.” 해리엇이 보챘다.

"일을 끝마친 다음에요." 고개를 들지 않고 대답했다. "혈액 샘플을 환경식품농무부에 보냈는지 확인했어요? 새끼들은 상태가 어떤가요?"

어깨를 한 번 들먹인 해리엇은 크레이그를 쳐다본 뒤 방에서 나갔다.

나머지 오소리 한 마리의 상태를 보러 가던 중 양육실에 들렀다. 고아가 된 새끼 세 마리가 보육기 안에 있었다. 새끼들은 갓 태어난 포유동물에게 먹이는 특별한 우유를 먹으며 기대만큼 잘 버티고 있었다. 온기를 찾아 한데 모여서 힘없이 울어대고 헐떡거렸다. 어미를 잃은 작고 불쌍한 새끼들.

나 역시 다를 바 없었다.

4

내가 오 년째 일하고 있는 '성 프란체스코의 작은 수도회'는 병들고 다친 야생동물을 치료하기 위해 19세기 말 가톨릭 수도사들이 설립한 곳이다. 지금은 자선 신탁에서 운영을 맡고 있고 전 세계에서 기부를 받는다. 연회비를 납부하는 '친우'들이 수백 명에 달하고 방문 센터에도 매년 수천 명의 사람들이 찾아온다. 포유류에서 파충류, 조류, 양서류에 이르는 모든 야생동물이 조금이라도 다쳤다면 부상의 정도나 동물의 크기와 상관없이 우리가 치료한다. 우리는 부상이 너무 심해 치료 자체가 고통을 연장하는 잔인한 행위로 여겨질 때에만 안락사를 실시했다. 어떤 사람들은 우리가 터무니없이 감상적이라고 비난하거나 더 나은 목적에 쓰여야 할 기금이 낭비된다고 주장하기도 한다. 그렇지만 나는 사람들이 자신의 기부 대상을 자유롭게 선택할 수 있으며 아무리 하찮고 보잘것없고 짧은 수명을 지닌 생명이라도 가치와 목적이 있다고 믿는다.

세 번째 오소리의 부상은 그다지 심하지 않았다. 사십 분 남짓 동안 할 수 있는 모든 치료를 마친 뒤 오소리를 휴식과 관찰을 위해 회복실로 보냈다. 치료를 마치니 해리엇이 나를 기다리고 있었다. 나는 그녀의 세심한 염려에 대비하려 마음을 다잡았다. 그녀는 내게 휴식 시간을 주고 뜨겁고 달콤한 커피를 대접할 것이며 억지로 말을 시킨 후 운이 좋아 내가 흐느끼기 시작하면 어깨를 빌려줄 것이다. 해리엇과는 오 년을 알고 지냈다. 아마 그녀는 나를 더 잘 알게 될 것이다.

나는 양육실 쪽으로 걸음을 옮겼다. 내 뒤를 따라오느라 해리엇은 총총걸음으로 걸어야 했다.

"클래라, 접수처에 손님이 기다리고 계세요. 도싯 주립 병원에서 오신 의사 선생님요. 벌써 한 시간이나 기다리셨고요. 일이 바쁘고 또 적당한 때가 아니라고 말씀드렸지만 중요한 용건이라고 하시네요. 뱀과 관련된 일이라면서요."

내가 복도에 우뚝 멈춰 서는 바람에 해리엇은 내 등을 들이받았다. 오늘 아침 구조한 아기는 상태를 지켜보기 위해 도싯 주립 병원으로 보냈을 것이다. 그곳의 의사가 긴히 할말이 있다며 이곳까지 찾아왔다면, 아기가 뱀에게 물렸다는 뜻이다. 어떻게 뱀에 물린 자국을 나는 찾지 못했을까? 돌아서 접수처로 갔다. 청바지와 스웨터 차림의 젊은 남자가 나를 보자 벌떡 일어섰다. 의자 옆에 커다란 숄

더백이 놓여 있었다. 남자는 성큼성큼 걸어와 손을 내밀었다. 나를 만난 적이 없으면서도 찾는 사람이 나라는 걸 확신하는 듯했다. 누가 내 얼굴이 어떤지 알려주었겠지.

"베닝 씨? 만나주셔서 고맙습니다. 저는 해리 리처즈입니다. 도싯 주립 병원의 집중 치료실 팀장입니다. 조언을 구했으면 해서 찾아왔습니다."

"아기 때문입니까? 오늘 아침에 입원한 아기?" 나는 그 아기의 성을 기억하지 못했다.

"아닙니다. 어떤 아기 말씀이시죠? 저는 존 알링턴 씨의 일로 찾아왔습니다." 그는 의아한 표정을 지었다.

"아." 나는 존 알링턴이라는 사람을 알지 못했다. 뒤에 있는 해리엇이 서류를 뒤적이는 척했다.

"이런 말씀을 드리려니 유감스럽습니다. 안타깝게도 알링턴 씨는 오늘 아침 사망하셨습니다."

"아, 그랬군요." 여전히 무슨 소리인지 알 수가 없었다.

"정말 유감입니다. 친한 친구분이 아니셨으면 좋겠군요."

"아닙니다." 이 대화를 얼마나 더 해야 할까. 나는 의사가 아기에 관한 일로 방문한 것이 아니라는 것을 알고 흥미를 잃었다.

"샐리 존슨 씨가 당신을 만나보라고 하더군요. 뱀에 대해 많이 아신다면서요."

이제 그만. "미안합니다만 뭔가 착오가 있나 보네요. 전 그 사람들을 모릅니다. 그리고 지금은 정말로……."

"클래라 베닝 씨, 여기 수의사시죠?" 그는 언짢아진 것 같았는데, 그 점은 나도 마찬가지였다.

"맞습니다. 그런데 오늘 아침은 너무 바빠서……."

"샐리 존슨 씨는 저희 병원의 방문 간호사입니다. 당신과 같은 마을에 산다고 하더군요. 알링턴 씨도 같은 마을에 살고요. 존슨 씨는 베닝 씨 옆집에 산다고 했는데."

그랬다. 이런 엄청난 굴욕이라니. 옆집에 사는 이웃은 방문 간호사가 분명했다. 간호사복을 입은 모습을 꽤 여러 번 보았다. 이름이 샐리인 줄도 알았던 것 같다. 내가 처음 이사를 왔을 때 그녀가 몇 번이나 불쑥 찾아왔지만 내 쪽에서 늘 냉정하게 응대하며 대화를 하지 않았다. 결국 지금은 그녀가 현관문을 두드려도 대답하지 않았다.

리처즈의 뒤에 있는 해리엇은 일하는 척하기를 관두었다. 우리 뒤의 문이 열리면서 한 여자와 꼬마가 들어왔다. 남자 아이는 신발 상자를 들고 접수처로 향했다. "아기 새예요." 또 한 건의 사고.

"미안합니다. 오전에는 늘 이렇죠. 지금은 외부 병동을 둘러보러 가야 하거든요. 저와 함께 가시는 게 어떨까요? 걸어가면서 얘길 나누죠." 내가 리처즈에게 말했다.

리처즈는 고개를 끄덕이고 가방을 챙겨 나를 따라 접수처 문을 지나 선물 가게로 들어섰다.

"알링턴 씨에게 무슨 일이 생겼는지 알고 계십니까?" 우리는 책상 앞의 홀리에게 인사를 하고 바깥으로 나왔다. 그가 질문했다.

나는 질문에 바로 대답하지 않았다. 잠시 후에 기억이 났다. 큰길가에 사는 누군가가 살무사에게 물렸다는 말을 린지가 했었다. 그 사람이 존 알링턴임이 틀림없겠지. 그런데 죽었다니?

"뱀에게 물렸죠? 살무사?" 내가 물었다.

"닷새 전에 물렸죠. 뱀에 물렸을 때 나타나는 증상을 아는 사람과 만나 조언을 구하는 일이 시급했습니다."

우리는 낮은 울타리 안에 고슴도치와 야생 토끼, 오리들을 가둬둔 장소에 도착했다. 아이들에게 인기가 많은 장소였다. 부모와 함께 자그마한 우리 속을 들여다보고 있는 꼬마 둘을 지나쳤다.

"당연히 독극물 센터에 문의하셨을 테죠?" 내가 물었다.

모든 중독 증상에 관해서는 국립 독극물 정보국에 조언을 구하는 것이 의사로서 가장 먼저 해야 할 일이다. 수많은 지역 센터를 갖추고 있는데다 전화로, 또 '톡스베이스'라는 웹사이트를 통해서도 조언을 구할 수 있으니까.

"물론입니다. 그가 입원하자마자 연락해서 치료 과정 내내 조언을 구했습니다. 그런데 센터에는 뱀에 물린 환자에 대한 전문가가 없었습니다. 아주 일반적인 조언만 들을 수 있었죠. 영국에서는 사람이 뱀에게 물렸을 경우의 전문가가 필요하지 않더군요."

"그렇죠." 리처즈의 말은 옳았다. 영국에서 뱀에 물려 사망한 마지막 환자는 다섯 살 된 아동이며 그것도 무려 삼십 년 전의 사건이다. 그 이후 뱀에 물려 병원을 찾은 환자는 스무 명도 되지 않을 것이다.

"도와주실 수 있겠습니까?" 리처즈가 물었다.

"글쎄요." 나는 뜸을 들였다. 도와줄 능력이 있는지 확신이 없었다. 그럴 마음이 있는지도 확실하지 않았다. 마침내 내가 대답했다. "대학 2학년 때 외래종 야생동물 과목을 선택하긴 했습니다. 체스터와 브리스틀 동물원에서 방학 동안 단기 근무를 했고 이런저런 이유로 파충류들과 꽤 많은 시간을 보냈어요."

나는 소형 동물 우리를 책임지는 사육사와 몇 마디 말을 나누느라 잠시 이야기를 중단했다. 모든 동물 환자들이 잘 있다고 사육사는 말했다. 리처즈와 나는 작은 다리를 건너 호수에 이르렀다.

"마지막 학기를 끝마친 뒤에는 체스터 동물원에서 몇 달간 보조 수의사로 있었고 그 후 호주에서 일 년간 파충류 연구를 도왔습니다." 말을 끝마쳤을 때, 나는 리처즈 의사가 여전히 이야기가 계속되기를 기다린다는 걸 알았다. "브리스틀의 파충류 재정착 센터에서 자원봉사를 가끔 했습니다. 지난 오 년 동안은 이곳에서만 일했어요. 유감이지만 이곳에는 파충류가 많지 않아요."

우리는 연못의 물새 떼를 구경하느라 걸음을 멈추었다. 평소보다 붐볐다. 매년 이맘때는 완벽하게 건강한 표본들의 깜짝 방문을 종종 목격할 수 있었다. 리처즈는 갈대 사이에서 첨벙거리는 쇠물닭 한 마리를 보고 있었다.

내가 파충류와 관련된 이력을 모두 읊자 그가 말했다. "솔직하게 말씀드리겠습니다, 클래라. 제가 이곳에 왔다는 사실을 병원에서는 아무도 모릅니다."

나는 아무 대꾸도 하지 않았다. 쇠물닭은 물에서 나와 깃을 털었다.

"알링턴 씨가 나이가 많긴 했지만, 그래도 건강한 성인이 뱀에 물려 사망하는 경우가 이례적이라는 건 당신도 분명 아실 겁니다. 그가 병원에 실려 온 직후 그의 혈액 샘플을 생화학 연구소로 보냈어요. 그를 문 것으로 추정되는 뱀도 잡았습니다. 우리가 어떤 문제에 대처해야 하는지 분명히 알아야 하니까요. 이틀 전에 결과 보고서가 도착했습니다."

"그런데요?"

"의심할 여지 없이 혈액에서 뱀의 독이 검출되었습니다."

"뱀을 잡았다고 하셨죠? 살무사였습니까?" 이게 다 무슨 일인지 알 수가 없다고 생각하며 물었다.

리처즈는 숄더백에서 밀봉된 투명한 봉투를 꺼냈다. 그 속에 죽은 지 며칠 된 것 같은 작은 뱀이 들어 있었다. "정원사가 알링턴 씨를 발견했을 때 근처에 있었어요. 알링턴 씨가 의식을 잃기 직전에 겨우 죽인 모양입니다."

받은 비닐 봉투의 내용물을 자세히 보기 위해 치켜들었다. "병원에 왔을 때는 의식이 없었나요?"

“네, 머리 부상 때문입니다. 넘어지면서 머리를 부딪혔습니다. 현기증이 났겠죠. 그러다 연못에 빠졌는데 듣기로는 꽤 깊다고 하더군요. 다행히 머리는 물 밖에 있었습니다. 결국 이렇게 되긴 했지만…….”

“네, 그렇군요.” 나는 중얼대며 봉투를 돌려주었다. 죽은 환자 때문에 근심에 잠긴 리처즈 의사에게 내가 얼마나 공감하는지 속으로 자문해보았다. “환자는 의식이 돌아왔었나요?”

“그랬죠. 별로 도움은 되지 않았습니다. 아무것도 기억하지 못했어요. 마지막에는 의식이 아주 흐렸고요. 극심한 구토와 호흡 곤란으로 고생했고 사지 마비와 고열에 시달렸습니다.”

“살무사의 독은 봄철에 더 강해집니다. 동면에서 깨어난 다음에요. 환자의 건강에 문제가 있진 않았습니까? 심장 이상이나 호흡 장애 같은?”

“아뇨. 육십구 세였지만 그 나이대의 남성치고는 아주 건강했습니다.”

“벌침에 알레르기 반응을 보이는 사람은 뱀의 독에도 치명적인 반응을 보일 수 있어요. 혹시 그런 문제가 있지는 않았습니까?”

“독극물 센터에서도 같은 말을 하더군요. 하지만 알레르기 반응과 전혀 다른 증상이었습니다. 극심한 중독 상태였습니다.”

“처치를 어떻게 했는지 알 수 있습니까?” 내가 물었다. 의지와 상관없이 호기심이 생기기 시작했다.

"처음 병원에 도착했을 때 우선 물린 상처를 소독하고 파상풍 주사를 놓았습니다. 그리고 독극물 센터에 전화를 걸었죠. 환자의 상태를 유심히 관찰하고, 맥박과 혈압을 재고, 십오 분 간격으로 호흡을 확인하라고 하더군요. 그때까지만 해도 크게 걱정하지 않았습니다."

"그런데 상태가 악화되었군요?"

"순식간이었습니다. 물린 부위 외에 다른 부분도 붓기 시작했습니다. 엄청나게 괴로워해서 무통 주사를 놓고 구토를 조절하기 위해 구토 방지제도 처방했죠. 콜로이드를 주입하고 항히스타민제와 아드레날린도 투여했습니다."

"해독제는요?"

"독극물 센터에서 보내줬습니다. 유럽북살무사 면역혈청을요. 처음에는 환자의 상태가 나아지는 것 같았는데 다음날이 되자 혈압이 떨어지고 심장 부정맥 증상이 나타났습니다. 사흘째에는 발작을 일으켰습니다. 나흘째가 되자 급성 췌장염 증상이 나타났고 신장 기능이 멈췄어요. 마지막 열 시간 동안은 혼수상태였습니다."

나는 이 상황에 맞춰 리처즈가 침묵할 수 있도록 잠시 아무 말도 하지 않았다.

잠시 후 내가 말했다. "끔찍하군요. 유감이에요. 그런데 제가 어떻게 도와드릴 수 있습니까?"

연구실 책상에 앉아 해리 리처즈가 남기고 간 서류를 들여다보았다. 죽은 남자의 혈액 분석 보고서였다. 고개를 들어 컴퓨터 화면에 나오는 정보도 확인했다. 책상 위에는 대학생 때 썼던 교재 몇 권이 흩어져 있었다. 나는 혈액검사 결과를 다시 확인했다. 새로운 사실은 없었다. 나는 전화기를 집었다.

"클래라 베닝입니다." 해리 리처즈와 전화가 연결되자 내가 말했다. "그 뱀은 분명 유럽북살무사예요. 흔한 영국 살무사란 말입니다. 당신네 연구소에서 알아낸 사실에 대해 이의를 제기할 수가 없어요. 독액도 살무사의 것이 확실합니다."

"알겠습니다. 그런데……." 그는 뜸을 들였다. 내가 더 할말이 있다는 것을 눈치챈 듯했다. "그 밖에 다른 특이점이 있습니까?"

"뱀이 한 마리만 발견되었습니까? 다른 뱀이 있었을 가능성은요?"

잠시 침묵이 이어졌다. "그런 지적을 한 사람은 당신이 처음입니다. 뱀이 더 있었을 가능성이 없진 않은데……." 그는 말을 멈췄다.

"환자를 검사했을 때 뱀에게 물린 자국을 몇 군데나 보셨나요?"

그는 다시 생각에 잠겼다. 종이를 부스럭거리는 소리가 들렸다.

"한 군데요. 피부에 이빨 자국 두 개가 있었습니다. 지금 사진을 보고 있습니다. 당신에게 보여줄 수도 있고요. 뭐라도 알아냈습니까?"

"아직 확실하지는 않아요. 이 보고서와 뱀을 이틀만 더 가지고 있어도 됩니까? 누군가에게 조언을 구했으면 해서요."

"검시관에게는 뭐라고 말합니까?"

"아직 조사가 끝나지 않았다고 말씀하세요. 월요일에 돌려드리겠습니다."

리처즈와 인사를 나누고 전화를 끊었다. 나는 의자에서 일어나려 했다. 할 일이 산더미처럼 쌓여 있었다. 그러다가 다시 의자에 앉아 생각했다. 독사와 관련된 사건이 두 건이나 발생했다. 그것도 같은 주, 같은 마을에서. 나는 한숨을 내쉬고 다시 전화기를 들었다.

상대가 전화를 받았다. "로저, 내일 아침에 뭘 하시나요?"

5

"또 뱀이군요!"

나는 깜짝 놀랐다. 해리엇이 뒤에서 몰래 나타나 내 어깨 너머를 훔쳐보고 있었다. 그녀는 더 가까이 다가와서 들여다보았다. "이미 손쓸 수 있는 상태는 아닌 것 같은데요?" 그러더니 몸을 기대며 한 손을 내 어깨에 올렸다. 나는 몸이 뻣뻣하게 굳었지만 참았다. 그녀에게 나쁜 의도는 없으니까. "클래라, 정말 괜찮은 거예요? 우리가 바쁘긴 하지만 당신이 없어도 그럭저럭 헤쳐나갈 수 있어요."

몸을 뒤로 돌렸다. 얼굴 사이의 간격이 십오 센티미터도 되지 않을 정도로 가까웠지만 해리엇은 내 얼굴에 익숙했다. 그녀는 조금도 움찔하지 않았다.

"또 뱀이라니 무슨 뜻이에요? 뱀이 몇 마리나 있다는 거죠?"

"병원에 들어온 뱀은 없지만요. 최근에 뱀이 떼로 나타나는 것 같아서요."

"난 한 마리도 못 봤어요."

"음, 그러실 거예요. 이미 죽었거나 그물에 걸려 있어도 상태가 말짱했거든요. 살아 있으면 그물에서 풀어 즉시 놓아줬어요. 전부 본래 있던 곳으로 돌아갔을 거예요."

나는 의자를 밀어 옆으로 이동했다. 병원으로 이송되는 동물들은 전부 입출 기록이 남는다. 목록을 쭉 훑어보았다. 이날은 오월 셋째 주 금요일이었다. 이번 주 초에 연못을 덮어놓은 그물에 풀뱀 한 마리가 걸려든 것을 누가 발견했다. 해리엇과 다른 간호사 한 명이 나일론 그물을 잘라내고 뱀의 상태를 확인했으며, 전혀 다치지 않은 것을 보고 풀어주었다. 신고를 한 사람이 누구인지 확인해보니 내가 사는 마을의 주민이었다.

지난주, 산책을 나갔다가 자기 개가 살무사를 잡아서 물어뜯었다며 주인이 신고를 했다. 병원에 도착했을 때 뱀은 이미 죽어 있었다. 나는 개의 상태가 궁금했다. 뱀은 궁지에 몰리면 공격적으로 변하기 마련이다. 개의 주인 역시 나와 같은 마을 주민이었다.

세 번째 사건에서 뱀은 병원까지 오지 않았다. 어떤 사람이 자기 집 주방에 살무사가 있다며 겁에 질려 신고를 했다. 현장을 조사하러 나갔던 크레이그는 독이 없는 평범한 뱀을 발견했다. 겉모습은 살무사와 비슷했지만 위험하지 않았다. 그는 뱀을 집밖으로 내보냈다. 역시 내가 사는 마을이었다.

눈여겨볼 만한 사건은 없었다. 지난해 여름은 길고 무더웠다. 뱀이 평소보다 많이 태어났을 가능성은 충분했다. 게다가 이번 봄은 유달리 따뜻했다. 동면에 들어갔던 뱀들이 모두 깨어나 돌아다니는 것이겠지. 조금도 걱정할 필요가 없을 것이다. 자연의 균형이 조만간 회복될 테니까.

차를 몰고 집으로 돌아오면서 몇 차례 그렇게 혼잣말을 했다.

오늘은 병원에서 일찍 퇴근하려 했지만 일을 마치고 보니 결국 다른 날과 다르지 않았다. 오소리를 안정시키자 과속 차량에 치여 심하게 부상당한 어린 사슴이 실려 왔다. 상처를 다 꿰매고 난 뒤에는 어미를 잃은 새끼 여우 세 마리가 나의 관심을 기다리고 있었다. 최대한 애를 썼지만 집으로 이어지는 좁은 길에 들어섰을 때는 이미 7시가 가까운 시각이었다.

집 앞뜰에 사람들이 있었다.

짧고 좁은 찻길이 오른쪽으로 굽이져 돌아가기 때문에 맨 아래 구석에 치우쳐 있는 내가 사는 집은 정면에 오기 전까지 보이지 않는다. 주차 공간에 다 와서야 그들을 보았다. 현관문 앞에 한 명, 정원에서 어슬렁거리는 두 명, 벽에 기대어 내 이웃이자 간호사인 샐리와 이야기를 나누는 또 한 명이 있었다.

나는 일단 주차를 하고 움직이지 않았다. 내가 사는 곳을 몰래 살펴보고 싶었던 사람들이 주인이 도착한 것을 보고 슬그머니 달아날지 모른다는 실낱같은 희망을 품었다. 최대한 시간을 끌어야 했다.

마침내 고개를 들었을 때, 그들은 내가 왜 움직이지 않는지 궁금해하며 차에서 내리기를 기다리고 있었다. 차를 돌려 빠져나가고 싶은 유혹을 이겨내며 가방들을 끌어모은 뒤 차에서 내려 그들에게 걸어갔다. 땅바닥이 아니라 그들을 바라보는 척했다. 네 사람의 남자 가운데 가장 나이가 많은 한 명이 손을 내밀며 다가왔다. 빽빽한 흰 머리에 키가 큰 남자였다. 나이는 오십 대 후반으로 짐작되었다.

"베닝 씨? 이런 말을 해서 미안하지만, 당신이 제시간에 오기를 학수고대했소. 난 큰길가 꼭대기의 디 엘름스에 사는 필립 호프우드라오. 대니얼은 아실 테지요."

나는 대니얼이 누구인지 전혀 몰랐는데 어떤 남자가 내 손을 두 손으로 붙잡았다. "뭐라고 감사의 말씀을 드려야 할지 모르겠습니다." 그가 말했다. 삼십 대 초반의 키가 크고 짙은 색 머리칼에 호감 가는 얼굴을 지닌 남자였다.

"린지는 하루 종일 제정신이 아니었습니다. 당신이 없었더라면 어떻게 되었을지 상상도 못 하겠군요."

"생각만 해도 끔찍하더군." 세 번째 남자가 어느새 내 뒤에 바짝 붙어 서서 맞장구를 쳤다. 그들이 모두 아주 점잖게 행동하는 줄 알았지만 동시에 내가 교묘하게 포위당해서 놀림감이 되고 있다는 어이없는생각이 들었다. 나는 반쯤 돌아섰다. 젊은데도 머리가 많이 벗어진 남자가 있었다. 턱에 수염이 빽빽하게 나 있었다. "그놈이 어떻게 침실에 기어들었는지 알아냈나?" 그가 말을 이었다.

대니얼은 고개를 저으며 한 손으로 머리카락을 쓸어 올렸다. "어떻게 알겠어? 창문이 열려 있긴 했지만……. 혹시 병아리들이 뱀을 불러들였는지도 모르지. 뱀은 새끼 새를 잡아먹지 않습니까?"

"아기는 어떻습니까?" 나는 이 질문을 하면서 스스로도 놀랐다. 불가피한 경우가 아니면 입을 열지 않을 작정이었던 것이다.

"아, 괜찮아요. 아무 이상 없습니다. 린지가 엉망이죠. 신경이 예민해져서 소피아에게서 눈을 떼지 못하고 있어요."

"그러는 게 당연하지. 린다도 똑같았을 거야. 뱀을 무지 싫어하거든." 샐리와 이야기를 나누던 남자가 말했다.

"자, 시간이 가고 있어요. 이제 베닝 씨에게 설명을 해야 할 텐데……." 흰머리의 키 큰 남자가 말했다.

"물론이죠. 말씀하세요, 필립."

"베닝 씨……. 이름이 클래라죠? 사람들의 걱정이 크다오. 존 알링턴의 소식을 우리도 전부 들었고……. 끔찍한 일이지. 오늘 아침의 사건도 그렇고. 당신이 그곳에 있었으니 천만다행이었지."

"사실 별문제는 아니었습니다." 그들이 반응을 기대하는 것 같아 그렇게 말했다. "저는 존 알링턴 씨를 잘 알지 못하지만 아무튼 아주 유감스럽…….” 가방을 들고 있는 손에 힘이 들어가는 것이 느껴졌다. 존 알링턴을 죽음에 이르게 한 뱀이 그들이 예상하는 것보다 훨씬 가까이 있으니까.

“그래요, 그래……. 클래라, 지역 경찰서에도 얘기를 해봤는데 이 문제가 자신들 소관이 아니라고 합니다. 그래서 오늘밤 우리끼리라도 대책을 논의할 예정이라오. 백지장도 맞들면 낫다고 하니.”

“우리로선 당신이 동참해준다면 정말 고맙겠어요. 십 분 뒤에 클라이브 벤트리 씨의 집, 오래된 저택이에요.” 대니얼이 말했다.

나는 오늘 세상을 떠난 가족이 있어서 전화를 걸어야 한다, 어머니를 잃은 이날 밤 수많은 낯선 사람들과 함께 갑작스럽게 늘어난 뱀에 대해 대책을 세우며 시간을 보내고 싶은 생각이 없다고 말하려고 입을 열었지만 적당한 말이 떠오르지 않았다.

“나하고 함께 가요.” 샐리가 마치 자신의 도움 없이 내가 저택으로 가는 길을 못 찾기라도 할 것처럼 말했다.

“고마워요, 하지만 우선 전화할 데가 있어서요. 가능한 한 빨리 가도록 하죠.” 나는 사람들 사이를 빠져나와 현관의 자물쇠를 열었다. 내가 문을 닫아 시야에서 사라지게 할 때까지 그들은 나를 쳐다보며 무슨 말을 할 것처럼 입을 벌리고 있었다.

⁂

나는 전화기의 자동 응답기에 그렇게 많은 전구가 있는지, 또 본래 그렇게 간절하게 깜빡이는지 몰랐다. 일고여덟 곳에서 불이 깜빡였다. 재생 스위치를 누른 뒤 주방으로 들어갔다. 차를 끓여 마실 여유가 있을지, 얼른 먹어치울 거라도 있는지 궁금했다.

"여보세요, 클래라, 애비다. 괜찮을 때 전화를 주려무나."

냉장고를 열어 탄산수를 찾았다. 유리컵을 꺼내지도 않았다. 한 달 동안 사막에 갇혔다가 빠져나온 사람처럼 그냥 들이켰다.

"클래라, 언니야. 병원에 전화를 걸었는데 응급 상황이라고 하더라고. 집에 얼른 오길 바라. 들어오면 전화해줘."

냉장고에 어떤 음식이 있는지 보았다. 샐러드, 과일, 식은 치킨, 코티지치즈가 있었다. 나는 피시 앤드 칩스가 먹고 싶었다. 무언가 기름진 음식이 먹고 싶었다. 치즈 버거라든지. 싸구려 소시지와 모차렐라 치즈가 뚝뚝 떨어지는 대량 생산된 피자라든지. 나의 슬픔은 이런 방식으로 존재를 드러내는 걸까? 정크 푸드에 대한 전례 없는 식탐?

"또 언니야. 휴대전화로도 연락이 안 되는구나. 전화를 해주면 정말 좋겠어, 클래라."

"아, 베닝 씨. 위쪽 길에 사는 린지 휴스턴이에요. 소피아가 괜찮다는 소식을 전하고 싶어서요. 한 시간 반 전에 병원에서 나와서 이제 집에 도착했어요. 너무 고마워서 어떻게…….”

린지는 녹음이 끝날 때까지 말을 쏟아냈다.

“얘야, 또 애비란다. 나중에 다시 전화하마. 괜찮기를 바란다.”

“클래라, 넌 조금도 변하지 않았구나. 이곳에 할 일이 얼마나 많은지 알기나 해? 받지도 않을 거면 휴대전화는 왜 가지고 있는 거니? 평생 한 번이라도 다른 사람의 입장을 생각해보면 안 되겠니? 제발 전화 좀 해달라고! 그게 그렇게 힘든 일이 아니라면 말이야!”

나는 이십 분이 지나 밖으로 나왔고 모임에는 이미 늦었다. 그래도 서두르지 않고 본 레인을 따라 언덕길을 올라갔다.

내가 사는 집을 포함해 이 길에 면한 일곱 채의 집은 지난 이백 년 동안 여러 시기에 걸쳐 세워졌다. 서쪽에 흐르는 돌로 된 좁은 수로는 리핀 강의 지류 중 하나이다. 리핀 강은 다운스의 고지대에서 흘러와서 백악층 위를 지나 몇 킬로미터를 더 간 후 여러 개의 작은 개천으로 갈라진다. 그 개천들이 마을을 굽이굽이 돌며 팔백여 미터 아래의 예티 강에 합류한다.

작은 수로들은 이 마을의 눈에 띄는 특징이다. 수로는 거리 양편에서 흐르다가 마을 연못에 스며들거나 흘러나가 도로 위를 가로질러 집들 아래로 숨었다가 누군가의 정원에 샘이 되어 나타나기도 한다. 대부분의 넓은 사유지에는 개울과 연못, 폭포, 심지어 호수까지 있으며 조약돌 해변이 형성된 곳도 한 군데 있다. 이처럼 물이 풍부한 마을 환경은 풀뱀이 번성하는 원인으로 꼽을 만했다. 물론 살무사는 풀뱀과 다르다. 살무사들은 히스가 무성한 평야에 서식한다.

나는 길 꼭대기에서 방향을 돌려 마을 중심부를 향해 내려가기 시작했다. 아직도 아빠에게 전화를 걸지 않았다. 무슨 말을 해야 할지 알 수 없었다. 버네사 언니에게도 전화를 걸지 않았다. 어떤 말을 하게 될지 너무나 잘 아니까.

조약돌 위를 흐르는 개울물 소리에 귀를 기울이며 언덕을 내려가다 보니, 또 어떤 집에 '팝니다' 표시가 붙어 있었다. 지난 몇 주 동안에 만 벌써 네 번째였다. 하지만 새로 이사 온 사람은 없는 것 같았다. '팝니다' 표시는 얼마 후 사라지더라도 집들은 계속 비어 있을 것이다.

나는 사 년간 이곳에 살았다. 데번과 도싯의 경계에 면한 이 마을은 조용하고 존재감이 없다. 우편번호는 도싯에 속하지만 지도로 보면 데번에 속했다. 라임 레지스에서 삼십 분가량 내륙 쪽으로 와서 B 도로에서 옆길로 빠져 일차선 내리막길을 쭉 따라오면 이 마을에 이른다.

마을에는 오고가는 차량도 없다. 가족이 살기에 안전한 장소이지만 다만 어린 자녀가 있는 가족은 겨울철에 고립될 위험을 각오해야 한다. 주요 도심의 교외 통근권이 되기에는 거리가 있기 때문에 젊은 전문직 종사자들을 끌어들이지 못한다. 나이든 사람들은 습기 때문에 불평을 털어놓으며 선호하는 편의 시설이 가까이 있는 곳으로 빠져나간다. 젊은 사람들은 가능한 한 빨리 이곳을 빠져나가려 하며 좀처럼 돌아오지 않는다. 느리면서도 지속적인 이주는 장려되고 있었다. 지역 부동산 회사는 내 집을 사들이고 싶다는 편지를 이 주에 한 번꼴로 보냈다. 아마 다른 이웃들도 편지를 받고 있으리라. 내게 온 편지는 휴지통에 버려졌다.

나는 이곳이 마음에 들었다. 이곳의 고요함을 좋아한다. 오래되고 아름다운 집들이 좋고, 또 이웃 주민들과 좀처럼 마주치지 않는다는 점도 좋았다. 모든 사물을 뒤덮고 딱딱한 선을 누그러뜨리며 소음을 감싸주는 초록을 사랑한다. 이 지역의 토양은 영국에서 가장 비옥한 듯싶다. 이곳의 오래된 나무들은 엄청나게 크다. 어리고 작은 나무들도 길 위에 촘촘한 초록 지붕을 형성해주었다. 초목이 무성한 정원은 다채로운 색깔로 넘쳐나며, 길 잃은 식물들이 담벼락 아래나 방치된 홈통이라든지 벽돌 틈의 회반죽 사이에서 피어났다.

마을 공터가 가까워졌다. 도로는 이곳에서 세 갈래로 갈라져 작은 마을 연못과 강을 건너는 돌다리, 데이지꽃이 핀 풀밭과 전쟁 기념비가 있는 장소로 연결되었다.

작은 차량 한 대가 겨우 지날 정도로 폭이 좁은 다리를 건널 때 갑자기 첨벙 소리가 나서 기겁했다. 수달일 수도 있다는 생각이 퍼뜩 떠올라 물가로 내려가서 다리 밑을 들여다보았다. '작은 수도회'는 이 지역에 수달을 들여오는 계획에 관여하고 있는데 혹시라도 성공할 기미가 있는지 항상 주시하는 중이었다.

지난겨울이 길고 습했기 때문에 강의 수심은 평소보다 훨씬 높아진 상태였다. 내가 들은 소리가 다리 가장자리에서 무엇이 떨어지는 소리였을 수도 있었다. 나는 그곳에 웅크리고 앉아 무슨 소리였는지 알 수 있을 때까지 기다렸다. 다리 중심부의 아래쪽에는 빛이 들지 않아서 검은 그림자밖에 보이지 않았다. 수면에 시선을 고정한 채 번득이는 작은 눈동자가 보이기를 바라며 기다렸다.

무언가 쉰 목소리로 나지막이 컥컥대는 소리가 들렸다.

나는 얼른 몸을 일으켰다가 하마터면 넘어질 뻔했다. 사방을 둘러보았지만 아무것도 보이지 않았다. 다리 밑에서 난 소리였다. 가까이 다가가고 싶지 않아 나는 다시 몸을 웅크렸다. 여우라거나 집에서 기르는 개인지도 몰랐다. 정말로 사람의 소리처럼 들렸다는 점만 뺀다면. 다리 아래에는 그림자밖에 보이지 않았다. 시계를 힐끔 보았을 때 이십 분이나 늦었다는 것을 알았다.

내가 정신을 어디 팔고 있는 거지? 머릿속에 그림이 그려졌다. 한두 명의 사려 깊은 사람들이 나머지 사람들을 조용히 시키려고 헛수고를 하고 있겠지. 어쩌면 가까운 경찰서의 경관에게도 모임에 참여하도록 설득했을 수도 있다. 점점 흥분하는 주민들을 상대로 경관은 왜 도싯의 경찰서에서 뱀 감시반을 운영할 추가 인력을 제공할 수 없는지 해명할 것이다.

주민들은 각자 뱀에 얽힌 사정들이 있을 것이고 자신의 이야기를 하고 싶다고 앞다퉈 고집을 부리겠지. 그리고 나는 지역의 뱀 전문가로 임명되었다. 그들은 마을에 왜 이렇게 뱀이 많이 돌아다니는지, 존 알링턴이 죽은 이유는 무엇인지, 적합한 기관(그것이 무엇이든)에서 어떤 대책을 세워야 하는지, 어떻게 자녀들을 안전하게 지킬 수 있는지 알고 싶어 할 것이다. 모두 할말이 있을 테지만 아무도 근본적인 이유를 알고 싶어 하지는 않을 것이다. 글쎄, 나 역시 그런 질문에 답할 수 없으며 시간을 낭비하고 싶지 않았다. 나는 집으로 돌아갈 작정으로 다리 위로 올라와 마음을 다잡고 아빠에게 전화를 걸려고 했다.

“클래라, 거기 있군요! 지금 데리러 가는 중이었어요. 당신이 오면 시작하려고 모두 기다리고 있어요.” 공터 쪽에서 샐리의 숨찬 목소리가 들렸다.

어쩔 수 없이 샐리를 따라 풀밭을 가로질러서 마을 공터와 이어지는 세 갈래 길 중 하나인 처치 레인에 접어들었다. 내리막길을 몇 미터쯤 가다가 오른쪽으로 방향을 틀어 주목 나무가 늘어선 좁고 막다른 길로 접어들었다. 길 끝에는 튜더 양식의 커다란 저택만 있기 때문에 한 번도 이 길에 와본 적이 없었다. 샐리와 나는 돌로 된 아치 길을 지나 자갈이 깔린 안뜰을 가로질렀다. 저택이 우리를 둘러쌌다. 큰 건물이 정면에 보였다. 샐리는 묵직한 나무문을 열고 안으로 안내했다.

우리는 짙은 색의 벽이 번뜩거리는 넓은 홀에 들어섰다. 한쪽 벽을 따라 긴 발코니가 있고, 발코니로 올라갈 수 있는 화려한 층계가 있었다. 키가 크고 검은 옷을 입은 누군가가 발코니의 문 뒤로 사라지는 것이 얼핏 보였다.

층계 몇 칸 위에 서 있는 필립 호프우드 옆으로 키가 크고 건장한 체격의 남자가 보였다. 나는 그가 저택의 주인이며 이 지역 유명 인사인 클라이브 벤트리일 거라고 짐작했다. 자수성가한 백만장자이며 요트로 세계 일주를 한 인물이다. 벤트리도 발코니의 사람을 보는 것처럼 내게서 고개를 돌렸다. 그가 혼자 산다는 얘기를 들은 기억이 났다. 그에게 하인이 있을까? 벤트리는 다시 정면을 바라보았다. 그는 숱이 많은 검은 머리에 눈꺼풀이 무거워 보이는 눈과 약간 굽은 코를 지녔으며, 사십 대 후반이거나 이제 막 오십 줄에 접어든 것 같았다.

홀에 모인 사람들은 척 봐도 서른 명이 넘고 대부분 남자였다. 전부 서서 큰 소리로 대화를 나누다가 문이 닫히는 소리가 들리자 말을 멈추고 나를 쳐다보았다. 나를 쳐다보는 서른 명의 사람들이라니. 일생 동안 피하려 애써왔던 상황이다.

층계 높은 곳에서 필립이 손짓을 하며 나를 앞으로 나오게 했다. 사람의 시선을 받는 높은 곳에는 절대로 올라가고 싶지 않았지만, 샐리가 나를 떠밀었고 층계 주위에 모인 사람들도 우리가 지나갈 수 있게 길을 터주었다. 몸을 숙여 내 손을 잡고 끌어당겨준 필립보다 한 칸 아래에 올라섰다. 더 높이 올라가고 싶지는 않았다.

"베닝 씨, 와줘서 고맙소." 나를 더 높이 끌어올리기를 포기한 필립이 말했다.

부산하게 의자를 끄는 소리가 들리고 사람들이 자리에 앉았다. 탁자 뒤쪽의 사람들은 의자 등받이에 몸을 의지했고 다른 사람들은 벽에 기대어 섰다. 클라이브 벤트리는 나를 향해 고개를 끄덕였지만 말은 하지 않았다. 그는 다시 발코니 쪽으로 시선을 돌렸다.

홀 구석의 나무로 된 커다란 사각 식탁에 노인 다섯이 앉아 있었다. 따뜻한 초여름 저녁인데도 세 할머니는 겨울 코트로 몸을 감싸고 있었다. 할머니 중 한 명은 붉은색의 양털 모자를 썼으며 무릎에 올려놓은 작은 강아지를 쓰다듬고 있었다. 다른 두 할아버지는 이곳에 괜히 왔다는 듯 침울한 표정이었다. 그중 한 명은 짜증스러운 표정으로 탁자 앞쪽을 응시했다. 옷차림이 조금 더 나은 한 명은 부릅뜬 눈으로 홀을 둘러보았다.

"그래서 제 말은……." 다부진 체격에 엷은 갈색 머리의 남자가 탁자 끝자락에 서서 층계를 바라보며 말을 이었다. "미국은 이런 문제에 늘 제대로 대처하더란 말입니다. 우리도 조직을 꾸리기만 하면 됩니다."

내 뒤에서 필립이 크게 한숨을 내쉬었다.

엷은 갈색 머리 남자는 주머니에서 두 손을 빼며 시선을 내게 고정했고 조롱하듯 입술을 일그러뜨렸다. "캔자스, 뉴멕시코, 텍사스, 오클라호마, 앨라배마, 그리고 조지아에 이르기까지……." 손가락으로 수를 꼽아가며 미국의 주들을 말했다. 무슨 이야기를 하려는지 알아차렸다. 그가 예로 든 주들은 무언가로 유명한 곳이었다. "그리고 다른 몇몇 주도 마찬가집니다. 방울뱀 때문에 골치를 앓는단 말입니다." 그가 말을 이었다.

탁자에 앉은 두 할아버지 사이에 이해의 눈빛이 오고가는 것을 나는 곁눈질로 보았고 또 빨간 모자를 쓴 할머니가 반려견을 조금 더 꽉 끌어안는다는 생각도 들었다. 홀 안의 나머지 사람들은 말하고 있는 남자에게 시선을 집중했다. 남자의 시선은 아직도 나를 향해 있었다.

"실외는 사람들이 일을 하고 아이들이 뛰어노는 장소입니다. 누구든지 뱀에 물릴 수 있습니다. 병원에 갈 수 없는 경우도 종종 있거니와 구할 수 있는 해독제가 충분하지 않아서 죽음을 맞는 경우도 있죠. 한쪽 팔이나 다리를 잃는 경우도 있을 겁니다. 매년 방울뱀 때문에 귀한 목숨을 잃는단 말이에요. 뱀들은 집으로 기어들어와 지하실과 다락방에 자리를 잡고 밤이 되면 먹잇감을 찾아 집안을 기어다닙니다. 이 마을에서 그러듯이 말입니다."

나도 모르게 깊은 한숨이 나왔다. 굳이 감추고 싶지도 않았다. 남자의 말은 5분의 1만 진실이고 5분의 4는 순전히 엉터리였다. 간혹 미국에서 사람이 방울뱀에 물리는 일이 생기면 대부분은 심각한 결과가 초래되기 전에 병원으로 옮겨진다. 방울뱀에게 물리는 건 인간의 멍청함과 무모함 때문이다. 하물며 그런 경우에도 치료는 대개 성공적이다. 나는 뱀이 사람의 거주지를 서식처로 삼는다는 자료를 본 적이 없다. 방울뱀도 대부분의 파충류와 마찬가지로 가능한 한 인간과의 접촉을 피한다.

기분 나쁠 만큼 내게 매료된 것으로 보이는 남자는 계속해서 말을 이어갔다. "그래서 봄철에 미국인들은 방울뱀 포획에 나선답니다. 뱀을 잡아서 인도적으로 억류하는 겁니다. 어디까지나 합법적인 도태를 위해서이고 국가기관의 승인하에 이루어지는 일이죠. 뱀의 개체수를 통제하는 방편이기도 합니다. 해독제의 원료인 독액을 얻을 수도 있지요."

남자 때문에 화가 나기 시작했다. 시선 때문만은 아니었다. 그가 말한 방울뱀 포획은 전혀 인도적이지 않았다. 뱀들은 가솔린이나 독성 화학물질 때문에 살던 굴에서 쫓겨나 비위생적인 통에 가득채워져 이동되며 일반적으로 먹이나 물도 제공받지 못했다. 대부분의 뱀은 이동중에 죽고 만다. 살아남은 뱀들 역시 무모한 장난의 희생양이 된다. 그 과정에서 뱀에게 물리는 사고가 뱀들을 그냥 내버려뒀을 때보다 더 많이 발생하기 마련이었다. 포획에서 살아남은 뱀들 또한 끝내 목이 잘리거나 맞아 죽는다. 잔인하고 어리석은 광경일 뿐 아니라 매년 환경에도 막대한 해를 끼치는 일이다.

"그래서 당신은 우리가 당장 뱀 포획에 나서야 한다는 겁니까, 키치 씨?" 처음으로 클라이브 벤트리가 입을 열었다. 나는 그의 억양이 정확히 어느 지역의 것인지 바로 알아차리지 못했다. 그러다가 그가 남아프리카 출신이라는 사실이 떠올랐다.

“오늘밤부터 당장 뱀 포획에 나서서 녀석들을 잡아야죠.” 키치가 말했다. 나는 홀 안을 둘러보았고 흔들림 없이 주목하는 사람들, 고개를 끄덕거리는 이들, 그리고 흉측하게 번뜩이는 눈동자들을 확인했다. 자신보다 약한 대상을 주저 않고 학대하려 드는 사람들의 모습과 별다르지 않았다. 인간은 얼마나 자주 합법적인 이유를 들어 잔인한 짓을 서슴지 않고 벌이는 것일까?

“당신 생각은 어때요, 클래라?” 필립의 질문이 나를 깜짝 놀라게 했다.

나는 키치를 똑바로 쳐다보았다. 그의 무례한 시선을 이미 충분히 받았다. “아주 걱정스러워요. 혹시라도 여러분이 뱀을 한 마리라도 잡을 수 있다고 믿는다면 말이죠.”

키치의 눈이 가늘어졌다. 그는 삼 미터쯤 떨어져 있었지만 나를 향해 다가오는 것처럼 보였다. 그의 눈빛은 더욱 음침해졌다. “아, 내가 잡을 겁니다.” 그의 말이 위협처럼 들렸다.

“방울뱀은 큰 뱀입니다.” 나는 목소리가 내가 느끼는 만큼 떨리지 않기를 바랐다. “방울뱀은 눈에 잘 띄는 굴이나 은신처에 살아요.” 이제는 심장이 너무 빨리 뛰어 가까이 있는 사람들이 내 목에서 맥박이 뛰는 것을 볼 수 있을 것 같았다. 어떡해서든지 사람들과의 대면을 피하고 싶었다. “방울뱀은 비교적 찾기 쉽고 잡기도 쉬워요. 지극히 위험하지만 말이에요. 영국 뱀은 훨씬 작죠. 숨어 다니는데다 사는 굴을 찾기도 쉽지 않아요. 영국 사람들 대부분은 야생 뱀을 한 번도 보지 못했을 거예요."

홀 안이 웅성거렸다. 내가 어떤 마을에 사는지 묻는 소리를 들은 것 같았다.

"더 중요한 사실은……." 나는 다시 말을 이었다. (나는 억지로 키치를 쳐다보았다. 내 얼굴을 샅샅이 훑어보는 그의 시선에 조롱하는 빛이 보이자 달아나서 숨고 싶기까지 했다. 그는 예쁘지 않은 여자에게서는 소용을 찾을 수가 없다는 가치관의 남자였다.) "미 연방법이나 국제법에는 방울뱀을 보호하는 조항이 없어요. 불행하게도 미국에 사는 사람들은 자신들 마음대로 행동할 수 있어요. 이곳에서는 사정이 달라요. 영국에서 야생 뱀을 죽이거나 해를 가하면 법을 어기는 거죠. 그러니 당신의 제안은 불법이에요."

"존 알링턴의 가족에게 가서도 그런 말을 해봐!" 누가 소리를 질렀다.

"그녀의 말이 옳습니다." 문간에서 목소리가 들렸다. 조용해진 홀 안의 모든 사람이 새로 온 남자의 얼굴을 쳐다보았다. 남자는 평균 남자 키보다 약간 크고 호리호리한 체형이었다. 아주 짧은 검은 머리에 검은 테의 직사각형 안경을 끼고 있었다. 나이는 삼십 대 후반이거나 조금 더 많을 것 같았다. 그는 호감 가는 평범한 생김새였고 잘생긴 축은 전혀 아니었다. 특이하거나 주목할 만한 점은 없었지만, 그가 나타나자 흥분된 분위기는 가라앉았고 표면적일지라도 험악해지던 흐름 또한 금세 수면 아래로 가라앉았다.

“『야생동물과 시골 지역 조례』 복사본을 한 부 드리죠, 앨런.” 문간에 선 남자가 말을 이었다. 나는 위엄 있는 분위기를 풍기는 그가 환경청이나 환경식품농무부에서 나온 인물인지 궁금했다. 그가 어디에서 왔든 자리를 기꺼이 양보하고 계단에서 내려갈 마음이 있었다. 그는 사람들이 귀를 기울이게 하는 인물이었다. 반면에 나는 남들이 함부로 쳐다보게 만드는 쪽이었다.

“그거야 아무래도 좋아요, 맷.” 앨런 키치가 대답했고, 그는 내가 홀에 들어온 이후 처음으로 내게서 눈을 돌렸다. “하지만 문제가 있단 말이지. 내 여자친구는 겁이 나서 정원에 나가지도 못할 정도니까요.”

문 옆에 선 신참자 맷은 앨런을 힐끔 쳐다본 뒤 내게 고개를 돌렸다. 그의 시선에는 흔들림이 없었다. 그는 내 눈을 지긋이 바라보았다.

“우리가 약간 도를 지나친 것 같습니다, 베닝 씨. 당신이 설명을 해주지 않겠습니까?” 그가 말했다.

“자연이 심술을 부리는 걸 거예요.” 현재의 상황을 급박하게 여기지 않는 것이 옳은지는 알 수 없었다. 지난 며칠간 뱀 때문에 발생한 여러 사건에 나 역시 당황했지만, 그래도 주위에서 공포가 점점 커지는 것은 정말로 막고 싶었다. “봄철에 기온이 높았죠. 먹잇감이 사방에 널렸을 거예요.” 내가 말을 끝냈다.

“살무사의 천적은 뭡니까?” 맷이 즉각 질문했다. 홀 안의 사람들이 전부 맷과 나의 대화에 귀를 기울이고 있었다. 나는 우리 둘 사이를 빠르게 오고가는 눈빛들을 보았다.

"살무사는 큰 새들, 특히 올빼미의 먹잇감이죠. 그리고 여우나 오소리 같은 큰 포유동물도요."

"그렇다면 올빼미의 수가 늘어나면 문제가 해결됩니까?"

"올빼미를 더 많이 볼 수 있다면 좋을 거예요. 그렇지만 올빼미에게는 자기들만의 번식 계획이 있기 마련이에요." 나는 다른 누군가가 대화에 동참해주었으면 하고 바랐다.

홀 건너편에서 누가 웃었다.

나는 분위기가 밝아진 것을 느끼며 말을 이었다. "실제로 먹잇감이 많으면 올빼미 수가 늘어날 수도 있죠. 굶어 죽을지도 모를 어린 새들도 먹잇감을 찾아 돌아다닐 거예요. 여우 새끼들도 마찬가지고요. 조만간 문제가 저절로 해결될 거예요."

"그전까지 살무사가 집안으로 들어온단 말입니다." 트위드 코트를 입은 뚱뚱한 남자가 말했다. "올빼미 새끼와 여우 새끼가 클 때까지 기다리면서 우린 어떻게 합니까?"

"존 알링턴이 살무사에 물려 죽은 게 확실합니까?" 맷이 끼어든 남자의 발언을 무시한 채 물었다. "그쪽 병원에서 당신과 접촉할 거라고 하던데요."

나는 그가 의사일지 모른다는 생각이 들었다. "글쎄요. 아직 검사가 진행중입니다만 살무사가 원인인 것 같습니다." 그 살무사는 지금 내 집 냉장고에 들어가 있었다.

"그런데 제가 이해하기로, 알링턴 씨는 본래 건강에 문제가 있어서 독에 훨씬 취약했던 건 아닐까요?"

나는 고개를 끄덕였다. "보통은 아주 어린 아이들과 과민성 쇼크에 취약한 사람들이 뱀의 독 때문에 위험해지죠."

"알겠습니다." 맷은 변론을 끝내기로 결심했다는 듯이 대답했다. "저는 우리 모두 차분해야 한다고 말씀드리고 싶습니다. 존 알링턴의 부검 결과가 나올 때까지 기다려보고 정확한 사인을 알기 전까지는 어떤 결론도 성급하게 내리지 말아야 한다는 거죠."

몇몇 사람들이 끼어들려 했다. 맷은 목소리를 높였다.

"그동안 우린 각별히 주의해야 합니다. 1층 창문을 열어놓아선 안 됩니다. 개를 데리고 풀이 무성한 곳을 지나가도 안 되고, 아이들이 정원에서 놀 때는 장화를 신기고 두꺼운 청바지를 입혀야 합니다. 그 밖에 뭐가 있죠, 베닝 씨?"

나는 고개를 저었다. 그는 변호사인 듯했다. 위엄 있는 분위기, 대중을 상대로 편안하게 말하면서 상대를 존중하는 느낌을 주는 것이 그러했다.

"자, 오늘 저는 긴 하루를 보냈습니다. 우리도 클라이브 씨가 저녁을 드실 수 있게 떠나줘야겠죠. 모두 안녕히 가십시오."

그가 홀에서 나가자 나는 안도감에 몸이 떨릴 정도였다. 저러한 자신감과 목소리 톤과 몇 개의 적절한 단어만으로 사람들을 진정시키는 능력이 있다면 기분이 어떨까? 필립 호프우드가 내 옆으로 내려왔다. 그는 확연히 진정한 것 같았다. 층계 맨 아래에서 샐리가 미소를 지었다. 사람들이 떠나는 중이었다. 앨런 키치는 한쪽 구석에서 젊은 남자들 한 무리와 어울리고 있었다. 그들은 뭔가에 대해 열띤 이야기를 주고받는 중이어서, 뱀을 포획하자는 발상이 내가 바란 대로 효과적으로 진압되었는지 의문스러웠다.

"돌아가서 뭐라도 마시죠, 클래라?" 샐리가 말했다.

나는 고개를 흔들었다. "고맙지만 됐어요. 끝내야 할 일이 있어서요."

"같이 가요." 그녀는 나의 푹 숙인 고개와 움츠러든 어깨를 보지 않고, 혹은 무시하고 말했다. 어릴 적부터 그랬다. 나는 원하지 않는 관심의 대상이 될 때면 항상 위축되었다. 우리는 홀에서 나와 주목나무가 늘어선 길로 빠져나왔다.

"당신과 수다를 떨고 싶었거든요." 샐리가 말했다. 내가 대화에 흥미를 보이지 않더라도 개의치 않을 기세였다. "난 밴드에서 연주를 하고 있어요. 모두 다섯 명이죠. 베이스 기타, 리듬 기타, 드럼, 색소폰, 그리고 보컬까지요. 거의 오 년간 함께 해왔어요."

"그러세요?" 대체 그녀가 왜 자신의 사적인 이야기를 내게 털어놓는지 의아할 뿐이었다.

"그런데 몇 주 전에 보컬을 잃었어요. 북쪽으로 이사를 갔거든요. 그래서 내 생각에는……."

나는 걸음을 재촉했다.

"실은 당신이 노래를 잘한다는 걸 알거든요." 샐리가 말했다.

나는 걸음을 멈추고 돌아서서 그녀를 보았다. "난 노래를 못해요."

"다 들었어요. 항상 들었어요. 창을 통해서요." 그녀가 미소를 지으며 말했다.

"테이프 노래였을 거예요." 내가 말했다. 내가 사는 집이 문화재로 지정된 것이 아니라면 이중 유리창을 설치해도 되는지 궁금했다.

"클래라, 난 녹음된 노래와 반주 없이 부르는 진짜 노래쯤은 구별할 줄 알아요. 당신 목소리는 아름다워요."

샐리의 어깨 너머로 앨런과 그의 친구들이 저택 안뜰에 연결된 아치형의 문루로 나가는 것이 보였다. 저택을 등지고 있던 샐리는 그들이 우리를 알아보고 걸음을 멈추는 것을 보지 못했다. 한데 모여서 앨런의 말에 열심히 귀를 기울이는 것, 우리를, 특히 나를 눈여겨보는 것도 알지 못했다. 나는 그들을 무시하기로 하고 샐리의 말에 집중했다. 삼십 대 초반인 그녀는 나보다 나이가 약간 많아 보였으며, 밝은 빨간색으로 염색한 짧은 머리를 기르고 있었다. 황갈색 피부에 옅은 갈색 눈동자를 지녔다. 그녀가 무슨 말을 하고 있지? 내 노랫소리가 지나치게 크다는 말인가?

"미안해요. 방해가 되는 줄 몰랐어요." 나는 노래를 누가 들을 수 있었는지, 완전히 혼자라고 생각했을 때 내 노래에 귀를 기울인 다른 누가 또 있는지 궁금해졌다.

“바보 같은 소리 마요. 밴드에 참여하는 것에 대해 어떻게 생각해요?”

생각이 어떠냐니? 차라리 한쪽 팔을 자르라면 그렇게 하겠다. 어쨌든 샐리는 친절했다. 그녀는 내게 찬사를 늘어놓았다. 그녀의 어깨 너머에서 젊은 남자 패거리가 다시 움직이기 시작했다. 우리에게 다가오기 전에 자리를 뜨고 싶었다.

“사실…… 저는 별로 생각이 없어요. 어쨌든 고맙습니다…….”

“더 생각해볼래요? 멤버들에게 그냥 소개만 시켜줄 수도 있어요. 부담 갖지 말고요.”

“알겠어요. 이제 달리기를 좀 해야 할 것 같아요. 안녕히 가세요.” 황당한 대화를 어서 끝내고 벗어날 생각으로 내가 대답했다.

나는 돌아서서 집에서 멀어지는 방향으로 조깅을 시작했다. 그녀가 나를 무례하게 여길 거라는 걸 알지만 더는 대화를 이어갈 수 없었다. 너무 많은 사람들을 만나고, 너무 많은 말을 했으며 지나치게 많은 관심을 받은 탓이었다. 그 모든 것이 사람과의 접촉이었다. 나는 풀숲을 지나 미끄러지듯이 달렸다. 소란과 동요에서 벗어나 고독과 평화를 찾으려 했다.

운동복을 입지도, 제대로 된 운동화를 신지도 않았지만 개의치 않았다. 속도를 높이며 마을 공터를 가로질러 카터스 레인을 지나 차로 접근할 수 있는 마을의 가장 저지대와 연결되어 있는 외길에 접어들기 직전까지 갔다. 마을 사람들은 이 길을 보텀 레인이라 불렀다. 진짜 이름이 따로 있는지 나는 알지 못했다. 보텀 레인을 따라 쭉 가면 사람이 살지 않는 집 한 채만 나왔다.

나는 그 오래된 집을 쳐다보지도 않고 지나쳤고, 좁은 개암나무 길에 접어들어 너도밤나무 길을 지나 마을을 벗어났다. 숲길을 지나 그 아래에 펼쳐진 농지도 가로질렀다. 예티 강에 다 와서도 계속해서 달렸다. 하늘이 눈에 띄게 어둑해진 뒤에야 발걸음을 돌려 왔던 길을 따라 집으로 향했다.

이때쯤 나는 지쳤다. 아침에 뱀과 일전을 벌이기 전에도 조깅을 했고 하루 종일 먹은 것이 거의 없었다. 흉부가 조이고 관자놀이에 땀방울이 맺혔으며 양팔과 두 다리가 후들거리기 시작했다. 속도를 늦추어 남은 길은 걸어와야 했다. 만약 계속해서 달렸더라면 그 후의 일들은 달라졌겠지.

따뜻하고 습한 봄이었고, 이 무렵 평균 강수량이 예년보다 두 배나 많았던 탓에 마을로 돌아가는 좁고 가파른 길이 아직 축축하게 젖어 있었다. 나는 진득거리는 시커먼 진흙길 몇백 미터를 지나가야 했다. 길 양편의 산울타리는 빽빽하고 높게 자랐으며, 산사나무와 단풍나무, 어린 떡갈나무가 개암나무와 함께 자라고 있었다. 더 크게 자란 나무들이 머리 위에서 만나 연한 초록색 지붕을 형성한 탓에 저무는 해조차 감추어졌다. 흩어진 작은 돌 틈에 삐죽 솟은 단단한 돌부리를 미처 보지 못한 것은 그 때문이었다. 땅에 발을 디뎠을 때 돌부리가 흔들리면서 발목을 접질리며 세게 넘어졌다.

순간적으로 발목과 발이 뜨거워지면서 극심한 고통을 느꼈다. 나는 몸을 일으켜 절뚝거리며 두어 걸음을 옮겼다. 내가 선 곳은 위처가 집의 정문이었다. 나는 문에 몸을 기댄 채 발의 통증이 가라앉고 호흡이 정상으로 돌아오기를 기다렸다.

위처가의 집은 오래된 건물이었다. 삼백 년, 어쩌면 그 이전에 층마다 방이 두 개씩 있는 이층집 네 채가 지어졌는데, 근처 애슐린 영지에서 가사 일을 하던 하인들의 숙소였다고 한다. 세월이 흐르면서 건물들 사이의 벽이 허물어져 네 개의 집은 커다란 집 한 채가 되었다. 그리고 벌써 몇 달째 비어 있었다.

한때 아름다웠던 정원은 지난여름 이후로 사람의 손을 타지 않았지만, 위대한 자연의 집요함은 사람의 도움 없이도 정원에 생명을 불어넣었다. 사과나무 사이에서 작은 백합의 달콤하고 감질나는 향기가 흘러들었다. 나는 욱신거리는 발목의 통증을 잊으려고 눈을 감았다. 잠시 후 호흡은 정상으로 돌아왔고 발목도 약간 뻐근하게만 느껴졌다. 발목만 조금 삔 것 같았다. 나는 다시 눈을 떴다. 그리고 건물 2층 창에서 나를 바라보는 월터 위처를 보았다.

말도 안 되는 상황이었다.

그는 2층의 왼쪽 세 번째 창가에 있었다. 가냘픈 체격에 숱이 적은 흰머리, 흐릿한 눈동자, 축 처지고 늘어진 턱과 짤막하게 남은 하얀 턱수염까지. 놀랍게도 나는 팔을 구부려 손을 흔들려는 자세를 취했다.

왜냐하면 월터는, 이유는 모르지만 이 마을에서 내가 유일하게 편안하게 생각했던 사람이기 때문이었다. 그 역시 자신의 동족을 가능한 한 피하려 한다는 걸 내가 눈치챈 덕분인지도 몰랐다. 그는 시시한 잡담을 나누려는 욕구가 나만큼이나 없었지만 항상 정중했다. 나는 사람들과 마주칠 가능성을 줄이기 위해 이른 아침과 늦은 저녁에 조깅을 하면서도 월터를 마주치는 것은 전혀 개의치 않았다.

월터는 다정하고 상냥한 사람이었다. 그가 부상당한 토끼를 병원에 데려온 적이 있었다. 정원에 쳐놓은 그물에 걸린 토끼였다. 내가 토끼를 치료했고, 이 주 뒤 우리는 토끼를 강가에 풀어주었다.

월터는 언제나 내 눈을 똑바로 쳐다보았다.

토끼를 풀어준 후 일을 마치고 밤중에 집에 돌아갔을 때, 집 현관 앞에 분홍색 달리아 한 다발이 놓여 있었다. 쪽지 같은 것은 남겨져 있지 않았지만 분홍색 달리아가 어느 집 정원에서 자라는지 확실히 알고 있었다. 지금 나는 바로 그 정원에 서 있었다. 고개를 숙이기만 해도 초록색 꽃봉오리를 볼 수 있을 테지만 그럴 수가 없었다. 창가에 서 있는 얼굴에서 눈을 뗄 수 없었으니까. 그는 팔 개월 전에 죽은 사람이었다.

갑작스러운 고함에 나는 깜짝 놀라 돌아섰다. 그리고 다시 뒤를 돌아봤을 때 창가에는 아무도 없었다. 월터의…… 얼굴이…… 사라졌다.

다른 창문을 확인했다. 모두 비어 있었다. 쇠사슬을 두른 정문에는 크고 묵직한 맹꽁이자물쇠가 달려 있었다. 이 미터쯤 되어 보이는 철제 정문의 문살이 창처럼 뾰족했다. 정문을 넘어 집으로 들어가는 것이 불가능하지는 않겠지만 칠십 대 후반 노인이 쉽게 할 만한 일은 아니었다. 정문 양쪽의 울타리도 높고 빽빽했다.

바깥에서 보니 집의 현관문은 충분히 견고해 보였다. 아래층 창문은 판자로 가로막혀 있었다. 그 집으로 누가 들어간 흔적은 보이지 않았다. 내가 본 사람이 절대로 월터일 리 없었다.

또다시 고함이 들렸다. 개를 부르는 여자의 목소리였다. 내가 본 적이 있는 한 쌍이었다. 오십 대 중반의 과부와 스크러피라는 혈기 왕성한 잡종 사냥개였다. 나는 건너편 울타리 속에 숨어 그들이 지나갈 때까지 기다리고 싶은 유혹을 느꼈지만, 스크러피가 속지 않을 것을 알았다. 개는 송로 버섯을 찾는 사냥개처럼 킁킁대며 나를 찾을 것이고, 울타리에 숨은 것이 발각되면 나에 대한 이상한 소문이 한층 멀리 퍼질 것이었다.

나는 2층 창문을 마지막으로 한 번 더 확인한 후 길을 따라 걷기 시작했다. 스크러피와 그녀의 주인이 시야에 들어왔고 개가 나를 향해 뛰어왔다. 함부로 뛰어오르지 않을 만큼 예의가 바른 스크러피는 나를 빤히 보았다. 나는 허리를 굽혀 개의 머리를 잡고 귀를 긁어주었다. 충분히 격려받은 스크러피는 뒷다리로 일어서서 내가 잡을 수 있게 앞발 두 개를 내밀었다. 키가 거의 나만 했다.

"스크러피, 얌전히 있어!"

"괜찮아요." 내가 작게 말했다. 스크러피의 복슬복슬하고 성격 좋아 보이는 얼굴을 보면서 사람을 용모에 따라 판단하지 않는 개들이 얼마나 상냥한지, 동물만 있는 세상에서 살 수 있다면 얼마나 근사할지 생각했다.

"스크러피, 앉아. 이리 온." 스크러피의 목줄이 당겨졌고, 개는 냉큼 물러났다.

"안녕하세요, 클래라. 아름답고 청명한 저녁이네……. 괜찮아요?"

나는 고개를 끄덕이고 억지로 고개를 들었다. 여자는 초록색 눈동자를 지녔으며, 흰머리가 섞인 금발이었다. 내가 그녀의 얼굴을 똑바로 본 적이 있는지 확실하지 않았다. 나는 시선을 떨어뜨렸다.

"괜찮아요. 넘어졌어요. 괜찮을 거예요." 가까스로 대답했다.

나는 발밑의 진흙만 보면서 작은 소리로 작별을 고하고 다시 걸음을 옮겼다. 내가 월터를 보았을 리 없다. 늦은 저녁 황혼의 장난이거나 갑작스러운 통증에 충격받은 머리가 착각을 했던 것이리라.

카터스 레인에 접어들었다. 삼백여 미터를 더 가자 마을 공터에 다다랐다. 이제 막 꽃잎을 닫으려는 데이지꽃들이 풀밭에 떨어진 별처럼 여기저기에 흩어져 있었다.

아직 언덕길을 오백 미터쯤 더 올라가야 했다. 나는 월터의 부고를 전해 들었던 날 아침을 떠올리며 힘겹게 걸음을 옮겼다.

그날, 월터의 아내 에덜린이 나를 기다리며 집 앞에 나와 있었다. 내 퉁명스럽고 재빠른 고갯짓에 만족하지 않은 그녀는 길가로 나와 지나가는 차를 세우듯이 팔을 흔들었다. 나는 심장이 내려앉았다. 에덜린은 나를 볼 때마다 음침한 미소를 지었다. 마치 꼬마 아이가 죽은 짐승에게 사로잡히듯 내게 매료된 것 같았다. 나는 가능한 한 그녀를 피했다.

"월터가 떠났어." 그녀가 느릿하게 말했고, 순간적으로 나는 그 말을 월터가 오십 년의 결혼 생활 끝에 불쑥 떠나버렸다는 뜻으로 이해했다. 나는 그를 절대로 비난하고 싶지 않았다.

그녀가 말을 이었다. "어젯밤에 그랬어. 난 가보지도 않았는데. 아무도 데려가주지 않던걸."

월터가 이삼 주 전에 폐렴으로 병원에 입원한 사실은 알고 있었다. 오래된 주택의 비위생적이고 습한 환경 때문이었다. 나는 진심으로 너무 안됐다고 그녀에게 말했다.

내가 말을 건넬 때, 에덜린은 내 눈을 보지 않고 왼쪽 얼굴을 보았다. 나는 그런 시선에 익숙했지만 대부분의 사람들은 최소한의 예의를 차려 자신의 시신을 감추려 하는 편이었다. 에덜린은 그러지 않았다. 나는 내가 도울 일이 있는지, 아니면 그녀를 어디로든 데려다줘야 하는지 물었다. 그녀는 아침에 병원에서 사람들이 왔고 모든 일을 처리해주기로 약속했다고 말했다.

다음날 아침, 또 그 후 몇 주 동안 그녀는 정원 입구에서 나를 기다렸다. 나는 그녀가 들려주는 새로운 소식을 끈기 있게 들어주어야 했다. 월터가 자기 시신을 병원에 기증했더라는 사실과 또 그의 가족만 참석하는 장례식을 병원에서 따로 치르기로 했다는 것, 마을의 교회 묘지에 묘비를 세울 그녀의 계획까지도.

나는 에덜린을 좋아한 적이 없었던데다 날이 갈수록 점점 그녀가 싫어졌다. 그러나 월터가 죽은 후로 매일 아침 그곳에 들러 관심을 보이고 몇 분 동안 말을 들어주려 노력했다. 아마 그녀는 오랜 세월 동안 외로웠을 거라며 나를 다독였다. 내가 알기로 그녀는 그 집을 떠나지 않았다. 슬퍼하고 겁먹은 그녀를 오직 나만 하루에 몇 분씩 상대해주어야 했다.

결국 나는 오랫동안 그녀를 상대하지 않아도 되었다. 석 달 뒤, 에덜린은 남편을 따라 저세상으로 갔다. 그녀는 시신을 기증하지 않았다. 에덜린이 평생 무언가를 베풀어본 적이 있을까. 역시 그녀는 죽어서도 그러려고 하지 않았다.

본 레인 모퉁이에 다다르자 장미 향기가 풍겼다. 오래된 품종의 진하고 풍부한 사향 같은 향이었다. 장미 덩굴은 담을 넘어 길 가장자리로 제멋대로 자랐으며, 진분홍 꽃이 땅에 닿을 만큼 축 처져 있었다. 나는 꽃 가까이로 몸을 숙였다. 어머니의 향기였다. 어머니는 손수 향수를 만드셨다. 여러 개의 돌 항아리에 소금에 절인 신선한 장미꽃잎을 담아 원액을 추출하셨다. 어머니는 장미향을 몰고 다니셨으며, 집안 곳곳 천과 먼지를 가로지르는 햇살 속에서도 장미향이 떠돌았다. 엄마! 엄마가 여기 왔었어. 조금 전까지 이곳에 계셨어. 쫓아가자, 길을 따라 엄마를 쫓아가야지.

나는 크게 헐떡이다가 갑자기 숨이 막혔다. 겁먹은 꼬마처럼 비명을 질러야 한다는 생각이 차올랐다. 그리고 생각이 났다. 머리를 한 대 맞은 듯 그제야 문득 떠올랐다.

어머니는 돌아가셨다.

순간 질식할 것 같았다. 다시는 정상적으로 숨을 쉬지 못할 듯했다. 내 생명은 이제 끝이야. 지금 이곳, 길 한 귀퉁이에서 외롭고 겁에 질린 어린 소녀가 어머니를 찾아 비명을 지르다 죽게 될 거야.

그러다가 고통이 사그라지면서 다시 숨을 쉴 수 있었다. 여전히 이곳에 남아 움직이고 말을 하고 살아갈 수 있었다. 하지만 어머니는 아니었다.

나는 비틀대며 길을 걸어가 현관문을 열고 전화기로 달려갔다. 그리고 수화기를 들고 번호를 눌렀다.

수화기 너머에서 귀에 익은 목소리가 들렸을 때 나는 헐떡이며 말을 뱉어냈다. "아빠, 저예요."

아버지와 한참 이야기를 나누었지만 무슨 이야기를 했는지는 기억나지 않는다. 편히 주무시라고 인사를 나눈 다음에는 어두운 침실의 열린 창가에 아무 생각 없이 앉아 있었다.

비명이 들려오기 전까지는.

6

한참인 듯 느껴졌지만 불과 몇 초에 지나지 않은 그 순간 동안 나는 꼼짝도 하지 못했다. 가늠할 수 없는 공포가 밀려왔다. 가만히 앉아 빳빳하게 몸을 세운 채 빠르고 가쁜 숨을 내쉬며 완전히 긴장한 상태가 되었다.

그다음에는 어쩔 수 없이 숨어야 했다. 창문을 닫고 문을 잠그고 전깃불을 끄고 납작 웅크렸다. 아이들의 비명이었다. 나는 몸을 일으킨 뒤 창으로 고개를 내밀어 소리가 난 곳이 어디인지 찾으려 했다. 하지만 집 뒤쪽에는 벌판과 숲밖에 없었다.

발목이 계속 아팠기 때문에 절뚝거리며 아래층으로 서둘러 내려가 부츠를 신고 현관문을 열었다. 인접한 집들의 2층 창에서 불빛이 깜빡였다. 비명은 가까운 집들에서 들린 게 아니었다. 나는 길을 따라 언덕을 올라갔다.

꼭대기에 다다르자 대니얼 휴스턴이 후드티를 머리에 뒤집어쓴 채로 자기 집 문간에 모습을 드러냈다.

"폴슨네 집이에요. 도싯 전통 가옥요." 나를 보자 그가 알려주었다.

그를 따라 모퉁이를 돌아서 언덕 아래로 몇 미터 내려갔다. 마침 언덕 아래 첫 번째 집의 문이 열리더니 가족들이 길가로 쏟아져 나왔다. 엄마로 보이는 여자는 채 두 살도 안 된 것 같은 울먹이는 어린아이를 한 팔로 안고, 다른 손으로는 미친듯 비명을 질러대는 일곱 살가량의 남자아이를 붙잡고 있었다. 나이가 많은 남자는 걸음을 옮기는 것도 쉽지 않아 보였다. 그는 한쪽 팔을 감싸고 비틀대며 옆에서 걷는 젊은 남자에게 몸을 기댔다. 다섯 명 모두 상당히 충격받은 듯 보였다. 여자의 시선이 내게 꽂혔다.

"온통 뱀이에요! 집안 전체에요. 남편이 물렸어요!" 그녀가 소리쳤다.

젊은 남자가 휘청거렸다. 대니얼은 작게 욕을 내뱉으며 앞으로 달려갔다. 그는 두 남자 사이에 끼어들어 양쪽으로 팔짱을 꼈다.

"갑시다. 우리집으로 가요. 거기서 구급차를 부르면 돼요." 대니얼이 말했다.

내 이웃인 샐리를 포함해 다른 사람들도 도착했다. 샐리는 놀란 눈으로 나를 힐끔 쳐다보았고 대니얼과 함께 폴슨 가족을 데려가는 일을 도왔다.

"대체 무슨 소동이야?" 나와 같은 거리에 사는 듯한 턱수염을 기른 중년 남자가 물었다.

"닉이 물렸어." 모임에서 본 앨런 키치의 친구 중 한 명인 다른 남자가 대답했다. "할아버지는 어떻게 된 건지 모르겠어. 머리를 부딪혔다고 누가 그런 것 같은데."

"경찰을 불러야 할까? 휴대전화를 줘봐, 스티브." 함께 있던 남자가 말했다.

"앨런을 불러야겠어." 스티브가 말했다. 그는 자리를 뜨지 않고 나를 쳐다보았다. 그들은 모두 나를 보고 있었다.

폴슨의 집 현관문은 여전히 열려 있었다. 집안에는 불도 켜져 있었다. 나는 현관으로 이어지는 좁은 인도교를 지나 문간에 섰다. 그 집은 전통적인 도싯의 가옥 형태로 넓고 길쭉했다. 집의 너비만큼이나 큼직한 입구가 보였다. 마룻바닥에는 축축한 자국이 있고 잡초 조각이 군데군데 보였다. 나는 왠지 모르게 그 흔적들이 신경쓰였다.

나는 집안에 들어서면서 문을 밀어서 약간 열어놓았다.

벽면은 노란색이고 커다란 거울이 문 맞은편에 걸려 있었다. 거울에 내 모습이 비쳐 보여서 재빨리 옆으로 비켜섰다. 거의 닫혀 있는 현관문 뒤에서 남자들이 수군대는 소리가 들렸다. 그들은 나와 함께 행동할 용기를 내지 못했다.

도싯의 전통 가옥에는 나 혼자만 있는 게 아니었다. 둥글고 까만 눈동자들이 방 곳곳에서 나를 지켜보고 있었다. 가느다란 몸뚱이는 내 움직임을 좇아 앞뒤로 흔들렸고, 작은 혀는 공기를 맛보고 냄새를 맡느라 쉴 새 없이 날름거렸다. 달아날까? 잡아먹을까? 뱀들은 결정을 내리지 못하고 있었다.

나는 조심스레 걸음을 옮겨 열려 있는 주방문을 지났다. 길고 우아한 몸뚱이가 식기장의 팬 홈을 따라 곡선을 그리며 물 흐르듯 미끄러지는 것을 잠시 지켜보았다. 천장 가운데의 전등갓에도 한 마리가 매달려 있었다. 주방을 둘러보며 뱀이 몇 마리이고 어디에 있는지 확인하면서 다시 현관으로 나와서 거실로 들어갔다. 까맣고 가느다란 꼬리가 소파 뒤로 사라졌다. 한 마리는 단단히 똬리를 튼 채 안락의자 위에 잠들어 있었다. 커튼 줄을 타고 천천히 기어오르는 녀석도 있었다.

충분히 상황을 살핀 나는 다시 현관으로 와서 현관문을 열었다. 네 사람의 눈동자가 내게 향했다. 나는 언덕을 뛰어오르는 어떤 사람을 보았다. 본 적이 있는 사람 같았다.

"풀뱀들이에요. 뱀이 너무 많아서 가족들이 놀란 건 이해되지만 위험한 뱀은 아니에요." 내가 말했다.

그들은 서로 쳐다보았다. 여전히 조심스러워하며 내 말을 믿어야 할지 확신하지 못하고 있었다.

"닉이 물렸는데 아주 고통스러워해요. 구급차를 불렀어요." 다시 나타난 대니얼이 말했다.

"뱀들은 대부분 위협을 느끼면 물어요. 독은 없어요. 닉이라는 분도 며칠간 통증을 느낄지 모르지만 괜찮아질 거예요."

"망할 것들이 어떻게 집안에 들어갔죠? 맨디는 뱀이 수백 마리나 된다던데요." 스티브가 물었다.

"음, 열 마리는 넘더라고요." 나도 인정했다. "뱀이 집안에 어떻게 들어갔는지는 몰라요. 아무튼 이제 뱀을 포획, 아니 모을 거예요."

사람들 사이에 긴장이 줄어든 것이 느껴졌다. "우린 뭘 하죠?" 그들 중 한 명이 물었다.

"뱀을 담을 만한 것들을 가져다주세요." 내가 대답했다. "덮개가 있는 양동이가 가장 좋아요. 속을 비운 베갯잇도 괜찮고요. 저희 집 문이 열려 있어요. 누가 뛰어갈 수 있으면 현관에서 자동차 열쇠를 찾아서 자동차 트렁크에 있는 플라스틱 상자를 가져다주세요." 나는 스티브가 고개를 돌려 내 눈을 보게 했다. "그리고 필요한 물건들이 오기 전까지 아무도 이 집에 들어가면 안 돼요. 뱀에게 손을 대서도 안 되고요." 그는 나를 쳐다보았다. 그는 아직 결정을 내리지 못하고 있었다.

나는 돌아서서 집안으로 들어갔다. 주방에서 양동이를 보았었다. 빨리 시작할수록 빨리 끝날 것이다.

오 분 뒤, 주방 안은 긴장한 풀뱀들의 톡 쏘는 냄새가 가득했다.

뱀은 위협을 받으면 꽁무니에서 역겨운 물질을 배출한다. 무해하지만 아주 불쾌하다. 뱀들은 몸집에 비해 꽤 훌륭한 싸움꾼이어서 두 번이나 물릴 뻔했다. 나는 절대로 몰상식하지 않지만 뱀 네 마리를 양동이 하나에 담아버렸다. 뱀들은 모두 건강하고 어린 녀석들이었다. 올해 이른 봄에 부화했거나 고작 한 살 정도에 불과하다는 사실은 분명했다.

사람들의 목소리와 발소리가 들리고 잠시 후 현관문이 열렸다.

"난 문 앞을 지킬게. 미안해, 친구들. 뱀은 정말 질색이라."

"병신!" 비웃는 사람이 누구인지 몰라도 발음이 거셌다. 그들은 너무 시끄러웠다. 남자들이란, 조금 전까지 겁쟁이였다가 금세 용감한 척 허세를 부린단 말인가. 겁먹은 한 떼의 무리들이 이제는 모험에 나선 소년 일당이 되어 있었다.

"그 여자가 안에 있어."

나는 돌아서서 남자들을 보았다. 전부 네 명이었다. 턱수염을 기른 내 이웃, 키치의 친구 스티브, 대니얼 휴스턴, 그리고 모임에서 본 적이 있는 차분한 말투를 쓰는 검은 머리의 맷이었다. 몇 명은 양동이를 가져왔고, 대니얼은 내 차에서 꺼내온 운반 상자를 들고 있었으며, 스티브는 베갯잇 뭉치를 팔에 걸치고 있었다. 공정하게 평가하자면, 그들은 정확히 요구받은 대로 행동했으며 시간을 허비하지도 않았다.

"무슨 냄새지?"

"화난 풀뱀 냄새로군." 맷이 말했다. 그와 나는 눈이 마주쳤다. 안경 너머의 눈동자는 연한 회색이었다.

"이제 괜찮을 거예요, 고마워요." 물품들을 향해 돌아서며 내가 웅얼거렸다. 그런데 잠시 후 아무도 움직이지 않는 것을 알았다.

"집이 조용해야 일하기에 좋을 것 같아요. 이제 나한테 맡기세요." 그들에게 돌아서며 내가 말했다.

"괜찮아요. 우리가 돕죠." 턱수염을 기른 남자가 말했다.

이런, 또 소란을 피울 거란 말인가? 한밤중인데다 뱀이 사방에 천지인데 아직도 혼자일 수 없다니. 나는 고개를 저었다.

"당신들을 끼어들게 할 수는 없어요. 한 명이라도 다치면 내가 책임을 져야 할지도 모르고요."

"아니, 당신 책임은 없습니다." 맷이 말했다.

나는 차분한 회색 눈동자를 응시했다.

"우리는 당신과 어떠한 계약 관계도 아닙니다. 또 당신이 우리를 돌봐야 할 의무가 있는 것도 아니죠. 우리는 우리 뜻대로 이곳에 왔습니다. 당신의 조언은 들었고 다만 따르기를 거부하는 겁니다. 폴슨 가족은 우리 친구니까 돕고 싶다는 말이죠."

맞아, 그는 변호사였지. 잠깐 동안 그에게 모든 일을 내맡기고픈 유혹이 들었다. 직사각형 안경을 낀 남자의 뜻은 분명했다. 나는 그를 이길 수 없었다. 내가 이 일에서 빠지면 스스로 체면을 구기게 된다. 그러지 않으려면 함께 일을 하는 수밖에.

"전에 뱀을 다뤄본 사람이 있나요?" 내가 물었다. 네 명 모두 고개를 흔들었다.

"알겠습니다. 중요한 점은 뱀이 여러분을 해칠 수는 없다는 거예요. 그러니 뱀이 다치지 않게 조심해주세요. 한쪽 손으로 뱀의 주의를 흐트러뜨린 후 다른 손으로 붙잡는 거예요. 시간을 너무 끌진 마세요. 뱀의 성질만 돋울 뿐이니까요. 뱀을 확실히, 그렇지만 조심스럽게 붙잡은 후에 상자에 넣으세요. 네 마리 이상은 함께 담지 말고요. 뱀을 담은 상자는 바깥에 두세요. 바깥에 계신 분들이 지켜주시겠어요?"

몇몇이 고개를 끄덕였고, 그러겠다고 말하기도 했다.

"다른 사람은 아무도 집안에 들여보내선 안 돼요." 내가 덧붙였다. 앨런 키치와 그 일당이 풀뱀을 잡아들일 채비를 하고 도착할까봐 겁이 났다.

"알겠어요. 어서 끝내죠." 대니얼이 말했다.

"난 위층을 맡을게요." 내가 말했다.

나는 베갯잇 몇 장을 받아 현관을 가로질렀다. 나선형 계단을 오를 때 등뒤에서 인기척을 느꼈는데, 모퉁이를 돌아선 뒤에야 맷이 뒤에 있는 것을 알았다.

"잠깐." 맷이 말했다. 그는 내 오른쪽 다리 옆의 계단으로 팔을 뻗었다. "잡았다." 그는 히죽 웃으며 작고 진한 회색 뱀을 들어올렸다. 우아한 흰 무늬가 있는 뱀을 나는 보지 못했다. 내가 베갯잇을 벌려서 내밀자 그는 뱀을 그 속에 떨어뜨렸다.

“가족들의 상태는 어때요?” 계단 꼭대기에 이르러 물었다. 질문을 하고 나도 놀랐다. 수다를 떨고 싶은 마음이 없을뿐더러 얼른 일을 마치고 돌아가고 싶을 뿐이었으니까.

“저기 또 한 마리가 있습니다.” 맷이 내 어깨 너머로 팔을 뻗었다. 그는 샤워를 한 지 삼십 분도 되지 않았다. 샴푸 냄새가 풍겼고 뒷머리는 아직 젖어 있었다. 새벽 3시에 샤워를 해야 할 까닭이 뭔지 궁금했다. 그가 다가와 밀치는 바람에 나는 뒤로 물러서야 했다.

“미안합니다.” 그가 몸을 바로 세우며 말했다. 뱀은 놓쳤다. “작고 미끈한 놈들이라서요. 맨디와 아이들이 흥분한 것만 빼면 괜찮습니다. 앰블린 씨의 상태가 가장 나쁜 것 같더군요. 머리를 심하게 부딪혔어요. 닉은 고작 풀뱀 때문에 난리를 피웠다며 창피해하더군요.”

나는 층계 꼭대기에서 주위를 둘러보았다. 우리는 집을 가로지르는 길고 좁은 복도에 서 있었다. 문은 다섯 개 있었고 대부분 열려 있었다. 나는 가옥의 목재 뼈대들과 2층이 지붕과 바로 연결된다는 점이 걱정스러웠다. 방들은 낡은 목재와 엉성한 플라스터 보드로 구분되어 있어서 틈과 구멍투성이였다. 2층에서 자기 마음대로 돌아다닐 수 있는 뱀들을 잡기는 쉽지 않을 것 같았다.

“어쨌든, 난 맷 호어입니다. 정식으로 인사를 나눈 적이 없는 것 같군요. 악수를 하고 싶은데 뱀을 쥐고 있어서. 아니 이런, 내가 뱀을 죽였나 봅니다."

나는 뱀을 보았다. 과장해서 말하자면, 맷 호어가 잡은 뱀은 괴물 같았다. 일 미터가 훨씬 넘는 길이에 몸통이 굵었다. 그의 손안에서 뱀이 축 처져 움직이지 않고 아가리를 벌린 채 청회색 혀를 내밀고 있었다.

"아무 짓도 안 했는데." 겁을 먹은 그가 변명했다.

나는 베갯잇을 내밀었다. "괜찮아요. 풀뱀은 위협을 느끼면 종종 죽은 척을 하니까요."

그는 믿기지 않는다는 듯 들고 있는 뱀을 내려다보았다. "이 녀석이 죽은 척을 한단 말입니까?"

나는 고개를 끄덕였고 내밀고 있던 베갯잇을 살짝 흔들었다. 맷은 눈치를 채고 여전히 축 늘어져 있는 뱀을 하얀 무명 자루 속에 내려놓았다. 손에서 풀려나자 뱀은 다시 움직이기 시작했다.

"음, 난……." 그는 고개를 흔들고 나를 쳐다보았다. "클래라, 맞습니까? 우린 정원이 서로 맞닿아 있습니다. 가끔 당신이 노래하는 걸 들은 적도 있어요. 자, 이제 뭘 하죠? 부부 침실부터 시작해 돌아오는 게 어떻습니까?"

왼쪽으로 돌아선 맷을 뒤따르면서 그가 어떻게 이 집의 침실 위치까지 아는지 의아했다. 한편 사람들이 대체 나를 어떻게 생각했는지도 궁금해졌다. 마을의 음유시인? 내 집이 문화재 건물이든 아니든 유리창 공사를 해야 할 것 같았다.

"그래, 이 미끈한 녀석, 꼼짝 마라." 그는 침대를 향해 훌쩍 뛰더니 침대 위에서 똬리를 틀고 있던 뱀을 잡아 내게 내밀었다.

"분발하십시오, 클래라. 지금까지 삼 대 영으로 내가 이기는 중이니까."

"난 아래층에서 네 마리를 잡았어요. 그런데 뱀을 처음 잡아보는 게 확실해요?" 나는 평범한 사람이 그처럼 손쉽게 뱀을 잡고 다루는 것을 본 적이 없었다. 익숙하지 않은 사람들에게 뱀은 아주 위협적인 생물이니까.

"처음이긴 한데, 아버지가 강에서 고기를 잡으셨습니다. 방학 때면 아버지를 도왔었죠. 완전히 다 자란 뱀장어를 잡을 줄 알아서인지 풀뱀쯤은 식은 죽 먹기네요."

나는 그의 말을 온전히 믿기로 하고 내 득점을 높이는 데 열중했다. 다섯 마리의 뱀을 더 잡는 동안 우리는 벽장을 살피고 서랍장을 열고 옷장 위로 올라갔다가 끝으로 침대를 다시 정리해놓았다. 한 가족의 사유 공간을 침범한다는 생각을 지울 수 없었지만, 일이 끝나면 이 집의 가족은 우리에게 고마워할 것이다. 마침내 우리는 부부 침실과 침실에 딸린 화장실에는 뱀이 없다고 선언했다. 침실 문을 닫은 후 옆방으로 이동했다.

"됐습니다. 이제 충분히 공을 세운 것 같으니 하나만 물어보죠. 지금까지 계단과 방 하나에서만 여덟 마리를 잡았는데, 어떻게 이렇게 많은 뱀이 집안에 들어올 수 있습니까?"

좋은 질문이었다. "나도 몰라요." 솔직히 대답했다. "풀뱀은 짝짓기를 하려고 무리를 이뤄요. 매년 이 무렵이 되면요. 동면에서 깨어나서……." 나는 말을 멈췄다. 비록 파충류에 관해서지만 낯선 사람과 그런 이야기를 나누는 것은 불편하게 느껴졌다.

"파티로군요?" 맷이 말했다. 나는 바닥을 내려다보고 있었지만 목소리만으로도 그가 웃고 있음을 알 수 있었다.

"어쩌면 개울을 찾아가다가 길을 잃은 건지도 몰라요. 한 마리가 열린 문으로 들어오고 나머지가 뒤를 따랐다든지." 고개를 들며 내가 대답했다.

맷은 다음 방의 문간에 멈춰 섰다. "이런 일이 발생한 사례에 대해 들은 적이 있습니까?"

나는 고개를 저었다. "한 번도 없어요."

그는 질문을 더 할 것처럼 잠시 나를 쳐다보더니 곧 방안으로 들어갔다. 나는 그를 따라갔다. 우리가 들어선 곳은 남자아이의 방으로, 환한 색으로 칠해진 어수선한 방에 장난감과 마블 코믹 포스터가 가득했다. 열려 있는 서랍들에서 옷가지가 튀어나와 있었다. 우리는 레고 조각과 변장 놀이 상자의 내용물을 훌쩍 넘어 걸음을 옮겨야 했다.

칠팔 개월도 되지 않았을 두 마리의 어린 뱀이 창턱 위에서 서로 몸을 휘감고 있었다. 나는 그들에게 다가갔다. 대학에서 파충류를 전공했으며, 파충류와 함께 경력을 쌓아갈 생각을 했고, 실은 뱀보다 도마뱀들을 좋아하는 나지만 이 두 마리 뱀은 정말로 귀여웠다. 사십오 센티미터 길이에 굵기는 연필 정도밖에 되지 않았다. 연한 초록색 몸에 반짝이는 검은 눈동자, 조그맣고 생기 넘치는 혀를 지니고 있었다.

"오호, 꽤 큰 놈이로군. 너도 베갯잇으로 들어가야겠구나." 맷이 뒤에서 말했다.

이 순간 무슨 이유로 뒤를 돌아보았는지는 알 수 없다. 맷이 혼자서도 일을 잘했으므로 그를 눈여겨볼 필요가 없다고 판단한 뒤였다. 그런데 나는 돌아섰다. 그리고 마침 그가 잡으려는 뱀을 보았다. 헉 하고 숨이 막혀 말을 할 수 없었다. 꽉 막힌 목구멍 사이로 억지로 소리를 끌어내야 했다.

"만지지 마요!"

맷은 당황했지만 전혀 놀라지 않은 채 고개를 돌렸다. "왜, 무슨 문제라도?"

뱀은 몸을 세우며 느긋하게 사방을 둘러보다가 곧 자기 앞에 서 있는 남자에게 주의를 집중했다. 우리는 뱀을 보았다. 나는 뱀의 비늘 문양과 머리 형태에 대해 수년 전에 배웠던 내용을 떠올리려 무진 애를 썼다. 뱀의 등에는 독특한 오렌지색 무늬가 있었다. 무늬의 색깔은 별로 중요하지 않았다.

"물러서요. 큰 걸음으로 아주 천천히요."

맷은 내가 시키는 대로 했다. 뱀은 건들거리며 몸을 더 높이 세우고 그를 보았다.

"다시요. 한 걸음 더요. 천천히 움직여요."

그는 다시 한 걸음 물러섰다. "대체 뭐죠? 무슨……."

"말하지 마세요. 계속 뒤로 와요." 내 목소리는 겨우 들릴 정도였다.

뱀은 몸을 젖힌 채 가만히 있었다. 전형적인 공격 자세였다. 나는 숨을 참았다. 나는 문에서 두 걸음 정도 떨어져 있었고, 맷은 나보다 방 안쪽에 있었다. 그가 크게 뒷걸음질을 쳤고, 나는 그의 어깨에 손을 올려 내 쪽으로 끌어당겼다. 우리 둘 모두 문간에 섰고 나는 그를 내 뒤로 보냈다. 그러는 동안에도 뱀에게 눈을 떼지 않았다.

뱀도 우리를 계속 지켜보고 있었다. 우리가 물러서자 뱀은 진정했지만 아직 우리를 보고 있었다. 뱀의 길이는 일 미터가 조금 넘어 보였다. 사람의 눈이 좇아가지 못할 만큼 재빠른 뱀의 공격은 자기 몸길이의 절반 정도 거리에서만 가능했다. 지금은 안전하지만 뱀이 움직이기라도 한다면 얼른 문 뒤로 몸을 피해야만 했다. 맷은 내 뒤에 바싹 붙어 있었다. 목덜미에 그의 숨결이 느껴졌다.

"풀뱀이 아니군요." 맷이 말했다.

7

뱀과 마주보면서 나는 옛날이야기 중에 최면을 거는 능력을 가진 뱀에 대한 것이 있는지 궁금해지기 시작했다. "그래요, 풀뱀이 아니에요."

"그럼 뭐죠? 살무사처럼 보이지는 않는데."

"사람들을 밖으로 내보내세요. 아무것도 손대지 못하게 하고요. 가능한 한 창문과 문을 전부 닫아주면 좋을 텐데, 어쨌든 지금부터는 절대로 뱀에게 다가가지 마세요. 뱀에게 물린 남자를 바로 병원으로 옮겼는지 확인하세요. 상태를 계속 지켜봐야 할 거예요. 그리고 비어 있는 운반 상자를 갖다주세요. 망치나 도끼 같은 도구도 함께요. 최대한 서둘러요."

"대체 어떡하려고……."

"시키는 대로 하세요!"

맷은 갔다. 마룻바닥을 쿵쿵거리며 복도를 지나 계단을 뛰어 내려가서 다른 세 남자에게 고함치는 것이 들렸다. 이유를 묻고 심지어 따지려 들던 그들은 결국 전부 집밖으로 나갔다. 현관문이 세게 닫힌 후 집이 고요해졌다.

갑작스러운 소란에 불편해진 뱀은 열려 있는 벽장의 피난처를 향해 움직이기 시작했다. 뱀이 벽장 속으로 들어간다면 녀석을 가두고 도움의 손길과 적절한 도구가 올 때까지 기다릴 수 있다. 오, 제발 안으로 들어가렴.

그러나 뱀은 벽장 속으로 들어가지 않고 벽장 문을 타고 기어오르기 시작했다. 오래된 떡갈나무 문에 새겨진 조각 덕분에 기어오르는 데에 아무 어려움이 없었다. 벽장 위에 다다른 뱀은 곧 그 너머로 사라졌다.

평정심을 유지해야 했다. 벽장 위로 올라간 뱀을 사로잡거나 그러지 못하면 죽이는 수밖에 없었다. 한편, 방안이나 집안 다른 곳에도 같은 뱀이 있을 가능성이 있었다. 내가 사람들을 위험에 몰아넣었다는 사실을 깨닫자 현기증이 났다. 그들을 집안에 들여서는 안 되는 거였다.

좋아, 생각해보자. 혼자 저 뱀을 상대할 수 있을까? 도와줄 사람들은 언제쯤 올 수 있을까? 가장 가까운 동물원은 몇 킬로미터나 떨어져 있을뿐더러 지금은 한밤중이었다.

계단을 가볍게 뛰어오르는 발소리가 들리자 나는 극도로 안도했다. 남의 도움을 기다리는 내 모습은 이날 밤 가장 실망스러웠던 일이었다. 어른이 된 후로 한 번도 남자에게 의지해본 적도 없고 스스로 자신을 돌보는 데 아주 익숙한 나인데 처음으로 진짜 위험을 맞닥뜨리게 되자 감상적으로 변해버렸다.

맷은 층계참을 조용히 가로질렀고, 나는 잠시 그를 쳐다보느라 벽장에서 눈을 떼는 위험을 감수했다. 놀란 듯 눈을 크게 뜨고 있는 그는 운반 상자와 나무를 쪼개는 용도의 커다란 도끼를 가져왔다. 놀라운 광경이었을 것이다. 도끼를 휘두르는 광인과 벽장 위의 뱀, 둘 중 하나와 싸워야 한다면 평소의 나는 기꺼이 도끼를 든 광인 쪽을 택했으리라.

"이쪽으로 오세요." 맷이 문간에서 손짓을 했다. 나는 고개를 저었다.

"고집부리지 말고요." 그는 겨우 들을 수 있을 만큼 아주 작게 말했다. 나는 자신도 모르게 그를 향해 뒷걸음질을 했다.

"정체가 뭡니까?" 본능적으로 목소리를 낮추며 그가 물었다.

"확실하진 않아요." 내가 대답했다. 백 퍼센트 확신할 수는 없었다. "가능성은 적은데……."

그는 말없이 나를 쳐다보기만 했다.

"타이판인 것 같아요." 내가 대답했다.

"뭐요?" 그는 실망한 것 같았다. 내 입에서 위험하기로 유명한 코브라, 살무사, 방울뱀의 이름이 나올 거라 기대했던 모양이었다.

"타이판요. 호주산 뱀이에요." 내가 다시 말했다.

"위험한 뱀입니까?"

나는 고개를 끄덕였다. "세상에서 가장 위험한 뱀이에요."

맷은 내 팔을 잡아 문밖으로 당겼고, 우리는 밖으로 나왔다.

"알겠습니다. 우린 여기에 있죠. 경찰이 오고 있어요. 대처할 수 있을 겁니다."

나는 그러고 싶지 않았다. 필요한 경우에 나는 제법 강인하니까.

"절대로 안 돼요. 당신이 살무사를 많이 다뤄본 노련한 파충류학자를 삼십 분 안에 이곳에 데려올 수 있다면 기다릴게요. 정말로 나도 저 방에 다시 들어가고 싶지 않아요. 하지만 생전 뱀을 다뤄본 적이 없는 젊은 경찰들에게 저 뱀을 잡으라는 건 그들을 사지로 내모는 거나 다름없어요."

맷은 못 믿겠다는 듯 인상을 찡그렸다. 무서운 뱀과 마주친 여느 여자들처럼 내가 호들갑을 떨며 예민하게 군다고 생각하는 것이다. 그를 납득시켜야 했다.

"타이판은 대단히 공격적인 뱀이에요. 빠르고 강하죠. 한 마리가 경찰 대대 전체를 몰살시킬 만큼 강한 독을 가졌단 말이에요. 저 뱀에게 물린 사람은 몇 시간 안에 죽어요. 게다가 도싯 주립 병원에 알맞은 해독제가 있는지도 의심스러워요."

"그러면 집을 폐쇄하고 전문가가 올 때까지 기다립시다. 당신이 말한 파충류 어쩌고가 올 때까지요."

"파충류학자요. 그런데 이 집을 보세요. 지은 지 사백 년은 됐을 거예요. 사방에 구멍과 틈이 있잖아요. 뱀이 빠져나갈 수 있어요. 당신 역시 저 뱀들이 마을에 돌아다니는 걸 바라지 않을걸요."

그가 고민하는 것을 알 수 있었다. 가만히 서서 그를 바라보면서 나는 그가 순전히 자신이 남자이고(이때쯤 내가 확신하기로는) 변호사라는 것만 믿고 어리석게 이 일에 뛰어들어 책임을 떠안으려 하는 것에 화가 났다. 그러면서 동시에 그가 자기주장을 굽히지 않고 내가 침실에 들어가는 것을 말려주었으면 하는 바람도 있었다. 한순간에 고통스럽게 죽을 수도 있다는 생각이 들자 놀랍게도 평생 동안 가치를 두지 않았던 것들이 소중하게 생각되었다.

"좋습니다. 그럼 당신의 계획은 뭐죠? 내가 찬성한다는 보장은 없지만 이야기나 한번 들어봅시다."

"어서 뱀을 잡아야죠. 어쩌면 죽여야 할지도 몰라요. 하지만 생포하는 편이 조금이나마 덜 위험할 거예요."

"정확히 어떤 방법으로요?"

"뱀은 벽장 위에 있어요. 당신이 도울 맘이 있다면 우선 뱀을 쳐서 떨어뜨려야 해요. 그런 다음 도끼를 막대처럼 쓸 거예요. 당신이 도끼 자루로 뱀을 공격하는 척하면 뱀이 도끼 자루를 물 거예요. 그러면 내가 뱀의 목덜미를 움켜잡을 수 있어요. 그리고 상자에 담으면 돼요."

"맙소사!" 그는 주위를 둘러보며 창문 아래에 통풍구가 있고 나무 들보에도 구멍이, 또 지붕으로 하늘이 내다보이는 것을 알아챘다. "당신 말이 맞습니다. 뱀이 빠져나갈 가능성이 충분해요. 한데 정말 당신 말대로 될 거라고 확신합니까?"

막상 질문을 받자 전혀 확신할 수가 없었다. 그렇지만 고개를 끄덕였다. "해보죠."

나는 문 쪽으로 돌아섰다. 먼저 뱀이 벽장 위에 아직 있는지 확인해야 했다.

"잠깐만."

나는 돌아보았다. 맷이 갈색 가죽 재킷을 벗어서 내게 건네주었다. "이걸 걸치십시오." 그가 당부했다.

나는 고급 면 스웨터를 입고 있었다. 타이판에게 물린다면 전혀 보호가 되지 않을 것이다. 그런데도 나는 고개를 저었다. "뱀이 당신을 먼저 물려고 할 거예요. 그냥 입고 있으세요."

"난 닉의 옷을 빌려 입으면 됩니다. 어서 재킷을 걸쳐요. 장갑도요. 그리고 그대로 있으세요."

나는 맷의 재킷 소매에 팔을 집어넣고 어깨에 걸쳤다. 체격이 큰 남자가 아니었지만 옷은 내게 컸다. 두껍고 질긴 가죽 재킷은 확실히 도움이 될 것 같았다. 옷에는 그의 온기가 남아 있었다. 재킷을 걸친 순간 내가 몸서리를 친 것도 당연했다. 호주머니에서 찾아낸 장갑은 쓸모가 없어서 벽 쪽으로 던졌다. 내 장갑을 가지러 집까지 다녀오기에는 너무 늦었다. 나는 문간에 서서 방안의 움직임을 살피며 내 판단이 옳은지 다른 가능한 대안은 없는지 생각했다. 전문가가 올 때까지 기다리는 것이 유일하게 상식적인 행동일 테지만, 타이판이 집밖으로 나간다면 정말 위험해진다. 그리고 전문가보다 경찰이 먼저 도착할 것이다. 경찰이 내 말을 듣는다는 보장은 없으며, 자기들이 직접 뱀을 잡겠다고 나설지도 모를 일이었다. 적어도 나는 내가 맞닥뜨린 상황을 온전히 이해하고 있었다. 맷이 초록색 퀼트 코트를 입고 돌아왔다. 그의 오른팔은 크게 부풀어 있었고, 코트 소매 끝으로 수건이 삐죽 나와 있었다. 주저하지 않고 방으로 들어간 그가 사방을 둘러보았다. 그리고 침대 위의 오리털 이불을 복도에 내던졌다.

"확인해보십시오." 그가 말했다. 살펴보니 아무것도 없었다.

내가 그에게 고개를 흔들자 그는 침대로 올라가 벽장 위를 살폈다. 나도 방으로 들어가서 혹시 뱀이 빠져나온 흔적이 있는지 방의 왼쪽에서 오른쪽으로 위에서 아래로 샅샅이 살폈다.

"아직 있군요. 똬리를 틀고 나를 보고 있습니다." 맷이 말했다.

"바닥으로 떨어뜨려야 해요. 벽장 위에 있으면 잡을 수가 없어요." 말처럼 쉽지 않다는 건 나도 알았다.

"한쪽 구석으로 떨어뜨려보겠습니다. 준비됐습니까?"

나는 그의 옆을 지나갔다. 벽장은 벽과 사십오 센티미터쯤 떨어져 있었다. 방의 어질러진 상태를 고려해보면 그 사이 공간은 소년의 흔적이 없이 의외로 깨끗했다. 만약 맷이 뱀을 그 속에 떨어뜨릴 수 있다면 우리에게 승산이 있을 것이다. 그러나 궁지에 몰린 뱀이 몹시 사납게 굴 가능성도 있었다.

"준비됐어요." 앞으로 벌어질 일을 준비할 수 없다는 걸 알면서도 대답했다.

맷은 도끼날을 두 손으로 잡고 도끼 자루로 벽장 위를 휘저었다. 뱀이 고개를 쳐들며 괴성을 질렀다. 깜짝 놀란 맷은 뒤로 물러나면서 폭신한 매트리스 위에서 휘청거렸다. 그는 뱀을 향해 도끼 자루를 다시 휘저어 가까스로 뱀을 밀어낸 직후 뒤로 넘어졌다. 뱀은 벽장 가장자리로 굴러떨어지다가 공중에서 몸을 비틀어 회전했다. 그러고는 맷이 널브러져 있는 침대 위에 떨어졌다.

"피해요!" 나는 고함을 질렀다.

맷은 침대 한옆으로 몸을 굴린 후 벌떡 일어섰다. 뱀이 그에게 돌진했다. 맷은 비틀거리며 물러나다가 창턱에 부딪혔다. 그의 손에서 도끼가 떨어졌다.

나는 몸을 숙이고 손에 잡힌 것을 뱀에게 던졌다. 이 집 소년의 다스베이더 가면이었다. 가면은 뱀의 뒷머리를 정통으로 때렸다. 타이판은 몸을 흔들며 고개를 돌렸다. 방의 양방향 끝에서 위협을 당한 뱀은 무엇을 해야 하는지 모르는 듯 보였다. 잠시 후 뱀은 결단을 내린 듯 나를 향해 다가왔다.

나는 《풋볼 연감》을 던졌지만 안타깝게도 잡동사니 더미 쪽으로 착륙하고 말았다. 내가 목숨이 걸린 끔찍한 실수를 저질렀음을 깨달았다. 맷이 몸을 낮춰 걸어오는 것을 알았지만 점점 가까워지는 번질번질한 진한 회색 비늘과 호박색 눈동자에서 눈을 뗄 수 없었다. 뱀이 고개를 치켜들었다. 나는 비명을 지를 준비를 했다.

그때 맷이 도끼 자루로 뱀의 옆머리를 가격했다. 타이판은 돌아서 몸을 날려 나무로 된 도끼 자루에 이빨을 박아 넣었다. 나는 쏜살같이 앞으로 달려나갔다. 만약 다른 생각을 할 겨를이 있었다면 그런 행동은 전혀 할 수 없었을 것이다. 나는 두 손으로 뱀의 목을 감아쥐었다. 타이판은 도끼 자루에서 이빨을 빼내고 몸부림을 치며 벗어나려 했지만 나는 손에 더 힘을 주었다. 맷은 도끼를 내려놓고 운반 상자를 가져왔다. 그는 상자 덮개를 열고 뱀의 꼬리를 잡은 다음 뱀의 몸통을 상자에 쑤셔넣었다. 나는 뱀의 머리를 상자 속에 집어넣은 후 가만히 쥐고 있었다. 맷은 덮개를 즉시 닫을 채비를 했다. 뱀은 이제 움직이지 않았다.

맷과 나는 서로 쳐다보았다.

"대체 장갑은 어떻게 한 겁니까?" 그가 물었다.

그가 내게 준 장갑은 너무 컸다. 손을 보호할 수 있었겠지만 손을 움직이기는 아주 불편했을 것이다.

"지금부터가 중요해요. 내가 손을 놓으면 뱀이 나를 물 거예요. 나보다 훨씬 빠를 거고요."

"다시 묻죠. 빌어먹을 장갑을 어디에 뒀습니까?"

손안에서 뱀의 몸뚱이가 꿈틀거렸다. “너무 컸다고요. 그 장갑을 끼고는 아무 일도 할 수 없었어요.”

“대단하군요.”

“내가 타이판의 꼬리를 잡았더라면 어떻게 되었겠어요?”

그는 나를 노려보았다. “전혀 재미가 없었겠죠.”

“저기 티셔츠를 줘요.” 재미라, 언제부터 내가 재미있는 사람이 되었을까, 하고 생각했다.

맷은 주위를 둘러보고 내가 말한 구겨진 무명 티셔츠를 찾아냈다. 그가 내민 티셔츠를 받기 위해 나는 뱀을 한 손으로 잡는 위험을 감수해야 했다. 한 손으로 뱀을 잡은 상태로는 오래 버티기가 어려웠다. 받은 티셔츠를 공처럼 둥글게 뭉친 뒤 그것으로 타이판의 머리를 눌러서 상자 바닥에 고정시켰다.

그런 다음 맷을 향해 고개를 들었다. 달리 말을 할 필요도 없었다. 그는 내가 뭘 하려는지 정확히 알았고 자기가 맡은 역할도 알았다. 나는 살면서 했던 것 중 가장 빠른 동작으로 왼손을 상자에서 빼냈다. 맷이 상자 덮개를 닫자마자 내가 상자를 잠갔다. 스파이더맨 티셔츠를 친구 삼은 타이판은 안전해졌다.

맷과 나는 누가 먼저랄 것도 없이 똑같이 바닥에 주저앉아 운반 상자를 사이에 두고 서로를 쳐다보았다. 우리 둘 다 기력이 바닥난 것 같았다.

“이제 어떡하죠?” 그가 먼저 물었다.

"다른 녀석들을 찾아야죠." 내가 대답했다.

그는 눈을 감은 채 침실 카펫 위에 큰대자로 널브러졌다. 나는 그런 상황에서 전혀 예상하지 못한 반응을 보였다. 웃음을 터뜨린 것이다.

폴슨의 집에서 타이판은 더 발견되지 않았다. 타이판을 생포한 지 오 분이 지났을 때 경찰관 네 명이 도착했는데, 그들은 전부 맷 호어와 잘 아는 사이인 것 같았다. 우리는 다시 수색을 시작했다. 풀뱀 몇 마리와 죽은 살무사 한 마리가 발견되었다. 어느 젊은 순경이 할아버지 침실에서 그 살무사를 발견해 나를 불렀다. 앞서 나는 누구도 뱀에게 손을 대지 말라고 분명히 지시했으며, 경찰들도 기꺼이 찬성했었다.

살무사는 1인용 침대의 발치에 있었다. 머리가 으깨진 상태였다. 이날 밤 부상을 입은 뱀은 그 한 마리뿐이었다.

"가족 중에 누가 이렇게 한 게 틀림없어요. 이 뱀이 닉 폴슨을 물었을 가능성도 있죠." 내가 말했다. 뱀이 죽고 나서 자기 힘으로 집 안으로 들어왔을 리는 없다.

"그런데 이 방은 앰블린 할아버지의 방이에요." 젊은 순경이 말했다. 그는 이제 죽은 뱀 대신 내 얼굴 한쪽을 쳐다보고 있었다. 나는 고개를 돌리고 아무 말도 하지 않았다. 우리는 침실의 남은 곳을 조사했다.

명백히 그 방은 노인이 기거하던 곳이었다. 소박한 검은 가구들과 화장대 위의 옷솔과 빗, 방에 딸린 작은 화장실에는 면도 용구들도 있었다. 베개에는 핏자국 같은 흔적이 있었다. 그리고 침대보 속에 뭔가가 불룩 솟아 있었다. 경찰의 불편한 시선을 받으며 나는 그것에 다가갔다. 손에 닿을 만한 거리가 되었을 때 잠시 멈춰 섰다. 저게 움직였나? 그런 것 같지 않은데, 그래도…….

"제가 반대쪽으로 가죠." 순경이 침대 옆을 돌아가며 말했다. 우리 둘 모두 약간 머뭇거리다가 동시에 침대보를 잡았다.

"하나, 둘, 셋." 경찰이 수를 셌고 우리는 침대보를 휙 젖혔다. 젊은 순경은 웃었지만 나는 웃지 않았다.

"노인이 봉제 인형을 가지고 놀다니 재밌군요." 그가 말했다.

"아이 것이겠죠." 침대보 아래에 있던 작은 원숭이 인형을 내려다보며 내가 말했다.

"이 방은 수색이 끝난 것 같군요." 그가 말했다. 나는 그를 따라 밖으로 나왔다. 왜 이 집에서 본 많은 인형 중에 갈색의 작은 원숭이 인형만 노인의 침대에 감춰져 있었는지 궁금했다. 뱀과 원숭이라니. 지금 왜 그것이 신경쓰이는 걸까?

8

한 시간 동안 몇 마리의 풀뱀을 더 잡은 뒤 우리는 이제 집안에 뱀이 없다고 확신할 수 있었다. 나는 현장을 책임지는 경사에게 가족의 귀가를 허락하기 전에 반드시 다시 한번 확인해야 한다고 말했다. 아무튼 날이 새기 전에 일을 끝마칠 수 있어서 다행이었다.

그리고 뱀을 가득 실은 차를 몰고 교외로 가야 했다.

뱀을 다 잡고 나서 얼른 집으로 돌아가고 싶었던 나는 나머지 일은 경찰에게 맡기려 했다. 전날에도 많은 사건이 일어나는 바람에 여태 잠을 청하기는커녕 침대에 누워보지도 못한 상태였다. 하지만 경사는 뱀을 다른 곳으로 데려가야 하며, 마을에 뱀을 다시 풀어주는 것은 몰지각한 행동이라는 점을 지적했다. 뱀을 맡길 곳으로 지역의 야생동물병원보다 더 나은 곳이 어디 있겠느냐는 말도 했다.

잠시 언쟁을 벌였지만 나는 진심을 담아 주장을 밀어붙일 수 없었다. 말의 요지를 이해했기 때문이다. 내가 집에서 차를 가져오자 앞서 살무사를 발견했던 젊은 순경이 뱀 서른아홉 마리를 싣는 일을 도와주었다. 뱀들은 모두 양동이와 베갯잇, 큰 플라스틱 식품 용기에 안전하게 담겨 있었다.

그러는 동안 타이판과 타이판을 잡을 때 도와준 남자가 보이지 않았다. 그래서 남자는 자기 집으로 갔고, 타이판은 경찰의 보호 아래 안전하게 있으리라 짐작했다. 새벽 4시 반이라 먼동이 트기 시작했다. 맷이 모습을 나타냈다. 그는 타이판이 든 상자를 들고 경사와 조용히 이야기를 나누며 길을 걸어왔다. 그들은 나를 보고 다가왔다.

맷이 상자를 들어 보이며 말을 꺼냈다. "자, 그럼 '지구 반대편에서 온 놈'을 어떻게 처리하면 되겠습니까?"

당장의 절박한 용건이 사라지자 나는 맷을 똑바로 쳐다보기 어려워졌다. 그래서 차 트렁크에 여러 종류의 뱀이 들어 있는 물건들을 쑤셔넣는 데 신경을 쏟았다.

"다른 뱀들은 병원으로 옮길 거예요. 내가 일하는 야생동물병원으로요. 풀뱀이 맞는지 한 번 더 확인한 다음 뱀들이 건강하면 전부 풀어줄 거예요." 나는 타이판이 들어 있는 상자를 빤히 보았다. 그러는 것이 맷을 쳐다보는 것보다 수월했다.

"유감이지만 나는 그 뱀을 다룰 자격이 안 돼요." 경사를 쳐다보며 말을 이었다. 우습게도 그것 역시 맷을 쳐다보는 것보다 쉬웠다. "그 뱀이 타이판이 맞는지 확인이 필요해요. 타이판이 맞으면 뱀의 이동 경로를 추적할 수 있을지 모르죠. 그리고 뱀을 맡을 곳을 물색해야 해요. 이미 타이판을 보유하고 있는 동물원이 좋겠지요. 런던 쪽이 가능성이 가장 크죠. 동물 애호가라든지요."

"동물 애호가요? 농담하지 마십시오. 개인이 이런 뱀을 집에서 키운다고요?" 맷이 물었다.

나는 차의 문으로 걸어가면서, 다시 경사를 향해 어깨 너머로 말을 건넸다.

"호주에서는 그래요. 나라면 결코 추천하지 않을 일이지만요. 영국에 그런 사람이 있다는 말을 들어보진 못했지만 가능성은 있어요."

"우린 당신이 맡아줬으면 합니다. 안전한 보호처를 찾을 때까지만요." 경사가 겨우 끼어들어 하고 싶은 말을 했다.

나는 고개를 저었다. "우리 병원은 살무사를 취급하는 곳이 아니에요. 직원들에게 위험을 감수하라고 부탁할 수도 없는 노릇이고요." 나는 말을 끝맺기 전에, 위험한 파충류를 온전히 다룰 여건이 되는 장소, 뱀의 종류를 확인하고 가장 나은 보호처를 찾아줄 만한 사람들이 있는 곳을 떠올렸다. 마침 나는 이날 오후쯤 그곳을 방문할 계획이었다. 두 남자가 나를 쳐다보다가 잠시 후 맷이 고개를 끄덕였다.

"좋습니다. 내가 뱀을 데리고 있죠. 먹이는 뭘 줘야 합니까?" 맷이 물었다.

"내 차에 실으세요. 내가 아는 사람에게 맡길게요." 한숨을 쉬며 말했다.

나는 운전석 문을 열면서 경사가 미소를 감추며 돌아서는 것을 보았다. 맷은 조수석으로 돌아오더니 차에 올라타 타이판이 든 상자를 무릎에 올렸다.

"뭘 하시는 거예요?"

"같이 갑시다."

안 돼! 이제 그만! 나는 혼자 있고 싶었다. "대체 왜요?"

"새벽 5시가 다 된데다 당신이 피곤해 보이니까요. 위험한 뱀을 당신에게만 맡기고 갈 순 없어요."

"지금은 완전히 안전해요. 상자에 들어가 있잖아요." 나는 경사를 찾으려고 고개를 돌렸다. 그가 내 의견을 지지해줄지도 몰랐다. 경사는 이미 폴슨의 집이 있는 쪽으로 돌아가고 있었다.

"조금 불안해 보이는군요. 내가 운전을 할까요?" 맷이 말했다.

나는 시동을 걸면서 어떤 그럴듯한 변명을 들먹여야 할지 생각했다. 나는 야생동물을 다루는 일을 한다. 가장 외딴 마을에서 가장 적막한 거리의 맨 끝에 살고 있다. 의도적으로 이웃들의 이름조차 알려고 하지 않았다. 쇼핑도 우편 주문만 이용했다. 혼자 있기 위해 뭘 더 해야 한단 말인가?

마을을 벗어날 즈음 그가 말했다. “게다가 당신은 아직 내 재킷을 입고 있습니다.”

나는 병원까지 십 킬로미터를 가는 동안 아무 말 하지 않기로 결심했다. 침묵이 필요해 다른 사람의 존재를 잊어버리고 싶을 때 쓰는 익숙한 기술이 있었다. 나는 머릿속의 어느 한 곳으로 숨을 수 있다. 세상과 격리된 그곳에 있을 때면 바로 옆에서 누가 말을 걸어도 들리지 않았다. 필요할 때마다 사라질 수 있는 기술인 것이다.

우리는 마을에서 벗어나는 좁고 가파른 언덕길을 따라 달렸다. 길이 워낙 구불구불해서 낮이라도 운전에 집중이 필요한 곳이었다. 너도밤나무, 떡갈나무, 큰 단풍나무가 머리 위에서 만나 빽빽한 나뭇잎으로 어두운 터널을 형성한 곳이었다. 삐죽 튀어나온 나뭇가지가 차의 옆면을 긁었고, 전조등 불빛에 놀란 박쥐들이 펄럭대며 접근하다가 잽싸게 피해 달아났다.

“세상에서 가장 무서운 뱀이라고 했잖습니까?” 맷이 물었다. 그의 말소리는 내가 그를 의식에서 지웠음에도 불구하고 상당히 분명하게 들렸다. “어떻게 한 번도 못 들어봤을까요?” 그가 재차 물었다.

나는 도로에 집중하자고 스스로 다짐했다.

“실크뱀, 보아뱀, 북살무사…… 방울뱀도 들어봤어요. 그런데 타이판은 처음입니다. 그렇게 위험하다면 어째서 들어본 사람이 아무도 없죠?”

불가능했다. 이 남자는 쉽게 묵살할 수 없었다.

"비교적 최근에 발견되었어요. 20세기 중반 무렵에요. 심지어 지금도 흔히 볼 수 없어요. 진심으로 다행인 일이죠."

"그런데 어째서 그리 위험하다는 겁니까? 맘바, 블랙맘바는 들어본 적이 있어요. 그 뱀도 위험합니까?"

나는 한숨을 쉬었다. "좋아요. 독사 가운데서 가장 위험한 세 종류를 꼽아본다면 아프리카의 블랙맘바, 아시아 곳곳에 사는 코브라, 그리고 타이판을 들 수 있죠. 그중에서 어느 뱀이 가장 무서운지에 대해 파충류학자들은 몇 시간이라도 논쟁을 벌일 거예요. 각자 그럴듯한 근거도 가지고 있어요. 이 뱀들은 모두 크고 힘이 세고 빠르거든요."

"이 뱀은 크지 않던데요." 그가 끼어들었다.

"많이 어려서 그래요. 타이판은 삼 미터가 넘게 자라요."

"맙소사, 계속 말해봐요. 크고, 힘이 세고, 빠르다니. 그리고요?"

새벽 5시가 다 된 시각에 만난 지 얼마 되지 않은 남자에게 파충류 강의를 하고 있다니. 나의 고요한 삶은 어떻게 되었단 말인가? 하지만 맷은 이야기가 계속되기를 기다리며 나를 똑바로 쳐다보고 있었다.

"세 종 모두 공격받았을 때 포악하기로 악명이 높아요. 반복해서 공격을 하거든요. 한 번 물었다가 놓아주고 다시 물죠. 피해자에게 많은 양의 독이 주입돼요. 그 독은 성분이 복잡하고 독성이 높아서 치료를 제때 받지 못하면 피해자는 몇 시간 안에 목숨을 잃어요. 이 뱀들은 다른 파충류에 비해 지능이 높고 살상력도 대단하죠. 그들이 무리를 짓지 않는 경향을 보이는 것도 그런 이유 때문이고요."

"내가 데리고 있는 녀석이 그렇게 위험하단 말입니까?"

"그래요."

"당신은 셋 중 어느 녀석에게 표를 줄 건가요?"

"타이판요. 변함없이 그래요." 굳이 생각할 필요도 없었다.

"전에 본 적이 있습니까?"

나는 고개를 끄덕였다. "한때 호주에서 일했어요. 도마뱀을 공부하던 중이었는데 우연히 뱀도 공부하게 되었죠. 타이판에게 물렸다가 살아남은 사람도 만나봤어요. 살아남지 못한 사람들에 대해서는 훨씬 많이 들었고요."

맷은 침묵에 잠겼다. 이쯤에서 쉽게 대화를 끝낼 수도 있었다.

"타이판은 두 종류예요." 뜻밖에 내가 또 말을 꺼냈다. "해안에 사는 종과 내륙에 사는 종요. 해안 타이판이 한 번 물었을 때의 독액은 사람을 스물일곱 명이나 죽일 만큼 지독해요."

"세상에, 우리가 잡은 녀석이 그쪽입니까?"

"아뇨. 아마 내륙에 사는 타이판일 거예요. 오렌지색 무늬가 있다고 배운 것 같거든요. 우리가 잡은 친구는 등에 희미한 오렌지색 줄무늬가 있었어요."

"그나마 다행입니다. 그럼 내륙 타이판이 한 번 물면 사람을 몇이나 죽일 수 있습니까?"

"예순두 명요." 나는 위험을 무릅쓰고 슬쩍 곁눈질을 했다. 맷의 얼굴에서 표정이 사라졌다.

"상자를 뒷좌석에 놓아도 될까요?" 마침내 그가 말했다.

나는 어쩔 수 없이 웃음을 터뜨렸다. 잠시 후 그도 웃었다.

"경찰이 앞으로의 계획에 대해 얘기하던가요?" 웃음이 그치고 침묵이 불편하게 느껴졌을 때 내가 물었다.

맷은 나를 힐끔 쳐다보고 말을 하려다가 입을 다물었다. 잠시 뜸을 들이던 그가 말했다. "오전에 타이판에 대해 조사할 겁니다. 실종된 타이판이 있는지 알아본다고 하더군요."

"풀뱀들은요?"

그는 어깨를 으쓱했다. "글쎄요, 풀뱀들을 전부 잡아들여 주거침입으로 고소하긴 어렵겠죠. 그 집에서 지문을 채취했지만 가족이 많은데다 오고간 사람도 많아서 뭔가를 찾아내기는 어려울 겁니다. 누가 집안에 침입했다는 뚜렷한 증거도 없어요."

하룻밤 사이에 너무 많은 말을 했다는 생각이 들었다. 그런 생각이 들지 않았더라면 어떻게 경찰 수사에 관해 그렇게 많이 아는지 물었을 것이다. 병원이 멀지 않았고 나는 운전을 계속했다. 도로를 주시하고 있었지만 그가 나를 보고 있다는 것을 느낄 수 있었다. 그는 내 왼쪽에 앉아 있었다. 운전을 그에게 맡기는 편이 나았을까?

"당신 생각은 어떻습니까? 역시 자연의 심술인가요?"

나는 잠시 생각했다. 뱀 한 마리가 집에 들어가는 경우는 특이하지만 전혀 들어보지 못한 이야기는 아니었다. 하지만 수십 마리나 되는 뱀과 이 지역 태생이 아닌 뱀이라면 문제가 다르다.

"어떻게 그렇게 많은 뱀이 인간의 도움도 없이 한집에 들어갔는지 알 수가 없어요." 잠시 후 내가 말했다.

"그렇죠." 맷은 동의했다. "혹시 이 지역 불량배들 소행이 아닐까요? 전화선을 끊는다든지 유리창을 깨는 일에 싫증이 났는지도 모릅니다."

나는 고개를 끄덕였지만, 도싯의 전통 가옥 바닥에서 보았던 진흙과 축축한 흔적이 떠올랐다. 휴스턴의 집에서 소피아를 살무사에게서 구할 때도 같은 흔적을 보았었다. 더구나 살무사 두 마리를 포함해 수십 마리의 뱀을 생포하고 다루는 것은 상당한 기술 없이는 불가능한 일이다. 기껏해야 낙서 따위를 일삼는 불량배들이 할 만한 일이 아니었다. 내가 더 말을 해야 할까? 이미 원하는 것 이상으로 사건에 관여했는데.

"클라이브 벤트리 저택에서의 모임이 불량배들에게 아이디어를 줬을 가능성도 있어요. 갑자기 모든 사람이 뱀을 겁내게 되었으니까요." 나도 모르게 말이 튀어나왔다.

"음, 지금까지는 아니었어도 이제는 그럴 테죠." 맷도 동의했다.

다시 침묵이 이어졌다. 우리가 타고 있는 차는 이른 아침이라 텅 비어 있는 주도로에 접어들었다. 동쪽 밤하늘은 어둠이 서서히 걷히며 은색으로 바뀌는 중이었고, 광대하고 텅 빈 데번의 황야가 우리 앞에 모습을 드러내고 있었다. 그때 갑자기 전화벨 소리가 울려 깜짝 놀랐다.

"내 전화일 거예요." 맷이 말했다. 그는 전화기를 꺼낼 기미를 보이지 않았다. 전화벨이 계속 울렸다.

"전화기를 직접 꺼내고 싶지만 그러면 실례가 될 것 같아서. 왼쪽 안주머니에 있거든요."

나는 여태 그의 재킷을 입고 있었다. 그는 내게 몸을 기울이고 오른손으로 운전대를 잡아 고정해주었다. 나는 그의 피부와 머리카락, 마지막에 마신 커피 냄새를 맡았다.

나는 몸을 웅크리고 재킷 안쪽을 더듬어 전화기를 찾아 건네주었다. 맷은 좌석에 몸을 기댔다. 운전대를 다시 잡은 나는 몇 분 동안 내게 관심이 쏠리지 않을 거란 생각에 무척 안도했다. 전화를 걸어온 상대방이 주로 말을 하고 맷은 간간이 짧게 응답했다. 오 분 뒤 그는 전화를 끊었다.

"도싯 주립 병원입니다. 닉은 괜찮은 상태예요. 물린 상처 주위가 쓰리긴 하지만 특별히 붓지도 않았고 숨을 쉬는 데 이상도 없고 체온도 정상이라고 합니다. 존 알링턴에게 나타났던 증상을 보이지도 않고요. 계속 관찰하겠지만 딱히 걱정할 부분은 없나 보군요." 셔츠 주머니에 전화기를 넣으며 맷이 말했다.

"다른 가족은 어때요?" 노인의 침실에서 본 죽은 살무사를 떠올리며 내가 물었다.

“앰블린 씨는 경미한 진탕을 일으켰어요. 당황한 와중에 머리를 부딪혔나 봅니다. 맨디와 아이들은 괜찮고요. 다들 집안에 있었지만 뱀에게 물리지는 않았답니다.”

“음, 그럼 안심이네요.”

“맞아요. 그런데 요즘은 어떤 뱀에 물려도 해독제를 구할 수 있지 않습니까?”

“유럽산 독사의 해독제는 쉽게 구할 수 있어요. 병원에도 해독제가 있고요. 나도 몇 개를 집에 둬야 할 것 같아요.”

“이 작은 친구는 어떻습니까?” 맷이 무릎에 놓인 상자를 가리키며 물었다.

“타이판에게 물렸을 때 쓰는 해독제도 있긴 해요. 그런데 타이판은 호주의 아주 외진 곳에서 발견되니 해독제도 그 지역에 있겠죠. 그곳이 어디인지 알아내서 큰 도시로 배송을 하고 런던까지 가져와야 해요. 그런 다음 이곳으로 보내겠죠. 시간이 한참 걸릴 거예요.”

맷은 잠시 침묵했다.

“오늘밤 우리 중에 누가 물렸더라면 아무런 조치도 할 수 없었겠군요?” 마침내 그가 물었다.

나는 대답하지 않았지만 그 말이 옳았다.

9

새벽 무렵, 풀뱀들은 무사히 야생동물병원에 맡겨졌다. 다음 월요일 아침까지 별 이상이 없어 보이면 야생으로 돌려보낼 예정이었다. 나는 마을에서 몇 킬로미터 떨어진 곳에 뱀을 풀어주기로 약속했다. 병원에서 나오기 전 냉장고에서 해독제 한 상자를 챙겼다. 이주 정도 집에 보관할 생각이었다. 만약을 대비해서.

맷이 '지구 반대편에서 온 놈'이라고 부르기로 한 타이판은 여전히 내가 데리고 있었다. 나는 맷을 그의 집에 내려주고 재킷을 돌려주고는 도와줘서 고맙다는 말도 했다. 집에 돌아온 뒤에 간단하게 샤워를 하고 다친 발목의 멍을 확인했다. 아침을 먹고 다시 차에 올라 운전을 시작했다.

브리스틀 외곽에 위치한 '아이올로스 트러스트'는 파충류 입양 센터로, 자원봉사자들이 운영하는 공인 자선단체이다. 부상을 입거나, 버려지거나, 주인이 돌보기에 너무 커진 애완용 뱀, 도마뱀, 거북이 같은 동물들을 맡아준다. 필요에 따라 치료도 해주고 가능한 한 많은 동물들에게 적합한 가정을 찾아준다.

나는 수의과 대학 첫 학기에 아이올로스의 업무와 수의학 세계의 이름 없는 영웅들인 그곳의 자원봉사자들에 대한 이야기를 들은 뒤 가능하면 자주 그들을 도우려 했다. 그들은 도움의 손길을 늘 환영했다. 쏟아지는 일을 처리하기에는 손이 턱없이 부족했기 때문이다. 고의로 잔인한 일을 저지르는 사람들 때문에, 또 무지하고 무신경한 사람들 탓에 파충류들은 언제나 필요 이상의 대우를 받는다.

한번은 크리스마스를 앞두고 야간 근무를 하고 있을 때, 호주에서 온 인기 있는 반려동물인 턱수염도마뱀이 내가 본 가장 심한 화상을 입어서 그곳에 왔다. 도마뱀 주인에게 악의는 없었지만 새로 생긴 반려동물에게 필요한 것이 무엇인지 전혀 몰랐다. 도마뱀을 따뜻하게 해준다고 건조장에 집어넣었으니 말이다. 도마뱀은 보온재와 온수 탱크 사이에 몸이 끼고 말았다. 주인이 발견했을 때는 이미 극심한 화상을 입은 도마뱀의 몸이 탱크 위로 녹아내리고 있었다.

내가 접했던 사건들 가운데 최악인 사건이었지만 유일한 경우도 아니었다. 아이올로스에서 몇 년간 일하면서 보았던 끔찍한 재난들은 책을 한두 권 읽거나 인터넷을 확인하거나 지역 동물 가게에 물어보기만 했어도 피할 수 있는 것들이었다.

접수처는 다른 토요일보다 붐비는 것 같았다. 나는 이곳의 새로운 손님에 대해 이미 소문이 퍼진 게 아닐까 하고 생각했다. 파충류 애호가라면 세상에서 가장 강력한 맹독을 지닌 육상 뱀을 볼 수 있는 기회를 놓치고 싶지 않을 테니까.

로저 테넌트의 사무실 문은 손을 대기도 전에 열렸다. 로저가 내게 성큼성큼 다가왔다. 나는 로저를 오랫동안 알고 지냈다. 에든버러에서 공부할 당시 강의를 들었으며, 그의 열정은 내가 파충류 연구를 선택하게 된 요인 중 하나였다. 그는 늘 하던 대로 두 뺨에 입을 맞추었다. 호의는 잘 알지만 그러지 않았으면 싶었다. 다른 사람이 얼굴을 건드리는 게 정말 싫으니까. 그는 자기 사무실 대신 복도로 나를 이끌어 검사실 중 한 곳으로 안내했다.

검사실은 예전에도 여러 번 들어와보았다. 방 가운데에 두 개의 검사대가 있고, 벽을 따라 널찍한 스테인리스 선반이 놓여 있다. 머리 높이에 수납장도 붙어 있었다. 실내는 먼지 하나 없이 깔끔하고 도구들은 반짝거렸으며, 새로운 동물을 기다리는 빈 우리들도 있었다. 더 넓다는 점만 빼면 내가 매일 일하는 곳과 똑같은 구조의 평범한 동물 검사실이었다. 차이점이라면 두 개의 검사대 중 큰 쪽에 키가 크고 지저분한 차림의 남자가 (큰대자로 곤히 잠들어) 드러누워 있다는 점이었다.

"숀, 일어나게. 그녀가 왔어." 로저가 말했다. 예의를 차리려는 듯 로저는 내가 들고 있던 타이판 상자를 대신 들어주었지만, 상자는 전혀 무겁지 않았다. 로저는 검사실에서 잠들어 있는 여행객을 개의치 않고 보조 탁자에 상자를 내려놓았다. 상자를 무척이나 열어보고 싶은 것 같았지만 로저는 잠든 방문객을 물끄러미 바라보기만 했다. 남자는 내가 쳐다보고 있을 때 눈을 떴다. 눈을 두 번 끔벅이더니 주위를 둘러본 후 일어나 앉았다.

나는 사람들을 빤히 쳐다보지 않는다. 남들이 나를 멍하니 바라보는 것이 극도로 불편하다는 점을 잘 알기 때문이다. 남자가 눈을 떴을 때 나는 그가 누구인지 바로 알아보았다. 실물로 본 그의 모습은 훨씬 비범했다.

삼십 대 중반에서 후반 사이인 남자는 분명히 백인이었다. 이목구비와 두상, 엷은 갈색이 도는 녹색 눈동자를 보면 알 수 있었다. 그런데 햇볕에 짙게 탄 피부를 보면 북아프리카 원주민이라 해도 통할 것 같았다. 여러 가닥으로 길게 땋아놓은 길고 검은 머리카락은 어깨 밑까지 내려왔다. 180에서 185센티미터가량의 큰 키에 아주 말랐다. 찢어진 지저분한 청바지와 색 바랜 파란 체크무늬 셔츠를 입었으며, 가죽 재킷에는 십여 개의 상처 자국이 있고, 장화는 정글을 백 킬로미터쯤 헤쳐온 것 같은 모양새였다. 그를 보자마자 내가 받은 느낌은 그랬다.

"클래라, 이쪽은 숀 노스요. 아마 당신도……." 로저가 말했다.

이름을 들어봤느냐고? 당연히 들어보았지. 파충류 세계에서 그의 이름을 모르는 사람이 있을까? 접수처에 사람들이 몰려든 진짜 이유는 바로 그 때문이었다. 숀 노스는 세계에서 가장 유명한 파충류학자일 것이다. 영국인인 그는 두어 군데 대형 동물원에서 파충류 관련 명예 큐레이터를 맡고 있지만 국내에 머무는 경우는 아주 드물었다. 대개 방송사 직원을 동반해서 지구를 돌아다니며 가장 희귀하고 가장 무서운 파충류들을 찾아내 조사하고 촬영하기 때문이다. 독사를 전문으로 다루지만, 악어나 카멜레온과 함께 나온 멋진 방송들도 본 적이 있었다. 그가 출연하는 텔레비전 프로그램은 놀라웠다. 희귀한 생물을 찾아내는 능력은 전설적이었고, 위험한 짐승을 다루는 용감함에 탄성이 절로 터졌다. 그는 두려움 자체가 없는 듯 인간에게 가장 적대적인 환경을 찾아가 목숨을 건 모험을 반복했다. 그는 천재였다. 완전히 기인이라는 점에서 나의 동지이기도 했다.

숀 노스가 손을 내밀었다. 나는 말을 건넬 엄두를 내지 못한 채 손을 잡았다. 햇볕을 너무 많이 쬔 탓인지 그의 손은 건조했으며 물리고 긁힌 흉터가 가득했다.

"실례. 비행기를 오래 타서." 하품을 참으며 그가 말했다.

"숀은 오늘 아침에 도착했어. 난 이 친구가 오늘 인도네시아에 머물 줄 알고 휴대전화에 메시지를 남겼는데 이곳에 불쑥 나타났지 뭔가. 이 친구보다 적격인 사람을 떠올릴 순 없더군." 로저가 말했다.

나 역시 마찬가지였다. 나는 다만 그의 겉모습이 그렇게 위협적이지 않기를 바랐었다.

이제 완전히 잠이 깬 노스는 타이판이 든 상자를 들어 무게를 가늠해보고 살짝 흔든 후 상자 속에서 나는 소리에 귀를 기울였다. 그런 다음 상자를 내려놓고 잠금장치를 풀었다. 가까이에 서 있던 로저는 한 걸음 뒤로 물러섰다. 주위를 힐끔 둘러본 나는 복도 창문 밖의 몇몇 얼굴들이 우리를 지켜보는 것을 눈치챘다. 노스는 덮개를 살짝 열어 틈을 벌렸다. 나는 숨을 멈췄다. 만약 저 뱀이 전혀 위험하지 않은 뱀이라면 어떡하지? 무려 춘 노스가 전혀 위험하지 않은 애완용 뱀 한 마리를 보려고 지친 몸을 이끌고 시차에 시달리며 브리스틀까지 온 것이라면, 멍청한 나는 무슨 낯으로 그를 본단 말인가?

"새끼로군. 집게가 있나, 로저?" 노스가 환하게 웃었다.

로저가 뱀 잡는 집게를 건네주었고 노스는 타이판의 튀어 오르는 능력을 아예 무시하는 듯 상자 덮개를 완전히 열고 집게를 상자 속에 집어넣었다. 집게를 꺼냈을 때 뱀은 안전하게 목을 붙잡힌 상태였다.

"와, 아주 예쁘잖아?" 로저가 가까이 다가서며 휘파람을 불었다.

환한 곳에서 다른 사람의 손에 안전하게 붙잡혀 있는 뱀은 아름다웠다. 은색이라기에는 검고 암회색보다는 밝은 몸뚱이에 번득이는 구릿빛 줄무늬가 길게 뻗어 있었다. 눈은 살아 있는 황옥 같았는데 동그랗고 까만 눈동자가 길쭉하게 째진 다른 뱀들의 눈보다 훨씬 매력적이었다. 노스는 꼬리를 잡아서 뱀을 길게 늘어뜨렸다. 노스의 요청으로 로저가 막대자를 찾았다.

"주둥이에서 항문까지 102센티미터. 총 길이는 117센티미터군. 코브라과 뱀이 확실해. 머리의 방패 모양을 보게." 로저가 말했다.

코브라과는 독사의 한 종으로 인도양과 태평양을 포함해 열대와 아열대 지역에서 발견된다. 길고 가느다란 몸을 지녔고 비늘은 매끄러우며 육각형의 관처럼 생긴 머리에는 큼직한 방패 모양 비늘이 있다. 안쪽으로 휘어진 독니는 고정되어 있고, 위턱뼈 안쪽에 독샘이 있다. 적어도 이 뱀이 코브라과 뱀이라는 점에 대해 나와 같은 의견을 내준 로저가 고마웠다. 정확히 뱀의 종류가 무엇으로 판명되든 코브라과 뱀이 도싯 가정의 어린이 침실에서 나타난다는 건 있을 수 없는 일이었다.

"타이판이 맞군. 잘 알아맞혔어." 노스가 말했다. 그는 나를 힐끗 쳐다본 뒤 다시 뱀에게 눈을 돌렸다.

"호주에서 한동안 일했어요. 예전에 본 적이 있어서요." 내가 대답했다. 다시 말을 할 수 있게 되었다는 사실에 엄청난 안도감이 들었다.

"호주산은 아니고, 파푸아에서 왔는걸." 노스가 말했다.

"파푸아뉴기니에도 타이판이 있나?" 로저가 물었다. 나도 알지 못했던 사실이었다.

노스는 고개를 끄덕이고 말했다. "그럼, 분리된 종이지. 그곳에서는 상당히 골치를 앓고 있어. 호주에서는 타이판을 보기 힘들지만 파푸아뉴기니 남부에서는 매년 스물다섯 명 정도가 물려 죽는다네." 그는 내게 고개를 돌렸다. "뱀의 출처는 알아냈어?"

나는 고개를 저었다. 이날 아침 차에서 내리기 직전, 맷은 경찰서에서 걸려온 전화를 받았다. "지역 내에서 파충류 사육 허가를 받은 사람들을 경찰이 조사하고 있어요. 뱀을 잃어버렸다는 신고는 없었고요." 내가 말했다.

"일반인이 타이판을 사육하다가 잃어버렸을 가능성은 희박해. 이 나라에서 합법적으로 사육되는 타이판이 많다면 모를까. 지역 당국에서 허가를 내줄 리도 없을 것 같고. 숀, 영국 동물원 중에 타이판을 기르는 곳이 있나?" 로저가 물었다.

"런던 동물원에 몇 년 전 네 마리가 있었는데 한 마리만 관람이 허용되었지. 다른 곳은 잘 모르겠어. 브리스틀 동물원도 가능성이 있는데, 체스터 동물원은 아닐 거야. 내가 확인을 해보겠지만, 탈출한 뱀이 있다면 벌써 알고 있을 테고." 노스가 대답했다.

"아까 새끼 뱀이라고 하셨죠. 정확한 월령이 어떻게 되죠?" 내가 노스에게 물었다.

노스는 뱀을 높이 들어 자세히 살피더니 로저에게 뱀의 둘레를 재게 했다. "뱀은 부화한 첫해에 급격히 성장하지." 그가 말했다. "이 뱀은 대략 사 개월이나 오 개월쯤 되었군. 알인 상태로 이곳에 옮겨져 따뜻한 곳에서 부화되었을 거야." 노스는 내가 짐작했던 바를 확인해주었다. 현재 성행하는 살무사의 불법 거래는 어이없게도 유럽 국가들 간의 거래 규정이 완화된 것에 큰 영향을 받았다. 위험한 뱀들이 어려움 없이 영국에 들어와서 암시장에서 판매되었다. 그러나 살아 있는 타이판을 호주에서, 혹은 파푸아뉴기니에서 이 먼 곳까지 운반해오기란 굉장히 위험한 일이다. 차라리 알을 밀수하는 편이 쉬울 것이다.

"자, 오래 기다렸지." 노스가 뱀에게 말을 걸었다. 그는 한쪽 면이 투명한 상자가 놓여 있는 긴 테이블로 타이판을 데려가서 뱀의 꼬리를 먼저 집어넣고, 집게를 상자 속에 넣어 놓아준 후 덮개를 닫아걸었다. 전날 밤 스파이더맨 티셔츠로 감행했던 어설픈 시도를 떠올리니 타이판을 손쉽게 다루는 그의 솜씨에 감탄하지 않을 수 없었다. 노스는 나를 향해 돌아섰다.

"지난밤에 혼자 이 뱀을 잡았다고?" 얼굴이 달아올랐다. 특별히 볼 것이 없는데도 뱀 상자를 내려다보았다. 타이판은 이 모든 소동이 지겨운 듯 몸을 말고 있었다.

"음, 도움을 받기는 했어요. 유능한 사람에게요. 그가 없었으면 잡지 못했을 거예요." 가까스로 내가 대답했다. 맷이 한 일에 대해서도 공정하게 몇 마디를 더했다.

"정확히 어떤 방식을 썼어?" 노스가 물었다.

나는 뱀을 잡던 당시의 상황을 요약해서 설명했다. 내가 얼마나 겁먹고 어설펐는지, 어떻게 간신히 위험을 모면했는지는 대충 얼버무렸다.

"자네가 저 나이에 했던 방식과 비슷한 것 같군." 로저가 말했다.

"그게 뭐 어때서?" 노스는 내게서 눈을 떼지 않으며 말했다. 매우 존경하는 사람이 내 일그러진 얼굴을 응시하는 것이 실망스러워 마음이 아팠다. 그 같은 사람들은 이런 것에 초월해 있을 줄로 기대했다.

“다른 이야기를 해도 될까요?” 내가 물으니 그는 고개를 끄덕였다.

나는 타이판을 잡았던 곳의 주변 환경과 소피아의 침실에서 보았던 살무사, 살무사에게 물려 하루 전 사망한 이웃 존 알링턴에 대해 이야기했다.

“도싯에서 꽤 많은 뱀이 활개를 치고 다닌다는 말이군?” 노스가 점잖을 빼며 말했다.

나는 문 옆에 놓아둔 가방에서 하루 전 해리 리처즈가 주고 간 보고서와 투명한 비닐봉투를 꺼냈다.

“이 뱀도 살무사가 맞죠?” 봉투를 치켜들며 내가 물었다.

노스는 코에 주름이 잡히도록 비닐봉투를 빤히 보았다. “그렇군. 내가 열네 살 때 이런 놈에게 물린 적이 있지. 시골 박람회장에서. 불에 데인 것처럼 아프더군.”

“병원에도 안 갔더라는 말은 하지 말게.” 로저가 말했다.

“그때 나와 함께 있던 세 명을 누가 돌봤겠나?” 노스가 다시 나를 쳐다보았다. 그리고 내가 내민 서류를 받았다.

노스가 돌아서서 더 밝은 테이블에 허리를 굽히자 나는 설명을 시작했다. “혈액학자의 보고서예요. 살무사에게 물렸다고 조금 전 말했던 존 알링턴 씨의 혈액요." 노스는 고개를 들지 않았다. "바로 이 뱀이에요." 봉투에 든 뱀을 가리키며 내가 덧붙였다.

"제가 보기에는 보고서에 나온 혈액 샘플에 뱀의 독이 포함된 게 분명하고, 그 점은 혈액학자의 결론과 같아요. 다만, 독의 농도가 지나치게 높다는 점은 보고서에 언급되지 않았어요. 몇 년 전 스웨덴에서 진행된 연구가 생각나서 인터넷을 뒤져보니 살무사에 물렸을 때 가장 높은 중독 수치는 64mg/L라더군요. 그건 아주 어린아이에게서 나온 결과였고, 아이의 체중은 내 이웃보다 훨씬 적죠."

"여기 나온 결과는 200mg/L로군." 노스가 응답했다.

"그래요. 어떻게 살무사 한 마리가 그렇게 많은 독을 주입할 수 있었는지 모르겠네요." 나로선 도통 알 수 없는 문제였다. 노스는 로저가 보고서를 확인할 수 있게 몸을 일으켰다. 로저는 보고서를 잠시 들여다보더니 책을 참고해야겠다고 중얼대며 방에서 나갔다.

숀 노스와 단둘이 남게 되자 이곳을 빠져나가고 싶은 본능이 즉각 발휘되었다. 커피! 그에게 커피를 권하면 돼.

"어디 커피를 마실 곳은 없나? 카페인 한 방이 필요하지 싶은데." 그가 말했다.

"당연히 있어요. 가져다드리죠." 문 앞에서 나는 걸음을 멈췄다. 어떻게 커피를 마시는지 물어보지 않아서였다. 그런데 그는 바로 내 뒤에 있었다. 팔을 뻗어 문을 연 노스는 복도를 지나 직원용 주방까지 나를 따라왔다. 야외에서 많은 시간 일하는 사람들이 그러듯 후각이 예민한 나는 주방의 닫힌 공간에서 그의 냄새를 맡을 수 있었다. 그의 체취는 몇 주 동안 빨지 않은 옷을 입은 남자에게서 날 법한 냄새와는 달랐다. 숀 노스는 열대식물을 적신 비 냄새와 나무껍질 냄새, 짐승의 따뜻한 살냄새를 풍겼다. 나는 주전자에 물을 채우고 냉장고에서 우유를 찾는 데 정신을 쏟았다. 굳이 대화를 할 필요는 없을 테니까.

“로저가 말하길 호주산 도마뱀에 관해서라면 그가 만난 누구보다 당신이 가장 잘 안다고 하던데. 평소에는 고슴도치와 토끼를 돌보는 일을 한다면서?” 그가 물었다. 시선을 피하지 않고 고개를 끄덕이는 것이 내가 주로 하는 가장 간편한 답변 방식이지만 어쩐지 비웃는 것 같은 그의 말투가 마음에 들지 않았다.

“오소리, 여우, 각종 사슴, 온갖 종류의 영국 새, 또 요즘 갈수록 많아지는 뱀도 돌봐요.”

내가 짜증이 난 줄 아는지 모르는지 그는 전혀 개의치 않았다. “파충류 전문가에게는 역시 이상한 선택 같군. 큰 동물원에서 일하는 게 낫지 않아?”

사람들은 왜 그럴까? 생전 처음 만난 남의 사생활에 간섭하려 드는 이유가 뭘까? 당연히 나는 전에도 이런 질문을 받았었고, 보통은 동물원 수의사 자리가 빈 곳이 거의 없다는 식으로 얼버무렸다. 물론 숀 노스는 새빨간 거짓말을 즉시 알아챌 것이다. 내가 사실을 털어놓은 것은 그래서였다. 나는 돌아서서 그의 얼굴을 정면으로 쳐다보았다.

“한때는 그랬어요. 체스터 동물원에서 일했죠. 내가 전시되는 것 같은 기분이 들어 피곤해졌고요.” 나는 내 커피를 들고 주방에서 나왔다. 나오면서 거센 힘으로 밀어젖힌 문이 휙 닫히며 그의 얼굴을 정면으로 때렸더라도 전혀 신경쓰지 않았을 것이다.

대단해. 내가 일하는 업계에서 가장 영향력 있는 위인에게 결례를 범하다니. 복도를 걸으면서 생각했다. 내가 고슴도치, 토끼를 돌보는 일을 선택한 이유가 정말 궁금할까? 야생동물들에게는 뻔뻔하거나 호의를 품은 주인이 없으며, 수많은 방문객이 야생동물을 멍하니 구경하러 오지 않았다. 내게는 야생동물들을 돌보는 일이 사람과의 접촉을 피하도록 보장해주는 가장 쉬운 방법이었다. 이렇듯 사람들과의 관계가 무척 서투르니까.

검사실로 돌아왔을 때 로저는 탁자에 온통 책을 펼쳐놓고 있었다. 바로 전날 내가 그랬듯이 서류를 뒤적이고 책장을 넘기는 중이었다. 내가 내린 결론보다 더 의미 있는 결론을 그가 이끌어내기를 바랐다. 잠시 후 내 기대는 수포로 돌아갔다.

“북살무사의 독이 확실한 것 같군.” 로저가 말했다. “당신이 걱정했던 코브라과의 특성은 전혀 나오지 않았어. 타이판의 독인지 가장 먼저 확인해봤는데 아냐. 뱀과에 속하는 뱀의 독과도 확실히 구별이 돼. 바다뱀과에 속하는 녀석일 가능성은 전혀 없어.”

로저는 정확히 내가 했던 방식 그대로 뱀의 종을 따졌다. 독을 품은 세상의 거의 모든 독사는 뱀상과에 속하며 모두 다섯 개의 과로 나누어진다. 독을 분비하지 않는 물뱀류, 대부분 독이 없지만 일부 위턱뼈 안쪽에 독니가 있는 뱀과의 뱀, 몸집이 작고 분류가 어려우며 나 역시 잘 알지 못하는 구멍뱀과가 있다. 그리고 가장 위험한 독사인 코브라과에는 맘바, 코브라, 바다뱀, 당연히 타이판도 속해 있으며 살무삿과에는 북살무사, 피트바이퍼, 방울뱀이 속했다.

"이봐, 숀." 로저가 말했다. 숀 노스는 스테인리스 테이블 위에 앉아 커피가 전혀 뜨겁지 않다는 듯 들이켰다. 그는 움직이지도 않았다. "피트바이퍼의 독은 아니라고 확신해. 방울뱀의 독과 어느 정도 공통점이 있긴 하지만……."

"됐네, 로저. 혈액학자의 조사가 정확하지. 녀석은 북부산 잡종이야. 내가 무수히 봤거든." 노스가 말했다.

북부산, 유럽산, 순종이든 잡종이든 간에 제각각으로 불리는 그 모든 이름들은 유럽북살무사를 지칭했다. 그런데…….

"일반적인 살무사는 당신이 샘플 분석 보고서에서 본 것 같은 고농도의 독을 분비하지 않아요." 그를 불쾌하게 만든 것도 잊은 채 내가 말했다.

"그렇지, 아니지. 어쨌든 다시 말을 걸어주니 고마운걸."

로저는 노스와 나를 재빨리 번갈아 쳐다본 뒤 노스를 향해 말했다. "그러니까 지금 우리는……."

"가능성은 적지만 평범한 살무사 열 마리의 것과 맞먹는 강한 독을 지닌 거대한 변종 살무사한테 물렸든지, 한 마리 이상의 살무사에게 여러 번 물린 결과를 마주하고 있는 걸 테지." 노스가 말했다.

"저도 그런 생각을 했어요. 그래서 확인을 해보았는데 물린 곳은 한 군데뿐이었고요." 내가 말했다.

"살무사는 독니 하나로만 무는 것으로 알려져 있지. 다른 물린 자국을 놓쳤을 수도 있어. 멍이 크게 들어서 못 봤을 수도 있고."

미처 생각하지 못했지만 일리 있는 말이었다. 살무사의 독니는 주둥이 앞쪽의, 앞뒤로 회전할 수 있는 짧은 위턱뼈에 달려 있다. 독니를 쓰지 않을 때는 입천장으로 이빨을 접어서 막으로 된 덮개 속에 넣는다. 왼쪽과 오른쪽 독니는 함께 회전하거나 따로 회전할 수도 있다. 나는 흥분했다. 그의 말이 정답이어야 했다. 열 마리나 그보다 많은 살무사가 존 알링턴의 정원에 기어들어 일제히 그를 공격했을 가능성이 커 보이지 않는 게 여전한 문제였다. 실제로 그런 일이 일어났다면 자연의 짓궂은 심술로 봐야 할 것이다.

그때 내 휴대전화가 울리기 시작했다. 나는 양해를 구하고 복도로 나가서 전화를 받았다. 기운을 북돋는 소식은 아니었다. 나는 도움이 될 정도로 알지 못하며, 훨씬 자격이 있는 다른 사람이 있을 거라는 시시한 변명을 늘어놓으며 이 분간 언쟁을 벌였다. 그러나 결국 이기지 못하고 즉시 출발하겠다고 말했다. 전화를 끊은 후 나는 두 남자가 있는 방으로 들어갔다.

"로저, 일이 생겼어요. 가봐야 해요. 타이판은 어떡하죠? 여기 남겨놓고 가도 될까요?" 두 남자는 나를 쳐다보았다.

"물론. 새로운 집을 찾아준다는 보장은 못 하지만 한동안은 우리가 맡아둘 수 있어." 로저가 인상을 찡그리며 대답했다.

"내가 맡기로 하지." 노스가 말했다. 우리는 그를 쳐다보았다.

"가을에 파푸아뉴기니로 여행을 떠날 계획이야. 뱀이 건강하고 당국의 허락을 받는다면, 내가 고향에 데려다줄 수 있겠지. 그전까지 다른 곳에 있는 것보다 나와 함께 있는 편이 더 안전할 테고."

"음, 확실히 그 말이 맞긴 한데, 그럴 수 있겠어? 상당히 부담이 될 것 같은데." 로저가 걱정스러운 듯 물었다.

"걱정 말게, 친구. 다른 소식은?" 노스는 나를 쳐다보며 물었다.

나는 어떤 말도 할 생각이 없었다. 그들의 문제도 아니거니와 내 문제도 아니니까. 하지만…….

"도싯 주립 병원요. 어젯밤 뱀에 물린 남자 말이죠, 풀뱀에게 물렸다고 생각했는데……." 내가 말했다.

"어떻게 되었기에?" 로저가 물었다. 노스는 인상을 찌푸렸다.

"상태가 악화되었대요."

10

전날 밤 한숨도 자지 못한 것을 고려하면 나는 위험할 만큼 빠르게 차를 몰았지만, 앞서 달리는 숀 노스의 랜드로버는 이미 시야에서 사라졌다. 그는 병원에 입원한 닉 폴슨의 상태를 보러 함께 가겠다며, 자기 집이 라임 레지스에 있어서 가는 길에 병원이 있다고 고집을 부렸고 내가 따라잡지 못할 속도로 빠르게 달아났다.

병원으로 향하는 진입로에 이르러 속도를 늦추고 앞으로 일어날 일과 닉 폴슨의 상태에 대해 생각했다. 엄밀히 말하면 풀뱀도 독샘을 지니고 있다. 그러나 사람을 물었을 때 독을 주입할 수 있는 구조는 아니다. 나는 닉이 풀뱀에게 물려서 상태가 나빠졌을 가능성은 없다고 생각했다. 로저와 숀 노스도 같은 의견이었다. 우리는 그에게 다른 문제가 있는 게 틀림없다고 추론했다.

아니면 그를 물었다는 뱀이 풀뱀이 아닐지도 몰랐다.

도싯 주립 병원 주차장에 들어섰을 때 노스의 랜드로버는 입구 근처의 장애인 주차 구역에 세워져 있었다. 나는 적법한 구역에 주차를 하고 차에서 내렸다. 나보다 먼저 병원에 들어간 그가 이미 문제를 해결했기를, 그래서 난 조용히 빠져나올 수 있었으면 싶었다. 기대라기보다는 그런 희망을 품은 채로 내가 본 중에 가장 지저분한 차창을 살짝 들여다보았다. 노스는 곤히 잠들어 있었다. 나는 차에서 멀찍이 떨어져서 반대편으로 시선을 돌린 채 차창을 두드렸다. 잠시 뒤 랜드로버 문이 열리는 소리가 들렸다.

"뭘 하고 있어?" 운전석에서 빠져나오며 그가 물었다.

"한 시간이나 기다렸어요. 당신이 깰 때까지 기다렸다고요." 나는 투덜대며 앞장서서 병원에 들어갔다. 닉 폴슨이 어디에 있는지 알아보기 위해 접수처에 들렀다가 병동으로 향하는 승강기 버튼을 눌렀다. 승강기 문이 닫히자 노스는 눈을 감은 채 안쪽 벽에 몸을 기댔다. 나는 그가 또 잠이 들지 궁금해하며 그런다면 그를 남겨두고 가버리겠다고 생각했다.

승강기 문이 열리자 그는 눈을 떴다. 우리는 긴 복도를 걸어가 간호사 대기실에 있는 해리 리처즈를 보았다. 이번에 내게 조언을 구한 것도 그였다. 리처즈는 지난 며칠간 나보다 잠을 더 못 잔 것처럼 보였지만 나를 보자 진심으로 기쁜 것 같았고 숀 노스를 소개해주었을 때는 무척 반가워했다. 그는 닉 폴슨이 처음에는 괜찮아 보였다가 하룻밤 사이에 악화되었다고 말했다. 혈액검사가 진행중이며 결과는 몇 시간이 지나야 나온다고 했다. 존 알링턴이 사망한 뒤로 리처즈는 자신의 새 환자에 대해서도 심각하게 걱정하고 있었다.

⚘

닉 폴슨은 침상에 누워 있었다. 피부가 땀으로 축축했고 얼굴은 붉으며 눈은 약간 풀려 있었다. 호흡이 가쁘고 얕아서 겉으로 보기에도 확실히 불편해 보였다.

"상태가 어떤가?" 노스가 물었다.

닉이 노스를 빤히 쳐다보는 동안 리처즈가 서로를 소개했다. 닉은 나를 쳐다보았다. "당신이 어젯밤에 우리집에서 살무사를 발견했다고 하더군요. 호주에서 온 뱀인가요?" 그가 말했다.

"파푸아뉴기니요." 내가 웅얼거리듯 말했다.

"나를 물었던 놈은 풀뱀이 아니에요. 확실합니다. 시커멓고 일 미터가 넘는……."

대부분의 사람들은 풀뱀이 초록색일 거라 추측하는데 실제로 초록색이 많기는 하지만 풀뱀은 갈색, 회색, 검은색 등의 다양한 색을 갖고 있다. 일 미터가 넘는 검은 뱀도 당연히 풀뱀일 가능성이 있다. 반면에…….

"증상은?" 노스가 물었다.

리처즈는 닉의 기록부를 확인할 필요도 없었다. "두통, 메스꺼움에 구토, 설사, 위경련, 그리고 고열입니다. 처음 네다섯 시간은 괜찮아 보였습니다만, 오늘 아침 첫 식사를 한 후로 악화되고 있어요."

"상처를 봐도 될까?" 노스가 물었다.

리처즈는 닉의 팔을 잡고 붕대를 고정하느라 붙여놓은 반창고를 떼어냈다. 그리고 거즈를 벗겼다. 상처는 붓고 염증을 일으킨 상태였다. 새빨갛게 번들거리는 상처 주위에 고름이 가득했다. 좋은 상태는 아니었다. 나는 고개를 들고 리처즈와 눈을 마주쳤다. 그도 상태가 좋아 보이지 않았다.

"병원에 왔을 때부터 출혈이 있었나?" 노스가 물었다.

닉은 리처즈를 쳐다보았다. "아닙니다." 의사가 대답했다.

"잇몸을 보죠." 노스가 닉에게 말했다.

"뭡니까?"

"잇몸을 보자고. 입을 벌려봐."

환자와 의사는 다시 시선을 교환했고, 닉은 입을 벌렸다. 노스는 몸을 숙이며 나지막이 말했다. "실례." 그는 닉의 윗입술을 거머쥐었다. 잇몸을 제대로 보려고 입술을 당겨서 들어올린 후 윗잇몸을 구석구석 살폈고, 아랫잇몸도 똑같이 살폈다.

"숨쉬는 데 문제는 없소?"

닉은 고개를 저었다.

"병원에 온 후로 소변은 봤어?" 노스가 또 물었다.

닉은 고개를 끄덕이면서도 우리가 어떤 미친 자를 데려왔는지 의아해하는 것 같았다.

"색깔은?"

"아, 이게 무슨 짓입니까!"

"중요한 문제요. 평소와 같았는지? 담황색, 노란색? 혹시 붉은 갈색?"

"평소 같았습니다." 닉은 의사와 나를 번갈아 쳐다보았다. 우리 둘 중 누군가의 설명을 바라는 듯했다.

"팔다리를 움직일 수 있겠어? 걸으라고 하면 걸을 수 있겠소?"

질문에 대답으로 닉 폴슨은 이불을 젖히고 침상 옆으로 다리를 쑥 빼서 일어섰다. 약간 불안정했지만 병실을 가로질러 가서 우리를 향해 돌아설 수 있었다.

"축하해. 타이판에게 물리지는 않았군." 노스는 혼자 기뻐하며 말했다.

"어떻게 확신하시죠?" 리처즈가 물었다.

"당신이 뭘 알고서……." 닉도 동시에 물었다.

"타이판의 독은 지독해서 신경독소와 혈액응고 방해 물질을 전부 포함하고 있지. 신경독소는 신경 근육 접합부를 압박해 기능을 정지시키지. 해독제 처방을 받지 못한 희생자들은 대부분 물린 지 네다섯 시간이 지나면 호흡 마비로 고통을 겪어. 혈액응고 방해 물질 때문에 물린 상처와 잇몸에서 출혈이 계속되고. 내부 출혈이 문제인데, 특히 뇌에서 그렇거든. 아마 당신은 경련을 일으키고 혼수상태에 빠졌을 거야. 아, 독액은 근육조직도 파괴해. 파괴된 근육조직이 신장을 통과하면 소변이 적갈색으로 변하거든." 노스는 벽에 기대며 팔짱을 끼고 말했다.

그는 잠시 숨을 돌리며 우리에게 말할 기회를 주었다. 하지만 아무도 말을 하지 않아 그가 다시 말을 이었다.

"장황하게 설명했지만 내가 진짜 하고 싶은 말은, 당신은 타이판에게 물리지 않았기 때문에 살아 있는 겁니다."

우리는 닉 폴슨의 얼굴이 창백하게 질리는 것을 보았다. 그는 침상에 와서 주저앉았다. 한참 동안 누구도 입을 열지 않았다. 노스는 내게 고개를 돌렸다.

"이 주제에 관해서 말이 나왔으니 하는 이야기인데, 그대도 다음에 놈을 마주치면 잡으려 하지 마."

나는 대꾸하지 않았다. 언쟁을 벌일 생각은 전혀 없었다. 나는 닉 폴슨의 침상을 바라보면서 어쩌면 내가 저 자리에 누워 있을지 모른다는 생각을 했다. 아니면 시체실 수레 위라든지.

"젠장, 그럼 난 대체 왜 이런 겁니까?" 닉이 물었다.

노스는 벽에서 침상을 향해 한 발 다가섰다. 그리고 닉의 상처를 보려고 다시 허리를 숙였다.

"감염 때문이지. 풀뱀은 대부분 살모넬라균을 지니고 있거든. 며칠간 항생제 치료를 받으면 나을 거야." 노스가 말했다.

나는 자신도 모르게 숨을 참고 있었다.

"음, 당신의 말이 사실이면 정말 좋겠습니다. 이제 혈액검사 결과가 나오기만 기다리면 되겠군요. 감염이라면 우리 병원에서 치료할 수 있으니까요." 리처즈가 나만큼이나 안도하는 표정을 지으며 말했다.

우리는 당장 죽지 않을 거라는 말을 듣고도 그다지 기뻐하지 않는 닉 폴슨을 병실에 남겨두고 리처즈의 초대를 받아 바로 위층에 있는 사무실로 올라갔다. 노스와 나는 몹시 갈증이 있었던 것처럼 커피를 들이켰다. 나는 아이올로스의 검사소에서 우리가 내렸던 결론, 즉 존 알링턴의 혈액에서 나온 독은 살무사의 것이 확실하지만 독의 농도가 지나치게 높기 때문에 결코 한 마리가 문 건 아닐 거라는 점에 대해 설명했다. 리처즈는 존 알링턴이 입원한 직후와 이틀 후, 또 사후에 찍은 상처 사진 몇 장을 가지고 왔다. 숀 노스는 눈에 띄지 않은 다른 물린 흔적이 있을 거라는 자신의 이론을 설명했다.

"명확한 이빨 자국 두 개가 아닐 수도 있어. 어쩌면 경미하게 긁힌 흔적처럼 보일 수도 있고, 아니면 그냥 큼직한 구멍 하나만 있을 수도 있거든. 국소적인 부종이나 얼룩처럼 보일지도 모르지."

리처즈는 고개를 저었다. "그런 건 못 봤습니다. 솔직히 뱀에게 여러 곳을 물렸을 가능성은 생각해보지 않았어요. 눈에 띈 상처 하나를 치료하기에도 바빴습니다."

노스는 사진 한 장을 들여다보았다. "클래라, 와서 이걸 좀 봐."

그가 사진을 건네는 대신 손짓으로 나를 불렀기 때문에 어쩔 수 없이 나는 그의 의자 등받이 뒤에서 허리를 숙여야 했다.

"생각나는 게 없어?"

나는 팔을 뻗어 사진을 집었다. 그가 사진에서 손을 뗐고 나는 창가로 걸어갔다. 그럴 필요 없이 사무실 안은 환했지만 그와 너무 가까이 있는 것이 편안하지 않았다. 숀 노스는 파충류를 닮았다. 마치 평가를 하듯이 상대를 빤히 쳐다보는 습관이랄지……. 무언가를 하기 직전에…… 갑자기 달려들어 공격할 것처럼? 그게 뭔지, 내가 그의 어떤 행동을 기대하는지(당장 사진을 자세히 관찰해야 함에도 불구하고) 자문하고 있었다. 그가 다시 나를 빤히 쳐다보는 걸 깨닫고 억지로 사진을 열심히 들여다보았다.

사진은 남자의 목을 불과 몇 센티미터 거리에서 찍은 것이었다. 상처 부위의 부종이 아주 작아서 알링턴이 입원한 직후에 찍었음을 알 수 있었다. 남자 피부의 모공과 턱밑의 짧은 수염과 목덜미의 뻣뻣한 회색 머리칼을 볼 수 있었다. 쇄골 바로 위에 핏기가 도는 두 개의 붉은 상처는 무언가에 뚫린 자국이 확실했다.

"어때?" 노스의 질문에 그가 나를 시험한다는 느낌을 지울 수 없었다. 나는 특별한 것이 없다는 말과 함께 사진을 돌려주려 했지만…….

"이빨 자국 사이의 거리는 재셨나요?" 나는 노스의 질문을 일부러 무시하고서 해리 리처즈에게 물었다.

리처즈는 기록을 잠시 뒤적거리더니 고개를 들며 "십팔 밀리미터 군요" 하고 말했다. "왜, 무슨 일로……."

나는 아무 말도 하지 않고 노스를 쳐다보았다. 그는 마치 자신이 과학 선생님이라도 된다는 듯 나를 쳐다보며 눈썹을 치켜 올렸다. 대체 왜 난 그를 실망시키지 않으려고 이렇게까지 애를 쓰는 걸까?

"약간 좁은 것 같은데요." 살무사의 해부학적 구조에 대해 잘 모르면서도 나는 과감하게 넘겨짚었다. 제법 큰 뱀에게 물린 자국치고 이빨 사이의 간격이 그다지 넓어 보이지 않았다.

"큰 뱀에게 물렸다고 가정한다면 그렇게 볼 수도 있어." 노스는 동의했다.

"글쎄요, 저는 잘……." 리처즈가 대답했다.

노스는 그에게 고개를 돌렸다. "검시관이 부검을 할 계획이지?"

리처즈는 고개를 끄덕였다. "맞습니다."

"검시관에게 상처를 잘 검사하고, 다른 살무사에게 물린 자국과 비교해보라고 해. 그리고 시신에 물린 자국이 더 있는지도 확인해야 하고. 그의 혈액은……."

"직접 보시겠습니까?" 리처즈가 물었다.

"내가? 이봐요, 난 전혀 그럴 자격이 없는데." 노스는 고개를 저었다.

마초 성향이 짙은 이 남자가 시체를 직접 보는 것을 꺼린다는 사실을 알게 되자 통쾌했다. 그러다 노스가 거부한다면 다음 차례는 나라는 사실을 깨달았다.

리처즈가 말했다. "저도 이런 일에 익숙하지가 않습니다. 사실을 말씀드리자면 동료들은 저와 생각이 다릅니다. 그들에게는 뱀이 살무사로 판명되고 환자에게서 살무사 독이 나왔다는 사실만으로 충분하거든요. 하지만 전 존 알링턴의 담당의였던데다 검시관에게 가능한 한 많은 정보를 줘야 하죠. 지금의 상태로는 저 스스로 만족스럽지가 않습니다." 그는 잠시 말을 멈추고 우리 둘 가운데 누구라도 대답해주기를 기다렸다. 결국 우리 둘 모두 입을 열지 않자 그가 덧붙였다. "그리고 당신들도 만족스럽지 않은 것처럼 보이네요."

리처즈가 말을 이었다. "알링턴 씨가 머리를 다쳤다는 점도 이상해요. 뱀을 죽일 힘이 있었는데 전화로 도움을 요청하지 못했다는 점도 이상하고요. 특히 어젯밤 병원에 왔던 가족과 어제 이곳에 온 아기 때문에 마음이 더욱 불편합니다. 제 생각에는 아기도 뱀에 물렸을 거예요. 베닝 씨, 당신이 그곳에 없었더라면요."

"제가 보기로 하죠. 솔직히 뱀에 물린 상처를 본 적이 많지는 않지만요." 내가 노스를 쳐다보며 말했다.

그 순간 노스가 나를 노려보더니 이내 뺨에 주름을 지으며 어렴풋이 미소를 지었다. 그가 고개를 저으며 입을 열었다. "알았어, 알았어. 젠장, 이럴 거면 그냥 정글에 머무는 게 나았겠는걸."

11

나는 지금까지 시신을 한 번도 본 적이 없다. 그래서 승강기를 타고 병원 시체실로 내려가는 동안 머릿속에 존 알링턴이 사망한 바로 그날 아침에 엄마가 돌아가셨다는 사실만 떠올랐다. 엄마는 어느 서늘한 시체실에 보관되어 있다. 엄마의 시신은 곧 보게 될 시신과 똑같은 상태일 것이다. 그래서일까, 시신 가방을 열면 나를 바라보는 엄마의 얼굴을 마주할 것만 같은 기묘한 생각이 머리에서 떠나지 않았다.

승강기를 타고 내려가는 동안 나는 내가 해야 할 말을 계속해서 연습했다. "죄송합니다만 어머니가 이번 주에 돌아가셨어요. 지금은 내키지 않아요"라고. 물론 그들은 나를 이해해주겠지만 언제, 어디서, 어쩌다가 그랬는지 더 많은 질문 세례를 퍼부으리라. 그들은 나를 가엾게 여길 이유를 찾으려 들 것이다.

그 말을 입 밖에 낼 수 없던 나는 예상보다 더 빨리 시체실 문 앞에 서게 되었다. 우리가 안으로 들어가자 리처즈는 고인의 친척들이 머무는 좁은 대기실로 안내했다. 커다란 유리창이 벽 하나를 가득채우고 있었다. 유리창 너머로 환하게 불이 켜진 부검실을 볼 수 있었다. 그곳에 서서 생각했다. 만약 내가 기절하거나 여기에서 도망치면 어떻게 될까? 아마 그가 나를 바보로 여기겠지.

"재킷이 필요한가?" 노스가 조용히 귀에 속삭였다. 나는 고개를 저으며 몸을 떠는 것을 들키지 않으려고 그에게서 한 걸음 떨어졌다. 그곳은 그다지 춥지 않았다.

해리 리처즈는 양해를 구한 뒤 우리 곁을 떠났다. 잠시 후 부검실로 들어간 그가 시체실 직원 한 명과 이야기를 나누는 것이 보였다. 직원은 유리창 너머에 서 있는 노스와 나를 힐끔 보았다. 방을 가로질러 전화기 앞으로 가더니 수화기에 대고 잠시 무슨 말을 하고는 리처즈에게 고개를 끄덕였다. 그가 모습을 감추자 노스가 나를 향해 돌아섰다.

"클래라, 썩 보기 좋은 광경은 아닐걸. 당신까지 볼 필요는 없어. 밖에서 기다리는 게 어때?"

그야말로 합당한 제안이었다. 나는 의사도, 파충류학자도 아니니까. 내가 분별 있는 여자였다면 제안에 즉시 동의했으리라.

"노스 씨, 안색이 안 좋아 보이는데요. 당신이 나가서 기다리는 게 어때요?"

노스가 어깨를 으쓱하며 창을 향해 돌아섰을 때 마침 연구원 두 명이 수레를 밀며 커다란 여닫이문을 통과했다. 그들은 우리가 서 있는 유리창에서 불과 일 미터도 되지 않는 곳에 멈춰서 검은 시신 가방을 열고 시신을 꺼냈다. 최악의 모습을 예상하기는 했지만 입에서 작은 비명이 새어 나오는 것은 어쩔 수 없었다.

존 알링턴의 마지막 오 일은 순탄하지 않았다. 그가 받은 진통제가 충분히 강력해서 그가 자신의 신체에 벌어진 일에 대해 몰랐기를 진심으로 바랐다.

왜냐하면 심장박동이 멎기 전부터 그의 몸은 죽어가던 상태였기 때문이다.

관련된 주제를 마지막으로 읽은 기억을 떠올려보았다. 독사의 독액에서는 스무 가지 유형의 독성 효소가 발견되며 각각 특별한 기능을 지닌다. 어떤 것은 먹잇감을 마비시키고, 신체 조직을 파괴하거나 뱀의 소화를 돕는 효소도 있다. 일반적으로 뱀의 독액에는 이러한 독소가 여섯 가지에서 열두 가지까지 존재한다. 즉 독사는 그들 고유의 죽음의 칵테일을 지닌 셈이다. 존 알링턴은 살무사에게 물렸다. 살무사의 독은 혈액에 스며들어 조직을 괴사시키고 피의 응고를 막는다.

존 알링턴에게는 모든 증상이 나타났다. 쇄골 위의 물린 자국 주위는 약간 부어 있었지만 두 팔과 왼쪽 다리는 끔찍할 만큼 부종이

심했다. 뱀에 물렸을 때 흔히 발생하는 극도의 구획 증후군은 근육 구획 내에 부종이 생기면서 팔다리가 심하게 부어오르는 것을 말한다. 알링턴의 오른팔은 근막 구획을 열어 압력을 줄이기 위해 근막 절개를 실시한 상태였다. 어깨 바로 밑에서 팔꿈치까지 양끝을 깊이 절개한 흔적이 보였다. 그는 부종이 가라앉기 전에 사망했다. 수술 부위가 여전히 벌어져 있어 얼룩덜룩한 보라색 피부 밖으로 근육이 튀어나와 있었다.

나는 유리창에 한 발 더 다가서서 몇 년간 이웃이었던 남자를 신기하게 바라보았다. 거의 일흔이 다 된 그의 관자놀이에는 머리카락이 없었고 정수리의 진회색의 머리카락도 드물었다. 키는 180에서 185센티미터. 젊은 시절에 틀림없이 근육질의 청년이었으리라.

생판 모르는 사람이었다. 전혀 친근하게 느껴지지도 않았다. 죽은 지 스물네 시간이 지난 탓에 얼굴 피부가 노랗게 변해 마치 밀랍 인형을 보는 느낌이었다. 죽는 순간까지도 마지막 호흡을 하려고 애쓴 듯 아직까지 입을 크게 벌리고 있었다. 감지 못한 두 눈의 각막은 탁하고 희뿌연 상태였다.

숀 노스의 손이 내 어깨에 떨어졌다. 고개를 돌리자 그가 방 한쪽 구석의 커다란 모니터를 보고 있는 것이 눈에 들어왔다. 해리 리처즈가 소형 카메라를 손에 들고 탁자 주위를 돌았고 그가 카메라에 담는 장면이 우리가 있는 방안의 모니터로 전송되었다. 기계의 도움으로 노스와 나는 리처즈와 함께 알링턴의 신체에 다른 물린 자국이 있는지 조사할 수 있었다.

생전의 알링턴과 그의 몸을 조사하는 우리에게 다행스럽게도 조직 괴사는 그의 오른팔에만 발생했다. 다른 부위는 심하게 부어오르기는 했어도 아무런 상처가 없었다. 몇 군데 멍이 들었어도 피부가 찢긴 흔적은 보이지 않았다. 작게 물린 상처는 병원에 있던 며칠 동안 저절로 나았는지도 모른다. 그 정도 상처라면 뱀에 물렸다 해도 독이 주입되지 않았을 것이다. 물려서 중독이 되려면 뱀의 이빨이 피부조직에 깊은 구멍을 내야 했다. 그리고 심각하게 물린 다른 상처가 있다면 흔적이 남아 있는 게 정상이었다.

그런 상처는 전혀 없었다. 몇 분 뒤 시신을 뒤집었고 리처즈는 수레 주위를 천천히 돌았다. 이십 분이 지나자 우리는 존 알링턴에게 다른 물린 자국이 없다고 거의 확신하게 되었다.

"아무런 소득이 없는 것 같군요." 해리 리처즈가 실망감을 감추지 않은 채 말했다.

"글쎄, 난 아직 모르겠군. 목의 상처를 다시 비춰줘요. 클래라, 잠시 이리 와보라고." 노스가 말했다.

언제부터 내가 그의 조수 취급을 받게 되었는지 의아했지만 그를 따라 화면에 가까이 갔다. 해리 리처즈의 카메라는 존 알링턴의 목에 있는 물린 상처를 보여주었다. 노스는 내가 화면을 더 가까이에서 볼 수 있게 뒤로 물러났다.

"뭐가 보이는지 말해봐." 노스가 말했다.

나는 화면을 관찰했다. 알링턴의 쇄골 바로 위에 이십 밀리미터가 되지 않는 간격으로 직경이 사 밀리미터에 이르는 두 개의 물린 자국이 있었다. "유감스럽지만 저로선……." 내가 말했다.

"카메라에 확대 기능이 있지?" 노스가 큰 소리로 물었다.

잠시 후 화면이 두 배로 확대되었다.

"살무사가 어떻게 무는지 생각해봐. 아는 대로 말해." 노스가 재촉했다.

나는 잠시 생각했다. 코브라는 독니가 비교적 짧으며 위치가 고정되어 있다. 살무사의 독니는 훨씬 길다. 필요할 때면 튀어나와 제자리에 위치하며 사용하지 않을 때는 위턱뼈와 수평이 되게 접혀 들어간다.

"독니가 길어요. 깊은 상처를 내고요." 내가 말했다.

"물론 이 상처들은 그렇지. 계속……."

"먹잇감을 물었다가 놓아주죠. 아래턱을 써서 먹이에 이빨을 깊이 박아 넣어 강하게 한 번 문 다음 놓아주고요."

"아래턱에 이빨이 몇 개?"

"일반적으로 두 줄이죠."

"살무사가 먹잇감을 물 때 아래턱을 반드시 사용한다면 아래턱의 이빨 자국을 볼 수 있겠군?"

나는 짜증이 난 것도 잊고 그를 쳐다보다가 다시 화면으로 눈을 돌렸다.

"맞아요. 볼 수 있죠." 내가 대답했다.

해리 리처즈는 카메라를 가만히 든 채로 우리가 있는 쪽을 빈번히 힐끔거렸다. 이제는 시체실 조수 두 사람도 흥미를 보이는 것 같았다.

"여긴 그렇지 않군요. 상처 아래에 다른 이빨 자국이 아예 없습니다." 리처즈가 말했다.

노스는 리처즈의 말은 들은 척도 하지 않았다. "위쪽 이빨은 어떻지?" 그는 내게 물었다.

"살무사는 다른 뱀들보다 이빨이 적어요. 독니가 접혀 들어갈 틈이 있어야 해요." 뱀을 연구하던 시절에 읽었던 책의 기억을 떠올리려 애쓰며 대답했다.

"틈이 있지." 노스가 말했다.

"그래도 이빨이 있어요. 아마 두 줄이겠죠."

"이빨 자국이 보이나?"

나는 고개를 저었다.

화면을 가까이에서 보려고 발뒤꿈치를 들고 있는 노스는 내 어깨에 손을 올리며 진정시켰다.

"저기 구멍을 봐. 독니가 어떻게 살갗을 뚫는지 생각해보면……."

나는 화면을 보았다. 그는 내가 뭘 보기를 바라는 걸까?

"먹잇감을 놓아줄 때 어떻게 하는지 생각을 하면……."

옳거니! "피부가 찢어지죠. 아주 조금이라도 독니가 빠져나올 때 찢어져요. 피부가 찢어지면 상처가 일정한 형태일 수가 없죠. 그걸 보면 뱀이 어느 각도에서 물었는지도 알 수 있고요."

"보기에 어때?"

나는 노스를 쳐다보았다가 화면을 확인하고 다시 그를 보았다. 그가 미소를 지었다. 나도 모르게 미소를 지었다.

"온전한 모양이에요."

"그만하시죠. 오래 기다렸어요. 설명을 해주세요." 리처즈가 끼어들었다.

노스는 뒤로 물러나면서도 여전히 내 어깨에 손을 올리고 있었다. 이상하게도 이제 그의 손이 신경쓰이지 않았다.

"당신의 환자는 살무사 독에 중독되어 사망했어." 노스가 말했다.

"그럼요. 그건 알지만……." 리처즈는 조급하게 대꾸했다.

"흥미로운 점은 그가 뱀에게 물리지 않았다는 거지."

12

"누가 존 알링턴에게 살무사 독을 주입했다는 말이군요? 어떻게 그런 일이 가능하죠?" 우리는 시체실에서 나오는 중이었다. 리처즈는 믿을 수 없다는 말투였다. 믿지 못하는 것이 당연했다.

"희생자가 정신을 잃었다면 식은 죽 먹기일걸. 존 알링턴이 머리에 타격을 입었다고 들은 것 같은데?" 노스가 대답했다.

"넘어졌거든요." 리처즈가 대답했다.

"확실한가?" 노스가 물었다.

대답이 없었다.

"뱀을 많이 다뤄본 사람은 독을 채취할 수 있어. 여섯 마리에서 독을 채취하면 존 알링턴의 혈액에서 나온 것과 같은 농도의 독이 될 거야." 노스가 말을 이었다.

"그걸 남에게 주입한단 말입니까? 피하 주사기 같은 걸 썼단 말인가요? 그게 가능한가요?" 리처즈가 물었다.

노스는 어깨를 으쓱하며 대답했다. "직접 해본 적은 없지만 불가능할 것 같지도 않아. 알링턴 씨의 경우, 독을 꽤 깊숙이 주입한 것 같거든. 물린 상처 주위가 별로 부어오르지 않았다는 점이 가장 의심스러워. 내 짐작으로는 누가 가늘고 기다란 송곳 같은 도구로 바늘 자국을 감출 두 개의 구멍을 낸 것 같아."

리처즈는 걸음을 멈추고 노스를 쳐다보았다. 그가 물었다. "머리에 타격을 입은 흔적이 있잖아요."

노스는 인상을 찡그렸다. "글쎄, 머리를 다쳤다고 했지. 원인은 알 수 없지만."

"왜 그래요?" 내가 물었다.

노스를 쳐다보던 리처즈는 내게 시선을 돌리고 말했다.

"어젯밤 닉 폴슨의 장인도 병원에 입원했습니다. 정확히는 가족 전체가 입원했고, 엄마와 아이들이 오늘 아침 퇴원했죠."

노스와 나는 잠자코 있었다.

"노인은 경미한 뇌진탕을 일으켰습니다. 어딘가에 머리를 부딪혔어요." 잠시 뜸을 들인 후 리처즈가 말했다.

"그의 베개에 핏자국이 있었어요. 경찰이 그의 방에서 죽은 살무사를 발견했고요." 내가 말했다.

복도 중간에 서버린 우리 때문에 직원과 면회객 들이 주위를 돌아서 지나갔다. 아무도 무슨 말을 꺼내야 할지 모르는 것 같았다. 어니스트 앰블린도 존 알링턴처럼 최후를 맞게 될까? 결국 내가 침묵을 깨고 나섰다.

"당신이 경찰에게 말해야 할 것 같아요."

리처즈는 천천히 고개를 끄덕였다.

"잠깐, 우리는 영국 남부 사람 절반이 뱀에 대한 공포에 사로잡히는 건 바라지 않아. 사실을 공표하기 전에 우선 환자와 이야기를 나눠보는 게 어떨까? 그는 살무사에게 물리지 않았지?" 노스가 끼어들었다.

"네, 하지만……."

"당신 생각은 어때? 그가 면회를 받아줄까?"

어니스트 앰블린은 오히려 적극적으로 우리를 만나고 싶어 했다. 간호사 대기실에서 기다리고 있던 노스와 나를 해리 리처즈가 손짓으로 불렀다. 작은 병실의 창가에 있는 침상을 향해 걸어가자 노인이 몸을 일으켰다. 그제야 그가 전날 저녁 클라이브 벤트리 저택에 있었던 할아버지인 것을 알았다. 그는 탁자 주위에 앉아 있던 다섯 노인 가운데 한 명이었다.

"자네가 찾아낸 뱀이 독사라면서? 혹시 무슨 뱀인지는 알아냈소?" 노인은 우리가 침상에 다가서기도 전에 말을 걸었다. 그는 나를 똑바로 쳐다보며 내게만 말을 건넸다.

앰블린이 침상에 기댈 수 있게 리처즈가 침상 윗부분을 세우고 있을 때 노스를 힐끔 보았다. 노스가 대답하라는 듯 고개를 끄덕했다. 앰블린은 리처즈가 세운 침상에 등을 기대려 하지 않았다.

"그 뱀은 타이판 같아요. 남반구에서 발견되는 뱀이에요. 호주와 파푸아뉴기니에서요. 우린 그 뱀이 사위분을 물지 않았다고……." 앰블린을 돌아보며 내가 말했다.

"됐네, 됐어." 앰블린은 말을 가로막았다. "그런데 확실한가? 남반구에서 온 뱀이야? 어디 다른 곳에서 온 게 아니고?"

"구체적으로 어디를 말씀하시는 거죠?" 노스가 물었다.

"아, 실례합니다. 앰블린 선생님, 이쪽은……." 리처즈가 끼어들었다.

"아프리카라든지. 아니면……." 앰블린이 재빨리 말했다. 그는 담당 의사를 아예 무시한 채 노스를 휙 쳐다보고 다시 나를 보았다. "……아니면 북미라든지? 그럴 가능성은? 북미에서 왔을 가능성은 없나?"

무슨 대답을 해야 할지 몰라서 나는 다시 노스에게 고개를 돌렸다.

"아뇨. 타이판은 호주와 인근 제도 바깥에서는 발견된 일이 없습니다. 북미에서 발견되는 유일한 코브라과 뱀은 산호뱀뿐이고요. 산호뱀은 밝은색 줄무늬를 가진 아주 독특한 뱀이에요. 산호뱀은 아니었어요." 노스는 앰블린에게서 눈을 떼지 않은 채 말했다.

앰블린은 침상에서 몸이 쪼그라드는 듯 보였다. "고맙네" 하고 웅얼거리더니 허리를 덮고 있던 접힌 침대보로 시선을 떨구었다. 그제야 앰블린을 제대로 볼 여유가 생겼다. 그는 칠십 대 중반치고 젊어 보였다. 진한 회색 머리칼은 숱이 빽빽했고 두꺼운 안경 너머의 눈동자는 갈색이었다. 큼직하고 네모난 붕대가 왼쪽 관자놀이의 상처를 덮고 있었다.

"앰블린 선생님, 어젯밤 선생님의 침실에서 살무사를 발견했어요. 선생님께서 그 뱀을 죽이셨나요?" 내가 물었다.

그가 순간적으로 나를 휙 쳐다보더니 다시 시선을 떨구었다. 그러고는 고개를 젓다가 인상을 찌푸렸다. 손을 들어 상처를 어루만지던 그가 눈을 치켜떴다. "아닐세. 난 살무사를 보지 못했어. 내가 살무사에게 물렸으면 그걸 봤을까?"

"그럼요." 노스가 대답했다.

안심한 눈치의 앰블린은 다시 진정이 되었다. "리처즈 선생, 자네가 준 진통제가 효과가 있는지 모르겠군. 조금 더 강한 걸 찾아줄 수 있겠나? 정말로 잠을 좀 자고 싶은데." 그는 눈을 들지 않고 말했다.

"찾아보겠습니다." 리처즈는 대답하며 환자를 마주보려고 침상 주변을 살짝 돌았다. "머리를 어쩌다 다쳤는지 말해주실 수 있겠습니까?"

앰블린은 눈을 감았다가 다시 떴지만 초점이 흐렸다. "글쎄." 그가 겨우 대답했다. "내가 제대로 깨어 있지 않았던 모양이야. 꿈을

꿨거든. 악몽을. 아주 멀리서 온 누가……. 갑자기 닉이 고함을 치며 아이들을 깨우는 소리가 들렸다네. 밖으로 나올 때까지 다른 것들은 기억이 안 나. 아마 계단에서 넘어졌겠지."

리처즈는 환자가 쉬어야 한다고 말했다. 노스와 나는 말뜻을 알아채고 병실에서 나갈 준비를 했다. 병실 문 앞으로 따라 나온 리처즈는 무슨 궁리가 있는지 말하지 않고 그냥 고맙다는 말만 하고서 가버렸다.

"앰블린 선생님의 베개에 피가 묻어 있었어요. 계단에서 머리를 부딪혔다면 왜 피가 거기에 묻어 있죠?" 승강기를 기다리면서 내가 말했다.

"면도를 하다 베였을까? 아니면 숨기는 게 있는지도 모르지. 대체 이 승강기는 움직이긴 하는지 모르겠군." 노스가 말했다.

우리는 계단을 찾아 걸음을 옮겼다. "그가 살무사를 죽이지 않았으면 누가 그랬을까요?" 계단을 내려가면서 내가 물었다. 노스는 대답하지 않았다. 나는 계단을 다 내려와 출구를 향해 걷다가 응급 사고 접수처에서 걸음을 멈추었다.

"이해가 안 돼요. 어째서 범인이 뱀의 독을 채취해 사람에게 주입하는 수고를 하죠? 타이판을 데리고 있으면서 말이에요. 타이판을 이용하면 더 확실히 죽일 수 있는데." 노스의 걸음을 멈춰 세우며 내가 말했다.

응급실은 바빴다. 사람들이 우리를 주목했다. 나를 빤히 쳐다보기 시작했다.

"노인이 독사에 물리면 자연사로 위장하기가 훨씬 어려울 테니까. 리처즈가 무슨 낌새를 알아차렸을지도 모르니 그와 나중에 연락해본 뒤에 다시 나와 이야기하면 어때? 그런데 오늘 누구는 참 운이 나쁜 것 같군. 안녕! 어떻게 지내셨나?"

놀랍게도 사람들이 우리를 둘러싸고 있었다. 그러나 내게 관심을 보이는 사람은 아무도 없었다. 그들이 흥미를 보이는 것은 숀 노스였다. 나는 그가 정기적으로 전국 방송에 등장한다는 사실을 잊고 있었다. 더구나 그는 한번 보면 쉽게 잊히는 부류의 사람이 아니었다.

군중과 악수를 나누고 종이에 사인을 해주며 노스는 천천히 길을 뚫고 밖으로 나왔고, 나는 그 뒤를 따랐다. 문에 다 와서야 팬들을 따돌릴 수 있었다.

"누가 왜 두 노인을 죽이려 할까요?" 주차장을 가로지르면서 노스에게라기보다 나 자신에게 질문을 던졌다.

노스는 미소를 지으며 나를 내려다보았다. "그건 경찰이 풀어야 할 숙제지. 난 파충류 전문가이지 탐정이 아니야. 아무튼 즐거웠어, 클래라. 이제 가자."

13

내가 도착했을 때 11시 15분을 알리는 교회 종이 울렸다. 일요일인데도 차를 세우기가 쉽지 않아 힘들게 주차를 한 뒤, 영국에서 가장 멋진 노르만 양식 교회 중 한 곳으로 향하는 번잡한 큰길을 걸어갔다. 정문을 지나 교회로 향하는 오솔길을 오르는 동안 머리 위로 우뚝 솟은 거대하고 네모난 교회 탑이 늦은 아침의 태양을 가리고 있었다. 건물 남쪽 현관 앞에서 올빼미 새끼들이 든 새장을 나무 벤치 아래에 밀어넣었다. 하루 대부분을 집밖에 있어야 하는 탓에 어쩔 수 없이 새끼들을 데려와야 했다.

주목 나무로 된 문은 두꺼웠지만 부주교의 목소리를 들을 수 있었다. 나는 오래된 문을 열면 어떤 소리가 나는지 경험으로 알고 있다. 소리가 나면 예배에 참석한 신도들이 불청객을 확인하려고 모두 고개를 돌릴 것도 알았다. 그렇지만 이미 몇 년 전에 기술을 익혀두었다. 나는 문이 막히는 느낌이 들 때까지 조심스럽게 밀고, 그런 다음 손잡이를 최대한 위로 당겼다. 그 상태에서 문을 뒤로 약간 당긴 다음 손잡이에서 힘을 뺐다. 이제는 문을 조심스럽게 활짝 열어도 아무 소리가 나지 않는다. 연로한 교구 위원인 조지만 내가 교회에 들어와 신도석 맨 뒷줄에 앉는 것을 보았다. 부주교 역시 기도를 이끄는 동안에도 놓치는 것이 없었다.

예배는 끝나가는 중이었다. 조지가 기도서와 찬송가집을 건네주러 부랴부랴 다가와서 나는 겨우 미소를 지어 보였다. 내 손을 꾹 누르는 그의 눈에 눈물이 맺혀 있었다. 나는 얼른 눈을 돌렸다. 교구 신부가 마지막 찬송을 선언하자 성가대 뒤에 앉은 신도들이 일어섰다.

지난 수십 년 동안 성공회는 신도 수가 급감했다. 하지만 내가 태어난 마을은 달랐다. 평소 이 교회의 일요일 예배에는 신도들이 가득했고 오늘도 예외는 아니었다. 스무 명의 성가대가 힘차게 선창을 시작하자 신도들도 각양각색의 음색과 하나의 열정으로 노래에 가세했다. 나만 빼고. 나는 예배에서 찬송가를 부르기 좋아하고, 그럴 때면 내 목소리가 따뜻한 물결처럼 퍼져나가는 느낌을 받았다. 그러나 이날 아침에는 그럴 기분이 아니었다.

예배가 끝나고 교구 신부가 회중에게 평화롭게 돌아가 주님께 봉사하라며 인사를 했다. 신도들도 오래된 관습대로 응답하고 흩어지기 시작했다. 항상 그렇듯 시간이 한참 걸렸다. 모든 신자들은 교구 신부와, 특히 부주교와 악수를 나누고 잠깐의 관심을 받기를 원했다. 나는 부주교가 해를 거듭하면서 안부 인사의 달인이 되어가는 것을 지켜보았다. 그는 짧지만 전적으로 개인적인 환담을 나누며 온화하고 상냥하게 작별을 고했다. 어느 누구도 전혀 섭섭해하지 않았다.

나는 큰 돌기둥에 몸을 반쯤 숨기고 앉아서 시선을 아래로 향했다. 마침내 마지막으로 남아 있던 신자들 몇 명이 교회 중앙의 회중석을 지나갔다. 나는 일어서서 교회 현관 앞에서 두 명의 성직자가 신자들에게 마지막 작별을 고할 때까지 기다렸다. 교구 신부는 나를 보자 어깨를 살짝 두드리고는 급히 가버렸다. 나는 부주교에게 손을 내밀었다. 그가 내 손을 잡기 전에 잠시 뜸을 들이는 동안 그가 마지막으로 보았을 때보다 말랐고 머리카락이 더 헝클어졌으며 숱도 확연히 줄어든 것을 알아챘다. 이마 부근에 튼 자국이 있었고 눈동자의 빛깔도 흐릿해 보였다. 하지만 그가 내 손을 잡았을 때 늘 그랬던 것처럼 부드럽고 따뜻하며 기운찬 느낌을 받았다. 그는 내가 필요했고 내가 집으로 돌아온 것을 반가워하고 있었다.

"반가워요, 아빠." 겨우 그 말밖에 할 수 없었다.

우리는 팔짱을 낀 채 큰길을 따라 걸어 내가 평생 우리집이라 불렀던 곳으로 향했다. 베닝 가족은 거의 삼십 년 전에 이곳에 이사를 왔다. 영국성공회에서 떠오르는 샛별이었던 아빠는 마흔셋이라는 젊은 나이에 부주교로 임명되셨다. 한편 남편에 비해 스무 살 가까이 어린 아내 매리언은 시골에서 성직자의 아내로 살아가는 삶이 애초부터 불만이었다. 큰딸 버네사는 조숙한 다섯 살배기였고, 나로 말하자면 구 개월 된 아기였다. 우리는 아빠가 주교가 될 때까지 십 년쯤 이곳에 살다가 더 좋은 곳으로 이사를 가게 되리라 예상했었다. 그런데 그런 일은 일어나지 않았다. 우선 나에게 문제가 생겼다. 십 년째 될 무렵, 알코올 의존증과 심각한 우울증을 이기지 못한 엄마에게 주교 아내의 역할을 기대할 수 없어졌다.

"버네사의 가족도 왔단다." 정문으로 접어들 때 아빠가 말씀하셨다. "점심을 함께 할 생각인가 보더구나." 상냥한 충고였지만 불필요했다. 이미 교회에서 버네사 언니와 에이드리언 형부와 두 조카를 본 데다 그들이 교회에서 나갈 때 좌석에 앉아 몸을 약간 숙였었다.

"그런데 어떻게 타이판이 어린이의 침실에 들어가요?" 열 살 된 제시카가 물었다.

"좋은 질문이네." 콩을 접시 가장자리로 밀어내며 대답했다. 나는 버네사 언니의 요리를 잘 먹지 못했다. 요리에는 문제가 없지만, 왠지……. 언니와 함께 있을 때면 항상 뱃속이 조여드는 느낌이었다. "내 생각에는 주인에게서 도망을 친 거 같아. 그런데 주인은 처음부터 그 뱀을 데리고 있으면 안 되는 거였지." 내가 말했다.

"주인이 키우기가 너무 힘들어서 놓아준 것일 수도 있어." 에이드리언 형부가 끼어들었다.

"글쎄, 그럴 가능성도 있어요. 그런 일이 처음은 아니니까." 나는 동의했다. 아이올로스 트러스트는 외래종 뱀을 공원이나 시골 개활지, 심지어 정원에서 잡아달라는 요청을 여러 번 받았었다. 새끼 때 귀여워 보였던 뱀이 아주 크고 힘센 뱀으로 자라기 때문이었다.

"그럼 풀뱀들은 어떻게 된 거예요?" 제시카가 다시 물었다.

나는 식사를 포기하고 포크와 나이프를 내려놓았다. 버네사 언니가 내게 눈을 부라리는 것을 힐끔 보았다. 아빠의 낮고 조용한 한숨 소리도 들렸다. 애초에 뱀 사건에 대해 말을 꺼내지 말았어야 했다는 생각이 들었다. 이날 점심 식사 자리에서는 다른 때보다 대화를 풀어가기가 쉽지 않았다.

"풀뱀은 떼를 지어 다닌다고 하거든." 더욱 악의적인 다른 이론들을 들먹이고 싶지 않아 나는 그렇게만 말했다. "나도 본 적은 없지만 봤다는 사람들을 알아. 풀뱀 수십 마리가 떼를 지어 이동한대. 타이판은 우연히 풀뱀들과 만나서 친구가 되고 싶었는지도 몰라. 아주 어린 뱀이니까. 아니면 잡아먹으려고 했는지도 모르지."

"아기가 살무사에게 물리면 어떻게 돼요?" 여덟 살 난 애비게일이 물었다.

"애비게일, 그런 질문은 하면 안 돼." 언니가 주의를 줬다. 나는 일단 언니와 한편이 되어 기뻤다.

"마을에 정말로 짓궂은 놈이 있으면 어떡하지? 불량배들이 문제를 일으킨 적이 있지 않았어? 누군가 장난을 친 것일 수도 있지." 형부가 말했다.

"사람이 죽었어요. 장난으로 여길 수가 없어요." 내 의도와 다르게 대답이 불쑥 튀어나왔다.

"맞는 말이야." 형부가 팔을 뻗어 아빠의 잔을 채워주고 자기 잔도 다시 채우려 할 때 언니가 말했다. 버네사 언니와 나는 술을 마시지 않았다. "아무튼 금요일 일에 관해 얘길 해야 할 것 같아. 아빠, 앤드루 아저씨는 승낙했어요?"

앤드루 트레메인은 윈체스터 지역의 주교로 아빠의 선배이자 우리 가족과 오랜 친분을 쌓은 분이다. 당연히 그는 엄마의 장례식 예배를 맡아달라는 요청을 받았을 것이다. 아버지는 앤드루 씨가 기꺼이 예배를 맡아줄 거라 대답했으며, 버네사 언니는 자신이 생각한 장례식 계획에 대해 크게 읊어대기 시작했다. 언니가 제안한 꽃과 찬송가와 낭독에 대해, 또 나를 내버려두는 것에 대해 동의하는 뜻으로 아빠는 고개를 끄덕이셨다. 나로서는 엄마에게 바치는 꽃이 장미든 백합이든 미나리아재비든 데이지든 아무런 차이가 없었다. 엄마는 돌아가셨다. 엄마와 더불어 엄마가 방관했던 사건에 대해 나와 타협할 마지막 기회도 사라져버렸다. 엄마가 내 인생을 완전히 망쳐버린 것을 두고 이야기할 순간이 오기를 오랜 세월 동안 기다렸지만 이제 나는 엄마에게 미안하다는 말을 들을 수 없다. 더구나 엄마가 전적으로 내 세상의 온전한 중심이었다고 말할 기회도 사라지고 말았다.

"지구가 더워진 탓이지. 많은 대가를 치르는 거야. 예를 들어볼까? 이번 사월은 기록이 시작된 후로 가장 무더웠지. 오월도 마찬가지일 거야. 이제 개체수가 폭발하는 거지. 온갖 것들이 사방에서 설쳐댈 거라고." 형부가 말했다. 형부는 언니의 말에 주의를 기울이지 않는 것 같았다.

"무슨 말씀이에요?" 내가 물었다.

"뱀 말이야." 그는 나를 쳐다보며 눈을 찡긋했다. "우리 모두 마찬가지겠지만."

"클래라 이모?"

"왜 그러니, 홀쭉아?" 점심 식사를 무사히 마친 나는 어린 조카와 함께 울타리로 둘러싸인 아빠의 정원 후미진 곳에서 사과나무 그늘에 앉아 올빼미 새끼들에게 점심을 주고 있었다. 종종 산들바람이 불어와 나무를 흔들었고, 늦게 핀 꽃잎들이 향기로운 눈보라처럼 우리 주위로 우수수 떨어졌다. 쇠로 된 널찍한 정문을 통해 우리는 고니 한 무리가 강에 떠다니는 것을 볼 수 있었다.

"내 허리둘레는 사십오 센티미터예요." 어린 조카가 분을 내며 대답했다. 아이는 허리를 굽힌 채 아주 조심스럽게 집게로 죽은 쥐를 들었다. 애비게일은 기회가 있을 때마다 클래라 이모 같은 수의사가 되고 싶다고 말했다. (나는 그 말이 자기 엄마를 짜증나게 한다는 사실을 아이도 알고 있다고 짐작했다.) 그 애는 온갖 먹이사슬을 가지고 고민하고 있었다.

"미안해, 통통이." 내가 고쳐서 말했다. 산들바람이 아이의 얼굴 주위에서 곱슬머리를 휘저었다. 애비게일은 풍성하고 윤기 있는 갈색 머리를 길게 기른 상태였다. 나도 마찬가지였다.

"뭐 물어봐도 돼요?"

"그럼."

"엄마는 내가 이런 질문을 하면 안 된다고 하는데요……."

나는 잠시 뜸을 들였다. "음, 중요한 건 네가 자신의 생각에 얼마나 확신을 가졌느냐 하는 점이야. 엄마의 현명함을 네가 얼마나 신뢰하고 있는지와 네 스스로의 판단에 가진 확신을 비교해보렴."

"그러면 질문해도 돼요?" 애비게일이 즉시 되물었다.

나는 새장 위로 허리를 숙였다. 아이는 나의 미소를 볼 수 없었다. "그럼, 할 수 있지. 엄마한테 얘기 안 할게."

"뉴스에서 얼굴 피부 이식에 대한 소식을 봤어요. 이모도 하면 어때요?"

올빼미 새끼들은 약간 잠잠해졌다. 나는 한 마리를 꺼내 애비게일의 손 위에 살며시 내려놓았다. 일주일 후에는 새들에게 새로운 부모를 찾아주고 사람과의 접촉을 중단하겠지만 어린아이의 손에 잠시 내려놓는 것쯤은 해가 되진 않으리라 판단했다. "난 이모 얼굴이 신경쓰이지 않아요." 애비게일이 허둥지둥 말했다. 여덟 살 아이는 이미 머릿속으로 자기 엄마의 판단이 더 옳았을 가능성을 파악하고 있었다. "그냥, 수술을 하면 이모가 더 예쁠 거라는 생각이 들었는데……." 아이는 말꼬리를 흐렸다.

"음, 그럴 수도 있겠지." 나는 천천히 대답했다. 그런 질문을 할 줄은 미처 예상하지 못했다. "그런데 아직은 그럴 생각은 없어."

"왜요?"

"음, 나도 잠깐 알아보긴 했거든." 인터넷과 잡지 기사를 몇 시간이나 뒤져본 것을 잠깐 알아본 거라고 얘기해도 될지 의문이 들었다. "이식수술을 하게 되면 몸에서 거부반응이 나타날 수도 있고, 나중에 이식된 부분을 제거해야 할 위험이 항상 따라다녀. 너도 알지?"

"예에." 아이가 대답했다.

"그래서 반드시 필요한 경우에만 이식수술을 하는 게 좋아."

"그런데 뉴스에서 본 남자는 수술을 해서……."

"그래, 그 남자는 수술을 했어." 나는 아이에게서 새끼 올빼미를 받아 새장에 도로 내려놓으며 말을 이었다. "그 남자는 얼굴이 심하게 망가졌거든. 나보다 훨씬 더. 그는 먹지도 못하고 말도 못 했잖니? 게다가 아직도 아주 위험한 과정을 거쳐야 해. 새 얼굴 때문에 나타나는 거부반응을 막으려면 평생 동안 엄청난 양의 스테로이드와 면역억제제를 먹어야 해. 그런 약은 암을 일으킨다든지 신장 기능에 이상을 줄 위험도 높거든. 약을 먹어도 소용이 없는 경우도 있어. 몸이 계속해서 이식된 얼굴을 거부할 수 있으니까."

"그럼 어떻게 돼요?"

나는 그 후의 결과를 상상하고 싶지 않았다. 이식된 얼굴이 검게 변해서 벗겨지고 말 테지.

"얼굴을 다시 떼어내야 하겠지. 예전보다 상태가 나빠질 거야."

애비게일이 내 손을 꽉 쥐었다. "이모는 하지 마세요."

"안 해. 할 수가 없지."

나는 올빼미 새장을 들고 일어섰고 애비게일과 함께 집으로 걸어 돌아왔다.

14

나는 벌떡 일어났다. 침대 위에서 무릎을 꿇자 이불이 바닥에 떨어졌다. 꼼짝도 못한 채 그림자만 뚫어지게 바라보았다. 엄청나게 위험한 커다란 뱀이 똬리를 틀고 있었다. 떨리는 팔을 뻗어 침대 옆의 전등을 켰다. 아무것도 없었다. 꿈이었다.

다행이야. 깊은 한숨이 나왔다. 내가 뱀 때문에 이렇게 놀랄 정도인데 마을 주민들은 어떨까? 스스로 어리석다고 느끼며 시계를 확인했다. 새벽 3시가 가까웠다. 곧 자명종이 울릴 것이다. 먹이를 줄 시간이었다.

여전히 피곤이 가시지 않았지만 나는 일어섰다. 전날 밤에는 집에 늦게 도착했다. 아빠는 하룻밤 자고 가라고 말씀하셨지만, 나는 병원에 심하게 아픈 동물이 있다고 둘러댔다. 침대 옆 탁자에 놓인 빈 유리잔을 집어 들었다. 문을 지나면서 아무 생각 없이 길고 헐거운 겉옷에 팔을 뻗다가 마음을 바꾸었다. 공기는 눅눅했고 철에 걸맞지 않게 따뜻했다. 올빼미 새끼들에게 먹이를 주는 책임에서 하루 빨리 벗어나고 싶다는 생각을 하면서 나는 서재를 겸하는 널찍한 2층 복도를 가로질렀다.

집안에 누가 들어온 것 같았다. 물건들의 위치가 바뀌어 있었다.

내가 언제나 책상 끝에서 한 뼘 정도 떨어뜨려놓는 컴퓨터 키보드가 이날 밤에는 가장자리에 거의 붙어 있었다. 게다가 비뚤게 놓여 있었다. 서류함도 옮겨져 있었다. 책상에서 평소보다 왼쪽으로 더 밀려 있었다.

나는 층계참을 가로질러 손님방의 문을 열고 전등불을 켰다. 제자리에서 벗어난 물건은 없었다. 최근에 온갖 일을 겪다 보니 평소보다 정리정돈에 소홀했던 것일 수도 있다. 층계를 내려갔다. 작은 주방으로 통하는 문을 열자 올빼미 새끼들이 시끄럽게 울어댔다. 쾌청한 밤이었고 주방 창문으로 새어 들어온 은은한 빛이 하얀 벽면에 반사되고 있었다.

주방 탁자 옆에서 올빼미 새끼들을 내려다보는 시커먼 노인의 형체를 본 것은 착각이 아니었다. 유리잔이 손에서 미끄러져 타일 바닥에 떨어졌다. 침입자는 내가 들어온 것도 알아채지 못하고 잔이 깨지는 소리도 듣지 못한 듯 새장에 손을 뻗고 있었다. 나는 꼼짝도 못 하고 그가 올빼미 새끼 한 마리를 집어 드는 것을 보았다. 그는 올빼미 새끼를 얼굴로 가져가서 냄새를 맡았는데, 나는 그가 새를 삼키려 하는 줄 알았다.

그 순간까지는 공포보다 충격이 앞섰다. 그러다가 차츰 이성을 찾았다. 한밤중에 집에 남자가 들어와 있다니. 늦은 오월이니 산타클로스일 리도 없었다.

나는 뒷걸음질을 치기 시작했다. 남자는 올빼미 새끼를 내려놓고 새장 위로 몸을 굽혔다. 알아들을 수 없는 말을 중얼대며 그르렁거리는 소리가 들렸다. 그가 어느 나라의 말을 하는지조차 불분명했다. 뒷걸음질을 치던 나는 거리를 가늠하지 못해 커튼이 쳐진 창가에 몸을 부딪혔다. 희미한 빛이 방안에 새어 들어와 주방 탁자를 비추었다. 남자는 빛을 보고 고개를 들었다. 달빛에 비쳐 얼굴이 명확하게 드러났다. 그의 얼굴을 제대로 볼 수 있었다. 순간 두려움은 완전한 공포로 바뀌었다. 나는 죽은 남자를 보고 있었다.

남자는 나를 향해 다가왔다. 나무 바닥 위를 걷기 시작했는데 내게서 불과 몇 미터 거리였다. 나는 돌아서서 어디로 가야 할지 생각도 못 하고 달렸다. 현관으로 가봐야 소용없다. 현관문은 잠겨 있는데다 제때에 문을 열 수도 없었다. 남자에게서 풍기는 악취가 내 몸을 에워쌌다. 붙잡히기 직전이었다. 계단을 향해 뛰어가 네 칸을 한 번에 오르려다가 발이 미끄러졌다. 심하게 넘어져서 죽을 만큼 아팠다. 차갑고 축축한 것이 왼쪽 발목을 거머쥐었다. 몸이 끌려 내려갔다. 나는 계단 난간을 잡으려고 미친듯이 팔을 휘저었다. 붙잡히지 않은 발로는 힘차게 발길질을 했다. 축축한 천에 발이 닿는 느낌이 났다. 비명을 지르려고 숨을 깊이 들이쉬었다. 할 수 있는 일이 그것뿐이었다. 땅이 꺼져라 비명을 질렀다.

내가 몸을 뒤집으니 그가 굽어보았다. 고약한 악취의 시커먼 그림자가 계단 중간에서 나를 내려다보았다. 내 얼굴을 보는 것이 아니었다. 계단에서 넘어지고 발버둥을 치는 동안 발목까지 내려오는 원피스 잠옷이 엉덩이 근처로 말려 올라갔다. 그는 맨다리를 보고 있었다. 여전히 발목 하나를 꽉 붙잡은 채였다. 그가 다른 한 손을 뻗었다.

사람의 것으로는 전혀 느껴지지 않는, 끈적이고 바싹 마른 뼈가 내 종아리를 더듬으며 점점 위로 올라왔다. 그의 눈이 서서히…….

한밤의 정적을 깨는 끔찍한 소리가 터져 나왔다. 귀청을 뚫을 만큼 거세고 원초적인 비명, 내게서 나온 소리였다. 나는 멈추지 않고 계속 비명을 질렀다. 다른 소리도 들린 것 같았다. 다른 목소리? 아주 멀리서 들려온 소리? 사방이 캄캄했다. 침묵이 찾아왔다. 나는 비명을 그치고 다시 발길질할 용기를 냈다. 아무것도 없었다. 눈을 떴다. 계단에는 혼자뿐이었다. 감히 움직이지 못한 채 미친듯이 왼쪽과 오른쪽을 두리번거렸다. 등뒤도 보았다. 어디로 갔지?

조금 전까지 남자가 바로 위에서 나를 향해 손을 뻗으며 몸을 훑어보았다. 역겹고 탁한 냄새는 남아 있었지만 그는 없었다.

나는 눈물을 참았다. 계단에 쪼그리고 앉아 사방을 두리번거렸다. 남자는 이제 어디에도 보이지 않았다. 냄새도 흐릿해졌다. 나는 붙잡혔던 종아리의 축축한 흔적을 내려다보았다. 내가 보고 있는 동안 축축한 기운은 따뜻한 밤공기 속으로 증발했다. 아무런 자취도 남기지 않은 채로.

나는 유령을 믿지 않는다고, 한 번도 유령의 존재를 믿은 적이 없고 절대로 그런 것이 있을 수 없다고 중얼거렸다. 겨우 몸을 추스르고 일어나 비틀거리며 거실을 가로질렀다. 또다시 습격당하기 전에 시간이 있다고 생각하며 수화기를 들었다. 전화기를 내려다보지도 못하고 999번을 눌러 경찰을 바꿔달라고 했다.

전화가 연결되기를 기다리는 동안 나는 가만히 서 있을 수밖에 없었다. 어디로 갔을까? 흔적도 없이 사라지지는 않았을 것이다. 사람이라면 그럴 수 없다. 나를 지나쳐 계단을 올라가지도 않았고 현관문은 이중으로 잠겨 있었다. 내가 있던 자리에서는 현관문이 보였으며 뒷문으로 빠져나갔다면 소리가 들렸을 것이다. 그는 여전히 집 안에 있다.

나는 떨리는 목소리를 주체하지 못하며 전화를 받은 경찰에게 상황을 설명했다. 이십 분 안에 사람을 보내겠다는 약속을 들었지만 안심이 되지 않았다. 이십 분 사이에 많은 일이 일어날 수 있다.

수화기를 붙든 채로 가만히 서 있을 수만은 없어서 과감하게 거실을 절반쯤 지나갔다.

올빼미 새끼들에게 무슨 문제가 생겼나? 이렇게 시끄럽게 울어댄 적이 없었다. 새들을 해쳤을까? 나는 주방에 들어가 새장이 보이는 지점까지 다가갔다.

올빼미 새끼들은 배가 고픈 게 아니라 겁에 질려 있었다. 일 미터쯤 되는 풀뱀 한 마리가 새장 속에 들어가 있었다. 내가 지켜보는 동안 보고도 믿지 못할 일이 벌어졌다. 뱀이 몸을 세우더니 몸을 휙 날려 새끼 한 마리를 입에 물었다. 다른 생각을 할 겨를이 없었다. 나는 뱀의 목을 꽉 눌러서 새끼를 내뱉게 했다. 그리고 뱀을 새장에서 꺼냈다. 뱀이 미친듯이 몸부림쳤지만 나는 아랑곳하지 않고 한 손으로 뒷문의 잠금장치를 풀어 문을 열었다.

나는 절대로 동물을 거칠게, 경솔하게, 혹은 함부로 대하지 않는다. 하지만 이만하면 충분했다. 너무 지치고 어느 때보다 짜증이 난데다 심각할 만큼 겁에 질려 있었다. 무엇보다 내가 기억하기로 생전 처음으로 나를 완전히 제어할 수 없는 상태였다. 그 순간 내가 전혀 예측하지 못한 행동을 한 것도 그 때문일 것이다. 나는 뱀에게 화풀이를 했다. 풀뱀을 가능한 한 멀리 내팽개쳤다. 허공에서 몸을 비틀며 날아간 뱀은 정원 끝의 덤불 어딘가에 떨어졌다. 내가 죄책감을 느끼려는 순간 등뒤 가까이에서 소리가 들렸다. 깜짝 놀라 돌아선 나를 향해 어두운 형체가 다가왔다.

뒤로 물러나다가 다리가 꼬여 넘어졌다. 형체는 더 가까이 다가왔고 나는 엉거주춤 뒤로 기었다. 밤하늘에는 구름이 끼어 집 뒤편은 항상 길가보다 더 어두침침했다. 정원을 둘러싼 나무들은 높고 빽빽했다. 검은 그림자가 내 몸 위로 드리워졌다. 입을 벌려 소리를 지르려 했지만 이제는 비명도 나오지 않았다. 나는 한심하게 흐느낄 수밖에 없었다.

"클래라, 납니다. 맷 호어요. 대체 무슨 일이에요?"

그제야 어두운 형체가 아는 남자로 변했다. 처음에는 집안의 불빛이 반사되는 눈동자만 볼 수 있었지만 곧 신체 윤곽을 알아볼 수 있었다. 냄새도 친숙했다. 샴푸와 깨끗한 피부의 냄새, 신선한 커피 냄새까지. 나는 또다시 흐느꼈다. 그는 허리를 굽혀 손을 내밀었고, 내가 겨우 손을 잡자 나를 당겨서 일으켜 세워주었다.

"비명을 들었습니다. 내가 울타리를 넘었을 때 누가 당신 집 앞을 뛰어가는 소리가 들렸던 것 같아요. 당신인 줄 알고 따라갔지만 길에 아무도 없더군요. 도대체 무슨 일입니까?"

등뒤에서 어떤 소리가 들렸다. 아마도 새가 덤불에 내려앉는 소리였을 테지만 나는 불에 덴 고양이처럼 풀쩍 뛰어 그에게서 멀어졌다.

"클래라!"

정신을 차려야 했다. 하지만 나는 이미 그곳에, 캄캄한 정원에 맷과 함께 있지 않았다. 머릿속의 어두운 곳으로 점점 빠져들면서…….

"정신 차리고 숨을 크게 쉬어요. 안으로 들어갑시다."

그의 팔이 내 허리를 감았다. 나는 집안으로 부드럽게 떠밀려 들어갔다. 발밑의 차가운 기운과 맷의 팔에서 느껴지는 온기 덕분에 정신이 들었다. 침입자는 떠났다. 맷이 길가에서 들은 소리는 그가 도망치는 소리였을 것이다.

환하게 불이 켜진 주방 문턱을 넘어서면서 겨우 말했다. "이제 괜찮아요. 누가 집안에 들어왔었어요. 강도였을 거예요. 그가 내 몸을 만졌어요. 난……."

나는 말을 이을 수 없었다. 갑자기 내 꼴이 어떤지 뼈저리게 깨달았다. 잠시 나를 쳐다보던 맷의 시선이 얼굴에서 점점 밑으로 내려갔다. 그는 얼굴을 붉히며 고개를 돌리더니 주방에서 나갔다. 혼자 남게 되자 공포가 다시 고개를 쳐드는 느낌이었다. 잠시 후 맷은 현관 옆에 항상 걸어두는 두꺼운 누비 코트를 가지고 돌아왔다.

"이걸 걸쳐요." 그가 말했다. 내가 옷을 걸칠 때 그는 고개를 돌렸다. 나는 떨리는 손으로 재빨리 코트를 걸치고 단추 여덟 개를 채웠다. 코트는 무릎 밑까지 내려와서 몸을 거의 가려주었다. 그래도 충분한 느낌은 아니었다.

"경찰에 신고했습니까?" 맷이 어깨 너머로 물었다. 코트를 걸쳤지만 그는 여전히 나를 쳐다보지 못했다.

그가 나를 보고 있지 않은데도 나는 고개를 끄덕였다. "이십 분 안에 온다고 했어요."

맷은 주전자를 가져다가 물을 채웠다. 주전자의 스위치를 켠 후 그가 돌아보며 말했다. "앉아 있어요."

나는 여전히 멍청하게 주방 가운데에 서 있었다. 식탁에 가서 의자를 끌어당겼다. 앉아서 코트를 더 꽉 조이며 코트가 바닥에 닿을 만큼 길면 좋을 거라는 생각을 했다. 이윽고 불쑥 고개를 들었을 때, 맷이 내 발을 보고 있는 것을 보았다. 내게서 오직 발만 드러나 있었다. 눈이 마주쳤다. 몸을 숙여 식탁 밑으로 숨고 싶었다.

"무슨 일이 있었는지 말할 수 있겠습니까?"

나는 정신을 집중해서 새들에게 먹이를 주러 일어났다가 침입자를 보았고 도망치려다 붙잡혔다고 겨우 말했다. 맷의 안경이 주방 불빛에 번득여서 눈을 제대로 볼 수 없었다. 그가 무슨 생각을 하는지 알 수 없었지만 강도에게 붙잡혔다는 말을 할 때쯤 어깨가 긴장하는 것을 보았다.

"얼굴은 봤습니까?" 맷이 물었다.

나는 고개를 저었다. "제대로 보지 못했어요. 어두웠고 너무 무서워서요."

"아는 사람 같진 않던가요?"

나는 식탁으로 시선을 떨어뜨렸다. 죽은 남자를 보았다는 말을 해야 할까? 한때 알던 사람의 시체가 나를 붙잡았다고? 나는 고개를 저었다.

주전자의 물이 끓었다. 맷이 다시 돌아서서 찬장을 열어 티백을 꺼내고 물을 부었다. 그리고 차에 설탕을 타기 시작했다. 내가 설탕을 넣는지 묻지도 않고. 평소 나는 설탕을 넣지 않지만 그게 중요한 것 같지는 않았다. 그는 등을 돌린 채 서 있었지만 쳐다볼 수가 없었다. 나는 다시 식탁으로 시선을 떨어뜨렸다.

방금 나는 살아 있을 리 없는 남자에게 내 집에서 습격을 당했다. 한편, 아무리 남자라고 해도 차를 끓이는 데 지나치게 시간이 걸리는 맷을 기다리는 동안, 그가 조금 전 일어난 일에 대해 전혀 충격받지 않았으며 어딘가에 숨어 있을지 모를 무언가를 두려워하지도 않는다는 느낌을 받았다. 난처했다. 그리고 어떤 말로도 표현하지 못할 크나큰 수치심을 느꼈다.

내게는 비밀이 있다. 이 비밀을 누구에게 들킬 거라고는 꿈에도 상상해본 적이 없다. 나는 속옷과 잠옷에 황당할 만큼 많은 돈을 들인다. 실크와 새틴, 시폰, 그리고 레이스. 나는 그런 섬유의 촉감과 머리를 타고 온몸에 흘러내리는 부드러운 감촉을 사랑한다.

다른 옷가지에는 돈을 별로 쓰지 않는다. 속옷에 관한 한 나는 가장 까다롭고 가장 괴팍한 구매자이다. 물론 그런 옷은 전부 우편 주문으로 구입한다. 점포에서 가게 직원들의 흥미 어린, 또 동정하는 표정 사이에서 물건을 살 수는 없는 노릇이다. 내 보물들을 방향지로 덧댄 서랍장에 보관하느라 엄청난 돈을 쓰기도 했다.

그런데 불과 몇 분 동안에 두 남자에게 비밀을 들키고 말았다. 맷 호어는 몸에 착 달라붙어 몸매를 고스란히 드러내는 잠자리 날개만큼 얇은 초록색 실크 속옷을 보고 말았다. 축축한 이끼가 낀 시체의 뼈처럼 느껴지는 손을 가진 남자도 그랬다. 앞으로 어떻게 고개를 들고 맷의 눈을 쳐다볼 수 있을까. 나는 식탁과 의자 밑의 타일을 내려다보았다.

바닥에 축축한 자국이 있었다. 식탁 주위에 작은 흙덩이도 있었다. 맷이나 내가 그것들을 묻혀 왔을 수도 있다. 바깥의 잔디밭은 이슬로 축축하니까. 그런데 식탁 다리에 휘감긴 연약한 잡초도 우리가 묻혀 온 걸까? 그것은 강가에서 자라는 식물이었다.

의자를 끄는 소리가 들렸다. 맷이 나를 마주보며 식탁에 앉았다.

"지구 반대편에서 온 놈은 어떻게……."

"안전한 사람의 손에 맡겼어요." 나는 고개를 들지 않고 대답했다. 괴짜인데다 상처투성이며 예측할 수 없는 사람이지만, 그래도 도움을 요청할 수 있는 가장 안전한 사람이었다.

"킹코브라를 죽이면 그 짝이 범인을 찾아와 죽인다고 하던데 사실입니까?" 맷이 물었다.

나는 고개를 들었다. "뭐라고요?"

"떨지 말고 차를 마셔요. 어디에서 읽었습니다. 킹코브라를 죽이면 그 짝이 복수를 하러 찾아오니 조심해야 한다더군요."

나는 잔을 들었고 한 번에 너무 많은 양을 마셔 혀를 데고 말았다.

"그 말이 사실입니까?"

아파서 눈물이 맺혔다. "당연히 사실이 아니죠."

"창피하군. 꽤 낭만적이라 생각했는데." 맷은 말을 마치고 가만히 앉아 나를 쳐다보았다. 나는 다시 아래만 보았지만 그의 시선을 느낄 수 있었다. 잠시 후 낮고 둔탁한 소리를 듣고 몸을 곧추세웠다.

"뭐죠?" 내가 물었다.

맷은 어리둥절한 표정이었다. "뭐라뇨?"

"무슨 소리가 들렸어요."

나는 일어나서 주방을 가로질렀다. 주방 밑에는 벽장 크기의 작은 지하실이 있었다. 몸을 똑바로 세우지 못할 만큼 작아도 물건을 저장하는 데는 유용했다. 나는 지하실 문 앞에서 귀를 기울였다. 또 소리가 들렸다. 웅얼대거나 중얼대는 것같이 나지막하고 걸걸한 소리였다. 겁이 난 나는 맷을 쳐다보았고 내 표정을 본 그도 자리에서 일어났다. 나는 거의 뛰다시피 거실을 지나 현관으로 갔다. 현관문은 여전히 잠겨 있고 걸쇠가 채워져 있었다. 조금 전 뒷문은 내가 열었다. 밖으로 나가는 다른 문은 없었다. 침입자는 아직 집안에 있는 것이다.

주방으로 다시 달려갔을 때 맷은 식탁에서 일어나고 있었다. 그의 의자가 바닥을 긁으며 시끄러운 소리를 냈는데, 그 와중에 또 다른 기척이 느껴졌다. 지하실에 틀림없이 누가 있었다. 평소 잠글 이유가 없기 때문에 지하실 문을 잠그지 않았지만 걸쇠는 달려 있었다. 나는 손을 뻗어 걸쇠를 걸었다.

맷이 내 옆으로 다가왔다. 나는 지하실 문 가까이 몸을 숙였다가 꼿꼿하게 섰다.

"그자가 안에 있어요. 지하실에요. 냄새가 나요." 내가 속삭였다.

맷은 내 행동을 따라서 크게 킁킁거렸다.

"아무 냄새도 안 납니다. 확실합니까?" 그가 고개를 저으며 말했다.

"확실해요. 냄새가 지독해요. 이미 집안에 냄새가 퍼졌어요. 남자 부랑자한테서 풍기는 냄새요."

"정말이에요?" 나는 그가 내 말을 진지하게 받아들이지 않는 것을 알았다.

"남자 부랑자한테선 고약한 땀냄새와 지린내가 나요. 가까이 다가가면 술냄새도 풍기죠. 역겨운 냄새요. 자다가 종종 구토를 하기도 하죠. 음식을 찾느라 쓰레기통을 뒤지다 보니 쓰레기 냄새도 따라다니죠. 또 옷에다 용변을 보는 일도 흔해요. 똥 냄새도 난다고요." 나는 목소리를 낮추고 말을 이었다.

"부랑자의 냄새를 어떻게 그렇게 잘 아십니까?"

"노숙자들이 병원에 동물을 많이 데려오니까요. 우린 밖으로 나가야 해요." 지하실 문에서 물러서며 내가 말했다.

맷은 나를 빤히 쳐다보다가 문을 향해 몸을 숙여 또다시 과장되게 킁킁거렸다. "역시 아무런 냄새도 나지 않는걸요."

완전히 부주의한 그의 태도에 나는 고함을 지르고 말았다. "당신은 저녁에 샤워를 했죠. 주로 밤에 머리를 감잖아요. 차보다는 커피를 즐기는데, 오늘 저녁에는 레드 와인을 마셨어요. 한 시간 전에 강아지를 안아줬고, 방금 강아지 뒤처리를 하고 온 것 같네요."

"나한테서 개똥 냄새라도 난단 말입니까?"

"당신이 그 문에서 떨어졌으면 좋겠어요. 그자가 안에 있는데 걸쇠는 튼튼하지 않다고요."

맷은 문의 걸쇠를 확인한 후 다시 나를 보았다. "그자가 아직 이 안에 있다면, 내가 길에서 쫓아갔던 건 누구란 말이죠?"

나는 그 질문에 답할 수 없었다. 대답을 생각하는 동안 맷이 걸쇠에 팔을 뻗었다.

"안 돼요! 안 돼요, 절대로 엄두도 내지 마요. 경찰에게 맡겨요." 어느 순간 나는 그의 옆에서 팔을 뻗어 말리고 있었다.

"클래라, 뭔가……."

이때 뒷문을 두드리는 소리가 들렸고, 큰 형체가 어른거렸다. 맷이 나보다 먼저 가서 문을 열어주었다. 그를 보고 놀란 목소리가 들렸다. "아, 안녕하십니까." 잠시 후 이 집이 자기 집이라도 된다는 듯 맷이 경찰 세 명을 이끌고 들어왔다.

경찰들은 내 이야기를 정중하게 들어주었는데 지하실에 강도가 있다고 얘기하자 기민하게 경계하는 태도를 보였다. 경찰 셋 가운데 가장 고참이 맷을 쳐다보았다.

"그럼, 베닝 씨의 전화를 받고 오셨습니까?"

맷은 고개를 저었다. "아니, 어쩌다 들렀네. 키우는 강아지가 어려서 산책이 필요해."

"그럼 베닝 씨의 집에서 그 남자를 보셨나요?"

"유감이지만 그렇지 않소. 그녀의 비명을 들었지. 집 앞쪽에서 뭔가 움직이는 기척을 느꼈고, 뒷문을 두드렸지만 잠겨 있더군. 집 앞으로 뛰어가는 중에 발걸음 소리를 들은 것 같아서 길을 따라 올라가봤지만 부스럭대는 소리만 들었고 아무도 보지 못했다네."

"요즘은 오소리가 많이 돌아다닙니다."

"그렇긴 하지. 요전날 밤에 우리집 정원에도 한 마리 있었으니까." 맷이 동의했다.

"난 당신이 길에서 뭘 쫓아갔는지 관심 없어요." 내가 잘라 말했다. "나를 공격한 남자는 집에서 나갈 수 없었어요. 내가 뒷문을 열 때까지 문 두 개가 전부 잠겨 있었다고요." 나는 지하실을 가리켰다. "그자는 저 안에 있어요."

맷은 잠시 나를 쳐다본 뒤 한숨을 쉬었다. "좋아요, 그럼, 이제 지원군이 왔으니 살펴봐도 되죠? 경사, 엄호해주지 않겠소?"

말을 끝마친 맷은 팔을 뻗어 걸쇠를 풀고 문의 손잡이를 잡았다. '경사, 엄호해주지 않겠소'라니! 나는 문을 열기 전에 그의 팔을 붙잡았다.

"대체 어쩌려고 이러는 거예요? 당신이 이탈리아 서부영화에 나오는 삼류 배우라도 되는 줄 알아요? 경찰이 셋이나 왔잖아요. 그들이 처리하게 비켜주라고요."

"클래라……."

나는 맷의 어깨 너머로 경찰 둘이 눈짓을 주고받는 것을 보았다. 경사는 히죽거리는 표정을 감추지 못했다. 맷이 내 팔을 떼어냈다.

"클래라. 감동적이기는 한데, 이러는 건……."

"내가 어떻게 해야 이 상황을 심각하게 받아들일 거예요? 지하실에 있는 남자가 나를 습격했어요. 믿기 어려울지 몰라도 정말이라고요. 그 문을 열면 크게 다치는 수가 있어요." 눈물이 울컥 솟아날 것만 같았고 생각을 똑바로 할 수 없었다. 다만 맷이 지하실에 들어가는 것만은 바라지 않았다.

"실은……." 경사가 말을 꺼내려 했다.

어쩌다 그랬는지 몰라도 이때쯤 나는 맷의 두 손을 꼭 잡고 있었다.

"난 무모한 영웅에 감동받지 않아요. 그러니 분별 있게 행동하지 않으려거든 차라리 집에 가세요. 전문가에게 일을 맡기라고요."

경찰 중 한 명이 뒤에서 코웃음을 쳤다.

"클래라, 그만해요." 맷이 차분하게 말했다.

문득 어떤 생각이 들었다. 경찰 세 명은 전부 이 광경을 아주 재미나게 바라보고 있었다. 맷은 내가 꼭 잡고 있는 두 손을 들었다. 엄청난 바보짓을 했다는 느낌이 든 나는 뒤로 물러섰다. 손이 자유로워지자 맷은 청바지 뒷주머니에 손을 가져갔다. 그리고 검정색의 작은 가죽 지갑을 꺼냈다.

오, 이런.

그는 한 손으로 지갑을 펼쳐 신분증을 보였다. 내 앞에 있는 남자의 여권 크기 사진을 확인하는 데는 불과 몇 초도 걸리지 않았다.

"도싯 경찰서?" 신분증에 찍힌 글자가 선명하지 않다는 듯 내가 읽었다. 이런, 멍청이, 클래라!

"그래요."

"부서장요?" 맙소사, 그는 경찰들과 한편이었어. 그렇지 않으면 어떻게 저 경찰들을 전부 알겠어? 저들이 그에게 깍듯이 대하는 이유가 뭐였겠어? 평생 자신이 이렇게 멍청하게 느껴진 적은 없었다. 내 엉덩짝을 발로 걷어차고 싶었다. 아니, 그걸로 충분하지 않다. 엉덩이에 발바닥 자국을 세게 찍어두고 싶을 정도였다.

"내 잘못입니다. 이제 부하들에게 지하실에 침입자가 있는지 조사하라고 시키고 난 당신과 손을 잡고 있으면 될지 모르지만, 난 그런 식으로 일을 하지 않습니다. 앳킨스 순경, 부탁인데 베닝 씨와 함께 있어주겠나?" 그가 말했다.

맷이 지하실 문을 열고 몸을 안으로 집어넣어 불을 켜는 동안 앳킨스가 내 옆으로 성큼 다가왔다. 맷은 크게 경고를 외치고 계단을 내려갔다. 경사와 다른 경찰 한 명이 그 뒤를 따랐다. 앳킨스와 나는 가만히 서서 지하실에서 들리는 소리에 귀를 기울였다. 몇 분 뒤 맷은 지하실에서 나왔고 주방으로 와 내게 따라오라는 시늉을 했다. 옆방에서 나를 마주보고 선 그는 전에 본 적이 없는 표정을 지었다.

"클래라, 지하실은 비어 있습니다."

15

"샅샅이 조사했습니다. 어디에도 숨을 곳은 없어요." 나는 그를 빤히 보았다. 나는 확신하고 있었다. 그자가 돌아다니는 소리를 들었다.

"다른 길로 빠져나간 게 분명합니다. 창문이라든지. 그래서 길을 뛰어가는 소리를 내가 들었던 거예요." 그가 말을 이었다.

나는 머리를 흔들었다. "그는 지하실에 있었어요." 그렇지만 그 말이 얼마나 멍청하고 고집스럽게 들리는지 알았다.

"부하들에게 조금 더 둘러보라고 하면 되겠습니까? 창문이 열려 있는지 확인하면요. 다른 침입 흔적은 없습니까?"

나는 고개를 끄덕였고, 경찰 세 명이 집을 수색하기 시작했다. 나는 몇 분 동안 기다렸지만 결국 참을 수가 없어서 직접 지하실 문을 열었다.

"기다려요!" 맷이 뒤를 따라왔다. 나는 지하실로 내려가서 경찰 두 명과 부서장이 놓친 것을 찾아내기 위해 지하실 안을 둘러보았다.

지하실 벽면은 돌로 되어 있다. 가까이 물길이 있는 듯 축축한 부분이 많았지만 마르고 푸석거리는 곳도 있었다. 한 곳에 플라스틱 상자가 쌓여 있고 도구를 저장하는 낡은 붙박이 벽장과 수의과 용품을 쌓아둔 선반도 있었다. 직립형 냉동고도 있었다. 숨을 곳은 없었다. 빠져나갈 곳도 없었다. 다만…….

지하실의 낮은 천장에 오래된 문이 달려 있었다. 중앙난방이 되지 않던 시절, 길 위쪽에서 석탄을 부어주던 용도로 쓰던 것이었다. 문 한쪽에 경첩이 달려 있고 양쪽 끝에는 걸쇠가, 나머지 한 면에는 맹꽁이자물쇠가 설치되어 있었다. 문의 바깥쪽에는 꽤 크고 묵직한 화분이 놓여 있었다. 나는 문에 다가가 낡은 걸쇠의 튼튼한 손잡이를 잡았다.

"우리도 해봤습니다." 맷이 말했다. 손잡이를 세게 당겼지만 걸쇠가 녹이 슬어 꼼짝도 하지 않았다. 천장이 낮은 탓에 맷은 몸을 굽힌 채로 다가와서 내 손을 거두었다. 그가 직접 손잡이를 잡고 몇 번이나 당겼다. 그리고 다른 걸쇠와 맹꽁이자물쇠도 당겨보았다. 문은 꿈쩍도 하지 않았다.

"쥐가 소리를 냈을 수도 있습니다. 물쥐였을 가능성이 크죠. 이 마을에 흔하니까요."

"어쩌면요." 그러나 쥐는 내가 들었던 소리를 내지 못한다.

"따라오십시오." 그가 말했다. 우리는 계단을 다시 올라갔다.

경찰은 십 분을 더 머물렀지만 누가 강제로 들어온 흔적을 찾지 못했고, 내일 지문 채취 전문가를 보내주기로 약속하고 떠났다. 그들이 정중한 이유는 전적으로 맷이 있어준 덕분일 거라 짐작했다. 그들은 내 말을 믿지 않았다. 맷은 내 비명과 뛰어가는 발소리처럼 들리는 부스럭대는 소리만 들었다고 인정했다. 나의 증언을 제외한다면 침입자의 흔적은 전혀 없었다. 뱀조차 사라지고 없었다.

나는 맷에게 잘 자라는 인사를 하고 문을 전부 잠갔다. 창문을 두 번이나 확인하고 올빼미 새끼들에게 먹이를 주었다. 잡아먹힐 뻔했던 새끼의 상태는 그리 심각하지 않아서 소독을 해주었다. 올빼미 새끼가 무사히 잠든 것을 보자 흡족했다. 나는 위층으로 올라가서 오래된 두꺼운 플라넬 파자마를 찾아 입고 침대에 누웠다.

한참 동안 잠이 오지 않았다. 겨우 잠이 들어서도 불안해 온갖 꿈과 오한으로 반쯤 깨어 있는 상태였다. 새벽녘에는 내가 가장 무서워하는 꿈이 반복되었다.

나는 거울의 방에 서 있다. 고개를 돌리는 곳마다 내 모습을 볼 수 있다. 꿈이 깊어지며 거울 속의 내 모습은 점점 일그러진다. 상처는 얼굴뿐 아니라 온몸에 퍼져 있다. 이날 밤의 꿈은 평소보다 지독했다. 거울은 전부 초록색 실크에 가려져 있었다. 출구를 찾으려고 필사적으로 복도를 달리는데 가는 곳마다 누가 실크를 거울에서 끌어내렸다. 거울들이 떨어지기 시작했다. 내가 손을 대는 족족 떨어져 산산조각이 났다. 그러다가 나는 거울의 방이 아니라 내 주방에 있었다. 초록색 실크 뭉치가 나가는 길을 막았고 지하실에 갇혀 있는 뭔가가 지하실 문을 쿵쿵 때렸다.

걸쇠가 덜컹거리고 주위의 나무가 쪼개지기 시작했다. 집밖으로 나가야 했지만 움직일 수 없었다. 나는 바닥에 쓰러졌고, 꿈이라 그랬겠지만 뒷문을 향해 기어가려고 해도 소용이 없었다.

땀에 흠뻑 젖어 벌떡 일어났을 때 꿈에서 들은 쿵쿵 소리가 실제로 들렸다. 누가 집 뒷문을 두드리고 있었다. 나는 침대에서 나와 파자마를 벗고 운동복을 입었다. 이른 아침의 방문객이 맷 호어일 거란 점을 의심하지 않았고, 그가 아주 의기양양하게 나를 찾아왔기를 바랐다. 한편 마을에 소문이 퍼질 거라는 생각도 들었다. 술집에서 사람들이 술잔을 앞에 두고 수군거리겠지. '딱하긴 하지. 그런데 눈이 멀지 않고서야 누가 그런 여잘…….'

창을 내다보았지만 현관 지붕에 가려 맷은 보이지 않았다. 나는 그를 집안에 들이지 않기로 결심하고 1층으로 내려갔다.

"제발 조용히들 하렴." 올빼미 새끼들에게 말했다. 잠금장치를 풀고 문을 약간만 열자 이웃에 사는 샐리가 보였다.

"식사 배달이에요." 그녀가 명랑하게 말했다.

나는 대답을 하지 않았다. 그녀가 쟁반을 들고 온 것은 알아챘다. 문틈으로 냄새가 흘러들었다.

"괜찮은지 보러 왔어요. 실은 어젯밤 일이 궁금해서 못 참겠더라고요." 샐리가 말했다.

나는 여전히 아무 말도 하지 않았다.

샐리의 말이 이어졌다. "새벽 3시에 집 앞에 경찰차를 두 대나 세워놓고서 남들이 모르길 기대하는 건 아니죠? 직접 들러볼 만큼 뻔뻔한 사람은 나뿐이지만요. 또 최고의 베이컨 샌드위치도 준비해 왔어요."

내가 맡은 냄새도 바로 그것이었다. 베이컨 그리고 커피.

"조깅을 하러 가려던 참이에요." 나는 습관처럼 둘러댔다.

"벌써 세 시간이나 늦었어요." 그녀가 대꾸했다.

나는 주방 시계를 보았다. 9시가 다 되어 있었다.

"솔직히 지금 이 시간에 조깅을 할 것 같진 않은데요."

그녀의 말이 옳다는 생각이 들어 나는 집안으로 들어갔다. 들어오라는 말을 하지 않았는데도 샐리는 초대를 받았다고 생각한 듯 나를 따라 들어왔다.

"옷을 갈아입을 거예요. 출근을 해야 해서요." 내가 말했다.

"여유를 가져요. 오세요, 앉아서 좀 드세요."

나는 샐리가 까다로운 환자를 다루는 데 선수이며 내가 그녀의 말을 거역하지 못한다는 걸 깨달았다. 게다가 배가 고팠다. 병원에 평생 한 번쯤 지각을 한다고 해서 크게 문제가 될 것도 없었다.

샐리는 두 개의 머그잔에 커피를 따르고 베이컨으로 속을 채운 흰 롤 샌드위치를 내 쪽으로 밀었다. 나는 몇 년째 하얀 빵을 먹지 않았고 붉은색 고기를 먹는 일도 좀처럼 없었다. 베이컨 샌드위치가 얼마나 맛있는지도 모르고 지냈다.

"고마워요." 겨우 한숨을 돌리고 약간 쑥스러워하며 감사 인사를 건넸다.

"천만에요. 자, 어서 먹어요. 말해봐요, 이번에도 꿈틀거리고 끈적이는 녀석이 나타났어요? 매력적인 맷은 또 얼마나 용감하고 유능하던가요?"

"꿈틀거리는 것이 하나 있기는 했죠." 나는 그녀의 두 번째 질문에는 대답하지 않을 생각이었다. "그런데 뱀은 끈적이진 않아요. 매끄러운 비늘은 실크 느낌이 나죠." 아차, 내가 왜 이런 말을 할까? 나는 실크에 관해 누구와도 이야기하고 싶지 않았다.

"당신 말을 믿을게요. 그런데 집에 누가 침입했어요? 강도라도 들었던 거예요? 대체 새들은 왜 저리 난리예요?"

나는 전날 밤의 일을 그녀에게 간략하게 설명했다. 샐리는 샌드위치 한쪽을 내가 있는 쪽으로 밀어주고(나는 사양하지 않았다) 나 대신 올빼미 새끼들에게 먹이를 주려고 일어섰다.

잠시 후 그녀가 말했다. "그럼 누가 마을의 집들에 몰래 들어와 뱀을 남겨두고 간단 말이군요. 누가 왜 그런 짓을 할까요?"

"누가라고 말해도 될지 모르겠어요." 그녀의 말이 절대로 옳다는 걸 알면서 내가 대답했다.

"아, 그렇게 말하지 마요. 뱀이 집안에 들어오는 사건이 자주 있는 일인가요? 그런 일은 거의 없었죠. 그런데 갑자기 뱀이 쥐보다 많아진 것 같아요. 외래종 뱀까지 튀어나오고요."

샐리가 굶주린 올빼미 새끼들에게 죽은 쥐를 먹이는 것을 나는 가만히 보았다.

"요즘 마을에 불미스러운 사건이 많아요. 지지난주에는 누가 우리집 문에 썩은 계란을 던졌더군요. 러시턴 가족과 폴슨 가족도 애송이들이 현관문을 두드리고 도망가는 것 때문에 불평을 했어요. 물론 당신처럼 집에 강도가 드는 경우는 아주 다른 문제겠죠." 샐리는 진지한 표정으로 말을 이었다.

나 역시 마을 주변 집들의 창문이 깨진 것을 보았다. 집 앞에 있는 쓰레기통이 뒤집혀 있는 것도 몇 번이나 보았는데 그런 일들에 일일이 신경쓰지는 않았다. 아무튼 샐리의 말은 옳았다. 집에 강도가 침입하는 사건은 전적으로 다른 경우다. 그리고 어젯밤 나를 덮쳤던 자는 십 대가 아니었다.

샐리는 아직 새들에게 먹이를 주는 중이었다. 고아 새들에게 먹이를 줘본 경험이 별로 없을 텐데도 꽤 능숙했다. 나는 그녀가 한쪽 부모를 잃은 이웃에게 먹이를 준 적이 있는지 궁금했다.

"경찰은 내 말을 믿지 않아요. 그들은 내가 사건을 지어냈다고 생각해요." 마침내 말했다.

샐리는 이상한 표정으로 나를 보았다. "당신이 왜 그런 일을 지어

내죠?"

"사람들이 왜 범죄를 꾸밀까요? 관심을 끌기 위해서일 거예요."

"평생 남의 관심을 피하려고 애쓰는 사람이 그런 일을 하진 않겠죠. 이제 끝이다, 귀염둥이들아."

그녀가 나를 아주 쉽게 꿰뚫어보는 것에 놀라 아무 대답도 하지 못했다. 샐리는 먹이 주기를 끝마치고 식탁으로 돌아와 앉았다. 의자에 앉으면서 그녀는 커피잔을 들어 두 손으로 감쌌다.

"맷은 당신을 믿어주던가요?"

나는 잠시 생각에 잠겼다가 겨우 말했다. "잘 모르겠어요."

"어제 해리 리처즈 선생님과 얘길 나눴어요" 하고 그녀가 말해서 나는 깜짝 놀랐다. 그녀가 리처즈와 아는 사이고, 소위 파충류 전문가인 나를 소개해줬다는 사실을 깜빡하고 있었다. "토요일에 당신이 방문했다며 자신 있게 말하던걸요. 뱀 전문가인 친구분도 함께 왔다면서요. 나도 방송에서 그 사람을 본 적이 있어요. 괴상한 남자 같았는데."

"맞아요, 그렇죠." 나는 동의했다.

"만일 당신들이 생각한 것처럼 존 알링턴 씨가 살해된 거라면 어젯밤 당신 집에 침입한 사람이 혹시……."

그녀는 극적으로 말을 중단했다. 나는 아무 대답도 하지 않았지만 나도 모르게 소름이 끼쳐서 참을 수가 없었다.

"미안해요, 겁줄 생각은 아니었어요."

"겁먹진 않았어요." 난 거짓말을 했다. "뱀의 독액을 주입했다는 건 숀 노스의 이론이지 내 이론은 아니에요." 내 말을 믿지 않는 게 분명했지만 나는 계속 말했다. "그의 이론을 반박하지는 못했지만 누가 뱀의 독액을 살인 도구로 썼다는 발상은 여전히 억지스러워 보여요. 그리고 만약 누가 존 알링턴 씨를 죽였다고 쳐요. 어째서 휴스턴네 아기나 폴슨 가족까지 죽이려 했을까요?"

샐리는 이제 미소를 짓지 않았다. "그러게 말이에요. 어쨌든 어린이 둘은 말할 것도 없고 갓 태어난 아기까지 죽이려 했다면 정신이 이상한 자인 게 분명하죠. 그렇지 않을까요?"

나는 그 점에 대해 생각했다. 남의 집에 침입해 위험한 뱀을 남겨두는 일이 제정신이 아닌 자의 소행이란 점은 두말할 것도 없었다. 이 상황이 더욱 불편한 건 사람들이 해답을 구한다며 내게 의지한다는 사실이었다. 나는 야생동물 전문가였다. 마을에서 벌어지는 일은 내가 책임질 수 있는 일은 아니었다.

"글쎄, 경찰이 조사를 하겠죠. 수상한 게 있으면 찾아낼 거예요." 내가 말했다.

"경찰이 그럴지 모르겠어요." 샐리가 말했다. 그녀는 커피잔을 비우고 자리에서 일어났다.

"네?"

샐리는 자기 어깨 너머로 나를 돌아보았다. "나와 얘길 나눌 때 리처즈 선생님은 꽤 흥분해 있었어요. 그렇지 않았더라면 그렇게 전부 털어놓지 않았을걸요. 그가 경찰에게 당신과 숀 노스의 견해를 말했는데, 그다지 심각하게 받아들이지 않았나 봐요. 숀 노스는 어느 면에서 보건 꽤 괴상한 인물이죠. 경찰은 그를 신뢰하지 않는 것 같아요. 과거에 경찰과 마찰을 빚은 적도 있고요. 분명 그의 집에서 뱀이 탈출했다던가 하는 일이 있었죠."

조금 전 먹은 음식들이 뱃속에서 얹힌 것같이 느껴지기 시작했다. "그리고 어젯밤 일로 그들은 나 역시 미심쩍다고 생각하게 되었겠죠."

"검시관이 무슨 말을 하는지 두고 봐야 할 거예요. 아무튼 비공식적인 이야기에 따르면, 그는 독액의 농도에 대한 당신들의 주장을 상당히 주관적이라 생각해요. 그도 나름의 연구를 했거든요. 독사의 독을 주입했다가 갑자기 사람이 죽는 경우가 있기는 하더군요. 존 알링턴 씨는 나이도 많았고요."

"알겠어요. 샐리, 뭐 하나 물어봐도 돼요?" 나는 왜 베이컨 샌드위치가 속에서 얹히는지 궁금했다.

"그럼요."

"위처 부부를 기억해요? 에덜린 할머니와 월터 할아버지요."

"당연하죠. 몇 번 찾아간 적이 있어요. 주거 환경이 썩 좋아 보이지 않았거든요. 그런데 현관 안으로 들어가보지도 못했어요." 갑자기 화제를 바꾸자 샐리는 인상을 찡그렸지만 곧 아는 대로 말해주었다.

"에덜린 할머니의 장례식은 기억이 나요. 지난 십일월이죠. 그런데 월터 할아버지의 장례식은 기억에 없어서요. 혹시 어디에서 장례를 치렀는지 알아요? 병원이었을 텐데."

"지난가을에 돌아가셨죠?"

나는 고개를 끄덕였다. "구월 언제였던 것 같아요."

"바로 떠오르지 않지만…… 시신을 기증한다는 말이 있지 않았어요?"

"맞아요. 그런데 교회에서 장례식도 하지 않았던 것 같아서요."

샐리는 싱크대에 몸을 기댔다. "클래라, 왜 그러죠?" 내가 예상한 대로 그녀가 되물었다.

나는 이 일을 자세히 설명하고 싶지 않았다. 그러나 샐리는 가만히 대답을 기다렸다.

"어젯밤에 말이죠. 경찰이 침입자의 얼굴을 봤는지 물었어요." 나는 앞으로 나를 이상하게 여기는 소문이 열 배는 늘어날 거라는 생각이 들었다.

"그래서요?"

"못 봤다고 했어요. 집안은 어두웠고 남자가 순식간에 사라졌기 때문에 확실하지 않다고요."

샐리는 멍청하지 않았다. "그런데 엄밀히 말하면 사실이 아니라는 거군요?" 그녀가 재촉했다.

나는 고개를 저었다. 사실이 아니었다. 나는 침입자를 즉시 알아보았다. "월터 할아버지를 본 것 같아요." 나는 작게 대답했고, 혹시 샐리가 양해를 구한 뒤 떠나버릴지 모른다는 생각을 했다. 조만간 자신이 일하는 병원에 잡담을 나누러 들르면 좋겠다는 식으로 넌지시 이야기를 할지 모른다고도 생각했다. 그런데 샐리는 아무 말도 하지 않았다. 놀란 표정을 짓지도 않았다. 내 정신 건강을 걱정하는 것으로 보이지도 않았다. 내 말을 믿는 듯했다.

"어째서 놀라지 않죠?" 내가 물었다. 그녀의 진지한 반응에도 기분이 나아지지 않았다.

샐리의 몸이 떨리는 것 같았다. "아, 놀라워요. 그런데 그럴 법도 해요." 그녀가 말했다.

"당신도 그를 봤군요?"

"아뇨, 아니에요. 그냥 그런 소문이 돌았어요. 병원에서요."

"어떤 소문요?"

"황당한 얘기죠. 마을 아래 지역, 옛날 교회와 위처 부부의 집 부근을 돌아다니는 패거리가 있어요. 최근에 발생한 문제들이 그들의 소행이라고 짐작해서 눈여겨보는 중이죠. 패거리 중에서 한두 명이 집에서 부모에게 그런 얘길 했대요. 당신도 알잖아요. 오랫동안 비어 있는 집이 있으면 어떤 소문이 도는지를. 유령이 나타난다든지 하는 소문이 항상 돌기 마련이고……."

"그들이 월터 할아버지를 봤대요?"

샐리는 불편해 보였다. "월터 할아버지의 유령을 봤대요."

이 순간 구름이 해를 가린 게 분명했다. 주방의 빛이 약간 침침해진 것 같았다.

"어젯밤 내가 본 건 유령이 아니에요." 나는 누구를 설득하려는지도 모르면서 말했다. 그는 내 몸에 손을 댔다. 시체 같은 손을. "축축한 발자국도 남겼어요. 그리고 뱀도요." 내가 얼른 말했다.

"그런데 그가 월터 할아버지라면, 그럼…… 맙소사!"

"맞아요."

"이사 와서 자물쇠는 바꿨어요?"

나는 고개를 저으면서 그게 얼마나 바보 같은 일인지 깨달았다. 누가 집 열쇠를 가지고 있을 수도 있었다.

"바꾸는 편이 좋을 거예요." 그녀가 제안했다. 나는 고개를 끄덕였다. 아주 좋은 방안처럼 들렸다.

16

랜드로버의 기어를 2단에 놓았지만 땅이 질퍽한 탓에 바퀴가 계속 헛돌았다. 차가 더 갈 수 있을지 알 수 없었다. 강은 백여 미터밖에 떨어져 있지 않았다. 그 정도면 걸어서도 갈 수 있으리라. 나는 몇 미터 후진한 뒤 시동을 껐다.

월요일 오전에 병원의 수간호사 크레이그와 직무 실습을 나온 스물두 살의 학생 사이먼, 그리고 나까지 모두 세 명이 현장에 나왔다. 이날 아침 환경청의 지역 사무소에서 전화가 왔다. 혹고니 한 마리가 마을 아래쪽 강에서 덫에 걸렸다는 내용이었다.

우리는 차에서 내려 가슴까지 오는 방수 작업복을 입었다. 아무도 앞으로 닥칠 일을 낙관하지 못했다. 혹고니는 몸집이 크며 어린 새끼를 데리고 있다면(매년 이 시기에 그럴 가능성이 컸다) 사나울 가능성도 있다. 다친 고니를 포획하는 일은 결코 쉽지 않은 일이다.

나는 가방과 올가미, 큼직한 새장을 들고 이동했다. 크레이그와 사이먼은 물살이 얕고 빠른 개울에서 쓸 수 있게 특별히 제작한 보트를 짊어졌다. 운반하기 좋은 가벼운 보트는 자주 유용하게 쓰였다.

우리는 강기슭에 도착했다. 마을을 지나는 모든 물줄기가 모이는 곳이었다. 다행히 개를 데리고 산책을 하다가 고니를 목격한 주민이 지도상의 위치를 알려주어 고니를 빨리 찾을 수 있으리라 확신했다. 우리는 흩어졌다. 사이먼은 상류로, 크레이그는 반대 방향으로 걸음을 옮겼다. 나는 자리를 지키고 서서 강 건너편 언덕을 보았다. 언덕은 처음에는 완만하다가 점차 경사가 급해졌다. 언덕 위에 무성한 나무와 덤불 사이로 비탈면의 가장 위쪽, 까마귀들이 날아오른 언덕 너머 이십오 미터쯤 떨어진 곳에 초가지붕이 보였다. 나는 그것이 위처의 집이 틀림없을 거라 생각했다. 이 방향에서 그 집을 본 것은 처음이었다.

"이쪽이에요." 사이먼이 고함을 질렀다. 크레이그와 나는 보트를 들고 사이먼이 서 있는 곳으로 이십 미터쯤 이동했다. 건너편 언덕의 덫에 걸린 고니는 쐐기풀과 야생 미나리, 야생 파슬리에 가려 잘 보이지 않았다.

"새는 섬에 있어요. 보세요, 저기 위쪽에 강물이 갈라지며 흘러요. 그 뒤로 물이 역류하는 작은 지점이 있는 게 분명해요." 사이먼이 강 상류를 가리키며 말했다.

사이먼이 보트를 꽉 잡고 있는 동안 크레이그와 내가 보트에 먼저 올라탔다. 사이먼도 곧 보트에 올랐다. 두 남자는 (적어도 위험한 작업을 하기 전까지는 기사도를 발휘하기로 결심한 듯) 건너편 기슭으로 노를 저었다. 우리는 고니가 있는 곳에서 십 미터 위로 강을 거슬러 올라갔다.

수컷 혹고니는 무게가 십 킬로그램, 날개폭이 삼 미터에 이르기도 한다. 그들은 둥지가 공격받는다고 느낄 경우 적극적이고 무자비하게 방어한다. 우리가 다가가자 고니는 양쪽 날개와 등의 깃털을 높이 세웠다. 공격이라도 할 것처럼 머리로 물을 내려치기까지 했다. 고니의 위협적인 행동은 경쟁자인 수컷이나 포식자를 겁주는 데 효과적이다. 고니에게서 몇 미터 떨어져 있을 때 크레이그를 쳐다보았다.

"어떤 게 나을까요? 올가미 아니면 손?" 내가 물었다. 고니를 잡을 때는 손을 쓰는 편이 항상 더 나았다. 올가미로 고니의 목을 조여서 붙잡을 수도 있지만, 그러면 고니가 미친듯이 날개를 퍼덕이기 때문에 더 많은 힘이 필요했다.

크레이그는 고니를 보았다. 잠시 후 그가 말했다. "고분고분하지 않겠는걸요. 이 지역에 사는 녀석이 아니에요."

나는 이의를 제기하지 않았다. 사람들이 드나드는 강가에 사는 고니는 사람을 흔히 만나고 먹이를 얻어먹기도 해서 비교적 온순하고 올가미를 쓰지 않고도 쉽게 잡을 수 있다. 그러나 이 고니는 한 달 이상 사람을 보지 못했을 것이다.

"일단 손을 써보죠." 내가 말했다. 등뒤에서 크레이그와 사이먼이 눈짓을 주고받는 것을 눈치챘다.

"준비됐어요?" 크레이그에게 날카롭게 물었다.

나는 물속에 들어가서 고니에게 접근했다. 적당한 거리에서 주머니에 넣어둔 빵 조각을 한 줌 꺼내어 던졌다. 배가 무척 고팠는지 고니가 목을 길게 내밀어 빵 조각을 먹기 시작했다. 나는 식사가 끝날 때까지 기다렸다가 빵을 조금 더 뿌리며 가까이 다가갔다. 크레이그는 강기슭에서 접근했다. 거리가 충분히 가까워지자 내가 앞으로 나서서 고니의 목을 오른손으로 감싸고 날개를 몸에 밀착시켜서 들어올렸다. 고니는 고개를 내 쪽으로 비틀며 잠깐 몸부림을 쳤지만 더 꽉 안자 잠시 후 진정되었다.

"잘했어요!" 크레이그가 작게 말했다. 그도 물에 들어와 옆으로 다가왔다. 여전히 불안이 가시지 않은 듯 고니가 몸부림을 쳤지만 이렇게 몸이 붙잡힌 상태에서는 벗어날 수 없었다. 머리를 놓아주면 사람의 눈을 쪼는 일도 생길 수 있다. 사이먼이 앞으로 나와 언덕 기슭에서 몸을 낮게 숙였다.

"낚싯줄이군요. 낚싯줄이 오른쪽 다리에 휘감겨서 나무뿌리에 걸렸어요. 다리에서 피가 나고 있습니다. 부러진 것 같기도 한데 확실하진 않아요. 이런, 낚싯바늘 같은 것이 다리를 관통하고 있네요." 크레이그가 낚싯줄을 잘라냈다.

강기슭에서 사이먼이 꺼낸 새장에 고니를 넣었다. 병원에 데려간 후 혈액을 채취해 납중독 검사를 할 계획이었다. 부상을 치료한 다음에 정확히 이 장소에 풀어줄 것이다.

보트는 우리 세 사람과 고니가 전부 타기에는 공간이 부족했다. 먼저 사이먼과 크레이그가 새장을 싣고 노를 저어 갔다. 나는 사이먼의 말대로 내가 서 있는 곳이 섬인지 확인하고 싶어서 남았다. 덤불과 작은 개암나무 옆을 돌아 몇 미터를 더 가자 그의 말이 맞다는 것을 알 수 있었다. 폭이 이 미터도 되지 않는 물이 밀려가는 지점을 바라보았다. 개울 중간쯤에 버드나무가 물위에서 서로 만나고, 그 아래에 어두컴컴하고 유속이 느린 지점이 형성되어 있었다. 나무뿌리들 사이에서 녹조와 거품이 일었다. 마을로 이어지는 가파른 언덕으로 된 강 건너편 기슭에 쥐구멍도 보였으며 언덕은 마을로 뻗어 있었다.

사이먼과 크레이그가 강둑에 도착해서 농담을 주고받는 소리가 들렸다. 나는 섬이 얼마나 길게 뻗어 있는지 확인해보려고 물의 역류 지점을 따라 올라갔다.

이십 미터쯤 걸어갔다. 건너편 강둑에는 덤불이 빽빽하게 높이 자라 있었다. 그 너머의 언덕은 거의 보이지 않았다. 나는 조심스레 걸음을 옮기며 수달이 사는 흔적이 있는지 살피면서 세심하게 탐사했다. 이런 조용한 곳은 수달을 목격하기에 최적의 장소니까.

그런데 역류의 흐름이 심상치 않아 보이는 곳이 있었다.

내가 지나온 곳들은 수십 년간 축적된 개흙과 크게 자란 나무뿌리들, 또 썩은 초목들 때문에 물의 흐름이 완만했다. 그런데 지금 보이는 곳은 유속이 빨랐다. 마치 다른 방향에서 물이 흘러드는 것처럼 보였다. 삼 미터쯤 떨어진 건너편 기슭에는 버드나무 가지가 물속까지 드리워 있었다. 그 뒤에 무엇이 있는지는 보이지 않았다. 길게 늘어진 양치류 밑에서 솟아난 물은 분명 남동쪽 방향으로 흐르는데 반해 역류하는 물은 동쪽으로 향했다. 나는 수로의 깊이를 가늠해보려고 물가로 내려가 강을 가로지를 수 있을지 보려 했다.

강기슭에서 하얀 깃털 뭉치가 쉭쉭거리고 퍼덕이는 것이 보여 깜짝 놀랐다. 성난 암컷 고니가 둥지를 지키고 있었다. 왔던 길로 돌아가자 사이먼이 부르는 소리가 들렸다. 보트를 대고 기다리는 그에게 돌아갔다.

오전이 끝나갈 무렵 다리가 심하게 찢어진 어린 산토끼의 붕대를 갈아주고 있는데 치료실 창밖으로 해리엇이 모습을 나타냈다. 그녀는 전화기를 들고 와서 전화를 받으라는 의미의 열렬한 손짓을 했다. 급한 용건이라는 뜻일까?

고개를 저으며 수술대 위의 토끼를 가리켰다. 창가에서 사라진 그녀가 아예 문을 열어 치료실 안으로 들어와서 나는 당황했다. 해리엇은 전화기를 든 채로 화이트보드가 있는 벽으로 가더니 펜을 쥐고 숀 노스라고 크게 적고 느낌표 몇 개를 찍었다. 기계에 익숙하지 않은 그녀는 전화기의 무음 버튼을 쓸 줄 몰랐다. 누가 잠깐 시간을 내서 가르쳐줄 수도 있지만, 우리는 그녀의 우스운 행동을 제법 재미있어했다. 평소 누구와도 말을 하고 싶지 않을 때면 수술실에 있다는 핑계를 댔는데 이날은 별생각 없이 전화를 받았다.

"내가 고슴도치의 생명을 구하는 일을 방해한 건 아닌가?" 숀 노스는 영국적이지 않고 세상 어디서도 들어보지 못한 독특한 억양으로 느리게 말문을 열었다.

"사 주 된 아기 토끼예요. 무슨 용건이시죠?" 내가 톡 쏘며 대답했다. 나는 곁눈질로 해리엇이 얼쩡대는 것을 보았다.

"새로운 소식을 들려주려고. 대형 동물원의 파충류 책임자들과 전부 통화를 해봤어. 또 분양자와 개인 소장자 모두에게 이메일도 보냈고. 한데 타이판을 잃어버린 사람은 없던걸."

"놀라운 소식은 아닌걸요?"

"그렇지. 이 문제를 본격적으로 수사하려면 경찰이 동북 해안으로 통하는 배편과 육상 경로를 확인해야 할 것 같아. 개인 요트도. 공항에는 동물 밀반입을 적발하는 시설이 잘 갖춰져 있으니 비행기를 이용하진 않았겠지. 내 추측으로는 육로로 아시아와 러시아를 거쳐서 동유럽을 지나 영국으로 온 것 같거든. 스칸디나비아 반도를 지났는지도 모르지."

"경찰에게 얘기했어요?"

"이쪽 경찰들은 나를 별로 좋아하지 않아. 웨스트 도싯에서 탈출한 뱀이 있으면 매번 내가 비난을 받으니까. 아무래도 당신이 말하는 편이 좋을 것 같아."

"고맙군요." 내가 왜 이리 심술궂게 구는지 의아했다. 그는 도움을 주려고 할 뿐인데. 그런데 이런 얘기를 할 사람이 나밖에 없는 걸까?

"그리고 타이판은 암컷이야. 항상 성이 나 있어."

해리엇이 옆에서 여전히 서성거리고 있었다. "해리엇을 바꿔줄게요. 당신의 사인을 받고 싶은 모양이에요." 나는 전화기를 넘겨준 후 일을 하러 돌아갔다.

17

월요일인 이날 오후에는 비가 내렸고 저녁이 되자 대기가 풍성한 흙냄새로 가득찼다. 차가 본 레인에 가까워지자 도롱뇽들이 차를 피해 흩어졌다. 굽이가 심한 탓에 항상 속도를 늦추는 곳이라 다행이었다. 도로 중간에 여자가 무릎을 꿇고 있었기 때문이다.

차 소리를 분명 들었을 텐데도 여자는 고개를 들지 않았다. 나이가 많은 여자는 도로에 있는 뭔가에 정신이 팔려 있었다. 나는 차를 세우고 시동을 껐다. 할머니는 작은 개에게 무슨 말을 중얼거리고 있었고 개는 아파서 헐떡이고 있었다. 내가 차에서 내려 다가가자 할머니는 팔을 뻗었다.

"아, 우리 개가 아프다우." 할머니가 말했다. 긴장해서 목이 멘 아주 늙은 목소리였다. 그녀는 틀림없이 팔십 대로 보였다. "불쌍한 베니, 이 아이가 일어서지를 못해." 그녀가 말했다.

나는 할머니 옆에서 몸을 숙였다. 그녀만큼이나 늙은 불쌍한 작은 개 베니는 털이 헝클어진 보더테리어였다. 베니는 대단히 아파 보였다. 탁한 눈동자는 초점을 잃었고 피부는 창백했으며 아주 얕은 숨을 쉬었다.

"다쳤어요? 차에 치였나요?" 내가 물었다.

"아니라우. 그냥 쓰러졌어. 걸음을 멈추고는 쓰러졌어. 내가 들 수가 없어서."

보더테리어는 몸집이 작았고, 할머니도 아주 연약해 보였다.

"집으로 데려가죠." 내가 일어서며 말했다. "가서 제대로 봐드릴게요. 일어서실 수 있겠어요?" 나는 허리를 굽혀 할머니를 살며시 부축했다. 따뜻한 저녁인데도 할머니는 두터운 외투를 걸치고 양털로 만든 빨간 모자를 쓰고 있었다. 어디선가 그녀를 본 적이 있었다. 빨간 모자가 기억이 났지만 언제 어디서 보았는지는 떠오르지 않았다.

할머니는 나지막이 신음을 했지만 다친 것 같지는 않았다. 나이 든 탓에 몸이 뻣뻣해지고 쑤시는 거였다. 할머니를 차로 데려가려 했지만 그녀가 개와 잠시도 떨어지려 하지 않아서 약간의 실랑이를 벌인 후에야 안전하게 차에 태울 수 있었다. 그런 다음 개에게 다가갔다. 개는 목줄을 하고 있었다. 나는 개를 안아 목줄로 주둥이를 감았다.

"뭘 하는 게지? 조심해야 해." 노파가 차문에 불안하게 몸을 기대고 소리를 질렀다.

"다치게 하지 않아요. 전 수의사예요. 안전하게 옮기려고요. 함께 집으로 데려가죠." 나는 한 손으로 베니의 겨드랑이 밑을 받치고 다른 손으로 골반 아래를 들었다. 베니는 꿈틀대며 물려고 했지만, 목줄이 주둥이를 단단히 감은 상태였다. 베니는 거의 무게가 느껴지지 않았다. 노파의 무릎에 개를 올려주었다. 노파는 또다시 개에게 무슨 말을 중얼거리기 시작했다. 나는 그녀의 이름이 바이얼릿 버클러라는 사실과 사는 곳을 겨우 알아냈다. 차로 몇백 미터를 가자 카터스 레인에 있는 그녀의 집이 나왔다.

나는 베니를 안고 바이얼릿을 따라 집안으로 들어갔다. 리놀륨 칠이 벗겨진 바닥과 얼룩진 꽃무늬 벽지의 길고 좁은 복도가 나왔다. 닫힌 문 하나를 그냥 지나친 바이얼릿은 복도 끝의 문을 열었다. 그녀를 따라 들어선 곳은 주방과 거실을 겸하는 옛날식 방이었다. 뒷문이 있는 안쪽 벽에는 때에 찌든 벨파스트 싱크대가 있고 아래로 꽃무늬 커튼이 쳐져 있었다. 다른 쪽 벽에는 나보다 나이가 많을 것이 분명한 전기난로가 놓여 있었다. 불판 하나가 사라진 조리기의 구멍은 오래된 부스러기가 쌓여 시커멓게 변해 있었다. 포마이카를 칠한 찬장에는 짝이 안 맞는 도기 그릇 세트가 진열되어 있었는데 대부분 이가 빠지고 긁힌 자국이 있었다. 그 밖에도 나라면 어느 쪽에도 마음 편히 앉지 못할 것 같은 안락의자 두 개, 벽에 기대놓은 접이식 탁자 하나, 여기저기 씹은 흔적이 있는 플라스틱 강아지 침대가 있었다.

전기난로 앞에는 올이 다 풀어진 깔개가 있었다. 나는 무릎을 꿇어 베니를 그 위에 내려놓았다. 온기가 필요할 거라고 중얼대면서 난로 스위치를 켜고 바이얼릿을 돌아보았다. 할머니는 자신의 반려견만큼이나 상태가 나빠 보였다. 할머니가 눈에 띄게 몸을 떨어서 쇼크를 일으키지 않을까 걱정되었다. 아픈 개는 감당할 수 있지만 나이들고 아픈 이웃 주민을 상대하는 일은 훨씬 어려웠다.

"할머니, 의자에 앉으세요. 차를 만들어드릴게요. 그전에 먼저 베니를 봐야겠어요. 그때까지 기다리실 수 있죠?" 일어서며 말했다. 할머니는 대답을 하지 않았다. 내가 외투 단추를 풀어주고 안락의자에 앉힌 것도 모르는 듯했다. 전기난로는 별로 따뜻하지 않았고 방은 여전히 서늘했다. 나는 굳이 할머니의 외투와 모자를 벗겨줄 생각을 하지 않았다. 그런데 저 모자를 어디에서 봤던 걸까?

"수의사에게 전화를 걸어봐야 할까?" 개에게서 한시도 눈을 떼지 않는 바이얼릿이 물었다. "호니턴에 한 번 봤던 수의사가 있다우. 짐이 죽은 뒤였지. 그런데 너무 비싸서."

"제가 수의사예요." 나는 다시 말하며 무릎을 꿇고 가방을 열었다. 그리고 다시 할머니를 돌아보며 억지로 미소를 지었다. "이웃에게는 돈을 받지 않아요."

"댁이 수의사라니. 시내까지 수의사를 보러 가기도 힘들어. 버스

운행이 끊겨서." 바이얼릿이 말했다.

"제가 개를 봐드려도 되죠?"

그녀의 눈가가 축축해졌다. "그래주겠수, 아가씨?" 그녀가 겨우 말했다.

나는 그녀를 등지고 환자에게 집중했다. 베니는 난로 앞에 누워서도 헐떡였다. 나는 개의 탁한 눈과 끈적이는 피부 촉감이 싫었다. 맥을 잡는 데 몇 초가 걸렸다. 아주 약했다. 개의 네 발을 잡아보았다. 모두 차가웠다.

"할머니, 베니가 몇 살이죠?"

"아, 기억이 잘 안 나. 네 살인가, 다섯이던가."

나는 미소를 감췄다. 베니는 열두 살이 전성기였을 것이다. 나는 팔을 뻗어 베니를 쓰다듬으며 등과 복부와 다리를 만져보았다. 탱탱한 복부 외에는 비쩍 말라 있었다.

베니가 다시 콜록거리기 시작했다.

"언제부터 기침을 했어요?" 내가 물었다.

터무니없는 질문으로 자신을 시험하는 담임교사를 쳐다보듯 할머니는 어리둥절한 표정으로 나를 보았다.

"지난주부터 기침을 했지. 내 감기약 시럽을 조금 먹였는데도." 그녀가 마침내 말했다.

나는 청진기를 꺼내 베니의 심장박동을 들었다. 심장잡음이 아주 분명하게 들렸다.

"식욕은 어떤가요?" 내가 물었다.

"아, 베니는 사료를 좋아한다우. 언제나 식욕이 왕성하지."

나는 개를 다시 보았다. 배만 부풀어 있고 나머지는 뼈와 가죽이었다. 애초에 제대로 답을 들을 만한 질문만 하는 편이 나을 듯했다. 더구나 베니의 문제는 확실했다. 안락사 이야기를 꺼내지 않을 수 없는 상황이었다. 그러나 그 말을 할 수는 없었다. 그 부분은 내 영역이 아니었다. 바이얼릿과 같이 있은 시간이 십 분밖에 되지 않았지만 그녀에게 베니가 전부라는 사실을 알 수 있었다. 병든 야생 여우를 다루는 것과는 전혀 다른 문제였다.

"베니가 없으면 난 어떡하지?" 마치 내 생각을 읽기라도 한 듯 노파가 중얼거렸다.

정말 어떻게 될까? 나는 그녀가 그 답을 곧 알게 될 거라는 점을 의심하지 않았다. 베니는 만성 심장 기능 상실로 고통받는 것이 확실했다. 심장 질환은 제때에 발견한다면 약물요법으로 치료가 가능하다. 그러나 베니는 너무 늙었고 너무 오래 병을 앓았다.

"할머니, 베니는 안정을 취해야 해요. 제가 내일 푸로세미드라는 약을 가져와 주사를 놓아줄게요. 이뇨제예요." 바이얼릿은 멍한 표정이었다. "베니의 몸에 갇혀 있는 수분을 상당히 없애줄 텐데, 그러면 심장박동에 도움이 될 거예요." 나는 다시 말을 이었다. "나아질 가능성은 있어요. 혹시라도……."

그녀가 내 말을 잘 들었는지 확신할 수 없었다. 당장 내일 아침에 바이얼릿이 베니가 쓰러졌던 사실을 잊어버리고 다시 개를 데리고 산책을 나간다면, 베니에게 가장 위험한 일이 될 거라는 예감이 들었다.

나는 자리에서 일어섰다. 시계를 보니 아침에 못 한 조깅을 할 시간이 남아 있었다.

하지만 외투와 모자를 걸치고도 안절부절못하며 몸을 떠는 그녀를 어떻게 그냥 남겨두고 간단 말인가? 내가 차를 끓여주겠다고 말하자 바이얼릿은 내가 아무데도 가지 않는다는 사실에 놀라는 기색이었다.

바이얼릿의 주방 옆에는 식품 저장실이 있는데, 먼지투성이인 목재 선반은 거의 텅 비어 있었다. 나는 티백 한 상자와 작은 설탕 봉지, 그다지 신선해 보이지 않는 우유를 찾아냈다. 그녀는 통조림 음식만 먹고 사는 듯했다. 언제 신선한 음식을 먹었는지, 그런 것들을 구할 수 있을지 의문스러웠다. 마을에는 우체국을 겸하는 가게가 하나 있었다. 빵과 우유, 달걀, 버터를 살 수는 있어도 그 밖의 다른 음식은 모두 건조식품으로 상자나 통조림에 든 것이었다. 자가용이 없고 마을버스도 다니지 않으니 마을을 벗어날 수 없다. 가족도 없는 것 같았다. 가족이 있다면 이렇게 반려견과 낯선 사람의 불특정한 호의에 의지해 살아가도록 방치하지 않았겠지.

머그잔을 건네다 그녀를 어디에서 보았는지 기억이 났다. 할머니는 삼 일 전 저녁에 마을 모임에 참석했었다. 자기만큼이나 늙은 다른 네 사람과 앉아 있었다. 그중 한 명은 내가 이름을 알게된 어니스트 앰블린이었다. 노인들은 아무 말도 없이 사람들의 말에 열심히 귀를 기울였었다.

"할머니, 뭘 좀 물어봐도 될까요?"

그녀는 갑자기 긴장한 듯 몸을 숙였다.

"월터 위처 할아버지가 돌아가셨을 때가 기억나지 않아서요. 마을 맨 아래쪽의 집에 사셨던 월터 할아버지요. 본래는 그 집이 네 채였죠."

바이얼릿의 얼굴 표정이 어딘가 변했다. 그녀는 내 시선을 피하고 바닥을 내려다보았다.

"집 네 채라. 어째서 그 집을 부수지 않았는지 모르겠어. 그런다고 우리가 모를까 봐?" 그녀는 내뱉듯이 말을 했다.

"네?"

"그들은 나쁜 놈들이야, 뻔뻔하고 나쁜 놈들. 월터만 빼고." 할머니는 촉촉한 파란 눈으로 나를 쳐다보며 말을 이었다. "월터에게는 모두들 아주 미안하게 생각하지. 그는 달리아를 키웠어. 온갖 색깔의 예쁜 꽃을. 그가 정원에서 일할 적에 내가 감탄한 적이 있었거든. 그랬더니 다음날 아침에 우리집 문 앞에 큰 꽃다발을 갖다놓았더라고. 인정 있는 양반이었지."

"맞아요, 그런 분이었죠. 할머니, 그분이 언제 돌아가셨는지 기억나세요?"

"월터가 죽었다구?" 그녀의 얼굴은 고민으로 구겨졌다.

가망이 없었다. 바이얼릿은 한 시간 전에 일어난 일도 잘 기억하지 못했다. 나는 고개를 끄덕였다. "몇 달 전에요. 장례식이 기억나지 않는데, 혹시……."

"해리는 죽었지. 어느 날 밤에 술에 취해서. 늘 술에 취해 있었다우. 철로를 따라 집에 가던 길이었는데. 돌아온 지 얼마 되지도 않을 때였는데 기차에 치였어."

해리는 누구지? 바이얼릿의 남편? 그런데 남편의 이름은 짐이라고 하지 않았나?

"에덜린 할머니의 장례식은 기억이 나거든요. 지난 십일월이죠?" 에덜린의 죽음을 떠올리면 지금도 죄책감이 들었다. 그녀는 자기 집에서 혼자 죽었다. 만성 폐렴에 의한 심장 마비가 원인이었다. 죽은 지 나흘이 지났을 때 우편배달부가 신고를 했다. 흔히 작은 마을에서는 주민들이 서로 돌봐준다고 한다. 그런데 당장 주위만 둘러봐도 바이얼릿을 돌봐주는 사람의 흔적은 찾기 어려웠다. 그녀도 에덜린처럼 죽음을 맞게 될까?

"에덜린이라." 바이얼릿은 고개를 흔들었고 나는 그녀의 말이 계속되기를 기다렸다. 오므린 입술을 보면 에덜린을 탐탁스레 여기지 않는 것이 분명했다.

"낯짝이 두꺼운 여자였지. 몸에 꽉 끼는 원피스를 입고 가슴을 온통 드러내고 다녔으니까." 바이얼릿은 누가 엿듣기라도 한다는 듯 몸을 숙였다. "그 무렵에는 루니 게이츠가 우체국장이었는데 아침 일찍 배달을 하며 마을을 돌아다녔거든. 그가 말하길 아침에 그 여자가 어느 집에서 나올지 도통 알 수 없었다더군. 교회에 속해 있는 아치까지도 말이야."

아치? 해리? 바이얼릿은 횡설수설하고 있었다. 그리고 옛날이야기에 흥분했다. 내가 도중에 끼어들려 했지만 이야기는 계속되었다.

"예배중에 일어나서 신나게 떠들어댄다고 착한 사람이 되는 게 아니야. 그는…… 그게 뭐더라? 사제도 아니고 평신도였는데 사제가 없을 때 대신 설교를 했지. 여길 떠나기 전까지는. 미국으로 갔다고 그랬나. 1958년에, 짐과 내가 결혼한 해였어. 우린 다른 교구에 가서 식을 올리는 수밖에 없었지. 교회가 완전히 불타버려서."

그녀는 내가 이해하지 못하는 이야기를 늘어놓고 있었다. 나는 교회 이야기에 귀를 기울였다. "교회에 큰 화재가 났었죠? 전 늘 그랬을 거라고 생각하고 있었어요." 내가 말했다. 달리기를 할 때 가끔 교회를 지나쳤다. 시커멓게 탄 들보를 아직도 볼 수 있었다. "1958년에 화재가 있지 않았나요?"

바이얼릿은 고개를 흔들었다. "아가씨, 나한테 그날 밤 일을 물어봐도 소용없다우. 무슨 일이 있었는지 나도 잘 몰라. 그곳에 갔던 사람들도 말을 아꼈거든. 나와 제일 친했던 루비까지도 말이야." 바이얼릿은 말을 끝내고 하품을 했다. 나는 일어섰다.

"할머니, 제가……."

"뱀들도 전부 죽었다고 하더구먼. 추운 겨울을 넘기지 못했다고."

나는 그 말을 제대로 듣지 못했지만 뱀들이라는 단어가 머릿속에 박혔다.

"존과 그 아기 소식을 들었을 때 우린 생각했지. 다시는 그런 일이 생겨서는 안 된다고."

나는 그녀에게 한 발 다가서서 잠시 기다렸다가 쪼그려 앉았다. "할머니, 방금 뭐라고 하셨죠? 뱀들요?" 나는 최대한 다정하게 물었다.

바이얼릿은 나를 쳐다보았지만 내 얼굴을 똑바로 보지 못했다. 이윽고 크게 한숨을 쉬더니 눈을 감았다.

"할머니." 나는 그녀에게 몸을 기울이며 팔을 살짝 건드렸다. 그녀는 눈을 뜨지도 않고 다시 숨을 내쉬었다. 부드럽고 안정된 호흡으로 보아 잠이 들었다고 생각하고 일어나서 조용히 빠져나가려 했다. 복도로 나가는 문을 막 열었을 때 그녀의 목소리가 나를 놀라게 했다.

"아가씨, 얼굴은 어쩌다 그랬누?"

나는 돌아섰다. 바이얼릿은 눈을 뜬 채로 나를 똑바로 쳐다보고 있었다.

"사고 때문이에요." 한참 후 내가 말했다. "오래전 일이에요. 아기였을 때요."

그녀는 한숨을 쉬고 고개를 저었다. "그래도 아가씨는 예뻐."

나는 그녀를 보았다. 지금껏 나를 예쁘다고 말해준 사람은 없었다. 농담이겠지? 하지만 바이얼릿은 웃지 않았다. 나도 마찬가지였다. 둘 다 웃지 않았다.

"속에 든 게 중요해, 아가씨." 그녀는 말을 마친 뒤 천천히 눈을 감았다.

나는 어두운 복도를 지나 문이 저절로 닫히게 내버려둔 채 집밖으로 나왔다. 문 앞에 서서는 혼자 작게 중얼거렸다. "저도 늘 그렇게 스스로에게 말했죠."

18

나는 교회 묘지를, 특히 오래된 묘지를 좋아한다. 풀 사이에 자갈돌처럼 흩어져 아무렇게나 배열된 묘석들의 풍경을 좋아한다. 묘비에 새겨진 글귀를 읽는 것을 좋아하며, 잘살다 간 팔십, 구십 년의 인생이란 어떤 것일지 생각하기도 한다. 자녀나 손자, 손녀, 심지어 증손자, 증손녀에게까지 슬프거나 좋은 추억으로 기억되는 이들을 떠올리기도 한다.

참, 묘지에 흔히 슬픈 사연들이 깃들어 있다는 사실도 알고 있다. 사고나 병으로 제명에 죽지 못한 이들도 항상 있기 마련이니까. 이런 곳에 어지럽게 흩어진 애정의 흔적들을 보면서 위로를 받는 것도 사실이다. 메마른 꽃줄기가 담긴 항아리라든지, 색 바랜 플라스틱 장난감들, 한겨울에 보게 되는 크리스마스트리 장식품 같은 것들도.

아버지의 직업 때문에 나는 어릴 때부터 자주 교회를 다녔고, 항상 교회 밖으로 나와 주변에 늘어선 주목 나무와 딱총나무를 바라보고 수많은 야생화를 감상했었다. 이른봄에는 제비꽃과 앵초, 날씨가 따듯해지면 초롱꽃, 디기탈리스가 만발했다. 작고 눈에 잘 띄지 않는 물망초를 흔히 볼 수 있었는데, 나를 잊지 말라는 꽃말의 물망초는 특히 교회 묘지에 잘 어울리는 것처럼 느껴졌다. 우리 곁을 떠났지만 여전히 마음속에 남은 다정한 영혼들처럼. 나는 영국의 꽃 가운데 물망초를 제일 좋아한다. 엄마와 버네사 언니는 교회 안의 스테인드글라스와 나무조각들에 관심이 더 많았고, 언제나 고개를 저으며 나를 청개구리 클래라라고 불렀다. 그렇지만 나는 한 번도 내 주장을 억지로 고집하지 않았다. 우연히 묘지가 좋았을 뿐이다.

그런데 어째서 이 장소는 좋은 느낌이 들지 않았을까?

나는 일주일에도 몇 번이나 마을의 오래된 세인트 비리노 교회를 지나치며 달렸는데 한 번도 철문을 밀고 들어와 높은 돌담 안에 서 보지 않았다. 이제 철문 안에 들어와 주위를 둘러보면서 이유를 깨달았다. 멀리서 볼 때 허물어진 교회와 오랫동안 방치된 부지가 매력적이지 않았음은 물론 가까이에서 보기에도 이곳의 뭔가가 나를 불편하게 만들었다.

교회 앞으로 걸음을 옮기자 중세에 지어진 건물의 앙상한 잔해, 허물어진 석조 아치와 새까만 들보가 우뚝 솟아 있는 것이 보였다.

오래된 서까래 사이에서 조그마한 무언가가 살짝 움직이는 것을 보고는 이 건물이 박쥐의 서식처이며 저녁이라 박쥐들이 깨어나고 있다는 사실을 깨달았다.

진입로에 늘어선 오래된 보리수나무의 나뭇잎들은 시커멓고 우중충했다. 세월이 지나며 옹이가 진 나무 몸통에는 동네 젊은이들이 새겨놓은 음란한 글귀가 보였다. 한때 이 교회는 나무로 된 두 개의 거대한 문이 위용을 뽐냈을 것이다. 이제 문 한 짝은 사라졌고, 남은 하나가 문틀에 헐겁게 매달려 흔들렸다. 바람이 세게 불면 삐걱거리는 소리가 들렸지만 다행히 내가 찾아온 이날은 조용했다.

묘지 경계를 표시하는 높고 시커먼 돌담은 담쟁이덩굴과 이끼로 뒤덮였고 그 옆에는 훨씬 크고 오래된 주목 나무가 늘어서 있었다. 돌담 너머로 키가 훨씬 큰 나무들이 있었는데, 대부분은 너도밤나무지만 호두나무도 몇 그루 섞여 있었다. 애초에 늦은 저녁 시간이기는 해도 키 큰 나무들이 교회 묘지를 더욱 어둡게 만들었고 주변 언덕 풍경은 대부분 가려졌다. 나무와 수풀로 이루어진 고치 속에 들어온 것처럼 바깥세상과 단절된 느낌이었다.

대부분의 높은 나무들에는 떼까마귀가 둥지를 틀었다. 밤이라서 잠을 자야 하는데 내가 찾아와서 방해가 된 모양이었다. 까마귀들은 교회 주위를 빙빙 돌며 거칠게 까악거렸다. 밝은 대낮에 다시 찾아오는 게 나을지 모른다는 생각을 잠깐 했다. 그렇지만 짬을 낼 수 없을 거라 판단하고 최근의 묘석들부터 확인하기 시작했다.

에덜린 위처의 장례식은 이웃 마을에서 열렸지만 시신은 이곳에 매장되었다. 나는 일을 하느라 예배에도 참석하지 않았고 그녀의 무덤을 본 적도 없었다. 어째서 이날 밤 무덤을 확인해야겠다는 강한 충동이 생겼는지는 알 수 없다. 물리적으로 그녀와 가까울수록 남편의 죽음에 관해 그녀가 했던 말을 떠올리는 데 도움이 될지 모른다고 생각한 것 같다. 어쩌면 나는 이곳에서 월터를 찾고 싶었던 것 같다.

몇 분이 지나 까마귀들도 잠잠해지고 침묵이 드리울 때까지 나는 위처 일가의 묘비를 찾느라 묘지 사이를 돌아다녔다. 19세기 초에 조각된 비석 두 개에서 월터의 조상으로 짐작되는 사람들의 이름을 봤으며, 그 후 이십 분이 지난 뒤에야(빛이 거의 사라져 막 포기하려던 차에) 에덜린의 이름과 생일, 사망 일자가 적힌 나무 명판을 발견했다. 명판에는 고인을 사랑하던 이들의 추모 글은 물론, 그녀의 성격을 묘사한 글 같은 내용은 없었다. 나는 에덜린을 좋아하지 않았지만 그녀의 죽음이 소홀하게 취급되는 것이 슬펐다.

월터의 이름이 새겨진 비석은 없었다. 결국 다시 철문으로 돌아가려 할 때 에덜린의 무덤에서 삼 미터쯤 떨어진 작은 비석에서 위처라는 이름을 발견했다. '해리 위처, 1930~1982'라고 적혀 있었다. 1930년생인 해리는 월터와 같은 시대를 살았던 그의 동생이나 사촌인 것 같았다. 바이얼릿이 해리라는 이름을 말하지 않았나? 그녀는 해리가 열차 사고로 사망했다고 말했다. 그리고 또 다른 이름도 말했다. 앨프리드? 아서?

나는 다시 걸음을 옮겨 철문 쪽에서 멀어져 묘지 안쪽의 묘석들을 살폈다. 그러다가 묘지의 가장 구석에서 내가 확인하지 못한 구역을 찾아냈다. 다른 무덤들과 떨어져 눈에 띄지 않는 작은 묘석 네 개가 제멋대로 자란 딱총나무 덤불에 둘러싸여 있었다. 나는 그 사이를 뚫고 들어가 묘비를 읽기 시작했다.

네 개의 묘석에는 모두 1958년에 죽은 젊은 남자들의 이름이 적혀 있었다. 그중 두 명은 6월 15일 같은 날 밤에 사망했다. 다른 한 명은 이틀 뒤인 6월 17일, 마지막 한 명은 6월 18일에 죽었다.

흥미가 생겼다. 바이얼릿이 1958년의 일에 대해 말했던 것이 떠올랐다. 그래, 아치. 이름이 기억났다. 그녀는 아치가 1958년까지 교회에서 설교를 했다고 말했다. 나는 그녀의 기억이 정확하지 않다고 생각해서 주의 깊게 듣지 않았다. 뱀에 대해 말하기 전까지는. 그녀가 무슨 말을 했었지? 뱀들이 영국의 추위 때문에 전부 죽었다고 하지 않았나?

혹시 1958년에 누군가가 타이판을 영국에 데려온 게 아닐까 하는 생각이 들었다. 그런데 그 당시 타이판은 호주에서도 거의 발견되지 않았기 때문에 그럴 가능성은 희박해 보였다. 설사 누가 타이판을 들여왔다 한들 지금까지 살아 있을 가능성도 거의 없다. 타이판이 도시 변두리에서 살아남아 번식해서 토착화되었을 가능성이 있을까?

"열대 뱀들은 추운 기후에서 살아갈 수 없어." 나는 중얼거렸다. 과연 내 입에서 나온 말을 스스로 얼마나 확신하는지 의심스러웠다.

나는 네 개의 묘석을 다시 보려고 허리를 굽혔다.

첫 번째 묘석에는 "조엘 모건 패인 목사, 1958년 6월 15일 화재로 사망. '그는 땅을 적시는 늦은 비와 같이 우리에게 임하시리라.'"라고 적혀 있었다. 나는 불타버린 교회를 힐끗 돌아본 다음 두 번째 묘석을 확인했다. "래리 호지스, 1919년 4월 17일~1958년 6월 15일. '믿는 자들에게는 이러한 표적이 따르리니.'" 래리도 화재로 사망했을까? 세 번째 묘석은 피터 모펫의 안식처로 표시되어 있고, 그는 6월 17일에 서른둘의 나이로 사망했으며, 네 번째 묘석의 주인 레이먼드 길라드는 그 이튿날 사망했다고 기록되어 있었다.

까마귀들이 다시 까악거려서 깜짝 놀랐다. 이 교회 부지에 들어온 후로 신경이 얼마나 예민해졌는지를 깨달았다. 전날 밤의 사건을 논외로 친다면 나는 유령을 믿거나 악의를 지닌 어떤 종류의 초자연적 존재도 믿은 적이 없었다. 그래도 날이 저문 묘지에서 전혀 불안하지 않은 사람이 있을지 의문스러웠다. 더구나 괜히 어깨 뒤를 힐끔거리게 만드는 느낌이 들었다. 등뒤에 아무도 없다는 걸 알고, 실제로도 아무도 없겠지만, 잠깐이라도 뒤를 돌아보고 확인해야만 직성이 풀릴 것 같은 기분이었다.

나는 고개를 돌렸다. 검은 옷을 입은 형체가 십 미터도 채 되지 않는 거리에서 나를 바라보며 서 있었다.

"반갑구나, 클래라." 그가 앞으로 나서며 말을 걸었다.

19

"안녕하세요, 퍼시 신부님. 늦은 시간에 나오셨군요?"

"너도 그렇구나." 교구 대부분의 신자들처럼 나이가 많은 퍼시 신부가 늙고 작은 목소리로 대답하며 딱총나무 덤불을 사뿐히 돌아 다가왔다.

오래전부터 알던 사이였던 지역의 교구 신부 퍼시는 이 마을에서 내가 대화를 거부하지 못하는 몇 안 되는 사람들 가운데 한 명이었다. 부주교를 아버지로 둔 자녀는 교회 테두리를 벗어날 수 없는 법이다.

물론 성직자의 자녀들도 커가면서 여지없이 한때는 반항을 한다. 버네사 언니는 열다섯 살이 되자 예상대로 어긋난 길을 걸었고 교회 근처에 가지도 않으려 했다. 크리스마스 자정 예배만 예외였는데,

그날은 친구들 대부분이 늦은 파티를 마치고 모이기 때문이었다. 그런데 언니는 대학생이 되자 '신의 부대'라 불리는 사람들에게 빠져들었다. 십오 년이 지난 지금은 교구 평의회 의장이 되어 매주 교회학교를 운영하고 교회 잡지도 편찬한다. 언니의 순전한 열정에 가끔은 아빠도 약간 당혹해하시는 것 같았다.

나의 일탈은 훨씬 덜 극적이었다. 나는 교회 참석을 거부하지 않았고 지금도 이 주마다 교회에 나간다. 그렇지만 아버지의 확고한 신앙심을 공유하지 못할 거라는 점은 어쩔 수 없이 인정하게 되었다. 실제로 내게 신앙심이 없지는 않았다. 여전히 교회에서 예배를 드리며 상당한 평온을 찾으니까. 경솔하고 맹목적인 신앙심은 아니다.

어쨌든 오래된 습관은 깨기 어렵다. 마을에 이사 온 직후 퍼시 스탠시 신부를 만난 것도 그래서였다. 나는 한 달에 한 번 그에게 영성체를 받았고, 나를 성가대에 집어넣으려는 시도는 가급적 공손히 거절했다.

"얘야, 내가 뭘 도와주련?" 퍼시 신부가 물었다. 그는 네 개의 묘석과 돌담으로 형성된 작은 원 안으로 들어왔다.

"신부님, 1958년에도 이곳에 계셨나요?" 내가 물었다.

"저런, 얘야, 넌 내 나이가 몇이라고 생각하니?" 퍼시 신부는 나를 보며 껄껄 웃었다. 칠십 세도 넘지 않았느냐는 말은 하지 않았다. 어쨌든 오십 년이 넘도록 한 교구에만 소속되었을 가능성은 희박했다.

퍼시 신부는 대단히 흥미롭다는 듯 묘석에 새겨진 글귀를 들여다보았다.

"난 1970년에 이곳에 왔지. 이 교회에서 예배를 주관한 적은 없단다."

"화재가 언제 일어났는지 아세요?"

그는 내 어깨 뒤의 교회를 올려다보았다. 이제 교회는 자줏빛 하늘을 배경으로 완전히 검게 보였다.

"내가 부임하기 전이었지. 건물을 새로 지을 기금을 모으자는 제안이 있었단다. 그런데 마을에서 관심을 보이는 사람이 없더구나. 그러는 사이 세월만 흘렀지."

신부는 손을 뻗어 내 팔을 건드렸다. "점점 추워지는구나. 차가 있는 곳까지 데려다주련?"

허약한 노인이 나를 지켜주려 한다는 생각이 우스우면서도 고마웠다. 나는 고맙다고 말하고 함께 걸어가기로 했다. 우리는 철문 쪽으로 향했다. 묘지를 지나는 동안 날짐승들이 우리 주위를 몇 번이나 돌았고, 나는 신부가 움찔하는 것을 보았다.

"신부님, 월터 할아버지가 생각나서요. 월터 위처 할아버지 말이죠. 그분이 언제 돌아가셨는지 기억이 나지 않거든요. 혹시 아시나요?"

퍼시 신부가 발을 헛디뎌 내가 잡아주었다. "흠, 글쎄다……. 얘야, 고맙구나." 신부가 균형을 잡은 뒤 우리는 다시 걸음을 옮겼다.

"장례식은 없었지? 내가 하자고 이야기를 했는데, 에덜린이 병원에서 간소하게 예배를 드릴 예정이라고 말했단다. 병원에 소속된 신부가 주관한다고 했지."

"맞아요, 그 얘기는 저도 들었어요. 그런데 그때가 언제였는지 기억이 안 나요."

"어디 보자. 구월이지? 그래, 분명 구월 중순 무렵이었어. 내가 에덜린을 찾아갔다가 돌아왔을 때 로버츠 부인이 나더러 교회를 둘러보라고 했거든. 추수감사절을 앞두고 장식을 막 끝마쳤다면서. 그러니 구월 중순이 맞을 거다."

내 생각도 같았다. 어째서 그의 죽음에 대해서는 아무런 기록이 없는 걸까?

"병원에 면회를 가시진 않았나요?"

"그가 입원했는지도 몰랐단다. 내가 이곳에 있는 동안 위처 일가는 아무도 교회에 나오지 않았거든. 그들의 소식은 다른 사람에게 전해 듣는 수밖에 없었지."

"네, 그러셨을 거예요." 문득 생각이 떠올랐다. "해리 위처라는 사람의 무덤을 찾았어요. 신부님도 그분을 아셨나요?"

"해리라, 그럼. 불쌍한 해리. 끔찍한 사고를 당했지."

"그는 친척인가요?"

"위처 집안에 관심이 많은가 보구나. 참, 네 차가 저기 있구나. 내 차도."

나는 퍼시 신부에게 안녕히 주무시라는 인사를 하고 조만간 교회에서 보자고 이야기했다. 우리는 각자 차에 올라 출발했다. 나는 신부를 따라 마을로 향하는 언덕을 올랐는데 내가 본 레인으로 방향을 틀었을 때 그의 차는 모퉁이를 돌아 시야에서 사라졌다.

나는 집 앞에 차를 세우고 샐리의 집을 슬며시 보았다. 그녀의 집은 불이 전부 꺼져 있고 자동차도 보이지 않았다. 오는 길에 철물점에 들러 튼튼한 걸쇠 네 개를 샀다. 이날 밤 잠자리에 들기 전에 앞문과 뒷문의 위와 아래쪽에 각각 부착할 생각이었다. 누가 이 집의 열쇠를 가지고 있다고 해도 잠든 동안에 들어오지 못할 테지. 물론 외출한 동안에는 어떨지 알 수 없었다. 자물쇠도 곧 교체해야 했다.

배가 고프고 피곤했다. 올빼미 새끼들에게 먹이를 주고 그들이 잠잠해지는 모습을 지켜보았다. 냉장고에 샐러드용 채소가 잔뜩 있었지만 그것들을 씻고 썰 엄두가 나지 않았다. 나는 그릇에 시리얼을 붓고 식탁에 앉아 새끼 올빼미들이 꿈틀대며 서로의 몸에 파고드는 것을 지켜보았다. 그릇은 겨우 절반밖에 비우지 못했다.

나는 충동적으로 전화기를 집었다. 전화번호부에서 필요한 번호를 찾아 누른 뒤 귀에 익은 여자 목소리가 들리기를 기다렸다.

"아랫길에 사는 클래라 베닝이에요. 혹시 통화가 괜찮을지……."

"반가워요, 클래라! 어떻게 지내요? 방금 소피아를 재웠어요. 우리집에 와서 아이를 한번 보실래요?"

"고마운 말씀이네요. 그런데…… 뭘 좀 물어봐도 될까요? 살무사를 발견한 그날 아침 일에 대해서요."

"당연히 되죠." 조금 전까지 명랑하고 상냥하던 린지 휴스턴은 목소리를 약간 낮추고 조심스러워졌다. 엄마로서 자기 자식이 죽을 뻔했던 날의 기억을 떠올리고 싶지 않을 거란 생각이 들었다.

"제가 그날 아침에 그 집에 들어갔을 때 말이에요. 복도에서 젖은 발자국을 본 것 같아서요."

"정말이에요?" 그녀는 놀라워하며 날카로운 반응을 보였다.

"전 단지……. 놀라게 하려는 건 아니에요. 별일 아닐 거라고 생각하지만, 그래도……." 나는 말을 끊고 그녀에게 전화한 것을 후회했다.

"저도 보긴 했어요. 당신 발자국인 줄로 생각했죠. 아니면 구급요원들 것이든지 말이에요." 린지가 말했다.

"아, 중요한 건 아니에요. 할 이야기도 아니었는데 말이죠."

"남편이 그날 아침 일찍 아래층에 내려갔었어요. 뭔가가 잠을 깨웠다면서요."

"남편분이 뭘 봤다고 하던가요?"

"그이가 침대로 돌아오는 걸 보지 못했어요. 잠이 들었거든요. 뭔가 수상한 점이 있었으면 분명 얘길 했을 거예요."

"그랬겠죠. 어리석은 질문이었네요. 미안해요. 그럼 소피아를 잘 재우세요."

"저녁 식사에 초대하고 싶어요. 이웃들 몇 명을 더 불러서 함께요. 언제가……."

"아, 지금 다른 전화가 와서요. 급한 용건인가 봐요. 고마워요. 그럼 잘 자요."

나는 수화기를 내려놓고 집안을 서성이기 시작했다. 텔레비전을 켜고 채널을 이리저리 돌리며 십 분을 허비했다. 책을 들었지만 십오 분 동안 한 장도 읽지 못한 것을 깨닫고 도로 내려놓았다. 그냥 잠을 자는 게 어떨까 하는 생각도 잠시 했다. 시계는 9시 30분을 가리켰다. 잠이 올까? 지난 사흘 동안 잠을 거의 자지 못했고 이틀 동안은 이런저런 일이 많았다. 아무튼 잠이 올 것 같지 않았다. 나는 운동화를 신고 운동복 위에 플리스 재킷을 걸쳤다.

바깥은 아주 어두웠다. 달이 뜨기는 했어도 초승달에 지나지 않았고 구름이 꽤 끼어 있었다. 나는 언덕을 뛰어 내려가 마을 공터를 가로지른 후 보텀 레인으로 달렸다.

무슨 계획이었는지는 확실하지 않았다. 위처 집으로 간 다음에, 라고 혼잣말을 했지만 뒷말을 잇지는 못했다. 내가 아는 사실은 이 영국 마을의 자연 질서가 완전히 어긋나버렸다는 점이었다. 조용한 영국 마을에서 사람들이 뱀에 물려 죽는 경우는 없었다. 잠에서 깼을 때 열대 지역의 독사를 발견하는 일도 있을 수 없는 경우였다. 더구나 죽은 사람이 살아서 돌아올 리는 절대로 없었다.

나는 보텀 레인을 끝까지 달려간 후 멈춰 섰다. '영국인에게 집은 성城과 같다'라는 속담은 월터를 두고 한 말일 것이다. 그의 집 앞을 지나쳐 달린 적은 많았지만 그곳이 얼마나 들어가기 어려운지 미처 몰랐다. 정원은 낮은 돌담에 둘러싸여 있었다. 월터는 돌담 위에 격자 울타리를 고정하고 빽빽한 가시덤불을 심었다. 위로 갈수록 더 빽빽해지고 가시가 길어지는 덤불이었다. 울타리의 높이는 250센티미터 이상이었다. 튼튼한 울타리 절단기를 가져온다면 길을 뚫을 수 있겠지만 시간이 한참 걸릴 것이다. 집으로 들어가려면 정문을 통과해야만 했는데, 150센티미터 높이의 정문 꼭대기는 아주 뾰족했다. 정문을 넘기가 불가능하진 않겠지만 팔십에 가까운 노인에게는 가당치 않은 일일 듯했다. 만약 월터가 집 주변을 돌아다니고 이곳에 산다고 해도 정문을 넘어 다닐 리는 없다. 나는 울타리를 돌며 주택지의 경계를 돌아보기로 결심했다. 개구멍이라도 있는지 찾아볼 생각이었다.

손전등을 가져오지 않았지만 딱히 필요할 것 같지 않았다. 어두운 곳에서 나는 꽤 잘 볼 수 있다. 주기적으로 야간 구조 요청을 받는 덕분에 동료들과 나는 캄캄한 시골에서도 빠르고 조용하게 길을 헤쳐가는 데 능숙했다. 우리는 낚시꾼의 불과 몇 미터 옆까지 접근해 들키지 않고 지나친 적이 있었다. 맞바람이 부는 곳에서 오소리들의 장난질을 지켜보면서 함께 놀아도 될 만큼 가까이 다가간 적도 있다. 어린 새끼를 돌보는 노루와 마주치고도 아무런 소란을 일으키지 않았다.

비결은 온전한 집중이다. 주위의 모든 것을 감지하고 수용하며 그 순간의 환경에 완전히 빠져들어야 한다. 왼쪽 어깨 위로 다가오는 퍼덕이는 소리, 발아래에서 부스럭대는 작은 생명체들의 움직임, 수여우의 냄새를 알아차릴 수 있어야 한다. 언젠가 시도해보시라. 마음을 비우고 감각에 모든 것을 내맡겨보라. 밤의 생물이 되어본다면 대단히 흥분되며 아주 차분해지는 경험을 하게 될 것이다.

그런데 이날 저녁은 머릿속을 비울 수 없었다. 주변 상황에 온전히 집중하지 못했고 딴생각을 하며 위처의 울타리에 빈틈이 있는지 살피는 중이었다. 그러지 않았더라면 길 건너 벌판에서 희미한 소리가 들리는 것을 이내 알아차렸을 것이다. 위험을, 즉각적인 위협을, 미행당하는 것을 알았으리라. 그래도 다른 산울타리 너머에서 큰 포유동물 같은 것이 긴 풀밭 사이를 지나며 작게 풀을 스치는 소리는 들었다. 나는 동작을 멈췄다. 사방이 완전히 고요했다.

다시 걷기 시작했다. 마을에서 점점 멀어지고 있다는 것을, 누군가에게 도움을 받을 가망이 점점 줄어들고 있음을 깨달았다. 만약 내가 들은 소리가 노루나 여우, 오소리의 것이 아니라면 어떡하지? 나는 십 미터쯤 더 걸어갔다.

또다시 소리가 들렸다. 작은 돌이 큰 돌에 부딪히는 소리. 분명 뭔가가 있었다. 무언가가 나를 따라 언덕을 내려왔을 것이다. 동물일까? 두려움을 앞서는 호기심 때문에 나를 따라왔을까? 평소 내가 접하는 동물들은 그러지 않았다. 나는 가만히 서서 귀를 기울였다. 불과 몇 미터 떨어진 개암나무와 딱총나무 덤불 뒤에서 다른 뭔가가 나와 똑같이 행동하는 것을, 나처럼 가만히 서서 귀를 기울이고 있음을 알았다. 아무 소리도 들리지 않았지만 몸의 털들이 전부 곤두서고 심장이 터질 것처럼 격렬하게 쿵쿵거려서 흉곽이 떨리는 것 같았다.

덤불 속에서 뭐가 튀어나올지 모른다는 생각에 두 발짝 뒷걸음질을 쳤다. 그리고 또 한 걸음, 그러다가 발을 헛디뎠다. 나는 돌아서서 걷기 시작했고 등뒤를 힐끔거리며 최대한 보폭을 벌려 이동했다. 여전히 벌판에서 인기척이 나는 것 같아 좀처럼 마음이 진정되지 않는데다 아무것도 확신할 수 없었다. 마을까지는 제법 멀었다. 내가 도와달라고 고함을 질러도 닿지 않을 만큼 거리가 떨어져 있었다.

나는 뛰기 시작했다. 시커먼 형체가 튀어나와 앞을 가로막았다. 그리고 또 하나가 나타났다. 나는 걸음을 멈췄다. 등뒤에서 무슨 소리가 들려서 고개를 돌렸다. 길가 산울타리 속에서 누군가가 몸을 비집고 나왔다. 그리고 또 한 명이 나타났고, 마지막으로 또 한 명이 있었다. 5대 1, 불길한 예감이 들었다.

20

도망칠 곳은 없었다. 나는 등뒤의 움직임을 의식하며 앞으로 걸었다. 그들이 뒤에서 다가오는 것이 느껴졌지만 나를 붙잡기 전까지 일이 초쯤 여유가 있을 거라 생각했다.

“비켜!” 다행히 목소리가 제대로 나왔다. 내 앞의 두 형체는 움직이지 않았다. 그들이 말을 들을 거라 기대하지 않았다. 전에도 이런 상황에 처한 적이 있었다. 나는 주머니에 집어넣은 오른손으로 원하는 것을 찾아서 손가락으로 감쌌다. 그들과 이 미터쯤 거리를 두고 걸음을 멈췄으며, 등뒤의 세 명이 접근하는 것을 놓치지 않으려고 몸을 살짝 틀었다.

최악의 경우는 무서워하는 모습을 보이는 경우이다. 겁먹은 것을 들키면 지고 만다. 그들이 어리다는 점은 다행이었다. 이 마을 출신인 것도 확실했다. 운전을 할 나이도 안 되어 보였으며 근처에 걸어서 갈 만한 다른 마을은 없기 때문이다. 이 마을 주민이라면 그 점 또한 다행이다. 누구인지 알 수 있을 테니까. 샐리가 말했던 위처 소유지를 배회한다는 불량배들일 것이다. 최근에 문제가 된 잡다한 기물 파손의 장본인들이겠지.

"못생긴 년!" 뒤에서 부르는 소리가 났다. 여자애 목소리였다.

나는 한 발 앞으로 나서 그들과 손이 닿을 만큼 가까운 거리에 서서 두목으로 보이는 한 소년의 눈을 똑바로 쳐다보았다. 180센티미터가 넘어 보이는 키, 밝은 적갈색 머리에 여드름 흉터가 남은 얼굴이었다. 열일곱 살도 되어 보이지 않았지만 힘은 셀 것 같았다. 그가 내 눈을 마주보았다. 그 눈빛 속에서 나는 어떤 희망도 찾아낼 수 없었다. 옆에 선 소년은 머리에 후드를 덮어쓰고 내가 아니라 자기 친구를 보고 있었다. 한데 뭉친 이들은 허세가 가득했다. 나는 그들의 약점을 찾아서 밀고 나가는 수밖에 없었다.

"종이봉투 있어, 네이선?" 내 뒤에서 누가 말했다.

네이선과 후드를 쓴 소년은 낄낄거렸다. 네이선이 한 발 앞으로 나왔다. 그에게서 땀냄새와 고약한 담배 냄새, 또 어떤 야생의 냄새가 풍겼다. 그의 시선이 내 몸을 훑었다.

"젖꼭지를 보여봐." 겁을 주려고 내 눈을 똑바로 쳐다보며 그가 말했다.

"엿이나 먹어." 이런 경우에 써먹으려고 깊이 묻어두었던 욕설로 내가 받아쳤다.

그가 달려들었다. 나는 뒤로 풀쩍 물러나며 오른손을 머리 위로 치켜들었다. 그는 동작을 멈추고 내가 들고 있는 것이 뭔지 몰라 당황하며 고개를 들었다.

내 손에는 묵직한 열쇠 뭉치가 있었다. 집 열쇠, 자동차 열쇠, 병원 열쇠까지 꽤 많았다. 손가락으로 열쇠고리를 잡아서 가장 두꺼운 열쇠 몇 개가 움켜진 내 주먹 위로 튀어나오게 만들었다. 너클더스터처럼 보였으면 싶었다.

"너희들이 무슨 멍청한 생각을 하는지 모르지만, 나한테 손가락 하나라도 댔다가는 너희 중 하나는 시력을 잃게 될 거야." 나는 그들이 다가오도록 과감히 내버려둔 채 차례로 그들에게 눈을 부라렸다.

여자애가 자기 옆의 소년을 슬쩍 찌르며 부추겼다.

"농담하는 거 아냐. 난 의술을 익혔어. 정확히 어디를 찔러야 눈알이 쑥 빠지는지 알아." 내가 말을 이었다.

패거리는 아무도 움직이지 않았고 네이선만 눈동자를 번득거렸다. 그에게는 내 말이 통하지 않았다.

"다섯 명 중에 한 명일 거야. 너희들이 나를 어떻게 할 수 있을지 몰라도 너희 가운데 한 명은 내일 아침에 해가 뜨는 광경을 못 보겠지. 다섯 명 중 하나야. 누가 그러고 싶어?"

"숙녀분의 말씀대로 운을 시험해볼 생각이냐?"

우리는 고개를 돌려 길 위쪽에 서 있는 사람을 보았다. 월터집의 정문에 기대어 선 사람은 맷 호어였다.

"자, 어쩔래?" 맷이 말했다.

"젠장." 뒤에서 작은 목소리가 들렸다. 후다닥 소리와 함께 여자애가 울타리 쪽으로 뛰어갔다.

"거기 서, 킴벌리!" 맷이 소리쳤다. 그녀는 걸음을 멈췄다. 맷이 길로 나와서 우리를 향해 다가오자 두 소년은 그가 지나갈 수 있게 옆으로 비켜섰다. 부루퉁하게 맷을 쳐다보면서도 감히 움직이지 못했다. "제이슨 쇼트, 케니 브라운, 네이선 키치, 로비 키치, 킴벌리 에이플린. 이봐, 우린 친구잖아." 맷은 나를 힐끔 보고 고개를 살짝 끄덕인 후 다시 패거리를 향해 돌아섰다. 그들은 이제 다 같이모여 적갈색 머리칼의 네이선을 앞으로 밀었다. "자, 이제 우리가 할 일을 얘기해볼까?" 맷이 말을 이었다. "모두 집으로 돌아가라. 그동안 난 오늘 저녁의 사소한 사건에 대해 보고서를 작성할 테니까. 베닝 씨는 신고를 할지 말지 결정하겠지." 그는 나를 돌아보며 "그래야 할 겁니다" 하고 말했다. 맷은 다시 패거리를 바라보았다. "저분이 결정을 하는 동안 난 보고서를 경찰서로 가져갈 거다. 그래서 베닝 씨가 너희 때문에 쓸데없이 시간을 허비하지 않기로 결정해도 이곳에서 일어난 일에 대해 누군가는 조사를 하게 될 거야. 너희 모두에 대한 보고서가 남게 될 거다. 그러니 모두 처신을 잘하고 있기를 바란다. 자, 너희를 그녀의 손에 맡기기 전에 여기서 꺼져."

그들은 돌아서서 길 위쪽으로 느리느릿 걷기 시작했다.

"얼른 가지 못해!" 맷이 그들을 향해 걸음을 옮기며 고함쳤다.

패거리들의 걸음이 빨라졌고 길모퉁이를 뛰어서 돌아갔다. 여자애와 뚱뚱한 소년 하나가 뒤를 따랐다. 맷은 뒷걸음질로 내가 있는 쪽으로 내려왔다. 그가 돌아섰을 때 어깨 너머로 또 한 명의 형체가 울타리에서 나와 무리를 뒤따르는 모습을 본 것 같았다. 불량배 아이들보다 체구가 크고 나이가 많은 남자처럼 보였다. 나는 즉시 앨런 키치를 떠올렸지만 너무 빨리 사라져버려 확신할 수는 없었다. 맷은 나를 향해 걸어오느라 남자를 보지 못했다. 구름이 다시 달을 가려서 맷의 형체와 눈동자만 보였다. 나는 꼼짝도 하지 못했다. 몸을 움직일 수 있을 것 같지 않았다.

"엿이나 먹어, 라고 했습니까? 부주교님 따님이 그런 말을 써도 돼요?"

나는 그를 쳤다. 어쩔 수 없었다. 다행히 열쇠를 쥔 손이 아니라, 왼손 주먹으로 재빠르지만 어색하게 그의 아래턱을 때렸다. 맞아서 다칠 정도는 아니어도 유쾌하지는 않았으리라. 맷은 피하지도 않았다.

"정말 미안해요." 손으로 얼굴을 누르며 내가 말했다. 그러지 않으면 울음을 터뜨릴 것 같았다. 정말로, 정말로, 맷 호어 앞에서 눈물을 보이고 싶진 않았다.

맷은 다가와서 두 손으로 어깨를 감싸며 끌어당겼다. 나는 그에게 안길 뻔했다. 하마터면 그의 품에 안길 뻔했다. 뭐지……? 무슨 꿍꿍이로 이러는 거지? 순식간에 벌어진 일이라 답을 구할 수 없었던 나는 정신을 차리고 그를 밀어냈다. 그는 가만히 있었다.

"괜찮습니까?" 그가 물었다. 나는 고개를 끄덕였다. "몹쓸 놈들." 그가 말했다. "네이선 키치는 지난 이 년간 청소년 보호시설을 들락날락했습니다. 그의 동생도 형의 전철을 밟기 시작한 것 같고요. 킴벌리 에이플린은 친구를 괴롭히고 약물을 남용해 학교 두 곳에서 쫓겨났죠. 케니 브라운과 제이슨 쇼트, 둘은 가게 절도 혐의가 있어요. 최근에 일어난 모든 소동이 녀석들의 소행인 게 확실합니다. 증거는 없지만요. 이곳에 얼쩡거리지 말라고 여러 번 경고를 했는데도 소용이 없습니다."

"유령을 찾아다니는 거예요." 나는 숨을 죽인 채 맷이 듣지 못하리라 생각하고 중얼댔다. 그가 나를 집까지 데려다줄지 궁금했다. 부탁할 수는 없었지만 그렇게 해주었으면 싶었다. 언제부터 이렇게 겁쟁이가 된 걸까?

"당신도 그렇습니까?" 그가 물었다.

나는 고개를 들었다.

"오늘 샐리와 점심을 먹었습니다. 당신 집의 침입자가 월터 씨를 닮았다고 했다면서요. 어젯밤에는 왜 그 얘기를 안 했습니까?" 맷이 물었다.

샐리가 맷을 만나 점심을 먹었다니. 어째서 그 말에 마음이 이토록 불편할까? 그녀가 또 무슨 얘기를 했지? 그는 또 뭐라고 했을까?

“당신은 내 말을 믿지 않죠.” 질문을 하려고 했지만 비난조로 들렸다.

“당신을 믿지 않은 건 아니에요. 다만 월터 씨는 고인이 된 지 오래되었죠. 그가 죽은 것처럼 위장하고 세상과 떨어져 숨어 지내면서 밤중에 남의 집에 침입한다는 게 이해되지 않을 뿐이에요.”

“맞아요.” 나도 인정했다.

맷은 돌아서서 집의 정문 안쪽을 바라보며 말했다. “이 집에서 무슨 일이 벌어지는지 정말로 조사를 해야겠어요. 내일 아침에 모든 지역 법률사무소에 이메일을 보내 이 부지에 대해 법적 권리를 누가 행사하고 있는지 알아볼 겁니다. 월터 씨나 에덜린 씨가 유언장을 남기지 않았고 가까운 친척도 없다면 몇 년이 걸릴 수도 있어요.”

“돌아가야겠어요.” 나는 언덕 위로 걸음을 옮겼다. 그가 따라오기를 바랐지만 그러지 않을 거라고 생각했다. 잠시 뒤 나는 걸음을 멈추고 돌아섰다. 맷은 그 자리에 가만히 있었다. 나를 바라보면서.

“월터 할아버지에게 형제가 있었나요?” 내가 물었다.

그는 미소를 지었다. “당신이 언제쯤 그 생각을 하게 될지 궁금했어요. 맞아요. 세 명이 더 있었어요. 월터 씨는 첫째고요.”

“해리가 그의 형제군요? 조금 전 묘지에서 무덤을 봤어요.”

맷은 고개를 끄덕했다. “아치도 있죠. 몇 년 전에 이곳을 떠났지만요. 미국 어딘가에서 전도사가 되었다고 하더군요."

"그럼 나머지 한 명은?"

"아마 솔일 거예요. 집안의 말썽꾼이었다고들 말하더군요."

"솔은 어떻게 되었죠?" 이제 모든 피곤함을 잊은 채 내가 물었다.

"그도 마을을 떠났습니다. 들은 이야기로는 쫓겨났다더군요. 이유는 알아낼 수가 없었어요."

"그가 돌아왔을 수도 있어요. 월터 할아버지와 에덜린 할머니가 죽었다는 소식을 듣고 그들의 집에서 살려고 돌아왔을 수도 있어요. 법적인 권리를 주장할 수도 있을 테고요." 이제 완전히 들뜬 나는 며칠 전 창가에서 본 얼굴과 전날 밤 집에 침입했던 사람의 얼굴이 월터를 꼭 닮았더라는 말을 했다. 이야기를 끝마치자 맷은 내 얼굴을 잠시 바라보다가 집을 향해 돌아섰다.

"이 집은 나지막한 석회암 절벽 끝에 지어져 있어요. 알았습니까? 집 뒤쪽은 육 미터 높이의 절벽입니다." 그는 대문의 쇠창살 사이를 엿보며 말했다.

"그건 몰랐어요." 나는 위처 집의 뒷모습을 보지 못했다. 지난번 강을 거슬러 올라갔던 길은 빽빽한 삼림으로 양옆이 가로막혀 있었다. 가까이 다가가지 않는 한 집의 뒷모습을 볼 수 없을 것이다. "그럼 뒤쪽으로는 접근할 수 없다는 말이군요?"

"암벽 등반가라면 모를까요. 이 울타리가 집을 빙 둘러 양쪽 절벽까지 이어져 있습니다. 어리석은 마을 주민들이 유령에 대해 수군대서 나도 집의 경계를 따라 두어 번 걸어본 적이 있거든요. 정문 말고는 들어가거나 나오는 길이 없죠."

"난 분명 누군가를 봤어요." 어리석은 마을 주민이라는 말이 신경에 거슬렸다. 혹시 나까지 포함되어 있는지 궁금했다.

"확인하고 싶습니까?"

"네?"

"늙은 솔 위처가 온갖 음흉하고 사악한 일을 꾸미며 이 집에 숨어 있지 않다는 걸 확인하려면 그 방법밖에 없어요."

"방금 다른 통로는 없다고 했잖아요?"

맷은 빙긋이 미소를 지으며 재킷 주머니에서 작은 열쇠 뭉치를 꺼냈다. 그는 열쇠 중에서 얄팍한 사각 손잡이의 은색 열쇠를 골라냈다. 그리고 정문 자물쇠에 열쇠를 밀어넣었다. 열쇠가 돌아가고 자물쇠가 열렸다.

"이젠 됐죠?"

21

확신은 전혀 없었지만 호기심이 앞선 까닭에 나는 맷의 뒤를 따라 보행로를 오십 미터 정도 갔다. 중간쯤에서 걸음을 멈춘 맷을 따라잡았다.

"난 이 마을에서 자랐어요. 어릴 때는 자주 이곳에 와서 월터 씨와 잡담을 나눴죠. 정원이 이렇게 아름다운 줄 잊고 지냈어요." 맷이 말했다.

나는 정원에 들어와본 적이 없었고 단지 대문 앞에서 감탄만 했을 뿐이지만 그의 말을 부인할 수 없었다. 이곳은 전형적인 영국 시골집 정원으로, 결코 좁지 않은 구역 안에서 온갖 색깔과 형태의 식물들이 서로 뒤섞여 자리를 더 차지하려고 경쟁하고 있었다. 때 이른 장미가 도처에 활짝 피어 격자 울타리를 타고 오르거나 뒤덮었고 나무에 기생하듯이 뻗어 있기도 했다.

한쪽 구석에는 누가 이 지역 돌을 쌓아 작은 동굴을 만들어놓았다. 동굴 안의 후미진 곳과 갈라진 틈에 등불과 작은 동상들이 세워져 있고, 그 가운데에 작고 볼록하게 경사진 지면을 따라 샘물이 흘렀다. 샘물은 잔디밭 곳곳의 오래된 주목 나무와 거대한 곱향나무 무리를 둘러 구불구불하게 흘렀다.

우리는 작은 덩굴 식물들로 뒤덮인 오래된 포석 도로를 밟고 지나갔다. 문득 타임의 달콤한 레몬향이 느껴지는 듯했다. 맷은 몸을 낮게 숙이고 길 한옆의 뭔가를 향해 손을 휘젓더니 손을 코로 가져가 숨을 깊이 들이쉬었다. 그는 다시 나를 향해 손을 휘저었다.

"어릴 때 이곳에 올 때마다 이렇게 했어요. 세상에서 가장 좋은 향이에요." 그가 말했다.

나는 그의 손에 얼굴을 대고 숨을 들이쉬었다. 달콤하고 상큼하며 감질나는 익숙한 향기였다. "캐모마일이군요." 잠시 후 내가 말했다. 내가 맷의 손에서 맡은 감귤 냄새는(그는 저녁 일찍 오렌지를 깠으리라) 말하지 않았다.

집 근처로 다가가자 작은 과수원이 나왔다. 바람 때문에 나무의 꽃들이 대부분 떨어져 결혼식 색종이처럼 땅 위에 깔려 있었다.

"정문에 쇠사슬을 채워둔 게 당신이에요? 그래서 열쇠도 가지고 있는 건가요?"

"누가 그렇게 했는지를 안다고만 말하죠. 당신도 알다시피 월터 씨는 정원사였어요. 지역 내셔널 트러스트 부지에서 거의 평생을 일했고요." 맷이 말했다.

우리는 건물 앞에 다다랐다. 1층 창문은 전부 판자가 대어져 있었다. 현관문 네 개 중에서 두 곳은 벽돌을 쌓아 막아놓았고 다른 문 두 개도 튼튼해 보였다. 들어오고 나갈 통로가 없다는 말을 하고 싶었지만 맷이 어떻게 나올지 알 수 없었다. 맷은 집을 바라보며 서 있었다. 오래되어 무너진 하얀 돌담과 2층까지 흐드러지게 핀 오래된 등나무꽃, 당장 손을 써야 할 것 같은 초가지붕을 바라보는 중이었다. 마치 산에 오르기 전 높이를 가늠하는 등반가처럼.

"요전날 읽은 이야기가 있어요. 어떤 커플이 탄자니아에서 덤불 속을 헤치며 차를 몰다가 블랙맘바를 치었다는 거예요. 그랬더니 죽은 뱀의 짝이 쫓아와서 차를 앞지르고는 운전수와 동승자를 모두 죽였다고요." 맷이 말했다.

나는 오랜 경험을 통해 누가 언제 나를 놀리려 드는지를 안다. 그럴 경우의 대처법은 하나밖에 없다. 나는 맷의 말을 무시하고 돌아섰다. 월터는 자기 집 왼편에 채소를 재배했었다. 채소밭은 방치되어 있었지만 적어도 그가 병원에 실려 가기 전까지 뭔가를 심었던 게 틀림없었다. 아직도 조그만 채소들이 단정하게 줄지어 자라나고 있었다.

"그 말이 사실입니까? 블랙맘바가 자동차보다 빠른가요?" 맷이 물었다.

“아뇨.” 나는 그를 쳐다보지도 않았다.

“경주마는요? 말을 탄 남자를 쫓아와서 남자와 말까지 죽였다는 이야기도 봤습니다.”

“아니에요.”

“확실합니까? 맘바가 엄청난 속도를 낸다는 이야기들이 많던데. 피의 복수는 말할 것도 없고요.”

나는 한숨을 쉬었다. “맘바가 빠른 건 사실이에요. 세상의 뱀들 가운데 가장 빠른 종일 거예요. 그렇지만 어떤 뱀도, 설사 맘바라도 건강한 성인 남자보다 빨리 이동하지는 못해요. 말은 물론이고요. 여기서 뭘 할 생각이에요?” 나는 돌아섰다.

“안에 들어가봐야죠.”

“판자로 막혀 있잖아요. 함부로 들어갔다가는…… 이보세요!”

맷은 주머니에서 다용도 칼을 꺼내어 그중 하나를 이용해 가장 왼쪽 창문에 박힌 나무판의 못을 제거하기 시작했다. 못은 금세 떨어져 나갔다. 창틀에는 깨진 유리 조각들이 있었다. 맷은 재킷 소매를 손 위로 끌어당겨서 유리 조각을 집안으로 밀어냈다. 딱딱한 바닥에 유리 조각들이 떨어지면서 밤의 고요 속에서 대단히 시끄러운 소리를 냈다.

내가 황당하게 바라보는 동안 맷은 주머니에서 장갑 한 짝을 꺼냈다. 수술용 장갑과 비슷했지만 더 튼튼해 보였다. 그가 장갑을 꼈을 때 나는 집안에서 뭔가가 움직이는 소리를 분명히 들었다. 위를 쳐다보았지만 2층의 검은 유리창만 보일 뿐이었고, 안쪽에 무엇이 있는지는 알 수 없었다. 맷을 힐끔 쳐다보았지만 그는 아무 소리도 못 들은 것 같았다.

"저기요, 이건 정말로 좋은 생각 같지 않아요. 난 일찍 출근도 해야 하고……."

"이제 당신은 갈 수 없어요." 그가 나를 돌아보며 말했다.

"왜요?"

"난 유령이 무섭거든요." 말을 마치자마자 맷은 장갑 낀 손을 창틀에 올리고 풀쩍 뛰어올랐다. 그리고 창틀 위에서 잠깐 몸을 웅크리더니 곧 안쪽으로 뛰어내렸다. 집안을 둘러본 후 그는 나를 향해 돌아섰다.

"들어올 겁니까, 아니면 밖에서 망을 볼 겁니까?"

완력으로 어리석은 행동을 제지할 수 있을 것처럼 나는 그의 손을 붙잡았다. "이건 정말 좋은 생각이 아니에요. 아무리 당신이라도 영장이나…… 그런 것도 없이 남의 집에 들어가면 안 돼요."

맷은 한숨을 쉬었다. "사실, 난 그래도 됩니다. '경찰 및 형사 증거법'에 따르면 경찰관은 생명이나 상해의 급박한 위험이 있다고 판단될 경우 영장이 없어도 사유지에 들어갈 수 있어요." 그는 서류를 읽듯이 말했다. "내가 판단하기에 만약 월터 씨나 솔 위처, 혹은 다른 늙은 남자가 이 집에 살면서 수많은 독사들을 거느리고 있다면 그의 생명이 위험할 수 있죠. 요새 마을에 여러 사건이 많이 발생하고 있습니다. 인원을 추가로 동원하기 전에 오늘밤 내가 잠시 둘러보러 온 거고요. 운이 나빠서 당신과 마을 조무래기들의 대면식을 보고 말았지만요."

잠깐 동안 맷과 나는 서로 노려보았다. 이윽고 그가 다시 입을 열었을 때 나는 그의 인내심이 바닥에 이르렀다고 짐작했다.

"내가 시키는 대로 행동한다고 약속하면 당신도 들어올 수 있습니다. 아니면 바깥에서 기다리되 그 자리에 가만히 있어야 해요. 난 당신을 집까지 호위해서 바래다준 후 다시 돌아오고 싶진 않거든요. 왜냐하면 이미 소란을 일으킨 바람에 이 집에 있을지 모를 누군가는 벌써 우리의 존재를 알고 대비했을 테니까요. 그리고 어서 일을 끝내고 싶습니다. 자, 어떡할 겁니까?"

나는 이미 결정했다. 위처의 집에 독사가 있다면 맷 호어는 내 도움이 필요할 것이다. 나는 오래된 화분 하나를 찾아 창문 밑에 내려놓았다. 그리고 그가 내미는 손을 잡고 집안으로 들어갔다.

오래된 이 집은 1층과 2층에 각각 두 개의 방이 있는 전형적인 일꾼들의 숙소 건물이었다. 건물이 네 채이므로 조사해야 할 방은 열여섯 개였다. 우리가 처음 들어온 방의 상태를 고려할 때 유쾌한 경험이 될 것 같지 않았다.

돌로 된 벽은 축축했다. 바닥에는 천장의 반죽이 무더기로 떨어져 있었다. 하나뿐인 전구는 두꺼운 전선에 매달려 흔들렸다. 침묵하며 함께 서 있다가 나도 모르게 귀를 쫑긋 세웠다. 뭐였을까? 희미한 소리라도 들린다면 이곳에 맷과 내가 아닌 누군가가 있는 것이다. 이때 켜진 불 덕분에 방 이곳저곳에 흩어진 먼지 더미가 보였다. 나는 맷을 돌아보았다. 그는 아주 밝은 불빛을 내는 작은 손전등을 들고 있었다.

"내가 가져온 장갑은 한 짝뿐입니다. 아무것도 손대지 마요." 맷이 말했다. 조금 전까지 경박하던 모습은 완전히 사라졌다. 나는 어엿한 경찰 부서장인 다른 남자와 이 집에 있는 느낌이었다.

바닥은 플라스틱 리놀륨 재질이었다. 하나뿐인 깔개 위에 발을 디디자 철벅이는 소리가 났다. 나무로 된 안락의자가 벽에 기대어 있고 쿠션에는 곰팡이가 피어 있었다.

나는 움직이기 시작한 맷을 따라 문을 지나 주방으로 들어갔다.

"이런 곳에 사람이 살았다니 믿기지가 않는군." 그가 중얼거렸다. 주방에는 돌로 된 싱크대와, 작은 구식 오븐이 달린 벽난로가 있었다. 열려 있는 오븐에 삐져나온 지푸라기를 보고 설치류가 그 안에 집을 지었으리라 짐작했다.

모든 것에서 습한 악취가 풍기는 것 같았다. 남은 가구들은 썩어 문드러졌고 너덜너덜한 커튼은 제대로 걸려 있지도 않았다. 바닥의 깔개는 질척거렸다. 어디선가 살이 썩는 냄새도 풍기는 듯했다.

주방 창문은 아주 작았다. 지저분한 창문 밖을 내다보니 절벽이 어디 있는지만 겨우 알 수 있을 정도였다. 절벽과 집 뒷벽의 거리는 불과 삼 미터도 되지 않았고 뒷문은 없었다.

커튼이 쳐진 아치형 통로를 지나자 두 번째 집이 나왔다. 끈적거리는 천이 얼굴을 스치니 몸서리가 쳐졌다. 맷을 따라서 흰 욕조와 세면기, 변기가 있는 단순한 구조의 욕실에 들어섰다. 변기 냄새 때문에 토할 것 같았다. 네 번째로 들른 방은 작업실이었다. 오래된 포마이카 테이블이 벽 두 곳에 붙어 있고 창문 밑에는 깨진 지저분한 유리관이 놓여 있었다. 물고기나 거북이, 생쥐나 모래 쥐를 키우는 종류였다. 혹은 뱀이라든지. 닫혀 있는 좁다란 문은 층계로 통하는 것이 틀림없는 듯했다. 녹슨 연장 몇 개가 여기저기 흩어져 있었다. 작업대와 맞닿은 벽 한쪽 구석에 작고 메마른 뱀 껍질이 뭉쳐 있는 것이 보였다. 내 시선이 한 곳에 쏠려 있는 것을 맷도 보았다.

"신경쓰이는 거라도 있습니까?" 맷이 물었다.

나는 고개를 저었다. "토종 뱀인 것 같아요. 죽은 지 오래되었고요. 솔 위처가 말썽꾼이었다는 건 무슨 말이죠? 그래서 쫓겨난 거예요?"

맷은 걸음을 옮겨 세 번째 집으로 갔다. 그를 따라가자 유독 지저분해 보이는 작은 방이 나왔다. 현관문이 있던 곳을 벽돌로 막아놓은 것이 보였다. 주방문이 있던 자리도 벽돌로 막혀 있었다.

"주방문을 왜 막았을까?" 나는 그쪽으로 다가가며 맷이 아니라 나 자신에게 질문했다. 방 건너편에서 맷이 손전등으로 문 주위를 샅샅이 비춰주었다. 오래되어 보이는 벽돌은 곳곳이 허물어지고 회반죽도 군데군데 시커멓게 변해 있었다.

"안전 때문에 막아놓은 건지도 몰라요. 절벽과 너무 가까워 자신들도 위험했을 테니까요." 그가 말했다.

나는 대꾸하지 않았다. 오래되고 낡은 벽돌이 거칠고 차가운 느낌일 거라 예상하며 손을 뻗었다. 그런데 아니었다. 벽돌은 아주 조금이지만 따뜻했다.

"아무튼 나라면 이 집 전체에 주의 표시를 붙이게 했을 거예요." 말을 끝마친 맷은 네 번째이자 마지막 집으로 걸음을 옮겼다.

나는 맷을 돌려 세워서 벽돌이 이상하게 따뜻하니 만져보라고 말하고 싶었는데, 그 순간 이 세 번째 집에는 계단이 없다는 것을 깨달았다. 어쩌면 계단은 막혀 있는 주방에 있는지도 몰랐다.

네 번째 집은 첫 번째 집과 완전히 똑같은 구조였다. 작고 지저분한 거실, 빈약한 살림의 주방이 있었다. 맷이 계단으로 통하는 문을 열고 올라가버렸기 때문에 그곳을 자세히 볼 여유는 없었다. 맷과 함께 불빛도 사라졌다.

계단은 좁고 가팔랐다. 2층 문이 닫혀 있어 빛이 들어오지 않았다. 나는 나무로 된 계단을 두 칸 올랐다. 맷은 바로 내 앞에 있었고, 자기 발밑에 불빛을 비추었다. 그가 어깨 뒤로 고개를 돌렸을 때 나는 언뜻 놀라는 표정을 보았다. 순간 뒤에서 크게 쾅 소리가 들리더니 주위가 캄캄해졌다.

22

나는 비명을 지르지 않았다. 충격으로 현기증을 느꼈지만 소리를 놓쳐서는 안 된다는 것을 잊지 않았다. 문이 쾅 닫히기 직전 아래층 방에서 난 소리를 들었다. 무언가가 움직였다. 문은 저절로 닫히지 않았다. 가장 중요한 의문이 떠올랐다. 내가 들은 소리가 문의 어느 쪽에서 들렸던가?

"가만있어요." 고요하고 꽉 막힌 공간 속에서 맷의 목소리가 크게 울렸다. 그는 내가 들은 소리를 듣지 못했다. 그가 말을 이었다. "움직이지 말고요. 제길, 손전등을 떨어뜨렸어요. 계단이 튼튼한지 의심스러운데."

나는 칠흑 같은 어둠 속에 서서, 문을 닫은 누군가가 계단에 우리와 함께 있을지 모른다는 끔찍한 생각을 머릿속에서 떨쳐내려고 했다. 당장이라도 차고 끈적거리는 손이 느껴질 것 같았다. 그 손에 붙잡혔던 일이 불과 몇 시간 전의 기억처럼 떠올랐다. 물론 있을 수 없는 일이라는 건 알았다. 문이 닫히던 순간 맷은 문을 향해 있었고 누가 들어왔다면…….

맷이 손전등을 찾아 바닥을 더듬는 동안 억지로 마음을 진정시키며 가만히 있었다. 그가 내 발목을 만졌을 때는 입술을 깨물고 머릿속으로 수를 헤아리기 시작했다. 오십까지 세면 비명을 지를 거라고. 그때까지는 참아볼 거라고.

잠시 후 발밑에서 작은 불빛이 비치더니 이곳저곳을 비추기 시작했다. 계단에 아무런 구멍이 없고, 무엇보다 우리 둘만 있다는 사실에 안심한 후에야 다시 계단을 올랐다.

"가장자리를 밟아요. 한 발씩 양 가장자리를 디뎌요. 그리고 나한테서 조금 떨어져요. 아래층 문은 바람 때문에 닫혔을 겁니다."

내 기억에 이날 저녁은 특이할 만큼 바람이 불지 않았지만 그 말을 꺼내기에는 적당한 때가 아닌 것 같았다. 안도의 한숨을 내쉰 나는 맷이 층계 꼭대기에서 문손잡이를 돌리는 것을 보았다. 계단에 조금 더 많은 빛이 비추었다. 나는 그를 뒤따랐다. 그제야 비로소 고개를 돌려 방금 닫힌 썩어가는 나무문을 볼 용기를 냈다.

우리는 가구가 별로 없고 지저분한 두 개의 침실을 잠깐 확인했다. 맷이 연 옷장 안쪽을 함께 살폈다. 볼품없는 꽃무늬의 무명 원피스가 걸려 있었다. 맷이 두 번째 옷장을 열자 남성용 정장 세 벌이 나왔다. 옷장 바닥에는 구두 몇 켤레가 단정하게 놓여 있었다.

두 번째 방에는 심하게 얼룩진 매트리스 두 개말고 다른 가구는 없었다. 마룻바닥은 색을 칠하지 않아 헐벗은 상태였고, 곳곳이 썩어 아래층의 천장이 드러나 보였다. 매트리스 두 개 사이의 벽에는 흑백사진이 든 검은 플라스틱 액자가 걸려 있었다. 나는 조심스레 걸음을 옮겨 벽 가까이 다가갔다.

가까이에서 본 액자 속 사진은 신문에서 오려낸 것이었다. 1956년 6월 17일이라는 날짜가 오른쪽 구석에 인쇄되어 있고, 반짝이는 크리켓 경기복 차림의 남자들이 튜더 양식 저택 앞에 서 있었다. 사진 맨 뒷줄에는 남자들과 약간 떨어져서 여자 세 명이 서 있었다.

나는 소박한 모양의 우승컵을 들고 서 있는 가운데의 남자를 보았다. 정직해 보이는 얼굴의 잘생긴 젊은이였다. 이목구비가 또렷했다. 큼직한 눈과 코, 두툼한 입술에 입이 넓적했다. 갈색 머리카락은 그 시대에 유행했던 짧은 머리 모양으로 자른 듯 보였다.

"월터 씨군요. 내가 어릴 적에도 그가 크리켓 팀의 주장이었습니다." 맷의 말소리에 나는 깜짝 놀랐다. 그가 이렇게 가까이 있는 줄 몰랐던 것이다.

사진 맨 밑에 선수들의 이름이 나열되어 있었다. 나는 이름과 얼굴을 맞춰가며 손가락으로 명단을 쭉 훑었다. 위처 형제들은 모두 크리켓 선수였다. 오래전에 미국으로 건너간 아치는 키가 가장 크고 용모도 제일 준수하며 다른 형제들보다 피부색이 짙었다. 코는 폭이 좁고 약간 굽었으며 짙은 색 눈동자의 눈이 위로 찢어져 있었다. 어딘지 모르게 낯이 익었는데 누구를 닮았는지 기억나지 않았다. 아마 텔레비전에서 본 누군가와 비슷한지도 몰랐다. 나는 사제 예복을 입은 그를 상상해보려 했지만 실패했다. 그는 내가 만나본 어떤 사제와도 닮지 않았다.

끔찍한 사고를 당한 술꾼 해리는 월터를 조금 닮은 외모에 키가 작고 오동통하며 금발이었다. 첫째 형을 가장 많이 닮은 사람은 말썽꾼 솔이었다. 키도 똑같고 이목구비도 비슷했다. 전날 밤 내 집에 침입한 사람이 솔일 가능성은 충분했다. 지금 이 집에 있는 사람이 솔일 가능성도 있었다. 나는 참지 못하고 재빨리 방안을 둘러보았다.

"마을에 있는 영주의 저택이군요. 저택 뒤편이 밭이었는데 예전 주인이 땅을 갈아엎고 크리켓 경기장을 만들었죠. 클라이브 벤트리가 복구할 계획이라더군요. 평생 이곳에서 살 것처럼 말이죠." 사진을 보며 맷이 말했다.

나는 영주 저택의 크리켓 경기장에는 관심이 없었다. "가족들이 많이 닮았어요." 솔 위처와 월터를 번갈아 가리키며 말했다. "그를 알아요? 솔 위처요."

맷은 고개를 저었다. "그는 내가 태어나기도 전에 떠났어요."

"아직 살아 있을 수도 있어요. 그가 이 집에 살고 있을 가능성도요."

"아직 그런 증거는 나오지 않았어요."

나는 확실하게 반박하지 못했지만 이 집은 단순히 빈집 같지 않았다.

"그는 왜 쫓겨났죠?" 내가 다시 물었다.

"정확히 아는 사람이 없습니다. 설사 안다고 해도 말을 해주지 않아요. 클래라, 시골 마을의 수수께끼라는 게 있잖아요. 나 역시 몇 년 전에 궁금증이 생겨 경찰의 예전 기록을 뒤져봤습니다. 교회에 화재가 발생했던 1958년에 무슨 일이 있었는지 알아보려고 했죠. 솔은 성인이 된 후 줄곧 문제를 일으켰는데 1958년 여름에는 아무 죄도 짓지 않았어요. 적어도 이곳 경찰이 파악한 바로는 그해에 아무런 말썽도 일으키지 않았단 말이죠. 해리와 아치 위처는 그해에 둘 다 이곳을 떠났습니다. 그 후 해리는 십 년도 더 지나서 돌아왔죠." 맷이 대답했다.

1958년이라. 교회는 바로 그해에 불탔다. 바이얼릿이 무슨 말을 했지? 그날 밤 무슨 일이 있었는지 모른다고 하지 않았나? 맷의 이야기는 끝나지 않았다.

"화재에 수상한 점이 있기는 해요. 잘 살펴보면 기록을 전부 찾을 수 있습니다. 소방대에 전화가 걸려온 건 다음날 이른 새벽이었는데 그때는 불이 거의 꺼진 뒤였어요. 경찰에는 신고도 들어가지 않았지만 화재 소식을 들은 경찰이 적어도 한 번은 조사를 하러 다녀갔죠. 당시 마을에 전화기가 있었는데 사람들이 불길에 갇혀 죽는 동안에도 아무도 신고 전화를 하지 않았습니다." 그가 말했다.

"화재로 두 명이 죽었죠. 적어도 두 명요. 한 명은 사제였고요." 앞서 묘지에서의 기억을 떠올리며 내가 말했다.

맷은 고개를 끄덕였다. 그도 알고 있었다. "선장은 배와 함께 가라앉는 법이죠. 그리고 이틀쯤 후에 두 명이 더 죽었고요."

"솔이 불을 질렀나요? 그래서 쫓겨난 게 아닐까요?"

"보고서에는 다르게 나와 있더군요. 당시 경찰이 그날 밤 저녁 예배에 참석한 몇몇 주민과 면담을 했거든요. 불이 나는 현장을 봤다는 사람은 아무도 없었습니다. 그들은 촛불이 켜진 채로 남아 있는 걸 보았고, 그날 밤 사망한 사제와 다른 한 명이 불길이 번진 걸 보고 불을 끄려다가 연기에 질식했을 거라고 추정했어요."

"모두 그렇게 추정했다고요?"

"그래요. 예닐곱 명이 똑같은 얘기를 했습니다. 본 사람은 아무도 없는데 각자가 그날 밤의 일을 동일하게 추측했다는 거죠."

"경찰이 그들의 말을 곧이곧대로 받아들였나요?"

맷은 어깨를 으쓱했다. "보고서에 다른 내용은 없었어요."

"그들 중에 아직 살아 있는 사람이 있을 거예요. 누군가는 사건의 진상을 알겠죠. 난 바이얼릿 버클러 할머니와 얘길 나눴어요. 그녀는 교회가 불탔다는 말을 했어요. 그런데 그 일을 회상하면서 자신은 현장에 없었다고 하더군요."

"이야기가 복잡해지네요. 클래라, 경찰이 되지 그랬습니까? 수사에 대해 할말이 꽤 많은 것 같은데."

맷의 지적에 즉시 대꾸할 필요는 없었다. 맷은 사진에 흥미를 잃고 방을 가로질러 갔다. 그는 페인트가 칠해진 나무문을 당겨 열고는 사라졌다. 나는 강아지처럼 뒤를 졸졸 따르고 싶지 않아서 방 안쪽 창가로 다가갔다. 창유리에 미세하게 금이 가 있었고 그 사이로 밤공기가 스몄다. 집안의 고약한 악취 때문인지 바깥의 밤공기가 향긋하게 느껴졌다.

그 순간 하늘의 구름이 자리를 옮긴 듯 창밖 풍경이 갑자기 훤히 드러났다. 집 뒤편으로 가시금작화와 딱총나무가 군데군데 있는 협소한 바위투성이 지면이 보였으며, 육 미터쯤 되는 가파른 절벽이 불쑥 나타났다가 그 아래로 사백 미터가량 이어져 있는 완만한 비탈이 보였다. 나는 절벽에 그렇게 가까이 붙어서 살면 기분이 어떨지 궁금했다. 이런 석회암 절벽의 지반은 그다지 안정되어 있지 않을 것이다.

그때 아래쪽 어딘가에서 소리가 들렸다. 이곳에서 들을 줄 전혀 예상하지 못했지만 익히 알고 있는 소리였다. 정원을 둘러싼 울타리 너머, 아마도 절벽 바로 밑에서 소리가 들렸다. 갈매기처럼 끼룩끼룩하는 소리의 주인공은 혹고니였다.

사람들은 혹고니가 소리를 내지 않는다고 흔히 생각하는데 다른 고니에 비해 소란스럽지 않을 뿐이다. 혹고니는 자신을 지키기 위해 쉭쉭거리기도 하고 코웃음을 치듯 '히힝'거리기도 하며 끼룩 소리를 낼 때도 있다. 혹고니의 울음소리를 많이 들어봐서 잘 아는 나는 가까운 장소에 다 자란 혹고니가 있다는 확실한 느낌을 받았다. 그러나 이 집은 강에서 사백 미터 이상 떨어져 있었다.

어째서 둥지를 지켜야 할 시기에 혹고니가 멀리까지 왔는지 영문을 알 수 없었는데, 그래도 울음소리가 성난 것처럼 들리지는 않았다. 나는 창문에서 한 걸음 물러섰다.

창에서 돌아서려 할 때 어떤 지문을 보았다. 썩어가는 좁다란 창문 선반에 누가 손을 올렸던 흔적이 남아 있고 먼지 틈에 지문 몇 개가 선명하게 찍혀 있었다. 어딘가 가까이에서 희미한 한숨도 들렸다.

나는 누가 나를 보고 있다는 생각을 떨쳐내지 못한 채 돌아섰다. 맷에게서 아무 기척이 없었다. 이 집에 나만 홀로 남겨져 있다면 어떨까 하는 끔찍한 생각이 들었다. 나는 공포에 주눅들지 않으려 했지만 맷의 이름을 부르는 것조차 망설여졌다. 문을 지났을 때 그곳이 캄캄한 복도라는 것을 깨달았다.

미처 예상하지 못했다. 나는 이 집 2층에 여덟 개의 작은 침실이 있고, 방들도 서로 붙어 있으리라 짐작했다. 이미 침실 두 곳을 지나왔으니 내가 서 있는 곳은 세 번째 집의 2층이었다. 벽돌로 막혀 있는 1층 주방의 2층인 것이다. 선택을 해야 했다. 집의 정면 방향인 복도 왼편에 문 두 개가 있었다. 곧장 앞으로 갈 수도 있었다. 마룻바닥이 삐걱거리는 소리와 발소리가 내가 가야 하는 방향을 알려주었다. 불안한 마음에 뒷걸음질했을 때 맷이 복도 끝에서 모습을 드러냈다.

"침실이 네 개 더 있습니다. 비어 있고 아무 흔적도 없어요."

내가 방금 창문에서 지문을 보았다고 말하자 맷은 고개를 끄덕였다. "압니다. 나도 봤어요. 아침에 제대로 조사해봐야죠."

"최근에 생긴 것 같았어요. 만약 당신 말대로 솔이 말썽꾼이었다면 전과 기록이 남아 있을 거예요. 경찰이 지문을 보관하고 있지 않을까요?"

맷은 천천히 고개를 끄덕였다. "최근에 누가 이 집에 들어왔다고 해도 그가 솔이라고 장담하기는 어렵습니다. 마을의 조무래기들일 수도 있죠. 부랑자라든지." 그가 말했다.

"그들이 어떻게 이곳에 들어오죠?"

"2층 창문은 막혀 있지 않죠. 나이가 많은 위처 형제보다는 꼬마 녀석들이 들어왔을 가능성이 더 큽니다. 아무것에도 손대지 않았죠?" 나는 고개를 끄덕였다. 맷은 내 뒤를 바라보며 눈을 찌푸렸다. "거의 끝나가요. 이쪽 방 두 개만 확인하면 됩니다. 이 세 번째 집은 구조가 이상하군요."

그는 열려 있는 문 두 개 중 한 곳으로 갔다. 그리고 방안을 힐끔 들여다보고 우뚝 멈춰 섰다. 나는 그에게 다가갔다. 작은 방에는 창문이 없었다. 우리는 맷의 손전등의 가느다란 불빛에만 의지해 방 한가운데에 놓인 하나뿐인 물체를 살폈다. 어두운 색상의 단단한 목재로 된 낡은 상자에 가죽끈이 달려 있었다. 길이는 백이십 센티미터, 높이는 오십 센티미터 정도로 제법 컸다. 아주 튼튼해 보이고 장식도 복잡했다. 장미와 담쟁이덩굴 잎사귀 조각이 상자 전체에 새겨져 있었다.

"당신에게 맡기겠습니다." 맷이 말했다.

"네?"

"우리 둘 중 한 명이 열어봐야죠. 당신에게 기회를 드리겠습니다."

"나한테 아무것도 손대지 말라고 했잖아요. 아주 분명히 말했던 걸로 기억하는데요."

맷은 싱긋 웃을 때처럼 얼굴에 주름을 지으며 상자 앞으로 갔다. 나는 상자가 잠겨 있기를 바랐다. 맷은 쪼그리고 앉아서 걸쇠 하나를 풀고 다른 하나도 열었다. 상자 뚜껑 너머로 나를 쳐다보며 겁먹은 표정을 지어 보이기까지 했다. 나는 눈을 피했지만 실은 꽤 긴장해 있었다. 맷은 뚜껑을 약간 들어 상자 안을 응시하다가 잠시 후 상자 뚜껑을 떨어뜨리고 벌떡 일어났다. 극도의 혐오스러운 표정을 짓고 비틀대며 돌아서더니 헛구역질까지 했다.

나는 맷에게 다가가며 울먹이지 않으려고 한 손으로 입을 막았다. 맷은 내게 돌아서서 항복하듯 두 손을 들고 눈을 반짝였다. 그는 아무렇지 않았다.

"장난이에요." 순전히 귀엽다고밖에 말할 수 없는 표정으로 그가 말했다.

"바보예요?"

"미안합니다."

"미안한 것처럼 보이지 않아요." 나는 남의 조롱을 잘 간파했다. 그런데 어째서 이 남자에게는 번번이 당하고만 있는 걸까? "그래서 안에 뭐가 들었죠?"

"담요요. 낡았어요. 냄새가 지독합니다."

이제 충분했다. 나는 집으로 돌아갈 것이다. 혼자 걸어가는 한이 있더라도. 내가 지을 수 있는 가장 불쾌한 표정으로 그를 쏘아본 후 돌아섰다. 내가 복도 끝에 닿기 전에 그가 나를 잡았다.

"난 갈 거예요."

"알아요, 미안해요. 이제 거의 끝났어요."

맷은 내 손을 잡고 복도 쪽으로 이끌어 마지막으로 살펴보아야 할 방으로 데려갔다. 길고 좁은 방의 한쪽 벽에 붙박이 벽장이 있었다.

그때 어디서 바람이 새어 들어왔는지 공기의 흐름이 느껴졌고 새로운 냄새가 풍겼다. 여전히 메스꺼운 냄새였지만 어딘가 신선한 구석이 있었다. 삶은 콩이나 통조림 스튜처럼 저렴하지만 따뜻한 음식 냄새였다. 나는 사냥개처럼 코를 킁킁대며 잠시 기다렸지만 냄새는 이내 사라졌다.

맷은 벽장을 열려고 애쓰고 있었지만 소용이 없었다. 문은 전부 잠겨 있거나 목재가 오래되어 뒤틀렸는지 안 열렸다.

"됐어요. 끝났습니다. 아무도 이곳에 머문 것 같지는 않습니다.

이삼일 안에 내부를 조사하도록 지시하고 아까 본 지문도 채취할 겁니다. 낮이 되면 뭔가 더 나올지도 모르죠."

안도의 한숨을 내쉬려고 내가 입을 벌리려던 순간 아래층에서 뭔가가 쾅 하고 부서지는 큰 소리에 이어 나지막한 신음도 들렸다. 사람인지 동물인지 판단하기 어려웠다. 우리는 동시에 서로를 쳐다보았다. 맷은 방을 가로질러 움직였다. 문 앞에서 뒤를 힐끔 돌아보았지만 걸음을 멈추지 않았다.

"여기서 기다려요." 지시를 내리더니 그는 사라졌다. 황급하고 요란하게 복도를 뛰어가는 발소리가 들렸다.

기다리라니? 이 어두운 곳에서 나 혼자? 이런 집에서? 난 그럴 마음이 없었다. 성큼성큼 방을 가로질러 복도로 나왔다. 맷의 손전등이 없는 탓에 주위가 칠흑같이 어두웠다. 나는 팔을 쭉 뻗어 축축하고 미끈거리는 벽도 아랑곳하지 않은 채 문을 찾으려고 애를 썼다. 다시 침실로 돌아왔을 때 맷이 계단을 내려가는 소리가 들렸다. 마지막 계단에서 뛰어내린 그의 뒤를 바짝 뒤따랐다. 내가 겨우 1층으로 내려갔을 때 그는 두 번째 집으로 사라졌다.

내가 그곳에 들어가자 맷은 작업대 테이블 옆에서 창밖을 내다보고 있었다. 앞서 보았던 유리관은 깨져서 돌로 된 바닥에 흩어져 있었다. 창문을 막았던 나무판이 느슨하게 매달려 있고 창틀에는 유리가 없었다. 방안으로 밤공기가 들어왔다.

"바깥을 확인해봐야겠습니다." 맷이 고개를 돌리며 어깨 너머로 말했다. 그가 작업대 위로 올라가려고 할 때, 뒤에서 갑작스런 소리가 들렸다. 놀라 돌아보자 거대한 형체가 달려들었다.

23

번뜩이는 검은 눈동자가 얼굴 정면을 향했다. 나는 허우적대며 뒷걸음질을 쳤다. 주위 공기의 흐름이 달라졌고 예리한 통증이 감지되었다. 그것이 사라졌을 때 나는 맷에게 매달려 그의 재킷에 얼굴을 파묻은 상태였다. 그의 몸에서 가죽 냄새와 따뜻하고 희미한 허브 향이 풍겼다. 뿜어져 나오는 열기 또한 느낄 수 있었다.

"아이고 맙소사, 대체 저 망할 것이 뭐죠?" 그가 물었다.

나는 웃고 싶으면서 동시에 울고 싶었다. 그것의 정체를 정확히 알았다. 심지어 달려들기 전부터 알았지만 너무 놀란 탓에 여전히 몸이 떨렸다.

"젠장, 거의 일 미터는 되는 것 같았어요. 망할 빌어먹을 놈 같으니!"

누군가는 상황을 정리해야 했다. 나는 꿈지럭대며 뒤로 몸을 뺐다. 맷은 뜻을 알아채고 나를 놓아주었다.

"부주교의 딸 앞에서 못 하는 말이 없군요?"

그는 대답하지 않았다. 나는 그가 다른 심한 욕도 할 줄 아는지 궁금했다.

"올빼미였어요. 영국에서 가장 흔한 종요. 주로 나무에 둥지를 짓는데……."

나는 말끝을 흐렸다. 조류학 강의를 하기에 적당하지 않은 시간과 장소였다. 이때쯤 나는 거의 정신을 차리고 맷의 당황한 표정을 완전히 즐기며 바라보았다. 가까운 어딘가에서 혹고니가 울부짖었다.

"두 마리가 있었던 모양이군요. 맨 처음 소리를 낸 건 첫 번째 녀석일 겁니다. 우리가 2층에서 돌아다니니 겁을 먹고 유리관을 넘어뜨린 거죠." 그가 잠시 후 말했다.

'그리고 창문의 나무판에 박힌 못까지 뽑아냈다는 말씀이군요?' 하고 생각했지만 말을 꺼내지 않았다. 그의 말이 맞을 수도 있다. 지금은 둥지를 짓는 시기라서 올빼미 두 마리가 함께 집안에 들어왔을 가능성은 충분했다. 나무판의 못이 박힌 자리가 썩어 있었는지도 모른다. 첫 번째 올빼미가 나무판을 치고 밖으로 나갔다는 것도 불가능한 얘기는 아니었다.

내가 겪은 기이한 사건들은 이미 충분하고도 남았다. 단지 어떤 식으로든 합리적인 설명이 필요했는데, 올빼미 두 마리에 대한 가설은 대단히 만족스러웠다. 그리고 조금 전 나는 남자의 품에 푹 안기기까지 했다. 내 정신은 그다지 맑은 편이 아니었다.

"말해봐요. 당신이 내 품에 뛰어든 겁니까, 아니면 내가 뛰어든 겁니까?" 자신의 목소리를 약간 되찾은 맷이 물었다.

움직일 시간이었다. 방에서 나가려고 하는 순간 벽난로에 뭔가가 보였다. 나는 그 앞으로 다가갔다.

"서둘러요, 클래라, 이제 조사는 충분해요. 여기서 나가죠."

나는 아무것도 손대지 말라던 맷의 지시를 무시하고 허리를 굽혀 자세히 살펴보지 않았더라면 휴지 조각으로 착각했을 반투명한 물질을 집었다. 눈에 익은 일정한 무늬가 덮여 있는 그것은 바싹 메말랐고 섬세하면서 부드러웠고 나름대로 아름다웠다. 나는 몸을 똑바로 세우고 그것을 쭉 펴서 길이를 가늠했다. 150에서 180센티미터쯤 되었다.

"아, 이런." 맷이 말했다.

내가 손에 쥔 것은 뱀 허물이었다. 뱀의 표피는 인간의 피부와 달리 자라지 않기 때문에 두 달쯤 지나면 찢어진다. 뱀은 먹이 섭취를 중단하고 성장 속도를 늦추는데 그러면 눈 주위가 뿌옇게 변한다. 어느 순간 뱀이 꿈틀대며 자신의 껍질에서 빠져나오면 침실 바닥에 옷을 벗어놓은 듯 허물만 덩그러니 남게 된다.

"풀뱀도 이렇게 크게 자랍니까?" 나는 굳이 대답하지 않았다. 억양만 듣고도 그가 답을 안다는 것을 알 수 있었다.

"조금 전에는 없었어요." 내가 말했다.

"있었을 겁니다. 우리가 못 봤겠죠."

"내가 못 봤을 리 없어요."

맷은 이제 언쟁하려 들지 않았다. "타이판의 허물입니까?"

"확실하지는 않아요. 그럴 가능성은 있는데, 타이판의 비늘에 대해서는 나도 잘 알지 못해요. 오히려……."

맷이 크게 한숨을 쉬었다. "오히려 뭡니까?"

"더 큰 것 같아요."

우리는 밖으로 나왔다. 신선하고 달콤한 공기를 들이마시자 얼마나 안심이 되던지. 맷은 망치 대신 돌멩이로 못을 두드려서 양쪽 창문에 판자를 고정했다. 정문의 자물쇠를 채우자 위처의 집은 다시 안전해졌다.

나는 마을 공터 쪽으로 걸어가면서 시계를 확인하다가 자정이 가까워진 것을 알고 놀랐다. 생각보다 훨씬 오래 그 집에 머물렀던 것이다. 나는 아직 뱀 허물을 들고 있었다. 허물을 며칠 가지고 있으면서 전문가에게 보여줘도 되는지 묻자 맷은 마지못한 듯 승낙했다. 대신 무슨 일이 있어도 잘 간수해야 한다는 조건을 달았다.

우리는 맷의 집으로 통하는 좁은 찻길을 지나쳐(나는 그의 집이 어떻게 생겼는지 전혀 모른다는 사실을 깨달았다) 본 레인 끝에 다다랐다. 오래된 장미 냄새가 코끝을 스치자 엄마가 젊던 시절과 다시 오지 않을 시절이 떠올랐다. 나는 혼자 있고 싶은 기분에 휩싸여 걸음을 멈추고 맷에게 돌아섰다.

“난 이제 괜찮아요, 고마워요. 그러니…….”

“피가 나요.” 맷이 손을 뻗어 내 오른쪽 관자놀이를 만졌다. 통증 때문인지 아주 살짝 쓰라린 느낌이었다. 그의 행동에 나는 화들짝 놀랐다. 맷이 거둔 손을 가만히 쳐다보았다. 그의 손가락에 희미한 핏자국이 보였다. 올빼미가 습격했을 때 얼굴에 상처가 생겼던 것이다. 또 흉터가 남겠어. 그것도 말짱한 얼굴 쪽에. 피곤했다. 평소에는 야생 조류에게 긁혔다고 해서 눈물을 흘리지 않았다. 아마도 달빛 아래에서 눈물이 반짝였던 모양이다. 맷이 눈치를 챘는지 눈을 가늘게 떴다.

“어머니 일은 안됐습니다.” 그가 다정하게 말했다. 나는 숨을 참고 입술 안쪽을 깨물었다. 눈물을 찔끔 보이는 것과 내가 잘 알지도 못하는 사람 앞에서 흐느껴 우는 것은 천지차이다. 나는 나만의 공간으로 벗어나야 했지만 그 자리에 우두커니 서 있기만 했다.

“나에 대해 어떻게 그렇게 많이 알죠?” 내가 물었다.

“작은 마을이잖아요, 클래라. 주민들 각각에 대해 최대한 많이 아는 게 제 역할입니다.”

나는 내가 사생활을 지키려고 이곳으로 이사 왔다는 사실을 떠올렸다. “난 아니에요.” 부루퉁하게 말했다.

"그래요, 당신은 아닙니다." 그는 내 어깨에 한 손을 올리더니 나를 길가로 다정하게 밀었다.

나는 말없이 걸음을 옮겼고 더는 언쟁을 하지 않았다. 혹시라도 마을 주민이 이 늦은 시각에 돌아다니는 우리 둘을 엿본다면 무슨 생각을 할까. 맷의 팔이 내 어깨를 감싸다시피 한 것을 본다면?

집 앞까지 온 뒤에도 맷은 걸음을 멈추지 않았다. 우리는 자갈 위를 터벅터벅 지났다. 나는 주머니를 뒤져 열쇠를 찾으면서도 계속 생각을 했다. '이쯤이면, 이쯤이면, 가겠지.' 문에 열쇠를 밀어넣고 그에게 돌아서면서도 무슨 말을 해야 할지 몰랐다.

"아무튼, 고마워요." 나는 겨우 말을 건넸지만 즉시 내 말이 옳지 않다는 걸 깨달았다. 뭐가 고맙다는 걸까? 혼이 빠질 만큼 나를 겁먹게 했잖아? 놀란 올빼미에게 공격받게 했잖아?

"상처를 살펴봐야 할 것 같습니다. 샐리를 깨우고 싶은 건 아니죠?" 들여보내달라는 시늉을 하며 맷이 말했다.

"아뇨, 아니에요. 괜찮아요. 늘 이런 식으로 베이고 긁히니까."

그는 떠날 기미를 보이지 않았다. 하는 수 없이 그를 등지고 주방으로 들어갔다. 맷은 바로 내 뒤를 따라왔다. 일을 최대한 빨리 마치기 위해 싱크대로 곧장 가서 김이 나올 때까지 뜨거운 물을 틀고 벽장에서 소독액도 찾았다. 맷은 내게서 소독액을 받아 사발에 붓더니 나를 주방 식탁에 앉혔다. 그리고 의자 하나를 끌어당겨 마주 앉았다.

"나는 응급처치 훈련을 받았습니다." 그가 두루마리 휴지를 접어서 적신 후 소독액을 발랐다. "셀 수도 없을 만큼 경험이 많죠. 용의자를 때려잡은 다음 치료를 해줘야 하니까요. 따끔할 거예요."

"아야!"

"이제 오소리의 기분을 알겠어요? 오늘도 녀석들을 꿰매줬습니까?"

"아뇨, 오늘은 고니를 구조했죠." 그가 나에 대해 모든 것을, 매일 병원에서 하는 일까지 다 아는지 궁금했다.

"가만히 있어요." 그는 따뜻한 손을 내 목 한쪽에 대서 나를 안정시켰다. "고니가 사람 팔을 부러뜨릴 수도 있다는 건 알죠?"

"바보 같은 소리 좀 하지 마세요, 당연히 그럴 수 없어요."

"잘 알려진 사실입니다. 큰 고니의 날개에 일격을 당하면 사람 팔이 부러진다고요."

나는 한숨을 쉬었다. 쓸데없는 이야기에 시간을 허비해야 하다니……. "만약 심한 골다공증으로 고생하는 연약한 노인이 똑바로 서서 팔을 쭉 뻗었을 때, 엄청나게 높은 곳에서 큰 고니가 곤두박질을 쳐서 노인의 팔에 빠르게 부딪치면 부러질 가능성도 있겠죠. 그런 식으로 생각하면, 울새가 사람 목을 부러뜨리는 것도 이론적으로 가능해요. 울타리에서 갑자기 날아올라 놀라게 하는 바람에 사람이 뒤로 넘어지면서 계단을 구르다가……. 무슨 말인지 알겠어요?"

"잘 알겠습니다." 맷은 나를 보며 인상을 찡그렸는데 우스운 표정이었다. “아무튼 고맙군요. 다음에 고니와 마주치면 그렇게 놀랄 필요가 없다는 사실을 알게 되었으니까요. 춥습니까?”

“아뇨, 목에서 땀이 나요.” 사실 내가 몸을 떠는 이유는 다른 데 있었다. 나는 누군가와, 하물며 남자와 이런 식으로 몸을 접촉하는 것이 익숙하지 않았다.

맷은 일어서서 수건을 찾아 건네주는 대신 의자에 앉아 목에 직접 감아준 후 스웨터 안쪽으로 밀어넣어주기까지 했다. 그가 불편할 만큼 내게 가까이 다가왔다. 내가 평소 지독히도 지키려 애썼던 개인 영역이 침범당하고 있었다. 그는 내가 불편해하는 줄 전혀 모르고 상처 부위를 문질러주었는데, 이쯤 되자 그가 순수한 마음으로 그러는 것이라는 확신이 들었다.

“애팔래치아 산맥의 뱀 조련사들이 대부분 뱀에 물려 죽는다는 게 사실입니까?” 그가 물었다.

“무슨 소리예요! 대체 왜 그래요? 『뱀에 관한 황당한 이야기 101가지』 같은 책이라도 샀어요?”

맷은 문지르던 손을 멈췄다. 사발에 눈을 떨어뜨린 그는 태연한 표정을 지으려 애썼지만 그러지 못했다.

“실은 『뱀 이야기, 진실과 거짓』이란 책이에요. 도서관에서 빌렸습니다.” 맷이 나를 쳐다보며 말했다.

나는 무슨 말을 해야 할지 알 수 없었다. 도서관에서 책을 빌렸다니. 나를 놀리려는 이유로 그랬단 말인가?

“『세계의 독사』, 『영국의 흔한 파충류』, 『뱀을 다루는 기술』이라는 책도요. 파충류에 관해 꽤 잘 알게 되었다고요.”

설명하기 힘든 갑작스러운 실망감에 가슴이 찡했다. 그가 도서관에서 책을 빌린 것은 나와 전혀 상관없는 일이었다. 단지 마을의 뱀 사태에 대처하기 위한 방편이었다. 가만히 앉아 식탁을 쳐다보며 스스로 멍청하다고 여기고 있을 때 그가 일어섰다.

“가야겠습니다. 오늘밤에 찾아낸 뱀 허물에 관해서 누구와 의논할 생각이죠?” 문으로 향하던 그가 말했다.

“아, 숀 노스라는 사람이 있어요. 가까운 곳에 살아요. 그는…….”

“누군지 알아요.”

나는 잠자코 있었다. 맷의 표정이 굳어졌다. “타이판도 그가 데리고 있습니까?”

“그래요. 무슨 문제라도 있어요?” 나는 교장실로 오라는 지시를 받은 학생처럼 신경이 곤두서는 느낌이었다.

“아무 일도 아닐 겁니다.” 잠시 생각을 하던 맷이 말했다. “그를 안 지 오래되었습니까?” 그는 필요 이상으로 나를 빤히 쳐다보았다.

나는 고개를 저었다. “지난 토요일에 처음 만났어요. 그렇지만 그 사람보다 더 적합한 사람은 없을 거예요.”

맷은 열려 있는 문의 손잡이에 한 손을 올린 채 서 있었다. 우스꽝스럽게도 나는 전혀 나답지 않게 그가 가지 않기를 바랐다.

“공포의 집에 동행해줘서 고마웠습니다. 뱀 허물은 확인이 끝나는 즉시 돌려줘요, 알겠죠?" 말을 마친 그는 떠났다.

24

알람은 평소와 같은 시각에 꺼졌고 나를 곤한 잠 속에서 끌어내 전에 없던 슬픔의 안개 속으로 밀어넣었다. 보통 잠에서 깨면 곧장 일어났지만 이날은 침대에 누워 바깥의 새소리에 귀를 기울인 채로 도무지 설명할 길 없는 상실감에 빠졌다. 단지 어머니가 돌아가셔서 슬픈 느낌만은 아니었다. 침대에 십오 분에서 이십 분을 더 누워 있으면서 오늘 아침 내가 침대에서 일어날 수 있을지, 어쩌면 평생 일어나지 못하는 것은 아닌지 의심이 들었다.

그렇지만 나는 오랜 습관의 힘으로 일어나 아래층으로 내려갔다. 그리고 뭔가가 달라졌음을, 뭔가가 잘못되었음을 알아차렸는데 정확히 무엇 때문인지는 알지 못했다. 그러다가 잠시 후에야 깨달았다. 집이 너무 조용했다.

헛간 올빼미 새끼들의 새장은 평소처럼 주방 테이블에 있었다. 그리고 새장 위에 있어야 할 덮개가 옆에 놓여 있었다. 새장에서는 아무 소리도 들리지 않았다. 지난 열흘간 아침밥을 달라고 열렬히 보채는 새끼 올빼미들의 아우성에 쫓겨 깨어났었는데 이날 아침 새끼들은 잠잠했다. 나는 뒷문을 휙 둘러보았다. 전날 저녁 설치한 걸쇠는 단단히 잠겨 있었다. 현관문으로 갔다. 문은 잠겼고 걸쇠도 걸려 있었다. 주방으로 돌아왔지만 새장 속을 들여다보고 싶지 않아서 새장 테두리가 보이는 곳까지 천천히 걸음을 옮겼다.

새장 속이 텅 빈 것을 보고 나서 오히려 안도감이 들었다. 나는 뒤로 물러나서 주방 안을 둘러보며 혹시 올빼미 새끼들이 예정보다 빨리 나는 법을 익혔을지 모른다는 생각을 했다. 새들은 보이지 않았다. 나는 재빨리 집안을 걸어다니며 확인했는데, 문과 창문은 전부 잠겨 있었다.

대체 누가 올빼미 새끼들을 훔쳐간단 말인가? 아니면 새들이 빠져나갔나? 내가 잠자리에 들 때에도, 또 새벽 3시에 일어나 먹이를 줄 때에도 새끼들은 새장에 있었다. 집안의 문과 창문은 잠겨 있다. 그런데도 누군가가 또다시 몰래 들어온 것이다. 나는 정말, 절대로 유령의 존재를 믿지 않는다. 그런데 밤중에 올빼미 새끼들이 감쪽같이 사라져버렸다.

새들이 사라졌다고 경찰에 신고했다. 전화를 받은 경관은 정중하기는 했지만 중대한 사건으로 받아들이는 것 같지 않았다. 있을 법하지 않은 두 번째 주거침입 사건을 달가워하지 않는 게 틀림없었다.

맷에게는 전화를 걸지 않았다. 인간 심리학의 전문가는 아니지만 잠에서 깬 후 우울했던 이유가 어떤 식으로든 그와 관련이 있었다. 이상한 상황에 처해 있을 때마다 마주치긴 했지만 맷 호어와 함께 시간을 보내는 것이 유익하지 않았다.

병원에 새로운 환자들이 몰려드는 바람에 저녁 7시가 될 때까지 눈코 뜰 새 없이 바빴다. 겨우 병원에서 나서서 곧장 바이얼릿의 집으로 차를 몰았다. 아침에 병원에 출근하면서 그녀와 베니의 상태를 확인했다. 바이얼릿은 전날 밤에 나를 만난 것을 기억하지 못했지만 그래도 반갑게 맞아주었다. 특히 베니 때문에 소란을 떨자 더욱 그랬다. 나는 혼자 먹기에 너무 많아서 가져왔다며 그녀에게 신선한 빵을 건넸고, 차와 토스트를 만들어주고 불도 피워주었다.

바이얼릿에게는 베니를 데리고 밖으로 나가면 안 된다는 점을 상기시켰는데 그녀가 내 말을 기억 못 할 것 같아 현관문에 쪽지까지 붙여놓았다. 저녁에 약을 가지고 다시 들르겠다고 약속한 나는 그녀를 잠시 쓸쓸하고 추운 곳에 두고 나왔다.

그리고 다시 그녀에게 돌아왔다. 나는 베니의 만성 심부전에 도움이 될 약을 가지고 왔다. 또한 늙은 개에게 먹일 고가의 먹이도 준비했으며 영양 보충제도 몇 가지 챙겼다. 사비를 쓸 수밖에 없었는데 가엾은 작은 개와 주인을 위해 뭔가를 해주어야 할 것 같아서였다.

문을 두드린 나는 깜짝 놀랐다가 크게 기뻐했다. 문을 열어준 사람이 다름 아닌 간호사이자, 내 이웃이며 이 근방에서 베이컨 샌드위치를 가장 잘 만드는 샐리였기 때문이었다.

"반가워요, 들어와요. 할머니가 당신 이야기를 하시던 중이었어요. 당신이 이 마을 이달의 인물로 뽑힐 수도 있겠어요. 하실 말씀도 있다고 하시네요." 좁은 복도로 나를 안내하며 그녀가 말했다.

"나를 기억하시던가요?"

"아, 기억이 오락가락하시긴 하지만요. 할머니에게서 무슨 선물을 받게 될지는 절대로 예상할 수 없죠."

바이얼릿은 나를 보자 일어서려 했는데 그러기에는 너무 힘이 부쳤다. 나는 손을 저어 괜찮다고 하고 깔개 위에 누워서 헐떡이는 베니를 보려고 몸을 숙였다.

"할머니, 오늘 베니는 어땠어요?" 내가 물었다.

"나아진 것 같다우. 아주 조금."

정확하다기보다는 낙관적이기만 한 진단이었다. 베니는 여전히 아팠다. 결국 주사를 맞을 날도 멀지 않았다. 나는 베니에게 밥을 주기 전에 밥그릇을 씻으려고 싱크대로 갔다.

"아가씨가 잘못 생각했어. 월터는 안 죽었어. 오늘 아침에 자네가 가고 나서 기억이 났다우. 그는 잠시 병원에 갔지. 몇 가지 검사를 받으러. 곧 집에 돌아올 거야. 나한테 직접 그리 말했으니까." 내가 돌아왔을 때 바이얼릿이 손을 뻗으며 말했다.

베니의 밥그릇을 내려놓은 나는 바이얼릿이 손을 잡을 수 있게 해 주었다. 심지어 나도 그녀의 손을 문질렀다. 노파의 피부는 아기 피부처럼 보드라웠는데 다만 피부와 뼈밖에 없는 것이 축 늘어져 있었다.

"할머니, 안타깝지만……." 나는 말을 멈추고 샐리를 쳐다보았다. 분명 이런 일은 그녀가 적격이리라. 내 일은 아픈 동물을 돌보는 것이다.

샐리는 재빨리 바이얼릿을 쳐다보았지만 어떻게 말을 꺼낼지 모르는 것 같았다.

"음, 실은……." 샐리는 말을 꺼내려다가 곧 멈췄다. 바이얼릿은 그녀를 쳐다보았다.

"아가씨, 명심해. 그를 만나봐, 병원에 가서."

"월터 할아버지는 이제 병원에 없어요, 할머니. 안타깝지만 우린 그분이 어디에 계시는지 몰라요." 샐리가 나를 쳐다보았다.

나는 샐리에게 눈짓을 하고 바이얼릿을 힐끔 보았다. 샐리와 마찬가지로 나 역시 어떻게 사실을 말해야 하는지 몰랐다.

"아가씨들, 난 결혼도 했던 몸이야. 나는 놀랄 일도 없어." 바이얼릿이 대뜸 말했다.

어색하게 미소를 지은 샐리는 결심을 했다. "오늘 몇 가지 조사를 했어요." 샐리가 나와 바이얼릿을 힐끗 쳐다본 뒤 말을 이었다. "월터 할아버지는 작년 8월 28일에 정말로 입원을 했어요. 어느 병동에 입원했고, 무슨 치료를 받았는지도 알고 있지만, 여기서 밝히지는 않을게요. 9월 6일까지 서서히 회복되는 중이었어요."

"그 후에는요?" 내가 물었다. 우리 둘 사이에 앉은 바이얼릿은 모든 부분에 나만큼이나 흥미를 느낀 것 같았다. 내가 기억했던 것보다 그녀의 눈동자가 더 밝은 푸른빛을 띠고 있었다.

"아는 사람이 없어요. 지난주에 병원 컴퓨터가 고장이 나서 한 시간 동안 시스템이 꺼졌대요. 자료 대부분이 사라졌고, 지난 구월 초부터 월말까지의 노인 환자 기록들도 사라졌다더군요. 백업 데이터가 있어서 자료를 복구할 수는 있는데 외부에 보관되어 있기도 하고 당장 복구할 필요도 없다고 했어요. 사실을 알아내려면 몇 주가 걸릴 거란 말이죠." 샐리가 대답했다.

"그를 기억하는 사람은 없어요? 직원들은요?" 내가 물었다.

"한 명도 만날 수 없었어요. 지난 육 개월간 임시 직원들이 무수히 거쳐갔고 그를 치료하던 간호사들도 전부 다른 곳으로 갔더군요. 알아볼 시간이 많지 않았어요."

"진료 기록은요? 병원에서 환자가 사망하게 되면 알려주지 않아요?"

"확인해봤어요. 칠월부터 연말까지의 기록을 봤죠. 11월 17일에 에덜린 할머니의 사망 공지가 뜬 건 봤는데, 그게 전부예요. 할아버지에 대한 언급은 없었어요. 병원의 백업 데이터를 보기 전까지는 바이얼릿 할머니의 말이 옳다고 생각해야 할 것 같아요. 할아버지는 돌아가시지 않았을지도 몰라요."

'만일 그가 죽지 않았으면, 어디에 있단 말이지?' 입 밖에 내지 않은 질문이 방안에 떠돌았다.

"에덜린 할머니가 내게 그가 죽었다고 얘기했어요. 교구 신부님에게도 똑같은 말을 했고요. 많은 사람들에게 그랬어요. 만약 사실이 아니면 왜 그런 말을 퍼뜨렸을까요?" 나로선 여전히 월터의 죽음을 믿고 싶지 않았다.

"에덜린에게는 거짓말이 숨쉬는 것만큼 자연스러웠어." 바이얼릿의 목소리가 평소와 다르게 들렸다. 생기가 있었지만 훨씬 퉁명스러웠다. 샐리와 나는 시선을 주고받았다.

"월터 할아버지에게는 형제들이 있었어요." 내가 말했다. 월터가 내 집에 두 번이나 침입했다고는 생각하고 싶지 않았다. 나는 바이얼릿에게 고개를 돌렸다. "어젯밤에 저한테 말씀하셨죠? 그때는 미처 몰랐어요. 해리, 아치, 솔 말이에요."

"얼프레드도 있지." 바이얼릿의 자그마한 몸이 약간 떨리는 것 같았다. "정말로 이상한 사람이라 절대로 가까이 있고 싶지 않았어."

샐리와 나는 동시에 서로 쳐다보았다가 다시 바이얼릿에게 고개를 돌렸다.

"얼프레드가 누구예요?" 내가 물었다.

바이얼릿은 샐리와 나를 번갈아 보았다. "막내였지." 그녀가 자신의 머리 한옆을 두드리며 말했다. "여기가 온전하지 않았어. 월터, 에덜린과 같이 자기 집에서만 지냈지. 에덜린이 그를 돌봐주었겠지. 그는 말을 못 해서 끔찍한 신음 소리만 내곤 했어. 아, 그리고 뱀들. 왜, 어떻게 그럴 수 있었는지는 나한테 묻지 마. 아무튼 얼프레드는 항상 뱀을 손에 들고 다녔어."

25

바이얼릿이 몸서리를 쳤다. "정말 질색이야. 징그럽고 미끈거리는 것들은."

나는 의자에 가만히 앉아 있을 수 없었다. 샐리를 힐끔 보니 그녀도 나와 똑같은 것 같았다.

"위처 형제가 다섯 명이었다니." 내가 나지막이 말했다.

"그들이 좁고 이상한 집에 모여 살았군요." 샐리가 덧붙였다.

"그런데 그가…… 머리에 문제가 있다고요?" 나는 의자에 앉은 채 바이얼릿을 쳐다보며 그녀가 다시 망각의 늪에 빠져들지 않기만을 바랐다. 나를 빤히 쳐다보는 바이얼릿의 푸른 눈동자 깊은 곳에서 뭔가 번득이는 것을 본 것 같았다. 그녀는 뭔가를 알고 있었다. 할머니는 샐리를 힐끗 쳐다보더니 다시 나를 보았다. 뭔지 몰라도 그녀는 말을 할지 말지 망설이고 있었다.

"어젯밤에 사진을 봤어요. 신문에서 오린 사진요. 크리켓 팀이었는데, 월터, 해리, 솔, 아치는 있었지만……." 나는 노파를 안심시켜 말을 끌어내려 했다.

일어서려는 바이얼릿의 몸이 휘청하자 샐리가 얼른 일어나 그녀를 도왔다. 의자에서 일어난 노파는 천천히 서랍장으로 가서 네 개의 서랍 중에 두 번째 것을 열었다. 오래된 스크랩북 같은 것을 꺼내 페이지를 넘기기 시작했다. 그녀가 뭔가를 찾아서 자리로 돌아오는 동안 샐리가 그녀를 부축했다. 둘 다 자리에 앉은 뒤 바이얼릿이 스크랩북을 펼쳐 샐리와 나의 중간으로 밀었다.

"이것 말이지?" 바이얼릿이 물었다.

"맞아요." 내가 대답했다. 전날 밤 위처 집에서 본 것과 똑같이 신문에서 오려낸 사진이었다. 나는 사진 속의 명단을 다시 훑어서 바이얼릿의 남편 짐 버클러를 찾아냈다. 사진을 찍을 당시에는 아직 부부가 아니었을 것이다. 키가 크고 깡말랐으며 어려 보이는 소년이 뒷줄에 서 있었다. 확신은 없었지만 나는 그에게 적갈색 머리에 주근깨가 있을지 모른다는 생각을 했다. 한편 샐리는 전날 밤 내가 그랬듯이 위처 형제들의 이름과 얼굴을 서로 맞춰보는 중이었다.

"얼프레드는 없어요. 아치는 꽤 미남이셨네요. 누굴 닮은 것 같아요. 확실하진 않지만……. 그에게도 가족이 있었나요?"

"그는 이민을 갔을 거예요. 여자들은 누구죠?" 바이얼릿을 보며 내가 물었다.

“내 친구 루비와 나, 에덜린이지. 사실 에덜린은 차를 마시러 오는 것이 아니었어. 오직 남자들과 수다를 떨려고 왔었지.”

사진 속 세 여자를 살펴보니 누가 누구인지 분명히 알 수 있었다. 바이얼릿은 젊은 시절에도 작고 가냘팠다. 수수하고 얌전하게 예뻐 보였다. 그녀의 친구 루비는 몸집이 크고 예쁘지 않았다. 그들 중에 에덜린이 유난히 돋보였다. 두 사람보다 족히 십 센티미터는 큰 에덜린은 몸에 꼭 끼고 무릎까지 오는 짧은 바지 차림이었다. 1950년대 영화배우처럼 허리가 잘록했고 몸에 딱 붙고 목 부근이 깊이 팬 블라우스가 육감적인 몸매를 가감 없이 드러냈다.

“루비라는 친구분은 화재가 있던 날 밤 교회에 있었죠?” 나는 대충 넘겨짚었다.

바이얼릿은 다시 표정이 불안해졌다.

“난 정말 잘 몰라.” 그녀가 말했다. “아버지는 내가 교회에 가는 걸 좋아하지 않으셨어. 새 목사님이 오기도 전부터. 그래도 루비에게 얘기를 들었어. 짐에게도. 그이도 한동안 교회에 나갔으니까. 그 전까지는…….”

“화재가 있기 전까지요?” 내가 물었다. 바이얼릿은 고개를 끄덕였다.

“어떤 화재요?” 샐리의 질문에 나는 조바심이 났다.

“난 그곳에 없었어.” 바이얼릿이 불안해하며 대답했다.

"알죠, 알아요. 저한테 말씀하셨죠. 할머니는 얼프레드를 아셨죠? 그는 어떻게 이상했었죠?"

바이얼릿이 입을 다물었고 침묵이 길게 이어졌다. 내가 대답을 듣기를 포기하려 할 때, 마치 보이지 않는 누군가가 소리도 없이 들어오기라도 한 것처럼 그녀는 방안을 둘러보았다. 나도 주위를 두리번거리고 싶은 유혹과 싸워야 했다. 그리고…….

"그에게 악마가 씌었다고들 했어." 바이얼릿이 작게 속삭였다.

샐리는 작게 웃음을 터뜨리며 의자에 몸을 기댔다. 나는 목덜미가 서늘해지는 느낌이 들었다.

"악마가 씌어요?" 내 물음에 바이얼릿은 고개를 끄덕했다.

"아, 클래라, 왜 그래요." 샐리가 끼어들었다. 나는 손을 들어 그녀를 막았다.

"가톨릭에서는 이백여 명의 퇴마사가 활동을 해요." 내가 재빨리 말했다. "성공회에도 그런 훈련을 받은 사람들이 있어요." 나는 바이얼릿을 보고 솔직하게 말했다. "전 악마를 믿지 않아요. 아마 할머니도 그러실 거예요." 그녀의 겁먹은 모습을 보고 싶지 않아 내가 덧붙였다. "그런데 믿는 사람들이 있죠. 오십 년 전에는 미신이 훨씬 유행했을 테고요. 제 말이 맞죠?"

바이얼릿은 샐리를 무시하고 나를 향해 몸을 기울였다. "사람들은 그를 그렇게 만든 게 악마라고 했어."

"말을 할 수 없었다는 것 말인가요?"

"아, 그것만이 아냐. 몇 번이나…… 미쳐서 날뛴 적도 있었어. 우린 그가 고함을 지르고 발광하는 걸 들었어. 그런데 말은 못 했지. 끔찍한 소리만 질렀으니까. 물건을 던지고 부수기도 하고. 그냥 미쳐 날뛰었어."

"그럼 누가 그를 돌봤어요? 언제부터 그렇게 되었고요?" 샐리가 조심스럽게 물었다.

"월터와 다른 형제들이지." 바이얼릿이 대답했다. 그녀는 자신의 무릎을 내려다보고 잠시 후 고개를 들었지만 나와 눈을 마주치지 않았다. "우린 자주 그 집에 내려갔지." 그녀가 말했다. "그런 일이 있을 때면 정원 끝에서도 그의 소리가 들렸어." 노파는 눈을 치켜떴다. "그러면 안 된다는 걸 알았지만, 우린 어렸어. 정말로 아무 생각이 없을 때였으니까."

"이해해요." 내가 말했다.

"그 일이 있고 나면 월터나 형제들이 주먹질을 한 것 같았어. 눈에 멍이 들어 있었지. 폭력으로만 그친 것도 아니었는걸. 그는 다른 짓도 했어. 더러운 짓들을."

나는 샐리를 쳐다보았다. 그녀는 눈에 띄지 않을 만큼 몸을 움츠렸다. 바이얼릿은 확실히 불안해 보였다. 나는 그녀를 더 부추겨도 소용없을 거란 생각이 들었다. '더러운 짓들'이 뭘 의미하는지 잘 알 것 같았다.

"그래서 형제들은 어떻게 했어요? 그를 도와줬나요?" 내가 물었다. 악마에 씌었다는 사람을 돕는 방법이 주로 한 가지라는 것을 나는 알고 있었다.

"난 정말 몰랐어. 그냥 주워들은 것들뿐이야."

"그러셨을 거예요. 어떤 이야기를 들으셨죠?"

"묶어놓고 굶겼다는 얘길 들었어. 며칠, 몇 주씩이나."

"아, 어떻게 그럴 수가." 샐리는 이제 이야기를 더 듣기 힘들어 보였다.

나는 그녀를 쳐다보고 다시 바이얼릿에게 고개를 돌렸다. "그를 묶었던 건 이해할 수 있어요. 특히 그가 폭력적으로 굴었다면요. 그런데 굶긴 이유는 뭐죠? 그런다고 무슨 소용이 있어요?"

"기도를 위해서라고 그랬어." 바이얼릿이 대답했다. "사람들이 그 집으로 가거나 아니면 그를 교회에 데려갔거든. 목사님이랑 다른 몇몇이. 그들 역시 아무것도 먹지 않으면서 그와 함께 몇 시간이고 기도를 했어. 악마를 몰아내려고. 그렇지만 소용없는 것 같았어. 며칠이 지나서 얼프레드는 여전한 상태로 멍든 손목에서 피를 흘리고 절뚝거리며 돌아다녔으니까."

"아, 정말 황당해요. 말도 안 된다고요. 그는 악마에 씐 게 아니죠. 아팠던 거예요. 병원에 보냈어야죠." 샐리는 인내심이 바닥났다.

"맞아. 그게 옳아 보이지 않았거든. 그런데 목사님과 많은 남자들이, 나보다 훨씬 나이가 많은 사람들이⋯⋯ 그렇게 확신하는 것 같았어. 나 같은 사람이 뭘 할 수 있었겠어?" 바이얼릿이 말했다.

"월터 할아버지도 그 일에 동참했어요?" 샐리가 물었다.

"몰라. 그가 목사님과 싸웠다는 얘길 들었어. 그렇지만 그의 형제들과 아내는 목사님 편이었지. 많은 주민들도 마찬가지였고. 그가 무얼할 수 있었을까?"

"목사가 사냥을 했군요."

"목사는 화재로 돌아가셨어요. 묘지에 무덤이 있어요. 할머니, 정말 중요한 질문이 있어요. 얼프레드가 지금 어디에 있는지 기억하세요?" 나는 그녀에게 몸을 기울였다.

바이얼릿은 한숨을 쉬고 나를 보며 고개를 저었다. "그는 죽었단다. 아주 오래전에. 익사했다고 들은 것 같아. 강에 빠져 죽었다고. 그 얘기를 들으니 어찌나 안도가 되던지. 우리 모두 짐을 덜어낸 것 같았어. 무엇보다 그 자신이 가장 그랬을 거야. 불쌍한 사람 같으니."

몸안의 공기가 빠져나가는 느낌이었다. 유력한 용의자가 불쑥 나타났다가 금세 사라져버렸다. 나는 문득 정신을 차리고 시계를 얼른 확인했다. 부리나케 차를 몰아도 늦을 것 같았다. 나는 바이얼릿에게 양해를 구하고 다음날 그녀와 베니를 보러 오겠다고 약속했다. 샐리는 나를 따라 문까지 나왔다.

"클래라, 맷이 당신 어머니 일을 얘기해줬어요. 정말 안됐어요. 갑작스런 사고가 아니었으면 좋겠네요."

"고마워요. 오랫동안 편찮으셨어요." 내가 웅얼거렸다.

대단하군. 이제 막 샐리를 편안하게 느끼려던 참에 그녀가 먼저 나를 다 안다는 듯이 실례를 했다. 그녀는 이전부터 불쑥불쑥 나타나 어떻게 지내는지 묻고, 저녁 식사에 초대를 하고, 속내를 나누기를 기대했다. 나는 예전부터 수많은 샐리들과 마주쳤다. 때맞추어 그녀가 물었다. "나중에 뭘 좀 먹으러 들르는 게 어때요?"

"정말 고마워요. 그런데 난 늦게 돌아올 것 같아요." 문을 당기며 내가 작게 말했다. 나는 문을 열고 자동차를 세워둔 곳으로 걸어가 뒤도 돌아보지 않고 차에 올랐다. 그곳에서 빠져나오면서, 그녀에게 너무 무례했다는 생각이 들어 순간 후회했다. 샐리는 내게 그런 대우를 받을 이유가 없었다. 그래도 이러는 편이 좋을 것이다.

더구나 나는 지금 뱀 때문에 어떤 남자를 만나러 가야 했다.

26

모퉁이를 돌아서자 라임 레지스로 향하는 내리막길이 시작되었다. 밤 9시가 조금 안 된 시각이고 해는 하늘에 낮게 걸려 있었다. 나는 시내로 접어들어 바다 방향으로 가다가 방향을 확인하려고 차를 세웠다. 차를 너무 급히 세웠는지 은색의 소형 해치백 승용차가 하마터면 뒤를 들이받을 뻔했다. 미안하다는 손짓을 하려고 몸을 돌렸지만 해치백은 속도를 높여 나를 휙 지나친 뒤 언덕 아래로 사라졌다. 나는 도로를 더 꼼꼼히 살핀 후 다시 시동을 걸고 우회전했다. 공용 간선도로 끝에서 나무로 된 낡은 가로장을 들어올리기 위해 차에서 내려야 했다. 거의 농장 길이나 다름없는 사유 도로를 따라 차를 몰았다. 내가 들어선 장소는 국립공원인 '라임 언더클리프'였다. 영국 제도의 다른 곳에서는 발견되지 않는 희귀 난초와 곤충들의 서식처로, 국제적인 명성을 가진 파충류학자이자 텔레비전 스타인 숀 노스의 거처가 있는 곳이었다.

나는 길 끝까지 가서 눈에 익은 낡고 지저분한 랜드로버 옆에 차를 세웠다. 차에서 내리면서 얇고 가벼운 봉투를 한쪽 겨드랑이에 끼고 어린 물푸레나무 사이에 자리잡은 단층의 나무 집을 향해 걸어갔다. 파란 페인트를 칠한 집은 해변의 오두막처럼 보였다. 전에도 여러 번 보았고 이런 집에 누가 사는지 궁금하게 여긴 적도 있지만 가까이 다가와보기는 처음이었다.

긴장을 한 탓인지 뱃속이 부글거렸다. 나는 현관으로 다가갔다. 문을 두드릴 필요는 없었다.

나무문에 쪽지가 붙어 있었다. '이봐. 늦었군.' 느낌표 몇 개. '둥지를 보러 감. 이걸 봤다면 주변을 어슬렁거리고 있어. 곧 돌아올 테니. S.'

순간적으로 봉투를 문간에 두고 돌아가서 내일 아침에 전화를 걸까 생각했다. 일주일 전이었다면 잘 간수하기로 약속해놓고도 봉투를 그냥 두고 갔을 것이다. 하지만 지금으로선 뱀과 수상한 사건들이 들끓는 마을과 집에 서둘러 돌아가고픈 마음이 없었다.

나는 해안을 따라 걸으며 굽이진 오솔길을 지나 국립공원 깊숙한 곳으로 들어가기 시작했다. 바닷바람이 나무 우듬지를 쓸고 지나가기를 기다렸다. 바닷바람이 불면 거인의 손에서 흩어진 동전들처럼 덤불 사이에서 작고 동그란 빛의 문양이 춤추는 것을 보게 될 것이다.

라임 언더클리프는 이런 해안 절벽의 끝자락에서 흔히 발생하는 산사태로 생겨난 명소였다. 수 세기에 걸쳐 변화가 계속되었고 또 앞으로도 계속 변화할 것이다.

최근에 발생한 큰 산사태 때 현재 모습의 언더클리프, 벼랑이 형성되었던 때가 1839년 크리스마스였다. 밀밭과 순무밭뿐 아니라 팔백만 톤의 암석이 포함된 약 육만 오천 제곱미터의 지반이 절벽에서 갈라져 이틀에 걸쳐 바다 쪽으로 미끄러졌다. 그 결과로 깊이 사십 미터, 길이가 거의 천오백 미터에 이르는 균열이 발생했다. 그 후에도 절벽의 가파른 경사면에는 기후에 의한 침식과 산사태가 계속 발생했고 지금은 정글처럼 빽빽한 산림이 형성되었다.

세월이 흐르는 동안 지질학자와 식물학자와 고생물학자 들은 언더클리프에서 필요한 정보와 매혹의 원천을 찾아냈다. 나도 마찬가지였다. 수 세기에 걸쳐 파괴가 일어난 결과 이토록 평화로운 장소가 생겨났다는 점, 아름다움 속에 극도의 위험이 도사리고 있다는 점이 나의 흥미를 부추겼다. 아버지는 이곳에 산책을 나올 때마다 언더클리프를 과소평가하지 말라고 말씀하셨다. 시내에서 이 킬로미터도 떨어져 있지 않지만 도중에 길을 잃으면 곳곳에 감춰진 수많은 틈과 균열 때문에 순식간에 재난을 당할 수도 있고 며칠 동안 발견되지 않을 수도 있다고 말씀하셨다.

나는 나무 벤치에 앉았다. 태양이 저물기 시작하는 광경은 절대로 차분하지 않았다. 거대한 빛줄기가 바다 위를 비추었고 출렁이는 파도는 반짝이는 은빛으로 물들었다.

그곳에 앉아 바다를 바라보는 동안 나는 왼쪽 겨드랑이에 낀 갈색 봉투 속의 뱀 허물에 대해 생각했다. 이것을 통해 무엇을 알아낸다 한들 그 후에 뭘 해야 좋을지 알 수 없었다. 물론 합리적인 해답이란 없었다. 나는 야생동물 수의사이다. 토끼와 고슴도치를 치료해 주곤 했다. 그랬지만…….

내가 두 번이나 목격했던 나이든 남자는 월터 위처와 무척 닮았다. 월터의 형제는 네 명이었다. 나는 마을에서 벌어지는 사건의 정체가 무엇이든 간에 그것이 위처 일가와 그들의 집과 관련이 있을 거라고 확신했다. 내가 그들 중 누구를 추적할 수 있을까? 다섯 명 가운데 두 명은 죽었다. 해리는 묘지에 묻혔고, 얼프레드는 오래전에 익사했다. 남은 사람은 월터, 아치, 솔이었다.

아치는 미국으로 건너갔다. 살아 있다 해도 찾아내기는 불가능할 것이다. 솔은 마을에서 쫓겨났다. 무언가 악행을 저지른 게 틀림없었다. 일반적으로 악행은 기억되기 마련이다.

옛날 신문을 뒤져볼 수도 있을 것이다. 오십 년 전에도 범죄 사건은 보도되었으니까. 어쩌면 솔이 무슨 짓을 했고 어디로 갔는지 알아낼 수 있을지 모른다. 교회에 화재가 발생한 때부터 조사를 하면 될 것이다.

월터는 어떻게 되었을까? 그가 죽지 않았다고 가정하면 (또 자신의 옛날 집에 숨어 있지 않다면) 분명 어딘가에서 살고 있을 것이다. 지역 내 양로원 명단을 알아내서 뒤지면 찾아낼 수 있지 않을까? 만약 월터가 병원에서 치료를 끝내고도 집에 돌아올 수 없는 처지라면 그가 머물 만한 장소는 호스피스나 요양원일 것이다. 그런 곳들에 전화를 걸어볼 수 있다.

신문을 뒤지고 전화를 걸어봐야지. 그 정도는 할 수 있지 않을까?

언더클리프의 하루가 거의 저물었다. 오후에 좀처럼 보이지 않던 구름들이 서쪽 하늘에 모여 있었다. 구름들은 마지막 햇빛을 빨아들여 다채로운 빛깔로 물들었고 이 부근에서 흔히 볼 수 없는 숨막히는 광경을 연출하는 중이었다. 혹자는 영국의 흐린 하늘에 대해 불평을 털어놓지만 구름이 없으면 이런 일몰을 볼 수도 없다. 모든 일에는 대가가 따르는 법이다.

뒤에서 잔가지가 하나 꺾였다. 잠시 아무 소리도 들리지 않았지만 산들바람이 어린 잎사귀를 흔들었다. 그리고 높이 자란 풀이 부스럭대는 희미하지만 놓칠 수 없는 소리가 들렸다.

해가 낮게 가라앉았다. 몇 분 후에 다른 나라의 해안에서 떠오를 것이다. 석양은 더 풍성한 빛으로 변했다. 파도를 가로지르며 가물거리는 황금빛 광선은 마치 어느 좋은 곳으로 나를 초대하는 듯했다. 감동적인 순간이었다.

"늦어서 미안해요." 황금빛 광선이 시작되는, 혹은 끝나는 수평선의 한 지점을 바라보며 내가 입을 열었다.

내 뒤에 선 남자가 웃음을 터뜨렸다. "들켰군. 어둑해지는 틈을 타서 몰래 접근하려고 했는데."

"당신이 다가오는 소리를 이 분 전부터 들었어요. 주위에 마른 가지가 가득해요. 소리를 내고 싶지 않았더라면 피해서 왔어야죠." 고개를 돌리지 않고 내가 말했다.

남자는 대꾸를 하지 않았다.

잘한다, 클래라. 희귀한 생물을 찾아다니기로 명성이 높은 사람에게 숲에서 소리 없이 움직이는 방법을 가르치려 들다니. 도움을 받으러 이곳에 왔다는 사실을 잊었어?

"아름다운 곳에서 사시네요." 상냥한 투로 들리기를 희망하며 내가 말했다.

"어릴 때 언더클리프와 사랑에 빠졌지. 시간이 날 때면 늘 이곳에 와서 시간을 보냈어. 처음 뱀을 잡은 곳도 이곳이고." 그가 대답했다.

"살무사였어요?" 내가 물었다. 에두를 것 없이 곧바로 독사 이야기를 꺼내게 되었다는 생각이 들었다.

"발이 없는 도마뱀이었어. 새로 잡은 반려동물이 진짜 뱀 같지 않다는 걸 이 주가 지난 뒤에야 알았지."

그는 벤치로 걸어왔다. 나는 여전히 고개를 들지 않은 채 그가 오른쪽에 앉을 수 있게 왼쪽으로 옮겨 앉았다. 내 오른쪽 얼굴은 멀쩡하다.

"고맙다는 말을……." 내가 입을 열었다.

"다행히……." 동시에 그가 말했다.

나는 고개를 들었다가 밝은 갈색의 얼굴을 힐끔 쳐다보고 시선을 떨구었다.

"집으로 가서 뭐라도 마시지 않겠어?" 잠시 후 그가 물었다.

절대로 안 돼! 이 남자와 단둘이 있는다는 생각만으로도 나는 두 손이 떨렸다. 더구나 그의 집이라니.

"빨리 돌아가야 해서요." 내가 간신히 말했다. 냉정하고 심지어 무례하게 들릴지 모른다고 생각했지만 어쩔 수 없었다. "본래 택배로 보내려고 했어요. 그런데 잘 간수하기로 누군가와 약속한 바람에 직접 온 거예요." 나는 횡설수설했다. 숀 노스는 아무 말도 꺼내지 않았다. 나는 곁눈질로 그의 부츠와 청바지, 셔츠 자락을 보았다. 상당히 깨끗하다는 점만 빼면 처음 만났을 때와 비슷한 옷차림이었다. 그가 나를 쳐다보는 것이 느껴졌다. 바보가 된 느낌이 들었다. 결국 얼굴 반쪽을 드러내는 것을 감수하고 그와 눈을 마주쳤다.

"반갑군." 그가 말했다.

얼굴이 붉어지는 느낌이 들었다. 시선을 피하지 않으려고 애를 썼다. 마치 가장 좋아하는 록 스타를 만난 십 대 소녀처럼 행동하면서 겨드랑이에서 봉투를 꺼내 내밀었다. 그는 잠시 뜸을 들이다가 봉투를 받아 열어 안으로 손을 집어넣었다.

"이걸 어디서 찾았지?" 뱀 허물을 꺼내 저무는 햇빛에 비쳐보던 숀이 물었다.

"마을의 오래된 집에서요. 125센티미터예요. 틀리지 않으려고 세 번이나 재어봤어요. 혹시 그 허물이……."

"아니."

"아니라뇨? 타이판의 허물이 아니에요?"

"우리가 잡은 타이판의 것은 아니군. 우리 친구(난 클래라라고 부르기로 했는데, 괜찮지?)는 117센티미터지. 로저가 뱀의 길이를 잴 때 당신도 그 자리에 있었던 것 기억하지? 뱀의 몸이 줄어들 리는 없으니 이건 그녀의 허물일 수 없지."

해는 수평선 아래로 떨어졌고, 수면에는 황금빛 웅덩이만 남았다. 내가 지켜보는 동안 금빛 웅덩이는 차츰 줄어들었다. 또 다른 치명적인 독사가 돌아다니지 않기를 바랐던 희망도 점차 줄어들었다. 숀은 계속해서 나를 보고 있었다.

"이 허물이 다른 종의 것이라고 말해줬더라면 정말 고마웠을 거예요. 위험한 뱀이 아니라고 말이죠. 이미 몇 년이 지난 허물이라고 말해줬더라면 더 좋았을 텐데."

"최근의 것이군. 웬만큼 오래 한곳에 머물렀으면 진작 뭔가가 먹어치웠을 텐데 당신이 찾아냈으니까."

그의 말이 옳았다. 말을 듣는 것만으로도 기력이 소모되어 기운이 빠졌다.

"지금은 어두워서 타이판의 허물이라고 장담하지 못하겠어. 제대로 살펴보려면 시간이 걸리니까. 지금으로선 타이판일 가능성이 있다고만 말해야겠지. 허물을 맡겨두고 갈 수 없다면 여유가 있을 때 다시 가지고 오는 게 어때?"

"아뇨, 그럴 수는 없어요. 한 번 봐준 것만으로도 고마워요." 우리는 수평선의 황금빛 광선이 흔들리며 사라지는 것을 바라보며 잠시 앉아 있었다. 일몰은 항상 나를 감동시키곤 했는데 이날의 광경은 참을 수 없을 만큼 슬픈 느낌이었다.

"이런 기온에서 타이판이 얼마나 오래 살아남을 수 있죠? 언제까지 위험하다고 할 수 있을까요?"

숀은 잠시 생각하다가 대답했다. "보통은 오래 살지 못해. 열대의 뱀이라면 스물네 시간 안에 잠이 들어서 다시 깨어나지 않을 테니까. 잠들기 전이라도 사냥을 할 기운이 없을 테고. 기온이 너무 낮아서."

"그럼 다른 뱀이 마을에 돌아다녀도 걱정할 필요가 없다는 말인가요?"

"글쎄, 그렇게 말할 수 있다면 좋겠지."

"그게 아니면……."

"이번 봄은 평년보다 무더웠기 때문에 뱀이 며칠 동안 깨어 있을 가능성이 있어. 그리고 낮은 기온 때문에 둔해진 뱀이라도 자신을 지키려 들 거야. 여전히 위험하겠지."

우리는 잠시 침묵했다. 나는 짧고 포동포동한 다리가 풀숲을 헤치며 달리다가 잠에 빠져드는 치명적인 뱀을 작은 발로 밟는 광경을 떠올리지 않으려고 애썼다.

따뜻한 손이 어깨를 짚었고 손가락 하나가 목을 스쳤다. 숀은 우리가 앉은 벤치에서 동쪽으로 일 킬로미터쯤 떨어진 곳의 곶을 가리켰다.

“저기 암석의 형태를 봐. 버섯 모양의 바위가 보이지?”

나는 고개를 끄덕이면서 그가 내게 몸을 기울이는 것을 의식했다. 그에게서 이미 익숙해진 야생의 냄새가 풍겼다.

“저게 유명한 라임 분화구라고.”

나는 그를 똑바로 보려고 고개를 돌렸다.

숀은 미소를 지었다. “왜? 라임 분화구를 들어보지 못했어?”

“아, 들어보긴 했어요. 다만 콘월의 춤추는 작은 요정이나 아일랜드의 노인 요정처럼 상상 속의 산물인 줄로 생각했어요.”

“아니야. 라임 분화구는 정말로 있어. 이야기를 해줄게.”

숀이 벤치에 몸을 기대어서 마음을 놓은 것도 잠시뿐이었다. 그는 벤치 등받이에 왼팔을 올려서 거의 내 어깨를 감싸듯이 가까이 다가왔다.

“열네 살쯤에 이곳의 풀숲을 헤집고 다니다가 덤불 아래에서 연기가 나는 걸 봤어. 처음에는 누가 담배꽁초를 버린 줄로 생각했지. 그런데 덤불을 살펴보니 연기는 덤불이 아니라 바위틈에서, 대략 지름 십오 센티미터의 밑바닥이 보이지 않을 만큼 깊은 구멍에서 새어 나오고 있더군.”

"바위에서 연기가 나와요? 어떻게 그럴 수가 있죠?" 나는 호기심이 생겼다.

"지하 유혈암에서 자연발화가 일어난 거지."

"뭐라고요?"

"도싯의 지하에 석유 매장량이 상당해. 햄프셔도 그렇고. 실제로 영국 남부의 많은 지역이 그래. 북해와 비교할 수는 없더라도 상당량이 있단 말이지."

"그래요? 석유는 특수한 지질학적 조건이 갖춰져야 생기는 줄로 알았는데요."

"그렇지 않아. 혈암처럼 유기물이 풍부한 퇴적물만 있으면 된다고. 충분히 깊은 땅속에 묻혀 있다면 주위 환경이 압력솥처럼 작용해 석유로 바뀌거든. 물론 수백만 년의 세월이 걸리지만 말이야."

"아, 그렇군요." 내가 토론하고 싶은 주제와는 전혀 관련이 없지만 숀의 이야기는 흥미로웠다. 문득 '내가 수다를 떠는 중인가?' 하는 생각이 머리를 스쳤다.

"주변의 암반에 따라 어떻게 될지 결정되지. 석회암이나 사암 같은 다른 암반이 있는 곳으로 흘러가면 웅덩이처럼 한곳에 고일 수 있게 되거든. 그곳이 석유 매장지가 되는 셈이야." 숀이 말했다.

"어떻게 그렇게 잘 알죠?"

"예전에 굴착 사업이 환경에 어떤 영향을 미치는지 조사하는 두어 곳의 위원회에서 일을 봐준 적이 있어. 사람들은 자기 집 뒤뜰에서 석유 굴착을 해보자는 제안을 받으면 늘 당혹해하지. 보통 규모가 크지 않지만 사람들은 텍사스식의 거대한 유전을 상상하거든. 이 근방에도 굴착이 가능한 곳이 몇 군데 있지만 지역의 압력으로 중단되었고."

"정말로 이 지역에 유전이 있단 말이에요? 도싯에요?"

"그럼. 서부 유럽에서 가장 큰 육상 유전인 위치 농장이 아주 가깝잖아? 웨스트 찰던 지역도 가능성이 있고."

"자연발화도 그 때문이에요?"

"미안한데 지질학은 내 분야가 아니라서. 아무튼 이 근방의 흙에는 황철광 성분이 많이 포함되어 있어. 암반 이동이 잦은 이곳 해안에서는 종종 황철광이 공기에 노출되지. 그러면 산화가 일어나 자연발화가 발생하는 거야. 예컨대 유혈암 내에 연료가 존재한다면 상당한 연소가 발생하겠지."

"도버의 백색 절벽에 맞먹는 라임의 불타는 절벽이군요." 내가 말했다.

"20세기 초반 무렵에 연기가 피어올라서 그것이 라임 분화구로 알려졌지. 며칠 동안 연기가 피어났으니까. 혹시 이 집 바로 밑에서 또 다른 연기가 날까 봐 줄곧 두려워하며 살고 있어. 나는 보험료를 엄청나게 많이 내고 있어. 여자들에게 잘 먹히는 소재야."

나는 긴장했다. 그는 방금 자신이 한 말의 의미를 깨닫지 못하고 있었다. "당신이 찾아낸 분화구는 어떻게 되었어요?" 내가 겨우 물었다.

"아버지와 형 둘과 이웃 셋을 데리고 다시 가봤는데 아무런 흔적도 없더군. 분통이 터졌지. 그래서 그 후 며칠 동안 저녁마다 도서관에서 살았어. 절벽과 연기가 피어오르는 바위에 대해 증명을 해야 했으니까."

나는 자신도 모르게 미소를 지었다. 멋진 발상이었다. 불타는 절벽이라니. 도싯 해안에 화산이 있다니. 그러나 나는 이내 정색할 수밖에 없었다.

"친구를 데려왔나?" 숀이 속삭이듯 목소리를 낮춰서 물었다.

"뭐라고요?" 본능적으로 나도 목소리를 낮췄다.

"누가 오 분 전부터 이십 미터쯤 떨어진 곳에서 엿듣고 있어. 8시 방향. 돌아보지 마." 여전히 부드러운 목소리로 그가 말했다.

나는 고개는 돌리지 못하고 눈만 옆으로 돌렸다. 8시 방향? 내 왼편에서 약간 뒤쪽인가?

"그리고 저것이 유명한 라임의 일몰이지. 대단하지 않아?" 숀이 본래 목소리로 말했다.

"아름다워요." 내가 말했다. 해가 저물자 주위는 금세 어두워졌고, 숀이 말한 누군가가 우리를 지켜보고 있다는 사실이 끔찍하게 느껴졌다. 나는 아무 소리도 못 들었다. 귀를 제대로 기울이지 않은 것이 사실이었다. 마을에서 벗어난 뒤로 마음을 놓고 있었다. 누가 이곳까지 나를 미행했을까?

숀은 일어섰다. "자, 뭘 좀 마시고 내 개인 소장품을 보여줄 때가 된 것 같은데." 그는 불필요하게 큰 소리로 말했다. 보통 그런 말을 들으면 나는 재빨리 어디로든 숨어버렸다. 그런데 숀은 나를 보고 있지도 않았다. 자신이 말한 8시 방향의 빽빽하게 자란 개암나무를 훑어보고 있었다. 우리는 아무 말 없이 길가로 나왔다. 빽빽이 자란 덤불 사이에서 뭔가 움직이는 것이 분명히 보였다. 검은 옷차림의 누군가가 몸을 숨기는 것 같았다.

"여기서 기다려." 숀이 작게 말했다. 틀림없이 그도 누군가를 목격한 그곳을 향해 천천히 뛰어갔다. "이봐, 거기 멈춰!" 숀은 덤불에 다가가며 소리를 질렀다. "근처에 땅이 꺼진 곳이 있으니 그 자리에 가만히 있어." 그는 나무 사이를 달려가 언더클리프 길가에 나를 남겨둔 채 시야에서 사라졌다. 기온이 급격히 떨어졌고 바람이 불기 시작했다. 나는 재킷을 가져오지 않았다. 숀이 나타나기를 기다리는 동안 그가 돌아오지 않으면 어떡해야 할지 고민을 했다. 이 분쯤 후에 그가 나무 사이로 빠르게 걸어 나왔다.

"미안해. 별일 아니었어." 그가 다가오며 말했다.

"아무도 없었어요?" 내가 물었다.

"아마추어 식물학자라는군. 나이가 많은 미국인이야. 난초를 찾는다고 하던데. 내가 그를 조금 놀라게 한 모양이네."

"나도 놀라게 했잖아요."

"미안해, 미안. 난 일을 할 때 전적으로 직감에 의지하거든. 가끔 실망스러울 때가 있긴 하지만."

무안해하는 그가 안쓰러웠다. "정글에서 너무 오래 지냈다는 말처럼 들리네요."

"어쩌면 그럴지도. 그럼 이제 마시기로 했던 음료를 마실까?"

자기 집으로 가자는 숀의 두 번째 초대 역시 완곡하게 거절하고 차를 몰아 집으로 돌아오는 동안 며칠간 곤두섰던 신경이 다소 가라앉은 것을 느꼈다. 언더클리프의 뭔가가, 혹은 그곳에 사는 남자가 나를 진정시켜 주었다. 피곤이 쌓인 상태라 적어도 오늘밤에는 잠을 잘 수 있을 것 같았다. 그동안의 성가시고 놀라운 사건들도 곧 마무리될 게 확실했다.

도로는 한적했고 마을로 향하는 갈림길까지는 오래 걸리지 않았다. 내가 차의 속도를 늦추자 백미러에 차 한 대가 얼핏 보였다. 은색의 작은 자동차였다. 나는 굽이를 돌아 집으로 향하는 내리막길을 달렸다. 이때는 또 다른 차가 뒤를 따르고 있었다. 일부러 속력을 늦추어도 차가 보이지 않았지만, 뒤차의 전조등 불빛이 언덕을 내려가는 내 자동차의 뒤를 비추는 것은 보였다. 본 레인에 접어든 나는 차를 세우고 전조등을 끈 채로 기다렸다. 오 분, 어쩌면 십 분을 기다렸지만 따라오던 차량은 나타나지 않았다. 중간에 빠져나갈 다른 길이 없는데도 나타나지 않았다. 결국 포기하고 집으로 차를 몰았다. 숀의 직감이 실은 정확한 게 아닐까 하는 생각도 들었다.

차에서 내렸을 때 내 집 현관문은 명백히 달라져 있었다. 우편함 위에 죽은 살무사가 못박혀 있고 현관문에는 흰 페인트 낙서가 남겨져 있었다. 지적으로 상대할 수준이 안 되는 낙서였다.

'못생긴 년.'

27

나는 뜨거운 물로 한참 샤워를 하거나 침대에 곧장 쓰러지지 못한 채, 백유가 든 깡통을 찾아 현관문의 낙서를 지워야 했다. 오늘 저녁 집을 찾아온 자가 누군지 몰라도 다녀간 지 오래되지 않은 듯했다. 아직 페인트가 덜 말라 있었다.

뱀은 나무에 못으로 박혀 죽어 있었다. 나는 그 뱀이 십 센티미터짜리 못에 꿰뚫리기 이전에 죽었기를 바랐다. 죽은 뱀과 못은 집밖 쓰레기통으로 들어갔다. 이 사건은 경찰서에 신고하지 않을 작정이었다. 설사 경찰이 나를 관심 끌고 싶어 하는 거짓말쟁이로 분류하지 않았다 해도, 젊은 경관에게 누가 현관문에 나에 대해 자신이 생각하는 아주 적절한 낙서를 남겨뒀다는 말을 어떻게 할 수 있단 말인가?

대부분의 여자들처럼 나도 화가 날 때는 눈물이 났다. 이날 밤 파란색 나무문을 북북 문지르면서 아주 화가 났다. 적어도 이곳은 안전하다고 생각했었다. 나를 엿보는 눈들, 호기심 어린 시선들, 거들먹거리면서 행하는 친절과 잘난 척을 하기 위한 친교로부터 안전한 줄 알았다. 그런데 지난 며칠 동안의 사건은 내가 전혀 안전하지 않다는 것을 깨닫게 해주었다. 아무리 자신을 드러내지 않고 얼굴을 감추어도 소용이 없었다. 외모를 보고 나를 판단할 수 있다고 생각하는 사람이 항상 있으니까.

"봄 청소를 하기에는 좀 이상한 시간이지 않습니까?"

실제로 낙서를 하다가 들켰다고 한들 그렇게 가책을 느꼈을까? 나는 벌떡 일어나 돌아서면서 문을 힐끔 확인했다. 흰 페인트 자국이 남아 있었지만 글자는 지워지고 없었다.

"당신 정도의 위치에 있는 사람이 야간 순찰을 도는 줄은 몰랐네요." 가장 먼저 머릿속에 떠오른 생각이었지만 말로 하니 의도보다 공격적으로 들렸다. 맷은 현관문을 빤히 쳐다보며 왜 밤 11시 45분이 다 돼서 흰 페인트를 지우고 있는지 물으려 했다. 나는 그가 그 질문을 하지 않기를 바랐다.

"여기서 뭐하세요?"

맷은 혼자가 아니었다. 검은 털이 번지르르한 어리고 귀여운 코커스패니얼 한 마리가 발치에 있었다. 맷이 다가와서 내가 미처 지우지 못한 흰 페인트 자국을 손가락으로 문질렀다. 이 분만 더 있었어도 완전히 지웠을 것이다.

"불면증이에요? 항상 늦은 시각에 마주치네요." 내가 다시 물었다.

"클라이브 벤트리와 한잔했어요. 몰리가 달빛을 좋아해서요. 길 위쪽을 걷다가 문을 열심히 문지르는 당신을 봤습니다. 대체 무슨 일입니까?"

"아무것도 아니에요." 나는 마지막 흔적을 닦아내고 백유 깡통을 들었다. 맷과 몰리를 문간에 남기고 집안으로 들어와버렸다. 서둘러 주방으로 가서 걸레를 헹구고 손을 씻었다. 무언가 종아리를 살짝 밀어내는 느낌에 내려다보니 몰리가 다리 냄새를 맡고 있었다. 몰리의 주인도 나를 따라 집안에 들어왔다는 뜻이었다. 나는 돌아섰다.

"길 위쪽에서는 내 집이 안 보여요." 내가 말했다.

"올빼미는 찾았어요?"

"그 일은 어떻게 알죠?"

"마을에서 발생하는 사건은 전부 전달하도록 지시를 해놓았거든요. 새들은 찾았어요?"

나는 아직 테이블 위에 놓여 있는 새장을 향해 걸어갔으며 짐짓 안을 들여다보는 척했다. "아뇨. 아직 가출중이에요."

맷은 내가 뒷문에 달아놓은 걸쇠를 확인했다.

"어젯밤에 걸쇠를 걸었습니까?"

"아뇨, 그건 장식용이에요." 내가 대뜸 대답했다.

"새들에게도 그렇게 야단을 쳤어요? 그래서 새들이 집을 나간 겁니까?"

"그런 것까지 아실 필요는 없으실 텐데요? 아무 문제 없어요. 당신에겐 훨씬 중요한 일이 있지 않나요?"

맷은 천천히 고개를 저었다. "사람에게도 그러면 안 됩니다. 알겠어요?"

나는 시선을 떨구고 텅 빈 새장을 보았다. 물론 그의 말이 전적으로 옳지만, 나는 나를 안다고 생각하는 사람들을 견뎌내지 못했다. 꼭 필요한 업무에서만 사람과 상대하며 대화가 개인적인 주제로 넘어가는 것을 견딜 수가 없었다.

자정이 가까웠지만 맷은 떠날 기미를 보이지 않았고 몰리는 주방 깔개 위에 자리를 잡고 엎드렸다. 무례하게 굴지 않더라도 떠나라고 눈치를 줄 수 있는 쉬운 방법은 많았다. 하지만 눈치를 주는 대신 나는 카운터로 가서 주전자에 물을 채웠다.

맷은 주방 의자에 앉아서 말했다. "설탕 둘에 블랙으로 부탁합니다."

"클라이브 씨는 어때요?" 무슨 말이라도 해야 할 것 같았지만 사실 클라이브 벤트리에게 관심은 전혀 없었다.

"예민하더군요."

"우리처럼 뱀 공포증에 시달리나요?"

"아, 클라이브를 겁주려면 뱀 몇 마리로는 모자랄 거예요. 그는 주민들이 떠나는 것에 대해 이야기했습니다. 내가 느끼기엔 새 주민들이 온다면 별로 반기지 않을 인상을 받았지만요. 엄청난 재력이 있으니 아무래도 원치 않는 관심을 받을 수밖에 없겠죠."

나는 커피 단지를 집으면서 그날 클라이브 벤트리의 저택에서 열렸던 마을 모임을 떠올렸다. 클라이브와 나만 본 것 같았던 2층 발코니의 키가 큰 사람도 생각났다.

"카페인이 없는 커피죠?" 음료에 독을 탔는지 의심스럽다는 투로 맷이 물었다.

"그래요. 미안한데, 아직 잔업이 남은 거예요? 그래서 이렇게 늦게까지 자지 않은 건가요?"

"그럴 리가요. 아닙니다. 난 근무시간을 엄격히 지키는 사람이에요. 밤에는 주로 소설을 쓰죠."

나는 멍하니 있다가 깜짝 놀랐다. "뭐라고 했죠?"

도저히 나를 향해 반짝이는 회색 눈동자 두 개를 일 초 이상 바라보지 못할 것 같았다. 등을 돌려서 주전자 스위치에 시선을 고정했다.

"역사 로맨스 소설이에요. 보어전쟁을 배경으로 하는데, 슈롭셔 출신의 두 소녀가 자원해서 간호사가 되는 이야기예요."

"나를 놀리는군요." 어깨 뒤를 돌아보며 중얼댔다.

"읽어보고 싶어요?"

주전자의 물이 끓었다. 나는 머그잔 두 개에 물을 붓고 과감히 그를 쳐다보았다. "당신은 아주 이상한 사람이에요." 나도 모르게 말이 튀어나왔다.

맷은 웃으며 여전히 내 눈을 똑바로 보고 있었다. "멋진 남자는 늘 그렇습니다. 그런 말을 하는 당신은 어떤가요?"

문득 현실을 떠올리자 괴로워졌다. 하마터면 잊을 뻔했다. 내가 아무렇지 않은 줄로 착각할 뻔……. 나는 눈길을 돌리고 나도 모르게 이를 악물고 입술을 내밀었다.

"아, 화내지 마요. 당신 얼굴에 대해 말한 게 아니에요."

그를 완전히 지워버리고 싶었다. 그를 무시할 뿐만 아니라 넘지 말아야 할 선을 넘은 사람들에게 무수히 그러했듯 그를 아예 보이지 않고 들리지 않는 곳으로 쫓아내고 싶었다. 하지만 그러지 못했다. 도리어 그를 다시 쳐다보았다.

"그럼 뭐죠?"

"음, 별난 사람에 대해 말을 해볼까요? 내가 본 중에 제일 용감한 여자인데 누가 말을 걸기만 해도 얼굴이 홍당무처럼 빨개지고 화들짝 놀라서 도망가는 사람에 대해 어떻게 생각해요? 몸매가 올림픽 체조 선수에 버금갈 정도면서도 이모님도 입지 않을 것 같은 칙칙한 옷만 입는다면요? 커피를 마실 건가요? 아니면 김만 쐴 겁니까?"

나는 머그잔을 내밀었다. 머그잔을 받은 맷이 자리에 가만히 있었다. 나는 그의 셔츠 세 번째 단추만 쳐다보았다.

"당신은 이 마을에서 사 년을 살았죠. 그런데 이름을 아는 이웃이 분명 다섯 명도 되지 않을 겁니다. 그들 중에는 친구가 되고 싶어 하는 이들도 있을 텐데 당신은 오직 고슴도치에만 관심이 있죠. 또 앞으로 살날이 한 달도 안 남은 개를 위해 오늘 오십 파운드어치나 되는 약과 식품을 구해줬고요."

식탁에 기댄 그는 소름끼칠 만큼 나와 가까워서 상당히 불편했다. 그는 나에 대해 어떻게 모든 걸 알고 있을까? 또 샐리가?

"동족에게도 기회를 줘요."

나는 계속 단추만 보았다.

"지금 나 때문에 화가 납니까?"

"아뇨." 놀랍지만 진심이었다. 누군가가, 그것도 남자가 내 얼굴을 문제 삼지 않은 적은 내 기억으로 처음이었다. 나는 그와 마주보기까지 했다.

"당신의 눈동자는 시월의 너도밤나무 잎처럼 연한 갈색인데 아무도 그 눈을 들여다보지 못하게 하는군요."

또다시 얼굴 이야기로 돌아왔다. 어째서 늘 얼굴에 대한 이야기를 하게 될까? 다시 시선을 떨어뜨려 그의 셔츠 단추를 보고 있자 훨씬 안전한 느낌이 들었다.

"시간이 늦었군요." 주방을 둘러본 그가 펜과 종이를 찾아 뭔가를 끼적거렸다. "내 번호예요. 집, 휴대전화, 경찰서의 직통전화요. 무슨 일이 생기면 즉시 연락해요. 경찰서 대표번호로 전화하지 말고요. 알겠죠?"

나는 고개를 끄덕였지만, 절대로 그럴 일이 없을 거라는 사실을 알고 있었다.

⁂

자신에게 엄격해지는 법을 익힌 덕분에 최근에는 그런 적이 거의 없지만, 가끔 거울 앞에 앉는다. 불빛을 어둡게 조정하고 심한 흉터가 있는 얼굴이 잘 보이지 않는 각도로 고개를 돌린다.

그리고 거의 삼십 년이 지난 그날, 그 사건이 조금만 바뀌었다면 인생이 어땠을지 상상한다. 엄마가 술을 조금만 적게 마셨어도, 버네사 언니가 일 분만 빨리 비명을 질렀어도, 정원을 거닐던 아빠가 서재에만 계셨어도 달랐을 것이다. 나는 사건이 일어나기 전에 발견되고 구조를 받았을 것이다.

내 얼굴의 말짱한 쪽을 본다. 밝은 갈색의 매끈한 피부, 아몬드 모양의 갈색 눈, 작은 코와 높은 광대뼈를. 얼굴이 전부 그렇게 생겼다면 어땠을지 생각해본다.

친구를 가질 수 있었을 것이다. 사람들을 겁내지 않았을 것이고, 그들도 내게 끝없이 잔인하게 굴지 않았을 것이다. 낯선 사람이 나를 똑바로 쳐다보더라도 움츠러들지 않았을 것이고, 나를 보고 애써 무심한 척하는 사람들을 못 본 체할 필요가 없었을 것이다. 남에게 손가락질을 받는다든지 등뒤에서 수군대는 소리가 어떤 것인지도 알지 못했을 것이다.

남자친구도 생겼을지 모른다. 나에게 매혹된 남자의 눈빛을 보았을 것이고, 애타게 전화를 기다리거나, 중요한 첫 번째 데이트를 앞두고 조마조마하며 애달파할 수도 있었을 것이다. 서른이 다 되도록 이렇지 않았을지도…….

많은 사람들은 평범한 미래를 이야기하며 나를 격려하려 했다. '사람들이 전부 외모에만 집착하지는 않는단다, 클래라. 너의 내면의 아름다움을 볼 줄 아는 누군가를 만나게 될 거야.' 마치 볼썽사나운 외모를 가진 사람은 저절로 더 좋은 내면을 지니게 된다는 듯, 아니면 외모의 결함을 내면의 뭔가로 당연히 보충해야 한다는 듯이 말했다.

그런 친절한 사람들은 틀렸다. 나의 내면은 아름답지 않다. 사람들이 나를 기피하고, 주정뱅이들은 나를 안줏거리 삼아 짓궂은 농담을 하고, 길에서 십 대들이 조롱하고 놀리며 따라오는데 어떻게 그럴 수 있단 말인가? 옷가게에서 옷을 사려 할 때 점원조차 다가오지 않는데 어떻게 평범해질 수 있단 말인가? 평생 그런 대우를 받으며 살아온 내가 어떻게 아름다운 영혼을 지닐 수 있겠는가? 나는 내면도 외면도 아름답지 않다. 언니가 빈번히 정확하게 지적했듯 적지 않은 적개심을 품고 있다. 지독하게 수줍음을 타고, 영원히 성마르며, 자신에게만 집착한다.

이날 밤 나는 오랫동안, 맷이 곤히 잠든 지 한참이 지났을 때까지 거울 앞에 앉아 있었다. 내 얼굴이 아무렇지도 않고 온전하다고 생각하면서. 지금의 맷이 나를 호기심의 대상으로 보고 있는 것과 달리 그가 바라는 누군가로 바라보는 상상을 하며…….

28

수요일에 공식적으로 나는 비번이었다. 그러나 사 년 동안 비번을 이유로 출근하지 않은 날은 하루도 없었다. 그래서 나는 동료들의 놀라움과 걱정을 받으며 전화기를 내려놓아야 했고 곧장 이날 계획한 일을 시작했다.

첫 번째 계획은 월터의 행방을 찾는 것이었다. 아침 일찍 달리기(평소와 똑같지만 경로를 조금 바꿔서)를 마치고, 바이얼릿과 베니를 방문했으며, 찻잔, 전화기, 지역 전화번호부 몇 권을 놓고 자리에 앉았다. 거의 스무 곳에 달하는 사설 양로원과 장기 요양원, 노인 보호시설, 호스피스, 노인 병원의 전화번호를 확보했다.

두 시간 동안 나는 월터가 머물고 있을 가능성이 있는 반경 130킬로미터 안의 시설들에 전화를 걸고 메시지도 남겼다. 액스민스터 외곽의 사설 양로원에 전화를 걸었을 때는 담당 간호사가 위처라는 이름의 입원 환자가 있다고 해서 잠시 흥분했다. 오 분 뒤, 그 환자는 여자고 실제 이름이 휘터커라는 것을 알게 되었다.

오전 11시가 되자, 책상에 더 앉아 있다가는 머리가 돌아버릴 것 같았다. 직접 통화는 못 하고 메시지만 남긴 세 곳에서 다행히 바로 연락을 주었다. 나는 차에 올라 도서관으로 향했다.

도서관에서 지하로 안내를 받아 옛날 신문을 모아놓은 선반 앞에 혼자 남겨졌다. 근 한 시간 동안 희미한 형광등 불빛 아래서 신문을 들여다보기란 고역이었다. 1958년 세인트 비리노 교회의 화재에 대한 기사는 금방 찾아냈다. 기사는 이 지역 소방대가 1958년 6월 16일 새벽 3시에 신고를 받았으며, 화재가 발생한 지 몇 시간이나 지나서야 신고가 들어왔는데 그때까지도 주민들이 불을 끄려 했다는 내용을 담고 있었다. 새벽이 되기 전 불이 다 꺼졌을 때 심한 화상을 입은 시신 두 구가 발견되었다. 나중에 확인된 바에 따르면 사망자는 패인 목사와 래리 호지스였다. 패인 목사는 독신이었고 래리 호지스는 아내와 십 대 자녀 둘을 두고 있었다.

몇몇 주민들의 말에 따르면 저녁 예배가 끝난 뒤에도 끄지 않고 남겨둔 촛불이 화재의 원인이었다.

기사는 패인 목사의 약력을 소개하며 끝을 맺었다. 1933년 미국 앨라배마에서 태어난 조엘 모건 패인은 부유한 농가의 막내아들이었다. 십 대 후반에 오순절 운동에 참여한 그는 대학에서 고전을 공부한 뒤 목사 안수를 받았다. 기사에 따르면 그는 2차세계대전 이후에 발생한 '늦은 비 운동'에서 초기부터 지도자적인 인물이었다. 젊은 나이에도 불구하고 말이다. 1957년에 영국으로 건너와서 하나님의 새로운 교회에 대해 말씀을 전파했고 생을 마감할 당시에는 세인트 비리노 교회에서 팔 개월이 조금 넘게 목사로 활동했다. 약력을 작성한 사람은 패인 목사의 친한 친구이자 동료 목사인 아치볼드 위처였다. 나는 오순절 운동에 대해서 배웠던 것을 떠올리려 애쓰며 잠시 앉아 있었다.

오순절은 오월 말에 열리는 기독교의 중요한 축제일로 예수의 제자들에게 성령이 강림한 것을 기념하는 날이다. 그런데 오순절 운동이라면…… 주류 기독교에서 벗어나려는 운동의 하나로, 20세기 초에 미국에서 처음 생긴 것이 아닌가? 그랬다. 그 후 세월이 흐르면서 새로운 계파들도 생겨났고, 일부는 정통으로 인정되어 존중받는 한편 그렇지 않은 곳도 있었다. 내가 기억하기로 오순절 운동의 다양한 계파들의 공통점은 성령에 대한 개인적 체험을 강조하고 성서의 원문을 충실히 해석한다는 점이었다.

도서관까지 찾아왔지만 새롭게 알게 된 사실은 없었다.

사건 다음주에 발행된 《웨스트 도싯 크로니클》에서는 다음과 같은 기사를 찾을 수 있었다. '피터 모펫, 32세, 수요일에 사망. 몇 시간 뒤에 고인의 친구이며 한마을 주민인 레이먼드 헨리 길라드,

30세, 사망.' 두 남자는 각자의 집에서 심장마비로 사망했다. 가족에 대한 언급은 없었다.

화재가 일어난 지 며칠 만에 삼십 대 초반의 남자 두 명이 심장마비로 각각 사망하다니?

나는 먼지가 낀 오래된 신문을 계속 뒤지며 위처 일가와 솔, 특히 얼프레드에 대한 언급이 있는지 찾아보았다. 이 지역신문은 주간으로 발행되었고 한 부가 여덟 쪽밖에 되지 않았다. 그런데도 시간이 한참 걸렸다. 기사를 하나도 빠뜨리지 않았다고는 확신할 수 없었다.

나는 1950년으로 돌아가서 익사 사고에 대한 기사를 찾아보았는데, 바다나 강어귀에서 발생한 사건이 전부였고 얼프레드에 대한 언급은 없었다. 1시 30분에 잠시 휴식을 취했다. 신선한 공기와 음식을 섭취하기 위해 지상으로 올라갔다가 이십 분 뒤에 다시 내려와 조사를 계속했다.

위처 형제들 가운데 어린 축에 속하는 해리는 1930년에 태어났다. 얼프레드가 1931년에 태어났다고 가정한다면 1944년에 그는 십 대 중반이었을 것이다. 나는 1944년의 신문이 담긴 상자를 골라 그 이후부터 조사를 시작했다. 두 번째 신문에서 뜻하지 않은 기사를 발견했다.

그해 칠월, 농장 근처에서 살며 일하던 런던 출신의 부녀자가 마을 청년 다섯 명에게 윤간당했다. 청년 네 명은 엑서터에서 열린 순회 법원에서 유죄가 확정되어 십 년에서 십오 년 형을 선고받았다.

무리 가운데 가장 어렸던 솔 위처는 겨우 열다섯 살밖에 되지 않아 나이가 많은 다른 청년들이 그를 주모자로 지목했음에도 감옥행을 면했다. 배심원단은 윤간에 참여하지 않았다고 주장했던 솔의 말을 믿어주었다.

4시가 되자 사서가 와서 도서관 문을 닫을 시간이라고 알려주었다. 낙담하여 충혈된 눈으로 책상에 몸을 숙이고 있는 내 모습이 그녀의 동정심을 자극한 모양이었다. "특별히 찾는 게 있으세요?" 그녀가 시계를 확인하며 물었다.

나는 물건들을 챙기며 도서관에 찾아온 이유를 간략히 설명했다.

사서는 층계 쪽을 가리키며 입을 열었다. "음, 옛날에는 교구에서 자체 회보를 발행하는 마을이 많았죠. 어디에 산다고 하셨죠?"

내가 마을 이름을 말하자 그녀는 인상을 찌푸렸다. 그리고 시간을 다시 확인하고는 층계에서 돌아섰다. "잠시 기다리세요." 그녀는 큰 서류함이 있는 쪽으로 가서 서랍 하나를 열어 뭔가를 뒤적거렸다. "아, 이거네요." 잠시 후 그녀는 몸을 똑바로 펴며 안경을 코 위로 밀어 올렸다. "《세인트 비리노 가제트》가 1895년에서 1972년까지 매달 발행되었네요. 안됐지만 여기에서 보관하고 있지는 않아요. 공간이 없거든요. 그래도 루비 모트램이라는 분이 발행된 회보를 전부 보관하고 있어요. 오랫동안 편집자셨거든요. 자료를 보고 싶어 한다고 하면 그분도 분명 기뻐하시겠죠."

나는 먼지투성이의 옛날 신문을 다시 뒤지고 싶은 마음이 전혀 없었지만 친절한 사서가 건네는 주소를 받아들었다.

차로 돌아와서 집으로 가려는 차에 사서가 억지로 건네준 메모를 힐끗 내려다보았다. 종이에 적힌 노인 요양원의 주소는 오 킬로미터도 떨어져 있지 않았다. 그렇지만 가고 싶은 마음이 전혀 없었다. 문득 바이얼릿이 했던 말이 기억났다.

'그곳에 갔던 사람들도 말을 아꼈거든. 나와 제일 친했던 루비까지도.'

루비라는 소녀는 화재가 있던 날 밤에 교회에 있었다. 종이에 적힌 노인 요양원의 루비는 바이얼릿의 친구일 가능성이 있었다. 화재가 난 후 아치, 솔, 해리 위처는 모두 마을을 떠났다. 그날 밤 이후로 네 명의 젊은이가 사망했다. 나는 루비를 찾아가보기로 결심했다.

오후 4시 30분이 되기 조금 전에 1970년대에 특별한 목적으로 세워진 그 요양원에 도착했다. '너도밤나무 요양원'은 오줌 냄새와 인조 라벤더 향이 풍겼고 왠지 모르게 톱밥 냄새도 나는 곳이었다. 건물에 첫발을 들이는 순간, 이런 곳에서 생을 마감해야 한다면 차라리 스스로 목을 긋는 편이 나을 거라는 생각까지 들었다.

복도를 지나가는 동안 라벤더 향은 탁한 산업용 표백제 냄새로 바뀌었다. 타일 바닥이 벽 아래쪽 굽도리와 만나는 구석진 곳에는 먼지가 띠를 형성했고, 전구 스위치 주변에도 희미한 땟자국이 나 있었다.

나는 휴게실을 지났다. 여자 몇 명과 노인 한 명이 휴게실 주변에 놓인 불편해 보이는 의자에 앉아 있었다. 그들 중 아무도 말을 하지 않았다. 책을 읽거나 텔레비전을 보거나 라디오를 듣는 사람도 없었다. 한두 명은 눈을 감고 있었고 나머지는 허공을 멍하니 바라보고 있었다. 나는 그들이 뭘 보는지, 대체 뭘 보기나 하는지 궁금했다. 그들은 그곳에 앉아 있고 여전히 심장이 뛰며 허파에 공기가 공급되지만, 그들의 육신이 쇠퇴해간다는 느낌이 들었다.

"이십 분 후면 차를 마시는 시간이에요. 그전에 방문객은 나가주셔야 해요. 노인분들의 안정을 위해서요." 접수처에서 만난 간호사 복장의 여자가 말했다.

그녀는 연한 푸른색으로 칠해진 문 앞에서 멈췄다. 문 아래쪽의 신발 자국들과 문손잡이 주위의 기름때 자국은 이곳의 위생 상태에 대한 나의 선입견을 확신으로 바꾸어주었다. 간호사는 문을 밀어 열었다.

"루비, 손님이에요." 간호사는 크게 말하며 안으로 들어가라고 손짓했다. 갑자기 루비가 불쌍해졌다. 그녀는 내가 방문한다는 예고를 받지 못했을 테니 자고 있을지도 모르는 노릇이었다. 또한 그녀가 나를 만나고 싶어 할지 그렇지 않을지에 대해 의견도 묻지 않은 상태였기 때문이었다.

나는 방으로 들어가면서 그녀에게 선택권이 주어졌다면 면회를 거절했으리라는 것을 알았다.

루비는 나를 보자마자 밤중에 도로를 건너다 포착된 야생동물처럼 눈이 휘둥그레졌다. 그녀의 시선은 왼쪽의 정돈되지 않은 침대로, 오른쪽의 책장이 늘어선 벽으로, 또 갈색 꽃무늬가 있는 바닥 카펫으로 갈팡질팡했다. 그러다가 다시 내 얼굴을 보았다. 그녀의 늙고 연약한 몸뚱이가 경련하는 듯 부들부들 떨며 의자 속으로 오그라들었다. 역겨워하는 듯한 표정으로 나를 쳐다보았고 나무 팔걸이를 거머쥔 짧고 앙상한 손가락에는 힘이 들어갔다.

'다른 사람들도 그래요, 루비.'

그녀는 프랑스식 창문 앞에 앉아 있었다. 창문으로 보이는 잡초가 무성한 잔디밭과 시든 관목 몇 그루가 있는 작은 정원은 전혀 매력적이지 않았지만 그 너머로 바다가 내다보였다. 수평선에서 흰 돛을 단 요트 한 척이 동에서 서로 천천히 이동했다.

나는 방안을 둘러보다가 수를 놓은 작은 발 받침대를 발견해서 루비가 앉아 있는 의자 쪽으로 받침대를 끌어당겨 앉았다. 머리카락이 흘러내려 왼쪽 얼굴을 가리는 것을 내버려둔 채로 몸을 약간 돌려 나를 소개했다. 나는 예전에 그녀가 살던 마을에 살고 있으며, 그녀의 옛 친구 바이얼릿과 아는 사이인데 교구 회보를 보고 싶다고 말했다.

노파는 대답하지 않았지만 내 뒤쪽의 책장에 눈길을 주어서 나는 그녀가 내 말을 이해했다고 생각했다. 나는 책장 한곳에 놓인 마분지 상자 몇 개에 각각 꼬리표와 날짜가 붙은 것을 보았다.

"할머니, 전 마을에 살았던 위처 일가에 대해 조사를 하고 있는데요. 혹시 옛날 기록들을 살펴볼 수 있을까요?"

내가 방안에 들어간 뒤로 루비의 시선은 한군데에 머무르지 않았다. 이때쯤 그녀의 눈은 자기 오른편에 놓인 작은 커피 탁자 주위를 훑고 있었다. 그녀가 불쑥 손을 뻗어 텔레비전 리모컨을 집었다. 버튼을 누르자 방 한쪽 구석의 텔레비전이 켜졌다.

"할머니?"

그녀는 대답이라도 하듯 다른 버튼을 눌러서 음량을 키웠다. 그녀는 내가 이 자리에 없다는 듯이 행동했다.

그녀는 늙었고 사람들과 상대하는 일도 더는 없을 것이며 노화에 따른 수많은 퇴행성 질환으로 고생하는 중일 테니 신경쓰지 말자고 다독이며 책장 앞으로 걸어갔다. 만약 그녀가 내 행동을 막거나 나가라고 하면 그렇게 하겠지만, 그전까지는…….

책장을 살폈다. 1950년에서 1960년까지의 회보는 여섯째 상자에 담겨 있었다. 나는 루비에게 돌아섰다.

"할머니, 혹시 제가 이걸 살펴봐도……." 상자 쪽을 가리키며 내가 말했다. 그녀는 나를 아예 무시했다. 나는 상자를 바닥에 내려놓고 카펫에 무릎을 꿇고서 내용물을 살폈다. 1958년 칠월 회보를 금방 찾아내서 재빨리 페이지를 넘겼다. 틀림없이 화재 발생 후 일주일 후나 직후에 발행된 화보임에도 불구하고 교회의 화재에 대한 내용은 없었다.

위처 일가에 대한 내용도 없었다. 나는 팔월과 구월에 나온 회보를 조사했다. 시월 회보에는 가까운 세인트 니콜라스 교회에서 바이얼릿 니스던과 짐 버클러의 혼인 고지가 나와 있었다. 그 교회는 나도 가본 적이 있었다. 세인트 비리노 교회의 화재나 위처 형제에 대한 내용은 아무것도 없었다.

시계를 힐끔 보니 차를 마시는 시간까지 십 분이 남아 있었다. 나는 상자에 손을 집어넣어 아무 회보 하나를 꺼내 내용을 대충 훑었다. 소득이 없었다. 나는 다시 시도했고, 또다시 시도해보았다. 나는 상자를 통째로 집으로 가져가 여유 있게 살펴보고 싶었지만 루비가 동의해줄 것 같지 않았다. 내가 고개를 들 때마다 그녀는 텔레비전에 열중한 척했지만 내가 고개를 숙이면 힐끔거리며 나를 훔쳐보는 것이 확실했다.

거의 포기할 지경에 이르렀을 때 뭔가가 나왔다. 1957년 구월에 강 건너 리핀 마을과의 줄다리기 시합에서 솔 위처가 이끄는 팀이 승리했다는 내용이었다. 그의 신부 앨리스는 트로피를 증정했다. 솔은 앨리스라는 여자와 결혼했었다.

이제 오 분이 남았다. 나는 회보와 상자를 제자리에 갖다놓았다. 이때쯤 루비에게 정말 화가 났다. 그녀가 나이가 많든 적든, 퇴행성 질환을 앓든 그렇지 않든 간에 그녀의 행동은 정말로 옳지 않았다. 내 얼굴을 쳐다보기가 난감한 걸까? 그래서 거울을 통해서만 보는 걸까? 나는 텔레비전 옆에 무릎을 꿇어 플러그를 뽑아버렸다. 그러자 그녀가 나를 보았다.

"안녕하세요." 내가 말했다.

그녀는 얼른 고개를 돌렸다. 늙고 연약한 노파를 괴롭히고 있는 게 아닐까 하는 생각에 순간적으로 죄책감이 들었다.

"할머니, 솔 위처를 기억하세요?" 애써 목소리를 억누르며 물었다. "앨리스와 결혼한 사람요. 그가 왜 마을을 떠났는지 기억나세요? 어디로 갔죠?"

루비는 자기 무릎에 시선을 고정했다. 여전히 리모컨을 쥐고 손목을 빙빙 돌렸다.

"얼프레드는요? 솔의 형제요."

대답이 없었다. 가망도 없었다. 나는 일어나서 문으로 향했다.

"얼프레드는 익사했지. 그들이 물에 빠뜨려 죽였어." 등뒤에서 작은 소리가 들렸고, 나는 잘 알아듣지 못했다.

돌아서서 그녀의 말을 제대로 들었는지 잠시 생각했다.

"뭐라고 하셨죠? 누가 그를 물에 빠뜨려 죽였다고요?"

나는 노파의 의자 옆에 무릎을 꿇었다. 그녀는 나를 보지 않으려 했다. 내가 쳐다보자 어쩔 줄을 모르겠는지 의자에 앉은 채로 몸을 앞뒤로 흔들기만 했다. 이때 건물 전체에 벨이 울리는 바람에 우리 둘 다 깜짝 놀랐다.

"차 마실 시간이야." 루비는 혼잣말을 하고 의자 팔걸이를 짚으며 몸을 일으키려 했다. 내가 팔을 뻗었지만 루비는 도움을 무시하고 의자에서 힘겹게 일어섰다. 그녀는 나를 등진 채 천천히 문으로 향했다.

"바이얼릿 할머니께 안부를 전하셨다고 말씀드릴게요." 내가 작게 말했다. 이때 문득 생각이 났다.

"할머니!" 그녀의 귀가 얼마나 밝은지 몰라 나는 제법 크게 불렀다. 그녀는 들은 티를 내지 않았지만 잠시 걸음을 멈추는 듯했다. "할머니, 그거 아세요? 뱀들이 다시 나타났어요."

대답은 없었다. 나는 그녀가 문밖으로 나가버릴 거라고 생각했다. 그런데 어딘가 높은 곳에서 물이 새는 소리와 함께 방안에 시큼한 냄새가 퍼지기 시작했다. 루비의 두 발 사이에 카펫이 젖어 시커먼 얼룩이 생긴 것이 보였다.

29

몇 시간 뒤, 나는 묘지에 왔다.

이곳에 얼프레드가 묻혔는지 알 수 없었지만 그를 찾아내진 못했다. 나는 가장 오래된 무덤이 있는 구석에서 출발해 덤불 안쪽의 무덤을 향해 조사를 시작했다. 일직선으로 와서 한 칸을 건너고 또 한 칸을 건너며 묘석에 새겨진 이름들을 확인했다. 위처라는 성을 가진 부부를 찾았지만, 월터의 형제들과 연관 짓기에는 훨씬 오래전에 죽은 사람들이었다.

이날은 하루 종일 바람이 거세게 불어 묘지를 둘러싼 나무들도 심하게 흔들렸다. 검은 나뭇가지와 봄철의 무성한 나뭇잎이 달빛을 가렸고, 돌멩이 사이를 잽싸게 기어가는 작은 벌레들처럼 땅바닥의 그림자들도 계속해서 기이하게 형태를 바꾸었다. 나는 떨지 않으려 마음을 단단히 먹고 발목을 스치는 것들이 길게 자라난 풀일 뿐이라며 혼잣말을 해야 했다.

묘지 사이를 헤맨 지 삼십 분이 지났을 때는 손전등을 켜야만 묘비에 새겨진 이름을 볼 수 있었다. 그리고 한 시간이 지나자 이 성스러운 땅의 각별한 장소에 얼프레드가 편히 쉬고 있을 거란 생각을 전혀 할 수 없었다.

그다지 달가운 생각은 아니었지만 교회 건물 안에 어떤 식의 추모 글이라도 남아 있는지 살펴봐야 할 것 같았다. 만약 얼프레드의 시신이 수습되지 않았다면 교회 안의 석판에 기록이 유일하게 남아 있을 수도 있었다.

나는 묘비 사이를 지나 교회 현관에 당도했다. 하나만 남은 문짝이 문틀에 맹렬하게 부딪혔다. 나는 건물 안으로 걸음을 옮겼다.

내가 들어온 이곳이 정말 하나님의 집일까? 나는 회중석會衆席 뒤쪽에 섰다. 머리 위로 시커먼 벽들이 높이 솟아 있었다. 무너진 천장의 빈틈 사이로 구름이 지나가는 것을 바라보면서 이곳이 한때 평화로운 장소였다는 사실을 의심했다. 오랫동안 예배가 중단된 이 교회는 오래된 나쁜 기억과 어두운 비밀의 장소로만 보였다.

실내는 바깥에서 예상했던 것보다 훨씬 넓었다. 불에 타서 검게 변한 천장 들보를 길게 뻗은 석조 아치 통로가 겨우 떠받치고 있었다. 잊힌 지 오래된 군대의 패잔병처럼 회중석이 길게 늘어서 있고 새카맣게 탄 좌석들은 망가진 채 비어 있었다.

교회 안에 박쥐 떼의 고약한 악취를 막아줄 벽이 없어서 썩어가는 살과 배설물 냄새가 뒤섞여 구역질이 났다. 바람이 불자 박쥐들이 울었고 마른 잎들이 부스럭거렸다.

바이얼릿이 해준 이야기를 떠올리고 싶지 않았지만 막상 사건이 일어난 장소에 직접 와보니 그 이야기들을 생각하지 않을 수 없었다. 제단을 교회의 다른 곳과 구분해놓은 성단소의 난간을 바라보고 있으니 그곳에 얼프레드가 있는 것처럼 느껴졌다. 나는 밧줄에 묶이고 굶주림에 지친 당황하고 겁에 질린 얼프레드를 상상했다. 그를 둘러싼 신도들이 그의 영혼을 해방시켜달라며 기도를 하고 목사가 오랜 세월 전해온 퇴마의 축사를 외는 모습도 머릿속에 그려졌다.

불쌍한 얼프레드.

추모 명판은 주로 벽에 부착한다. 나는 한쪽 벽에 다가가 조심스레 손전등을 비추었다. 한때 이 교회는 스테인드글라스 창을 뽐냈을 것이다. 뜨거운 불길이 유리를 녹여 많은 세월이 흘렀어도 여전히 선명한 빛깔의 물감을 창문 턱과 이끼가 덮인 벽에 흘러내리게 했다. 달빛 속에서 가장 두드러진 색은 빨강이었다. 새빨간 물감이 흘러내린 흔적이 돌과 돌바닥 곳곳에 남아 있었다. 이날 밤 잔뜩 긴장한 내 눈에는 마치 교회가 피에 뒤덮인 것처럼 보였다.

나는 회중석을 지나 성단소 계단을 올랐다. 성단소에 서자 과거의 교회 모습을 더욱 잘 알 수 있었다. 한쪽 편에는 성가대석이 세

줄 있었다. 한때 음악이 울려 퍼졌을 그곳은 이제 음침하고 무의미하게 보였으며 정교한 조각도 검게 변해 있었다. 오르간 좌석 앞에는 교탁이 넘어져 있었다. 오르간은 여전히 웅장하고 멋졌다.

어머니는 건강이 나빠지기 전까지 정기적으로 교회 오르간 연주를 맡으셨다. 결혼식 축가 연주를 특히 좋아하셨다. 그럴 때면 내가 신도들이 볼 수 없는 어머니 옆자리에 앉아 악보를 넘겨드렸고 신부 측의 장엄하고 기품 있는(적어도 내 어린 눈에는) 드레스를 훔쳐보기도 했다.

나만의 특별한 자리였던 파이프 아래쪽 공간에서는 신도들이 보지 못하는 결혼 서약의 은밀한 장면을 엿볼 수 있었다. 신부의 눈에 처음으로 눈물이 글썽거리는 장면, 신랑이 떨리는 목소리로 서약을 하는 장면, 마침내 반지가 무사히 손가락에 끼워지며 까다로운 절차가 전부 끝나서 안도하는 장면을 나는 조마조마한 심정으로 기다렸다. 결혼의 맹세도 어느새 외워버려서 신부를 따라 나도 모르게 입을 씰룩거리기도 했다. 만약 신부가 자신이 해야 할 말을 잊어버리기라도 한다면 구석에서 들리는 작은 목소리에 신도들이 깜짝 놀랄지 모른다는 생각도 했었다.

하지만 결혼식에서 내가 절대로 지켜보지 못하는 순간도 있었다. 그때가 되면 나는 여지없이 고개를 돌려 악보의 페이지를 확인하거나 심지어 어머니의 손을 꼬집기도 했다. 신부의 얼굴에서 면사포를 걷어내는 순간이었다.

나는 어머니의 재능을 별로 물려받지 못했지만 교회 오르간으로 아주 간단한 곡은 몇 개 연주할 수 있었다. 그리고 이날 밤 과거의 기억에 심취한 나머지 오르간 의자를 똑바로 세우고 건반을 눌러보고 싶은 황당한 충동을 느꼈다. 오랜 세월이 지난 지금 오르간은 어떤 소리를 낼까? 마을까지 소리가 들릴까? 누구의 소행인지 알아보려고 사람들이 달려올까?

뭔가가 바보 같은 생각을 부추겼다. 나는 왼발로 오르간 발판을 밟으며 오른손 가운뎃손가락으로 건반 하나를 세게 눌렀다.

오르간은 즉시 비명에 가까운 괴로운 소리를 내질렀다. 귀에 거슬리는 높은음이 울려 퍼지자 박쥐 떼가 어지럽게 날아올랐고, 박쥐들의 날카로운 고음에 오르간 소리는 금세 묻혀버렸다. 빠른 기류 속에서 박쥐들은 무력했다. 소용돌이에 휩쓸린 잡동사니처럼 폐허가 된 교회 처마 주위에서 이리저리 부딪히며 고음을 냈다. 밖에서는 까마귀들이 다시 맴을 돌기 시작했다. 나도 모르게 몸을 떨었다. 그러지 말아야 했다. 좋았던 시절은 가버렸다.

나는 교회 정면의 창문 쪽을 지나쳤다. 동쪽에 있는 세 개의 거대한 석조 아치 중에서 가장 큰 것은 머리 위로 육 미터 높이까지 솟아 있었다. 연마되지 않은 보석 같은 깨진 색유리 조각들이 타일 바닥에 어지럽게 널려 있었다.

제단에는 흐릿하고 칙칙한 촛대가 서 있었다. 남쪽을 바라보는 벽에는 큼직한 태피스트리가 걸려 있었다. 잠시 문양을 살피려 했지만 곰팡이와 습기 탓에 심하게 색이 바랜 상태였다. 내가 할 수 있는 일은 남쪽 벽을 따라 걸어가면서 돌에 새겨진 글자가 있는지 살피는 것뿐이었다. 교회의 싸늘한 분위기 같은 절망감이 몸속에 스며드는 것만 같았다.

이렇게 오랜 시간을 들여 추적을 해보았지만 무슨 성과가 있었단 말인가?

월터는 여전히 행방불명이었다. 솔 위처에 대해 조금 더 알게 되었지만 그를 추적할 단서는 찾지 못했다. 얼프레드도 종적이 묘연하기는 마찬가지였다. 단지 같은 시대를 살았던 바이얼릿과 루비에게 그가 익사했다는 말만 들었을 뿐이었다. 루비는 더 많은 사실을 알려주었다. 그들이 물에 빠뜨려 죽였다고 했다. 그 말이 사실이면……. 글쎄, 복잡하고 성가신 문제와 마주친 셈이었다.

교회 입구로 나와 바깥으로 걸음을 옮기기 직전에 뭔가 움직이는 것을 보았다. 눈 깜짝할 사이에 얼핏 보았을 뿐이지만 제단 뒤쪽에서 키가 크고 어두운 형체가 분명히 움직였다. 심장이 쿵쾅거렸다. 몸을 돌리다가 발이 미끄러졌다. 중심을 잡으려고 손을 내젓다가 손전등을 떨어뜨리고 말았다.

손전등은 크고 묵직한 소리를 내며 돌바닥에 떨어졌다. 산탄총의 탄환처럼 까마귀들이 하늘을 가르며 흩어졌다. 머리 위에서 쓰레기들이 우수수 떨어졌다. 돌바닥과 수면에 부딪혀 두둑거리고 퐁당거리는 소리가 들렸다.

교회 현관 쪽의 그림자들은 모두 고요했다. 나는 손전등을 집고 다시 한번 그곳에서 벗어나려고 했다. 신경이 대단히 예민해서 어서 그곳에서 나가고 싶었다. 나는 문을 지나 건물 앞으로 나왔다.

퐁당 소리는 뭐지?

나는 걸음을 돌려 통로를 다시 지나면서 어두운 그림자들을 눈여겨 살폈다. 제단 앞 난간이 거의 가까웠다. 성단 계단 앞의 정면 바닥에는 지하실로 통하는 거대한 나무문 같은 것이 있었다. 조금 전에는 보지 못한 것이었다. 어머니의 오르간 연주를 회상하느라 방심한 탓이었다. 문은 본래 한 쌍이었다. 그런데 문짝 하나는 사라졌고, 문짝이 사라진 곳에 검은빛의 뭔가가 아른거리고 있었다. 나는 가까이 다가갔다가 엷은 안개가 낀 듯한 고인 물의 악취를 맡았다. 웅덩이 주위에는 마치 탈출을 감행하는 느릿한 생물처럼 이끼가 피어 있었다. 나는 바닥에서 돌 하나를 집어서 떨어뜨렸다.

풍덩!

교회 안의 생명들이 숨을 죽였다. 네모난 웅덩이는 꽤 깊었다. 길이가 삼 미터, 너비가 이 미터쯤 되어 보였다. 돌멩이가 만든 잔물결은 사라졌지만 웅덩이의 물은 끊임없이 움직였다. 바람이 기름처럼 매끈한 수면 위를 스치고 지나간 것인지, 깊은 물속에 작은 생명들이 살고 있어서인지 알 수 없었다. 당장은 알기 어려웠다. 웅덩이를 보자 이상한 기분이 들었고 교회의 석조 아치가 수면에 반사된 탓으로 약간 현기증이 났다. 물을 더 오래 들여다보고 있다가는 빠져버릴 것만 같았다.

나는 겨우 고개를 들었다. 교회 벽에 걸린 태피스트리가 바람의 가벼운 숨결에 화가 난 듯 살짝 펄럭였다. 방금 누군가를 본 것 같았다. 짧은 순간이지만 커다란 아치형 창문 쪽에서 키 큰 남자의 어두운 형체를 확실히 본 것 같았다. 그런데 교회 입구 쪽에는 아무것도 없었다. 태피스트리도 지금은 가만히 걸려 있을 뿐이었다. 이제 정말 돌아가야 하지 않을까?

나는 물웅덩이를 돌아 제단의 층계 세 개를 올라갔다. 딱히 눈에 띄는 것은 없었다. 바깥에서 바람이 불고, 머리 위에서 작은 생물들이 꿈틀거리는 것 말고는 아무 소리도 들리지 않았다. 나는 다시 걸음을 옮기며 좌우를 살폈고 성가대석 뒤에서 뭐가 튀어나올까 봐 긴장했다. 제단 너머를 휙 쳐다보았지만 아무것도 없었다. 태피스트리에 손을 뻗었다.

문이 숨겨져 있었다. 태피스트리 뒤쪽의 움푹 팬 돌 속에 쇠와 나무로 된 튼튼한 문이 있었다. 제의실로 통하는 문이거나 탑으로 이어질 가능성이 있었다. 그곳을 미처 확인할 생각을 못 한 것이 의아했다.

제의실은 교회에 딸린 방으로 의복이나 제의, 예배에 필요한 여러 도구를 보관하는 장소다. 종종 교구 협의회의 모임 장소로도 쓰이고, 사무실 용도로 쓰는 사제들도 많았다. 나는 둥근 손잡이에 팔을 뻗으면서도 분명 내가 아주 어리석은 행동을 하고 있다는 걸 알았다. 손잡이를 꽉 쥐고 돌리자 살짝 돌아갔다.

제단 옆에 있는 누군가를 본 게 확실할까? 그렇다면 그는 지금 어디에 있을까?

손잡이는 오른쪽으로 4분의 1쯤만 돌아갈 뿐 더 움직이지 않았다. 문이 잠기지 않았으면 앞으로 밀면 열릴 것이다.

요전날 밤에 보았던 나이든 침입자는 아닐까? 그런 생각을 하자 심장박동이 더 빨라졌지만 이내 아닐 거란 생각이 들었다. 짧은 순간이었지만 키가 더 커 보였기 때문이다. 나는 고개를 들고 숨을 들이쉬었다. 이때쯤에는 박쥐 떼의 고약한 냄새에도 익숙해졌다. 혹시 다른 냄새는 아닐까? 전날 밤 집에서는 부랑자 냄새가 진동하지 않았던가? 아니다. 달랐다. 하지만 같은 냄새도 있었다. 희미하긴 해도 파이프 담배 냄새가……?

문을 밀었지만 꿈쩍도 하지 않았다. 다시 시도했지만 똑같았다. 문은 잠겨 있었다. 문에 열쇠 구멍은 없었는데 그건 문의 안쪽에 걸쇠가 걸려 있다는 뜻이었다. 실망스럽기도 하고 문 안쪽에 뭐가 있을지 더 궁금해졌다. 제의실에는 대개 외부로 통하는 문이 있었다. 사제들이 번거롭게 크고 무거운 정문으로 드나들지 않아도 되도록 하기 위해서였다.

나는 빠른 걸음으로 중앙 통로를 지나 교회 밖으로 나왔다. 그런 다음 손전등을 끄고 건물 외곽의 남쪽으로 갔다. 만약 주변에 누가 있다면 내가 아주 잘 보일 거란 생각이 들었다. 벽 가까이 붙어서 천천히 이동했다.

교회 외곽의 벽면은 평평하지 않았다. 그 점은 내게 유리했다. 왜냐하면 움직여도 괜찮다는 확신이 들 때까지 후미진 구석과 모퉁이에서 걸음을 멈추고 귀를 기울이며 기다릴 수 있기 때문이다. 교회 입구에서 제의실의 작은 문까지는 기껏해야 오 분만 가면 충분하리라 예상했는데 실제 거리는 훨씬 멀게 느껴졌다.

제의실 바깥문에도 걸쇠가 있었다.

안으로 들어갈 생각은 없었다. 문을 열 수 있다면 열고 과연 그 속에서 뭐가 나올지 지켜볼 심산이었다. 걸쇠를 꽉 거머쥐고 엄지손가락으로 잠금단추를 눌렀다. 걸쇠는 움직이지 않았다. 역시 잠겨 있었다. 나는 허리를 굽히고 문의 큼직한 열쇠 구멍에 손전등을 비춰보았다. 오십 년간 잠겨 있었을 열쇠 구멍 속은 부스러기 하나 찾아볼 수 없을 만큼 깨끗했다. 뒤로 물러서서 주위를 전부 둘러보았다. 방금 떠오른 생각을 실행할 용기가 있는지 스스로에게 물었다.

한때 영국 교회들은 문을 거의 잠그지 않았으며, 그것이 교회를 관리하는 기본 원칙이었다. 교회 건물은 기도와 위안이 필요한 모든 사람에게 항시 개방되어야 한다는 믿음이 있었다. 그런데 세월이 흐르면서 기물 파손자와 좀도둑들 때문에 대부분의 시골 교회에서 그 원칙은 깨지고 말았다. 작은 마을 교회들도 그런 문제들로 곤란을 겪었고, 가끔 타협책을 내놓기까지 했다. 교회 건물을 잠그지만 열쇠를 교구민들이 찾을 수 있는 곳에 숨겨두는 것이었다. 오십 년 전, 세인트 비리노 교회의 신도들은 열쇠를 어디에서 찾았을까?

제의실 입구는 아치형이었고 약 이 미터 높이의 입구 위쪽은 돌로 장식되어 있었다. 아치의 맨 꼭대기에는 악마의 얼굴을 가진 두 눈이 볼록한 가고일 상이 음흉한 표정을 짓고 있었다. 가고일이 너무 높은 곳에 있어서 손이 닿지 않았지만, 지면에서 한 발 정도 높이의 건물 외벽에는 좁은 턱이 둘려 있었고, 그 위에 오랜 세월 손대지 않은 담쟁이덩굴이 무성하게 자라 있었다. 나는 턱 위에 올라서서 한 손으로 담쟁이덩굴을 잡아 균형을 유지하고 다른 손으로 돌 장식을 더듬었다. 마른 나뭇잎과 돌멩이 몇 개, 그 밖에는 아무것도 없었다. 남은 곳은 가고일뿐이었다.

정면에서 바라보자 입구 위의 장식물은 정확히 말해 가고일이 아니었다. 보통 가고일 장식은(비록 흉측한 모습이긴 하지만) 건물 기능의 일부를 담당하며 빗물 배출구로 쓰였다. 지붕에 떨어진 빗물이 지붕 둘레의 배수관에 모여서 조각의 입속 구멍을 통해 뿜어져 나오는 방식이었다. 이 조각은 입을 크게 벌리고 외설적인 혀를 삐죽 내밀고 있었지만 배수관과 연결되어 있지는 않았다. 돌 조각상은 키메라였다.

입속은 오십 년 세월 동안 자연이 만든 파편들로 가득채워져 있었다. 썩은 나뭇잎을 한 움큼 집어내고 진흙 더미와 새 둥지의 잔해를 몇 번이나 파냈지만 끝이 나지 않았다. 이 분 동안 입속을 파헤치자 안쪽까지 손이 쑥 들어갔다. 손가락을 스치는 것들 때문에 절로 몸서리가 쳐졌다. 입에는 아무것도 없었다. 막 포기하려던 때에 새끼손가락에 차가운 금속 물질이 닿는 느낌이 들었다. 나는 그것을 거머쥔 후 손을 빼냈다.

벽에서 뛰어내린 나는 손전등으로 찾아낸 것에 빛을 비추었다. 큼직한 황동 열쇠였다. 세월의 때와 진흙이 묻었지만 청바지에 문질러서 닦아낸 후 살펴보니 녹도 전혀 슬지 않았다. 나는 열쇠가 구멍에 꼭 맞을 것이고 잠시 후면 문을 열 수 있으리라 확신했다. 그래서 열쇠를 구멍에 꽂았다가 잠시 멈추었다.

남자 한 명이 죽고, 아기가 위험에 처했으며, 사람들이 뱀에 질겁했다. 인간으로서 최악의 냄새를 풍기는 남자가 그림자처럼 마을을 돌아다니며 문제도 일으켰다. 위처의 집에서는 흔적을 찾지 못했지만 그는 어딘가에 숨어 있을 것이다. 과연 내가 그곳을 찾은 걸까? 그렇다면 이제 어떡해야 하지? 내가 이곳에서 그림자를 목격했으니 경찰도 오래된 교회의 탑을 조사하게 될까? 그럴 것 같지 않았다. 맷에게 직접 전화를 걸어야 할까? 나는 대답을 알았다. 믿을 만한 사람이 누가 있을까? 그 대답 또한 알고 있었다. 나는 열쇠를 돌려 오래된 교회 탑으로 통하는 문을 열었다.

30

문 안쪽은 캄캄했지만 손전등 덕분에 제의실의 가구와 비품들을 하나하나 비출 수 있었다. 성직자의 책상, 혼인 명부, 벽장, 책장, 사제에게 필요한 다양한 의복이 담긴 옷장, 녹슨 주전자가 있는 작은 싱크대까지 그 어느 것도 특별해 보이지 않았다. 나는 열쇠를 주머니에 집어넣고 등뒤로 문을 닫았다. 왼편에 있는 아치 통로는 나선 계단으로 이어졌다. 만약 내가 짐작하듯이 이 교회 건물이 노르만 양식이라면 대략 11세기나 12세기쯤에 건축되었을 것이다. 아마 본래의 탑은 교회 본 건물보다 한 층 정도 더 높았을 텐데, 그 후 1500년대쯤에 타종이 유행하면서 종루를 포함한 탑이 더 높이 증축되었을 것이다. 내가 들어선 방 위쪽에 두 개의 방이 더 있는 셈이었다.

좁은 계단은 폭이 겨우 오십 센티미터도 되지 않았고 경사도 아주 가팔랐다. 수백 년 동안 발을 디딘 흔적인지 무른 돌바닥 곳곳이 닳았다. 나는 이 계단을 급하게 내려오는 일이 없기를 바랐다. 까마귀 둥지의 잔해를 밟고 거미줄을 걷어내면서 천천히 계단을 올랐다. 무슨 소리가 들리지 않는지 계속해서 귀를 쫑긋 세운 채 탑의 타종실이 있는 2층에 다다랐다.

그 방에는 종에 연결된 여덟 개의 밧줄이 천장에서 늘어뜨려져 거대한 거미줄처럼 가운데에 모여 있는 것 말고는 아무것도 볼 것이 없었다. 방 둘레의 선반에 작은 종이 여러 개 놓여 있고, 나무 쟁반에 흐릿해진 악보가 있었다. 고개를 들어보니 천장의 엉성한 판자에 뚫린 작은 구멍 속으로 밧줄이 매달린 것이 보였다.

나는 계단을 더 올라갔다.

커다란 청동 종 여덟 개가 수십 년간 웅장한 소리를 내지 못하고 탑의 가장 높은 방에 가만히 매달려 있었다. 종들은 하나같이 이 지역의 강한 바람에 실려 온 흰 석회 가루를 덮어쓰고 있었다. 나는 종을 제대로 보지 않았다. 종루의 마지막 모퉁이를 돌아섰을 때 종이 놓여 있지 않은 좁은 바닥에 뭔가가 보여 시선이 고정되었기 때문이었다.

가까이 다가가고 싶지 않아 손전등으로 묵직한 나무의자를 이리저리 비추었다. 의자는 굵은 쇠못으로 각 부분들을 대충 연결하는 등 조잡하게 만들어졌지만 튼튼해 보였다. 팔걸이는 널찍하고 두꺼웠으며 다리도 튼튼했다. 팔걸이와 다리에는 두꺼운 철제 버클이 달린 네 개의 가죽끈이 못 박혀 있었다.

'그를 묶어놓고 굶겼다는 얘길 들었어. 며칠, 몇 주씩이나.'

이 순간까지 나는 생명이 없는 사물에 어떤 종류의 증오가 깃들 수 있다는 생각을 우습게 생각했다. 그런데 의자를 보고 있자니 머릿속에 끔찍한 광경이 그려졌다. 밧줄에 묶여 하늘을 원망하며 비명을 지르는 남자, 굶주려서 죽을 지경이 된 채로 손목과 발목의 상처에서 피를 흘리며 절망 속에 쓰러진 청년, 그리고 오래전에 살은 썩어 없어졌지만 아직도 가죽끈에 묶여 있는 바싹 마른 해골까지. 나는 이 짧은 순간이 인생에서 가장 무서웠다.

'가끔은 그를 교회로 데려갔지. 그와 함께 기도를 하며 그에게서 악마를 몰아내려고 했어. 며칠이 지나서 멍이 들고 피를 흘리는 예전과 똑같은 상태의 얼프레드를 보게 될 뿐이었지만.'

"오래전의 이야기일 뿐이야, 클래라." 나는 혼잣말을 중얼거렸다.

의자를 계속 쳐다보기 힘들었다. 그렇지만 고개를 돌리는 것도 쉽지 않았다. 나는 그 자리에 가만히 머물러 손전등으로 종루를 천천히 비추었다. 발밑의 바닥을 훑어보고 벽을 따라가다가 거미줄이 쳐진 천장을 비추었다. 이때 내 입에서 새어 나온 신음 소리가 오래된 종들에서 메아리쳤다. 키메라가 더 있었다. 벽과 경사진 지붕이 만나는 네 구석에 키메라가 하나씩 놓여 있었다. 거의 육십 센티미터 크기, 원숭이의 상반신과 고양이의 발톱과 꼬리를 지닌 섬뜩한 조각상이 벽의 맞은편에서 나를 노려보았다. 번뜩이는 눈동자는 마치 사람처럼 지능을 가진 것 같았고 당장이라도 달려들 것처럼 보였다. 내 왼쪽에는 당장 날아오를 것처럼 날개를 펼친 사자상이 있었다. 오른쪽에는 뿔 달린 짐승이 사람 팔처럼 생긴 것에 턱을 받친 채 생각에 잠긴 듯 음침한 표정을 짓고 있었다. 아주 가까운 뒤쪽에도 뭔가가 웅크리고 있었다. 제대로 보지는 못했지만 나는 본능적으로 앞으로 나오며 그것에서 떨어졌다. 네 개의 석상은 모두 굶주린 채 기회를 엿보는 듯했다.

정말 얼프레드가 이곳에 있었던 걸까? 나는 그의 심정이 어땠을지 상상해보려 했다. 어둠이 깔리고 그림자가 길어지는 것을 지켜보며 기나긴 밤을 무시무시한 석상들과 함께 보내야 한다는 걸 깨달은 심정은 어땠을까? 석상들이 움직이는 것처럼 보이고 자신에게 말을 걸어오기까지 얼마나 걸렸을까? 정신장애가 있던 얼프레드가 현실감을 완전히 잃게 되기까지 얼마나 걸렸을까?

손전등 불빛이 비추는 뭔가를 보기 위해 앞으로 걸었다. 방 한쪽 구석에 단순한 형태의 나무조각이 벽에 기대어져 있었다. 나무 막대 두 개를 직각으로 교차해놓은 것이었다. 세상에서 가장 단순하고 쉽게 알아볼 수 있는 상징, 십자가였다.

내가 아기였을 때 요람 위에 십자가가 걸려 있었다. 내게 십자가는 선하고 안전한 모든 것을 대표했다. 그런데 그 방에서 무시무시한 석상들과 함께 있는 십자가를 보니…… 구역질이 났다.

그곳에 더 있을 수 없었다. 방에서 나오며 미세한 흰 가루가 방

전체를 뒤덮었지만 의자 위만 깨끗하다는 것을 알아차렸다. 마치 누가 얼마 전까지 앉아 있었던 것 같았다. 바닥을 내려다보자 흰 가루들도 내가 아닌 다른 누군가의 발자국으로 어지럽혀져 있었다.

계단에 돌아와 밑으로 내려가려다가 충동적으로 계단 다섯 칸을 더 올라갔다. 탑의 난간으로 통하는 작은 문은 잠겨 있지 않았다. 문을 열자 바람이 얼굴을 거세게 때리며 내가 밖으로 나오지 못하게 막으려 했다. 나는 문을 힘껏 밀어냈다. 잠시 후 육 미터 높이의 난간에 서게 되었다.

어두운 구름이 하늘을 가로질렀고, 훨씬 아래의 땅 위에서 구름의 그림자가 빠르게 움직이는 것이 보였다. 몇 킬로미터 떨어진 곳에 오렌지색 가로등이 나란히 늘어선 모습과 그 사이를 오가는 자동차 불빛들을 볼 수 있었다. 마을은 어둠에 잠겨 있었고 드물게 현관 외등과 창문 커튼 너머로 희미한 불빛이 새어 나왔다. 사방이 고요했고 모든 것이 잠잠했다. 마을 공터 근처의 벌판을 불빛 하나가 천천히 가로지르고 있었다.

나는 탑의 문을 잠그고 열쇠를 본래 있던 곳에 도로 넣어두었다. 교회 현관을 지나 길을 나섰다가 재빨리 멈추어야 했다. 세 사람의 형체(나는 키치 패거리라는 것을 바로 알아보았다)가 집으로 이어지는 길을 가로막고 서 있었다. 나를 보지 못했지만 발견되는 건 시간문제였다. 나는 길을 되돌아가서 묘지를 가로질러 돌담을 넘어 벌판 쪽으로 나갔다. 클라이브 벤트리의 저택이 아주 가까웠는데, 분명 이곳도 그의 사유지일 듯했다. 나는 벤트리의 정원 뒤를 돌아 낮은 벌판을 가로지르면 다른 길로 마을 공터까지 갈 수 있을 거라 생각했다. 그때쯤이면 패거리도 자리를 뜰 것이다. 그러지 않는다면 그들 옆을 몰래 지나쳐 통과해야만 했다.

내리막길이어서 빨리 이동할 수 있었고, 저택 아래쪽 벌판까지 금방 도착했다. 그곳부터는 울타리에 가까이 붙어서 벌판을 가로질렀다. 건너편까지 가면 카터스 레인으로 넘어간 후 집으로 돌아갈 수 있다.

오십 미터쯤 갔을 때 무슨 목소리가 들렸다. 들킨 걸까? 그들이 이곳까지 따라왔을까? 걸음을 멈추고 지면에 몸을 낮추었다. 내가 숨은 울타리와 수직으로 늘어선 또 다른 울타리가 부스럭대며 움직였다. 놀란 새들이 둥지에서 날아올랐다. 몸집이 큰 누군가가 울타리를 뚫고 나왔다. 키가 작고 단단한 체형의 사람도 따라 나왔다.

누구인지 확실히 알아보기에는 거리가 너무 멀었다. 키치 형제 두 명일 가능성이 컸다. 앞서 패거리 셋을 보았으므로 충분히 가능성이 있었다.

두 남자는 울타리를 따라 벌판을 내려가기 시작했다. 그들이 충분히 앞서가게 내버려둔 후 뒤를 밟았다. 그들이 나를 보기는 어려웠다. 밤에 달리기를 할 때면 항상 그랬듯 어두운 색깔의 옷을 입고 있었고 밤중에 동물을 뒤쫓은 적도 여러 번 있었다.

키치 형제들이 나에게서 오십 미터쯤 떨어졌을 때, 한 명이 다른 한 명을 돌아보며 말을 했다. 무슨 말을 하는지 들리진 않았지만 그들의 몸짓과 키 큰 남자의 손동작을 보면 다투는 것같이 보였다. 이윽고 키 큰 남자가 몸을 낮추어 다른 남자의 어깨를 잡았다. 키가 작은 남자는 약간 주저앉는 것 같았다. 그들이 키치 형제인지 확신할 수 없었다. 두 사람의 거동이 젊은 사람처럼 보이지 않았다.

잠시 후 그들이 벌판에 몸을 낮게 웅크려서 나도 따라 했다. 그들은 언덕 위쪽, 이제 사백 미터쯤 떨어진 저택 쪽을 바라보고 있었다. 여전히 바람은 남서쪽 방향으로 거세게 불었고 주위의 나무들이 부들거리며 속삭이는 듯한 소리를 냈다. 벌판에 길게 자란 풀들이 나를 향해 휘어지면서 빠르게 흐르는 강물처럼 잔물결이 일었다.

그 후에 벌어진 일을 어떻게 잘 묘사할 수 있을까? 나는 거대한 급류 한복판에 있었다. 강물은 나를 향해 밀려들다가 밀려갔고 이따금 소용돌이를 형성하면서도 줄기차게 한 방향으로 흘렀다. 그날 밤 바람이 부는 풀밭에서의 느낌은 그랬다. 잠시 후 나는 다른 조류潮流를 발견했다. 처음에는 제법 거리가 멀었지만 점점 가까워졌다. 폭이 채 이 미터도 되지 않았지만 상당히 강해 보이는 흐름이었다. 왜냐하면 흐르는 강물과 직각 방향으로 움직였기 때문이었다.

나를 향해 다가오는 물인지 풀인지 알 수 없는 조류를 바라보았다. 오십 미터 떨어진 곳에서 두 사람도 그것을 보고 있음을 알았다.

어디선가 흘러든 물일 수도 있었다. 하지만 물이 아니라고 확신했다. 나도 모르게 몸이 떨렸다. 영국의 밤 풍경과 관련된 것들은 지금껏 못 본 것이 없다고 생각했는데 눈앞의 광경은 전혀 새로운 것이었다. 지구상의 모든 생명체들처럼 나 역시 미지의 것을 접하자 넋이 나가고 말았다.

대체 뭘까? 나는 반쯤 달아나고 싶기도 했고 반쯤은 매료되었다. 용감하게 몇 미터쯤 앞으로 기어갔다. 방향이 바뀌지 않는 이상 조류는 내 옆을 지나쳐 두 남자에게로 곧장 향할 것이었다. 그들은 몸을 웅크린 채 열심히 바라보는 중이었고, 어떤 행동을 취할 것처럼 보였다. 전혀 겁을 먹지 않았다. 조류는 십 미터…… 칠 미터…… 오 미터까지 가까워졌으며 성인의 걸음 속도로 움직였다.

뱀들…… 수십 마리…… 어쩌면 수백 마리인지도 몰랐다. 아이 장난감에서 리본이 풀려나오듯 뱀들이 풀밭에서 출렁거렸다. 미끈하고 촉촉한 몸체가 달빛을 받아 번득거렸다. 뱀들은 집단의 목적, 공동의 목표에 따라 이동했다. 내가 절대 이해할 수 없는 본능에 이끌리는 듯했다.

풀뱀 무리였다. 어린 뱀, 연필처럼 가느다란 뱀도 있었고 길이 백오십 센티미터가 넘는 큰 뱀도 있었다. 검은 뱀, 하얀 뱀 들이 보였고, 등의 무늬까지 알아볼 수 있었다. 뱀들은 물을 찾아 강으로 이동하는 듯했다. 그런 경우가 있다는 말은 들었고, 실제로 뱀 떼를 목격했다고 주장하는 노인을 만난 적도 있었다. 지금까지 그 말을 진심으로 믿은 적은 없었다.

아름다웠다. 특별하면서 대단한 장관이었다. 엄청난 은혜를 입은 기분과 함께 뜻밖의 서글픈 감정도 느꼈다. 어째서 이런 광경을 함께 볼 사람이 곁에 없을까?

물론 혼자는 아니었다. 키치 형제인지 누구인지 알 수 없는 두 남자와 경험을 공유했다. 다만 누구인지 모를 그들도 이 놀라운 자연 광경을 보며 감탄하는지 의문이었다.

뱀들은 나를 지나쳐 언덕을 계속 내려가서 그들을 기다리는 어두운 형체들에게 접근하고 있었다. 선두에 선 뱀이 형체들과 마주칠 때쯤 키가 큰 남자가 말을 하자 둘은 일어섰다. 뱀들은 호스에서 뿜어져 나오는 물줄기처럼 산산이 흩어지기 시작했다. 사방으로 달아나는 뱀에 두 남자는 대비를 한 상태였다. 자루를 가지고 있었다. 자루를 땅에 대고 빠르게 뱀을 담았다.

처음 하는 일이 아닌 듯했다. 빠르고 효과적으로 행동했다. 아무 말 없이 신속하게 움직여 당황한 뱀들을 자루에 쓸어 담았다. 자루는 꿈틀대고 몸부림치는 뱀들로 가득찼다.

나는 당장 그들을 제지하고 싶었지만 감히 움직이지 못했다. 거리가 너무 가까웠다. 그렇지 않더라도 내게 무슨 수가 있단 말인가? 그들과 시시비비를 따져야 할까? 그들이 떠나기 전까지 그곳에서 벗어날 수도 없었다. 움직였다가는 당장 그들이 나를 볼 테니까.

뱀 한 마리가 당황한 무리들에서 벗어나 나를 향해 다가왔다. 나는 완전히 숨을 죽였다. 뱀은 소리를 듣지 못한다. 주로 땅에서, 부분적으로 대기를 통해 진동을 감지한다. 볼 수는 있어도 시력은 좋지 않다. 한편 혀를 이용해 감지하는 냄새에 민감하다. 내게 다가오던 뱀은 속도를 늦추고 재빠르게 혀를 날름거리며 적이 있는지 탐지했다.

내 앞에서 멈추더니 방어 자세를 취하며 몸을 세웠다. 나는 뱀을 안심시키고 매끄럽고 탄탄한 몸을 쓰다듬고 싶었다. 정말 어리석은 생각이었다. 사람에게 길들여진 파충류라면 사람 손을 무서워하지 않겠지만 이런 야생동물을 위로하겠다니……. 위로가 필요한 건 오히려 나였다. 나는 가만히 있었다. 뱀은 곧 몸을 낮추고 다시 한번 공기를 맛본 뒤 울타리 속으로 미끄러져 사라졌다.

마침내 뱀들은 전부 달아나거나 붙잡혔다. 두 남자는 울타리 쪽으로 걸어갔다. 그들이 울타리를 뚫고 시야에서 사라졌을 때, 나는 그들이 언덕을 내려가서 위처의 집이 있는 쪽으로 갔으리라고 확신했다.

집으로 돌아가 경찰에 신고를 해야 했다. 이제 키치 형제라고 전혀 생각할 수 없게 된 두 남자는 범죄를 저질렀다. 영국에서 야생 뱀을 포획하는 것은 불법이다. 그들은 수많은 뱀을 자루에 담았다. 무슨 계획인지 모르지만 뱀에게 이로운 일은 아닐 거라는 건 장담할 수 있었다. 울타리 건너편에서 혹시 목소리가 들리나 귀를 기울이며 나는 언덕을 도로 올라가기 시작했다. 도중에 새들이 나 때문에 놀라서 푸드득 날아오르기도 했다. 벌판 꼭대기에 다다른 후 울타리 속에 몸을 웅크렸다. 그리고 고개를 내밀어 길 위아래를 살폈다.

아무도 없었다. 두 남자는 뱀들을 짊어지고 어디론가 사라졌다. 나는 울타리를 헤집고 나와서 몸을 일으켜 다시 걸음을 재촉했다. 모퉁이를 돌았을 때 부스럭 소리가 들리더니 등뒤에서 누가 머리채를 잡아당기며 팔로 몸을 휘감았다.

31

앨런 키치가 내 허리와 목을 감고 꼼짝 못하게 했다. 그의 동생 네이선은 정면에서 다가왔다. 생각할 겨를이 없었다. 다리를 들어 네이선의 가랑이를 찼다. 그가 비틀대며 뒷걸음질을 치자 앨런의 팔이 조금 느슨해졌다. 내가 휘두른 팔꿈치에 그가 미처 막지 못한 물렁한 복부가 맞았다. 뒷발로 정강이를 찍자 그는 꽥 소리를 내며 나를 놓쳤다.

나는 뛰었다. 내게는 속도가 필요했다. 그들은 내가 저항할 거라고 예상하지 못했을 테고 이제 화가 많이 났을 것이다. 붙잡힐 수는 없었다. 나는 길모퉁이를 돌아 카터스 레인에 접어들어 오르막길을 달렸다. 잠시 후면 마을 공터에 도착할 수 있고 근처에는 도움을 요청할 집들이 있었다.

뒤에서 빠른 발소리가 들렸다. 네이선은 젊고 키가 컸다. 그 나이대의 소년처럼 달리기를 잘할 것이다. 앨런은 몸이 더 건장했고 동생보다 열다섯 살쯤 많은 것 같았다. 힘은 셀지 몰라도 동작은 느릴 것이다. 우선 네이선을 따돌려야 했다.

매일 이 길을 달려온 덕분에 꼭대기에 다다랐을 때에는 몇 초쯤 여유가 있다는 것을 알았다. 그래도 시간을 허비할 수 없었다. 공터를 지나고 나서 마을을 빠져나가는 큰길로 들어가 오백 미터쯤 더 달리면 본 레인이 나왔다. 그 길을 따라 곧장 집으로 갈 수 있었다.

예상은 맞아떨어지지 않았다. 네이선과 한패인 소년과 소녀가 공터에서 큰길로 향하는 지점의 벤치에 앉아 있었다. 또 다른 한 명은 교회와 저택으로 통하는 길가에서 어슬렁거리고 있었다. 앨런과 네이선이 빠르게 뒤쫓아왔다.

아무도 나를 본 것 같지 않았다. 바람이 발소리를 삼켰고, 남녀는 서로에게 열중해 있었다. 다른 한 명은 담배에 불을 붙이는 중이었다. 공터를 가로지르자 다리가 나왔다. 나는 단 세 걸음 만에 강기슭까지 내려가 다리 밑의 돌로 된 아치 통로에 몸을 숨겼다. 그제야 실수했음을 깨달았다.

나는 당황했다. 이럴 줄 알았으면 차라리 공터에 멈추어 그들이 다가올 때 살려달라고 고함을 지르는 편이 나았을 것이다. 집들은 멀리 있지 않았고 분명 누군가는 고함을 들을 것이다. 그들이 정말 내게 해를 가하려 했어도 마을 한복판에서 그럴 수 있었을까? 차라리 용감하게 맞서며 허세를 부렸어야 했다.

그러나 나는 자신을 궁지에 내몰았다. 그들이 쫓아 내려올 것이다. 공터에서 빠져나가는 길이 모두 막혀 있으니 행방을 짐작하기란 어렵지 않다. 다리 밑으로 내려와 나를 붙잡을 수도 있다. 가만히 기다릴 수는 없었다.

좋아, 침착하자, 침착해. 내게 방안은 하나뿐이었다. 일이 분 정도 숨을 죽이고 가만히 숨었다가 달아날 순간을 포착해야 했다. 그때 다리 밑 그림자 속에 숨어 있으면서 뭔가를 발견했다. 다리 밑의 아치 구조물 중 내가 서 있는 곳의 건너편에 좁은 터널이 있었다. 벽돌로 만든 둥그스름한 형태의 터널은 직경이 일 미터쯤으로 마을을 지나는 수많은 작은 개울 중 하나가 그곳을 통해 흐르는 듯했다. 그 속은 캄캄하고 축축한 진흙이 쌓여 있고 급류가 흐를 테지만, 길게 쭉 뻗은 터널은 큰 도로 한옆으로 물을 흘려보내는 땅속 도랑과 만날 것으로 여겨졌다. 터널의 길이는 십오에서 이십 미터쯤 되는 듯했다. 터널을 통과하면 나는 킴벌리와 그녀의 친구가 앉아 있는 곳 근처로 나갈 것이다. 내가 땅 밑에서 불쑥 튀어나올 줄 전혀 예상하지 못할 테지. 내키지 않지만 터널이 내게 유리한 기회를 제공할지도 몰랐다. 손전등도 있었다.

나는 개울과 강을 여러 번 건너보았다. 다리가 차가운 물살을 가르는 느낌, 다리를 휘감는 잡초에도 익숙했다. 그렇지만 대개는 훨씬 적합한 복장을 갖춘 상태에서 그랬다. 겨우 세 걸음을 걸었는데 허벅지 중간까지 바지가 흠뻑 젖어 다리에 달라붙었다. 굴러다니는 돌과 움푹 파인 곳에 주의하며 강을 가로질렀다.

터널 입구에 다다러서 손전등으로 안을 비춰보며 불빛이 다리 위로 향하지 않도록 신경을 썼다. 터널을 지나려면 몸을 완전히 웅크려야 할 것 같았는데, 발이 미끄러지면 심각한 상황이 될 것 같았다. 결국 이것도 좋은 생각은 아니었던 것이다.

머리 위에서 발소리가 들렸다. 다리 위에 누가 있었다.

"망할, 이년 어디로 갔어? 멍청아, 넌 대체 뭘 하는 거야?"

"그년은 우리를 지나쳐 가진 않았어, 절대로."

나쁜 생각이건 아니건 다른 수가 없었다. 몸을 낮게 웅크려 앞으로 나아가기 시작했다. 강물이 엉덩이를 적실 때는 몸이 떨렸다. 터널 속을 천천히 지나가는 동안 천장에 매달린 잡초가 얼굴을 스쳤다. 터널 양쪽 벽에는 좁은 턱이 길게 이어져 있어 양손으로 턱을 잡고 이동했다. 축축하고 푹신하며 역겨웠지만 몸의 균형을 잡는 데 도움이 되었다. 발밑의 뭔가를 밟고 물컹한 느낌이 들었을 때는 크게 신음을 터뜨릴 뻔했다.

발소리가 다리 밑으로 메아리쳤다. 나는 손전등을 끄고 축축한 벽에 몸을 기댔다. 뒤를 돌아보니 터널 입구에 어두운 형체가 얼쩡대고 있었다. 나를 발견하면 저들 중 한 명은 터널의 반대편 끝으로 금방 달려갈 수 있다. 땅 밑의 나보다 땅 위의 그들이 훨씬 빨리 움직일 것이다. 대체 내가 무슨 생각으로 이 속에 들어왔단 말인가?

왼쪽에서 희미하게 긁는 소리가 들려서 고개를 돌렸다. 자그마한 눈동자가 나를 쳐다보고 잽싸게 달아났다. 쥐는 내가 상대할 수 있지만 터널 입구에 서서 몸을 굽힌 채 안을 들여다보는 어두운 형체를 상대할 수 있을지는 의문이었다. 나는 동작을 멈췄다. 숨조차 쉬지 않았다. 어두운 터널 안을 들여다보는 머리가 갸웃거렸다. 나를 보지는 못했다. 이때 불빛이 눈을 바로 비추었다.

불빛 뒤에서 작게 웃음소리가 들렸다. 네이선이었다. 이제 머뭇거릴 수 없었다.

빠르게 앞으로 나아가면서 아직까지 여유가 있다고 생각했다. 하지만 틀렸다. 터널 반대편에서 또 다른 형체가 입구를 막고 있었다. 비틀대며 뒷걸음질을 치다 균형을 잡으려고 두 팔을 뻗었다. 오른손은 벽에 닿았지만 왼손은 아니었다. 터널 벽이 있어야 할 곳에서 왼손은 허공을 휘저었다. 나는 다시 손전등을 켰다.

그곳에는 벽돌로 된 터널의 벽면 대신 터널보다 작지만 역시 물이 흘러나오는 다른 터널이 있었다. 벽돌로 된 수로가 아니고 바위를 파내서 만든 훨씬 조악한 땅굴이었다. 터널 입구에서 언제부터 불빛이 보이지 않았는지는 알 수 없었다.

그래, 그들이 저지를 최악의 짓이 뭘까? 다른 집들이 몇백 미터도 떨어져 있지 않은 마을 한복판에서 나를 죽이거나 중상을 입힐 수 있을까? 논리적으로 그럴 거라는 생각이 들지 않았다. 이런 캄캄한 곳에 시궁쥐처럼 숨어 있는 내 꼴이 우스웠다.

그들에게 붙잡혔을 때 가장 우려되는 상황은 창피를 당하는 것이었다. 창피한 것쯤은 견딜 수 있었다. 창피함을 이겨내는 법에 관해서라면 책이라도 쓸 수 있을 정도였다. 창피한 것은 순간에 지나지 않으며, 그 후에 그들은 나를 풀어줄 것이다. 내가 과거에 당해보지 않은 일을 당하게 될 것 같지는 않았다.

"오, 클래라." 다리 밑에서 목소리가 들렸다. 이름 끝을 길게 늘인 과장되고 새된 목소리가 터널 안에 울려 퍼졌다. 다른 입구에서도 누가 소리를 질러댔다.

"클래라아아, 클래라아아."

그들은 개처럼 울부짖으며 헐떡거렸다. 다른 한 명은 나지막하고 집요하게 내 이름으로 노래까지 지어 불렀다. 나는 한 명이 터널로 들어오는 것을 보았다. 내가 탈출구라고 생각했던 다른 입구에서도 패거리 하나가 들어왔다. 그들은 내가 포기하는 걸 기다리지 않고 터널 안까지 잡으러 들어오고 있었다. 그들의 계획이 뭐든 이곳 땅속에서 벌어질 예정이었다. 내가 두려워해야 할 상황이 고작 창피를 당하는 수준만은 아닐 듯했다. 당장 숨어야 한다는 본능에 이끌려서 몸을 더 낮추고 두 번째 터널로 들어갔다.

내가 떠나온 곳에서 놀란 듯이 중얼대는 소리가 들렸을 때 나는 약간 통쾌한 기분이었다. 패거리는 땅속 배수구에 대해서는 알았어도 작은 동굴이 있는 줄은 모를 것이다. 나는 그들이 작은 동굴 입구에 도달하기 전에 몸을 숨기려고 안으로 더 들어갔다. 천장이 몹시 울퉁불퉁해서 한 손으로 머리를 보호하고 손전등을 쥔 손은 앞으로 뻗었다. 몸을 거의 반으로 접은 상태로 물속을 걷는 것치고는 빠르게 어둠 속을 헤쳐 나아갔다.

점점 무서워졌다. 이 작은 터널이 자연적으로 생긴 암석 동굴이 아니라는 것을 알 수 있었다. 손전등으로 양옆을 비추자 곡괭이 자국과 돌을 파낸 흔적이 보였다. 손으로 천장을 계속 쓸면서 가다 보니 미세한 먼지가 주위에 떨어졌다. 터널은 오래된 석회 광산이었다. 끝에 무엇이 있을지 전혀 알 수 없었다. 그들을 포기하게 만들려면 얼마나 더 들어가야 할까? 다시 바깥으로 나가려면 얼마나 더 터널 속을 헤매야 할까?

등뒤에서 들리는 목소리들이 막힌 공간 탓에 유난히 크게 느껴졌다. 쫓아오는 불빛이 있을까 봐 겁을 먹은 채 고개를 돌렸다. 그리고 석회암으로 된 벽에 곧장 부딪혔다. 손전등을 떨어뜨리는 바람에 불빛이 사라졌다. 나는 터널의 막다른 끝에 와 있었다. 손전등은 이제 못 쓰게 되었고 패거리가 당장 쫓아올 것이다. 이보다 더 나쁜 상황은 없는 듯했다. 그런데…… 일 미터도 채 떨어지지 않은 곳에서…… 따뜻한 기운과 함께 내 얼굴 앞에서 공기가 살랑거렸고…… 누군가의 숨결이 느껴졌다.

32

나는 소리를 처음 듣는 사람처럼 귀를 기울이며 바싹 얼어붙었다.

묵직하고 힘겨운, 보통보다는 빠르지만 동물보다는 한참 느린 숨소리가 오른쪽 어딘가에서 들렸다. 시큼한 우유 냄새와 고약한 땀 냄새도 풍겼다. 분명 사람의 냄새였다. 어쩌면 내가 겁을 먹은 탓에 다른 터널이나 좁은 땅속 배수구를 그냥 지나쳤는지도 모를 노릇이었다.

네이선과 그의 패거리, 아니면 지난번에 나를 붙잡았던 고약한 냄새를 풍기는 사람, 그 둘 가운데 누가 더 무서운 상대일까? 뻔한 질문이었다. 뒷걸음질을 쳤지만 악취가 나를 쫓아왔다. 낮게 속삭이며 낄낄대는 소리에 네이선과 패거리가 가까이 있다는 것을 알 수 있었다. 한 명이 목청을 높이자 막힌 공간에서 소리가 유난스러울 만큼 거세고 크게 메아리쳤다.

"멍청아! 그만 꾸물대. 그는 우릴 찾는다고." 앨런의 목소리였다.

상대가 대꾸를 하려 했지만 말이 가로막혔다.

"여자는 내버려둬. 여기서 실종되어도 자기 팔자야."

누군가 투덜대더니 더 낄낄대는 소리가 들렸고, 발로 물살을 휘젓는 소리가 들렸다. 그들은 갑자기 조무래기 아이들이 되어버렸다. 나를 겁주는 것으로 짓궂게 재미를 보고 나자 신이 나서 까불었다. 그렇지만 내 뒤에 가까이 있는 누군가는 전혀 달랐다. 패거리는 터널을 떠나고 있었다. 나는 서둘러 그들의 뒤를 밟았다. 그들이 내가 내는 소리를 듣든 말든 상관하지 않았다. 울부짖고 싶은 것을 겨우 참고 있었다. '날 버려두고 가지 마! 이 안에 뭔가 있단 말이야!'

서둘러 걷다가 마지막 모퉁이를 돌아서면서 잠시 멈췄다. 좁은 터널 입구에서 희미한 빛이 보였다. 패거리 가운데 마지막 한 명이 위로 올라가서 시야에서 사라졌다. 배수구로 나와 그들이 정말로 가버렸는지 확인했다. 사실 그들보다 뒤를 따라올지 모를 누군가에게 더 신경이 쓰여 그나마 정말 다행이라고 혼잣말을 했다. 만약 이 지저분한 곳에서 빠져나갈 수 있다면 다시는 마을에서 벌어지는 이상한 일들에 관여하지 않을 것이다. 그 일이 뭔지는 모르지만 내가 아니라도 저절로 해결될 것이다. 나는 이미 충분히 겪었다.

입구까지는 사 미터가 남았다. 나는 뒤에서 뭔가 오고 있는지 보려고 재빨리 뒤를 확인했다. 이 미터, 그리고 일 미터가 남았다. 나는 커다란 수련의 굵은 줄기와 털투성이 잎사귀를 헤치고 땅에 다시 올라섰다.

똑바로 설 수 있게 된 것만으로도 안심이 되었다. 하늘에 별이 보였다. 빠르게 지나는 구름 사이로 별들이 숨바꼭질을 했다. 나무들은 휘어지며 휘청거렸고, 오래된 집들은 바람에 삐걱대기는 해도 튼튼하고 낯이 익었다. 마을 공터에는 나 혼자뿐이었다.

⁂

오 분 후, 나는 길 쪽으로 난 지하실 문 위에 놓여 있던 큰 화분을 바라보며 집 앞에 서 있었다. 화분이 옮겨져 있었다.

오른쪽으로 십 센티미터쯤 옮겨진 것이 틀림없었다. 화분이 본래 놓여 있던 자리의 축축한 자국이 달빛 아래에서 선명하게 드러났다. 누가 지하실 문을 가로막은 화분을 옆으로 치웠다가 서둘러 달아나느라 본래 위치로 되돌려놓지 못한 것 같았다.

화분을 왜 치워야 했을까?

내가 정말 바랐던 일은 지하실로 통하는 문을 도로 막은 다음 한참 목욕을 하는 것이었지만 어찌된 일인지 나무로 된 무거운 화분을 힘껏 밀어내고 있었다. 몇 분을 들여서 화분을 문에서 완전히 밀었다. 이런 짓의 목적이 뭘까? 과거 석탄을 날랐던 문에는 맹꽁이자물쇠가 달려 있고, 안쪽에서도 잠겨 있다. 무슨 일이 생길지 전혀 예상

못한 채 나는 문에 달려 있는 쇠고리를 힘껏 잡아당겼다.

하마터면 뒤로 나자빠질 뻔했다. 문이 완전히 떨어져 나와 지하실 안이 훤히 들여다보였다. 얼른 문을 살폈다. 볼트와 자물쇠는 단단히 연결되어 있었다. 그런데 나무로 된 문틀이 썩어서 콘크리트 틀과 아예 분리되어 있었다. 화분의 화초가 온전한 상태인 것처럼 지하실 안도 평소와 똑같아 보였다. 지하실을 통해 집에 들어가기가 식은 죽 먹기처럼 간단했다.

화분이 제자리에 놓여 있지 않은 것이 무슨 뜻인지 생각해보지도 않고 이런 방법이었구나, 하고 혼잣말을 했다. 누가 집에 또 침입했던 것이다. 갑자기 한기가 든 나는 문과 화분을 본래 위치에 옮겨놓고 현관문을 통해 집안으로 들어갔다.

주방 바닥의 문을 잠그고 식탁을 문 위에 올렸다. 식탁에 올려둘 무거운 물건이 없는지 살폈다. 전자레인지와 주물 냄비를 식탁 위로 나르는 동안 내가 어리석다는 생각을 했다. 집안에 누가 숨어 있을지도 모른다는 생각에 집안을 뒤진 후 모든 창문과 문의 잠금장치를 두 번씩 확인했다. 샤워도 하지 못했다. 내가 소리를 못 들을 때 습격할지도 모르니까. 나는 욕실로 뛰어가서 강물 냄새를 지울 수 있을 정도로만 씻은 뒤 휴대전화를 들고 주방 서랍에서 예리한 칼을 챙겨 침실로 갔다. 전화기와 칼은 베개 밑에 두었다. 그런 뒤에도 잠을 잘 수 없었다. 집안을 다시 확인했다.

컴컴한 아래층 방들을 확인할 때, 집 뒤쪽 벽 근처에서 덤불을 헤집는 것 같은 인기척이 난 것 같았다. 하지만 아무도 문이나 창을 두드리거나 내 이름을 부르지 않았다.

나는 다시 2층으로 올라와 깜빡 졸다가 나뭇가지가 창을 긁는 바람에 깜짝 놀라며 잠에서 깼다. 달빛이 벽에 남겨둔 나뭇잎의 그림자를 지켜보면서, 이날 밤에는 다시는 잠들지 못할 거라는 걸 알았다. 해가 뜨면 엄마와 마지막 작별을 해야 했다.

내게 노래를 가르쳐준 사람은 엄마였다. 엄마는 내가 아주 어릴 때 음악가가 되지 않을 거라는 걸 아셨지만 여전히 내 목소리의 가능성을 탐색하셨다. 우리는 몇 시간이나 노래를 불렀고 음악실에는 늘 우리 둘만 있었다. 아빠는 회중을 인도하기에 충분할 정도의 목소리만 지니셨고, 버네사 언니는 완전히 음치인데다 타악기를 함부로 두들긴다는 이유로 여섯 살 때 음악실에서 쫓겨났다. 가끔 엄마와 함께 노래할 때면 세상에 오직 우리 둘만 살고 있는 느낌이 들었다. 그 느낌이 그저 좋았다.

음악 수업이 계속되는 동안 내 목소리에는 힘이 실리고 음색도 갖춰졌다. 내가 사람들 앞에서 노래하는 것이 엄마의 큰 소망 중 하나였다. 거창한 소망은 아니었고 학교나 교회 같은 장소에서 노래할 수 있기를 바라셨다. 엄마는 나를 사람들 앞에 세우고 싶어 하셨고 딸이 엄마를 부끄럽게 만드는 것이 아니라 엄마를 자랑스럽게 만들면서 남들의 주목을 받을 수 있도록 하고 싶어 하셨다. 아마 그렇게 하면 내가 치유될 것이고, 자신 역시 구제받을 것이라고 생각하셨던 것 같다. 절대 그런 적은 없었지만.

이날 밤, 나는 잃어버린 기회를 아쉬워하는 영혼처럼 방안을 떠돌아다니는 그림자를 지켜보면서 이유를 깨달았다. 만약 엄마가 가장 바랐던 소원을 내가 이루어줬더라면 그동안 엄마에게 행사해왔던 권력을 잃었을 거라는 점을.

아, 나는 오랜 세월 동안 어머니에게 무자비하게 굴며 부당하게 영향력을 행사했다. 유아에 지나지 않을 때부터 본능적으로 엄마가 나를 더 다치지 않게 하려고 무슨 일이든 한다는 것을 알았다. 난 엄마를 괴롭히면서 변태적인 기쁨을 느끼곤 했다. 수의사가 된 것도 엄마 때문이었다. 나는 항상 동물을 좋아했는데, 엄마가 동물을 겁낸다는 것을 어릴 때부터 알고 있었다. 길에서 개를 만났을 때 엄마와 내가 벌이는 실랑이는 우스울 정도였다. 엄마는 나를 개한테서 떼어놓으려 했고 나는 개에게 다가가려고 기를 썼다. 내가 그러기를 관둔 것은 짓궂은 열 살이던 버네사 언니가 상처가 있는 동생에게만 쏟아지는 관심을 질투해서 내 얼굴이 왜 이렇게 되었는지 정확하게 말해주었을 때였다.

그 무렵 엄마를 향한 사소하고 본능적인 복수는 어느새 나의 진정한 관심사가 되어 있었다. 나는 동물의 세계를 사랑하게 되었다. 동물의 세계는 놀라울 만큼 다양하고 무한했다. 승마 학교 근처에서 여름을 보내는 동안 나는 말의 뼈와 근육 이름을 전부 알게 되었다.

지역 농가의 수의사는 내가 동물에 관심이 있다는 사실을 알게 되자 회진에 기꺼이 끼워주었다. 드문 동지애로 뭉친 버네사 언니와 나는 우리집 정원 창고에 야생동물병원을 차리기도 했다. 지역신문에 광고를 냈으며, 그해 여름 끊임없이 밀려오는 다친 설치류와 버려진 아기 새들을 간호해서 회복시켜주었다. 수의과 대학에 지원할 시기가 되었을 무렵 이미 지식과 실전 경험이 풍부했던 나는 지원한 모든 곳에서 입학을 허락받았다.

그 모든 것이 한순간의 부주의로 내 인생을 망치고 남은 평생 그것을 복구하려 애썼던 어머니의 덕택이었다.

눈이 감겼다. 눈을 떴을 때 창밖은 은색으로 빛나고 있었다. 기꺼이 귀를 기울이는 모든 사람에게 정원은 자기 영역이니 다른 이들은 물러나라고 선포하는 지빠귀의 노랫소리가 밀려들었다. 목요일 4시 45분, 아직 새벽이었다.

33

방 한가운데에 놓인 2인용 침대에 발가벗은 바이얼릿의 시신이 있었다. 침대 발치의 낡은 카펫에 색 바랜 분홍색 잠옷이 떨어져 있었다. 제대로 살펴보지 않았지만 잠옷이 찢어졌을 거라는 생각이 들었다. 나는 문간에 서서 침대에 가만히 누운 그녀에게서 눈을 떼지 못했다.

그녀가 그렇게 작은 줄 미처 몰랐다. 마치 아이가 누워 있는 것 같았다. 보라색 핏줄이 그어진 대리석 같은 살가죽이 뼈 주위로 늘어지고 처져서 수의를 접어놓은 것처럼 보였다.

문간에서 보기만 해도 그녀의 마지막 순간이 순탄치 않았던 것을 알 수 있었다. 부어오른 왼쪽 가슴의 살은 변색이 시작되었고, 누렇게 뜬 피부에는 불그스름하게 멍이 들어 있었다. 부종이 퍼지는 데는 시간이 걸렸다. 왼팔의 상부는 오른팔보다 더 커져 있었다. 가느다란 핏자국이 쇄골 바로 아래의 상처로 이어졌다. 머리 옆의 베개는 피로 물들어 있고, 얼굴 옆에 토사물의 흔적도 남아 있었다. 그녀의 혈관에서 독이 충분히 신속하게 효과를 발휘하지 않자 베개로 얼굴을 눌러 죽음을 재촉했던 걸까?

얼마 남지 않은 흰머리는 땀에 젖어 있었고 파란 눈동자는 허공을 바라보고 있었다. 그녀가 마지막에 본 것이 무엇일지 상상조차 하기 싫었다. 안개를 헤치는 기분으로 그녀에게 다가갔다. 침대가 한참 떨어져 있는 것 같았다. 물론 규칙은 알고 있었다. 아무것도 손대지 말고 경찰을 불러야 했다. 그렇지만 신경쓰지 않았다. 그녀의 눈을 감겨주고 몸을 덮어주려 했다. 그녀의 입 주위에 붉은 거품이 묻어 있었다. 피를 토했으리라. 그녀의 피부가 얼마나 부드러웠는지 떠올린 나는 손을 뻗으며 차가운 느낌을 각오했다. 손가락으로 관자놀이를 쓰다듬자 그녀의 속눈썹이 피부를 찔렀다.

따뜻해!

안개는 사라졌고, 나는 어느 때보다 신속하게 행동했다. 그녀의 몸에 생명의 기운이 조금이라도 남았는지 살폈다. 오른손으로 목을 짚으며 맥박이 뛰는지 보았고, 왼손으로 그녀의 턱을 돌려 희미한 숨소리가 들리는지 확인했다.

아무것도 느껴지지 않았다.

나는 휴대전화를 꺼내 숫자 세 개를 눌렀다. 필요한 줄은 알지만 시간을 아주 지체하는 것 같은 질문들에 대답했다. 그런 다음 두 손으로 깍지를 껴서 그녀의 가슴, 흉골 바로 위를 직접 압박하기 시작했는데……. 열둘, 열셋, 열넷……. 서른 번까지 한 후 멈추었고, 그녀의 머리를 들어서 입을 벌린 후 숨소리가 들리는지 확인했다. 숨을 두 번 불어넣은 후 다시 가슴을 눌렀다. 서른 번 가슴 압박을 하고 숨을 불어넣었다.

'포기해선 안 돼.' 단순 동작을 반복하며 나는 자신을 다독였다. 사람들은 흔히 너무 빨리 포기하는 실수를 저지른다. 겉보기에 죽은 지 오 분, 십 분이 지난 것 같은 사람도 되살아날 가능성이 있다. 순환을 유지하기만 해도 신체는 죽지 않는다. 구조대가 도착한 후에 충격을 주어 심장을 되살리고 허파에 강제로 공기를 불어넣기만 하면 된다. 그러니 멈추지 마. 숨을 불어넣고 피를 순환시켜. 제발, 바이얼릿, 포기하지 마요.

'얘야, 날 놓아주렴.'

안 돼요, 바이얼릿. 안 돼요. 힘내요, 일 분만 더요. 구조대가 올 거예요.

'끝났단다. 이제 그만하렴, 그만.'

안 돼요, 바이얼릿, 죽으면 안 돼요. 당신이 죽으면 그건 내 잘못이에요. 죽지 마세요, 바이얼릿, 제발.

내가 얼마나 오래 심폐 소생술을 했는지 몰라도, 빨리 포기하진 않았다고 지금까지도 믿는다. 바이얼릿을 발견했을 당시 그녀는 죽은 지 오래되진 않았어도 완전히 죽은 상태였다. 구조대가 제세동기를 작동할 준비를 갖추고 나를 뒤따라 들어왔더라도 소용없었을 것이다. 그녀는 살아나지 못했다. 그녀를 놓아줘야 한다는 것을 깨달은 건 그때쯤이었다.

나는 방 한쪽 구석의 벽장으로 가서 담요 한 장을 꺼내 움직이지 않는 그녀의 몸을 사뿐히 덮어주었다. 아래층에서 묵직한 발소리와 조용히 부르는 소리가 들렸다. 나는 바이얼릿 옆에 앉아 그들이 우리를 찾아내려면 시간이 조금 걸릴 거라고 중얼거렸다. 작별 인사를 제대로 건넬 만큼의 시간은 있을 거라고. 조금은 여유가 있다고.

내가 잘못 생각했다. 바이얼릿과 마찬가지로 내게도 시간이 부족했다.

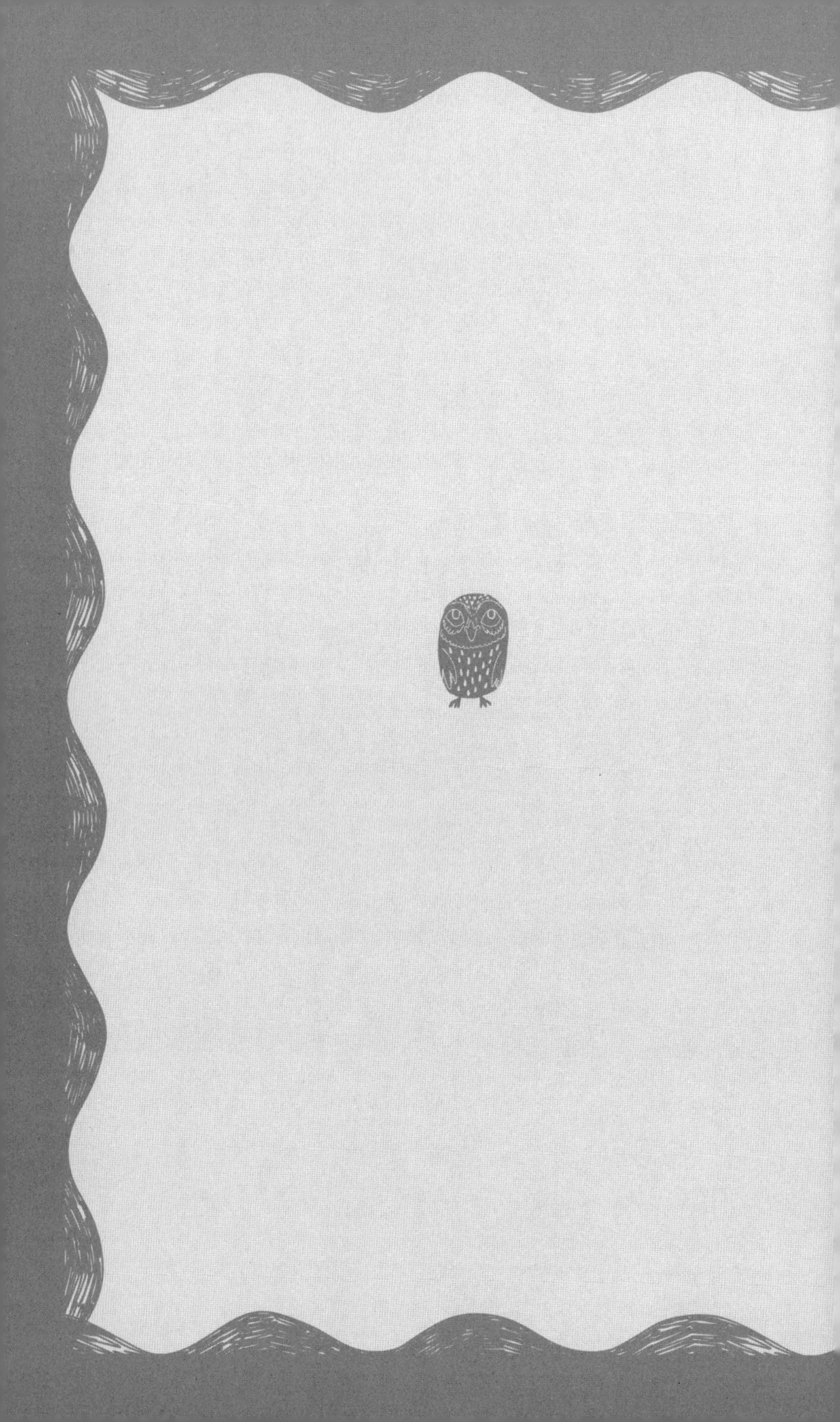

2부

34

"그게 전부입니까, 베닝 씨?"

"네. 전부예요." 누가 목을 조르는 것 같은 느낌을 받으며 겨우 대답했다.

로버트 태스커 경위는 잠시 나를 노려보며 눈썹과 이마를 찡그리더니 고개를 숙이고 집게와 엄지손가락으로 관자놀이를 문질렀다. 얼굴을 가린 다른 손가락들 사이로 충혈된 갈색 눈동자가 나를 훔쳐보았다. 벌써 그런 행동을 몇 번이나 했다. 나는 가만히 있었다.

그가 다시 말했다. "경찰이 도착했을 때 버클러 부인의 시신 옆에 앉아 있는 당신을 발견했습니다. 당신이 그녀를 살리려 했다는 흔적을 찾지 못했고요."

"그때 막 멈췄던 거예요." 내가 대답했다.

"마침 그때 멈췄다고요?" 태스커는 과장되게 한숨을 내쉬며 책상에 놓인 서류에 눈길을 주었다. "우린 오늘 새벽 5시가 조금 넘어서 버클러 부인의 이웃 주민에게 전화를 받았습니다. 불안하다며 신고를 했죠. 대략 그 시간에 당신이 공터를 지나 버클러 부인의 집 방향으로 가는 걸 본 목격자도 있어요. 그런데 이십 분이 지나서 우리가 도착했을 때는 그녀가 죽어 있고, 그녀의 옆에 죽음의 천사처럼 당신이 앉아 있었습니다. 심폐 소생술을 얼마나 실행했죠?" 그는 고개를 들었다.

태스커의 뒤에 있는 벽시계는 정오가 가까워졌음을 알려주었다. 여섯 시간 전에 살인 혐의로 체포된 나는 바이얼릿의 집에서 경찰서로 즉시 이송되었다. 경찰들은 내 권리를 알려주고 건강 진단을 받게 했다. 변호사를 불러주겠다는 제안도 했지만 나는 거부했고, 그 후 유치장에 갇혔다. 10시 30분이 다 되었을 때 이곳 신문실에 불려왔다. 한 시간이 넘게 쉬지 않고 이야기를 한 뒤에는 웅크려 잠을 자는 것 말고는 바라는 게 없었다. 적어도 유치장에서는 혼자 있을 수 있었다.

"녹음을 위해 말씀드리자면, 용의자는 질문에 답변을 거부하고 있습니다." 태스커의 옆에서 스티븐 놀스 순경이 말했다. 놀스는 태스커보다 나이가 많으며 키는 작고 뚱뚱했다. 남은 머리카락은 별로 없었지만 셔츠 윗자락과 소매 부근에 삐져나온 검은 털로 보아 몸에 털이 많은 듯했다.

"그녀는 죽어 있었어요." 잠시 후 내가 겨우 말했다. "살리려고 했지만 그러지 못했어요. 소생술을 언제 시작하고 멈췄는지는 모르겠어요."

태스커와 놀스는 눈길을 주고받았다. 나는 물 주전자에 팔을 뻗었지만 주전자를 들어올리는 것조차 힘겨웠다. 물을 잔에 따라서 한 번에 들이켰다. 처음 신문을 시작할 때 주전자에는 물이 가득했다. 물을 마신 사람은 나뿐이었다. 이곳의 갑갑한 환경에 나만 영향을 받는 듯했다. 우리가 있는 방은 에어컨이나 창문이 없어서 시간이 갈수록 더워졌다. 전구는 지나치게 밝았고 시설물은 인공적이었다. 식은땀과 고약한 담배 냄새만 가득했다. 벽에는 금연 표시가 붙어 있었지만 두 형사는 옷가지에 불청객 같은 담배 냄새를 묻혀서 들어왔다.

"마을에서 노인 여럿과 친구가 된 것 같더군요, 베닝 씨, 제 말이 맞습니까?" 태스커가 물었다.

"나이가 많든 적든 마을에 친구가 있었는지 모르겠어요." 내가 솔직하게 대답했다.

"버클리 부인과는 어땠습니까?"

"그분과 만난 지는 얼마 되지도 않았어요."

"그렇다고 칩시다. 그녀의 개에게 많은 돈을 썼죠?"

나는 그가 베니에 대해 어떻게 아는지 잠시 궁금했다. 샐리가 알려줬을까? 아니면 맷? 둘 다 그랬을 것 같지는 않았다. "그분은 늙고 허약했어요. 제가 해줄 수 있는 게 많지 않았지만 적어도 그녀의 개에게는 도움을 줄 수 있었어요."

"늙고 허약했던 걸로 하죠. 그녀의 집이 얼마나 가치가 있다고 생각합니까, 베닝 씨?" 태스커가 말했다.

"죄송하지만 무슨 말씀이시죠?" 그 질문은 완전히 의외였다.

"지금은 아주 형편없습니다만 개조를 하면 이십만 파운드는 부를 수 있을 겁니다. 어떻게 생각합니까?"

"전혀 모르는 일입니다."

"아, 듣기로 당신과 다른 주민들은 거래를 제안하는 부동산 회사의 편지를 주기적으로 받는다고 하던데요."

"집값이 얼마라고는 써 있지 않아요."

"제법 가치가 나갈 겁니다. 특히나 그 나이 대의 여성이라면 융자가 남았을 가능성도 적죠."

대체 집값이 나와 무슨 상관이냐는 말이 입 밖에 나올 뻔했지만, 그런 말을 하면 태스커가 기꺼워하며 상관이 있다고 말할 거라는 생각이 들었다.

"버클러 부인은 가족이 없습니다. 그 사실을 아셨습니까?" 놀스가 물었다.

"짐작은 했어요. 개를 그렇게 소중하게 여긴 것도 그 때문이겠죠."

"위처 부부 역시 가까운 친척이 없었겠죠?"

나는 내가 긴장한 상태로 아주 조용히 앉아 있음을 깨달았다. "그런 것 같지는 않아요."

"그 사람들과도 아주 친하게 지내지 않았습니까?"

"조깅을 하면서 그 집 앞을 지날 때 월터 할아버지와 가끔 얘길 나눴어요. 그 집 할머니는 잘 알지 못합니다. 그분들과 그렇게 친하지는 않았어요."

"당신이 그들과 정기적으로 얘길 나누는 걸 보았다는 사람들이 있습니다. 스트링어 부인 말로는 당신이 그 집 정문에서 매일 아침마다 에덜린과 대화를 했다고 하던데요."

부당한 소리였다. 싫어도 억지로 참으며 어쩔 수 없이 했던 대화가 그렇게 여겨지다니. "월터 할아버지가 돌아가신 후 할머니가 저를 기다렸어요. 어쩔 수 없었어요."

"유언을 남기지 않고 사망하는 경우에는 늘 혼란이 따릅니다. 언제나 유언장을 남기는 것이 좋지요. 버클러 부인도 유언장을 작성했습니까?"

"제가 그걸 어떻게 알죠? 만난 지도 얼마 되지 않았는데."

태스커는 의자에 몸을 기대고 말했다. "클래라, 내가 어떤 점에서 곤란한지 얘길 하죠. 이런 계통에서 일을 하다 보면 냉소적이 됩니다. 허약한 노인네를 친구로 삼는 젊은 사람들에 대해 듣게 되면 왜 그런지 의심을 하죠."

나는 눈을 감고 어이가 없다는 생각을 하며 고개를 저었다. 다른 누구도 아닌 내가 타인과 부적절한 교제를 했다며 비난받다니.

"존 알링턴 씨는 어떻습니까? 살무사에 물려 지난 금요일에 사망한 남성입니다. 그를 얼마나 잘 알죠?" 태스커가 다시 물었다.

"만난 적도 없어요."

"확실합니까?"

"당연하죠." 나는 존 알링턴을 만난 적이 없었다. 그가 병원 시체실에 자리를 차지하기 전까지는. 시체가 된 사람과 만난 것도 만난 걸로 여겨야 할까?

"아, 그런데 알링턴 씨는 가족이 있습니다. 그는 위처 부부처럼 세상에 홀로 남지 않았습니다. 버클러 부인과도 달랐고요."

나는 두 손으로 탁자를 세게 내리쳤다. 두 형사가 깜짝 놀랄 정도로. "대체 무슨 소릴 하시는 거예요?" 그들이 어설프게 말을 돌리는 꼴을 더는 참고 볼 수 없었다. "월터 할아버지는 다정했고 수줍음이 많았어요. 난 그분을 잘 알지 못했어요. 에덜린 할머니는 전혀 좋아하지도 않았고 가능한 한 마주치지 않으려 했어요. 바이얼릿 할머니는 친절했지만 만난 지 며칠 되지 않았고요. 대체 내게 뭘 바라시는 거죠?"

두 형사 모두 즉시 반응을 나타냈다. 한 명은 똑바로 앉고 다른 한 명은 몸을 숙이며 마침내 해냈다는 듯 흥분된 눈빛을 주고받았다. 거의 두 시간이나 신문을 하고 나서야 나를 짜증나게 만들고 어떤 결론을 내린 것이다.

"어젯밤 일에 대해 얘기해볼까요? 비밀 통로와 오래된 석회 광산 말입니다. 그곳은 우리가 확인해볼 겁니다." 놀스가 입을 열었다.

"보시면 알 거예요." 대화가 진척된 것에 나는 잠시 안도했다. "이 지역에서는 신석기시대부터 석회가 채굴되었어요. 초기에는 땅 밑을 파야 할 필요도 없었죠. 기록도 남아 있지 않고요. 요즘은 석회가 어딨는지 아는 사람이 없어요."

"그건 당신 말이 맞을지 모르겠군요." 마치 카페에서 담소를 나누는 듯 태스커는 두 팔을 머리 뒤로 넘겼다.

"60년대에 사례가 있습니다. 켄트에서요. 과거에 광산이었던 수직 갱도가 시가에서 난데없이 드러났죠. 그 속에 빠진 엄마와 아이는 시신을 찾지 못했어요." 내가 말했다.

놀스는 시무룩하게 듣기만 하다가 몸을 앞으로 숙였다.

"그래요, 그래. 아주 흥미로워요. 그래서 어젯밤 꽤 고생을 했더군요, 베닝 씨."

나는 대답하지 않았다.

"녹음을 위해 말씀드리자면……."

오, 맙소사! "잠시만요, 놀스 순경님, 대체 조금 전에 무슨 질문을 하셨죠? 제가 못 들은 모양인데요."

놀스는 피의자를 골려먹는 것 자체가 상당한 진전이라는 듯 능글맞게 웃었다.

"실은, 베닝 씨, 우린 어젯밤 일에 대해 키치 형제와 얘길 나눴습니다. 제이슨 쇼트, 케니 브라운, 킴벌리 에이플린과도요. 증언에 협조적이더군요. 그들의 증언대로라면 당신이 말한 내용은 꽤 미심쩍습니다."

나는 '당신이 말한 내용'이라는 말이 마음에 들지 않았지만 언급하지 않았다.

"그들이 전부 9시에 잠자리에 들었다고는 말하지 마세요."

"아, 아니에요. 어젯밤 그들은 바깥에 있었다고 솔직히 시인했습니다. 클라이브 벤트리의 부지에서 토끼 사냥을 허락받은 것도 분명하고요."

"그들은 뱀을 잡고 있었어요." 내가 말했다.

"아, 그들은 단연코 부인하더군요."

"글쎄, 그럴 테죠. 불법이니까요." 내가 한 말을 얼마나 확신하는지 의문이 들었다. 전날 밤에 벌판에서 본 두 남자는 십 대 애들과는 거리가 멀어 보였다.

"문제는 증거가 없다는 겁니다. 당신과 그들의 말이 엇갈립니다. 그들은 모두 여섯 명이란 말이죠."

"나를 공격하고 위협하고 쫓아왔어요. 그들은 여섯 명이나 되니까요. 아주 무서운 경험을 했다고요."

"그래요, 그래. 그런데 알다시피, 그들은 다르게 말했습니다."

"아, 대체 무슨 말을 하던가요?"

놀스는 수첩을 들여다보았다. "모두 여섯 명의 목격자가 증언한 바에 따르면, 마을로 걸어서 돌아오는 중이었는데 당신이 울타리에서 불쑥 나왔다고 합니다. 그들이 놀란 기색을 보이자 당신이 폭력적으로 행동했고요. 네이선 키치의 성기를 발로 차서 고통을 주었고, 팔꿈치로 그의 형의 배를 차고 정강이도 찼습니다. 그런 다음 도망갔다고요."

"그들이 내 머리채를 붙잡았어요. 그리고 뒤를 쫓아왔고요."

"그들은 당신을 걱정했다고 합니다. 당신에 대해서는 좀 이상하다는 소문이 돌거든요. 당신이 다리 밑으로 사라지는 걸 보고 그들은 걱정을 했다고 합니다. 당신을 찾아보았지만 사라졌다던데요. 한동안 당신을 찾다가 그들도 집으로 돌아갔다더군요."

'그는 우릴 찾고 있어.' 터널을 나가면서 그들이 한 말이었다. '그'가 누굴까? 클라이브 벤트리? 오래전에 사라진 월터의 동생 솔 위처? 아니면 전혀 다른 누구?

"당신이 그 친구들에게 신체적 위협을 가한 게 처음은 아니더군요, 베닝 씨?"

"무슨 말씀이시죠?"

그는 다시 수첩을 보며 페이지를 넘기더니 수첩에 적힌 내용을 읽었다.

"'난 의술을 익혔지. 정확히 어디를 찔러야 눈알이 쑥 빠지는지도 알아.'"

그는 고개를 들어 나를 보았다. "당신이 한 말이죠, 베닝 씨? 5월 25일, 며칠 전 밤에요."

"그들이 날 위협했어요."

"정확히 어떻게 위협했습니까?"

"길을 지나가지 못하게 막았어요. 말로 위협도 했고요."

"어떤 식이었습니까?"

나는 수치스러워서 잠시 머뭇거렸고 제발 얼굴에 그런 표정이 드러나지 않기를 바랐다. 곧 사실대로 말했다. 태스커는 시선을 돌렸고 놀스가 다시 말했다.

"글쎄, 그들의 말은 다릅니다. 당신이 위처의 집 근처를 돌아다니기에 호기심이 생겼다고 합니다. 그 근처를 얼쩡거린 게 한두 번이 아니었다던데."

침묵.

"베닝 씨?"

"미안합니다. 질문이 뭐였죠?"

"비협조적으로 굴면 당신에게 도움이 되지 않아요, 베닝 씨."

태스커가 몸을 숙이며 탁자에 손을 올렸다. 분위기를 가라앉히려는 듯했고 놀스는 뒤로 물러났다.

"개에 대해 얘길 해봅시다. 버클러 부인의 개 말입니다. 버티라고 했던가요?" 태스커가 물었다.

"베니예요." 나는 눈앞에 떠오르는 영상을 지우려고 눈을 감았다. 축축하게 젖은 베니는 자루 속에서 죽은 채로 굴러나왔다.

"아주 끔찍한 짓을 했더군요. 개와 뱀을 한 자루에 넣다니. 그리고 통째로 강에 빠뜨렸습니다. 누가 그런 짓을 합니까?"

"고대 로마인들요." 내가 넌지시 말하며 화제를 바꾸려고 했다.

태스커는 고개를 들고 코끝으로 나를 응시했다.

"일종의 처형 방식이었어요. 유죄가 확정된 죄수를 자루에 담고 묶어요. 아마 가죽으로 된 자루였을 거예요. 그 속에 동물들을 함께 집어넣죠. 개와 뱀, 또 다른 동물도요. 아마 원숭이나 수탉이었는지 모르겠어요. 각각이 뭔가를 상징하는 듯한데 확실히는 몰라요." 나는 곰곰이 생각했지만, 로마 역사 수업을 받은 지 너무 오래되었다. "그리고 다른 것도 두어 가지 있어요." 기억을 더듬으며 내가 말했다. "늑대 가죽이나 곰 가죽을 죄수의 머리에 덮어씌우고 나무 샌들을 신게 했죠. 모두 아주 상징적이에요." 말을 하는 동안 문득 앰블린의 침실이 떠올랐다. 죽은 독사, 그리고 원숭이 인형.

"대체 그 불쌍한 개가 무슨 짓을 했습니까? 중대한 잘못이라도 지었나 보군요." 놀스가 물었다.

"미안해요. 기억이 안 나요."

이때 신문실의 녹음기에서 철컥 소리가 들렸다. 네 번째 삼십 분짜리 테이프가 다 돌아간 것이다. 태스커는 의자에서 몸을 쭉 폈다. "그만, 쉬었다 합시다."

십오 분 뒤 우리는 다시 신문을 시작했다. 두 형사는 새로운 담배와 커피를 섭취하고서 활기를 찾았다. 놀스가 녹음기를 켜고 맞은편에 앉았다. 태스커는 서 있었다. "뱀에 관해서는 도무지 이해할 수가 없습니다." 신문실 한쪽 벽에 기댄 그가 입을 열었다.

'나도 마찬가지예요.' 그의 말이 이어지길 기다리며 생각했다. 놀스가 말을 받았다.

"뱀이 마을 전체에 출몰하고 있습니다. 주민들의 침실에, 아기 침대에도요. 오늘 아침 당신 집 지하실에서도 한 마리가 나왔습니다. 상자 하나에서 꿈틀대고 있었어요. 키우는 겁니까?"

"제 집에는 뱀이 없는 걸로 아는데요."

"그럼 뱀이 거기에 어떻게 들어갔단 겁니까?"

"누가 마을 집들에 몰래 들어와서 뱀을 남겨놓고 가요. 내 집에서도 어떤 남자를 봤어요. 난 그가 솔 위처라는 사람일 가능성이 있다고 생각해요. 그는 이 마을을 싫어하는데 가족이 살던 오래된……."

"그래요, 그래." 태스커가 말을 가로막았다. "한데 그 많은 뱀들이 어디에서 온 겁니까? 대부분은 영국 토종 뱀인 줄로 알고 있습니다. 가게에서 그냥 살 수는 없을 거 아닙니까?"

"누군가 뱀을 포획하고 있어요. 뱀의 습성을 잘 알고 또 이 마을에 대해서도 아주 잘 아는 사람이요. 풀뱀 무리가 언제, 어디에 나타나는지, 살무사를 어디에서 잡을 수 있는지도 아는 것 같아요."

"우린 당신 집 쓰레기통에서 다른 살무사도 찾아냈습니다. 죽은 뱀을요. 당신이 버렸습니까?" 놀스가 질문했다.

공정하게 본다면 경찰은 아주 일을 잘하고 있었다. "이틀 전 밤에 집 우편함에 못 박혀 있던 거예요. 누가 장난을 쳤다고 생각했어요. 마을이 낙서와 장난질로 골치를 앓고 있으니까요. 굳이 신고할 만한 가치가 있는 것 같지 않았어요."

"마을에 골치 아픈 일들이 많으니까 뱀과 관련된 또 다른 사건을 신고할 가치가 없다고 생각했습니까?"

내가 신고를 하지 않은 진짜 이유를 두 남자에게 밝혀야 할까? 현관문에 흰 페인트로 어떤 낙서가 적혀 있었는지를? 아니, 그럴 수 없었다. "이 사건들은 위처 집안과 관련이 있어요. 형제들 중 한 명인 얼프레드는 뱀을 다루는 재능이 있었던 것 같아요. 어쩌면 솔도 그랬는지 몰라요. 경찰이 그들의 행방을 추적해야……."

"또 다른 뱀 말입니다. 열대 지역에서 왔다는 뱀은 이름이 뭐였습니까?"

"파푸아뉴기니산 타이판요."

"맞아요, 호어 부서장의 말에 따르면 당신은 예전에 그 녀석을 본 적이 있다면서요? 연구를 했다고 하던데."

"몇 년 전에 호주산을 본 적은 있어요. 파푸아산도 꽤 비슷한 걸로 알고 있어요."

"그 녀석들을 다룰 줄도 아십니까?"

나는 고개를 저었다. "아무도 타이판을 다룰 수 없어요. 상식이 있다면 그러지 못하죠."

태스커는 내 말을 듣는 것 같지 않았다. "베닝 씨, 우리가 보기에 문제는 이겁니다. 뱀들을 어디에서 찾아내고 어떻게 보관하고 안전하게 다룰 수 있는지를 아는 유일한 사람이 당신뿐이란 겁니다."

침묵이 드리웠다. 두 남자가 나를 응시했다. 나는 태스커의 바로 뒤, 벽의 한 지점에 시선을 고정했다. 상황이 점점 나빠지고 있음을 깨달았다.

"얼굴은 어쩌다 그렇게 되었습니까, 베닝 씨?" 태스커가 조용히 물었다.

결국 예상했던 질문이 나왔다. 깊은 한숨.

"사고 때문입니다. 아주 오래전 일이에요." 오랜 시간 충분히 연습해온 대답이었다. 보통 때는 그걸로 충분했다. 오늘은 그렇지 않은 듯했다.

"어떤 사고였습니까?"

"기억은 안 나요. 아기 때였으니까." 침착해야 한다고 마음을 다독이며 내가 말했다.

두 경관이 의견을 모으느라 잠시 침묵이 찾아왔다. 태스커가 다시 질문했다.

"나이가 들면서 자신이 남들과 다르다는 걸 알았을 때 이유를 물어봤을 텐데요? 화상입니까? 자동차 사고요? 뭐였습니까?"

"부모님은 한 번도 얘길 해주지 않으셨어요. 나도 물어본 적이 없고요." 두 가지 모두 완벽한 진실이었다. 사실 난 물어볼 이유가 없었다. 누구의 책임인지 생각하기도 전에 버네사 언니가 가르쳐주었으니까. 피부와 살점의 특이한 배치가 인생에 어떤 파멸적인 결과를 초래할 수 있는지를 깨닫기도 전에, 내가 남들과 다르다는 사실을 알기도 전에 버네사 언니가 전부 말해주었다.

“궁금했던 적도 없었습니까?” 태스커가 내 왼쪽 얼굴에 시선을 고정하고 몸을 숙이며 물었다. “놀스와 나처럼 나이든 남자들이라면 외모가 무슨 대수겠습니까? 그런데 젊은 여자라면 다르죠. 내 딸들만 보더라도 그 애들에게는 외모가 인생의 전부인 것 같더군요. 그래서 평범한 외모가 아닌 경우에, 이렇게 이야기하기는 그렇지만 심하게 손상을 입은 경우라면, 젊은 여성에게는 심각한 영향을 줄 텐데요.”

“머리가 이상해지는 수도 있죠.” 놀스가 덧붙였다.

나도 모르게 손이 왼쪽 목을 타고 올라왔다. 몇 년째 계속되어온 무의식적인 동작이었다. 나는 왼쪽 머리카락으로 왼쪽 얼굴을 가리고 앞으로 쓸어내리는 버릇이 있었다. 나는 의식적으로 손을 내렸다. ‘참아, 곧 끝날 거야.’

“어째서 성형수술을 하지 않았는지 궁금하군요. 요즘은 놀라운 기술이 많을 텐데요.” 태스커가 말했다.

“녹음을 위해 말씀드리자면, 용의자가 대답하지 않고 있습니다.” 놀스가 말했다.

“성형수술을 받았습니까?” 태스커가 물었다.

“몇 번 받았어요.” 나는 이 직설적인 질문을 피할 수 없다는 걸 알았다. “한 살 때 처음 받았고, 마지막으로 받은 게 열여섯 살 때예요. 의사들은 수술을 더 해도 좋아진다는 보장이 없다고 말했어요.”

나는 손을 내려다보았다. 손에서 핏기가 완전히 사라진 것처럼 보였다. 밀랍으로 만든 것처럼.

"그래서…… 지금이 최상의 상태란 말입니까?" 태스커의 목소리가 머리 위 어딘가에서 들려왔다.

손에 힘이 들어가서 집게발처럼 변했다. 나는 주먹을 움켜쥐어야 했다. "의사 선생님은 기술이 획기적으로 발전하지 않는 한 추가적인 수술로 얻을 만한 이득보다 수술 자체의 위험성이 더 크다고 하셨어요." 의사에게 마지막으로 들었던 말을 고스란히 읊었다. 쉽게 말해, 지금 상태가 최상이라는 뜻이었다.

"다른 전문가는 만나봤습니까? 상담가라든지 정신의학자는요? 이야기를 나눌 만한 다른 사람은요?" 태스커는 목소리를 낮추었고, 동정심을 표시하듯 나를 향해 몸을 숙였다. 그러나 나는 그의 눈을 보고 본심을 알아버렸다. 그는 즐기고 있었다.

"어릴 때 어머니께서 저를 데리고 다니셨어요. 자세한 건 기억이 안 나요." 내가 말했다. 사실 사소한 것들까지 잘 기억했다. 정신의학자 둘, 상담가 다섯, 행동요법 치료사 한 명까지. 집을 떠나온 뒤에야 비로소 나는 죄책감을 유발하는 무자비한 전문가들의 도움에서 벗어날 수 있었다. 그게 도움이 되었던가? 솔직히 확신할 수 없다. 과도한 치료를 받지 않았더라면 내 정신 상태가 어땠을지 알 도리가 없었다.

"아주 흉한 얼굴을 가진 사람들에 대해서 읽은 적이 있습니다. 미안해요, 베닝 씨, 무례하게 굴려는 건 아니고요. 나중에는 자신이 투명 인간이 된 것처럼 느껴진다고 하더군요. 일단 처음에는 사람들의 시선을 끌게 되지만 그 후부터는 아무도 쳐다보지 않는다고 합니다." 태스커가 말했다.

태스커는 놀스를 쳐다보며 말을 멈추었다. 교대라도 한 것처럼 놀스가 말을 받았다.

"베닝 씨, 사람들과 잘 어울리지 않는다는 소문이 있습니다. 비슷한 또래의 친구도 있는 것 같지 않고, 외출도 하지 않고, 찾아오는 사람도 없다고요. 남자친구도 없죠?" 놀스가 물었다.

그들은 쉬지 않았다. 한 명이 숨을 돌리면 다른 한 명이 끼어들었다. 매번 새로운 말로 나를 모욕하고 그러면서도 '무례한 말을 해서 미안합니다, 베닝 씨, 우리가 단지 조사를 위해서 이런다는 점을 이해해줘요'라며 사과를 했다. 뇌가 반밖에 없는 사람이라면 그들이 신체적 위해를 가하는 타락한 경찰처럼 용의자를 가혹하고 무자비하게 구타하지도 않고 오히려 자기 입장을 공감하고 이해해준다는 식의 어리석은 생각을 했을지 모른다. 그러나 나는 지금처럼 호의를 가장한 공격을 오랜 세월 받아왔기 때문에 아무 감정이 들지 않았다. 만약 고마워하는 척을 했더라면 그들의 질문 세례는 훨씬 일찍 끝났을 것이다. 원하는 바를 이루었을 테니까.

"만약 내가 그런 치료를 평생 받으며 살아야 한다면, 세상이 이에 대해 어느 정도 보상을 해줘야 한다고 생각했을 겁니다."

"살짝 균형을 맞추는 차원에서 말입니다."

"왜 당신에게는 그 약간의 행운이 허락되지 않았을까요?"

"누군가의 유언으로 재산을 넘겨받는 건 불법이 아닙니다. 남에게 돈을 남겨달라고 부탁하는 것도 전혀 불법이 아니죠. 강압만 없었다면요. 무슨 말을 하는지 아시겠습니까?"

그들은 말을 멈췄다. 다시 내 얘기를 들어볼 속셈인 듯했다. 나는 목소리가 제대로 나올 거라는 확신이 없었다.

"난…… 난 바이얼릿 할머니에게 부탁한 적이 없어요……." 그리고 또 다른 사람들, 누구지? 맞아. "또 위처 부부에게 돈을 달라고도 하지 않았어요." 나는 말을 이어갔다. "우린 한 번도 돈 얘기를 꺼낸 적이 없고, 난 그들의 재산에 대해서는 생각해본 적도 없어요. 돈이 중요하다고 생각하지도 않고요."

"당신에게 호의적인 유언장을 써달라고 버클러 부인에게 강요하지 않았습니까?"

"아뇨."

"제안을 한 적은요? 그녀와 개를 돌봐주는 대가로 말입니다."

"없습니다."

"위처 부부에게도 똑같이 하지 않았습니까? 그 집 어딘가에 유언장이 있죠? 당신이 그 집 주변을 자주 배회한 것도 유언장을 찾으려 했던 게 아닙니까?"

"그 집에 딱 한 번 들어갔어요. 맷 호어 씨와 함께요. 우린 종잇조각이 아니라 솔 위처를 찾으려 했어요."

"난 당신이 유언장을 찾으려 했다고 생각합니다. 위처 부부를 설득해서 만든 유언장을요. 그런데 찾지 못하자 다른 상대를 구한 거고요. 버클러 부인 말입니다. 부인의 마음이 바뀌니까 언쟁을 벌였을 거예요. 그녀에게 겁을 주려고 그녀의 개를 죽였습니다. 그런 다음 강제로 유언장을 쓰게 했고요. 그녀가 저항하자 결국 죽여버렸습니다."

할말이 없었다. 그런 일은 있을 수 없었다. 그들이 정말로 그렇게 생각하는 것은…….

태스커는 책상에 놓인 서류철을 천천히 펼쳤다. 그 속의 투명한 비닐봉투에서 종이 한 장을 꺼냈다. 그는 종이를 힐끗 확인한 뒤 내가 볼 수 있게 돌려서 내밀었다. 특수한 고급 재질의 크림색의 종이를 바로 알아보았다. 내가 서머싯의 제지 공장에서 구입한 것이었다. 내가 아는 한 다른 어디에서도 살 수 없는 것으로, 내 서재에 두 묶음을 보관하고 있었다.

내가 오 초 만에 다 읽을 만큼 조잡하고 단순하게 작성된 그 종이 문서는 법이 어떻게 작동하는지 막연하게만 아는 누군가가 유사 법률 용어를 이용해서 작성한 유언장이었다. 서류에 법적 효력이 없다는 것을 금세 알아챘다. 공증인도 없이 그저 구불구불하게 떨리는 글씨체로 자신이 소유한 모든 것을 내게 남겨주겠다는 유언과 바이얼릿 버클러의 서명만 있었다.

35

나는 밖으로 나왔다. 공기 중에 소금기가 느껴졌고 멀지 않은 빵가게에서 풍기는 냄새도 들이마셨다. 몇 분 동안 신선한 공기를 호흡하며 가만히 서 있었다. 나는 구속되지 않았다. 가짜 유언장을 내놓은 지 몇 분 지나지 않아 신문이 중단되었으며 태스커 경위는 아주 황당하게도 경찰 보석으로 나를 풀어준다고 말했다. 삼십 분 후에 나는 정문을 빠져나와 경찰서 주차장으로 갈 수 있었다.

어디로 가야 할지 몰라 주차장 입구로 걷고 있는데 시동 거는 소리가 들리더니 잠시 후 차 한 대가 다가왔다.

"타요." 귀에 익은 목소리였다.

검은 머리와 회색 눈동자, 안경을 낀 남자는 한 번도 본 적이 없는 옷차림으로 운전석에 앉아 있었다. 검은 바지, 견장이 달린 흰 셔츠에 넥타이를 매고 있었다. 그는 몸을 기울여서 조수석 문을 열어 주었다. "집까지 태워줄게요." 그가 말했다.

나는 고개를 저었다. 그 순간 기분이 어땠던가? 말로 표현할 수도 없는 심정이었다. 수치심? 적개심? 두 감정이 조금씩 섞였지만 전혀 다른 어떤 기분이었다. 마지막 한줄기 희망마저 아주 사라진 그런 느낌.

한숨을 쉬는 맷은 피곤해 보였고 예전에 생각한 것보다 나이가 많아 보였다. "클래라, 모질게 들릴지 모르지만 당신 어머니 장례식이 세 시간도 남지 않았습니다. 어서 집으로 가야 해요. 빨리 타요."

그의 말이 옳았다. 나는 맷의 자동차 조수석에 올라탄 후 문을 닫았다. 그는 도로로 빠져나와 집을 향해 차를 몰았다.

"왜 내가 풀려났죠? 어째서 기소되지 않았나요?" 시내를 빠져나오는 동안 신호등 때문에 차가 멈췄을 때 내가 물었다.

차가 다시 출발했다. "태스커는 당신을 기소할 만한 증거가 충분하지 않았습니다." 맷이 앞만 보며 말했다. "오늘 아침에는 단지 자기 감을 시험한 거예요. 당신이 알고 있는 사실에 대해 정확하게 알아내려고요. 일상적인 절차입니다."

"그들은 팔 주 후에 다시 출석해야 한다고 말했어요." 혹시 태스커와 놀스가 나를 신문하는 것을 맷이 듣고 있었을지 모른다는 생각이 들었다. 그들이 내게 했던 말을 전부 들었다면?

"형식적인 절차예요. 새로운 건이 생기면 당신을 즉시 소환할 거고요."

"난 바이얼릿 할머니를 죽이지 않았어요." 나는 더이상 말하지 않았다. 마치 구걸하는 것처럼 들렸다. '제발 그렇게 비굴하게 굴지 마.' 운전 속도는 그리 빠르지 않았지만 맷은 도로에서 눈을 떼지 않았다. 예전에는 그를 볼 때마다 눈을 똑바로 보기 어렵다고 생각했는데, 이제 그가 나를 똑바로 쳐다보지 못하는 것 같았다.

"당신도 내가 바이얼릿 할머니를 죽였다고 생각해요? 당신 때문에 내가 체포된 건가요?" 질문을 꺼내는 나도 대답을 들을 준비가 전혀 되지 않았다.

"아뇨. 하지만 나로선 태스커 경위의 생각을 무시할 수 없습니다. 당신이 은둔자처럼 지낸다는 소문이 도는데 마을 노인들과는 교류를 하는 것 같았으니까요. 바이얼릿, 에덜린, 월터까지. 모두 세상을 떠난 사람들이죠." 한참 후에 그가 대답했다.

"월터 할아버지는 죽지 않았을지도 몰라요." 지푸라기라도 잡는 심정으로 말했다.

"그가 살아 있으면 우리가 찾게 되겠죠. 조사를 시켜뒀거든요."

"내가 스무 곳가량의 요양원과 시설에 연락을……."

맷은 운전대를 잡고 있던 손가락 하나를 들어올리며 말했다. "하나, 사라진 사람들을 찾는 법은 우리가 잘 알아요. 둘, 당신은 뱀에 관해 많이 알죠. 뱀을 잡고 다루는 일에 전문가죠. 보통 사람들이 엄두도 못 내는 일입니다. 살아 있는 살무사를 지하실에, 또 죽은 뱀을 쓰레기통에 함부로 방치한 것도 당신에게 불리했어요. 냉장고의 해독제도……. 해독제를 보관할 수 있는 장소는 야생동물병원이어야 한다는 건 알고 있어요. 확인을 해봤죠."

"어디 그뿐이겠어요?" 내가 말했다. 목소리가 커지고 조절이 안 되었다. 태스커와 놀스에게서 조롱을 당하는 동안에는 잘 참았었다. 그런데 이제 인내심이 바닥났다. "나도 알아요. 뱀에 대해 잘 아는 내가 할머니들과 이야기를 나누는 걸 목격한 사람들도 있죠."

"그는 유언장도 가지고 있었죠. 수혜자가 당신으로 되어 있는 바이얼릿 씨의 유언장이죠."

"명백한 가짜 문서예요. 누구든 내 집에서 종이를 훔쳐갈 수 있어요. 이건 전부 얼굴 때문이에요. 태스커는 내가 얼굴 흉터 때문에 정신이 이상하다고 생각해요. 내가 인류 전체에 복수할 계획을 세웠다고 생각하더군요."

"진정해요."

"아뇨. 그는 판단을 굳혔어요. 다른 사람은 찾아볼 생각도 하지 않을 테고요. 어째서 솔 위처를 찾지 않죠? 얼프레드를 찾지 않는 이유는 뭔가요?"

"솔 위처는 죽었어요."

"뭐라고요? 그걸 당신이 어떻게 알죠?"

"확인을 했어요. 당신과 그 집을 조사한 다음날 아침에 조사를 시켰습니다. 1976년에 킹스턴 교도소에서 사망했어요. 아내를 살해해칠 년 형을 선고받은 상태였고요."

"앨리스. 앨리스라는 이름이죠." 내가 말했다. 맷은 눈썹을 치켜올리고 곁눈질을 했다. 나는 맷에게 알아낸 이야기를 들려줄 준비가 되어 있었다. 그런데 그러고 싶지 않아졌다. 솔은 죽었다. 그건 확실한 듯했다. "얼프레드는 어떻게 됐죠? 그는……." 별다른 기대 없이 내가 물었다.

"그는 존재하지 않아요."

"그럴 리가요. 바이얼릿이 그를 기억했어요. 루비 모트램도 그랬고요."

"교구 기록을 살피고 인구 통계 사무소에도 확인을 했어요. 지난 삼십 년 동안 얼프레드 위처라는 사람은 태어난 적이 없거나 이 지역에 머물지 않았어요. 바이얼릿과 루비라는 분이 분명 착각했을 거예요."

"루비를 만나서 얘기해볼래요?"

"당신 발밑에 빨간 서류철이 있어요. 그걸 봐요."

나는 허리를 숙여 좌석 밑바닥에서 서류철을 찾았다.

"펼쳐봐요."

그가 시키는 대로 했더니 큰 인물 사진이 나타났다. "누군지 알아보겠어요?" 그가 물었다.

나는 육십 대 후반에서 칠십 대 초반으로 보이는 남자의 컬러사진을 내려다보았다. 숱이 많은 백발에 뒷머리는 짧지만 앞머리는 이마를 가렸다. 파란 눈동자의 눈초리는 올라갔고 눈꺼풀이 두꺼웠다. 입술은 두꺼웠다. 젊은 시절에는 잘생긴 외모였을 것이고, 지금도 여전히 그랬다.

"지난 월요일 새벽에 당신 집에 침입한 사람이 그 사람 아닙니까?" 맷이 물었다.

나는 아니라는 걸 알면서도 즉시 대답하지는 않았다. 다시 사진 속의 얼굴을 꼼꼼히 살피고 한쪽 구석에 인쇄된 글자도 보았다. 예상 신장은 188센티미터였다.

"아니에요." 나는 마지못해 말했다. 사진은 내가 집에서 본 남자와는 달랐으며 위처 집 창가에 서 있던 얼굴과도 전혀 닮지 않았다. "누구……."

"그가 아치 위처예요." 맷이 말했다. "우린 그를 찾았어요. 음, 거의 찾은 거죠. 아치는 삼십 년 동안 미국 사우스캐롤라이나에 살면서 그곳에서 교회를 운영했어요. 그 사진도 교회 웹사이트에서 구했고요."

"거의 찾았다는 건?"

"지금은 정확히 어디에 있는지는 모르거든요. 아무튼 그의 교회에서 추문이 발생해서 뉴스에 보도된 걸 알아냈어요. 그들의 특별집회에서는 장기간의 금식이 예배의 중요한 일부였던 모양이에요. 그는 신도들에게 몇 주씩이나 금식을 하게 부추겼어요. 그러던 중에 어린 여자애가 죽었고, 그 애가 끈에 묶여서 지냈다는 소문이 돌았죠. 아이의 부모는 구속되고, 아치에게는 체포 영장이 발부되었습니다. 현재 그의 소재는 불분명합니다. 그가 고향에 돌아왔을 가능성도 있죠. 당신이 봤던 남자가 아닌 게 확실해요?"

나는 다시 한번 사진을 확인했으며 결론은 같았다. "아니에요. 내가 본 남자는 180센티미터가 되지 않았어요. 그리고 월터를 닮았고요."

"좋아요, 우린 미국의 경찰과도 얘기중이고, 이민국도 확인하고 있어요. 만약 아치 위처가 돌아왔다면 찾아낼 수 있을 거예요. 그런데 내 생각에는 위처 일가를 추적한다고 해서 답이 나올 것 같지가 않거든요."

그의 말이 맞았다. "앨런 키치와 그 패거리 말이에요." 내가 말했다. "어젯밤에 그들이 돌아다녔어요. 내가 보았던 뱀을 잡던 자들이 그들일 가능성도 있어요. 그런데 왜 그들이……."

"어째서 나한테 전화하지 않았습니까? 내가 말했잖습니까. 무슨 일이 생기면 전화하라고. 다리 밑, 버려진 석회 동굴까지 쫓겼던 건 아무 일도 아니었나 보죠?"

"늦은 시간이었어요."

그리고 당신과 얘길 나누면 매번 조금씩 내가 더 상처를 받으니까요.

"내가 야행성인 줄 알면서요?" 맷이 슬쩍 미소를 지었다. 나는 대답을 하려다가 하지 못했다.

우리는 마을로 돌아왔고 본 레인에 접어들었다. 서로 아무 말도 없었다. 잠시 후 맷은 내 집 앞에 차를 세웠다.

"고마워요." 차문에 팔을 뻗으며 작게 중얼댔다. 맷이 내 팔을 잡았다. 아무 말도 꺼내지 않아서 나는 고개를 돌려 쳐다보았다.

"몇 가지 충고를 하죠. 비공식적인 얘기입니다."

나는 기다렸다.

"첫째, 며칠 동안 가족과 함께 지내요. 당분간 일을 중단하고요. 당신의 소재를 우리에게 분명히 알리고, 이 마을에는 오지 마요. 우리가 사건을 정리할 수 있게 시간을 줘요."

"알겠어요." 그의 충고는 충분히 납득할 만했으며 심지어 사려 깊기까지 했다.

"둘째, 이건 아주 중요해요. 숀 노스와 가까이 지내지 마요." 뜬금없는 소리여서 이해하는 데 시간이 걸렸다.

"숀 노스는 육 개월 동안 해외에 있었다가 지난 토요일에 돌아왔다고 했는데요. 설마……."

"토요일에 돌아온 게 아닙니다."

"맞아요. 그는 공항에서 곧장 파충류 입양 센터로 와서 나를 만났고 타이판을 확인해줬어요."

"노스는 지난주 수요일에 히스로 공항의 입국 관리소를 통과했어요. 그 후 줄곧 영국에 있었고요. 또 그는 인도네시아에서 오지 않았어요. 싱가포르에서 비행기를 타고 왔죠."

“하려는 말이……?”

“싱가포르는 경유지죠. 본래 포트모르즈비에서 비행기를 탔어요.” 맷은 나를 쳐다보았지만 나는 그곳이 어디인지 알지 못했다.

“그곳은 파푸아뉴기니의 수도예요.”

36

날은 점점 더워졌다. 초여름의 맑고 푸른 하늘에는 구름 한 점도 없었다. 기상예보에서 오후 늦게 천둥이 친다고 말했지만 그럴 기미가 전혀 보이지 않았다. 산들바람조차 불지 않고, 해는 어느 때보다 하늘 높이 떠 있는 것 같았다. 향냄새가 풍기는 교회의 시원한 실내에 들어서자 살 것 같았다.

성단소 계단에서 윈체스터의 앤드루 주교가 우리를 환영하며 말을 이었다. "우리에게 생명을 주시고, 주 예수를 죽음에서 구하신 주님에 대한 확신을 품고, 매리언 자매님의 육신을 맞읍시다."

우아하게 꽃으로 덮인 관이 수레에 실려 천천히 통로를 이동하자 신도석을 가득채운 사람들(신도들에게 부주교 사모의 장례식은 흔한 일이 아니다)이 고개를 돌렸다. 수레는 성단 계단 앞에서 멈추었고 우리는 좌석에 앉았다. 그제야 엄마의 관을 뒤따라오는 동안 이백여 개의 눈동자가 나를 지켜보았을 것임을 깨달았다.

"그리스도께서는 죽은 자들 가운데서 다시 살아나셔서 죽었다가 부활한 첫 사람이 되셨습니다. 죽음이 한 사람으로 말미암아 온 것처럼 죽은 자의 부활도 한 사람으로 말미암아 왔습니다." 주교님이 성서를 암송했다.

예배는 길었다. 아름답고 감동적이었지만 흘려듣고 있었다. 나는 타일 바닥을 응시했다. 오래된 사각 타일이었다. 어떤 것은 진한 붉은색이고, 짙은 갈색도 있었다. 예닐곱 개의 타일마다 단순하지만 독특한 문양이 하나씩 있었다. 하나의 원에서 칼처럼 생긴 뾰족한 네 개의 선이 뻗어져 나오고 각각 서로 일정한 간격을 유지하고 있는 문양이었다.

네 개의 뾰족한 끝은 다시 공통된 하나의 중심을 만들었다. 최근에 내 주변에서 네 사람이 목숨을 잃거나 목숨을 잃을 위기에 처했었다. 존 알링턴, 바이얼릿 버클러, 소피아 휴스턴, 그리고 도싯의 전통 가옥에 사는 가족까지. 둘은 나이가 많고 내가 사는 마을에서 평생을 살아온 주민이었다. 소피아는 아기이고 그 가족은 새로 이사를 왔다. 폴슨가의 집에서도 아이 침실에서 타이판이 발견되었다. 혹시 그들 사이에 연결 고리가 있는지, 중심의 원이 될 만한 것이 있는지 떠올리기가 쉽지 않았다. 희생자들은 물론이고 그들이 공격을 받은 방식조차도 제각각이었다.

생각을 거듭할수록 모든 것이 혼란스러웠다. 존 알링턴의 죽음은 신중하고 교묘하게 계획된 것이었다. 숀의 추측대로라면 머리를 가격당한 후 살무사 독이 주입된 알링턴은 물에 빠져 죽도록 내버려졌을 것이다. 소피아의 경우에는 살무사가 침대에 있었다. 아기가 죽을 수도 있었고 살 수도 있었다. 아주 무계획적이다. 폴슨의 집에서는 죽은 살무사가 발견되었고 앰블린은 머리에 부상을 입었다. 어쩌면 그도 존 알링턴과 똑같은 방식으로 죽을 뻔했던 걸까? 머리를 가격해 의식을 잃게 한 후 치명적인 살무사 독액을 주입하려 했을까? 범인이 계획을 실행하던 도중에 방해를 받아서 어쩔 수 없이 도망친 건 아닐까? 타이판이 그 집 아이의 침실에서 발견되기도 했었다. 끔찍한 일이 벌어질 가능성이 있었지만 다행히 그러지 않았다. 무계획적인데다 제멋대로였다.

그런데 바이얼릿을 죽일 때 범인은 다시 치밀해졌다. 그녀는 뱀에 물린 게 확실했다. 시신에 남은 상처와 부어오른 흔적을 보면 알 수 있었다. 그녀의 시신에 나타난 현상은 숀이 묘사했던 타이판의 중독 증상보다 살무사에 물렸을 때의 증상과 더 일치했다. 바이얼릿에게도 고농도의 독이 주입되었을까? 부검이 끝나면 알 수 있을 것이다. 바이얼릿은 존 알링턴보다 나이가 많고 훨씬 연약했기 때문에 고농도의 독이 필요 없었을지도 모른다. 베개에 핏자국과 구토 흔적이 남아 있었다. 베개는 마지막으로 그녀를 질식시키는 데 쓰인 것처럼 보였다. 바이얼릿의 죽음에서는 무계획성을 전혀 찾아볼 수 없었다. 범인은 그녀를 확실히 살해했다.

그런데 사건들을 전부 종합해보면…… 모두 제각각이고 뒤죽박죽이었다. 규칙성을 찾아볼 수 없다는 점에서 정신이 이상하고 혼란스러운 자의 소행 같았다.

'맷 호어, 만약 내가 사람들 넷을 살해하고 싶었다면요, 이보다 훨씬 계획적으로 일을 꾸몄을 거라고요!'

교회는 침묵에 잠겼다. 내가 고함을 지르면 어떻게 될지 문득 궁금해졌다. 아무도 내게 주의를 기울이지 않았다. 잠시 후 오르간이 연주되었다. 신도들이 노래를 부르려고 일어섰다. 버네사 언니가 고른 찬송가는 엄마가 제일 좋아했던 곡이었다. 나는 함께 노래를 부를 수 없었다. 바닥 타일에서 눈을 떼지 못했다.

칼자루가 네 개이듯이 용의자도 네 명이었다. 첫째로 앨런 키치. 그의 패거리가 그를 부추기고 도왔으리라. 나에 관해 거짓말을 한 그들은 위처가의 집 주변을 어슬렁거리기도 했다. 아주 한심한 녀석들이다. 집 현관에 죽은 살무사를 가져다놓은 것도 그들의 짓일 것이다. 그런데 그들이 살인을 저지를 애들일까?

둘째, 오직 나만 목격한 노인. 집에 침입해 뱀을 남겨두었던 그가 다른 집에서도 똑같은 짓을 했을 거라 추측하기는 어렵지 않았다. 나는 그의 나이, 월터를 닮은 얼굴, 또 위처 집에서 목격된 점들을 고려할 때 그가 위처 형제들 중 한 명일 거라 생각했다. 솔이나 해리일 가능성은 없었다. 둘은 확실히 사망했다. 아치와는 전혀 닮지 않았다. 얼프레드는 존재하지 않았다. 그렇다면 남은 사람은 월터뿐이다.

셋째, 맷이 유력한 용의자로 여기는 숀 노스. 여기에서 다행인 점은 맷이 내가 범인이라고 생각하지 않는다는 사실이었다. 그러나 맷은 숀에 대해 잘못 생각하고 있다. 파푸아뉴기니에서 뭘 했든 숀은 이 마을에 벌어진 일에서처럼 뱀을 마구잡이로 써먹을 사람이 아니다. 사람들에게는 어떨지 몰라도 동물에게는 잔인하게 대하는 사람은 아니었다.

그럼 마지막 넷째 용의자는? 글쎄, 나일 것이다. 태스커와 놀스 형사는 나를 마을에서 가장 위험한 공공의 적으로 보았다. 그들은 내가 어릴 때 생긴 흉터 때문에 정신이 불안정해져서 앙심을 품고 사람들의 관심을 끌기 위해 그런 짓을 벌이는 것으로 추측했다. 연로한 노인에게 빌붙어 그들을 제물로 삼으며 위로와 호의의 대가로 세속적 이득을 취하려고 한다. 나에게 불리한 증거도 나왔다. 살아 있는 살무사와 죽은 살무사가 내 집에서 발견되었다. 바이얼릿의 온몸에 흔적도 남겼다. 가짜 유언장은 말할 것도 없다.

이 사건들은 계획적이지 않은 것과 치밀한 것이 이상하게 뒤섞여 있었다. 살무사에게 독을 짜내 피하 주사기로 주입할 정도의 능력을 지녔다면 범인은 상당한 실력을 가진 전문가이며, 세상에서 가장 위험하다고 알려진 독사를 부릴 줄도 아는 자였다. 그런데 휴스턴의 집과 폴슨의 집에서 범인은 결과를 종잡을 수 없게 사건을 방치했다. 나는 교묘한 살인범을 찾는 중일까, 아니면 그 반대일까?

불쌍한 베니는 물속에서 독사와 싸움을 벌였다. 대체 왜 그랬을까? 어째서 타이판을 데리고 있는 범인이 살무사를 써서 번거로운 일을 벌였을까? 혹시 더 큰일을 꾸미려고 타이판을 남겨둔 게 아닐까?

이때쯤에는 바닥의 문양 때문에 현기증이 날 것 같았다. 네 개의 칼자루, 네 명의 용의자, 네 명의 희생자가 있었다. 문양 가운데의 중심원은 그들 모두와 관련된 악행을 나타내는 듯했다. 제각각 뻗은 네 개의 칼자루는 외곽에 다른 원을 형성했다. 희생자들 사이에 내가 알아채지 못한 연결 고리가 있는 걸까? 그것이 진짜 범인을 지목해주지 않을까?

우리는 일어섰다. 형부와 교구 남자 다섯 명이 관을 어깨에 짊어지고 중앙 통로를 지나 이동했다. 햇빛 속으로 나간 그들은 묘지를 얼마간 걸었다. 짧은 거리를 천천히 움직였다. 엄마의 마지막 걸음이었다.

"영원한 생명으로 부활할 것이라는 확실하고도 분명한 희망을 품으며, 재는 재로, 먼지는 먼지로……."

엄마의 관을 땅속으로 내릴 때 아빠가 기도문을 읽으셨다. 버네사 언니가 활짝 핀 흰 장미 한 송이를 관 위에 던졌다. 언니가 고개를 끄덕이자 제시카와 애비게일은 봉오리가 맺힌 장미를 관에 던졌다. 그런 사소한 것이 버네사 언니에게는 중요했다. 빈손인 나는 무덤가에 웅크리고 앉아 옆에 쌓여 있는 부드럽고 차진 흙더미에 양손을 찔러넣었다.

"클래라, 널 대신해서 준비해뒀어."

내 옆에 무릎을 꿇는 바람에 언니의 검은 실크로 된 새 드레스가 더럽혀졌다. 언니가 내민 것을 나는 제대로 볼 수 없었는데…….

"애들이 오늘 아침에 꺾어왔어. 네가 제일 좋아하는 꽃이잖니? 예전부터 항상……." 언니가 말했다.

눈을 깜빡이며 그녀가 손수 묶은 꽃다발에 손을 뻗었다. 버네사 언니의 도움으로 일어난 나는 겨우 팔을 뻗고 손을 벌렸다. 작고 파란 꽃다발이 떨어지는 것은 보지 않았다.

주위에 선 사람들도 나를 따라서 달콤한 냄새가 풍기는 흙을 뿌려서 엄마의 마지막 안식처를 따뜻하게 해주었다. 내가 언니의 어깨에 기대서 흐느끼는 동안에도 사람들은 계속해서 허리를 굽히고 흙을 쥐어서 뿌렸다. 그 광경은 오랫동안 외로이 잠들 엄마를 위로하기 위해 자신들의 일부를 남겨주는 것처럼 보였다.

장례식이 끝나가고 물망초도 보이지 않게 되었을때 비로소 나도 엄마를 위해 뭔가를 준비했음을 깨달았다. 나는 엄마를 용서했다.

37

조문객이 떠나고 버네사 언니와 언니네 가족도 집으로 돌아간 뒤 아빠와 나만 남았다. 남은 음식들이 냉장고를 채웠다. 집안에는 슬픔이 가득했다. 우리 두 사람 다 썩 내키지 않았던 늦은 저녁 식사가 끝나자, 아빠는 감사 편지를 쓰러 가셨다. 아빠의 서재는 정원이 내다보이는 집 뒤쪽에 있었다. 그곳에서는 길 건너편에 주차된 경찰차가 보이지 않을 것이다. 증거 불충분으로 기소되지 않았지만 나는 여전히 태스커의 주요 용의자였다.

2층에 있는 나의 옛날 방으로 올라갔다. 맷의 충고대로 병원에는 일주일간 휴가를 냈다. 남는 시간에 뭘 해야 할지 아직 정하지 못했다. 일하고 자고 달리고. 내가 할 줄 아는 건 그뿐이었다. 나는 노트북 컴퓨터를 가져와서 구글에서 '고대 로마의 처형'을 검색했다. 맷이 말한 대로, 위처 일가를 추적하는 것으로는 답을 찾을 수 없었다. 조사 방식을 바꿔야 했다.

꽤 많은 항목이 검색되었지만 도움이 될 만한 것은 없었다. 나는 검색창으로 다시 돌아가 '개, 뱀, 원숭이'라는 단어를 넣고 큰 기대 없이 검색 단추를 눌렀다.

컴퓨터 화면에는 마지막으로 보고 들은 지 수년이 흘렀음에도 즉시 뜻이 기억난 라틴어 문구 '포에나 쿨레이'가 보였다. 포에나 쿨레이는 가죽부대를 이용한 처벌을 뜻했다. 뱀, 개, 원숭이, 수탉은 상징적인 의미를 지닌 동물이라는 내 기억이 옳았다. 뱀, 특히 독사는 고대 로마에서 가장 무서운 동물로 여겨졌고, 태어나면서 자기 어미를 죽인다는 이유로 선택되었다. 그 당시 개는 경멸의 대상이었다. 로마에서는 개보다 못하다는 말이 가장 큰 모욕이었다. 수탉은 부성父性의 결핍을 뜻했고, 원숭이는 가장 타락한 인간을 상징했다. 경멸? 타락? 자기 어미를 죽게 만드는 것? 섬뜩한 느낌이 들었다. 왜냐하면 포에나 쿨레이는 가장 가까운 혈육을 살해한, 즉 존속살해를 저지른 용서할 수 없는 죄인에게 행하는 형벌이기 때문이다.

어머니의 장례식을 치른 날 밤에 읽고 위로를 받기에 적합한 내용은 아니었다.

이것이 바이얼릿과 대체 무슨 연관이 있는 걸까? 누가 그녀가 가까운 친족을 살해했다고 생각한다는 걸까? 그리고 그간 벌어진 다른 사건들과는 무슨 관련이 있을까? 존 알링턴은 물에서 발견되었다. 정원 연못에 몸 절반이 잠긴 상태였다. 그는 뱀에 물린 후(어쩌면 물리지 않았더라도) 익사할 뻔했다. 그런데…….

머리를 쥐어짜며 앉아 있은 지 한참 된 것 같았지만 그럴듯한 답을 찾을 수 없었다. 위처 일가를 추적한 것에 성과는 없었지만 포에나 쿨레이 역시 단서조차 되지 않았다.

두 명의 희생자, 그리고 희생자가 될 뻔한 다른 두 명이 있다. 소피아에 대해서는 당분간 생각하지 않기로 했다. 아기를 이 사건과 어떻게 연관지어야 할지 도무지 알 수 없기 때문이었다. 타이판이 어디에 있었든 폴슨 가족 중에 나이가 가장 많은 어니스트 앰블린이 그날 밤 범인의 진짜 표적이었을 거라는 생각을 지울 수 없었다.

나는 고요한 밤중에 폴슨 가족이 비명을 지르며 집에서 뛰쳐나오던 광경이 떠올랐다. 아이들은 울부짖었고 아버지는 제대로 걷지도 못했으며 할아버지는 심하게 충격을 받은 상태였다. 그 불과 몇 시간 전에 어니스트 앰블린은 클라이브 벤트리 저택의 모임에 참석했었다. 방 끝 쪽에 앉아 있던 다섯 명의 노인들 중 한 명이었던 그는 조심스러운 기색이었다. 아니, 조심스러운 게 아니라 겁을 먹은 것 같았다.

노인들이 사건을 푸는 열쇠일까? 태스커와 놀스는 내가 노인을 제물로 삼아 그들의 호의를 이용했다는 식의 의문을 제기했다. 그들의 말대로 노인들이 표적이고 다른 동기가 있다면 어떨까?

뱀의 습격을 받은 네 명 중에 존 알링턴, 바이얼릿, 어니스트 앰블린이 노인이었다. 나는 교회 바닥의 타일을, 원으로 이어진 뾰족한 문양을 떠올렸다. 오랜 과거에 노인들을 하나로 연결시키는 어떤 사건이 있었던 게 분명했다.

'아가씨, 나한테 그날 밤 일을 물어봐도 소용없어. 무슨 일이 있었는지 나도 잘 몰라.'

'화재에 뭔가 수상한 점이 있어요.'

나는 1958년의 화재를 다시 떠올렸다. 그 화재로 직간접적으로 네 사람이 죽고 위처 형제 셋은 마을을 떠났다. 그날 밤의 사건이 오십 년이 지난 지금까지도 영향을 미치는 걸까? 핸드백을 뒤져 수첩을 찾았다. 며칠 전 도서관에서 찾았던, 화재에 대한 신문 보도와 조엘 모건 패인과 래리 호지스의 사망 기사를 요약한 내용이 적혀 있었다. 적어둔 내용을 다시 읽고 아래층으로 내려갔다. 너무나도 조용한 집안을 통과해 아빠의 서재 문을 두드린 후 열었다. 아빠는 나를 향해 몸을 반쯤 돌리고 미소를 지으려 하셨다. 아빠 앞에 종이가 놓여 있었다. 아직 아무런 글도 적으시지 않은 것 같았다.

"아빠."

"그래, 얘야. 미안하구나. 오늘 같은 밤에 널 혼자 두다니."

거대한 무게에 어깨를 짓눌린 듯 아버지는 슬픔에 잠겨 계셨다. 엄마가 아닌 다른 어떤 것을 생각하고 말하는 게 잘못인 것처럼 느껴졌지만 달리 어쩔 수가 없었다. 내가 짊어진 무게 역시 가볍지 않았다.

"뭘 좀 여쭤봐도 돼요? 우리 가족과 상관없는 일이지만……. 중요한 문제여서요." 아빠 옆에 앉으며 말했다.

아빠는 고개를 끄덕이셨다. 다른 이야기를 하게 된 것이 반가운지 안색이 조금 밝아진 것처럼 보였다. 나는 화재와 화재로 죽은 사람들에 대해 얘기했고, 1950년대에 시골 마을에서 미국의 오순절 운동 전도사가 정확히 무슨 일을 했을지 물었다.

"20세기에 접어들 무렵에 미국에서는 여러 일들이 있었단다. 많은 교회에서 이탈자가 생기고 교회가 분열되었지. 또 부흥회가 자주 열렸단다. 많은 카리스마파 교회가 처음 등장한 것도 그때였어. 오순절 운동도 분명 그즈음부터 시작되었지." 아빠는 나와 눈을 맞추지 않고 오랫동안 묻어둔 기억을 되살리느라 인상을 약간 찡그리셨다.

"오십 년 뒤의 일이 궁금해요."

아빠는 한 손을 드셨다. 이야기가 아직 끝나지 않았다는 아빠 특유의 몸짓이었다. "한동안 별일은 없었단다. 심한 박해를 받은 분파도 있었고. 1945년 즈음부터 다양한 분파들이 되살아났어. 엄청났던 2차세계대전 때문에 새롭게 부흥이 일어난 게 틀림없을 테지. 형태가 달라진 집단도 있었지만 공통점이 있었단다. 가령 광적인 믿음이라든지, 성서를 문자 그대로 충실하게 해석한다든지, 또 신께서 자신의 초자연적 능력을 인류에게 전수하셨다는 믿음 같은 것들인데…… '카리스마'가 뭔지 아니?"

"은사恩賜 말인가요? 성령의 은사요."

아빠는 고개를 끄덕이셨다. "이들 분파들은 신이 인간에게 은사를 베푸셨다는 믿음을 지녔어. 그것을 표적이라고 부르는 분파도 있는데, 모두 같은 것이라고 할 수 있어."

"그런 은사나 표적은 정확히 뭘 말하는 거죠?"

아빠는 어깨를 으쓱하셨다. "병자를 고친다든지 하는 능력이지. 대부분은 해가 없단다. 방언을 하는 능력은 흔한 편이고."

"교회 예배에서 사람들이 펄쩍펄쩍 뛰며 횡설수설하는 소리를 내뱉는 게 은사이자 표적의 한 종류라는 말인가요?"

아빠는 미소를 지으셨다. "방언을 기록한 문서도 있단다. 사도 바울로가 제자들에게 방언을 함으로써 다른 언어를 말할 수 있고 복음을 더 쉽게 퍼뜨릴 수 있다고 얘기한 것을 두고도 실제 의미에 관해서 논쟁이 있어."

"그럴 만하군요."

아빠는 고개를 끄덕이셨다. "어느 학파에서는 은사가 짧은 기간, 그리스도께서 돌아가신 직후 몇 년 동안만 인류에게 주어졌다고 믿는단다. 그러니 오늘날까지 계속된다는 건 말이 되지 않지. 다른 일부에서는 카리스마, 즉, 표적이 영원한 것이며 네가 횡설수설한다고 말한 방언을 천사의 언어라고 믿는단다."

"'표적'이라고 하셨죠. 그 말을 들으니 생각이 나요." 나는 손을 뻗어 수첩을 돌려받았다. 수첩을 뒤적여 교회 묘지의 비석에 적혀 있던 글귀를 찾아냈다. "보세요, 래리 호지스의 묘비에 이렇게 적혀 있었어요. '믿는 자들에게는 이러한 표적이 따르리니.'"

"내 기억에 그건 『마르코의 복음서』에 나오는 구절일 게다. 그래, 네가 사는 마을에 은사주의 분파가 있었던가 보구나."

"그게 특이한가요?"

"특이한 일이지. 물론 전혀 없을 만한 일은 아니야. 누구의 비석에 적혀 있던 글이니?"

나는 수첩을 건넸다. 아빠는 패인 목사의 묘비에서 옮겨 적은 구절(땅을 적시는 늦은 비와 같이 우리에게 임하시리라)을 보고 계셨다. "아, 이제 기억이 나요. 신문에 그가 늦은 비 운동의 일원이었다는 내용이 있었어요. 그런데 왜……." 나는 말을 멈췄다. 아빠의 표정이 심상치 않아 보였다. 아빠는 독서용 안경을 벗고 의자에 몸을 기대셨다.

"이 이름을 보니 생각나는 게 있구나." 마침내 아빠가 말씀하셨다. 아빠는 안경을 다시 집어서 바지 주머니에 넣으셨다. 나는 아빠의 말씀이 이어지기를 기다리며 앉아 있었다. "늦은 비 운동이 40년대에 캐나다 어딘가에서 처음 발생했으니, 시기는 맞는 것 같구나. 패인 목사가 초창기의 인물일 수도 있겠어." 아빠가 손수건을 꺼내며 말씀하셨다.

"늦은 비에 대해선 들어본 적이 없어요. 그게 무슨 뜻이죠?"

"'늦은 비'란 늦여름에 내려서 곡식을 여물게 하는 비를 말한단다. 이 맥락에서는 신께서 세상을 끝내시기 전의 마지막날을 의미하지. 이 운동을 시작한 사람들은 마지막날이 가까워지면 표적과 은사가 엄청나게 나타날 거라고 믿었거든. 그런 믿음이 오늘날까지 운동을 이끄는 원동력인 셈이지." 아빠는 안경알을 차례로 문지르며 설명을 이으셨다.

"아직도 남아 있나요?"

"그렇단다. 시간이 지나면서 교리가 다소 온건해지기는 했단다. 더 합리적인 사람들이 초창기의 인물들과 거리를 두고, 논쟁이 되는 면들을 없애면서 새로운 운동을 이어갔으니까. 그러한 사람들이 은사주의와 오순절 운동에 상당히 긍정적인 영향을 끼쳤다고 인식된단다. 늦은 비 교회는 아직도 건재해. 그들 교회가 경건하게 운영되고, 또 확고한 믿음과 선한 의도를 지닌 사람들을 통해 상당한 업적을 달성했다고 말할 수 있을 게다."

"그래서 패인 목사가 늦은 비 교회의 일원이었다는 사실이 나쁜 의미는 아닐 거란 말씀이세요?"

아빠는 고개를 저으셨다. "방금 내가 한 얘기는 지금까지 남아 있는 교회들에 관한 거란다. 40년대와 50년대 초라면 그 운동이 아주 미숙한 시기였지. 상황이 아주 달랐을 게다."

"어땠는지 말씀해주세요."

"다소 불안정한 부류의 사람들이 그 운동에 매료되었거든. 세상의 종말이 임박했다고 정말로 믿거나 그런 척하는 사람들 말이다. 그들의 지도자는 자신들을 '엘리야의 동반자'로 칭했는데, 신이 선택한 성자인 그들이 세상이 끝나는 날에 정의로운 자들을 천국으로 인도하기 위해 보내졌다는 주장이란다. 그들은 종말이 임박했으니 전과 같이 살 수 없다고 믿었어."

"종말론에 심취한 광신도 집단이었다는 말씀이세요?"

아빠는 안경을 다시 끼셨다. "나는 어떤 교파에 대해서도 광신도라는 표현을 쓰지 않는단다. 이 경우를 보면 패인 목사라는 사람이 위험한 인물이었을 가능성은 있는 것 같구나. 그 운동은 아주 기이하고 초자연적인 관습에 몰두한 것으로 알려져 있거든."

아빠는 일어서셨다. 그 순간 나는 이제 아빠가 흥미를 잃으셨거나 이날 저녁에 엄마와 상관없는 이야기를 너무 많이 했다고 판단하신 게 아닐까 생각했다. 하지만 아빠는 서재 남쪽으로 가서 문 두 개가 달린 벽장을 여셨다. 벽장 선반에는 상자들이 높이 쌓여 있었다. 몇 분 뒤 아빠는 상자 하나를 꺼내 책상 앞으로 들고 오시며 먼지를 훅 불어내셨다.

"이십 년 동안 꺼내보지도 않았었군." 아빠가 말씀하셨다. "70년대 후반에 은사주의 교파에 대해 강의를 했었단다. 경이롭고 불가사의한 책들도 조금 모았었지. 떠오르는 게 하나 있거든. 그래, 여기 있구나. 이건 어떻게 생각하니?"

아빠는 검은색과 오렌지색의 소책자 하나를 내미셨다. 표지에 서툰 불 그림이 그려져 있고 분량은 겨우 오십 쪽 정도였다. 프랭클린 홀 목사가 쓴 책이었다. 나는 책의 제목을 읽고 아빠를 쳐다보았다.

"죽은 자를 살리는 의식요?" 내가 물었다. 아빠는 미소를 지으며 말씀하셨다. "아주 극단적 사례 중 하나란다. 그렇지만 늦은 비 운동의 초창기에는 그다지 특이한 일도 아니었단다. 그 밖에도 금식으로 병을 고치거나 점성술에 매료된다든지, 공중 부양, 초자연적인 발화 현상이나 악마를 몰아내는 일에 대한 설명들도 있거든."

나는 고개를 들었다. "퇴마 의식요?" 얼프레드에 관해 바이얼릿이 했던 얘기를 떠올리며 내가 물었다. 그런데 맷의 말대로라면 얼프레드는 존재한 적이 없는 인물이었다.

"홀 목사에 따르면 그렇단다. 그는 1946년 샌디에이고에서 연속해서 열린 집회 이야기를 기록했어. 수천 명의 사람들이 오랜 금식에 들어갔고, 육십 일을 넘긴 경우도 있다는구나. 홀의 말로는 금식을 통해서 악마를 몰아내고, 미치광이를 낫게 하고, 암세포를 사라지게 하고, 절름발이를 걷게 하고, 죽은 자를 되살렸다고 해."

"아주 독특한 주장이군요?"

"아, 그런 주장을 한 것이 그가 처음은 아니란다. 일반적으로 이 운동의 창시자로 여겨지는 사람은 윌리엄 브래넘이지. 그의 전기를 보면, 40년대 핀란드에서 죽은 아이를 되살렸다는 이야기도 있거든. 자동차 사고로 죽은 남자아이였지. 브래넘이 그 아이를 되살렸다는 내용이란다."

되살리다니? 나는 그 간단한 문장을 듣자 등골이 서늘해졌다. 만약 누군가를 죽음에서 되살릴 능력을 지니고 있다면 나는 그 능력을 쓰게 될까?

나는 아빠께 받은 소책자를 내려다보고 페이지를 뒤적거리기 시작했다. "어떻게 그렇게 할 수 있죠?" 정말로 그 대답을 듣고 싶은지 나로선 의문이었다.

"아, 비밀스러운 악마의 의식 같은 것이 아니란다. 지하실 같은 곳에서 대단한 파티라도 열릴 거라고 생각하는 사람이라면 누구든 실망할 게다. 내 기억에 가장 중요한 이론은, 그리스도께서 말씀하신 부활이 영적인 것에 국한되지 않고 육신에도 적용된다는 믿음이었던 것 같구나."

"나는 육신의 부활을 믿으며." 나는 반사적으로 성경 구절을 읊었다.

"그렇지. 구절의 요지를 파악해야지. 나도 교회에서 그 얘기를 몇 번이나 했었단다. 아무튼 홀 목사는 한 단계 더 나아가서 충분한 신앙심을 갖고 일련의 시험을 거치고 나면 죽은 자를 되살릴 수 있다고 주장했어. 그런 일이 실현되기를 바랄 필요는 없겠지." 아빠는 고개를 끄덕이셨다.

"방법도 알려줬나요?"

"글쎄, 자세한 설명은 없었던 것 같은데 충분한 기도와 금식 기도를 반복하는 것이 핵심이었던 걸로 기억한단다."

"금식 기도요?"

"상당한 기간 동안, 때로 몇 주 동안이나 음식을 먹지 않고 기도만 하는 식이지. 나라면 그러고 싶지 않지만 말이다."

나는 아치 위처가 사우스캐롤라이나 교회에서 과도하게 금식을 부추겨서 어린 소녀를 죽게 했다는 맷에게 들은 이야기를 떠올렸다. 그는 늦은 비 운동에서 실천하던 방식을 더 극단적으로 수행하는 게 아닐까?

"얘야, 피곤해 보이는구나." 아빠가 말씀하셨다.

나는 미소를 지었다. 내가 아빠만큼이나 피곤해 보일지 궁금했다. "하나만 더요. 그리고 쉬게 해드릴게요." 나는 아빠의 코앞에 수첩을 내밀었다. "다른 묘비에 적힌 글귀에도 따로 의미가 있을까요? 그것들도 전부 늦은 비 운동과 관련된 것들이에요?"

아빠는 잠시 수첩을 들여다보셨다. "거기 크고 검은 책을 줘보겠니?" 아빠가 말씀하셨다. 나는 책상에 몸을 숙여서 항상 아빠의 책상 위 같은 자리에 있는 가죽 표지의 큼직한 성서를 집었다. 아빠는 성서를 뒤적이기 시작하셨다. "아, 그래, 내 생각이 맞아. 『마르코 복음서』에서 가져온 두 구절이구나. '믿는 자들에게는 이런 표적이 따르리니, 곧 저희가 내 이름으로 귀신을 쫓아내며, 새 방언을 말하며, 뱀을 집으며 무슨 독을 마실지라도 해를 받지 아니하며, 병든 사람에게 손을 얹은즉 나으리라.' 왜 그러니?" 아빠는 읽기를 중단하셨다. 내 얼굴을 보신 모양이었다. "무슨 문제니, 클래라?" 아빠가 물으셨다.

"다른 하나는요? 피터 모펫의 묘지에 적힌 구절은요? '보라, 내가 너희에게 권세를 주노니.' 그 구절도 아시겠어요?"

"『루가의 복음서』에서 나온 구절 같은걸." 아빠는 성서를 다시 뒤적이셨다. "여기 있구나, 10장 19절. '내가 너희에게 뱀과 전갈을 밟으며 원수의 모든 능력을 제어할 권세를 주었으니.' 자, 이제 무슨 일인지 말을 해보렴."

"패인 목사는 뱀을 다룰 줄 알았어요."

아빠는 걱정스러운 표정을 지으셨다. "또 뱀이냐?"

"마을에 바이얼릿이라는 할머니가 계셨어요. 그녀는 교회에 관한 얘길 하다가 뱀 이야기를 꺼냈죠. 그 말뜻을 몰랐는데 이제 분명해졌어요. 패인 목사가 미국에서 뱀을 데려왔을 수 있어요. 50년대의 세관은 지금처럼 엄격하게 통제하지 못했겠죠. 무슨 문제가 생겨 사람들이 죽은 거예요. 남자 두 명은 심장마비로 죽었다고 하거든요. 분명 거짓말이에요. 그들은 뱀에 물린 게 틀림없어요."

"늦은 비 운동이 뱀과 관련되어 있었다는 기록은 없어. 아마 그랬다면 전혀 다른 교파에 속한 사람들일 게다."

"그들은 모두 오순절 교회에서 이탈한 파들이에요. 그리고 그게 표적 아니었을까요? 뱀을 다스리는 능력 말이에요. 만약 이 사람들이 종말에 표적이 많이 출현할 것을 믿었다면 그러지 말라는 법도 없잖아요?"

"클래라, 이건 오십 년 전의 기록이다. 당시의 일이 지금까지 관련이 있을 가능성은……."

"오랫동안 기억을 간직한 사람들도 있어요. 고마워요, 아빠. 아빠는 훌륭하세요. 인터넷을 살펴봐야겠어요. 뭔가 나오는 게 있는지." 나는 일어섰다.

아빠는 한숨을 쉬고는 말씀하셨다. "뱀을 다스리던 교파의 공식 명칭은 '표적을 따르는 하나님의 교회'란다. 클래라, 지금 꼭 신경을 써야 하는 일이니? 우리에겐 슬퍼할 시간이 필요하단다." 아빠는 잠시 말을 멈추셨다. "혹시 말할 것이 없니?"

나는 당장 방에서 나가고 싶었지만, 아빠의 얼굴에 근심이 가득했다. "전 엄마 때문에 한참 슬펐던 것 같아요. 아직 끝난 것도 아니라고 생각하고요. 그렇지만 당장은 다른 신경쓸 일이 있어요. 그리고 아뇨, 이제 더 말씀드릴 게 없어요."

아빠는 만족하신 것 같지 않았지만 나를 막을 힘도 없으셨고 더 해주실 것도 없었다. 위층으로 돌아와서 인터넷에서 '표적을 따르는 하나님의 교회'에 대해 수백 건의 자료를 찾았다. 이 움직임은 미국의 두 지역에서 독자적으로 생겨났다. 1900년대 초에 조지 헨슬리라는 목사가 테네시 주의 시골에서 예배를 드리던 도중에 살아 있는 방울뱀을 집어 들었고, 그 후 그러한 행위가 유행하게 되었다.

같은 시기에 앨라배마 주에서 제임스 밀러라는 전도사가 똑같은 행동을 했다. 이러한 움직임은 미국 남부로 퍼져나갔다. 조지 헨슬리는 1955년에 방울뱀에 물려서 독이 퍼져 사망했다.

나는 맷이 애팔래치아 산맥의 뱀 조련사들이 뱀에 물려 죽는 일에 대해 말하던 것이 떠올랐다. 또 앰블린이 극도로 흥분하며 숀과 나에게 타이판이 어디에서 왔는지 물었던 것도 생각났다. 그는 뱀이 북미에서 왔을 가능성이 있는지 물어보았고, 그럴 리 없다는 대답을 듣고 나서야 진정했다. 1958년에 무슨 일이 벌어졌는지 짐작할 만한 단서가 많이 나온 것 같았다.

뱀을 다스리고 악마를 몰아낸다면? 그러자 다른 생각이 떠올랐다. 나는 수첩을 집어서 조엘 패인 목사의 일대기를 적어둔 페이지가 나올 때까지 뒤적였다. 그는 대학에서 고전을 전공했다. 어쩌면 포에나 쿨레이에 대해 배웠을지 모른다. 패인은 오십 년 전에 죽었지만, 그의 영향력은 여전했다.

밤 9시였다. 나는 아빠가 한 시간 안에 침대로 가서 몇 시간 동안 독서를 하실 거라는 걸 알았다. 나는 창가로 갔다. 경찰차가 길가에 그대로 서 있었다. 집에서 빠져나가고 싶은데 갇혀버린 느낌을 받으며 방안에서 서성거렸다. 휴대전화를 집어서 집 전화기에 녹음된 메시지가 있는지 확인했다. 특이하게도 몇 개의 메시지가 있었고, 전부 아침 일찍 남겨진 것들이었다. 두 개는 버네사 언니가, 하나는 아빠가 남기신 것이었다. 또 하나는 야생동물병원에서 온 것으로 어머니 장례식을 잘 치르고, 충분히 쉰 다음에 일터로 돌아오기를 바란다는 내용이었다. 그리고 또 하나는 샐리가 남긴 것이었다.

"안녕하세요, 클래라" 하고 그녀는 말했다. "신경쓸 일이 많을 줄 알지만요. 중요한 문제인 것 같아서 연락했어요. 어니스트 앰블린 선생님이 오늘 퇴원해서 상태를 보러 다녀왔거든요. 에덜린 할머니에 관해 얘길 나눴어요. 어니스트 선생님의 말로는 그녀가 마을 부잣집들을 청소해주었다고 하더라고요. 그리고 청소가 끝난 뒤에도 오랫동안 남아 있었고요. 아마 친구가 필요했던 모양이죠. 그런데 그녀가 몇 주 동안 일을 하러 오지 않고 마을에서 아예 모습을 볼 수 없었던 때도 있었다고 했어요. 어니스트 선생님은 에덜린 할머니가 심각한 정신 질환을 앓는다고 생각했는데 의사에게 가보도록 설득하지는 못했다고 하더군요. 물론 당시에는 정신 질환에 대해 사람들이 잘 알지 못했죠. 어쨌든 월터 할아버지가 자기 힘으로 그녀를 고치려고 했을 수도 있어요. 그녀를 집에 가뒀었는지도 몰라요. 우리가 모르는 그분의 다른 면이 있었던 것도 같거든요."

샐리는 말을 멈추고 숨을 돌렸다.

샐리의 말이 이어졌다. "아무튼 오늘 일을 잘 치르기를 바랄게요. 맷을 우연히 만났는데, 당신이 며칠간 떠나 있는다고 알려주더군요. 내가 도울 일이 있으면 연락줘요."

샐리는 전화를 끊으려 했다가 다시 말을 이었다. "에덜린 할머니가 부잣집 청소 일을 했다고 했죠? 그녀가 마을 집들 대부분의 열쇠를 가지고 있다며 자랑도 했던 모양이에요. 만약 마을 집들이 자물쇠를 바꾸지 않았고 그 열쇠들이 아직 위처 집에 있다면, 누가 마을 집들에 제멋대로 들락날락한 것도 설명이 돼요."

샐리는 작별 인사를 하고 전화를 끊었다. 남은 메시지는 두 개였다. 하나는 귀에 익은 아주 독특한 목소리의 인물이었다. "클래라, 숀 노스요. 지금은 목요일 아침 8시인데……."

이날 아침 8시라면 내가 체포된 뒤였다. 나는 숀이 자신도 범죄 용의자라는 사실을 아는지 궁금했다. 그의 말이 이어졌다. "전화해 줘. 할 얘기가 있으니까. 잠시 들러도 되고. 난 오늘 하루 종일, 그리고 내일도 집에 있을 거니까. 나중에 보자고."

나는 마지막 메시지를 들으려고 버튼을 눌렀다.

"베닝 씨, 패덕스 호스피스의 데니스 톰슨이라고 합니다. 진작 응답을 드리지 못해 미안합니다. 저희도 긴급한 일이 많아서요. 당신이 남긴 메시지를 이제야 확인했답니다. 월터 위처 환자에 대해 문의하셨죠? 저희 면회 시간은 10시부터 12시, 2시에서 4시 사이입니다. 월터 씨는 한동안 상태가 좋지 않으셨어요. 놀라진 마시고, 그를 만나보고 싶으시다면 가급적 빨리 오시는 게 좋겠습니다."

38

주방의 열쇠 걸이에서 엄마의 낡은 자동차 열쇠와 차고 열쇠를 챙겼다. 차고는 사백 미터 떨어진 곳에 있었다. 길가는 번잡해서 주차를 하기가 늘 어려웠고, 한때 차가 네 대나 되었기 때문에 별도의 차고를 두는 수밖에 없었다. 나는 정원을 천천히 뛰어 대문을 열고 나가 좁다란 강둑길을 걸어간 다음 옆집 정원에 들어갔다. 이웃집의 잔디밭을 가로질러 작은 문을 통과해 거리로 나왔다. 경찰차 안에서는 아무런 움직임이 없었다. 나는 몸을 숙인 채 옆길을 걸어 차고에 도착했다.

*

한 시간이 조금 지나서 차를 세웠다. 밀물인 탓에 오십여 미터 아래의 바위에 파도가 부딪히는 소리를 들을 수 있었다. 작은 집의 안에는 불이 꺼진 것처럼 보였지만, 집 뒤쪽에 불빛이 깜빡이는 것 같았다. 나는 집의 가장자리를 돌았다. 자갈길을 걸을 때 시끄러운 소리가 났다. 나무로 된 탁자와 의자 두 개가 집 뒤쪽 부지의 잔디밭에 놓여 있었다. 탁자 위에는 갓을 씌운 촛불이 켜져 있었다. 이십여 미터의 잔디밭으로 된 작은 정원이었으며 낮은 울타리 뒤는 절벽이었다. 키가 큰 남자가 탁자 앞에 앉아서 다가가는 나를 지켜보았다. 달빛에 번득이는 검은 눈동자를 볼 수 있을 만큼 가까이 다가갔을 때 그가 입을 열었다.

"당신을 만나면 안 된다고 하던데." 남자는 작은 병을 들어 입가로 가져가며 음료를 마셨다.

"나한테도 그랬어요." 나는 솔직히 말했다.

그가 병을 들어올리더니 물었다. "마실 건가?"

"당신은 토요일 아침에 인도네시아에서 도착한 게 아니라 파푸아뉴기니에서 왔죠. 타이판이 그곳에서 왔다는 걸 경찰도 알아요."

숀은 의자에 몸을 더 기댔다. "내가 타이판이 어디에서 왔는지 확인한 덕분에 그들도 알게 된 거지. 내가 비행기를 타고 어디에서 도착했든 전혀 이상할 게 없어. 살아 있는 파충류를 비행기로 몰래 들여오는 건 불가능하고."

숀이 범인이라면, 그는 놀랄 만큼 능숙하게 시치미를 떼는 셈이었다.

"파푸아뉴기니에 있었던 거죠?" 내가 물었다.

"맞아. 그곳에서 열흘간 머물면서 감독과 다음 텔레비전 쇼를 계획했어. 여섯 편짜리인데 전부 그곳에서 촬영해야 하니까."

"그런데 왜 인도네시아에 머문다고 했어요?"

숀은 한숨을 쉬었다. "미국에 어떤 친구가 있어. 파충류학자인데 몇 년째 내 뒤를 캐고 다닌단 말이지. 무슨 작업을 계획하는지 알아내서 매번 선수를 치려 들거든. 그는 싼값에 일을 해치우기 때문에 나보다 신속하게 일을 진행할 수가 있어. 쓰레기 같은 프로그램이지만 그가 내 주제를 먼저 다뤄버리면, 굳이 같은 일을 할 필요가 없어진단 말이지. 그래서 일부러 인도네시아에 다녀왔다고 한 거야. 행보를 들키지 않으려고."

"저런."

"나를 믿어, 클래라. 나 같은 꼴을 하고 다니는 사람은 손톱깎이 하나도 몰래 들여올 수가 없어. 치명적인 뱀은 말할 것도 없고. 긴 머리에 옷차림이 평범한 남자들도 여행을 다닐 때마다 불려 세워져서 검색을 당하지. 촬영하는 친구들이 무슨 농담을 하는지 알아? 나 때문에 공항 보안대를 통과하느라 시간이 지연되니 추가 임금을 줘야 한다나."

숀은 병을 다시 입가로 들어올리면서도 내게서 눈을 떼지 않았다. 경찰이라면 그가 한 말은 확인할 수 있을 것이다. 감독과 만나서 얘길 나눠보면 그의 경쟁자인 파충류학자가 실제 인물인지 알아낼 수 있을 테니까. 나는 그럴 필요가 없었다. 그의 말이 진실인 것을 알았다.

"마실래?" 그가 다시 물었다.

나는 잠시 생각하다가 곧 대답했다. "그러죠."

일어난 숀은 내게 앉으라는 시늉을 하고 집안으로 사라졌다. 불이 켜져서 반쯤 열린 뒷문을 통해 아주 작고 깔끔한 주방이 보였다. 내가 바다를 내다보느라 고개를 돌렸을 때 냉장고 문을 여닫는 소리가 들렸다. 바다에서 멀어져 북쪽으로 날아가는 갈매기들이 검은 그림자를 잔디밭에 드리웠다.

한낮의 열기가 사라진 공기는 서늘해졌다. 바람은 전혀 없었다. 숀이 돌아와서 의자에 앉는 소리가 들렸다. 그는 유리잔과 호박빛 액체가 든 병을 내밀었다. 나는 잔을 치우고 숀이 그랬던 것처럼 술을 병째로 들이켰다. 톡 쏘는 텁텁한 맛의 정체를 알 수 없는 액체가 목을 타고 넘어가 깜짝 놀랐다. 나는 더 진하고 강한 맛을 예상했었다.

"냉장고에 와인도 있어. 당신이 원한다면." 숀이 말했다.

"괜찮아요, 이것도 좋아요." 진심이었다. 잠시 후 내가 말했다. "처음 마셔봐요."

"오늘밤의 처음?" 숀은 나를 정면에서 볼 수 있게 의자를 당겨 앉으며 말했다. 나는 갈매기가 사라져버린 어두운 하늘을 계속 바라보았다.

"생전 처음이에요."

숀은 잠자코 있었다. 그를 쳐다보자 그 역시 나를 바라보고 있었다. "어머니가 술을 드셨어요. 아주 오랫동안, 내가 태어나기 전부터요. 음악가셨던 어머니는 자기보다 나이가 스무 살이나 많은 시골의 성직자와 결혼하면서 경력을 포기하셔야 했죠. 나중에야 성직자 아내로 사는 게 적성과 맞지 않는다는 걸 깨달으셨고요."

여전히 아무 말도 하지 않는 숀은 내 얼굴에서 시선을 떼지 않았다. 어둠이 더욱 짙어진 까닭에 나는 그 시선을 개의치 않았다.

"어머니도 힘드셨겠죠. 치료도 받으시고, 몇 년 동안 병원도 다니셨죠. 술을 입에 대지 않고 몇 달을 버티기도 했는데, 그러다가도 어쩔 수 없는 지경에 이르곤 하셨어요." 나는 엄마에 대해 공정하게 말하려고 했다.

숀의 손이 내 손을 감쌌고 나는 갑작스러운 접촉에 깜짝 놀랐다. "점점 추워지는군. 안으로 들어가지." 그는 내가 몸을 떠는 이유를 잘못 생각한 것 같았다.

"아뇨, 아뇨. 괜찮아요. 곧 가봐야 해요. 당신에게 묻고 싶은 게 있어서 들른 거예요." 나는 얼른 대답했다.

숀은 마지못한 듯 내게서 손을 뗐다. "물어봐."

나는 어느 미국인 선교사가 1950년대 후반에 내가 사는 마을의 교회에서 뱀을 다루었으며, 어느 날 밤에 어떤 문제가 생겨 교회가 불타고 사람들 네 명이 사망했다는 식으로 설명했다.

"오래된 사건이라는 건 나도 알아요. 그런데 최근에 발생한 일들이 어째서인지 그때의 사건과 관련이 있는 것 같아요. 1958년 당시에 살았던, 지금은 노인이 된 사람들이 범인의 목표란 말이죠."

"조사를 계속하면 범인이 누군지 알 수 있을 거란 말인가?"

"당신이 나온 뱀 다루기에 대한 방송을 본 적이 있어요. 뭔가 중요한 사실을 알고 있는지 궁금했어요."

"예를 들면?"

"음, 우선은 어떻게 뱀을 다룰 수 있는지 말이에요. 어떻게 그 사람들은 방울뱀을 다루면서도 물리지 않는 거죠?"

"그들도 물리지. 죽는 일이 다반사야."

"그래요. 그런데 일반적으로 예상하는 빈도에는 미치지 않잖아요. 이유를 추측해볼 수는 있어요. 방울뱀의 독샘을 제거한다든지, 예배를 드리기 전에 독액을 빼낸다든지, 아니면 약물을 주입한다든지 말이죠. 촬영을 하면서 그런 점을 미리 확인하나요?"

"물론. 어떤 교회에서는 예배를 보기 전에 우리에게 뱀을 검사해보라고 했어. 다 큰 방울뱀 열 마리였는데 전부 말짱했고, 속임수도 쓰지 않았더군. 무시무시했지. 우린 그들이 뱀을 높이 들어서 자기들의 목을 휘감게 했다가 신도들의 손에 차례로 넘겨주는 것을 지켜봤어. 일부 교회에서는 속임수를 쓰는 게 분명하지만 모두 그렇지는 않아. 내가 본 곳은 그렇지 않았지."

"어떻게요? 어떻게 그럴 수 있죠?"

숀은 미소를 지었다. "글쎄, 독자적인 이론이 있기는 한데. 궁금한가?"

하마터면 미소로 화답할 뻔했지만 감정을 억제했다. "그래요, 들려주세요."

"오피스파派에 대해 들어봤어?"

"뭐라고요?"

"오피스파. 뱀 인간이라는 뜻으로도 알려져 있지. 그들은 기원후 1000년경에 북아프리카에 있던 그노시스 분파였어."

"그노시스파派는…… 기성 교회에서 인정하는 것보다 더 많은 영적 지식을 얻으려 했던 초기 이교도 말인가요?"

"성직자의 따님답군. 당시에는 무수한 교파가 있었는데, 공통적으로 아담과 이브 이야기에 나오는 뱀을 중요하게 여겼어. 그들은 성서에 나오는 에덴동산의 선악과가 영적인 깨달음, 혹은 지식을 상징한다고 믿었지. 그리고 뱀은 선악과 나무의 수호자였어. 말하자면 지식의 수호자지. 그들에게 뱀은 이해와 계몽을 상징했거든."

"알겠어요, 무슨 말인지 이해했어요. 그런데 성서에 나오는 내용과는 정반대군요. 성서 속의 뱀은 악마를 상징하는데 말이죠."

"맞아. 오피스파는 뱀을 이야기의 주인공으로 보고 악마가 신의 형상을 해서 아담과 이브가 지식에 접근하는 것을 막으려 했다고 생각하지." 숀은 의자를 젖히고 의자 다리 두 개로 균형을 잡으려 했다. 그의 말이 이어졌다. "상징적인 의미를 생각해보면 이야기의 요점을 알 수 있을 거야. 한쪽은 이해와 지혜를 제공하지. 다른 한 쪽에서는 아이처럼 무지하기를 요구하고. 악마는 어느 쪽일 것 같아?"

"이런 주제는 우리 아버지와 토론해보는 게 나을 거예요."

"나도 그러고 싶군. 아무튼, 이 교파는 뱀을 존중하고 심지어 숭배했어. 아담과 이브에게 에덴의 진실을 전해준 것이 뱀이란 사실을 중요하게 받아들인 거지. 뱀을 의식의 일부로 다루었다는 수많은 이야기가 남아 있어. 성찬식의 빵을 휘감고 있는 뱀들이라든지."

나는 끼어들려고 도중에 입을 벌렸다. 흥미롭긴 했지만 그의 이야기가 어떤 방향으로 흘러가는지 알 수 없었기 때문이었다.

그런데 숀은 끼어들 틈을 주지 않았다. "오피스파가 정통 교회에서 인기를 얻지 못한 이유는 그들의 행위가 다소 방탕했기 때문이야. 방탕한 행위와 관련된 뱀의 상징적인 의미를 찾기는 어렵지 않아. 안으로 들어가지 않겠어? 정말로 꽤 추운데."

또다시 일어나려는 숀을 손을 들어 막았다.

"이 이야기가 무슨 관련이 있죠? 지금 시대의 교파들은 뱀을 다루기는 해도 뱀을 숭상하지 않아요. 그들에게 뱀은 악마의 상징이고, 신앙이 충분히 강하면 극복할 수 있는 대상으로 여겨진다고요."

"맞아. 그런 교파들은 뱀에 대해서 근본적으로 잘못 생각한 거지.

하지만 그 교파들이 뱀을 다루는 목적에 혼동이 있다고 해도, 뱀을 다루는 교파들은 어떤 원시적인 것에 접근하게 돼."

"예?"

"종교에서 뱀을 취급한 전통은 수천 년 전부터 시작되었지. 조지 헨슬리가 방울뱀을 집어든 것보다 훨씬 오래전부터, 북아메리카의 원주민인 호피족은 매년 풍작을 기원하는 뱀 다루기 의식을 실행했어. 아프리카와 아시아의 많은 지역에서도 뱀을 다뤘다는 문헌을 찾아볼 수 있고. 알렉산더대왕의 어머니인 그리스의 올림피아스도 뱀을 다루는 사람으로 유명하지."

나는 잠시 생각했다.

"좋아요, 알겠어요. 그런데 내 질문은 방법에 관한 거예요. 어떻게 아무런 해도 입지 않고 뱀을 다룰 수 있었죠?"

"우린 다시 그노시스파로 돌아가야겠군. 현대의 그노시스 교파들(당신이 괜찮다면, 오피스파의 영적인 후손이라고 치자고)은 뱀을 다루지 않았지만, 그들이야말로 뱀을 다루는 방법에 접근한 것 같아."

"계속하세요."

"그노시스 교회는 개인의 체험을 통한 배움을 강조해. 또한 그들이 말하는 플레로마◆라는 것과의 관계를 대단히 중요하게 여기지."

"숀, 나를 실망시키는군요."

◆ 그노시스의 영적 세계.

이때쯤 나는 그의 얼굴을 제대로 볼 수 없었는데, 번득이는 눈빛을 보고 그가 미소를 짓고 있다는 것을 알 수 있었다. "잠시 기다려봐. 플레로마는 우주에서 신성한 모든 것을 대표한단 말이지. 모든 사물의 중심에서 내부의 핵심인 셈이지. 만약 플레로마에 접근하게 되면, 당신은 모든 사물에서 신성을 보고 체험할 수 있게 돼. 뱀을 다루는 사람들은 뱀에게서 신성을 체험한다는 것이 내 이론이지. 그렇게 함으로써 그들은 뱀과 하나가 돼. 세계의 다른 무수한 문화에서도 그래. 그렇기 때문에 해를 입지 않는 거야."

"맙소사."

숀은 이제 나를 보며 히죽거렸다. "천천히 생각해보라고."

"차라리 물어보지 말아야 했다는 생각이 드네요. 뱀을 다루는 사람들이 비록 스스로 깨닫지는 못하더라도 뱀의 어떤 조화롭고 신성한 에너지에 접근한다는 건가요?"

"결국 당신도 알게 될 줄 알았어."

"아, 이것 보세요……."

"클래라, 뱀을 사악하게 여기는 건 유대교와 기독교가 지배하는 서구 문명뿐이야. 다른 문화권, 이를테면 힌두, 그리스, 노르웨이, 북아메리카 원주민의 문화를 예로 들어볼까? 뱀은 지구상의 다른 어떤 동물보다 신화에 자주 등장하고 거의 언제나 긍정적으로 그려져. 뱀은 지혜와 불멸, 생명과 다산, 지식을 나타내."

내 머리는 더 많은 말을 받아들일 여력이 없었다. "뱀은 그냥 뱀이에요, 숀. 다리가 없는 파충류일 뿐이에요."

숀은 고개를 저었다. "어째서 많은 문화권의 민족들이 뱀을 시조 신화에 집어넣을까? 뱀의 형태로 묘사된 신도 부지기수지. 중앙아메리카의 케찰코아틀◆, 서아프리카의 아이도페도◆◆, 캄보디아에는 사원을 지키는 돌로 된 뱀 조각상이 있어. 참, 그리스신화에는 아스클레피오스◆◆◆에 대한 이야기도 나오지. 그는 뱀에게 밤새 환자의 몸 위를 기어다니게 하고 혀로 핥게 해서 건강을 찾아주게 했어."

"끔찍하군요."

"바로 그 신화에서 뱀이 귀와 눈을 핥아주면 그 사람은 두 번째 청각과 두 번째 시각을 가질 수 있다고 말하지. 뱀이 현대 의학을 상징하는 동물 가운데 하나인 이유가 무엇 때문이라고 생각하나?"

나는 한숨을 쉬었다. "재미있는 이야기이긴 하지만, 우리 마을 교회가 불타서 무너진 이유를 밝히는 데는 전혀 도움이 되지 않아요."

"아, 당신이 교회 이야기를 하니 반갑군. 『창세기』를 읽어봤는지 모르겠지만 기독교의 가르침에서 뱀은 긍정적인 상징으로 나오긴 해."

"어디서요?"

"『요한의 복음서』에서. '모세가 광야에서 뱀을 든 것같이 인자도 들려야 하리니.'"

◆ 고대 아즈텍족의 주신으로 날개가 있는 뱀의 모습을 함.
◆◆ 자신의 꼬리를 무는 반신반인의 뱀신.
◆◆◆ 그리스신화에 나오는 의술의 신.

"그건 좀 모호하군요."

"『민수기』에도 나와. '여호와께서 모세에게 이르시되 불 뱀을 만들어 장대 위에 달라, 물린 자마다 그것을 보면 살리라.'"

"그것도 좀……."

"『마태오의 복음서』를 볼까. '너희는 뱀같이 지혜롭고 비둘기같이 순결하라.' 예수 그리스도가 한 말이야."

"좋아요, 좋아. 당신 말이 맞아요."

"문자에 숫자를 지정해 단어를 숫자로 치환하는 방식인 게마트리아에 대해 들어봤어?"

"글쎄요." 내가 대답했다. 들어보지 못했지만 나의 무지를 알리고 싶지 않았다.

"히브리어 게마트리아를 써서 뱀을 숫자로 풀면 358이 나와. 메시아의 숫자는 뭔지 맞혀봐."

대답은 뻔했다. "358이겠죠?"

"맞아. 밀라노에 가봤어?"

"아뇨."

숀은 일어섰다. "안으로 들어가지. 보여줄 게 있어."

완전히 어리벙벙해진 나는 숀이 맥주병을 전부 챙길 때까지 기다려 그를 따라 집안으로 들어갔다. 우리는 주방을 지나서 오른쪽으로 방향을 틀었다. 복도 끝에서 그는 문을 열고 안으로 들어가라는 몸짓을 했다. 그의 침실이었다.

문 앞에 서자 그의 침대 위에 거대한 그림이 보였다. 나는 그림에 가까이 다가갔다. 그것은 스테인드글라스 창문을 재현한 작품으로 골고타 언덕의 풍경이었다. 거대한 십자가가 중앙에 있고, 십자가 아래에 사람들이 엎드려 있었는데 예수는 없었다. 예수 대신 거대한 뱀이 십자가를 휘감고 있었다.

"창문에 그려진 원작은 지금은 박물관에 있을 테지만 본래 대성당에 설치하려고 만든 작품이었지." 숀의 목소리는 들떠 있었다. "봐……. 십자가에 못 박힌 뱀을."

39

나는 침대 위의 그림에서 눈을 뗄 수 없었다. 예수 그리스도를 상징하는 뱀이라니? 보통 사람들보다 기독교에 대해 많이 아는 나도 이런 이야기는 처음 들었다.

"놀랍군요." 내가 말했다.

"도움이 됐어?"

"모르겠어요."

나는 그림에 가까이 다가갔다. 숀이 뒤따르는 것을 느꼈다. 그의 강의가 없어도 뱀이 전 세계의 신화에 큰 영향을 끼쳤음을 알고 있었지만 이 정도인지는 몰랐다. 예수 십자가를 휘감은 뱀이라니. 신성모독이 아닌가. 그런데 본래 유럽에서 가장 유명한 교회를 위해 만들어진 그림이라니?

"시스티나 성당에는 지팡이 위의 뱀을 그린 프레스코 벽화가 있어. 루벤스의 명작에도 있고. 엄밀히 말하면 그건 모세가 사막에서 만든 우상인 황동 뱀을 묘사한 것이지만 이 그림과 아주 유사해. 지팡이 위의 뱀, 그리고 십자가의 뱀 말이지. 하나가 다른 하나로 연결된 걸 쉽게 알 수 있거든."

"당신이 말한 대로 뱀과 일체가 될 수 있는 사람들이 실제로 있단 말인가요?" 내가 물었다.

"난 여러 번 봤어."

나는 잠시 그림에서 눈을 뗐다. "당신도 그럴 수 있어요?"

"아니. 난 셀 수 없이 많이 물렸지. 예전에 어느 부족의 족장이 파푸아산 검은 뱀 세 마리를 반쯤 벌거벗은 어린 소녀의 몸에 휘감는 걸 본 적이 있어. 소녀의 결혼식 전날 밤이었는데, 그녀는 약에 취해 무아지경이었지만 그는 멀쩡한 정신이었어. 뱀들은 그녀와 그를 물지 않았지. 인도의 어린 아이들이 치명적인 코브라를 든 채로 주술사의 의식이 끝날 때까지 몇 시간을 버티는 경우도 보았고. 당신이 말하는 뱀을 다루는 교파들이 가장 대표적인 사례일 테지. 모든 신도들이 차례로 뱀들을 서로에게 건네준다든지 하거든. 물리는 사람도 있긴 하지만 대개는 집중하지 않았거나 겁을 먹어서 그런 거야. 그래도 흔히 생각하는 것만큼 빈번하지는 않아. 내가 온전히 설명할 수 있을지 의문스럽지만. 적어도 어떤 상황, 특히 종교적인 맥락에서는 사람과 뱀 사이에 관계가 형성될 수 있다는 말이야."

그런 광경을 목격한다면 굉장한 일일 것이다. 더구나 직접 체험한다면 더욱 그럴 것이다. 조엘 패인 목사가 숀이 말한 대로 뱀과 관계를 맺는 능력을 지녔고 신도들에게 능력을 전수할 수 있었다면, 신도들에게 미치는 영향력은 어마어마했으리라. 이제 다른 중요한 질문이 떠올랐다. 그는 신도들을 설득해 무슨 일을 하게 만들었던 걸까?

숀이 뒤에서 움직였고, 나도 그림에서 한 발 물러섰다. 그제야 방 안을 둘러보았다. 우리가 서 있는 방은 크지 않았다. 오크 소재의 바닥은 깔끔했고, 침대만이 유일한 가구였다. 한쪽 벽은 유리로 되어 있어서 낮이 되면 아주 멋진 바다 풍경을 볼 수 있을 것 같았다. 아침에 깨어났을 때는 더욱 장관일 것이다.

몸을 휙 돌리는 바람에 하마터면 숀과 부딪힐 뻔했는데, 그는 여전히 그림을 보고 있었다. 잠시 후 그는 돌아서서 밖으로 나갔다. 나는 그를 따라갔다. 침실에서 벗어나자 심장박동이 약간 느려지는 느낌이었다.

우리는 주방을 지나서 복도를 더 걸었다. 숀은 문 하나를 열고는 뒤로 물러나 거실로 들어가게 해주었다. 나는 문간에서 머뭇거리며 그를 돌아보았다. 그는 점잖은 척했지만 신난 기색을 감추지 못하는 표정이었다. 그가 팔을 뻗어 벽면의 스위치를 눌렀다. 은은하던 흰 불빛이 진하고 불그스름한 적외선 불빛으로 바뀌었다. 들어가서 거실 가운데에 서서 주변을 둘러보았다.

"와, 정말 굉장하군요." 내가 천천히 돌아서며 말했다.

널찍한 거실은 집의 폭 전체와 길이 대부분을 차지했다. 주방, 침실, 욕실을 일부러 가능한 한 작게 만들고 순전히 기능만 고려해 설계했음을 알 수 있었다. 거실이야말로 집의 전부라고 할 만했다.

침실과 마찬가지로 유리로 된 한쪽 벽으로 바다가 내다보였다. 나머지 세 개의 벽면은 바닥부터 천장까지 전면 유리를 이용하는 거대한 동물 사육장으로 꾸며져 있었다. 사육장 바닥에는 진한 적색 모래가 뿌려져 있고, 밝은 빛깔의 암석과 햇볕에 탈색된 유목流木이 놓여 있었다. 복잡하게 얽힌 양치류 잎과 열대식물의 널찍한 잎사귀도 가득했다. 감춰진 조명이 에메랄드빛과 금빛, 노란빛의 색조로 수많은 잎사귀를 비추고, 뒤쪽 벽면에는 고대의 동굴벽화도 재현되어 있었다.

열대식물들과 암석, 조각된 유목으로 채워진 사육장 안은 나뭇가지에 매달려 있거나 어슬렁거리든지 바위 근처에 똬리를 튼 채로 우리를 지켜보는 기다랗고 우아한 생물이 없었어도 충분히 매혹적이었다.

나는 가장 큰 사육장 앞에 다가섰다. 거의 삼 미터는 될 법한 뱀이 지면에서 몸을 일으키더니 내 얼굴 높이까지 머리를 들었다. 나는 뱀과 눈을 마주쳤다. 머리 뒤쪽의 금빛 비늘이 유난히 커 보였고, 역삼각형의 흰 무늬가 등에 뻗어 있었다. 뱀은 내게서 눈을 떼지 않고 오른쪽으로 고개를 약간 움직였다가 다시 왼쪽으로 움직였다. 나는 뱀을 따라서 같이 움직이고 싶은 충동을 참아야 했다. 눈이 따끔거리고서야 내가 몇 초 동안 눈을 깜빡이지 않았음을 알았다.

"코브라예요?" 낮은 목소리로 내가 물었다.

숀이 확인해주었다. "이름은 타카. 네 살 된 킹코브라야. 아기 때 세관에 압류되었던 녀석이지. 밀수되는 중에 심한 부상을 입었는데 녀석을 맡아줘야 할 동물원 중 어느 곳도 녀석을 치료할 엄두를 내지 못했어. 당신을 좋아하는 것 같군."

"어떻게 알죠?"

"목덜미를 펼치지 않잖아."

나는 방을 돌아보러 걸음을 옮겼다. 가느다랗고 밝은 초록색 뱀 앞을 지나쳤다. 숀은 그 뱀이 아시아의 열대림과 대나무 숲에서 온 반시뱀이라고 설명했다. 물을 가득채운 진열장에서는 아프리카의 코뿔소뱀도 보였는데, 이 미터가 안 되는 밝은색의 몸에 파랗고 노랗고 주홍빛인 비늘을 지녔으며, 주둥이 끝에 뿔처럼 두 개의 돌기가 튀어나와 있었다. 적외선 불빛 속에서 뱀들은 내가 본 어떤 파충류 동물원에서보다 활기가 넘쳤다. 걸음을 옮기는 동안에도 나를 둘러싼 느릿하고 우아한 움직임을 느낄 수 있었다.

숀의 집에 함께 사는 일곱 마리의 뱀들을 모두 둘러보며 감탄하고 소개를 다 받은 후에 나는 그에게 돌아섰다. 이 집에 온 후로 처음으로 그는 나를 보고 있지 않았다. 뱀들을 매일 볼 텐데도 그는 나만큼이나 넋이 나간 것 같았다.

"어째서 뱀을 이렇게 좋아하죠?" 내가 물었다. 질문을 듣고서야 그는 나를 돌아보았다.

"지구상에서 가장 매혹적이고 아름다운 생물이니까." 당연하다는 듯 그가 말했다.

"그래요, 분명 예쁘기는 해요, 하지만……."

"예쁘다고?" 그는 내 어깨에 팔을 두르더니 나를 데리고 천천히 코뿔소뱀이 있는 곳으로 향했다. "그들은 다이아몬드 같아. 가까이에서 볼수록 더 아찔한 느낌이 들지." 우리는 통나무에서 서서히 미끄러지는 뱀을 지켜보았다.

"아름답지만 차가워요. 얼굴에 표정이 없잖아요. 늘 혼자고요. 주인에게 반응을 보이지도 않고 손을 대면 스트레스를 받죠." 내가 옆 사육장으로 걸어가서 숀의 팔이 제자리로 떨어졌다. 나는 심술을 부렸다. 개인적으로 뱀이 멋지다는 사실에 전적으로 동의했지만, 그의 이야기가 더 듣고 싶었다. "뱀은 나와 친하지 않아요." 내가 말을 끝냈다.

"그건 성별 때문이야. 남자만 뱀을 진정으로 감상할 수 있거든."

나는 숀이 나를 꾀려고 하는지, 아니면 성차별적인 농담을 한 것인지 몰라서 조심스레 곁눈으로 그를 힐끗 보았다. 완전히 진지해 보이는 숀은 모래 깊숙이 몸을 반쯤 파묻은 얼룩무늬 뱀에게 시선을 고정하고 있었다.

"뱀 조련사는 항상 남자야. 뱀의 힘이 가공할 만하기 때문이지."

숀은 구불구불하게 몸을 돌돌 말고 있는 작은 뱀 때문에 넋이 나가 보였다. 그의 말이 계속되지 않았더라면 그가 나를 완전히 잊은 줄로 생각했을 것이다.

"그들은 위대한 사냥꾼이지. 대단한 속도와 힘을 지녔잖아. 기적에 가까워. 먹잇감은 금세 사라져. 살과 뼈와 깃털까지 전부. 죽음의 화신처럼 보일 정도라니까. 게다가 자신의 껍질을 찢고 새롭게 반짝이는 모습으로 다시 나타나잖아. 환생을 하듯이 삶과 죽음을 오간단 말이지. 그 점이 중요해."

숀은 내게 돌아섰다. "당신은 도마뱀을 좋아한다지?" 그는 나를 놀렸지만 짓궂지는 않았다. 내가 유별나지 않은 다른 파충류를 좋아하는 것을 개의치 않는 것처럼 보였다.

숀은 뱀의 꼬리 끝이 모래에 삐죽 솟아 있는 것을 힐끔 보고 말을 이었다. "야생에서는 어느 곳을 가든지 뱀을 목격하기가 극도로 어려워. 그만큼 그들이 빠르고 수줍음을 타기 때문이야. 오직 생포한 다음에야 제대로 감상할 수 있거든. 그래도 그들은 결코 우리의 것이 되지 않아."

"당신은 신비주의에 심취해 있군요."

그는 고개를 돌리며 말했다. "늘 그렇지."

얼굴이 달아올랐다. "타이판은 어디에 있죠?" 나는 깜빡 잊기라도 했다는 듯 주위를 둘러보았다.

"발끈쟁이 클래라는 뒤쪽 별관에 있어. 우습게도 어젯밤에 누가 별관에 몰래 들어오려고 했어."

뭐라고?

"아, 걱정 마. 난 무척 예민하니까. 누가 문을 따기도 전에 침대에서 나오거든." 놀란 내 얼굴을 보고 숀이 말을 이었다.

"고마워요. 구경을 시켜줘서." 내가 말했다.

"천만에. 여기 앉아."

방 가운데에는 의자 두 개가 있었다. 회전 받침 위에 놓인 큼직한 가죽 의자였다. 의자 사이에 작은 테이블도 있었다. 나는 숀이 밤마다 이곳에 앉아 바다를 내다보고 이따금 고개를 돌려 방안의 더욱 놀라운 광경을 구경하는 모습을 상상했다. 나도 모르게 평소에는 남은 의자 하나에 누가 앉는지 궁금해졌다. 푹신한 가죽에 몸을 기댔다. 옆에 있는 남자의 존재가 신경쓰이면서도 한편 그곳에서 떠나기 싫은 느낌을 동시에 받을 수 있다는 사실을 알았다. 이때 테이블에 놓인 서류가 눈에 들어왔다. 나는 서류를 들었다.

"이건 뭐예요?"

건너편 의자에 앉은 숀이 몸을 빙 돌려 나를 쳐다보았다. "당신 이력서." 그가 대답했다.

"그건 알겠어요. 그런데 이게 왜 여기에 있죠?" 나는 날카롭게 맞받았다.

"로저에게 이메일로 받았어. 그게 당신이 원하는 답은 아니겠지만."

그에게 눈을 부라리면서 계속해서 대답을 기다렸다.

"우리 둘이 경찰서에 붙잡혀 가서 해명하기 전에, 내가 당신에게 연락을 바란다며 메시지를 남겼지. 혹시 당신이……."

나는 말을 끊었다. "됐어요. 오늘 일만 얘기해요. 왜 당신이 내 이력서를 가지고 있느냐는 말이죠."

"난 사람들에게 일을 제안하기 전에 항상 이력과 자격을 확인해. 사람을 구할 때 대개 그런 식으로 진행하는 줄로 아는데."

흥분을 가라앉히는 데 시간이 약간 걸렸다. 내가 오해했구나. "무슨 일요? 연구원이 필요한 거예요?"

"글쎄, 분명 그 역할도 필요하지. 하지만 내게 필요한 건 방송의 공동 진행자야. 감독은 젊은 여성을 원하는데, 자격을 갖춘 수의사라면 적격이지. 현재 파푸아뉴기니에서 타이판이 가축을 습격하고 있어. 소, 양, 염소를. 만약 녀석들을 처리할 수 있다면 섬 주민들도 손해를 줄일 수 있겠지. 당신은 화면 테스트를 거쳐야 해. 물론……."

손에 들린 서류를 내려다보았다. 숀의 말은 이제 귀에 들어오지 않았다. 뱃속에서 뭔가 차갑게 굳어지는 느낌이었다. "내가 방송에 나가기를 바란단 말이에요?" 나는 그의 말을 잘랐다.

"글쎄, 정확히 하지. 난 유명인이야. 어디까지나 방송의 도움을 받아서 가능한 일이었어."

"당신은 신용이 떨어졌군요?" 나는 고개를 들지 않고 조용히 물었다.

"뭐?"

"독사로는 이제 별로 충격을 못 주는가 보죠?"

"클래라……."

나는 그의 얼굴을 쳐다보았고, 놀라서 눈이 휘둥그레진 그를 보니 통쾌했다.

"내게 더 좋은 생각이 있어요. 불에 탄 희생자를 찾아보는 게 어때요? 심하게 화상을 입은 사람을요. 화면에 정말로 끔찍하게 나올 텐데요." 나는 일어서 있었다. 언제 일어섰는지도 몰랐고 커피 테이블이 옆으로 넘어져 그와 나 사이를 가로막고 있었다. 숀도 일어서 있었고, 갑자기 사납게 돌변한 강아지를 바라보듯이 뒤로 한 걸음 물러났다.

"혹은, 그래, 팔다리가 없는 사람은 어때요?" 목소리가 커졌지만 입을 닫지 않았다. "그들이라면 땅바닥에서 미끄럼질을 칠 수도 있겠죠, 뱀처럼. 아니면……." 주위의 뱀들은 갑자기 이상한 움직임이 늘어나자 숨을 곳을 찾고 있었다.

내가 빤히 노려보고 있는데도 숀은 나를 향해 다가와서 양쪽 팔뚝을 잡았다. "그만해." 그는 차분하게 말했다.

나는 먼저 한쪽 팔을 뿌리치고 다른 쪽도 풀었다. "술도 고맙고, 정보도 고마워요. 이제 다시는 당신을 귀찮게 하지 않을게요." 말을 끝마치자마자 문으로 향했다. 그러나 두 걸음도 못 가서 다시 붙들렸다.

"안 돼, 그러지 마. 진정하고 내 말 들어봐."

"갈 거예요."

"난 당신을 모욕하지 않아. 당신은 어리석고 무례하군. 당신을 밤새 붙들어놓아야 내 얘길 들을 건가?"

나는 숨을 깊이 들이쉬었다. "대체 어떻게 나처럼 생긴 사람을 방송에 내보낸단 말이죠? 난 평생 남의 눈을 피하려고 애쓰며 살았어요. 그런데 수많은 사람들이 지켜보는 텔레비전에 내보내고 싶다고요? 아예 모르는 사람도 나를 보면 불쾌해져요. 대체 무슨 생각을 하는 거예요? 어떻게 그럴 수가……." 나는 화를 참지 못하고 고함을 쳤다.

그걸로 끝이었다. 기운이 빠졌다. 기력이 소진된다는 것이 어떤 것인 줄 예전에 미처 몰랐다.

"끝났어?" 숀이 물었다.

나는 대답하지 않았다. 그럴 기운도 없었다. 내 말은 끝났다.

"내 신용은 완벽하게 좋아." 그가 말을 이었다. 내가 분통을 터뜨리는 내내 숀은 짜증이 날 만큼, 창피할 만큼 차분했다. "우린 다른 진행자를 추가하면 쇼의 매력이 더해질 거라고 생각하고 있어. 혹시 흉터 때문에 당신이 예민한 거라면. 당신도 알다시피 그건 어디까지나 흉터일 뿐이지. 흉터가 절대 보이지 않게 촬영할 수 있어. 당신의 오른쪽 어깨 위쪽에서 옆모습만 촬영해도 돼. 최종 방송분을 편집하기 전에 당신에게 영상을 보여주고 확인받으면 되잖아."

나는 이제 화를 내지 않았지만 그는 고삐를 늦추지 않았다. 그는 나를 꼼짝도 못하게 했다.

"시간이 조금 지나면 당신도 더 편안하게 느낄 거야. 어디까지나 마음 먹기에 달렸지만. 당신에게 기회를 주는 거지. 당신은 경험 많은 수의사고, 또 열대의 파충류를 연구해본 경험도 있으니까. 한편으로는 당신의 외모 때문이기도 해. 당신을 아름답다고 생각하는 남자가 세상에 나만 있는 건 아닐 테니까."

방안에 완전히 침묵이 감돌았다. 뱀들도 귀를 기울이고 있다는 생각이 들었다.

'……그건 어디까지나 흉터일 뿐이지. 세상에 나만…….'

터무니없는 소리였다. 그는 내가 짐작할 수 없는 잔인한 이야기로 나를 조롱했다. 더이상 논쟁할 가치가 없었다. 나는 돌아서서 가야 했다. 어깨를 잡은 그의 손이 느슨해진 바로 이때가 기회였다. 마지막으로 그를 쏘아본 뒤 휙 돌아서 집밖으로 나가면 되었다. 그런데 그가 왼손을 뻗어 손가락 하나로 내 오른쪽 뺨을 쓸었다.

"당신은 아름다워." 그는 이제 속삭이고 있었다. 그의 손가락이 다시 움직여서 내 턱을 지나쳤고 늘어지고 구겨진 왼쪽 뺨을 더듬었다. "당신에겐 흠이 있지. 그것이 당신을 더욱 궁금하게 만들어."

방이 어두워졌고, 오십 미터 아래의 바다가 울부짖는 소리만 들렸다. 그가 약간 물러섰다. 시간이 조금 흐른 뒤에야 그가 내게 키스

했음을 알아차렸다.

충격에 몸이 떨렸고, 뭘 해야 할지, 무슨 말을 해야 좋을지 알 수가 없었다. 아무 생각도 나지 않았다. 그의 팔이 나를 감쌌으며 서로의 몸이 맞붙고 두 뺨도 맞닿았다. 그에게서 새벽의 열대림 냄새가 풍기는 것을 잊고 있었다. "더 있다 갈래?" 그가 속삭였다.

"왜요?" 목이 꽉 막힌 느낌으로 겨우 대답했다. 어리석은 대답이 그 순간의 분위기를 완전히 망쳤다.

숀은 웃음을 터뜨리며 팔을 떨어뜨렸다. 약간 뒤로 물러서서 고개까지 저었다. "음, 난 당신과 사랑을 나누고 싶었지만, 혹시 당신이 다른 생각을 하고 있다면……."

내 손이 얼굴로 향했다. 그가 나를 얼마나 바보 같다고 여길까?

"그럼 다음에?" 숀이 제안했다.

"미안해요. 가야 해요. 더는……." 나는 돌아섰으며, 이제는 아무런 제지를 받지 않았다. 뛰다시피 방을 나와 주방으로 갔다. 뒷문 손잡이를 잡았을 때 그가 고함을 쳤다.

"기다려! 당신에게 줄 게 있어."

발을 멈추었지만 좀처럼 그를 보지 못하고 냉장고 문을 여는 소리만 들었다. 그가 뭔가를 내미는 것도 곁눈으로만 보았다. 약병들이 들어 있는 작은 상자였다. 나는 상자를 받아 상자에 적힌 이름을 보고 그를 올려다보았다.

"타이판에게 물렸을 때 쓰는 해독제야. 런던 동물원의 친구에게 비공식적으로 입수했지. 혹시 물리면 즉시 병원으로 가. 병원에 갈 수 없으면, 음, 당신이 직접 주입할 수 있을 것 같은데. 주사기와 필요한 물품은 있지?"

나는 고개를 끄덕였다.

"당분간은 이것에 의지하는 수밖에 없어." 숀의 말이 이어졌다. "런던과 리버풀의 독극물 센터에도 연락을 했는데 재고가 없다고 하더군. 받는 대로 보내준다고는 했어. 시골 마을에 타이판이 나타난 걸 이제야 알았으니까. 도착하는 데 며칠이 걸릴 거야. 서늘한 곳에 보관하고 항상 가까이에 둬. 만약 물리면 몇 시간밖에 여유가 없어. 알지?"

"숀, 당신에게 필요할 거예요. 타이판을 돌보는 사람은 당신이잖아요."

"발끈쟁이 클래라는 위험하지 않아. 우리에 든 뱀은 다룰 수 있거든. 당신이 준 허물을 확인했는데 타이판의 허물이 확실하지만 클래라의 것은 아니야. 약간 더 크고 비늘 문양도 달라. 당신 마을 어딘가에 또 다른 타이판이 있을 가능성이 충분해. 제발 조심하라고."

나는 집에서 나와 차로 돌아왔다. 숀은 나를 따라서 함께 걸었지만 말은 하지 않았다. 그가 차문을 열어주었다. 내가 차에 오르자 그는 운전대의 내 손을 잡았다.

그가 말했다. "파푸아뉴기니의 타이판들은 민가 근처에서 목격되고 있어. 녀석들이 사람이 사는 곳과 먹잇감이 있는 곳을 알아낸 모양이지. 우리가 그곳에 가게 되면 그것부터 조사하게 될 거야."

"그런데 뱀은 사람과의 접촉을 피하잖아요."

"보통은 그렇지. 그런데 아시아 일부에서는 마을 근처에 출몰하는 뱀들도 있어. 현재 파푸아뉴기니에도 그런 문제가 발생하고 있고."

"이곳 뱀들도 그런 상황이라면 그냥 야생으로 돌려보내는 걸로는 충분하지 않겠군요?"

"알 수 없는 상황이란 거지."

나는 치명적인 뱀들이 집 근처를 돌아다니면 어떻게 될지 잠시 생각했다.

"조심해." 숀이 다시 말했다. 내가 고개를 끄덕이자 그는 차문을 닫고 뒤로 물러섰다. 차창이 열려 있었으니 그가 건넸던 말을 내가 잘못 들었을 리 없었다.

"어쨌든 제안은 유효해."

"어떤?" 나는 아무런 생각 없이 물었다. "일을 말하는지, 아니면……."

숀의 눈썹이 한데 모였고 입술은 웃고 있었다. "베닝 씨, 나를 희롱하지 마. 아무튼 확실히 진전은 있군." 그는 돌아서서 집을 향해 걸어가다가 고개를 돌리고는 소리쳤다. "둘 다. 두 제안 모두 언제까지나 유효해."

⁂

나는 근 한 시간 동안 차를 몰아 아무도 방해할 사람이 없을 만한 오래된 농가 옆 길가에 차를 세웠다. 뒷좌석에 자리를 잡고 코트로 몸을 덮었다. 그렇게 누워서 밤의 소리에 귀를 기울이다가 뱀이나 유령이 아니라 아주 오래전의 먼 기억을 떠올렸다. 거의 십칠 년 전의 일이었다.

중학교에 다닐 때, 학교의 여자 화장실 칸에서 나왔는데 나보다 나이가 많은 남자아이 여섯 명이 나를 기다리고 있었다. 그중 두 명은 저항하는 열두 살 소년을 붙잡고 있었다. 소년은 눈물을 쏟아내는 중이었다. 아이들 셋이 다가왔고, 나와 같은 반 여자애가 문가에서 지켜보고 있었다. 내가 아는 다른 여자애가 옆 칸에서 나왔는데, 그 애는 화장실의 광경을 보고는 눈을 바닥으로 떨어뜨린 채 뛰어나갔다. 남자애들은 나를 끌어서 벽으로 밀어붙였다.

"어서, 이 여자애한테 키스를 하면 풀어줄게." 남자애 하나가 말했다.

소년은 조그맣고 연약했지만, 힘이 센 아이들 넷이 들러붙어서야 겨우 그를 내게 끌어올 수 있었다. 그중 한 명이 소년의 머리를 붙잡은 채 강제로 나를 향해 밀었고, 결국 눈물과 콧물 범벅인 얼굴이 나와 부딪혔다. 나 역시 다른 한 명에게 머리채를 붙잡혀 머리를 움직일 수 없는 상태였다. 나는 저항할 수 없었다. 저항할 이유가 없었다. 내가 눈을 감았을 때 나는 어디론가 가버렸기 때문이다. 다시 눈을 떴을 때는 화장실이 텅 비어 있었다. 나는 얼굴을 씻고 교실에 들어갔다.

그 후 학교에 다니는 동안 그 열두 살 소년은 한 번도 내가 있는 쪽을 보지 않았다. 다른 학생들도 마찬가지였다. 어이없게도 나는 학교에서 괴롭힘을 당하고 있다는 말을 할 수 없었다. 오히려 내가 다른 학생들에게 피해를 주는 쪽이었다.

그렇게 몇 년이 지나도록 누구와도 진심을 나누지 않았다. 지금까지도 '키스'라는 단어는 부정적인 기억으로 남았으며, 과거의 기억을 자동적으로 되살리는 역할만 했다. 일상생활에서, 또 텔레비전 화면에서도 키스 장면을 참고 보지 못했다. 책에 그 단어가 나오기만 해도 어김없이 그때의 기억이 나를 덮쳐 온몸이 수치심에 쪼그라드는 것 같았다.

눈을 감자 별빛이 흐려졌다. 이윽고 잠에 빠져들 때쯤에 나는 여자 화장실에 있지 않았다. 절벽 위의 집에 있었다. 바위에 부서지는 파도 소리와 거친 피부를 가진 남자의 얼굴이 맞닿는 느낌만 머릿속을 채웠고, 십칠 년 전의 가슴 아픈 기억은 점점 흐릿해졌다.

잠에서 깨어났을 때는 하늘 높이 해가 떠 있었다. 다들 죽은 줄로만 믿었던 남자를 만나러 갈 시간이었다.

40

혼이 쏙 빠질 만큼 수준 이하의 환경을 갖춘 음울하고 오래된 흔한 노인 요양원일 줄 알았다. 각오를 단단히 했던 나는 패덕스 호스피스를 처음 보자마자 깜짝 놀랐다. 호스피스는 언덕 높은 곳에 자리잡고 계곡을 내려다보고 있었다.

진입로에 접어들기 전에 말 사육장을 지나쳤다. 차에서 내렸을 때 호스피스 주위 부지에 울타리가 쳐져 있는 것을 보고 그곳이 동물 목장인 것을 알았다. 정원 아래의 인접한 벌판에서 말 네 마리가 풀을 뜯고 있었다. 오른쪽 벌판에 말 세 마리가 더 있었다. 뿔이 하나 달렸더라면 신화에 나오는 일각수로 보일 법한 날씬한 회색 암컷 말이 나를 향해 천천히 달려왔다. 다른 말들이 함께 달려올 때는 말들의 무게에 땅이 울리는 느낌이 들었다.

나는 건물 입구를 지나왔다. 환자들이 테라스에 모여 말을 구경하며 여유로운 아침을 즐기고 있었다.

커다란 두 개의 문을 열고 건물 안으로 들어갔다.

'……당신도 알다시피, 그건 어디까지나 흉터일 뿐이지.'

접수처 책상의 여자가 고개를 들고 미소를 지었다.

'당신을 아름답다고 생각하는 남자가 세상에 나만 있는 건 아닐 테니까.'

집중해!

오 분 뒤 병동 간호사가 햇살이 가득찬 현대식 건물로 나를 안내했다. 창문은 대부분 열려 있었다. 신선한 커피 향과 갓 베어낸 풀냄새도 맡을 수 있었다.

"정말 쾌적한 곳이에요." 모퉁이를 돌아 짧은 복도를 지나면서 내가 말했다.

"고마워요. 문을 연 지 육 개월밖에 되지 않았거든요. 월터 씨는 우리의 첫 고객 가운데 한 분이세요." 간호사가 대답했다.

"위중하다고 들은 것 같은데요."

간호사는 흰 페인트칠이 된 문 앞에서 멈춰 손잡이를 잡았다. "유감스럽게도 사실이에요. 이곳에 오셨을 때는 폐렴 발작에서 회복된 직후였어요. 솔직히 우린 이분이 이렇게 오래 버티실지 예상도 못 했답니다. 친척은 아니시죠? 가족이 전혀 없다고 하셨거든요."

나는 고개를 저었다. "잘 아는 분이에요. 같은 마을에 살았었죠."

"그래도 면회객이 있어서 다행이에요. 육 개월 동안 당신이 처음이에요."

불평처럼 들렸지만, 대꾸를 할 수 없었다. 이 순간이 닥치니 문을 열고 안으로 들어가기가 긴장되었다.

"혹시 환자들이 외부로 나가기도 하나요? 짧은 시간이라도요. 마을의 누군가가 월터 할아버지를 봤었다는 말을 했거든요." 내가 가장 궁금했던 점이었다.

간호사는 단호하게 고개를 저었다. "절대로 그런 일은 없어요. 월터 씨는 이곳에 온 후로 걷지도 못하시는걸요. 옆에서 도와주지 않으면 제대로 서지도 못하세요. 어쨌든 정신은 분명하시니 얘길 나눌 수는 있을 거예요. 좋은 아침이에요, 월터 씨. 젊은 숙녀분이 당신을 만나러 왔어요."

그곳에 그가 있었다. 오랜 친구이자, 내가 보았던 유령, 집안을 돌아다닌 끔찍한 범죄의 주요 용의자. 아, 할아버지, 이곳에 계신 것을 진작 알았어야 했는데.

창백한 푸른 눈동자가 침상에 다가가는 나를 빤히 보았다. 그는 내가 기억하는 모습 그대로였다. 큼직한 코와 턱, 정수리와 귀 부근의 성긴 회색 머리칼, 수수하고 선한 인상이었다. 예전과 똑같았지만 몸집이 작아지고 마른 것 같았으며, 생명의 정수를 점점 잃어가는 듯 힘이 빠진 모습이었다.

"안녕하세요. 저를 기억하시겠어요?" 나는 목이 메고 턱이 쑤시는 느낌을 받으며 겨우 입을 열었다.

문이 닫히는 소리가 들렸을 때, 그곳에 월터와 나만 남게 되었음을 알았다. 그는 입술을 움직여 말을 하려 애를 썼지만 소리가 잘 나오지 않았다. 나는 그의 성대가 제대로 작동하지 않는다고 짐작했다. 나는 몸을 숙여서 침상을 굽어보다시피 했다.

"지금쯤 자네가 치료해준 토끼가 내 양상추를 다 먹어치웠겠어." 쉰 목소리로 그가 말했다.

입에서 웃음인지 울음인지 모를 신음이 새어 나왔다. 나는 월터의 침상 옆에 놓인 의자에 앉아 그의 손을 잡았다. 정원사의 큼직한 손을 기억했다. 여전히 큰 손은 힘이 없었다.

"요전날 밤에 할아버지 댁의 정원에 갔었어요. 아주 아름다웠어요. 장미도 활짝 피었고요. 길을 지나가면 향기를 맡을 수 있을 정도로요. 특히 정문 주위에 노란 장미가 피었더라고요."

나는 월터에게 다른 무엇보다 소중한 정원 얘기를 이어갔다. 월터는 입술로 희미하게 웃는 모양을 지었고 고개를 몇 번 끄덕거렸다. 정원에 대한 이야기를 끝내고 병문안을 진작에 오지 못해 미안하다고 사과했다.

"이곳에 계신 줄을 전혀 몰랐어요." 내가 말했다. 그가 죽었다는 소문을 그의 아내가 퍼뜨렸다는 말은 차마 하지 못했다. "다른 사람도 모를 거예요. 할아버지가 이곳에 계신 것을 알면 사람들이 찾아왔을 거예요."

"에덜린은 죽었지. 지난 십일월이었나." 그가 말했다. 나는 그가 아내의 소행을 짐작이나 하는지 궁금했다.

"알아요, 정말 유감이에요." 나는 에덜린에 대한 원망을 잠시 접어두고 정확히 그녀가 했던 말을 기억하려고 했다. 정말로 그녀가 죽었다는 말을 썼었나? 혹시 우리 모두가 착각한 건 아닐까?

"며칠 전에 묘지에서 할머니 무덤을 봤어요." 에덜린에 대해 잘못 판단한 게 아닐까 하는 생각을 하면서 나는 말을 이었다. "제가 할아버지 대신 꽃을 가져다둬도 괜찮겠죠? 예전에 정원에서 꺾은 장미꽃으로 결혼식 꽃다발을 만들었다는 얘길 들은 기억이 나요. 장미를 좋아하셨죠? 아니면 가게에서 살 수도 있는데, 어떤 게 좋을지……."

월터는 나를 보며 고개를 끄덕거렸다. "붉은 장미, 과수나무 근처에 있거든. 그녀의 검은 머리에 꽂으면 아주 사랑스러웠지."

내 기억에 에덜린의 머리색은 진한 회색이었지만 그래도 나는 미소를 지었다. 분명 잘 어울렸을 거라며 맞장구를 쳤다.

"나와 결혼할 때만 해도 대단한 미인이었지. 마을 근방에서 제일 예쁜 처녀였어. 아치와도 많이 닮았고. 둘 다 키가 크고 진한 갈색 눈동자에 숱이 많은 검은 머리였거든. 그 둘이 가족의 잘생긴 유전자를 이어받은 게야." 월터는 내 생각을 꿰뚫어보기라도 한 것처럼 말했다.

에덜린과 아치는 본래 남남이다. 어떻게 그들이 유전자를 공유한

단 말인가? 월터는 내 어리둥절한 표정을 본 게 분명했다.

"에덜린은 우리 친척이었어. 알고 있었나?"

나는 고개를 저었다. 전혀 몰랐다.

"아, 사촌지간이었지. 그녀의 어머니와 우리 아버지가 남매였으니까. 우리가 결혼해서는 안 된다고 말하는 사람들도 있었지만 당시에는 그런 경우가 꽤 흔했거든. 지금과는 상황이 달랐으니까. 사람을 만나볼 기회가 적었지."

"그랬군요. 아직도 사촌끼리 결혼을 하기도 해요." 내가 말했다.

"난 그녀가 예쁘다고만 생각했어. 그런데 아치나 그녀를 쫓아다니던 다른 녀석들 대신 나와 결혼을 할 줄 누가 알았겠어."

말을 하는 동안 월터의 안색이 어두워졌다. 그는 이제 나를 보지 않고 열려 있는 창문으로 눈길을 돌렸다.

"그들의 말이 옳았던 것 같아." 월터는 생각에 잠긴 것 같았다. 유쾌하지 않은 옛날 생각. 그러다가 다시 나를 쳐다보았다. "우리는 자식이 없었어. 어쩌면 그래서……."

그는 말을 끝맺지 않았다. 나는 얘기가 계속될까 봐 기다렸는데, 그는 내 손을 잡고 창밖을 내다보는 것으로 만족한 것처럼 보였다. 잠시 후 과감한 질문을 해도 괜찮을 거란 생각이 들었다.

"할아버지, 형제분들 중에 자녀를 둔 사람이 있나요? 조카가 있으세요?" 나조차 질문의 목적을 알지 못했다. 내 집에 들어온 침입자는 중년이 아니라 나이가 더 들어 보였던 게 사실이었다. 그래도 월터와 확실히 닮았다. 우선 사실부터 확인해야 했다.

"솔과 앨리스는 아들을 두었지. 알다시피, 그들은 떠났어. 어떤…… 사건이 있은 후로."

"어떤 사건이죠?" 다시 과감하게 물었지만 크게 기대는 하지 않았다. 월터 역시 고개를 저을 뿐이었다.

"아주 오래전 일이지. 해리, 솔, 아치는 모두 떠났어. 좋은 시절이 아니었어." 그는 나를 쳐다보았고, 나는 그가 하지 않는 더 많은 이야기가 있음을 확신했다. 입을 열지 않을 거라는 것도 눈치챘다.

"솔의 아들에게는 무슨 일이 있었죠?" 내가 물었다. 맷에게 듣기로, 마을을 떠난 지 십 년쯤 지나서 솔은 앨리스를 살해해 종신형을 선고받았다. 그들에게 아들이 있었다면 세상에 홀로 남겨졌을 것이다.

"복지시설의 직원이 우리를 보러 왔더군. 아이의 부모가 죽었으니 우리더러 아이를 맡아달라고 했어. 우리가 유일한 가족이라면서."

나는 월터의 손을 잡은 채로 그의 말이 계속되기를 기다렸다.

"그럴 수 없다고 했지. 에덜린도 그 무렵…… 그럴 여건이 아니었으니까. 우린 아이를 맡을 여력이 없었어. 그는 고아원에 들어갔는데…… 아니…… 보육원이라고 불렸는데, 그게 그거겠지. 옳은 결정은 아니었지만 나로선 달리 수가 없었거든."

월터는 애절한 눈빛을 보냈지만, 나는 그를 이해할 수 없었다. 월터가 말하지 않는 중요한 사실이 있는 게 틀림없었다. '그들은 떠났어. 어떤…… 사건이 있은 후로.' 그는 1958년의 어떤 일에 대해 알고 있었다. 에덜린에 대해서도 뭔가를 감추고 있었다. 그런데 그는 너무 늙고 지쳤다. 어떻게 해야 내가 그의 신경을 거스르지 않고 질문을 할 수 있을까?

"그 후 소식을 들었나요? 그가 어떻게 되었는지?" 60년대 초에 태어났으면 지금쯤 오십은 되었을 것이다. 여전히 침입자로 보기에는 너무 젊은데…….

"몇 년 뒤에 녀석이 우리를 보러 왔었지. 열일곱 살쯤 되었을 때였는데, 보육원을 나와서 외국에 가려니 돈이 필요하다더군. 내가 얼마 보태주기는 했어도 큰돈은 아니었지. 정을 주지는 못하겠더라고. 솔과 너무 닮은 느낌이라서 말이야. 보육원에서 어떤 취급을 받았는지 우리에게 말하기도 했고. 죄책감을 느끼게 하려고 하더군."

"학대를 받았나요?"

"그런 말을 하긴 했는데, 그 애가 들려준 이야기를 전부 믿을 수는 없었어. 애비가 이상한 생각을 심어준 것 같았고."

"그때까지도 자기 아버지를 만났어요?"

월터는 고개를 끄덕였다. "그 아이는 자기 애비를 보러 교도소에 다녔어. 그들이 시켰대. 보육원 직원들은 그가 아버지와 연락을 끊지 않는 게 좋을 거라고 생각했겠지. 그런데 솔이 그 아이에게 해준 얘기는 엉뚱했어. 마을 사람들이 그를 적대시해서 자신과 아내를 쫓아냈다고 말이야. 그래서 앨리스가 죽었다고 했더군. 물론 얼토당토않은 얘기지. 잘못은 말하지 않고 아들에게 자기 생각만 철석같이 믿게 만든 거야. 그 아이는 부모가 부당한 대접을 받았다고 생각해 우리와 마을 주민들을 미워하도록 배웠던 게지."

"얼마나 오래 머물렀죠?"

"오래 머물진 않았지. 우리에게 더 얻어낼 게 없다는 걸 알고는 가버렸으니까. 그러고는 소식을 듣지 못했어."

"이름을 기억하세요?"

"솔이라고 불렸어. 자기 애비와 똑같은 이름으로. 자기 애비와 쏙 닮았지."

나는 전율을 느꼈다. 또 한 명의 솔 위처가 있다니. 더구나 그는 마을에 증오심을 품었을 것이다.

내가 처음 들어왔을 때 반짝였던 월터의 눈빛이 이제는 흐릿해졌다. 그를 피곤하게 만든 탓이었다.

"할아버지, 마을의 누군가가 얼프레드에 대한 얘길 했어요. 혹시 그가 누군지……."

내 손을 잡은 그의 손에 힘이 들어갔다. 그를 약한 노인으로 여겼던 생각은 틀렸다. 여전히 힘이 셌다.

"얼프레드를 위해 우린 최선을 다했어. 아무도 어떻게 할 수가……. 그는 정상이 아니었으니까. 잘못 태어난 게야. 나이가 들면서 더욱 나빠졌지. 보지도, 듣지도 못하고, 말도 못 했으니까. 그런데 힘이 아주 셌거든. 나는 그를 통제할 수 없었어. 그와 에덜린을. 내가 어떻게 그들을 막을 수 있었겠나? 나는 어느 누구도 막을 수가 없었어."

내가 지나쳤던 것 같다. 월터는 심각할 만큼 괴로워했다. 우선 그를 진정시켜야 했다. 나는 양손으로 그의 손을 잡았다. "괜찮아요, 할아버지. 오래전 일이잖아요. 이제 그만……."

"그 후로…… 그들이 그에게 어떤 짓을 했는지……."

월터의 병실에는 아무 장치가 없었지만 그의 심장박동이 위험할 만큼 빨라졌다는 걸 확연히 알 수 있었다. 그는 힘겹게 숨을 헐떡였다. "할아버지, 그건 정말 사고였을 거예요. 제발……."

"난 그를 떠나보내야 했어. 앰블린이 도와줬지. 보좌신부도. 그가 머물 곳을 찾아주었어. 그는 괜찮았어. 의사와 남자 간호사도 있었으니까. 그들이 그를 보살필 수 있었으니까."

"그는 분명 괜찮을 거예요. 옳은 일을 하신 거예요."

월터의 호흡이 느려졌다. 나는 그에게 시간을 주고 긴장된 얼굴 근육이 풀어질 때까지 기다렸다.

"그곳을 찾아가보셨어요?" 그가 안정되었다는 판단이 들었을 때 내가 물었다.

월터는 데번의 접경에 있는, 여기서 팔십 킬로미터가 조금 안 되는 정신병원 이름을 알려주었다. 그 이름을 잊어버리지 않으려고 머릿속으로 몇 번이나 되뇌었다. "한두 번 찾아갔었지. 그는 편안해하고 보살핌도 잘 받고 있었어. 뱀을 받아 키우기도 했고. 우리와 함께 있고 싶어 하지는 않는 것 같았지. 더 찾아가봐야 소용이 없어서 관두었어." 월터가 말했다.

"그럼 아직 그곳에 있어요? 살아 있나요?"

"죽었다는 얘기를 듣지는 못했으니 살아 있을 테지."

41

오전 11시가 다 되어갈 즈음, 나는 성 프란체스코의 작은 수도회의 뒤쪽 출입구로 쓰이는 진입로에 도착했다. 차를 몰고 사백 미터를 더 가서 열려 있는 관문을 지나 울타리 옆에 차를 숨겼다. 차에서 내려 관문을 닫은 후에 길을 따라 뛰기 시작했다. 아직 팔백 미터를 더 가야 했다.

사방은 아주 고요했다. 기압은 떨어졌고 새들의 노랫소리도 사라졌으며 숨을 곳을 찾는 바닷새가 보였다. 지평선 너머에서 먹구름이 크게 만들어지자 자연도 폭풍을 대비하는 듯했다.

울타리를 타고 넘어 회복기의 노루를 풀어놓은 벌판을 지나면서 병원 동료들이 나 없이도 일을 잘 처리하고 있는지 궁금했다. 나는 병원을 떠나 있는 경우가 거의 없었다. 그런 일이 있더라도 하루에 최소 두 번은 전화를 걸었다. 이렇게 오래 연락을 하지 않기는 처음이었다. 지금 시각이면 그들은 병동을 순회하고 예정된 식사표대로 동물들의 식사를 챙기느라 바쁠 것이다. 운이 좋으면 그들에게 들키지 않겠지. 나는 울타리에 바싹 붙은 채 병원 뒤쪽의 차고에 접근했다. 차고 열쇠와 그곳에 있는 랜드로버 두 대의 여벌 열쇠는 내 열쇠고리에 항상 달려 있었다.

나는 비상 신호기를 울리지 않고 차고 문을 겨우 열었다. 그리고 익숙한 랜드로버 한 대에 올라 시동을 켰다. 차를 앞쪽으로 이동시킨 다음에는 얼른 뛰어내려 차고 문을 다시 잠갔다. 동물의 구조 요청 신고가 오기 전까지는(매일 있는 일이 아니었다) 차량이 사라진 줄 아무도 모를 것이다.

지금쯤 경찰은 내가 가족과 함께 있지 않다는 걸 알았을 것이다. 만약 아빠가 순순히 협조하셨다면(분명 그럴 거라고 생각한다) 내가 엄마의 자동차를 타고 사라진 것도 알게 될 것이다. 차를 바꿔 탄다면 순찰하는 경찰에게 발각될 위험을 줄일 수 있겠지만, 그래도 뒷길로만 다녀야 했다. 즉, 앞으로 무슨 일을 하든 시간이 더 많이 걸릴 거란 뜻이었다.

빅토리아풍의 오래된 정신병원 건물은 엄청나게 컸다. 붉은 벽돌이 백여 미터나 길게 뻗어 있었다. 건물은 작은 계곡에 자리잡았으며, 낮은 언덕과 짙은 색의 너도밤나무에 둘러싸여 있었다. 아무리

화창한 날에도 볕이 잘 들지 않을 것 같았다.

차를 몰고 오는 동안 나는 새롭게 알게 된 뒤죽박죽의 사실들을 제자리에 배치하느라 애를 먹었다. 월터는 교회 화재가 일어났던 그날 밤의 일에 대해 뭔가를 알고 있었다. 그렇지만 자진해서 사실을 알려줄 가능성은 희박했고 나 역시 자세한 설명을 요구할 용기가 없었다. 그래도 그는 뭔가를 알았다. 내가 제대로 된 정보를 찾기만 한다면 더 많은 사실을 알게 될 것이 명백했다.

에덜린은 문제가 많았다. 그녀의 난잡한 행실은 바이얼릿이 암시했던 것보다 훨씬 심했다. 월터는 에덜린과 아치의 관계를 말했지만, 바이얼릿의 말대로라면 에덜린은 위처 형제들 전부와 놀아났을 것이다. 그녀가 뭐라고 했었지? '아침에 그 여자가 어느 집에서 나올지 도통 알 수 없다'고…….

정말 이상한 이야기였다. 위처 형제들 네 명, 월터, 아치, 해리, 솔은 네 채의 작은 집에서 살았다. 위처 부지의 집들은 이후 벽이 무너져 큰 집 한 채가 되었다. 에덜린은 법적으로 그들 중 한 명과 결혼했는데, 그 집을 지키면서 다른 형제들에게 다른 친근한 봉사까지 해주었다. 성적 취향은 별개로 치더라도 대체 어떤 여자가 그럴 수 있단 말인가? 혹시 정신에 문제가 있었던 게 아닐까? 그녀뿐 아니라 그들 모두가?

무엇보다 중요한 점은 얼프레드가 실제로 존재한다는 사실이었다. 맷의 수사는 철저하지 못했던 셈이다. 맷의 수사망을 빠져나가 여전히 어딘가에 얼프레드가 있었다.

나는 월터가 '그 후로……. 그들이 그에게 어떤 짓을 했는지……' 라는 말을 할 때의 표정이 떠올라서 또 한 번 소름이 끼쳤다. 얼프레드가 어떤 일을 겪었는지 몰라도 그는 살아 있었다. 월터, 어니스트 앰블린, 그리고 보좌신부가 그를 맡긴 병원으로 지금 내가 가고 있었다. 월터는 그를 찾아간 적도 있었다. 그의 사망 소식은 듣지 못했다. 그는 어쩌면 아직 이곳에 있을 것이다. 혹은 그렇지 않을지도 모른다. 살던 마을에 돌아와서 예전에 가족과 살던 집 근처를 배회하고 있을 수도 있었다.

차를 멈춰 세울 때 흥분이 더욱 고조되었다. 이곳에 정답이 있어야만 했다. 정신이 이상하고 위험한 인물인 얼프레드는 월터 형제들 중 한 명이며 오래전에 끔찍한 일을 겪었다. 나는 건물의 입구로 보이는 크고 오래된 목재 문으로 걸어갔다. 쇠붙이로 장식된 문은 활짝 열려 있었다. 국민 건강보험 표지판에 내가 도착한 곳이 1857년에 세워진 '투 카운티스 정신 치료 병원'이라고 적혀 있었다. 문턱을 넘어선 나는 내부의 유리문을 밀고 안으로 들어섰다.

작업복 차림의 남자가 긴 막대 걸레로 바닥을 닦으며 혼자 노래를 부르는 중이었다. 지나쳐 접수처로 가면서 나는 그가 슬리퍼를 신은 것을 보았다. 양동이에는 물이 들어 있지 않았다.

접수처는 비어 있었다. 주변을 둘러보고 벨을 찾아서 눌렀다. 아무도 나오지 않았다. 슬리퍼를 신은 남자가 바닥을 청소하는 광경을 삼사 분쯤 지켜본 뒤 다시 벨을 눌렀다. 책상 뒤쪽 사무실 문이 열리더니 사십 대 중반으로 보이는 새까만 머리칼의 여자가 머그잔을 들고 나왔다.

"미안해요. 차를 끓이느라고요. 너무 오래 우린 맛은 참질 못하거든요. 뭘 도와드릴까요?" 여자가 물었다.

"환자를 찾고 있어요." 내가 말했다.

"가족이세요?" 여자가 머그잔을 책상에 내려놓으며 물었다.

나는 이 상황을 미처 예상하지 못했다. "아뇨, 가족은 아니에요. 그런데 조금 전에 환자의 형님분과 얘길 나눴어요. 그가 위중하거든요. 이곳 관리자와 잠깐 말씀을 나누면 좋겠는데요. 아니면 진료 기록만이라도요." 나는 생각나는 대로 말했다.

머그잔의 수증기 때문에 여자의 안경에 김이 서렸다. "글쎄요, 우린 통상적으로……." 그녀가 말했다.

"제가 도와드릴까요?" 내 뒤에서 목소리가 들렸다. 뒤를 돌아보니 다른 여자가 서 있었다. 마르고 키가 큰 여자가 다가왔다. 도와주겠다며 제안을 했지만 전혀 도움이 될 것처럼 보이지 않았다. 앞으로 와서 나를 내려다보자 마치 내가 성난 어른을 올려다보는 아이가 된 것 같았다. 나는 뒤로 물러나고 싶었지만 참았다.

"환자를 찾고 있어요. 이곳에 입원한 지 꽤 오래된 환자예요. 그의 형님을 방금 만났거든요. 환자를 만나야 할 필요는 없어요. 단지 그가 아직 살아 있는지 알고 싶어요." 나는 얼프레드를 직접 보고 싶지 않았다.

여자는 인상을 찡그렸다. "환자가 사망하면 가족에게 알려드립니다."

"그건 알아요. 다만 아주 오랫동안 이 환자의 소식을 들은 사람이 없어서요. 나이가 칠십 대일 거예요. 살아 있는지만 확인하면 돼요."

"성함이?"

"얼프레드 위처요."

여자의 눈썹이 올라갔고 그녀는 고개를 저었다. "들어보지 못한 이름인데요." 여자가 말했다.

내가 말을 하려고 입을 벌렸을 때 그녀는 뒤로 물러서며 따라오라는 손짓을 했다. 그녀가 열어준 문으로 같이 오른쪽 복도로 갔다. 조금 전에 머물렀던 접수처 주변은 회반죽이 발린 벽에 연노란색 페인트가 칠해져 있었지만, 지금 우리가 지나가는 복도는 건물 외벽과 똑같이 검붉은 벽돌로만 꾸며져 있었다. 오른쪽과 왼쪽에 일정한 간격으로 문이 달렸고 열린 곳은 없었다. 천장에는 긴 형광등이 달려 있었다. 그 아래를 걸어갈 때 형광등 몇 개가 깜빡거렸다. 멀리서 간헐적으로 귀에 거슬리는 고함과 묵직한 물체가 부딪히는 소리가 들렸다.

우리는 복도 끝까지 와서 옆으로 돌았다. 왼쪽 유리창 안쪽에 있는 사무실이 우리의 목적지였다. 키 큰 여자가 문을 열었다. 우리는 안으로 들어갔다. 파란 겉옷과 바지를 입은 남자가 책상 앞에 구부정하게 앉아 커피를 마시며 타블로이드판 신문을 읽는 중이었다. 우리가 들어서자 그가 고개를 들고 쳐다보았다. 컴퓨터 앞에는 옆의 여자보다 키가 작고 통통한 여자가 앉아 있었다. 그녀도 고개를 들었다.

"환자 기록을 확인했으면 하는데." 키가 큰 여자가 딱히 누구를 보지 않고 말했다. "혹시 이 중에……." 그녀는 말을 멈추고 나를 쳐다보았다.

"얼프레드 위처요." 내가 얼른 말했다.

통통한 여자가 컴퓨터 자판을 두들기다가 잠시 후 물었다. "철자가 어떻게 되죠?" 내가 철자를 불러주자 다시 자판을 두들겼다. 건물 깊숙한 어딘가에서 남자의 비명소리가 들렸다.

"없는데요." 통통한 여자가 말했다. 키 큰 여자는 흡족한 표정으로 나를 쳐다보았다.

"그럴 줄 알았죠. 난 이곳에서 십 년을 일했는데 이곳을 거쳐간 사람들을 대부분 기억해요." 그녀가 말했다.

"철자를 바꿔서 찾아보죠. 가끔 환자 기록을 잘못 입력하고도 귀찮아서 고치지 않는 경우가 있거든요." 통통한 여자가 말했다.

"고맙습니다." 내가 말했다.

"안타깝지만 세례명으로는 확인을 할 수가 없어요. 시스템이 그래서. 창피한 노릇이지만 그래도 얼프레드라는 이름은 별로 많지 않을 거예요."

"흔치 않은 이름이죠. 아마 1958년이나 1959년에 입원했을 거예요. 도움이 될까요?" 나는 맞장구를 쳤다.

"잠시 기다려보세요. 아무것도 나오는 게 없네요."

"몇 년 전에 위셔트라는 환자가 있었죠. 자택 요양을 하도록 내보냈는데. 이름이 렉이었나. 오십 대였고요." 남자가 끼어들었다.

"얼프레드는 나이가 더 많을 거예요." 자판을 두들기는 소리가 들릴수록 절망감이 커졌다. 설마 여기가 막다른 길은 아니겠지?

"됐어요. 그럼 1958년에 입원한 환자 명단을 전부 살펴보죠." 컴퓨터 앞의 여자가 말했다. 그녀는 화면에 뜬 명단을 빤히 보았다. "그 당시에는 병동이 꽉 찼어요. 많은 사람들이 그해에 들어오고 나갔고요." 우리는 그녀의 주변에 둘러섰다. 명단을 끝으로 넘기자 W로 시작하는 이름들이 있었다. 워터스, 윌리엄스, 우튼까지. 위처는 없었다. 철자를 잘못 입력했을 가능성도 없어보였다.

"좋아요, 1959년을 살펴보죠." 여자가 명랑하게 말했다. 몇 분 뒤 우리는 포기하는 수밖에 없었다. 이 병원에 얼프레드 위처라는 사람의 기록은 없었다.

"시간을 허비하게 해서 미안합니다." 내가 말했다. 월터가 내게 거짓말을 했다니. 그렇게밖에 설명할 도리가 없었다.

"이 병원에 입원한 게 확실해요?"

나는 키가 큰 여자를 돌아보았다. 그리고 고개를 겨우 끄덕였다. "그의 형님이 말씀하신 곳은 분명 여기예요. 혹시 이 지역에 다른 정신병원도 있나요?"

나의 희망은 대번에 꺾였다. 여자는 고개를 흔들었다. "이 지역엔 없어요. 그 시절에는 더욱 그랬겠죠. 빅토리아 여왕 시대에는 보호 시설을 아주 크게 지어서 흔히 한 주 전체를 담당했어요. 이 병원은 두 개의 주를 담당하고요. 1958년에 도싯 사람이 입원해야 했다면 분명 이곳으로 왔을 거예요."

"제가 여러분의 시간을 더 뺏을 순 없겠어요. 확인해주셔서 고마워요."

키 큰 여자는 이제 다소 누그러진 태도로 나를 데리고 복도를 돌아 나왔다. 머리 위 어딘가에서 껄껄대는 웃음소리가 들렸다. 점점 커지던 그 소리는 나중에 비명으로 바뀌었다. 나는 몸서리를 쳐야만 했다.

"익숙하지 않은 사람에게는 끔찍하게 들리죠." 옆에서 여자가 말했다.

"현재 입원 환자가 얼마나 되죠?" 문으로 다가가면서 내가 물었다.

"백 명 안쪽이에요." 여자는 나를 위해 문을 열어주며 대답했다. 슬리퍼를 신은 청소부를 보자 미소를 지었다. "아주 깨끗한데요, 에릭. 잘했어요."

"환자들에게 더 현대적인 시설이 필요하죠." 여자가 나를 돌아보며 말했다. "그런데 재원이 충분하지 않아서. 아무튼 도움이 되어드리지 못해 미안해요."

"애써주셔서 감사합니다."

"내 이름은 로즈 스코트예요. 도움이 필요하면 연락하세요." 여자는 명함을 내밀었다.

밖으로 나왔을 때 나는 차까지 걸어갈 힘조차 없었다. 어째서 월터가 거짓말을 했을까? 얼프레드의 죽음에 그도 관여한 걸까? 월터는 좋은 사람이지만 믿는 도끼에 발등을 찍히기도 하는 법이다. 어쩌면 그 당시 끔찍한 사고가 있어서 지금까지도 월터와 다른 주민들이 모두 감추려는 게 아닐까? 나는 큰 기대 없이 패덕스 호스피스에 전화를 걸었다.

"정말 유감이에요." 전화가 연결되자 담당 간호사가 말했다. "월터 씨가 아주 위중하다고 말씀드렸었지요."

"무슨 일이 있어요?"

"안타깝지만 당신이 떠난 직후 의식을 잃었어요. 아직 우리 곁에 있기는 하지만요. 의식을 회복할 가능성도 희박한 것 같고요."

나는 말문이 막혔다. 그래도 간호사는 내가 전화를 끊지 않은 것을 알고 있었다.

"당신 책임은 아니에요. 이런 날이 올 거라고 예상했거든요. 그래도 끝을 보기 전에 면회객이 한 명이라도 있었으니 그나마 다행인 셈이죠."

끝? 나 역시 이 길의 끝에 다다른 건 아닐까? 정오가 가까웠고, 할 수 있는 일이 빠르게 줄어들었다. 나는 어디로 가는지도 알지 못한 채 차를 몰기 시작해 습관적으로 라디오를 켰다. 라디오에서 음악 대신, 내가 누운 관을 못 박는 소리가 들렸다.

'그리고 경찰은 오늘 새벽 도싯에서 사망한 남성의 사건과 관련해 이 지역 여성에 대한 조사가 필요하다며 인상착의를 배포했습니다. 클래라 베닝이라는 여성은 키 161센티미터의 날씬한 체형으로 흑갈색의 머리를 길게 길렀고 얼굴 왼쪽에 심한 흉터가 있다고 합니다. 시민 여러분은 베닝에게 접근을 삼가시고, 목격 시 즉시 신고해주시기 바랍니다. 고인이 된 남성은 칠십 대 후반의 전직 의사로 이름은 어니스트 앰블린입니다. 오늘 아침 자택 근처 벌판에서 발견되었습니다. 그는 밤낚시를 하러 간 것으로 추정되며 사인은 아직 밝혀지지 않았습니다. 경찰은 전화번호를 배포하여…….'

내가 어떻게 운전을 계속했는지 알 수 없었다. 라디오방송을 들었을 지인들이 자꾸만 떠올랐다. 그들도 이제 내가 누군가의 죽음과 연관되어 수배중인 사실을 알게 되었을 것이다. 아버지와 언니, 병원 동료들, 샐리, 맷……. 내가 범죄 수배자가 되었다는 건 맷이 승인을 해주었기 때문일 것이다.

어니스트 앰블린, 조급하고 예민하게 굴던 노인이 죽었다. 그는 오늘 아침 이른 시각에 살해되었다. 나는 집에서 가족과 함께 머물라고 한 맷의 지시를 어기고 차에서 밤을 보냈다. 내가 범죄 현장에 가지 않았다는 걸 증명해줄 사람이 전혀 없는 상황이었다.

도대체 이게 무슨 일이란 말인가? 세 명의 노인이 죽었다. 누군가 그들을 한 명씩 제거하고 있었다. 수사를 맡은 경찰들은 누가 범인인지 찾아보지도 않을 것이다. 나를 찾기만 하면 될 테니까.

⁂

이십 분이 조금 넘게 차를 몰았다. 이번에는 건물 입구로 곧장 들어가지 않았다. 면회를 신청해도 거부당할 거란 느낌 때문이었다. 나는 건물 뒤로 돌아갔다.

이른 아침의 고요함은 벌써 사라졌다. 바람이 거세지고 마침내 폭풍우를 실은 구름이 모습을 드러냈다. 시커먼 구름이 서쪽 하늘에 낮게 떠 있었다. 나는 기억을 더듬어 정원 한쪽의 열려 있는 프랑스식 창문 안으로 몸을 밀어넣었다.

"안녕하세요, 루비 할머니." 내가 인사를 하자 침대 옆 의자에 앉아 있던 노파가 화들짝 놀랐다.

나를 보자마자 몸을 일으키려 하며 침대 옆의 비상벨에 시선을 고정했다. 나는 서둘러 침대 옆으로 가서 손으로 벨을 가로막았다.

"미안해요. 지금은 안 돼요. 할머니에게 물어볼 게 있어요." 노파가 의자에 다시 앉았다.

노파는 대답을 하지 않았다. 나는 그녀에게 다가가 의자 앞에 똑바로 섰다.

"할머니, 사람들이 위험해요. 존 알링턴, 바이얼릿 버클러, 어니스트 앰블린. 그들이 모두 죽었어요. 겁주려는 얘기가 아니라 누가 노인들을 해치고 있다고요. 세인트 비리노 교회에서 예배를 봤던 사람들을요. 절 도와주셔야 해요. 당신의 안전을 위해서요."

루비는 지난번처럼 내 눈을 제대로 보지 않았다. 그녀는 몸을 떨며 눈을 내리깔았고 놀란 듯이 이곳저곳을 두리번거렸다. 나는 억지로라도 그녀가 나를 볼 수 있게 쪼그려 앉았다.

"제 얼굴을 보기가 불편하죠? 자, 잘 보세요. 전 상관없어요. 지금은 제 얼굴보다 더 중요한 이야기를 해야 해요."

루비는 몇 번이나 비상벨을 쳐다보았지만 누르려고는 하지 않았다.

"뱀에 물리면 어떻게 되는지 말해볼까요? 뱀의 독이 몸에 들어갔을 때 피부가 어떻게 되는지 아세요? 아시나요? 할머니, 제가 왜 이런 얘길 하느냐면요. 이번 일과 비교하면 제 얼굴 흉터쯤은 새발의 피에 불과하기 때문이에요."

루비는 나와 거리를 두려고 몸을 의자에 한껏 기대며 웅크렸지만 그녀를 불쌍하게 생각할 여유가 없었다.

"맨 처음에는 살이 부어오르기 시작해요. 풍선만큼 크게 부푼 손을 본 적이 있어요? 너무 크게 부어서 살갗이 갈라지고 찢어져버려요. 피부색도 변해요. 벌게졌다가 시퍼레지고 결국에는 까매져요. 대부분은 제때 해독제를 맞아 목숨을 구하지만 피부는 죽어요. 팔다리를 잘라내야 하는 경우도 있고요. 만약 얼굴을 물리면 어떻게 될까요? 검은 풍선처럼 부어오른 얼굴이 어떨지 상상이 되세요? 얼굴은 잘라낼 수도 없어요. 할머니, 제 이야기는 진짜예요."

나는 목소리를 낮게 유지했다. 지나가는 직원이 소리를 듣고 루비를 보러 오면 안 되니까. 그녀의 이야기를 듣기 전까지는.

"지금 마을에서 누가 무서운 독사를 이용해 사람들을 해치고 있어요. 단 한 번 물기만 해도 사람 오십 명을 죽일 만큼 무서운 독사예요. 오십 명요! 아이가 물리면 손도 못 써볼 거예요. 할머니가 제게 이야기를 해줄 수 있다는 걸 알아요. 1958년에 무슨 일이 있었는지 말해줄 수 있다는 걸요. 그 이야기를 듣기 전까지 나가지 않을 거예요."

노파는 또다시 비상벨을 쳐다보았다.

"제발요, 할머니." 나는 부드럽게 덧붙였다.

그녀는 나를 보았다. 우리가 처음으로 마주보았다. 잠시 후 노파는 몸을 숙였다. 그녀가 몸을 숙일 때 삐걱 소리가 들렸고, 얼마 남지 않은 회색 머리칼 사이로 분홍색의 두피가 보였다. 나는 그녀가 자신의 잠옷 앞자락을 들어올리는 것을 지켜보았다. 노파의 다리는 가늘었다. 얄팍한 피부가 금방이라도 떨어져나올 듯 보였고 파열된 모세혈관이 종아리에 거미줄처럼 뻗어 있었다. 무릎에 멍자국도 있었다.

영문을 알지 못한 나는 약간 물러섰다. 그녀는 천천히 잠옷을 걷어 오그라든 다리를 전부 드러냈다.

허벅지가 반쯤 드러났을 때 노파는 동작을 멈췄다. 그리고 나를 올려다보는 그녀의 눈에 이상한 승리감이 엿보였다. 노파의 오른쪽 허벅지는 나이를 감안할 때 정상이었다. 그런데 왼쪽 허벅지는 사람의 다리처럼 보이지 않았다.

노파의 넓적다리뼈가 남은 피부 사이로 돌출되어 있었다. 누가 거대한 손으로 살점을 쥐어서 뜯어낸 것 같았다. 상처는 남은 피부로 감싸서 서툴게 꿰맸다. 오래된 흉터인데도 아직까지 붉은 자국이 남았고 멍이 든 것처럼 보라색인 곳도 있었다. 내 얼굴보다 백배는 더 흉해 보였다. 그나마 천만다행인 점은 흉터가 쉽게 감출 수 있는 곳에 있다는 점이었다.

"어쩌다가 이렇게 되셨어요?" 나는 조심스럽게 물었다. 우리는 이제 적이 아니었다. 한때 적이었는지도 의심스러웠다. 우리는 서로 이해해줘야만 했다.

노파는 고개를 저으며 말했다. "나도 몰랐어. 수십 마리나 되었거든. 대부분은 갈색이고, 회색도 있었지. 등에 무늬가 있고, 꼬리로 소리를 냈어. 그 소리가……."

"방울 소리요?" 내가 물었다. 당연하지, 그것 말고는 뭐가 있을까? 하는 생각이 들었다.

루비는 고개를 끄덕였다. "맞아, 그랬지. 방울. 뱀들이 풀려나자 모두 도망을 쳤는데, 그러다 보니 뱀들도 겁을 먹은 게지. 뱀 천지였거든. 나는 문 앞에서 물렸어. 그렇게 고통스러울 줄 전혀 알지 못했어."

나는 노파에게 다가갔다. "정말 죄송해요. 진심이에요. 이 문제가 얼마나 중요한지 할머니도 아실 거예요. 그날 밤 무슨 일이 있었는지 말해주셔야 해요."

노파는 한참 동안 나를 빤히 보았고, 마침내 입을 열었다. "난 배가 고팠지. 실은 배가 고픈 정도가 아니었어. 배고픔이 사라지고 아무 힘도 없었으니까. 생각을 제대로 할 수 없었거든. 선 채로 졸고 있는 것 같았달까."

신도들을 굶주리게 하는 교회라니. 늦은 비 교회에서 몇 주 동안의 금식 기도를 권한다고 했던 아빠의 말씀이 떠올랐다. 사우스캐롤라이나에서 죽은 어린 소녀, 그녀는 아치 위처의 신도였다.

"그런데 그날 밤에는 마음이 부풀어 있기도 했어." 루비의 말이 이어졌다. "내게도 곧 그 일이 일어날 거라고 생각했으니까. 내가 방언을 하게 되고, 뱀을 만질 수도 있을 거라고."

노파는 몸을 앞으로 당기고 목소리를 높였다. "'믿는 자들에게는 이런 표적이 따르리니.'" 그녀가 말했다. "'곧 저희가 내 이름으로 귀신을 쫓아내며 새 방언을 말하며, 뱀을 집으며 무슨 독을 마실지라도 해를 받지 아니하며 병든 사람에게 손을 얹은즉…….'"

"할머니!"

잠시 정신을 차린 노파의 눈빛은 순간 나를 공포에 질리게 했다. 나와 이야기를 나누던 사람은 이제 정상이 아니었다. 나는 입을 다물었고, 그녀가 들려주는 오십 년 전 일요일 밤의 사건에 귀를 기울였다.

42

1958년 6월 15일 일요일

길은 캄캄해도 조용하지는 않았다. 누구도 말을 하지 않지만 대기에 작은 소리들이 가득했다. 어깨들이 울타리를 스치는 소리, 돌을 밟고 지나는 소리, 머리 위의 날갯짓 소리까지. 가까운 나무에서 헛간 올빼미가 울어댄다. 마을 사람 몇 명은 등불을 들고 있는데, 그래도 불빛은 희미했다. 계속해서 많은 사람들이 군중에 가담하고 행렬은 교회에 점점 가까워졌다.

그들은 라임 나무가 늘어선 길을 지나간다. 나이가 가장 어리고 오 일 동안 자발적인 금식을 해서 실신하기 일보 직전인 스무 살 루비 모트램은 비틀대다가 쓰러질 뻔한다. 뒤에서 힘센 손이 그녀를 잡아주자 겨우 몸을 지탱하고 사람들에게 떠밀려 앞으로 나아간다.

돌로 지은 교회는 웅장한 모습이다. 스테인드글라스는 닦지 않은 보석처럼 탁한 색깔이고, 창문 안에서 희미한 불빛이 가물거린다. 꺾어진 길을 따라 주민들의 행렬이 계속 이어지고, 교회의 북쪽 문은 이미 열어둔 상태다.

집회에 참석한 회중은 침묵 속에서 한 명씩 차례로 문간을 넘어섰다. 회중석은 이내 꽉 찬다. 낯선 사람이라면 이 모임에 마을 주민 전부가 참석했다고 생각하겠지만 루비는 그렇지 않다는 걸 안다. 친구인 바이얼릿처럼 집에서 어린 동생을 돌봐야 해서 오지 못한 사람도 있다. 기어코 참석을 거부한 사람들도 있다. 모든 것을 보고 들었는데도 어떤 이들은 주님의 진정한 말씀을 한사코 들으려 하지 않는다. 패인 목사와 아무 관계를 맺지 않으려는 이들도 있다.

연기 때문에 눈이 따가워진 루비는 눈을 깜빡인다. 그녀는 촛불 연기 냄새 말고도 다른 향을 맡을 수 있다. 더 진하고 이국적이며 숨막힐 만큼 진한 향기다. 교회 앞에는 검은 옷차림을 한 커다란 형체가 서 있다. 루비는 텅 빈 뱃속에서 꿈틀대는 흥분을 느낀다. 그가 바로 조엘 모건 패인 목사다.

"믿음이 대단한 목사님이셨어. 그분은, 아, 그걸 뭐라고 설명할까. 내 몸에 전기가 흐르는 것 같은 느낌을 들게 만드셨지. 좌석에

가만히 앉아 있을 수 없을 만큼, 펄쩍펄쩍 뛰며 고함을 지르게 하고, 또 주님께 바칠 수만 있다면 바닥에 몸을 던지고 싶게 만드는 분이셨어." 루비가 말했다.

"미남이었나요?" 내가 물었다.

루비는 팔을 뻗어 내 손을 잡았다.

"내가 본 남자 중에 가장 잘생겼지." 눈을 반짝이며 그녀가 말했다. "키도 컸어." 그녀는 말을 하던 도중에 엄지손가락으로 내 손바닥에 원을 그리기 시작했다. "숱 많은 검은 머리에, 눈동자가 겨울 하늘처럼 서늘하고 푸르렀거든."

나는 그녀에게 붙잡힌 손을 겨우 빼냈다. 나도 종교적인 열정과 성적인 흥분은 구별할 수 있다. 루비는 오십 년 전의 기억에 완전히 사로잡힌 상태였다.

"그분은 우리가 들어갈 때까지 기다리셨지. 그리고 제단 바로 앞에 서셨어. 마치 자신이 성령인 것처럼 연기 속에서 우리를 굽어보시면서."

노파는 정신이 나간 듯했다. 그게 아니면…….

"교회에 불은 켜져 있었나요?" 내가 물었다.

그녀는 고개를 흔들고 눈을 반짝이며 말을 이었다. "촛불, 온통 촛불을 켜놓았었지. 연기 때문에 공기가 탁해 숨을 쉬기 어려웠어. 그리고 다른 냄새도 났어. 성스러운 향냄새가."

나는 오순절 교회에서 향을 쓴다는 말을 들어보지 못했다. 그날 밤 교회에서 환각제를 태운 게 아닐까 하는 의심이 들었다.

"할머니, 교회에 위처 일가도 왔었어요?" 내가 물었다.

루비의 표정이 바뀌어 내뱉듯이 말을 했다. "에덜린이 있었지. 맨 앞줄에서 고개를 흔들며 사방에 머리를 흩날렸어. 난 그 모습이 진짜라고 한 번도 믿지 않았어." 루비는 내게 몸을 기울였다. 나는 뒤로 물러서고 싶었지만 참아야 했다. "어째서 주님은 그 여자의 블라우스 단추가 매번 풀려 있게 하셨을까?" 노파는 내게 대답을 요구했다. "그 여자는 늘 제일 먼저 쓰러졌어. 항상 목사님 근처에서 말이야."

월터의 아내에 대한 노인들의 견해는 일치했다. 그런데 내가 관심을 둔 사람은 에덜린이 아니었다. "다른 사람은요? 위처 형제들은요? 월터 할아버지는?"

"월터는 한 번도 오지 않았어. 월터는 좋은 사람이었어." 고개를 살짝 흔들며 그녀가 말했다.

나는 그녀를 빤히 보았다. "그럼 다른 사람들은요?" 나는 그녀의 대답을 듣기도 전에 성급하게 물었다. "솔, 아치, 해리, 얼프레드는요?"

루비의 표정이 또 달라졌다. 나는 그녀가 내게서 멀어지려 한다는 것을 알았다. 노파는 문을 쳐다보았다. "지금쯤 차를 가져올 텐데. 차와 비스킷을. 운이 좋으면 두 사람분을 가져오겠지." 그녀가 말했다.

"할머니, 제발 계속 얘기해주세요."

⁂

한동안 예배는 평소와 같이 진행된다. 목사님은 설교를 하고 신도들은 기도를 한다. 가끔 신도들 가운데 성령에 감화된 사람은 힘껏 뛰어오르며 주를 찬양한다. 루비의 뒤에 있던 플로렌스 알링턴은 실신했다. 루비는 자신이 언제쯤 기절하게 될지 궁금하다. 쓰러질 때를 대비해 차가운 돌바닥에 깔개가 깔려 있는지 보느라 얼른 바닥을 확인한다.

⁂

나는 플로렌스 알링턴이 존 알링턴과 관련된 사람인지 묻고 싶었지만 루비의 이야기를 끊지 않는 것이 더 중요하다는 생각을 했다.

"할머니도 기절을 했나요? 의식을 잃었어요?" 내가 물었다.

노파는 고개를 끄덕였으며 말을 이어갔다. "그건 어렵지 않았어. 특히 아무것도 먹지 않았을 때는. 숨을 깊이 들이마신 다음 참으면 돼. 주위가 까맣게 변하다가 곧 쓰러지게 되니까."

복도에서 인기척이 들렸다. 인기척은 아직 멀리서 들리는 것 같았지만 시간이 얼마 없었다. "할머니, 뱀은 어땠어요? 사람들이 물렸죠? 할머니 말고도요? 그날 밤 죽은 사람들도 있죠?"

방울뱀들은 장미와 담쟁이덩굴 잎사귀가 새겨진 커다란 나무상자에 들어 있다. 루비는 해리 위처가 제의실에서 상자를 짊어지고 나오는 것을 자리에서 지켜본다. 그녀는 무릎을 꿇으며 오늘밤에는 성령의 은사를 입고 뱀을 만질 수 있게 해달라고 기도를 드린다.

패인 목사가 상자에서 뱀을 꺼낸다. 길이 백오십 센티미터, 검은색 무늬에 갈색이 섞인 뱀의 몸통은 두껍다. 뱀을 두 손으로 쥔 목사는 회중을 향해 다가오며 말한다. "보라, 내가 너희에게 뱀과 전갈을 밟으며 원수의 모든 능력을 제어할 권세를 주었으니 너희를 해할 자가 결단코 없으리라."

루비의 목소리가 높아지고 또 너무 커졌다. 누가 들으면 당장이라도 대화가 중단될 것이 분명했다. "『루가의 복음서』 10장 19절이지. 그분은 뱀을 들고 와서 늘 그렇게 말씀하셨단다. 성령의 축복을 받은 사람은 누구든지 뱀을 만지라고 하셨어." 그녀는 자랑스럽게 말했다.

방울뱀이 자신들 사이를 오가게 허락할 정도면, 이성이 있을 보통 사람들도 분명 집단 최면에 걸려 있었을 거라는 생각이 들었다.

"사람들이 만졌나요?" 내가 물었다.

루비는 고개를 끄덕였다. "은총을 입은 사람들만. 그렇지 않은 사람들은 고개를 숙이고 기도만 했어."

그럼 그렇지, 하고 나는 생각했다. "다른 사람들 중에 누가 뱀을 만졌죠?"

⁂

패인 목사가 마을에 온 지 석 달이 지난 때였다. 주민들 몇몇은 이미 뱀을 다루는 은사를 입었다. 루비는 존 도즈가 상자에 다가가 팔을 뻗는 것을 지켜본다. 그는 목사가 든 것보다 작고 짙은 회색 뱀을 꺼내 어깨에 걸친다. 그가 우두커니 서서 회중의 시선을 즐기는 동안, 뱀은 그의 몸을 타고 내려가 오른팔에 몸을 휘감는다. 피터 모펫도 상자에 다가가고, 레이먼드 길라드가 바로 그 뒤를 바싹 따른다. 루비는 그 광경을 더 보고 싶은데, 그때 목사님이 그녀 가까이 다가온다. 지금이 아니면 기회는 없다.

그녀는 일어서서 그분의 차가운 눈동자를 들여다보았다. 전류가 그녀의 사타구니부터 온몸을 타고 흐르는 듯한 충격을 받는다. 그녀가 기다린 은사다. 그녀가 두 팔을 내밀자 목사는 몸을 앞으로 숙였다. 그녀는 뱀을 잡는다. 축축하고 끈적거릴 거라 생각했지만 손가락 사이를 움직이는 따뜻하고 탄력 있는 뱀을 느끼며 그녀는 놀란다. 무심결에 목사님의 벨트 아래로 시선을 떨어뜨린 그녀는 무언가 몸속을 깊숙이 휘젓는 느낌을 받는다. 얼굴이 붉게 달아오른 그녀는 목사님께 뱀을 넘겨준다. 그분은 미소를 지으며 그녀에게 축복을 내리고 가신다. 루비는 무릎을 꿇고 쓰러진다.

"가장 행복했던 순간이지. 난 성령을 받아들이고 은사의 축복을 입었던 게야. 기도를, 쉬지 않고 계속 기도를 하고 싶었는데……." 루비가 말했다.

"뱀은 언제 풀려났어요? 사람들이 물린 건 언제죠? 예배가 끝난 뒤였나요?"

노파는 한심하다는 표정으로 나를 보았다. "내가 한 말을 듣지 않았구먼? 그건 일상적인 예배가 아니었어. 여기까진 시작에 불과해. 우린 얼프레드를 살려낼 계획이었으니까."

"그를 살려요?" 그녀의 말을 따라하고 싶지 않았다. 그러는 것이 겁이 났다. 아빠의 서재가 생각났다. 프랭클린 홀 목사가 지은 오렌지색과 검은색이 섞인 소책자가 떠올랐다. 죽은 자를…….

"그럼, 죽음에서 그를 살려야지." 루비가 말했다.

⁂

이제 뱀들은 치워지고, 제단 옆의 나무상자도 잊혔다. 피터 모펫과 레이먼드 길라드가 신도석 앞, 제단 층계 바로 아래 바닥에 있는 나무로 된 거대한 문을 연다. 회중은 다시 조용해진다. 기도와 찬양이 멈췄다. 문의 자물쇠를 풀고 걸쇠를 당겨 문짝을 걷어내는 광경을 모두 지켜본다. 좌석에 앉은 루비는 몸을 앞으로 기울이고 검게 괸 물이 촛불 불빛 속에서 흔들리는 것을 힐끗 보게 된다.

마을의 수많은 지하수 중 하나가 교회에 새롭게 판 웅덩이에 물을 대준다. 지난 석 달 동안 주민들 몇 명의 침례를 본 루비는 때를 기다리는 중이다. 불경한 생각이긴 하지만 그 물이 얼마나 차가울지, 그 깊은 물속에 어떤 생명이 살진 않을지 궁금해 미칠 지경이다.

제의실로 통하는 문이 열리고 이상한 행렬이 교회 안으로 들어온다. 목사님만큼 키가 크고 잘생긴 아치 위처가 목사의 예복을 걸치고 먼저 들어온다. 그의 뒤에 솔 위처가 양쪽 겨드랑이에 두 개의 나무 장대를 끼고 들어온다. 솔은 제단을 조금 더 지나오고, 회중은 일제히 앞쪽을 보려고 몸을 기울인다. 두 개의 장대에는 튼튼하게 만든 낡은 나무의자가 묶여 있다. 루비는 해리 위처가 장대들의 다른 끝을 잡고 나타나는 것을 볼 수 있다. 장대 중간에 묶여 높이 솟은 의자에 마치 전쟁에서 사로잡힌 고대 왕처럼 얼프레드가 앉아 있다. 발목부터 목까지 칭칭 감은 굵은 끈이 그를 의자에 고정해놓았다. 입에는 파란 천이 감겼고 두 눈은 뜨고 있지만 탁하고 초점이 없다.

루비는 손뼉을 부딪친 후 기도를 계속한다. 뱃속에서 무서운 뭔가가 꿈틀대는 느낌이다.

앞장선 아치를 따라 솔과 해리는 느린 걸음으로 계단 앞까지 도착한다. 몸을 버둥거리는 얼프레드는 단단히 묶인 끈 때문에 꼼짝 못했다. 루비는 도망가고 싶은 심정이다. 교회 밖으로 달려나가고 싶다. 앞으로 일어날 일을 보고 싶지 않다. 그녀는 더 열심히 기도를 하려고 하지만 가장 간단한 기도문도 떠오르지 않아 당황스럽다.

루비는 설명을 전부 들었다. 얼프레드는 악마에 사로잡혔다. 그래서 말을 하지도, 잘 보지도 못하고 이상하고 무서운 소리만 지를 뿐이다. 그가 이상하게 뱀을 잘 다루는 것도 그 때문이다. 뱀을 다루면서 해를 입지 않는 얼프레드의 능력은 주님께서 주신 것이 아니라고 패인 목사님은 말씀하셨다. 얼프레드의 힘은 에덴동산에 살던 태초의 뱀에게서 온 것이다. 얼프레드 자체가 악마다.

"우리 아버지, 우리 아버지" 하고 루비가 기도를 한다. 기도문의 다음 부분이 떠오르기만 했어도 그렇게 겁을 먹지 않았으리라. 그들에게 당장 그만두라고 소리치고 싶은 끔찍한 충동도 느끼지 않았으리라.

이곳에 부임한 후로 목사님은 얼프레드에게서 악마를 쫓아내려 여러 차례 시도하셨지만 그의 몸속에 든 악마는 너무나 강했다. 우리의 형제 얼프레드가 악마에게서 자유로워질 수 있는 방법은 하나뿐이라며 지난 일요일에 패인 목사님이 말씀하셨다. 현세의 육신에서 그를 풀어주어야 한다고, 지상에 머물 곳이 없으면 악마는 지옥으로 달아날 거라고, 그 후 주님의 권능을 통해 그리스도께서 되살아나셨듯 얼프레드를 되살리면 그는 순수하고 자유로운 영혼으로 부활할 거라고 하셨다. 그가 보고 듣고 말할 수 있게 되고 다른 모든 선량한 신도들처럼 뱀을 겁내게 되리라 하셨다. 그들은 얼프레드를 위해 이 일을 하기로 했다. 그를 사랑하기 때문에. 처음 그 설명을 들었을 때 루비는 무서웠고 교회 안을 둘러보며 누가 반대하기를 기다렸다. 그렇지만…….

솔과 해리가 의자를 내려놓는다. 얼프레드의 몸안에 든 악마는 이제 겁에 질려 얼프레드의 흐릿하고 반쯤 감긴 눈을 통해 세상을 내다보는 중이다. 목사님이 목소리를 한껏 높여 신도들의 기도를 이끌자 얼프레드에게서 이상한 소리가 새어 나온다. 루비도 함께 기도하려 하지만 그러지 못한다. 목소리가 잘 나오지 않는다. 주위를 둘러보고 난 뒤 그녀는 더 겁이 났다. 공포를 함께 나눌 사람이 없었기 때문이다. 피터 모펫은 두 손으로 고개를 떨어뜨렸고 플로렌스 알링턴은 무릎을 꿇고 흐느꼈다. 그녀의 남편 존은 계속해서 문을 힐끔거린다. 보좌신부 스탠시는 좌석에서 일어나 있다. 다른 사람들 대부분은 도저히 기도라고는 믿을 수 없는 말을 중얼거리며 흐리멍덩한 눈으로 웅덩이 앞의 포로를 둘러싼 네 남자를 지켜보고 있다.

목사의 신호가 떨어지자 해리와 솔이 쪼그려 앉는다. 해리는 발이 걸려 넘어질 뻔한다. 잠시 후 그들은 다시 장대를 거머쥔다. 이제 얼프레드는 격렬한 소리를 내고, 루비는 끔찍한 소리를 듣지 않으려고 두 손으로 귀를 막고 싶다. 그 소리는 얼프레드의 비명이 아니라 그의 몸속에 든 악마의 소리가 틀림없다. 잠시 후에 악마가 쫓겨날 것이다. 가엽게도 미친 얼프레드는 지금 벌어지는 일을 전혀 이해하지 못할 것이 분명하다.

해리와 솔이 회중이 있는 쪽으로 재빠르게 장대를 들어올렸다. 루비는 임시로 만든 의자가 기울어지며 얼프레드가 물속에 빠지는 광경을 보고 소름이 돋는다.

이제 사람들은 비명을 듣지 못하지만, 수면에 부글거리는 거품으로 그가 아직 소리를 지른다는 것을 알 수 있다. 루비는 더는 참고 보지 못한다. 귀에서 손을 떼고 얼굴을 가리며 다시 기도문을 떠올리려 애쓴다. 멈춰달라고, 누가 나서서 막아달라고. 그들이 원한 일이 이런 걸까? 그들이 정말로…….

그녀는 손가락 사이로 훔쳐본다. 볼 수도 없지만 보지 않을 수도 없다. 의자가 덜컥거리기 시작하고 나무로 된 장대가 돌바닥에 부딪히며 달가닥거린다. 솔과 해리는 장대를 힘껏 내리누른다. 그녀는 그들의 맨 팔뚝에 혈관이 불룩 솟은 것을 볼 수 있다. 이제 수면에 거품은 별로 떠오르지 않는다. 아치가 성경책을 내리더니 앞으로 걸어 나와 물속을 응시한다.

루비는 벌떡 일어나 입을 벌린다.

"그만해. 제발, 그를 꺼내줘!"

루비의 목소리가 아니다. 짐 버클러가 통로를 따라 성큼성큼 다가오며 웅덩이로 향한다. 루비는 안도감에 정신을 잃을 것만 같다. 얼굴이 새빨개진 피터 모펫도 벌떡 일어나 짐을 도우러 다가온다. 루비의 얼굴은 충격으로 온통 찡그려진다. 성이 난 사람도 있고 실망한 이들도 있으며 안도하는 이들도 있다.

패인 목사님이 통로를 가로막고 있어서 얼프레드를 구하려면 두 사람은 목사님을 제치고 가야만 한다. 더구나 솔과 해리는 마을에서 가장 힘이 세다. 이제 의자는 조용했고 웅덩이에는 거품이 떠오르지 않는다.

"제발, 누가 좀 도와줘요." 피터가 고함을 지르고 루비는 다른 남자 한 명이 일어서는 것을 본다. 해리는 장대를 놓아버린다. 솔이 그에게 소리를 지르지만 해리는 고개를 저으며 뒤로 물러선다. 그때 에덜린이 해리의 자리에 대신 가서 서고, 피터 모펫이 그녀를 붙잡아 떼어내려 하자 비명을 지른다. 짐 버클러와 패인 목사님은 서로를 붙잡아 밀고 당기지만 짐은 몸집이 훨씬 큰 목사님을 이기지 못한다. 교회 문이 쾅하며 열리자 루비는 더 많은 사람들이 도와주길 기대하며 뒤로 돌아선다. 그런데 사람들은 떠나는 중이다. 어둠 속으로 달려나간다.

다른 남자들, 또 여자들까지 앞으로 나온다. 교회 앞에서 싸움이 벌어진다. 루비는 목사님이 짐의 얼굴을 때리는 광경을 보고 충격을 받는다. 핏방울이 작은 루비 보석처럼 사방으로 흩어져서 돌바닥에 떨어진다.

사람들이 고함치고 비명을 지른다. 어떤 이들은 아직 기도중이다. 루비는 문으로 가려고 통로로 나온다. 소란한 와중에 새되게 울부짖는 소리가 들려서 루비는 어쩔 수 없이 뒤를 돌아본다. 두 남자가 에덜린의 머리채를 잡고 그녀를 웅덩이에서 떼어내려 한다. 에덜린이 사납게 날뛰며 발길질을 하고 악을 쓰며 입에 담지도 못할 상스러운 욕을 하자, 루비는 그녀가 맞아 죽을지 모른다는 생각을 한다. 교회에서 저런 말을 하고 살아갈 수 있는 사람이 있을까?

에덜린은 풀려났다. 남자들은 그녀가 웅덩이에 접근하지 못하게 가로막았다. 그녀는 미친듯 주위를 두리번거린다. 잠시 후 그녀가 앞으로 뛰어간다. 남자들이 쫓아가지만 그녀는 뱀이 든 상자에 이미 다다랐다. 상자는 잠겨 있지 않다. 그녀가 상자를 밀며 뒤로 넘어지자 상자가 앞으로 넘어진다. 뚜껑이 열리고 방울뱀들이 돌바닥에 쏟아진다. 뱀들은 잠시 가만히 있다가 이내 숨을 곳을 찾아 움직이기 시작한다. 비명이 새롭게 터져 나온다. 루비는 다시 문으로 고개를 돌리다가 도망치던 어떤 여자와 부딪혀서 바닥에 넘어진다.

온몸에 고통이 퍼진다. 등을 심하게 부딪힌데다 뾰족한 것에 찔렸다. 타는 냄새도 난다. 뜨거운 기운과 함께 머리에 불이 붙었음을 깨닫는다. 벌떡 일어나서 머리를 털어낸 그녀는 누구에게 질세라 비명을 질러댄다. 무릎 방석에 불이 붙었다. 그녀가 바라보는 동안 불길은 나무로 된 의자 위로 치솟아 오른다. 루비가 돌아서서 달리기 시작하는데, 회중석 뒤쪽을 지나는 도중에 촛대를 넘어뜨린다.

교회 문 앞에서 뱀이 그녀를 기다린다. 뱀은 공중으로 휙 뛰어오르며 완벽한 S자를 그린다. 루비는 뱀에 물리기 직전까지 그 모습이 무척이나 아름답다고 생각했다.

43

"고마워요. 얘기해줘서 고마워요." 내가 말했다.

나는 루비의 의자 옆 침대에 앉아 있었다. 노파는 왼손으로 나를 잡고 오른손으로 의자 손잡이를 움켜쥐었다. 나는 그녀의 손을 힘껏 잡아주면서 이걸로 떨림을 진정시켜줄 수 있기를 바랐다.

"불에 타서 죽는 줄만 알았어. 온통 불이 번졌으니까. 모두 비명을 지르며 뛰어다녔지. 아무도 도와주려 하지 않았어. 고통스러웠지만 스스로 기어서 나오는 수밖에 없었어." 루비가 말했다.

"정말 무서우셨을 거예요." 나는 무의식적으로 그렇게 말했다. 머릿속이 복잡했다. 그날 밤 마을 주민 절반이 얼프레드 살해에 가담한 꼴이었다. 비극적인 일련의 사건은 재앙으로 끝을 장식한 것이다.

은사를 받았지만 정신적 문제가 심각한 한 남자가 영국의 시골 마을에 도착한 후 끔찍하면서도 매력적인 설교를 통해 조용하고 정돈된 주민들의 삶을 혼란에 빠뜨린 사건이었다. 대부분 평범하고 점잖았을 신도들은 단조로운 일상에서 잠시 벗어나 남자의 말에 귀를 기울였다. 그가 이끄는 대로 따라도 처음에는 아무런 해가 없었을 것이다. 예배가 점차 열기를 띠었을 테고, 의식이 점점 달라졌지만 분명 해가 없었을 것이다. 하지만 그가 이끄는 길은 점차 음침해지고 아무도 예상하지 못하는 방향으로 나아갔다.

마지막날 밤, 금식을 강요당하고 환각제를 쓴 까닭에 그들의 마음속에서 어두운 본성이 불려나왔으리라. 그런 상황에서도 그들 중 다수가 인간성을 잃지 않은 점은 다행스러웠다. 회중 가운데 몇몇은 얼프레드를 구하려 했다. 루비처럼 감히 끼어들지는 못했지만 겁에 질린 이들도 있었다.

1958년 6월 15일의 사건을 기억하는 사람들이 어째서 그 이야기를 꺼내지 않는지 알게 되었다. 내가 그날 밤에 교회에 있었더라도 역시 그때의 기억을 완전히 지우고 싶었을 것이다. 어째서 월터가 거짓말을 했는지도 알게 되었다. 그의 형제들과 아내가 가장 약한 다른 가족에게 행한 일을 알고 나서 얼프레드를 다른 곳에 보내버린 척 행세하는 편이 훨씬 쉬웠을 것이다.

루비의 손이 아직 떨렸고, 열려 있는 창문을 통해 들어오는 늦은 오후의 공기가 점점 서늘해졌다. "카디건을 가져다드릴까요?" 내가 물었다. 나를 쳐다보는 노파의 눈동자가 흔들렸다. "그건 어쩌다? 혹시 뱀……." 그녀가 말을 멈췄다. 나는 잠시 후에야 그녀가 왜 그러는지를 알아챘다.

"아뇨. 뱀이 아니에요." 내가 말했다.

루비는 팔을 뻗어 내 왼쪽 얼굴을 어루만졌다. 나는 그녀를 제지하지 않았다. "난 결혼을 못 했어. 내 다리에 얼마나 심한 흉터가 남았는지 마을에 소문이 퍼졌거든. 아무도 관심을 보이지 않았지. 전쟁이 끝나자 여자는 많아지고 남자는 부족했어. 바이얼릿과 에덜린처럼 건강한 여자여야 남자를 잡을 수 있었지." 노파가 말했다.

루비는 내 얼굴에서 손을 뗐고 다시 손을 잡았다.

"저희 어머니는 술을 드셨어요. 부주교의 아내라는 것 때문에 술을 드셨어요. 저를 임신하셨을 때는 술을 끊었지만 아이 둘과 집안에 틀어박혀 사는 것에 적응을 못 하셨죠. 어느 날 오후, 어머니와 언니와 제가 거실에 있었어요. 저는 아기였고 한 살도 되지 않았을 때였어요. 어머니는 저를 난로 앞의 깔개에 내려놓으셨어요. 아침나절부터 술을 마셨고, 그러다가…… 잠이 드셨죠."

루비는 내 눈을 똑바로 보고 있었다. 그녀는 진정된 것 같았지만 여전히 손을 떨고 있었다.

"버네사 언니가 한동안 저와 놀아주다가 지겨워졌던 것 같아요. 언니는 저를 두고 옆방으로 가버렸죠."

한 시간 전만 해도 파랗던 하늘은 폭풍이 오기 전에 늘 그렇듯 이상한 노란빛을 띠고 있었다.

"그리고 그때 어머니의 잭러셀테리어 두 마리가 주방에서 나왔어요. 언니가 문을 열어뒀는지, 어떻게 나왔는지 저도 몰라요. 개들은 하루 종일 굶었고 갇혀 있었지요. 굶주린 개들은 가만히 있질 못했어요. 거실에 들어왔다가 깔개 위의 제가 보채는 소리를 듣고 흥분했지요. 평소에 소리나는 장난감을 가지고 놀았던 터라 저를 장난감인 줄 안 모양이에요. 개들이 절 방 곳곳으로 끌고 다녔어요……. 제가 울음을 터뜨릴수록 더 흥분했던 게 분명해요."

"죽을 수도 있었을 텐데." 루비가 속삭였다.

"언니가 소리를 듣고 뛰어 들어왔죠. 언니가 비명을 지르자 아버지도 그 소리를 들으셨어요. 불과 몇 분 동안이었지만 아버지가 저를 안아 들었을 때는 이미 개들이 저를 물어뜯어서……."

나는 말을 멈췄다. 마침내 내 삶을 완전히 바꿔버린 사건을 누군가에게 털어놓았는데, 그러는 데는 이 분이 채 걸리지 않았다. 이십구 년의 인생, 그리고 이 분.

"사실 저도 기억하는 것 같아요. 잘못된 기억일 거예요. 전 겨우 구 개월 된 아기였으니까 실제로는 기억하지 못할 거예요. 어릴 때 자주 꿨던 악몽 때문에 그런 기억이 생겼는지도 모르죠. 그래도 정말 실제 같은 느낌이 들거든요. 얼굴에 와 닿는 개의 뜨거운 숨결이라든지, 개의 침이 뺨을 타고 흐르는 것이라든지요. 낑낑거리고 헐떡거리던 개들의 소리까지도요. 어머니의 말소리도 들었던 것 같아요. 그게 최악이죠. 소파에 누운 어머니가 인사불성이었던 게 생각나요. 어머니는 개들에게 말을 걸고 부추겼어요. 개들이 뭔가를 가지고 논다고 생각하신 거죠. 그게 저일 줄은 생각도 못 하고……."

이제 루비가 아니라 내 손이 떨리고 있었다.

"언니도 악몽을 꿔요. 시간이 많이 지난 어느 날 밤중에 비명을 지르는 걸 들었죠. 지금도 언니는 피를 못 봐요. 그날 거실에 피가 많이 흘렀거든요." 버네사 언니와 내가 둘 다 상처를 지녔음을 나는 이제야 깨달았다. 그런데 그 후 가족들은 상처가 겉으로 드러난 내게만 관심을 쏟았다. 다섯 살 난 버네사 언니는 홀로 남겨졌다.

"그래서 언니는 개를 무서워해요." 말을 이어가는 동안 마침내 언니가 늘 그렇게 무모하고 신경질적으로 겁이 많던 이유를 깨달았다. "전 그렇지 않아요. 저는 개를 전혀 꺼리지 않는데, 언니는 개 근처에도 가지 못하죠. 불쌍한 언니."

"차라리 그때 개에게 물려 죽었으면 좋았을 거라고 생각하진 않았고? 그런 상처를 지니게 되면 여자로서 인생을 망쳐버린 거니까." 루비가 물었다. 그녀는 다시 내 흉터를 보았다.

나는 루비를 쳐다보며 여러 번 스스로에게 물었던 그 질문을 똑같이 다시 던져보았다. 그때 차라리 개에게 물려 죽었으면 더 나았을까? 놀랍게도 이 순간, 앞에 환영이 보였다. 마치 루비의 서글프고 조그만 형체처럼 보이는 그것은 내 미래의 모습이었다. 몇 분, 혹은 더 오랫동안 오십 년 후의 내 모습을 보았다. 꿈을 이루지 못하고 씁쓸함에 젖은 외로운 모습이었다. 나는 결단을 내렸다.

"그냥 흉터일 뿐이에요. 그게 제 인생을 망치지는 않아요."

⁂

밖으로 나와 랜드로버에 기대어 눈을 감았다. 결국 내게 일어났던 사건을 누군가에게 털어놓았다. 언젠가는 내가 이번 일을 잘했다고 생각할 날이 올 테지만 지금은 피로하기만 했다. 많은 사실을 알게 될수록 모르는 것이 더 많아지는 느낌이었다. 나는 교회가 불탔던 밤의 끔찍한 진실을 알게 되었다. 하지만 너무 오래전의 일이다. 만약 누가 얼프레드가 당했던 끔찍한 일에 대해 복수를 하고 싶었다면, 설사 그럴 합당한 이유가 있다 하더라도 어째서 오십 년이 지난 지금에야 그 일을 실행하는 걸까? 남은 사람이 누가 있을까? 얼프레드의 형수와 형제 넷 가운데 둘은 이미 죽었으며, 셋째는 오랫동안 소식이 끊겼고, 남은 형제 한 명도 죽음이 임박한 상태였다.

답은 나오지 않았다. 과거와 현재의 연결점을 찾을 수 없었고, 여전히 내가 유력한 용의자였다.

나는 차에 올라 운전을 시작했다. 반드시 가야 할 곳이 있는 건 아니지만 계속 움직여야 했다. B 도로를 따라, 가능하면 농지를 가로지르며 한 시간 동안 차를 몰았다. 앞으로 해야 할 일이 무엇인지 생각하려 했는데 루비가 들려준 끔찍한 이야기가 머릿속에서 떠나지 않았다.

조엘 패인 목사가 새로운 마을에 찾아와 메시지를 전하게 된 이유는 알 수 없었다. 그를 환영했던 마을 주민들은 처참한 결과를 얻게 되었다. 이미 오십 년이 지난 사건이지만 화가 났다. 살아오면서 은사주의 성직자들을 몇 번 만난 적이 있었다. 아버지도 그중 한 명이었다. 많은 경우 성직자들은 자신만의 수완을 발휘해 교구에서 성공을 거두었다. 그러나 자신의 재능을 그렇게 파멸적이고 위험한 방식으로 썼던 사람의 이야기는 들어본 적이 없었다.

루비의 상세한 기억 덕분에 나는 조엘 패인 목사의 모습을 머릿속에 선명히 그릴 수 있었다. 젊고 잘생겼으며 키가 크고 서늘한 푸른 눈동자가 인상적인 남자, 목사 복장을 하고 제단 앞에 당당하게 선 모습과 깊고 경쾌한 앨라배마 주의 억양은 오십 년 전 도싯 사람들에게 이국적이었으리라. 또한 솔직하게 말해서, 나는 그의 용모 때문에 조금 더 화가 났다. 조엘 패인 목사의 큰 키와 잘생긴 외모가 영향력을 발휘했기 때문이다. 그의 외모는 순진한 교구민들에게 흑마법처럼 작용했을 것이다.

내가 살인 사건의 주요 용의자가 된 까닭도 크게 보면 외모 때문이다. 조엘 패인 목사는 나와는 상반되게 호의와 신망을 얻었다. 심지어 루비는 목사의 소행 때문에 비참한 인생을 살았으면서도 아직까지 그를 좋게 기억했다. 매력적인 외모를 지닌 에덜린도 자신의 미모를 이용해 과도한 성욕을 채웠다. 그 집안의 매력적인 유전자를 함께 나눈 아치도 그랬다. 나는 외모 덕분에 인생을 손쉽게 살아가는 사람들을 시기하지 않으려고 평생 애를 썼는데…….

문득 어떤 생각이 들었다. 난데없이 떠오른 생각이었다.

내 집에 들어왔던 침입자가 위처가와 관련 있을 거라 생각했던 이유는 외모 때문이었다. 보통의 키에 건장한 체격, 크고 수수한 이목구비, 아래로 처진 턱, 창백한 눈동자와 또 정수리에 얼마 남지 않은 머리카락이 그랬다. 월터, 해리, 솔은 젊었을 때 서로 닮은 점이 있었고 나이가 들어서도 비슷했을 것이다. 그런데 위처 가계의 신체적 특성은 그것만이 아니었다. 아치와 에덜린은 확연히 달랐다. 큰 키에 운동선수처럼 건장한 체격, 검은 눈에 잘생긴 외모, 약간 굽은 콧날을 지녔다. 나는 바로 그 모습의 누군가를 알고 있었다. 나이도 비슷한 것 같았다.

나는 차를 세우고 지도를 확인한 다음 다시 차를 출발시켰다.

솔 위처의 아들이 어머니가 살해되고 아버지가 수감된 후 버림을 받고 다시 고향에 돌아왔다면 어떻게 되었을까? 만약 그가 부모를 집에서 쫓아낸 마을 주민들에게 복수를 하려 했다면 어떨까? 그는 마을 주민들이 벌인 사건의 여파로 부모를 잃고 사나워졌으며 보육원에서 학대까지 받았다. 솔 위처의 아들은 이상한 성격에 위험한 생각을 지녔을 가능성이 있었다. 나는 그의 정체를 알 것 같았다.

가장 가까운 마을로 차를 몰아서 공공 도서관을 찾아갔다. 차에서 내리자 빗방울이 떨어졌다. 도서관 사서는 방문객을 응대하느라 내가 책상 앞을 지나가는 것을 알아채지 못했다. 나는 공용 컴퓨터로 인터넷에 접속해서 염두에 둔 이름을 검색창에 입력했다. 몇 개의 항목이 떠올랐고, 그중에는 내가 관심을 둔 인물이 소유한 채광 기업, 석유탐사 기업의 명칭을 거론한 내용이 많았다. 남아프리카에 근거지를 둔 모기업에 관한 정보는 많지 않았는데, 특히 기업 최대 주주의 개인 신상은 찾기가 어려웠다. 다만 몇몇 신문 기사를 통해 그룹의 환경 관련 보고서와 수많은 공장에서 일하는 근로자의 상황에 대한 내용을 확인할 수 있었다.

그 사람의 어린 시절 자취는 찾지 못했다. 남아프리카 여성과 결혼해 그곳의 시민권을 성공적으로 취득했다는 짧은 기사만 있었다. 앙골라, 나이지리아, 니제르, 리비아, 남아프리카에 석유탐사 회사를 소유하고 있다는 기사도 있었다. 그의 기업은 실패한 기업들이 과거에 만든 자료를 수집하여 최신의 기술로 자료를 갱신하는 사업을 전문적으로 했다. 석유의 존재가 확실한 경우에는 착공 승인을 받아 스스로 탐사를 실시하든지 채굴권을 더 큰 석유 기업에 매각했다. 그리고 호주와 태즈메이니아, 파푸아뉴기니에도 많은 광산을 소유하고 있었다.

파푸아뉴기니라니.

최근에 그는 상당한 재력을 바탕으로 장거리 항해 사업을 발전시켰다. 혼자서 세계 일주도 여러 번 했으며 요트 업계에서도 유명 인사였다. 숀이 타이판 알을 비행기로는 몰래 들여올 수 없다는 점을 확인해준 바 있었다. 그는 다른 경로를 확인해야 한다며, 개인 요트에 대해서 말했었다.

월터의 말대로면 솔과 앨리스의 아들은 이민을 갔다. 만약 젊은 솔 위처가 내가 조사하는 남자와 동일 인물이라면 그는 자신이 증오하는 마을 공동체에 다시 들어오기에 충분한 재력과 지위를 갖춘 셈이다.

나는 앉아서 생각했다. 그는 남아프리카 여성과 결혼한 덕분에 남아프리카 시민권을 구했다. 그 후 법적으로 이름을 바꾸는 것은 비교적 간단했을 것이다. 새로운 이름과 국적을 지니고 새로운 말투를 쓴다면 과연 그 성공한 사업가가 과거에 마을에 잠시 들렀던 소년이라는 것을 누가 알 수 있겠는가?

나는 또 다른 생각이 떠올라서 이번에는 검색창에 혼인 기록을 입력했다. 검색된 여러 단체의 기록을 조회하려면 수수료를 내야 했다. 나는 신용카드를 이용해 간단하게 결제를 한 뒤 마지막으로 '위처, 솔, 1957년'이라는 글자를 찍었다.

십 초쯤 지나자 내가 보는 페이지에 성이 '위'로 시작되고 1957년에 결혼한 사람들의 명단이 떠올랐다. 내가 찾는 이름을 찾느라 페이지를 넘겼다. 세 번째 페이지에 이름이 나왔다. 1957년 4월 13일에 솔 클라이브 위처는 도싯의 내가 사는 마을에서 그래엄 벤트리의 딸 앨리스 올리브 벤트리와 결혼했다.

결혼한 뒤 앨리스의 중간 이름은 벤트리였고, 솔의 중간 이름은 클라이브였다. 이 마을의 저택을 소유한 클라이브 벤트리는 자수성가한 백만장자이며 요트를 타기로 유명하다. 그가 바로 솔 위처였다.

44

솔 위처는 가짜 이름을 가지고 조상이 살던 마을로 돌아와 아무에게도 출신을 밝히지 않았다. 나는 화면을 몇 장 출력한 후 컴퓨터를 끄고 비가 억수같이 쏟아지는 바깥으로 달려나왔다. 큰길은 물웅덩이를 가로지르는 차들로 소란스러웠고 사람들은 우산을 쓴 채 서둘러 걸음을 옮겼다. 마음을 진정시키고 생각을 정리할 시간이 필요했다. 차에 올라 출발했다.

차를 몰고 이 킬로미터쯤 이동하자 인접한 작은 마을이 나왔다. 본능 탓인지 강요된 습관 때문인지, 나는 건물들 위로 첨탑이 솟은 곳을 향했다. 마을을 벗어나자 해안 도로가 나왔다. 작은 교회의 주차장은 절벽과 가까웠다. 파란색의 낡은 자동차를 제외하면 텅 비어 있어서 그곳에 차를 세웠다. 운전을 하면서 줄곧 라디오를 켜놓고 있었다. 어니스트 앰블린 사건의 수사에 진전이 있는지 알아보기 위해서였다. 경찰이 아직 주요 용의자를 찾지 못한 것은 당연했다.

나에 관한 보도는 없었다. 뉴스는 남서부 지역의 기상이 극도로 악화되었다는 보도에 치중해 있었다. 하루 종일 폭풍우가 거셀 거라는 예보였다. 이미 많은 도시와 마을에 전기가 나갔고 몇 개의 강은 범람이 예상되며 쓰러진 나무 때문에 도로를 차단했으니 가능하면 집밖으로 나오지 말라는 조언도 있었다.

나는 전화기가 울리자마자 받았다.

"맷 호어요."

"클래라예요."

짧게 숨을 들이쉬는 소리가 들렸다. "대체 무슨 생각으로……." 그는 말을 멈췄고 나는 그의 숨소리를 들으며 기다렸다. "어딥니까?" 마침내 그가 물었다.

"가까운 곳이에요. 잠깐 내 말을 좀 들어줘요. 오 분만요."

고맙게도 맷은 내 부탁을 들어주었다. 그는 묵묵히 이야기를 들었다. 나는 내가 월터를 만났고, 얼프레드가 있다는 정신병원에 다녀왔지만 그를 찾지 못했다는 이야기를 했다. 또한 얼프레드가 살해된 1958년 6월 15일 밤의 사건에 대해 루비에게 들은 이야기를 기억나는 대로 말했다. 또한 본명이 솔 위처인 클라이브 벤트리에 대해서 알아낸 사실과 그가 어릴 때 보육원에서 학대를 받았을 거란 사실도 덧붙였다.

"그는 자기 부모가 쫓겨난 것을 마을 탓이라고 생각해요. 그날 밤 교회에는 수십 명의 사람들이 있었고, 그 외의 사람들은 위처 형제들 세 명과 맞서는 관계였던 것 같아요. 그날 밤의 일은 순전히……." 내가 말했다.

"클래라……."

"클라이브 벤트리는 파푸아뉴기니에 사업체가 있고요. 우리가 잡은 뱀은 태어난 지 사 개월밖에 되지 않았죠. 타이판이 알에서 나오는 데는 보통 두 달이 걸려요. 알을 서늘한 곳에 보관하면 백 일 정도 부화를 늦출 수 있고요. 칠 개월 전을 확인해보세요, 클라이브가 파푸아뉴기니의 사업체에 다녀온 게 틀림없을 거예요."

"클래라, 그만요!"

나는 말을 멈췄다.

"난 당신이 정확히 어디에 있는지 알고 싶어요."

나는 사실대로 말했다.

"알겠어요, 사람을 보내겠습니다. 꼼짝 말고 거기에 있어요."

"태스커는 안 돼요. 그는 내가 바이얼릿을 죽였다고 생각해요. 난 마을로 돌아갈 거예요. 내가 직접 당신 앞에 모습을 드러낼게요."

"말 들어요. 우린 바이얼릿의 집에서 발견된 유언장의 필적을 감정했습니다. 그건 바이얼릿의 글씨가 아니고 당신 것도 아니었어요. 바이얼릿의 손가락 지문도 나왔는데, 정상적인 위치에 찍히지 않았어요. 누가 당신에게 죄를 덮어씌우려고 서툰 시도를 한 것 같습니다. 물론 발각되는 게 시간문제라는 걸 모르지도 않았을 것 같고요."

"내 지문은요?"

"없었습니다. 당신 집에서 유언장 종이를 훔쳐간 자는 운이 없었던 거죠. 우린 다른 지문도 찾아냈습니다. 당신이나 바이얼릿 외에 다른 누가 유언장을 만진 게 분명해요."

나는 숨을 쉬기 어려웠다. 그럼 이제 난 용의자가 아닌 걸까?

"그리고 바이얼릿의 부검 결과도 나왔어요. 그녀의 몸에서 높은 농도의 살무사 독이 검출되었습니다만 직접적인 사망 원인은 질식사예요. 얼굴이 베개에 눌린 것 때문이죠." 맷이 부드러운 투로 말을 이었다.

침묵. 나는 맷의 숨소리를 들을 수 있었다. 아마 맷도 내 숨소리를 똑같이 듣고 있을 거란 생각이 들었다.

"괜찮은 겁니까?" 맷이 물었다.

"그래요."

"그것만이 아닙니다. 그녀는 약간 저항했던 것 같아요. 오른손 손톱 밑에서 살점이 나왔거든요. DNA 검사 결과가 나올 겁니다. 그녀를 죽인 범인에게 긁힌 상처가 남았겠죠."

나는 경찰에 체포된 직후 담당 의사와 여자 경찰에게 검사를 받았다. 나는 평상시에도 긁힌 자국이 많았지만 사람의 손톱에 긁힌 상처는 아니었다. DNA 검사 결과는 결백을 증명해줄 것이다. 맷이 계속해서 말을 하고 있었다. 나는 억지로 그의 이야기에 집중했다.

"어니스트 앰블린의 시신은 어젯밤 자정이 되기 전에 강둑에서 그의 사위가 발견했어요. 익사한 그의 어깨에서 병리학자가 멍을 찾아냈습니다. 누군가 힘이 센 사람에게 붙잡혔던 것 같아요." 맷은 잠시 말을 중단했다가 잠시 후 더 강경한 투로 말을 이었다. "어제 저녁에 당신이 뭘 했는지 압니다."

"그래요, 난……." 나는 말을 멈췄다.

"숀 노스 말이죠. 압니다. 그가 오늘 아침 일찍부터 우리 수사에 협조하고 있습니다. 내가 그를 멀리하라고 말하지 않았습니까?" 맷의 목소리가 높아졌다. 내게 고함을 치다시피 했다.

"그도 용의자인가요?"

다시 침묵. 그리고 숨을 들이쉬는 소리가 들렸다. "불행하게도 그렇진 않아요. 당신이 그의 집에 도착하기 전에 그는 거의 한 시간이나 방송사 감독과 통화를 했더군요. 당신이 떠난 뒤에는 호주에 전화를 걸었고요. 전화 기록을 확인했는데 두 통 모두 자기 집에서 건 전화였습니다. 그는 앰블린이 공격을 당할 때 그 근처에 갈 수가 없었고요. 자, 잘 들어요, 난 시간이 많지 않거든요."

맷은 이동하고 있었다. 자갈을 밟는 소리, 큰 나무가 바람에 흔들리는 소리가 들렸다. 차문이 쿵 하고 닫혔다.

"한동안 클라이브 벤트리를 조용히 지켜보고 있었습니다. 그가 소유한 석유탐사 회사가 십이 개월 전에 마을 여러 곳에 시추 시험을 할 수 있게 해달라고 정부에 신청을 했죠. 분명 몇 년 전에 초기

작업을 하고선 재작업에 착수한 거예요. 어쩌면 내가 서 있는 발밑에 육억 배럴의 석유가 있을지도 모릅니다. 유럽에서 가장 큰 규모의 육상 유전이 되는 셈이죠."

나는 차의 시동 소리와, 바퀴가 작은 돌 위를 구르는 소리를 들었다.

"그의 신청서는 두 번이나 거부되었어요. 주로 지역 주민들의 강한 반대 때문이지만 클라이브는 쉽게 포기할 것 같지 않아요. 그는 지금까지 꽤 많은 땅을 사들였습니다. 우리가 늘 받아보던 토지 매각을 요구하는 편지들의 배후에 그의 회사가 있었고요. 그가 모종의 위협을 했을지 모른다고 생각합니다. 전화선을 끊는 등의 사소한 기물 파손 행위들로 말이죠. 이곳 주민들에게 불편을 유발해서 집을 팔고 떠나게……." 맷의 말이 이어졌다.

"반대 측을 서서히 몰아내는 거군요. 앨런 키치와 그 형제들의 패거리가 그를 위해 일을 벌인 거죠, 그렇죠?" 내가 대신 말했다.

"우리 생각은 그렇습니다. 그들의 차고에서 밀실도 발견했어요. 패거리가 드나들던 곳으로 보여요. 페인트도 찾아냈는데, 지난번 당신이 집의 현관문에서 닦아내던 페인트와 유사한 것 같습니다. 상자에서 풀뱀 두 마리도 나왔어요. 마을 집들에 뱀을 풀어놓은 것도 그들 패거리의 소행인 것 같습니다."

그 아이들이 전혀 물리지 않고 타이판뿐 아니라 살무사를 다루었다고? 노인을 셋이나 살해했다고? 내가 더이상 용의자가 아니라는 사실은 다행이었지만, 그들이 그런 짓까지 했을 가능성은 희박해 보였다.

"난 벤트리와 위처 일가 사이에 관련이 있을 거란 추측은 못 했는데, 당신 말이 맞다면 새로운 각도에서 사건을 살펴봐야겠군요. 이제 무전을 보낼 겁니다. 십 분 안에 그곳으로 누가 갈 거예요."

"아, 그냥 나 혼자 집으로 돌아가게 해줘요. 마을로 곧장 돌아갈게요, 약속해요."

"그건 불가능해요. 한 시간 전에 주도로에 거대한 떡갈나무가 쓰러졌습니다. 오늘밤에는 아무도 마을을 출입할 수 없어요."

"지금 마을 안에 있는 거예요?"

"그래요. 나무를 치울 수 있을지 조금 전에 보고 왔죠. 가망이 없어요. 기중기가 필요해요. 다행히 벤트리도 마을에 있고요. 바람 때문에 헬리콥터가 뜨지 못하니 그도 당분간 꼼짝 못할 거예요. 자, 이제 토론은 그만합시다. 당신이 경찰서로 올 때까지 아무도 말을 걸지 못하게 지시를 내리죠. 오늘밤은 유치장에서 보내야 할지 몰라요. 그 점은 미안하게 생각하지만 도망을 다니는 것보다는 확실히 나을 겁니다."

"알겠어요." 나도 모르게 미소를 지으며 말했다. 다행이라고 혼잣말도 했다. 내가 이제 용의자가 아니라는 사실을 알았으니까. 너무 피곤해서 유치장에서 밤을 보내는 것쯤은 대수로울 것 같지 않았다. 철문이 쿵 닫히자마자 곧바로 잠에 빠져들 테니까.

잠시 대화가 끊긴 사이에 나는 숨을 참고 있었다. "당신이 알겠다고 하니 다행입니다. 곧 보도록 하죠." 맷이 말했다.

찰칵 소리와 함께 전화기에서는 아무 소리도 들리지 않았고 그는 사라졌다.

⁂

차에 앉아 있던 나는 빗줄기가 차창에 거세게 쏟아지는 바람에 바깥을 내다볼 수 없었고, 순간순간 강한 바람에 차가 흔들리는 느낌까지 받았다. 십 분이 지나도록 나를 데려갈 경찰차는 도착하지 않았다. 눈이 감기기 시작했다. 마침내 모든 고생이 끝난 느낌이었다. 물론 아직 결말은 나지 않았지만 경찰이 매듭을 지을 것이다. 결말을 짓는 것은 내 역할이 아닐뿐더러 내가 책임질 일도 아니었다. 나는 다친 동물을 치료하고 나의 동족에게서 얼굴을 감추는 예전의 일상으로 돌아갈 수 있을 것이다.

'당신도 알다시피 그건 어디까지나 흉터일 뿐이지.'

'당신이 알겠다고 하니 다행입니다. 곧 보도록 하죠.'

눈을 떴다. 나는 이십여 년 동안 주위에 장벽을 세우며 살아왔고 그 장벽이 튼튼하고 뚫을 수 없는 요새인 줄로 생각했었다. 그런데 며칠 동안 벌어진 사건으로 장벽은 모래성처럼 무너지고 말았다. 숨바꼭질을 하듯 인생을 살았지만 결국에는 들키고 말았다. 아니, 그 정도가 아니었다. 이번 사건은 발길질을 하고 비명을 질러대는 나를 질질 끌어서 햇볕 아래에 꺼내놓았다. 그런데 이제…… 다시 그늘 속으로 돌아가야 할까?

맷이 전화를 끊은 지 이십 분이 지났지만 여전히 경찰차는 나타날 기미가 없었다. 나는 폭풍 때문에 경찰이 할 일이 많으리라 짐작했다. 아무튼 곧 데리러 오겠지.

나는 운전석 위의 햇빛 가리개를 당겨 내려 슬라이드를 밀어내고 한 번도 쓴 적이 없는 거울을 꺼냈다. 그리고 평생 처음으로 거울 속의 얼굴을 한참 동안 빤히 뚫어지게 보았다.

나쁘지 않았다. 아름답다고 말할 정도는 아니고(그래도 숀에게는 고마웠고), 예쁘지도 않았지만(예쁘다고 해준 바이얼릿은 정말 다정했다), 머릿속에 그리던 괴물과 내 모습은 조금도 닮아 보이지 않았다. 성형외과 의사와 마지막 상담을 한 것이 십 년 전이었고, 그 후 기술은 발전했다. 어쩌면 도움을 받을 수 있을 것도 같았다. 또 맷의 이모님이 보시기에 어떨지 알 수 없지만 남 보기에 부끄럽지 않을 만한 옷들을 사야겠다는 생각도 했다. 나는 거울을 들여다보며 확실히 미소를 지었다. 그 또한 예전에 없던 일이었다. 화장품도 사야 할 것이다. 맙소사, 숀이 말한 화면 테스트도 거쳐야겠지.

차창을 두드리는 소리에 깜짝 놀랐다. 제복 차림의 경찰이길 기대하며 고개를 돌렸다. 혹시라도 태스커 형사가 왔을까 봐 조마조마

하긴 했지만, 내가 그를 잘 상대할 수 있을 거란 것도 알았다. 그런데 내가 본 사람은 칙칙한 검은 옷 위에 파란색 후드 재킷을 걸친 깡마른 노인이었다. 숱이 적은 머리카락이 얼굴에 들러붙어 있었다. 나는 몸을 기울여 조수석 문을 열어주었다.

"클래라! 마을 사람들 절반이 너를 찾는 중인 걸 알고는 있니?" 나를 뚫어지게 쳐다보며 그가 말했다.

나는 고개를 돌려서 가까이에 주차된 파란색 자동차를 다시 확인했다. 그 차를 조금 더 눈여겨보았더라면 누구 차인지 알았을 것이다. 내가 도착한 곳은 교회 주차장이었다. 퍼시 스탠시 신부는 동료를 만나러 이곳에 온 게 분명했다.

"왜 저한테 거짓말을 하셨어요?" 나는 몸을 똑바로 세우고 그의 눈을 똑바로 쳐다보며 물었다. 체구가 작고 검은 옷차림을 한 이 남자를 친절하고 보수적이며 약간 자기중심적이지만 기본적으로 좋은 사람으로 생각했다. 이제는 아니었다. "1958년에 이 마을에 계셨다고 말씀하지 않으셨죠? 신부님은 화재가 있던 날 밤에 교회에 계셨잖아요. 조금 전에 루비 할머니에게서 들었어요. 신부님이 뒷좌석에 앉은 걸 보았다고 했어요."

퍼시 스탠시 신부는 한숨을 쉬었다. "비가 약해진 것 같구나. 얘, 나하고 걷지 않으련?"

나는 차에서 내리며 재킷을 챙겼다. 비는 조금도 약해지기는커녕 그 반대였지만 개의치 않았다. 퍼시 신부는 내게 앞장서라며 자갈길을 가로질러 절벽 꼭대기로 향하는 길을 가리켰다. 나는 더 알아낼 사실이 있을지 궁금해하며 걸음을 옮겼다.

"1958년에 나는 보좌신부였단다. 이 길을 따라가면 문이 나올 게다." 절벽에 접한 울퉁불퉁한 길과 주차장을 구분해놓은 낮은 돌담에 다가가면서 퍼시 신부가 말했다.

우리는 돌아서서 돌담을 따라 걸음을 옮겼다. "당시에 난 이 마을 소속이 아니었단다." 신부가 말을 이었다. "내가 부임한 곳은 십오 킬로미터 떨어진 교구였지. 패인 목사에 대해 소문을 듣고 호기심이 생겨 어느 날 밤에 자전거를 타고 와 저녁 예배에 참석했단다." 우리는 문에 다다랐다. 신부는 문을 열어주고 나더러 지나가라며 손짓을 했다. 나는 잠시 걸음을 멈췄다. 절벽 끝과 너무 가까웠고 땅이 울퉁불퉁했다. 칠십 대의 노인이 걷기에, 더구나 이런 날씨에는 적당하지 않았다. "그날이 6월 15일이었나요?" 내가 물었다.

"아니, 아니지. 몇 주 전이었단다. 얘야, 앞장서렴."

나는 문을 통과해 돌담 가까이에서 걸으려 했다. 이제 난 수배중인 용의자가 아니었지만, 그래도 나와 동행한 늙은 성직자가 절벽에서 떨어져 죽은 이유를 해명하기를 바라지 않았다.

"광분한 사람들이 많았지. 고함을 지르고 손을 휘젓고 입에 거품을 물고 법석을 떨었지. 나로선 전혀 이해할 수 없었단다. 교구신부에게 보고했더니 잘 감시하라고 지시하더구나. 그래서 무슨 일이 벌어지는지 보려고 이 주마다 순회를 시작했던 거란다." 퍼시 신부가 말을 이어갔다.

"패인 목사는 어땠어요?"

퍼시 신부는 담에서 가까운 위치에 섰고, 나를 바깥쪽, 절벽 가장자리에 더 가까이 서게 했다. 그러면서 내 팔을 잡고 계속 앞으로 걸었다. 빗물이 목을 타고 흘러내리고 바람 때문에 그의 말을 알아듣기가 어려웠다. 그래도 퍼시 신부는 날씨를 전혀 신경쓰지 않는 듯했다.

"똑똑한 사람이었단다. 인상적인 부분도 있고 용모도 훌륭했어. 대단히 영향력 있는 인물이 될 거라는 생각이 들었지. 좋은 쪽이든 나쁜 쪽이든 간에."

"결국 어느 쪽이었죠?"

퍼시 신부는 한숨을 쉬었다. "물론 나쁜 쪽이지. 그런 부류의 사람들은 늘 그렇거든."

"그래도 마을 주민 전체를 사로잡았던 것 같은데요?"

내 상상일까? 아니면 정말로 퍼시 신부가 몸을 왼쪽으로 틀어서 나를 절벽으로 밀어내는 걸까?

"아니, 아니란다. 내가 보기엔 절반도 되지 않았어. 그리고 그 사람들을 비난하기 전에 그들이 아주 끔찍했던 오랜 전쟁에서 벗어난지 얼마 되지 않았더란 점을 명심해야 해. 나이가 많은 사람들은 전쟁을 두 번이나 겪었거든. 패인 목사는 설교에서 종말의 징조에 대해, 하나님 땅이 임박했을 때 우리가 해야 하는 일에 관해서 메시지를 전했고, 때가 다가온다고 확신했단다. 패인은 자신을 '엘리야의 동반자'라고 주장했어. 엘리야의 동반자란, 자신의 진정한 자녀들을 집으로 보내려고 신께서 보내주신 성자를 일컫는 말이야. 그는 자신이 영국에 온 이유가 그 때문이고, 또 자신이 살아 있는 성자라고 말했지. 어느 정도는 그렇게 보였단다."

우리는 걸음을 멈췄다. 왼쪽을 힐끔 보니 절벽에서 육십 센티미터 정도밖에 떨어져 있지 않았다.

"수많은 학살이 자행된 시대를 지나온 뒤였으니 대단한 신앙심이 없더라도 대재앙의 징조를 볼 수가 있었거든." 퍼시 신부가 말했다.

"시대 상황이 특이했다는 점은 알겠어요. 그런데 며칠씩이나 금식을 한 건 왜죠? 뱀을 다룬 건요? 어떻게 교회에서 그런 일이 벌어지는 걸 묵과할 수 있느냐고요?"

"묵과하지 않았단다. 다만 신중하게 대처해야 했어. 그는 영국 법을 어기지 않았어. 교구에 현직 신부가 없었지만 주민들은 교회 건물에서 예배를 드릴 권리가 있었지."

퍼시 신부는 미소를 짓고 있었지만 슬퍼 보였고, 내 눈을 보고 있지도 않았다. 바람이 거세져서 이십 미터 높이의 낭떠러지와 가까이 있다는 사실이 불안하게 느껴지기 시작했다.

"그래서 신부님은 뭘 하셨죠?" 나는 이상해 보이지 않게 자리를 옮기는 방법이 없을지 생각하며 물었다.

퍼시 신부는 내게 아주 가까이 붙어서 몸을 기울였다.

“우린 패인에 관해 조사해달라고 미국의 지인들에게 편지를 보냈단다. 그 무렵 미국의 많은 주들에서 뱀 다루기를 금지했는데, 우린 그가 혹시 규칙을 어겨서 도망친 게 아닐까 의심했거든.”

“편지를 쓰셨다고요. 그런데 다섯 사람이 죽었어요.” 어쩔 수 없이 뒤를 돌아보며 내가 말했다. 갑작스런 돌풍이 얼굴을 정면으로 때렸다.

퍼시 신부는 내 어깨를 잡았다. “우린 그 정도까지 될 줄 몰랐어. 그날 밤의 일은 전혀 손쓸 도리가 없었단다.”

“그날 밤 교회에 있던 사람들이 모두 살인을 방조했다고 생각하진 않으세요?” 나는 옆으로 한 걸음을 옮겼다.

퍼시 신부의 표정이 굳어졌다. “대체 넌 무슨 소릴 하는 거니?”

“얼프레드는 살해되었어요. 이성적이고 정상적인 사람이 어떻게 그를 죽였다가 되살린다는 말을 진지하게 받아들일 수 있죠?”

“내 생각에 너는…….” 그는 다시 나를 향해 다가왔다. 나도 다시 움직였다. 안전한 돌담 쪽으로 다가갔다.

“신부님과 다른 몇 명이 막으려고 했다는 건 알아요. 그래도 어떻게 그 지경이 될 때까지 내버려둘 수 있었느냐고요?”

“클래라…….”

나는 가시금작화 덤불을 등졌다. “심한 장애를 가진 남자가 묶인 채로 익사할 때까지 신부님도 내버려두신 거예요.”

“루비가 대체 무슨 말을…….”

퍼시 신부는 더 가까이 다가왔다. 그를 피해 가시금작화 옆을 돌아서다 보니 나는 절벽 끝에 바짝 다가서야 했다.

"시신은 어떻게 처리했죠? 교회 묘지 어딘가에 묻었나요? 아무 표시도 없이요?"

그 순간 발밑이 꺼졌다. 나는 뱃속이 꺼지는 느낌을 받으며 아래로 미끄러졌다. 훨씬 아래쪽에서 돌이 굴러떨어지는 소리가 들렸다. 나는 팔을 뻗어서 퍼시 신부를 붙잡았다. 노인치고는 놀라울 정도의 기력으로 나를 붙잡은 그가 뒷걸음질을 쳤다. 순간 모든 게 끝장났다는 생각이 들었는데, 그때 발밑에 단단한 뭔가가 느껴졌다. 나는 위로 올라왔다.

우리는 낮은 돌담에 기대어 쓰러졌다. 한동안 아무 말도 못 하고 숨을 돌려야 했다. 나보다 먼저 퍼시 신부가 입을 열었다. "아무래도 이러는 게 썩 좋은 생각은 아닌 것 같다. 차로 돌아가자."

문을 통과할 때에야 비로소 나는 정상적으로 숨을 쉴 수 있었다.

"처음에 불이 났을 때 대부분은 도망쳤단다." 퍼시 신부는 갑작스레 기침을 하느라 말을 중단해야 했다. "어니스트 앰블린과 내가 가까스로 앞쪽 웅덩이까지 갈 수 있었지. 우린 얼프레드를 꺼내 그를 풀어주었다."

나는 퍼시 신부의 팔을 다시 잡았다. "그럼 그는……."

"그는 숨을 쉬지 않았단다. 어니스트도 맥박을 찾지 못했어."

나는 숨을 죽인 채 그의 말을 기다렸다.

“어니스트가 심장을 누르는 법을 알려주더구나. 내가 그렇게 하는 동안 그가 숨을 불어넣었지. 지금은 심폐 소생술이라고 하지. 그러는 동안에 교회는 온통 불타고 있었어.”

나는 그 장면을 머릿속에 그려보려 했다. 뜨거운 열기와 불길, 비명까지. 퍼시 신부의 손이 내 손을 감쌌다.

“난 가끔 생각한단다, 얘야. 내가 만약 지옥에 가게 되더라도 크게 놀라지 않을 거라고 말이다. 그날 밤 지옥이 어떤지 본 것 같았거든.”

“그를 살리셨나요?” 잠시 후 내가 힘겹게 물었다.

“물론이지. 몇 분이 지나자 그가 크게 기침을 하고 물을 토했단다. 우린 그를 겨우 데리고 나와 그의 집으로 갔어. 알겠니, 클래라? 어떤 의미에서 우린 그날 밤 그를 죽음에서 구했단 말이다.”

“그 후에는 어떻게 되었죠?”

“월터가 그를 돌보았지. 그가 머물 곳을 신중하게 골랐어. 솔과 해리에게는 당분간 다른 곳에서 살라고 조용하지만 단호하게 일렀단다. 아치는 이미 도망쳐서 다시는 볼 수 없었어. 패인 목사의 묘비를 세우는 데 쓰라며 그가 돈을 보내주긴 했지. 에덜린은 월터를 존중하며 사는 조건으로 함께 머물도록 허락을 받았단다. 그 후 아무도 그날 밤의 일을 입 밖에 내지 않았지. 아마 얼프레드가 정말 죽었다고 믿는 사람도 많을 게다.”

절벽에서 완전히 멀어진 뒤에야 나는 퍼시 신부의 팔을 놓았다.

"그 사건이 있은 직후, 미국에서 편지의 답신을 받았단다. 이미 늦었지만 말이다." 퍼시 신부의 말이 이어졌다.

"뭐라고 하던가요?"

"충격적인 이야기였다. 분명 패인의 부친은 아들이 목사가 된 것을 나중에 묘지에서 알았겠지. 조엘 패인은 자기 아버지를 살해한 혐의로 1956년에 재판을 받았어. 패인과 그가 소속된 교회의 다른 사람들이 함께 새로 만들어진 무덤을 파낸 적이 있다더구나. 그들이 당시에 무슨 일을 계획했는지는 명확하지. 적어도 그들이 무엇을 하려 했는지 말이다. 그 일이 있자 그의 부친이 격노해서 그를 폭행하고 집에 가둬버렸단다. 그런데 부친이 실종되었어. 몇 주가 지나 숲 한가운데의 오두막에서 묶인 채로 발견되었지."

"죽은 채로요?" 내가 물었다.

"그래. 방울뱀과 함께 오두막에 갇혀 있었단다. 뱀에 물리고 며칠이 지나서 죽은 거였지."

"패인은 재판을 받았나요?"

"그는 변호사 없이 스스로 자신을 변호하겠다고 고집을 부렸단다. 당시에 큰 물의를 일으켰지. 그는 로마 시대의 법률가 키케로를 계속 언급했고 자기 재판이 열리기 전까지 같은 죄로 기소된 청년을 옹호했단다."

"아버지를 죽인 죄로요?"

"맞아. 패인은 자신을 모든 면에서 대단한 고전학자라고 생각했어. 패인의 모친은 변호사를 구해 아들이 정상이 아니라며 법원을 설득하려 했단다. 만약 그가 유죄였으면 사형선고를 받았어야 했겠지. 그녀는 아들의 목숨을 구하려고 아들이 제정신이 아니라고 항변했을 거야. 어쨌든 뜻대로 일이 진행된 게 분명해. 왜냐하면 그는 안전한 병원으로 옮겨졌고 그곳에서 도망을 쳤으니까. 사람들은 모친이 그를 도와주었다고 생각했단다. 어딘가에 숨겨줬을 거라고. 당시에 알아본 바로는 그렇지 않았지. 하지만 그녀는 아들이 영국으로 올 수 있게 도움을 줬는지도 몰라."

패인은 자기 아버지를 살해했다. 그런 사람이 이곳의 교구를 손에 쥐고 흔들다니.

"우리가 그 사실을 조금만 더 빨리 알아냈더라도 그날 밤 다른 세 사람은 목숨을 잃지 않았을 게다. 아무튼 나 역시 그날 밤 얼프레드의 경우는 그것이 최선이었다고밖에 생각할 수가 없구나. 그에게는 특별한 도움이 필요했거든."

나는 고개를 저었다. "아뇨, 그렇지 않아요. 그건 잘못된 거였어요." 우리는 주차장에 돌아왔다. 나는 걸음을 멈추고 늙은 성직자를 향해 고개를 돌렸다. "월터 할아버지는 아직 살아 있어요." 내가 말했다.

퍼시 신부는 놀란 표정으로 나를 보았다.

"정말이에요. 오늘 아침에 그를 만났어요. 그는 얼프레드를 정신병원에 보냈다고 했는데 조금 전 신부님이 하신 말씀과 일치하네요.

그런데 그곳을 찾아가 보니 얼프레드 위처가 입원했다는 기록이 없었어요. 병원에서 1958년의 기록까지 확인했는데도요. 그들의 기록은 아주 철저했는데도 얼프레드가 입원했던 기록이 전혀 없었어요."

퍼시 신부는 약이 오를 만큼 차분했다. "글쎄, 그들이 찾지 못했다니. 그래도 줄곧 그곳에 있었단다. 나도 처음에는 면회를 갔었어."

"어떻게……."

"얼프레드의 성은 도드웰이란다. 그는 월터의 형제가 아니야. 에덜린과 남매지."

45

도드웰? 프레드 도드웰? 그게 본래 이름이란 말인가?

프레드? 얼프레드? 그랬다. 그래서 찾지 못했던 것이다. 나는 운전에 집중하지 못했다. 도로에서 벗어나 차를 세웠다.

"네, 그런 것 같아요." 차의 시동을 끄며 내가 말했다. "오늘 아침에 시간을 허비하게 해서 정말 미안해요. 집안에 일이 있어서 착각했어요. 그럼 프레드 도드웰이란 이름은 아세요?"

"물론이죠. 이름을 정확히 말해줬으면 즉시 알았을 거예요. 우리 모두 아니까요. 프레드는 이곳에 우리보다 먼저 왔죠. 1960년대 초인 것 같은데, 아니면……."

"1958년요?" 내가 조용히 물었다.

"그럴 수도 있고요." 그녀는 동의했다.

"그럼 여전히 그곳에 있어요? 그가 아직……." 좀처럼 말을 이을 수 없었다. 얼프레드가 죽었다고 말해주길 나도 모르게 간절히 바라고 있었다. 이미 몇 년 전에 평안하게 죽었다고. 그러나 그렇지 않을 거라는 걸 알았다. 전화기 건너편이 조용해졌다. 나무가 흔들리는 소리를 들으며 나는 잠자코 있었다. 바람은 더 거세졌다.

"스코트 씨?" 내가 재촉했다.

"이곳에 기밀 사항이 있다는 점을 이해해주세요. 이런 경우 저는 도드웰 씨가 입원을 했고 아직도 이곳의 환자라는 점만 알려드릴 수 있어요. 만나보시려면 직접 방문해서 면회 요청서를 제출해야 하고요."

"알겠어요." 나는 수긍했지만 이야기가 끝나지 않은 느낌을 받았다.

"혹시 그의 신상을 궁금해하는 이유를 말해주실 수 있나요?"

나는 잠시 생각했다. 그녀에게 진실을 밝힌다고 해서 손해 볼 일이 있을까? 조금은 알려줘도 될 것이다.

"모르는 사람이 마을에서 돌아다니는 걸 봤거든요. 도드웰 씨가 그곳에 입원하기 전까지 살던 마을이에요. 누가 집에 몰래 들어오기도 했는데 내 집에도 들어왔어요. 난 그를 봤고 내가 아는 사람인 줄로 생각했어요."

"프레드를 아세요?"

"아뇨, 그건 아니에요. 다른 사람과 착각했던 거예요. 월터라는 분과 말이죠. 그런데 월터 할아버지와 프레드는 사촌지간이에요. 그들이 서로 닮았을 수도 있지요."

로즈 스코트는 대꾸를 하지 않았다.

"그가 자기 가족이 살던 옛집에 살고 있을 가능성도 있어요. 그는 사람들에게 겁을 주고, 심지어 다치게 했습니다." 나는 잠시 뜸을 들였다. "얼프레드, 아니, 프레드는 뱀을 좋아하죠." 내가 말했다.

"아……."

나는 기다렸다. 시간이 한참 흐른 것 같았다. 마침내 내가 물었다. "스코트 씨, 제 얘길 듣고 계세요?"

"이곳에 오실 수 있으세요?"

시간이 없었다. 병원까지 가려면 한 시간은 걸릴 것이다. 얼프레드가 살아 있을 가능성이 조금이라도 있다면 당장 맷에게 알리는 것이 우선이었다.

"미안해요. 말을 전해야 할 사람들이 있어서요. 도움이 될 만한 말씀이 더 있나요?"

그녀는 또다시 한참 침묵했다. 그리고 말했다. "좋아요. 상황이 그렇다면 규칙에 약간의 융통성을 두도록 하죠. 프레드는 아주 젊을 때 이곳에 왔어요. 그는 이 병원이 유일한 바깥세상인 줄 알 거예요. 그리고 그의 기록에는, 처음 이곳에 왔을 때 큰 정신적 충격을 받은 상태였다고 적혀 있어요. 의사들은 무슨 일이 있었는지 알아내지 못했어요."

"이해해요." 내가 말했다. 시간 여유가 없었다. "난 그가 장애가 있다고 생각해요." 뱃속에서 퍼져나가는 두려움을 무시하려 애썼다. "사람들은 그가 장님에다 귀머거리고 말도 못 한다고 했어요. 그리고 또…… 정신이 이상하다고 했죠. 그렇지만 나는……." 나는 말꼬리를 흐렸다. 정신이 이상하다는 말을 대신할 다른 올바른 용어가 떠오르지 않았다.

"프레드는 정신이 이상하진 않아요. 지적 장애가 있는 편이기는 하죠. 아주 교활하고 특히 자신이 욕심내는 것에 대해서는 물불을 가리지 않아요. 장님도 아니에요. 처음 이곳에 왔을 때 양쪽 눈에 심한 백내장이 있었죠. 70년대에 수술을 받았고요. 시력이 대단히 좋지는 않지만 그래도 볼 수는 있어요. 청각에 심한 문제가 있는 건 그대로지만요."

집에 침입했던 남자는 내가 계단을 내려온 것을 몰랐다. 내가 유리잔을 떨어뜨려서 깨졌을 때도 반응을 보이지 않았다.

"그는 입술을 읽을 수 있어요. 우린 그에게 말하는 법을 조금 가르쳤지만 소리를 듣지 못하는 사람은 정상적인 발음이 불가능하죠. 말투와 억양을 확실히 익히는 것도 불가능하고요." 로즈 스코트가 말했다.

나는 그날 밤 지하실에서 들렸던 기괴한 쉰 목소리와 위처의 집에서 맷과 함께 들었던 낮은 신음을 떠올렸다. 문득 로즈가 얼프레드에 대해 과거형으로 말한다는 것을 깨달았다.

"우리로선 다루기 쉬운 환자가 아니었어요. 베닝 씨, 혹시 의학 용어를 좀 아세요?" 로즈가 말을 이었다.

"음, 네……. 전 수의사예요."

"그랬군요. 프레드의 사례는 수년에 걸쳐 여러 번 검토가 되었는데 그동안 이론도 바뀌고 우리도 정신 질환에 대해 더 많이 배웠어요. 아마 1990년대 초에 검사를 한 것이 가장 최근인 것 같은데 두 가지 형태의 충동 조절 장애를 겪는다는 진단이 나왔어요. 성도착증과 간헐적 폭발 장애요. 혹시 두 용어에 대해 잘 아시는지 모르겠군요."

나는 고민했다. "성도착은 부적절한 성적 행동을 말하죠?"

"거의 그렇죠. 프레드에게는 노출증과 마찰 성도착증이 있었어요. 우린 그가…… 음, 자세한 건 말씀드리지 않을게요. 우리는 다른 이상 증상이 더 걱정스러웠거든요. 간헐적 폭발 장애요. 물론 그는 항우울제와 신경안정제 처방을 받았어요. 몇 달 동안은 조용했고 우리가 요구하는 일을 완벽히 따랐어요. 그러던 중에 아무 이유도 없이 화가 폭발할 때가 있었어요. 그럴 때는 묶어둬야만 했어요. 그는 힘이 아주 세요. 또 자신이 다치는 것쯤은 신경쓰지도 않았죠."

나는 그녀의 이야기가 끝나지 않은 것을 알고 기다렸다.

"우리는 그가 다른 여성 환자와 단둘이 남는 경우가 없도록 조처했어요. 여직원도 마찬가지고요."

"아직 그가 병원에 있나요?" 내가 과감하게 물었다. 그날 밤 집안에 침입자와 나만 있던 상황이 문득 떠올랐다. 그가 나를 바라보고 내 몸에 손을 댔던 느낌이…….

"뱀과 관련해선……." 로즈 스코트는 질문을 못 들은 것 같았다. "그게 가장 이상해요. 그는 뱀을 느낌으로 아는 것 같았거든요. 숲에 나가게 되면 뱀이 있을 것 같은 장소로 가서 땅바닥에 드러누웠어요. 마치 뱀들의 소리를 듣는 것처럼 말이에요. 그런데……."

"그는 소리를 못 듣죠." 내가 대신 말했다.

"맞아요. 그는 뱀과 통하는 독특한 방식이 있었어요. 살무사를 잡아서 돌아오는 바람에 우리를 기겁하게 만들었죠. 뱀들은 그를 한 번도 물지 않았고요."

만약 숀이라면 얼프레드를 뱀과 하나가 되었다거나, 어떤 신성한 곳에 발을 들였다고 말할까? 나는 그것이 전혀 엉터리라고 생각하면서도, 누군가가 독사를 전혀 겁내지 않고 다룰 수 있다는 것 자체가 마음에 들지 않았다.

"그런데 그는 병원에……." 앞서 내가 방문했을 당시 정신병원의 출입문은 활짝 열려 있었다. 병원 주위에 울타리가 쳐진 것을 본 기억도 없었다.

"프레드의 기록을 봤지만 그에게는 가족이 없었어요." 분명 스코트는 내 질문을 들었지만 대답하기를 회피하고 있었다. "환자들이 일정 기간 이곳에 있게 되면 우린 가까운 가족과 정기적으로 연락을 유지합니다. 프레드의 경우에는 몇 년간 아무에게서도 연락이 없었어요. 제가 이곳에 있는 동안 면회객은 단 한 사람뿐이었어요. 아주 최근에요. 키가 크고 인상적인 모습의 남성이었죠."

클라이브 벤트리는 키가 크고 인상적인 남자였다. 그가 얼프레드와 접촉했다니. 나는 로즈의 말을 끊지 않고 맷에게 전화를 걸어야 했다. 차를 몰고 마을로 돌아가고 싶었다. 필요하다면 태스커에게라도 연락해야 했다. 나는 침착해야 한다며 스스로를 다독였다. 로즈에게서 많은 이야기를 듣는 편이 더 좋을 것 같았다.

그녀는 계속 말을 이었다. "그는 영국 출신이 아니라고 하더군요. 억양이 독특했어요."

물론 독특했다. 남아프리카에서 수십 년을 살았으니까.

"그가 프레드에게 알을 줬죠." 로즈는 내가 대답하지 않는데도 개의치 않았다. 내가 열심히 듣고 있다는 걸 아는 게 분명했다. "모두 여섯 개였고요. 오리알만 한 크기였는데 껍질이 가죽처럼 질겼어요. 뱀의 알이라고 하며 여행중에 주웠다고 했어요. 죽은 거라고 아주 강조했으니 망정이지, 그렇지 않았으면 프레드가 보관하게 허락하지 않았을 거예요."

나는 자신도 모르게 도로 위쪽과 아래쪽을 두리번거리며 살폈다. 지난밤부터 오늘 하루 종일 경찰을 피해 다녀놓고는 지금은 어서 경찰을 만나고 싶었다. '아, 제발, 로즈, 어서 결론을 말해요.'

"프레드는 이미 뱀이 있었어요. 구렁이요. 작고 전혀 물지 않는 뱀이었죠. 그 알이 있으면 그가 야생 뱀을 잡지 않을 거라 생각했어요. 그는 알을 상자에 보관하고 따뜻하게 해줄 거라고 말했죠. 우린 죽은 알이라고 생각해서 내버려뒀어요."

"그때가 언제였죠?"

"오래되지 않았어요. 지난가을쯤이에요. 그 후 만약을 대비해 면회객의 행방을 알아내려고 했죠. 그런데 알려준 주소로는 연락이 되지 않고 경찰도 그를 찾아내지 못했어요."

"경찰요?"

"네, 물론 경찰에 즉시 알렸죠. 프레드는 범죄자가 아니지만 함부로 퇴원시킬 수 없다는 건 당신도 이해하시죠. 설사 그를 돌볼 가족이 있다고 하더라도요."

"얼프레드는 지금 그곳에 없죠?"

긴 침묵이 이어졌다.

결국 그녀가 털어놓았다. "그래요. 유감이지만 사실이에요. 지난 십일월에 실종되었어요. 아시다시피 이곳 환자들 대부분은 자발적으로 이곳에 남아 있는 겁니다. 그들이 마음대로 들어오고 나간다고 한들 막을 방법이 없어요. 지금까지 환자가 갑자기 사라져서 문제가 생긴 적도 없고요. 그런데 어느 날 프레드가 정원에 나갔는데 돌아오지 않았어요. 우린 몇 시간이나 찾아본 뒤에 경찰에 신고했어요. 틀림없이 마을로 걸어나가 버스를 탔을 거예요. 그렇지 않다면 그렇게 감쪽같이 사라질 리가 없거든요. 뱀의 알도 가져가버렸고요."

46

"경찰도 그를 찾았나요?" 나는 전화기를 왼쪽 어깨와 귀 사이에 꽉 끼우고 차를 출발시켰다. 날씨를 생각하면 아주 위험한 행동이고 두말할 것 없이 불법이지만, 도로에 차가 없었다. 폭풍 때문에 사람들은 집밖으로 나오지 않았다.

"그는 여전히 불안정하고 잠재적으로 위험한 환자로 분류되죠. 경찰이 대규모로 수색을 했어요."

나는 재빨리 생각했다. 병원이 있는 곳은 데번이고, 그곳은 맷의 관할 밖이었다. 맷의 동료들이 수색하지는 않았을 것이다. 실종된 환자의 정보를 들었을 가능성은 있다고 해도 장기간 입원했던 프레드 도드웰과 위처 가족의 관계를 파악했을 리 없었다.

"우린 프레드가 살았던 마지막 주소로도 편지를 보냈는데 '수취인 불명'으로 우체국에서 반송을 했더군요."

"그의 누이는 죽었어요. 사촌도 호스피스에 있었죠." 내가 말했다.

"그래서 그랬군요. 프레드는 지금도 실종자 명단에 들어 있지만 몇 달이 지나자 경찰의 수색 규모가 줄었어요. 그의 소식도, 그를 보았다는 목격자도 없었고요. 사건을 담당한 경관은 그가 길거리에서 죽었을 거라고 말했어요."

차라리 그랬다면 좋았을걸. "그는 죽지 않았어요. 자신의 예전 집에서 살고 있어요. 난 그가 사람들 셋을 죽였을지 모른다고 생각해요."

"오, 저런." 로즈는 방금 내가 한 말을 이해하려고 애쓰는 것 같았지만 로즈를 도와줄 여유가 없었다.

"이제 가봐야 해요. 스코트 씨, 수색을 맡았던 경찰에 연락해서 제가 말했던 것들을 전달해주시겠어요?"

"물론이죠. 하지만 당신에게 직접 이야기를 들으려 할 거예요. 이곳으로 와주실 수 없으세요?"

"전 집으로 가봐야 해요. 연락할 수 있는 주소를 알려드리죠."

"그런데…… 당신이 같은 마을에 산다고 했죠? 베닝 씨, 프레드 도드웰은 벌써 몇 달째 약을 먹지 않았어요. 그는 위험해요. 당신이 그와 상대하려는 거라면……."

나는 버튼을 눌러 전화를 끊었다. 로즈 스코트에게서 프레드 도드웰이 얼마나 위험한지 들을 필요는 없었다. 몸소 겪었으니까. 게다가 그에게 다가가지 말라는 선의의 충고를 들으며 시간을 허비할 수도 없었다. 나 역시 절대로 얼프레드의 근처에 가고 싶지 않으니까.

맷에게 받았던 종이를 찾아 휴대전화번호를 확인하고 운전대를 잡지 않은 한 손으로 버튼을 눌렀다.

얼프레드는 지난 십일월 정신병원을 나와서 집으로 돌아갔다. 맷은 전화를 받지 않았다. 그의 집으로 전화를 걸었다.

로즈 스코트가 얘기해준 얼프레드의 상태를 듣고 나니 월터가 했던 말이 떠올랐다. '나는 그를 통제할 수 없었어. 그와 에덜린을. 내가 어떻게 그들을 막을 수 있었겠어? 나는 어느 누구도 막을 수가 없었어.'

에덜린과 얼프레드는 오누이였다. 그녀는 성적으로 난잡했는데, 어쩌면 남편의 형제들과 더불어 자신의 동생과도 그랬을까? 월터가 아내에게 조카를 돌보게 하지 않은 것은 어쩌면 당연한 결정이었으리라. 에덜린은 아이를 맡아 키우기에 적당한 부류의 여자가 아니었다.

한편 얼프레드가 정신병원을 떠난 지 얼마 지나지 않아 에덜린이 죽었다. 동생 때문일까?

전화기의 대기음만 울렸다. 나는 다시 맷의 휴대전화로 통화를 시도했다.

존 알링턴은 1958년 그날 밤 교회에 있었으며, 에덜린은 얼프레드를 물에 빠뜨리는 데 적극적으로 관여했다. 만약 얼프레드가 자신이 당한 일 때문에 복수를 계획했다면 그 두 사람은 분명히 대상에 들었을 것이다. 그런데 바이얼릿은 그날 교회에 가지도 않았다. 또한 어니스트 앰블린은 얼프레드의 생명을 구해주었다. 어째서 그는 그들까지 해친 걸까?

깊이 생각할수록 납득하기 어려워졌다. 얼프레드는 자신과 같은 시기에 살던 사람들이 자신이 겪은 일과 관련이 있든 없든 모두를 한통속으로 여겨 폭력을 행사하는 것 같았다. 그는 정신이 오락가락하기 때문에 더욱 위험했다.

정신이 오락가락하는데 과연 바이얼릿의 유언장을 위조할 수 있을까? 살무사의 독액을 존 알링턴에게 주입할 수 있을까?

나는 클라이브 벤트리, 또 다른 솔 위처가 얼프레드의 면회를 갔었다고 확신했다. 얼프레드가 감쪽같이 사라지는 데 그가 도움을 주었을까? 클라이브가 오래전의 기억을 들쑤셔서 얼프레드의 적개심에 부채질을 하고, 또 자신의 원한만큼이나 활활 불타게 만든 게 아닐까? 아니면 클라이브는 단지 자신의 복수를 위한 도구로 얼프레드를 이용한 것일까? 그게 아니면 욕심 때문에? 얼프레드는 지역에 말썽거리를 만드는 데 이용된 것인지도 모른다. 그런데 그가 클라이브의 손아귀를 벗어나버렸다면?

클라이브는 맷과 내가 얼프레드를 찾아낼 뻔했기 때문에 나를 희생양으로 만들려 한 건 아닐까? 굴착 사업에 정부 승인이 떨어질 때까지 시간을 벌기 위해 나를 범인으로 착각하게 만든 걸까?

휴대전화는 여전히 응답이 없었다. 나는 맷의 집으로 다시 전화를 걸었다. 여전히 통화 대기음만 반복되었다. 폭풍 때문에 마을의 전화선이 끊긴 게 분명했다. 지역 전체에 전화가 끊겼다면 사람들은 휴대전화로만 통화를 할 것이다. 언제쯤 통화가 가능할지 알 수 없었다.

맷에게 들은 바로는 마을로 드나드는 유일한 주도로에 거대한 나무가 쓰러졌다고 했다. 도로는 몇 시간, 어쩌면 밤새 차단될 것이다. '오늘밤에는 아무도 마을로 출입할 수가 없어요.'

마을이 고립되었다고 생각했다면 맷은 굳이 애쓸 필요가 없다. 내일 아침에 지원이 올 때까지 기다리고 사전에 클라이브 벤트리를 체포할 것이다. 하지만 맷은 마을에 그보다 더 큰 위험이 도사리고 있다는 사실을 알지 못했다. 그는 얼프레드에 대해 모른다. 만약 맷이 위처의 집을 다시 살펴보러 가기로 결심했다면 어떻게 될까?

좋아. 나는 결정을 내렸다. 즉시 가장 가까운 경찰서로 가서 경사에게 내가 누구인지 밝히고 얼프레드가 위험인물이므로 당장 마을로 출동해야 한다고 설득하기로.

그런데 내 말을 믿어주지 않는다면? 나와 얘기할 사람이 아무도 없다면? 나를 유치장에 가두기라도 하면 어쩌지?

맷은 마을 출입이 차단되었다고 말했다. 이 마을에서 자란 그는 어릴 때 벌판에서 뛰어놀았겠지만 지난 사 년간 마을 주변의 모든 도로와 좁은 길, 말을 타고 다니는 길을 매일같이 달리지는 않았을 것이다. 사람의 발길이 닿을 가능성이 가장 적은 새로운 길을 찾느라 주말에 육지 측량부의 지도를 면밀히 검토하지도 않았을 것이다. 부상당한 동물을 찾느라 매주 몇 시간씩 벌판과 숲, 계곡을 차를 타거나 걸어서 다녀보았을 리는 더더욱 없다.

나는 오래된 농장의 사람이 다니지 않는 좁은 길들뿐 아니라, 자전거 길, 말을 타고 다니는 길, 오솔길도 전부 알고 있었다. 어느 강에 배가 다닐 수 있는지, 일반적인 차로 갈 수 있는 길이 어디인지, 사륜구동 차량을 타야만 갈 수 있는 길이 어디인지, 차가 아예 다닐 수 없는 길이 어디인지도 알았다. 마을의 한 지점에서 다른 지점으로 갈 때 가장 빠른 지름길이 어디인지도 알며, 그 지점들조차 다른 사람들은 꿈도 못 꿀 장소들이었다. 마을 출입이 불가능하다던 맷의 말과 달리 마을로 들어가는 데 반드시 주도로를 탈 필요는 없었다.

마을에서 삼 킬로미터 떨어진 거리에서 도로를 빠져나와 지금은 폐광이 된 석회동굴에 이르는 오래된 좁은 길로 차를 몰았다. 내가 잘 아는 경로를 따라 북쪽 방면으로 향했다. 며칠 전 크레이그, 사이먼과 함께 혹고니를 구하러 갈 때 다녀간 길이었다.

물론 한낮의 화창한 날씨에 나를 도와줄 두 남자와 함께 있을 때와 지금처럼 폭풍 속에서 홀로 시시각각 깊어지는 어둠 속을 헤쳐가는 상황은 전혀 달랐다.

일이 킬로미터가량 뻗어 있는 채석장 길의 마지막 이백 미터는 헤더와 가시금작화 덤불로 무성했다. 길 끝에는 한때 채석장 인부들의 장비를 저장했던 쓰러져가는 건물들이 있고 언덕 경사면에는 오랜 채광 작업이 남긴 거대한 구멍이 뻐끔 뚫려 있었다. 나는 이곳에 오래 머물고 싶은 마음이 없었다. 왼편에는 자물쇠가 달린 튼튼한 철문이 있었다. 정상적으로 이 길을 지나가야 할 때에는 열쇠를 준비해 왔지만 오늘밤은 없었다. 그렇지만 사소한 것들에 발목을 잡히고 싶지 않았다.

삼 일 전, 철문에서 몇 미터 아래의 철제 울타리에 녹슨 부분이 있는 것을 보았다. 울타리 건너편의 산사나무는 가늘고 호리호리했다. 나는 울타리의 약한 지점 앞으로 랜드로버를 돌려 세운 다음 기어를 1단에 놓고 바퀴의 마찰력을 충분히 끌어모았다.

잔뜩 긴장한 채로 차 안에 앉아 있으니 맷과 내가 위처 부지의 정문 앞에 서 있던 그날 밤의 일이 생각났다. 내가 부지 안으로 들어가거나 나올 통로가 없다고 말했다. 그러자 맷이 빙긋이 웃으며 자물쇠의 열쇠를 꺼내 문을 금방 열었다. "이젠 됐죠." 그가 미소를 지으며 말했었다. 가속페달을 세게 밟자 랜드로버는 쏜살같이 앞으로 튀어나갔다. 차량이 울타리에 전속력으로 부딪쳤다. 그 순간 나무로 된 울타리들이 차량 앞유리로 날아들었고, 덤불이 차량 하부를 긁어 대는 소리가 들렸다. 나는 떨어져나간 나무 울타리 안쪽에 있었다. '이젠 됐어.' 혼잣말을 했다. 미소는 짓지 않았다.

이제는 일 킬로미터가 넘는 숲을 통과할 차례였다. 노령의 너도밤나무, 그리고 이십 미터 높이의 나무들이 지키는 곳이었다. 나무들은 귀신이라도 들린 것처럼 흔들리면서 믿기 힘들 만큼 거세게 나를 덮치려 했다. 사람들은 나무가 부스럭대는 것을 속삭인다고 말한다. 이날 밤 나무들은 바람이 머리 위를 휘젓고 가지를 뒤흔들고 수십 년간 폭풍우에 맞서온 몸통을 떠밀어댈 때 내게 고함을 치고 울부짖었다. 이날 밤을 무사히 넘길 나무가 없을 것 같았다.

랜드로버는 부러진 나뭇가지에 몇 번이나 부딪히고 나무뿌리도 들이받았다. 차창과 앞유리도 하마터면 깨질 뻔했다. 한번은 쓰러진 나무 몸통에 돌진하지 않기 위해 급정차를 해야 했다. 엄청나게 굵은 몸통, 거미줄처럼 바닥까지 뻗어 있는 엉킨 가지들을 보니 삼백 년은 된 것 같은 나무였다. 나는 차를 후진해 옆으로 돌아 나왔다.

너도밤나무 군락지를 지나오면서 랜드로버가 심각하게 손상을 입어 장차 해명을 늘어놓아야 할 일이 너무도 많을 거란 사실을 깨달았다. 하지만 작은 수도회의 운영을 맡은 신탁 기관과의 문제는 사소한 걱정거리에 불과했다. 그 지점부터는 앞으로 나아가기가 약간 수월해졌지만 비가 다시 거세지면서 전방의 시야를 가렸고 땅바닥은 더욱 물러졌다. 웅덩이에 빠지기라도 하면 그야말로 끝이었다.

이런 지형에 알맞게 설계된 랜드로버는 어떤 곳에도 빠지지 않았다. 나는 잠겨 있지 않은 문을 하나 더 통과한 뒤 클라이브 벤트리의 사유지에 들어섰다. 이 지점에서 길이 갈라졌다. 왼쪽으로 가면 나오는 강은 며칠 전 혹고니를 구하러 사이먼, 크레이그와 함께 지났던 곳이었다. 그 길로 가면 마을로 접근할 수 있는 길도 나오지만 그쪽으로 가려는 게 아니었다. 전조등을 끄고 오르막길을 올랐다. 삼천 제곱미터쯤 되는 벌판을 가로지르자 더 큰 벌판이 나왔다. 이때쯤에는 클라이브의 저택이 가까워져 눈에 들어왔다. 주위는 완전히 어두웠다. 클라이브의 저택 뒤뜰을 가로지르지 않으면 마을 도로에 더 가까이 갈 방법이 없었다. 나는 차를 세우고 내렸다.

순간 주위가 대낮처럼 밝아지는 바람에 내가 완전히 들킨 줄 알았다. 주위가 다시 어두워지자 천둥이 쳤다. 폭풍이 다가오고 있었다. 나는 랜드로버의 뒤로 가서 뒷문을 열었다. 언제 구조 요청이 올지 모르기 때문에 랜드로버에는 밧줄과 전선, 손전등, 또 여러 도구와 의료 장비가 항상 실려 있다. 나는 가장 밝은 손전등과 구급 가방, 쌍안경, 예리한 칼, 렌치를 챙겼다. 그러고 나서 저택을 향해 언덕을 올라갔다. 폭풍우가 닥칠 때 생명들이 모두 어딘가에 숨어서 몸을 피하듯이 나 역시 그러고 싶은 원초적인 충동을 느꼈지만, 마음을 다잡고 앞으로 나아갔다.

이때쯤에는 하늘에서 퍼붓듯 쏟아지는 세찬 빗줄기가 열대성 호우처럼 느껴졌다. 만약 어딘가에서 타이판이 돌아다니고 있다면 아마 고향에 온 기분이 들 것이다. 타이판이 어디에 있을지, 어느 건물 안에 있을지 땅속에 있을지 궁금했다. 운동화가 아니라 허벅지까지 올라오는 튼튼한 장화를 신고 있으면 좋았을 거라는 생각도 했다.

가로등이 없는 우리 마을은 밤만 되면 늘 어두웠다. 길을 찾으려면 주변 집들의 외등에 의지해야 했다. 평소에는 그걸로 충분했지만 지금은 불이 켜져 있는 집이 없었다. 주 전체에 전기가 끊긴 것 때문인 듯했다. 저택을 힐끔 돌아본 후 평범한 앞쪽 정원을 뛰어서 가로질렀다. 정원 경계를 나누는 주목 나무 울타리가 빽빽했지만, 어떻게든 그 아래로 빠져나갈 수 있을 거라 확신했다. 울타리 건너편에는 어두운 형체의 건물들이 기다리고 있었다. 나는 주위를 신중하게 살피며 다시 뛰기 시작했다. 이런 날 밤에는 앨런 키치와 그 친구들이 어딘가에 숨어 있다가 튀어나와 공격할 가능성이 희박하다. 누구라도 마찬가지일 것 같았다.

마을 공터를 가로질러 뛰어가다가 다리 밑의 검은 구멍을 보고 소름이 끼쳤다. 무슨 일이 있어도 다리 밑으로는 안 들어갈 거란 생각을 했다. 언덕을 뛰어오르는 동안 아무도 눈에 띄지 않았다. 본 레인이 나오기 직전에 좁은 길로 방향을 돌려 맷의 집으로 향하는 월계수가 줄지어선 진입로를 달렸다. 집밖에는 초록색 해치백 차량이 세워져 있었다. 현관 앞에 다가가자 창가에 작은 촛불이 흔들리는 것이 보였다. 문을 두드린 후 타일 바닥을 지나오는 발소리를 들었다. 걸쇠가 젖히고 문이 안쪽으로 열렸다.

"당신과 전화로 연락이……." 나는 말을 하다가 멈췄다.

"안녕하세요. 맷을 찾으세요?" 문간에 여자가 서 있었다. 나 같은 사람의 출입을 막으려고 그곳을 지키는 예쁜 비서 같았다.

나는 고개를 끄덕였다.

"그는 나갔어요. 이제 올 때가 되었어요. 저녁을 차려놓았는데." 여자가 말했다.

내 안에서 뭔가가 꿈틀대며 솟아났다. 으르렁거리며 기어오르는 그것을 나는 지금껏 억누르고 무시하며 살아왔는데, 숨쉬고 자랄 공간을 내주었다가는 그것이 내 전부를 삼켜버릴 것만 같기 때문이었다.

"어디에 간다고 말하던가요?" 나는 거칠게 물었다.

"글쎄, 잠시 들어오세요. 비가 오잖아요."

그녀가 뒤로 물러서기에 하는 수 없이 말을 따랐다. 집안의 복도는 널찍했고 벽면은 석재로 되어 있었다. 벽난로에 불을 지펴놓았고 바닥의 타일은 낡아서 금이 가 있었다. 벽면에 걸어둔 그림들은 아주 현대적이었다. 무엇보다 나는 백단향과 인도의 향신료 냄새를 풍기는 여자에게서 눈을 뗄 수 없었다. 키가 180센티미터쯤 되어 보이는 그녀는 버드나무 가지처럼 날씬하며, 밝은 적색의 머리칼이 풍성했다.

"급한 용무가 있으세요? 제가 도와드릴 거라도?" 여자가 내게 물었다.

“혹시 경찰이에요?” 아닌 줄 알면서도 내가 물었다.

“아뇨. 전 맷의 여자친구 레이철이에요.”

결국 내가 듣고 싶었던 말을 들었다.

“무슨 문제가 생겼나요?” 그녀가 물었다.

실연당하는 느낌이란 이런 것일까? 아, 제발, 클래라, 집중해!

“글쎄요.” 내가 말했다. 어디까지 말을 해야 할까? “혹시 전화기가 작동해요?”

“아뇨. 한 시간 전에 전화선이 끊겼어요. 바로 그전에 맷과 통화를 했어요. 지금은 휴대전화도 받지 않아요. 맷에게 무전기가 있는데 그것도 가져가버렸고요.”

“잘 들으세요, 정말로 중요해요. 그에게 연락할 수단이 있는지, 아니면 그가 어디에 갔는지 아세요?”

여자는 내가 인상을 찡그리며 초조해하는 모습을 보았다. 나를 집안에 들어오게 한 것이 옳았는지 생각하는 듯했다. 여자가 천천히 입을 열었다. “그래요. 전화를 제가 받았거든요. 전화를 한 사람이…… 크리스? 콜린…….”

“클라이브요?” 내가 물었다. ‘안 돼, 제발 아니길…….’

“맞아요, 그 이름이에요. 무슨 일인지 흥분해 있었어요. 당장 맷을 봐야 한다고 하더군요. 맷은 그와 몇 분 동안 통화를 하고 나갔어요. 비가 와서 차를 가져간 모양이에요. 어차피 마을 밖으로는 나가지 못하잖아요, 맞죠?"

"쉽진 않겠죠." 나는 얼버무리고 곰곰이 생각했다. "그게 한 시간 전이었나요?"

"거의 그래요. 보세요, 제가 혹시 뭐라도……."

"휴대전화로 계속 연락을 해보세요. 맷의 동료에게도 연락하고요. 태스커 경위를 찾아요. 그에게 클래라 베닝이 마을로 돌아왔다고 전하세요. 그럼 달려올 거예요." 레이철은 잠시 나를 빤히 쳐다보다가 돌아서서 작은 탁자로 향했다. 탁자에 있던 펜으로 내가 말한 것들을 휘갈겨 적었다. "그리고 데번 경찰서 동료들에게 연락해서 프레드 도드웰이란 이름과 투 카운티스 정신병원에 대해 물어보라고 하세요. 다 기억하겠어요?"

"클래라 베닝, 프레드 도드웰, 투 카운티스. 알겠어요." 레이철은 신중해 보였으며, 집안에 들인 이 여자가 어떤 이상한 미치광이인지 궁금한 듯했다.

"고마워요. 그리고 릭스톤 채석장으로 차를 몰고 오면 북동쪽으로 내가 온 길을 따라올 수 있다고 전하세요. 그러면 마을에 들어올 수 있어요."

"알겠어요." 여자는 탁자에서 벗어나 문으로 향했다. 그녀는 내가 나가기를 원했다. 그래도 내가 시킨 대로 할 것이다.

"혹시 누가 문을 두드리면 누구인지 반드시 확인하고 문을 열어줘야 해요."

"걱정 마세요. 꼭 그럴 테니." 단호하게 고개를 저으며 그녀가 말했다.

⚜

언덕을 되돌아와 마을 공터와 클라이브 벤트리 저택의 진입로를 지나면서 나는 사냥개에게 쫓기는 듯 내달렸다. 맷은 한 시간째 행방불명이었다. 그는 흥분한 클라이브의 전화를 받고 나갔다. 돌로 된 아치 길에 다 와서 자갈이 깔린 안뜰로 들어갔다. 그리고 멈춰 서서 숨을 가다듬었다.

중세 장원풍의 저택이 나를 둘러쌌다. 온통 검게 보이는 오래된 창문들이 사방에서 나를 내려다보았다. 그중 어딘가에 누가 숨어서 나를 지켜볼 가능성도 있었다. 작은 정원의 몇백 년은 되었을 주목나무가 커다란 버섯 모양으로 다듬어져 있었다. 누구라도 쉽게 숨어 있을 만한 곳이었다. 나는 저택 중앙 현관의 문 두 짝을 포함해 네 개의 두꺼운 목제 문을 차례로 확인해보았다. 문들이 언제라도 활짝 열릴 것만 같았다.

현관 앞에는 차량 세 대가 주차되어 있었다. 마을을 지나다니는 걸 몇 번 본 적이 있는 검은색 재규어는 틀림없이 클라이브 벤트리의 차일 것이고, 소형의 은색 해치백 차량은 처음 숀의 집을 방문했을 때 나를 미행하던 차와 아주 비슷했다. 그렇다면 이 집의 누군가가 나를 미행했던 걸까? 검은색 폭스바겐 골프도 있었다. 전날 나를 집으로 태워줄 때 맷은 검은색의 폭스바겐을 몰았다. 나는 골프의 운전석 차문을 열었다. 일반 차량에는 달지 않는 차량용 무전기가 있었다. 바닥의 빨간 서류철을 보자 기억이 났다. 맷의 차였다.

나는 자갈 위를 재빨리 걸어서 집 앞으로 다가갔다. 창문을 하나씩 자세히 들여다보고 다른 창문도 보았다. 저택은 완전히 어두웠다. 촛불이 켜졌는지도 알 수 없었다.

집 뒤로 돌아가. 이 안에 뭐가 있는지 모르잖아. 설사 들어가더라도 최대한 시간을 늦춰야 해. 본능이 깨어나 소리를 질렀다.

아, 언제까지 이러고 있어야 해? 다른 목소리가 들렸다. 더 차분하고 다정한, 귀에 익은 느낌의 목소리였지만 신경이 곤두선 탓에 누구의 목소리인지 기억해내기는 어려웠다. 여태까지 충분히 기다렸잖아? 계속 이럴 바엔 차라리 집에 돌아가는 편이 나아.

현관문은 단단한 떡갈나무 재질이었고 크고 둥근 쇠 손잡이가 있었다. 손잡이는 쉽게 돌아갔고 문이 열렸다. 나는 안으로 들어섰다.

47

번들거리는 오래된 복도에서 뭔가 움직였다. 내가 두려워하는 생명체가 아니라 방안에서 가물거리는 빛이었다. 나는 빛의 근원을 금세 찾아냈다. 작은 창유리 사이로 보름달이 보였다. 폭풍우 구름이 없는 하늘의 맑은 구역을 구름이 빠르게 지나가며 달빛을 흐트러뜨렸다. 텅 빈 벽난로 위의 커다란 거울과 유리창들이 달빛을 수많은 방향으로 쏘아냈다.

나는 가만히 서서 넓은 실내의 구석구석을 확인한 뒤 그 모든 움직임이 빛의 장난에 지나지 않는다고 확신했다. 그림자 속에는 아무것도 숨어 있지 않았다. 정면에는 일주일 전 내가 억지로 올라서야 했던 층계가 있었다.

왼편에는 마을 주민들이 모여 앉았던 커다란 떡갈나무 탁자가 있었다. 탁자 위에 놓인 다양한 백랍 제품들 중에 똬리를 틀고 있는 것은 없었다. 나는 몸을 낮춰 바닥과 의자 다리들을 확인하며 난데없이 튀어나올지 모를 뭔가를 경계했다. 확인이 끝난 뒤에야 이동했다.

방 가운데에 서서 소리에 귀를 기울였다. 빗소리와 강한 바람에 맞서느라 이따금씩 오래된 집이 삐걱거리는 소리만 들렸다. 어디를 먼저 살펴야 할까? 저택은 엄청나게 컸다. 나는 딱히 이유도 없이 오른쪽으로 움직여 층계 아래쪽의 무늬가 새겨진 떡갈나무 문으로 향했다.

소매를 당겨 손을 감싼 채로 손잡이를 살짝 잡았다. 문을 열고 안으로 들어갔다. 정교한 목재 가구들이 가득한 거실이었다. 방 맞은편에 돌로 된 낡은 벽난로가 있었다. 열려 있는 문에서 외풍이 들어와 방안에 미세한 먼지 구름이 떠올랐다가 가라앉았다. 등을 돌린 사이 누가, 혹은 뭔가가 나를 덮치지 않을까 걱정되어 방안을 한 바퀴 돌았다. 방 끝의 열린 문 너머는 칠흑같이 어두웠다. 손전등을 켜자 떡갈나무 벽판을 댄 다른 큼직한 방이 보였다. 서재였다. 벽을 따라 책장이 서 있었다. 창문 세 곳에는 전부 커튼이 쳐져 있었다. 나는 손전등으로 곳곳을 비추고 모든 구석을 확인하며 클라이브 벤트리의 책상 앞으로 다가갔다.

몇 개의 전화기와 최신형 컴퓨터, 프린터가 고풍스러운 책상에 놓여 있고, 종잇장이 흩어져 있었다. 손전등으로 책상 위를 비추어

송장과 손익계산서, 내가 이해하기에는 너무나 전문적인 지질조사 보고서를 힐끗 보았다. 특별해 보이는 것은 없었고 그곳에 너무 오래 머무는 것 같아 불안해졌다. 막 돌아서려는 순간 손전등 불빛이 어떤 명칭이 찍힌 편지지를 비추었다. 기업 규제 개혁부에서 보내온 공식 편지였다.

나는 내용이 전부 보이게 손전등 끝으로 편지를 살짝 밀었다. 에너지 개발부의 부서장이 보낸 짤막한 세 단락의 편지는 '친애하는 클라이브 씨에게'라는 말로 시작했으며, 장관이 마침내 굴착 요청을 승인했다는 아주 좋은 소식을 전하고 있었다.

지역 주민들의 반대에도 불구하고 클라이브 벤트리는 마을 근방에서 유전 탐사 승인을 받아낸 것이었다. 만약 맷이 말한 대로 마을 땅 밑에 엄청난 육상 유전이 있다면, 클라이브는 수백만 달러를 벌어들일 것이다. 그의 재산은 이미 수백만 달러에 달했다.

그리고 내 생각을 쫓아가기라도 하듯 손전등은 다른 편지를 비추었는데, 변호사가 보낸 것으로 다음주에 유언장의 수정을 논의하기 위한 약속을 확인하는 내용이었다. 편지 두 번째 문단에는 현재의 상황이 지속된다면 클라이브의 소유지는 생존한 가족 구성원에게 넘어가며, 유언장의 검인을 받는 동안 정확한 분배를 판단한다고 설명했다. 전처에 대해서는 이혼 위자료를 넉넉히 지급했으므로 이후 소송에서 지지 않을 거라고 밝혔다.

집안을 전부 둘러보았으니 돌아가야 했다. 손전등을 끄고 어두워진 방을 되돌아 나가면서, 문득 클라이브가 자신의 많은 재산을 누구에게 남겨줄 계획인지, 삼촌 얼프레드도 유산을 남길 대상에 포함되는지 궁금해졌다. 또 다른 삼촌을 떠올린 뒤에는 유산이 아치 목사에게도 돌아갈 만큼 충분할지도 궁금했다.

복도를 돌아오면서 창밖을 내다보았다. 맷의 자동차는 아직 바깥에 있었다.

나는 큰 떡갈나무 탁자를 지났고, 백랍 그릇과 고대 도자기로 채워진 진열장도 지났으며, 노인 다섯 명이 초조하게 모여 앉았던 구석 자리도 지나쳤다. 그때의 노인 다섯 중에서 두 명, 바이얼릿과 어니스트는 죽었다. 얼마나 많은 사람이 더 죽어야 얼프레드가 만족할까?

방 왼쪽 구석의 아치 통로 사이로 세 칸짜리 작은 계단이 있었다. 캄캄한 계단 너머에는 그림자가 짙었다. 손전등을 켤까 생각했지만 그랬다가는 누군가의 손쉬운 표적이 될 게 뻔했다. 계단 중간이 삐걱했지만 나만 들었을 거라고 생각했다.

내가 들어선 곳은 오래전 하인들이 종종걸음으로 다녔을 하인용 통로였다. 나무로 된 나선형 계단이 위층과 연결되어 있었다. 끝이 보이지 않는 복도 벽에 코트와 모자들이 걸려 있고 그 밑에 장화가 늘어서 있었다. 나는 잠시 기다리며 코트와 모자, 장화 더미 속에 어떤 것도 숨어 있지 않은지 확인했다. 확인이 끝나자 걸음을 옮겼다.

앞쪽의 방은 식당이었다. 더 무겁고 검은 떡갈나무 가구들, 더 많은 도자기, 유리그릇과 은그릇이 있었다. 정말 이곳에 사람 한 명만 살았을까? 가난한 집에서 자란 이 집 주인이 혼자 살면서 이렇게 많은 물건을 갖춰놓은 까닭은 뭘까?

식당에 특이한 물건은 보이지 않았다. 뒷걸음질을 쳐서 밖으로 나왔다. 이제 아주 조심스러워졌다. 벽에 걸린 많은 코트들이 정말로 신경쓰였다. 복도를 따라 몇 걸음을 더 걸었다. 오른쪽의 출입구는 작은 주방으로 통했다. 엄청나게 다양한 요리 도구들이 벽에 기대어져 있고, 바로 정면에 싱크대가 놓여 있었다. 커다란 찬장이 보이자 확인해야 한다는 생각이 들었다. 내 심장은 이미 충분히 빨리 뛰고 있음에도 더 빠르게 쿵쿵거렸다. 주방에서는 내가 너무도 잘 아는 냄새가 풍겼다.

'이제 조심해, 클래라, 아주 가까이 있어.' 머릿속에서 차분하고 익숙한 소리가 들렸다.

왼쪽의 출입구는 또 다른 주방으로 통했다. 중세 장원 저택의 구조에 대해 잘 아는 사람이라면 식기실이라는 것을 알았겠지만, 내가 보기에는 여느 주방과 다르지 않았다. 커다란 식기세척기처럼 보이는 싱크대가 있고, 유리그릇과 식기류가 쌓여 있었다. 냄새는 더 강해졌다. 다른 출입구가 나오고 그 너머에 방이 또 있었다.

문간에서 두 걸음도 옮기기 전에 나는 바닥의 매끈하고 시커먼 웅덩이를 보았고, 내 후각이 틀리지 않았음을 알았다. 내가 신선한 피 냄새를 착각할 리 없다.

'침착해, 클래라, 마음을 가라앉혀. 앞으로 조금만 가보렴.' 목소리가 말했다.

어떻게 걸음을 옮겼는지 기억이 잘 나지 않는다. 내가 보게 될 것이 무엇인지 깨달은 순간부터, 그리고 저택 주방에 서서 한때 사람이었던 형체를 손전등으로 비추고 서 있는 동안 시간이 얼마나 흘렀는지도 알 수 없었다.

48

다시 바깥에 있었다. 내가 어떻게 저택에서 나왔는지는 절대로 기억 못할 것이다. 나는 맷의 차에 몸을 기댔다. 차가운 빗방울이 머리 위로 억수같이 쏟아지는 게 오히려 고마웠다. 고개를 들어 끝없이 펼쳐진 하늘에서 빗줄기가 나를 향해 떨어지는 것을 보았다. 비가 얼굴을 타고 흘러내렸다. 나는 이 비가 머릿속의 기억과 콧속에 남은 냄새까지 전부 씻어주었으면 싶었다. 그렇지만 무슨 수를 써도 그러지 못할 거라고도 생각했다.

나는 후들거리는 다리로 비틀대며 저택 정원을 가로질러 집 뒤편으로 갔다. 인간이라는 짐승이 타인에게 가할 수 있는 온갖 형태의 잔인한 행태를 모두 보았다고 생각했었지만 잘못된 생각이었다.

주방 바닥에 뻗어 있던 남자는 머리가 없었다. 번들거리는 뼈와 으깨진 살덩어리만 남아 있었다. 신체 일부, 뇌와 얼굴 조각, 머리카락이 바닥에 뿔뿔이 흩어져 있었다. 폭발로 산산조각이 난 것처럼.

갑자기 근육이 떨리고 입속에서 지독한 맛이 느껴졌다. 욕지기가 올라왔다. 걸음을 멈추고 몸을 굽혀 구역질을 했지만 하루 종일 먹은 것이 없는 탓에 위액만 겨우 나올 뿐이었다. 다시 일어설 수 있게 되자 나는 하늘을 향해 얼굴을 들고 성인이 된 후 처음으로 진심을 다해 기도를 했다. 신앙이 이때만큼 절실했던 적이 없었다.

'진정해, 클래라.' 목소리가 다시 들렸다. 친근하며 편안하고도 익숙한 목소리를 듣는 동안 나는 몸을 공처럼 탄탄하게 말아 따뜻하고 안전한 그 품속에 파묻고 싶어졌다. '침착해야지, 이제 뭘 해야 하는지 알잖아.'

나는 집 뒤편의 잔디밭을 지나는 중이었다.

'클래라, 이러면 들키고 말 거야. 울타리에 더 가까이 붙어.'

나는 잔디밭에 늘어선 울타리를 향해 돌아섰다. 울타리는 아주 멀리 떨어져 있었다. 문득 그 광경이 떠올랐다. 눈구멍에서 쏙 빠져나온 듯 시신에서 일 미터쯤 떨어진 식탁 밑의 먼지 속에 놓여 있던 눈알. 나는 넘어졌다. 젖은 풀밭에 무릎을 꿇고 진흙 속으로 빠져들었다.

'클래라, 움직여.'

그럴 수가 없어.

'그럴 수 있어. 네가 본 불쌍한 남자가 그래도 맷은 아니잖니.'

나는 몸을 일으켰다. 시체 근처에서 검은 테의 길쭉한 안경은 보지 못했다. 피해자 목에 걸린 가느다란 금목걸이가 손전등 불빛에 번득였고 왼손 손가락에는 도장이 새겨진 반지가 번들거렸다. 맷은 장신구를 차지 않았다. 입은 옷도 달랐고 시체는 맷보다 키가 크고 더 육중한 몸집처럼 보였다. 죽은 자가 클라이브 벤트리임을 즉시 알았다. 만약 죽은 자가 맷이었더라면 나는 아직도 그곳을 떠나지 못했을 것이다.

맷은 살아 있어, 맷은 살아 있다고. 주문처럼 그런 말을 외우며 잔디밭 밑까지 내려와 클라이브의 정원과 또 다른 사유지를 구분하는 돌담을 기어올랐다. 물론 이제 그 정원은 클라이브의 것이 아니었다. 정원은 그의 두 삼촌, 오랫동안 갇혀 있었던 위험한 얼프레드와 한때 자신의 사촌을 살해하려 했던 아치의 소유인 셈이었다.

근친을 살해하다니. 아치, 솔, 해리, 또 에덜린은 얼프레드를 죽이려는 시도에 모두 관여했다. 그들 세 명은 얼프레드의 사촌이고, 한 명은 그의 누이였다. 과연 그들이 근친이긴 한 걸까? 얼프레드가 복수를 하고 있는 범인이라면 로마 시대의 처형 방식을 따른 것도 그런 이유 때문일까? 그런데 평균 이하의 지능에 정규교육도 거의 받지 못한 그가 포에나 쿨레이에 대해 어떻게 알까? 그가 포에나 쿨레이에 대해 알고 있을 가능성은 희박해 보였다. 물론 솔의 아들이 범인이라면 이야기는 달라졌다. 그는 자기 부모의 죽음이 마을 주민들의 책임이라 믿고 고대의 처형 방식으로 어설픈 정의를 행사하려 했을지 모른다. 그가 최근의 사건들을 총지휘했건 아니건 간에, 그는 이제 내가 무서워해야 할 인물에서 제외되었다.

랜드로버는 내가 주차한 자리에 그대로 놓여 있었다. 휴대전화는 한 번도 울리지 않았다. 레이철이 나보다 더 큰 성과를 거두었기를 바라는 수밖에 없었다. 나는 젖은 재킷을 벗고 운전석에 올랐다.

어디로 가야 할까?

'물론 뱀이 있는 곳으로 가야지.'

나는 고개를 푹 숙이느라 운전대에 머리를 세게 찧었다. 왜? 대체 왜 내가 그곳에 가야 한단 말이지?

'맷이 그곳에 갔으니까. 클라이브의 시체를 발견하고 얼프레드를 뒤쫓아갔을 테니까. 그에게서 한 시간이 넘게 아무 소식이 없는 것은 그 때문이겠지.'

나는 고개를 들었다. 얼프레드는 지켜보고 있을 것이다. 내가 접근하는 것을 지켜볼 것이다.

'그래도 다른 길이 있잖아. 넌 알지. 이미 알고 있었어.'

그럴 수 없었다.

침묵. 나는 목소리의 주인을 알고 있었다. 목소리의 정체는 물론, 오랜 경험으로 아무리 논쟁을 벌여도 내가 이기지 못할 거란 사실도 알았다.

그렇다면 시간을 더 허비할 이유가 있을까?

강까지 가는 데 십오 분 이상 걸렸다. 질척거리는 진흙 속에서 나는 차 뒷바퀴가 물에 빠질 때까지 후진을 한 다음 시동을 껐다. 방수바지를 찾아 입고 구명조끼도 걸쳤다. 지금 같은 폭풍우가 아니었어도 강물은 이미 몇 달째 불어 있었다. 무엇보다 공중 보건 안전 관련자들에게 아주 오래전부터 귀에 못이 박히게 들은 말이 머릿속에 저절로 떠올랐다. 물가에서 작업할 때는 반드시 알맞은 장비를 갖춰야 한다고.

나는 가벼운 방수 재킷을 어깨에 걸치고 차에서 내렸다. 혼자 힘으로 고무보트를 꺼내 강에 띄우기가 쉽지 않았지만 어쨌든 해냈다. 보트에 장비 가방을 싣고 나도 올라타 힘차게 노를 저었다.

지난 스물네 시간 동안 잠재의식은 며칠째 나를 괴롭혀온 수수께끼들을 풀어가고 있었다. 만약 위처가의 오래된 집에 누가 살고 있다면, 어떻게 그곳을 드나들고 어떻게 주민들의 눈에 띄지 않은 채 마을을 돌아다녔을까? 이제 답을 알았다. 그는 수로와 옛날 석회 광산의 동굴로 이동한 게 분명했다. 오늘밤에는 내가 그럴 계획이었다.

마을에는 도로보다 개울이 더 많을 것이다. 리핀 강의 지류가 얼마나 많은지 모르지만 마을의 거의 모든 길 아래에 벽돌로 된 작은 도랑이 흘렀다. 도랑 위를 지나는 작은 다리도 무수히 많았다. 길 아래의 도랑은 대부분 터널 형태였다. 그런 도랑 속을 기어다니면 다른 사람 눈에 띌 가능성이 아주 적고, 밤중에는 더욱 유리할 것이다. 도랑이 없는 곳은 석회동굴을 이용하면 된다.

맨 처음 나는 강물이 흐르는 쪽으로 이동하면서 방향을 잡는 데만 노를 이용했다. 그러나 곧 상류로 방향을 틀어야 해서 노를 저어 크게 불어난 빠른 강물을 거슬러 올라갔다.

맷과 내가 위처가 부지에 처음 들어갔을 때, 나는 그곳에 누가 산다는 느낌을 받았다. 맷은 내 직감을 단순히 호들갑으로 여겼지만 나는 화장실의 악취와 아래층 벽의 온기, 또 인기척을 느꼈다. 그동안 생각해온 것과 달리 그곳이 완전히 방치되지는 않았다는 확신을 품었었다.

우리가 그 집을 철저히 조사한 뒤 맷은 그곳에 사람이 산 흔적이 없다며 나를 안심시켰다.

다만 수색이 완벽하지는 않았다. 세 번째 집의 1층에 들어가지 못한 방이 있었다. 문간에 쌓여 있는 벽돌에서 온기를 느꼈었다. 그곳에 들어가는 다른 통로가 있음이 틀림없다.

나는 지난번 혹고니를 구하러 왔던 섬의 하류 끝자락에 도달했다. 이제 내 팔근육이 얼마나 강한지 시험해봐야 했다. 보트를 예리하게 꺾어 상류로 올라간 뒤 섬의 뒤쪽으로 향했다.

물살은 거셌지만 군데군데 물이 역류했고 머리 위의 나뭇가지들이 빗줄기를 웬만큼 막아주었다. 나는 고개를 숙이고 정신을 집중하며 보트 양옆으로 노를 저었다.

좁은 개울을 따라 파편들이 떠밀려 왔다. 나뭇가지, 쓰레기, 심지어 익사한 동물 두 마리도 빠르게 흘러갔다. 어떤 것들은 보트와 부딪혔고, 커다란 파편 때문에 보트가 휙 돌아갈 뻔했지만, 물살에 휩쓸리기 직전에 재빨리 균형을 잡았다. 목표한 지점까지 가기도 전에 팔의 힘이 빠졌지만 해보는 수밖에 없었다.

밤중이라 강물의 흐름이 바뀌는 곳을 알아보기가 어려웠다. 그래도 강에 처박힌 나무 그루터기를 보았던 곳을 기억했다. 그곳을 지난 후에는 노를 당겨서 보트에 집어넣고 앞의 버드나무 가지를 움켜잡았다.

강물은 내가 정한 새로운 방향이 마음에 들지 않는다는 듯 세차게 밀어닥쳤다. 나는 한 손으로 나뭇가지에 매달린 채 조금 멀리 떨어진 다른 가지에 팔을 뻗었다. 나뭇가지를 차례로 옮겨 잡으며 몸과 보트를 끌어당겼고, 빽빽한 버드나무 장막 아래의 나뭇가지 사이를 지나 건너편의 어둠 속으로 이동했다. 보트에서 꺼낸 밧줄을 나무를 향해 던져서 감은 후 팽팽하게 만들었다.

거칠게 숨을 몰아쉬면서 주위의 환경을 살피려 했지만 불가능했다. 강둑은 높았고, 희미한 빛깔의 석회동굴은 초목에 가려 보이지 않았다. 굵게 제멋대로 자란 버드나무와 거무스름한 포플러 나무는 마치 물에 빠져들 것처럼 강둑 가까이에 면해 있었다. 지금 있는 곳이 어디인지 감을 잡아야 했다. 손전등을 찾아 주위를 비추었다.

나는 물살이 세찬 좁은 개울에 있었다. 백 미터쯤 떨어진 석회암 절벽 위에 위처의 집이 보였다. 양쪽 강둑 너머는 가시금작화, 개암나무, 가시나무가 빽빽한 숲이었다. 걸어서 지나가기란 불가능해 보였다. 강을 따라 올라가는 것만이 유일한 방법이었다.

물론 그것 역시 쉬운 일은 아니었다. 강바닥은 경사졌고 물살도 빨랐다. 손전등으로 강기슭을 비추자 바위에 원시적인 도구로 긁어낸 것 같은 자국이 보였다. 이 강은 천연의 수로가 아니라 옛날 석회 광산의 작업장 중 하나일 거라고 생각했다.

이곳부터는 보트를 타고 물을 거슬러 올라가기가 불가능했다. 그렇다면 걸어가는 수밖에. 몸을 지탱하기 위해 나무뿌리를 붙잡고 허리 높이까지 오는 물속으로 나왔다. 보트 밧줄을 풀고 머리 위로 넘겨서 어깨에 비스듬히 걸쳤다. 신속히 빠져나가야 할 경우가 생긴다면 보트가 있는 편이 나았다. 손전등은 정말로 끄고 싶지 않았지만 발각될 위험을 조금이라도 줄여야 했다. 어둠 속을 꿰뚫어 보는 수밖에 없었다.

나는 보트가 양쪽 기슭에 닿지 않도록 조심하며 강 가운데로 움직였다. 차갑고 무자비한 물살은 신경쓰지 않기로 마음먹었다. 아무리 힘들어도 갈 수 있는 길은 이 길뿐이었다.

그날 밤 혹고니의 울음이 위처의 집 아주 가까이에서 들렸기 때문에 근처에 물이 있으리라 짐작했었다. 나 말고는 그 사실을 아는 사람이 없는 것 같았다. 리핀 강의 역류 지역에 흘러든 다른 이상한 강물과 그것을 관련지어 생각하는 것은 시간문제였다. 나는 리핀 강에 흘러드는 또 다른 개울이 마을을 흐르는 많은 개울처럼 지하로 흘러들며, 바로 이곳 위처의 집 아래 절벽에서 솟아나올 거라는 걸 확신했다.

경사진 개울을 오르는 동안 강기슭에 거의 수직으로 자라느라 제대로 빛을 받지 못한 나무들은 가지가 호리호리하고 잎도 거의 없었다. 그 나무 중 하나가 쓰러져 개울을 가로막고 있었는데 쓰러진 나무 아래로 물이 흘렀다.

쓰러진 나무를 통과하자 개울 위쪽의 경사는 더 급해졌다. 동시에 개울의 양쪽 기슭은 낮아졌고 더 많은 빛이 들어왔다. 이십여 미터 정도 위의 석회암 절벽 끝에 위태롭게 자리잡은 위처가 집이 보였다. 또한 바로 그 각도에서 마을의 어느 누구도 존재를 알지 못했을 뭔가를 볼 수 있었다. 집에서 약 오 미터 아래의 절벽 중간에는 큼직하게 갈라진 틈이 있었고, 그 속에서 시커먼 물이 부글거리며 쏟아져 나왔다.

그 틈에 가까이 다가가면서 나는 벌써 오래전에 집을 허물었어야 한다는 생각을 했다. 집은 토대가 불안정한 석회암 절벽 끝에 너무 가까이 붙어 있고, 또 마을의 지반을 벌집투성이처럼 만든 석회 광산 바로 위에 위치해 있었다.

더 밝은 곳으로 나오자 개울 양쪽 기슭에서 자라는 양치류를 볼 수 있었다. 나를 향해 늘어져 있는 느슨한 가지를 빠져나오자 자기 영역에 온 수상한 침입자를 두려운 듯 응시하는 작은 눈들도 확인할 수 있었다. 내 오른쪽으로 강 속에 굴러떨어진 바위가 보였다. 보행로처럼 보이는 작은 길이 물가에서부터 덤불 속까지 뻗은 것도 알 수 있었다. 잠시 멈춰 서서 진흙길을 바라보았다. 비 때문에 남아 있던 발자국이 전부 지워진 걸까? 확신하기 어려웠지만, 그 길이 어디론가 통하는 길인지 아닌지 고민하며 시간을 허비할 수는 없었다. 다시 앞으로 걸음을 옮길 때마다 집의 내장처럼 보이는 동굴 틈이 점점 커져갔다.

얕아진 물과 팽팽해진 허벅지는 길의 경사가 아주 급하다는 것을 말해주는 듯했다. 예상대로 정면의 어둠도 차츰 옅어졌다. 굶주린 뭔가가 어둠 너머에 누워서 기다리고 있다는 느낌을 받았다. 그것에 점점 다가가고 있다는 것도 알았다.

나는 머릿속에서 들리던 목소리에 이끌려 저택에서 나온 후 처음으로 앞으로 무슨 일이 닥칠지 생각하기 시작했다. 오래된 위처가 사유지에서 나를 기다리는 것이 무엇일까? 뱀의 집? 그렇게 불러도 될까?

얼프레드 도드웰은 성격이 형성되던 때부터 이미 자신의 동족에게서 배척당하는 불안의 대상이었다. 놀림과 조롱을 받았을 그는 결국 가장 끔찍한 방식으로 학대를 당했다. 젊을 때 정신병원에 입원해서 오십 년 동안 그곳에만 있었다. 지속적인 치료로 시력은 많이 회복되었고 주위 사람들과 의사소통도 할 수 있게 되었지만 그래도 계속해서 사람을 피하고 야생동물 사이에서 위안을 찾았다. 그는 자신만큼이나 비밀스럽고 오해를 받는 두려움의 대상인 짐승을 신중하게 찾아냈을 것이다.

앞으로 내가 마주치게 될 사람에게 도덕성이라는 개념은 없을 거라고 생각해야 했다. 그는 나뿐만 아니라 마을 주민 전부를 원수로 여기라고 배웠을 것이다. 또한 그를 노인으로만 취급해서도 안 된다. 남자들은 일흔 살이 넘어도 여전히 힘이 있다. 얼프레드는 힘도 세고 거칠 것이다. 그는 석회 광산과 수로를 기어다니기도 했다. 소리를 내지 않고 움직일 수 있으며 어둠 속에서도 잘 볼 수 있을 것이다. 또한 뱀을 다스리는 기이하고 이해하지 못할 능력도 지녔다. 그는 밤의 생물이었다.

나는 절벽의 그늘에 다다랐다. 몇 걸음만 더 가면 집 아래의 인공 동굴 속으로 들어갈 수 있었다. 그곳에서는 비를 피할 수 있을 것이다. 강에서 벗어나면 뼈가 시리는 추위에서도 풀려날지 모른다. 그런데 바위 아래의 좁고 어두운 동굴을 어떻게 통과한단 말이지? 과연 그럴 수 있을까?

나는 어깨의 보트 밧줄을 잡아끌었다. 지금 보트에 올라타면 물살에 떠내려가 안전한 곳으로 돌아가게 될 것이다. 하지만 내가 주저하는 순간 여태까지 잠잠했던 머릿속의 목소리가 다시 살아나려 했다. 목소리는 내가 얼프레드를 상대할 수 있다고 말하려 했다. 나는 젊고 강인하다. 시력이 좋으며, 후각도 발달했고, 청각도 예민했다. 무엇보다도 어둠에 익숙하다. 남의 눈에 띄지 않는 방법과 겁에 질린 적대적인 동물을 추적하는 법도 알았다. 모든 점들을 종합하면 나 역시 밤의 생물이었다. 동굴의 어둠 속으로 발을 내딛자 어둠이 나를 완전히 삼켰다.

49

며칠처럼 느껴진 몇 초의 시간이 흐르고 바위처럼 단단한 어둠이 나를 둘러쌌다. 어둠이 손을 뻗어 얼굴을 쓰다듬는 것이 느껴졌다. 어둠은 아주 느리게 자신만의 채도와 형체를 갖추어갔다. 암석의 틈 정도로만 여겼던 구멍은 막상 들어와보니 절벽 안쪽으로 깊숙이 뻗어 있었다. 고개를 들어보니 천장이 머리보다 일 미터는 더 높았다. 얇은 석회암 천장이 집을 받치고 있는 격이었다. 오른쪽에 어설프게나마 보트를 댈 수 있을 정도로 평평한 바위가 보이고 그 너머로 사다리가 보였다. 보트 밧줄을 쥐고 물 밖으로 나왔다. 바위에 작은 쇠고리가 박혀 있는 것을 보았다. 누군가 이곳에 보트를 보관했던 것이다.

나는 바위를 더듬으며 밖으로 되돌아 나왔다. 저녁 내내 그랬듯

비가 거세게 쏟아져 동굴 입구에는 폭포가 쏟아지는 듯했다. 동굴 옆에는 굵은 딱총나무와 가시나무가 자랐다. 나는 무릎을 꿇고 고무 보트의 밧줄을 묶어도 될 만큼 튼튼한 가지를 찾았다. 가시나무 덤불로 보트가 보이지 않게 덮기까지 했다. 밤중에 비를 뚫고 누가 오더라도 보트를 발견하지 못하도록.

암벽에 기대어놓은 쇠사다리는 녹이 슨 걸 보니 한때 광산에서 쓰던 아주 오래된 것인 듯했다. 본래는 육십 센티미터 간격으로 보호 장치도 달려 있었지만 부러진 지 한참이 되어서 장치의 흔적만 남은 상태였다. 내 머리 위 육십 센티미터 위의 천장에는 나무로 된 문이 설치되어 있었다. 나는 소리가 날까 봐 마음을 졸이며 사다리를 들어 문에 걸칠 수 있을지 살펴보았다. 다행히, 혹은 일부러 그렇게 만들어놓았는지 몰라도 사다리를 암석과 나무로 된 문 사이의 틈에 쉽게 걸칠 수 있었다. 사다리가 튼튼한지 확인하고 오르기 시작했다.

사다리 꼭대기에 서서 머리로 문을 밀어보니 나무로 된 문은 예상보다 훨씬 따뜻하고 젖지도 않았다. 위에서는 아무런 소리도 들리지 않았다. 나는 문을 더듬어 쇠로 된 작은 손잡이를 찾아서 비틀었다. 문이 밑으로 떨어지며 열렸다. 나는 문이 젖힌 채로 흔들리게 내버려두고 고개를 들이밀었다.

악취를 개의치 않고 손전등을 꺼내 켰다. 모든 구석과 그늘진 곳에 빛을 비추었고, 방 크기를 가늠하며 혹시 누가 숨어 있지는 않은지, 갑작스러운 움직임은 없는지 확인했다. 방안에 생명체는 많았지만 사람은 없었다. 나는 안으로 올라가서 문에서 걸음을 내디뎠다.

예상한 대로 방은 작았으며 한때는 평범했던 집의 일부였던 것으로 보였다. 벽면에는 회반죽 파편이 들러붙어 있고, 전구가 있던 자리에 전선이 삐죽 튀어나와 있었다. 한쪽 벽에 난간이 없는 좁은 계단이 있었다. 반대편에 쌓여 있는 매트리스와 흙이 묻은 담요가 끔찍한 냄새의 주범인 듯했다.

걸음을 옮겨 양철통 속의 썩은 음식 잔여물과 유리병에 든 상한 우유를 지나쳤다. 남의 집 현관에서 훔친 것 같았다. 부탄가스버너 네 개가 최대의 화력을 내고 있어서 방은 따뜻했다. 여분의 가스통이 벽에 늘어서 있었다. 얼프레드가 남의 도움 없이 그것들을 가져올 수 있을 리 없다. 어쩌면 그가 이곳에 오기 전에 위처 가족이 어떤 이유로 비축해둔 것일 수도 있었다. 갑자기 전기가 나갈 경우를 대비해서? 종말이 올까 봐? 혹은 얼프레드에게 도움을 주는 사람이 있다는 증거인지도 몰랐다.

얼프레드는 뱀들을 살려두려고 가스버너를 켜놓았다. 숀의 집에 다시 온 것 같은 생각이 들었는데, 이곳은 끔찍한 악몽 같은 세상이었다. 임시로 만든 사육장이 곳곳에 있었다. 합판을 덮어놓은 커다란 수조, 플라스틱 상자, 철제 양동이, 심지어 신발 상자도 있었다. 나는 그중 하나의 덮개를 조심스레 들어보았다가 통 안에 어린 풀뱀 여섯 마리가 꿈틀대는 것을 발견했다.

방안을 돌아다니며 투명한 상자 속을 들여다보고, 또 속을 볼 수 없는 상자들은 뚜껑을 조심스레 열었다. 양동이 속에 죽은 살무사 한 마리와 오래 버티지 못할 것 같은 다른 살무사도 있었다. 밀폐 용기 상자에서 풀뱀 알 여덟 개도 찾아냈다. 풀뱀이 알을 낳기에는 이른 시기였지만, 방안의 온기 때문에 번식 주기에 혼란이 온 모양이었다.

건강한 뱀은 한 마리도 없었다. 뱀들은 좁고 비위생적이며 생존에 적합하지 않은 환경에서 살고 있었다. 영국 토종 뱀들에게 이 방은 너무 더웠다. 뱀들에게 마지막으로 먹이를 준 것이 언제였을지 궁금해졌고 올빼미 새끼들이 어째서 사라졌는지 깨달았다. 나는 상자와 통들을 전부 살폈다는 확신이 들 때까지 방안을 조사했다. 내가 찾아낸 것들은 영국 뱀들이고 그중 절반은 죽거나 죽어가고 있었다.

타이판의 흔적은 보이지 않았다. 맷의 흔적도 없었다. 집안의 다른 곳을 조사해야 했다.

손전등을 끄고 계단으로 갔다. 위층은 어두침침했다. 계단을 중간쯤 올라갔을 때 무슨 소리가 들렸다. 바깥에서 나는 소리와 달라 동작을 멈췄다가 다시 들리지 않기에 계단을 마저 올랐다. 발밑의 계단도, 앞쪽에 뭐가 있는지도 보이지 않았다. 조심스럽게 발밑의 감각을 확인하며 한 손을 앞으로 향하고 다른 손으로 벽을 짚었다.

그리고 천천히 위로 올라갔다.

계단 꼭대기에 이르렀지만 차마 손전등을 켜지 못하고 사방을 더듬었다. 양옆에 벽돌로 된 벽이 있었다. 나는 나아가며 두 팔을 휘저었다. 앞은 나무였다. 손가락으로 거친 나뭇결을 더듬자 나무가 움직였다. 문을 밀어서 열었다. 낯익은 방이 들여다보였다. 얼마 전 맷과 함께 서 있던 방으로 1층의 유리관이 깨지는 소리를 들었던 장소였다. 벽의 한 면이 바닥부터 천장까지 높은 벽장들로 채워져 있었는데, 맷이 열어보려 했지만 열리지 않아 목재가 틀어졌다고 생각했었다. 그렇지 않았다. 벽장은 계단이 있는 안쪽에서 잠겨 있었던 것이다. 나는 벽장 밖으로 나가보려 했다.

다시 소리가 들렸다. 이번에는 더 크고 분명했다. 뭔가 묵직한 것이 마룻바닥에 쓸리며 끌려오고 있었다. 쉰 목소리로 낮게 그르렁거리는 소리, 그리고 잠시 후(오, 맙소사) 내가 알 것 같은 나지막한 신음도 들렸다. 뭔가가 바로 옆방에서 이쪽을 향해 다가오는 중이었다. 느리고 둔한 발소리가 뭔가를 끌고 와서 털썩 내려놓았다.

악취가 가득한 아래층의 뱀 소굴에는 숨을 곳이 없었다. 제때에 문 밑으로 내려가 숨을 수도 있겠지만 그러면 이곳에서 무슨 일이 벌어지는지 알 도리가 없을 것이다. 나는 얼프레드가 끌고 오는 것이 무엇인지, 혹은 누구인지 알아내야 했다. 나는 벽장 안으로 들어가 문을 거의 닫고 옆으로 움직였다. 운이 좋다면 벽에 늘어선 벽장들이 서로 연결되어 있고 문과 계단에서 더 떨어진 어두운 안쪽에 몸을 숨길 수 있을 것이다.

그런데 그런 행운은 없었다. 일이 미터 옆으로 이동했을 때 단단한 나무 벽판을 만났다. 어딘가에 칼을 넣어뒀다는 생각이 들어 주머니 안을 더듬었다. 살아 있는 상대에게 칼을 써야 할 일이 생길 거라고는 꿈에도 생각하지 못했지만 덫에 걸린 토끼처럼 무력하게 붙잡힐 수도 없는 노릇이었다. 그런데 미처 칼을 찾기도 전에 손이 굳었다. 벽장의 문이 열리고 있었다.

나는 숨을 참으며 벽에 몸을 붙이고 형체가 없는 그림자가 안으로 들어오는 것을 지켜보았다. 작게 웅얼대는 소리를 듣고서야 그가 사람인 줄을 알았다. "차짜 톤 맨." 무슨 말인지 알아들을 수 없는 소리를 반복했다. 몸을 앞으로 숙이며 그르렁대면서 얼프레드는 뭔가를 잡고 벽장을 지나 계단으로 끌어당겼다.

잡아끄는 것이 무거운 탓인지 얼프레드의 호흡은 더 가빠지고 더 힘겨웠다. 숨을 내쉴 때마다 폐에서 휘파람이 새어 나오는 것 같았다. 위처가 집에서 칠 개월간 혼자 살았으니 건강이 나빠졌겠지. 그가 문을 닫아 주위가 완전히 어두워졌다. 그는 가만히 서서 코로 숨을 깊이 들이쉬었다. 그리고 침묵이 이어졌다. 얼프레드는 숨을 참고 있었다.

캄캄한 어둠의 세계 속에 우리 둘은 그냥 서 있었다. 그가 다른 누군가의 존재를 알아차렸다는 것을 나는 알았다. 시간이 흘렀지만 그는 움직이지 않았다. 뭘 하는 걸까? 소리를 듣고 있지는 않을 것이다. 얼프레드는 귀가 멀었다. 그럼 뭔가를 보려는 걸까? 눈이라도 깜빡이면 존재가 들킬 거란 생각에 억지로 눈을 감았다. 그가 냄새를 맡을 수 있을까? 나는 확실히 그의 냄새를 맡았다. 그는 벽에 손을 대고 나의 움직임을 감지하려고 기다리는 게 아닐까? 나는 칼을 꺼내지 못하고 손전등을 꽉 움켜쥐었다. 만약 그가 달려들면 손전등으로 이마를 힘껏 가격할 것이다. 더 눈을 감고 있을 수 없어서 나는 살짝 눈을 떴다. 내가 만나본 가장 위험한 인물의 형체가 여전히 우두커니 서 있었다. 불과 일 미터도 떨어져 있지 않았다.

비명을 질러야 할 순간이 다가오고 있었다. 나는 머릿속으로 숫자를 거꾸로 세기 시작했다. 그때 그가 다시 움직여서 맥이 풀렸다.

얼프레드가 무거운 발로 전리품을 천천히 끌고 계단을 내려가는 소리가 들렸다. 뼈처럼 단단하고 묵직한 뭔가가 계단을 쿵쿵 찍어대는 소리를 들으며 공포 못지않은 분노를 느꼈다. 맷의 머리가 나무로 된 계단에 계속해서 부딪히는 소리가 아닐까? 저러다가 심각한 부상이라도 입으면 어떡하지? 정말 그를 죽이려고 저러는 걸까?

발을 앞으로 내디딘 나는 계단 꼭대기에서 뛰어내려 얼프레드를 덮치고 눈을 찌르면 어떻게 될지 생각했는데…….

'그래선 안 돼!'

하지만 뭐라도 해야 했다. 여기서 이러고 있다간…….

'제발 클래라, 그는 너보다 너무 강해. 가만히 생각을 해보렴.'

계단이 보이지 않는 곳에서 몸을 떨며 억지로 자신을 진정시켰다. 아래층에서 얼프레드가 훨씬 자유롭게 돌아다니는 소리가 들렸다. 그는 이제 뭔가를(누군가를) 끌고 다니지 않았다. 그런데 나무 계단이 삐걱거리더니 내가 기댄 벽이 울렸다. 얼프레드가 다시 계단을 올라오고 있었다. 나는 뒤로 물러섰다. 나를 찾으러 오는 걸까?

나는 눈을 감고 고개를 숙인 채 숨을 참았다. 그에게 붙잡히면 미친듯이 싸울 것이다. 아직 손전등을 쥐고 있었다. 주머니에 칼이 들었는데 왜 진작 꺼내지 않았을까?

얼프레드가 계단 꼭대기에 다 올라왔다. 그는 잠시 멈춰서 숨을 가다듬었다. 이제 모든 게 끝났다는 걸 알았다. 그가 나를 똑바로 쳐다보는 것을 느낄 수 있었다. 나는 마음을 다잡고 앞으로 뛰어나갈 각오를 했다. 그런데 나무 빗장을 밀어내는 소리가 들리더니 벽장문이 다시 열렸다. 방에서 아주 흐릿한 빛이 새어 들었다. 얼프레드는 벽장을 닫고 방으로 나갔다.

발소리가 멀어졌다.

'자, 이제 움직여야 해!'

됐어, 됐다고! 나는 앞으로 움직이며 손전등을 켰다. 나무로 된 빗장을 금방 찾아내서 밀어 제대로 잠갔다.

벽장이 잠기기는 했어도 얼프레드가 열지 못할 거란 보장은 없었다. 재빨리 계단을 뛰어 내려갔다. 손전등을 켠 덕분에 움직이기는 한결 쉬웠다. 계단을 내려와서 저 멀리 벽 앞에 엎드린 형체에게 달려갔다. 누구인지 알아보려고 얼굴을 확인할 필요도 없었다. 그는 내가 걸친 적이 있던 재킷을 입고 있었다.

나는 맷의 어깨를 잡았다. 나를 볼 수 있게 몸을 돌리자 그는 약하게 신음했다. 살아 있다는 걸 알게 되자 극도로 안심이 되었지만 잠시에 불과했다. 그의 회색 눈동자에 핏물이 가득했다. 입에서도 피가 흘렀다. 입술에서 가늘게 신음이 새어 나왔다. 나는 그가 숨을 제대로 못 쉰다는 것을 알았다.

"맷!"

말을 걸거나 무슨 소리를 내는 것은 멍청한 짓이라는 걸 알았지만 어쩔 수 없었다. 맷이 붉은 눈으로 나를 보았다. 그의 입술이 다시 움직였다.

"팔이." 그가 겨우 말했다. 자기 오른팔을 보려는 듯 고개를 돌리려 했다.

나는 재킷을 벗겨서 그의 팔을 겨우 꺼냈다. 맷의 셔츠는 피에 젖어 있었다. 나는 마침내 칼을 꺼내 셔츠를 옷깃에서부터 아래로 자르고 젖은 옷감을 젖혀 맨팔을 확인했다.

살무사에게 물린 자국은 아니었다. 출혈은 심하지 않았지만 알 수 있었다. 타이판이 그의 어깨 위를 물었다. 상처 주위의 피부가 부풀고 퍼렇게 변했다. 내가 바라보는 동안에도 피부가 죽어가고 있었다. 설상가상으로 독액이 그의 몸 전체에 빠르게 퍼지며 장기를 파괴하고 생존에 필요한 기능들을 마비시키고 있었다. 잠시 후면 혼자서 숨도 쉬지 못할 것이다. 아침이 되면 내부 장기들도 분해되어버릴 것이다. 피부도 썩어버리겠지.

'뱀에게 물려도 몇 시간은 살 수 있다는 걸 알잖아?'

맷이 집을 나선 지 한 시간이 조금 지났다. 아직 시간이 있었다. 나는 옷에 달린 여러 주머니들 속에서 숀에게 받은 약병 상자와 랜드로버의 장비 가방에서 챙겨 왔던 주사기를 꺼냈다. 주사기는 흔히 큰 동물에게 진정제를 주사할 경우를 대비해 소지하고 다녔다. 나는 맷이 큰 동물에 속한다고 생각했다. 상자에 적힌 주의 사항도 읽었다. 해독제는 천천히 투여해야 하고 링거를 통해 정맥 내 점적 방식으로 투입하는 것이 좋다는 내용이었다. 당장은 시간이 부족해서 주의 사항을 따를 수 없었지만, 아무튼 주의해야 했다. 주사기에 약물을 채운 후 혈관을 찾아서 괴로울 만큼 천천히, 시계의 초침을 확인하며 맷의 팔에 그의 생명을 구할 유일한 물질을 주입했다. 그리고 약병을 또 하나 꺼내 똑같이 반복했다. 일단 거기에서 멈춰야 했다.

해독제를 한 번에 모두 주입할 수는 없었다. 그러는 것도 목숨을 위태롭게 만들 수 있다. 나는 그에게 살아날 기회를 주었을 뿐이며 이제 병원에 보내야 했다. 나는 그의 재킷 안쪽에서 발견한 작은 주머니에 남은 해독제를 넣어두려 했다. 그러려면 주머니 속의 접혀 있는 문서를 빼내야 했다. 그 문서를 볼 생각은 없었는데, 문서 왼쪽 상단에 클라이브 벤트리의 이름과 주소가 적힌 것이 보였다.

귀중한 시간을 허비하면 안 된다는 걸 알았지만 종이를 펼쳐 클라이브 벤트리의 주소로 발송된 유전학 연구소 보고서에 손전등을 비추었다. 보고서는 최근에 보내준 표본에 감사하다는 인사와 함께, 표본 검사 수단으로 염기 서열 반복성 조사와 중합 효소 연쇄 반응 조사를 이용했고 그것이 신뢰할 만한 최신 방법이라는 점을 말하고 있었다. 한편 조사의 정확도는 99.99퍼센트라는 설명과 함께 표본 A와 표본 B 사이에 어떠한 생물학적 연관성도 발견되지 않았다고 적혀 있었다.

클라이브가 맷에게 하려던 말이 이것일까? 그럴 가능성이 컸지만 나는 어떤 의미가 있는지 알 수 없었다. 남은 시간이 점점 줄어든다는 생각을 하며 서류를 내 주머니에 넣고 해독제 약병은 맷의 재킷에 넣었다. 그리고 작은 볼펜으로 맷의 이마에 '주머니'라고 적었다. 큰 기대는 없었지만 내 휴대전화도 확인했다. 걸려온 전화는 없었다.

맷의 호흡은 얕고 힘들어 보였다. 극심한 고통에 시달리는 중이었다. 아직 더 큰 문제가 남아 있었다. 그를 움직여야 했다.

나는 칼을 바지 주머니에 넣고 두 팔로 그를 끌어안아서 내 쪽으로 당겼다. 그는 의식이 가물가물했다. "힘내요." 나는 큰 소리로 말했다. "여기서 빠져나가야 해요. 병원에 데려다줄게요." 그를 당겨서 어깨에 짊어지려 했지만 너무 무거웠다. 그를 앉은 자세로 만들어놓은 후 이제 아무런 가망이 없다는 생각에 울음이 날 지경이었다. 나

혼자서 그를 사다리 밑으로 내리고 동굴 밖으로 데리고 나갈 수가 없다. 그의 머리를 잡고 억지로 나를 보게 했다.

"맷, 숀에게 받은 해독제가 있어요. 의사에게 가기만 하면 괜찮아질 거예요. 여기에 이대로 있다간 죽고 말아요. 일어나야만 해요." 맷의 얼굴과 내 얼굴은 거의 맞붙어 있었다. 맷의 눈이 꿈틀하며 내 말을 알아듣는 것 같았다.

잠시 후 놀랍게도 맷이 일어섰다. 무진 애를 쓰고 있었다. 온몸에 독액이 퍼졌고 심장 또한 약해진 상태였다. 체중을 전부 나에게 실으며 그는 거의 일어설 뻔했다. 하지만 마지막 순간에 앞으로 넘어지며 무릎을 꿇었는데, 그나마 다행이었다. 기어서라도 가면 되니까. 나는 그를 앞으로 밀며 문에 닿을 때까지 계속해서 앞으로 가도록 재촉했다.

그런데 대체 어떻게 사다리를 타고 내려간단 말인가?

'제발 클래라, 머리를 써. 네가 어떻게 노루를 옮기는지 생각해 봐.'

밧줄! 분명 밧줄을 본 것이 생각났다. 주위를 둘러보았다. 눈에 들어온 빨랫줄 같은 가느다란 나일론 줄을 쓸 수 있을 것 같았다. 나는 줄을 맷의 겨드랑이 아래 가슴에 감고 옭매듭을 지었다. 그런 다음 체중을 받쳐줄 튼튼한 물건이 있는지 살폈다. 눈에 띄는 적당한 물건이 없었다. 사다리 자체를 이용하는 것이 좋을지도 모른다. 나는 줄을 사다리의 맨 위 가로대에 두르고 남은 줄을 내 허리에 감았다. 그런 다음 맷의 다리를 밀어 문 밑으로 빠뜨렸다. 맷의 눈이 나와 마주쳤다.

"이렇게 하면 돼요." 내가 말했다.

맷은 입을 일그러뜨리고는 팔을 뻗어 사다리의 맨 꼭대기 가로대를 잡았다. 잠시 후 그가 문을 통과해 아래로 떨어지며, 나일론 줄이 내 손과 허리를 조였다.

미처 준비가 안 된 상태에서 맷의 몸무게가 나를 끌어당기는 바람에 나는 사다리의 제일 위의 가로대를 발로 밟고 겨우 버텨 두 다리를 지탱했다. 맷은 이제 허공에 뜬 채로 매달려 있었고, 나일론 줄은 내 허리를 잘라낼 듯이 조였다. 나는 줄을 조금씩 풀어 맷이 동굴 바닥에 천천히 내려가게 했다. 그때 집안 어디선가 다시 움직임이 느껴졌다. 얼프레드가 돌아오고 있었다.

나는 줄을 더 많이 풀었다. 사다리가 옆으로 미끄러지면서 맷이 돌바닥에 쿵 하고 떨어졌다. 하마터면 나도 떨어질 뻔했지만, 마지막 순간에 줄을 모두 풀었다.

가장 힘든 고비는 넘긴 셈이었다. 나는 사다리를 당겨 재빨리 미끄러져 내려왔다. 맷을 묶었던 줄을 자르고 그를 돌바닥에 두고 보트를 숨겨둔 곳으로 뛰어갔다. 가시나무를 걷어내고 고무보트를 동굴 안으로 끌고 왔다. 벽에 박힌 쇠고리에 보트 밧줄을 묶은 후에는 그를 어떻게 보트에 실을지 잠시 고민했다.

"미안해요, 맷." 방법은 하나뿐이었다. 나는 맷의 어깨를 거칠게 끌어당겨서 등을 잡고 다시 어깨를 당겼다. 그런 식으로 그를 옆으로 굴려 평평한 돌바닥까지 옮긴 다음 머리가 다치지 않게 보호하며 보트에 실었다. 팔과 다리가 보트 밖으로 나오지는 않았는지, 머리는 안전한지 확인했다.

준비는 끝났다. 이제 내가 할 일은 밧줄을 풀고 보트에 올라탄 후 랜드로버가 있는 곳까지 강을 따라 내려가는 것뿐이었다. 차를 몰아 가장 가까운 응급실로 가면 의사가 남은 해독제를 주입해줄 것이다. 타이판에게 물리더라도 제때에 해독제를 맞고 병원에서 치료를 받으면 살아남을 가망이 있다. 맷은 괜찮을 것이다.

그 순간 나는 새로운 냄새, 파이프 담배 냄새를 맡았다.

'클래라, 조심해!' 머릿속에서 엄마의 비명이 들렸다. 나는 밧줄을 당겨 느슨하게 한 뒤 보트를 세게 밀었다. 물살에 실린 보트는 내게서 멀어졌고, 동굴을 빠져나가 계곡으로 미끄러졌다. 내가 돌아섰을 때 낯익은 거대한 형체가 사다리 밑까지 내려와 있었다. 나는 며칠 전 밤중에 벤트리의 벌판에서 뱀을 잡던 자가 키치 형제들이 아니라 얼프레드였다는 것을 이제야 깨달았다. 얼프레드는 나를 향해 손전등을 비추었다. 잠시 생각했다. 지금 강물에 뛰어들면 맷의 보트를 따라잡을 수 있을까? 여기에서 붙잡히지 않을 가망이 조금이라도 있을까? 나는 뒷걸음쳤다.

그날 밤 벌판에 있던 사람이 얼프레드였다면, 그와 함께 있던 또 다른 사람은 누구였을까? 클라이브 벤트리? 아니면…….

천둥소리가 들렸다. 어쩌면 커다란 돌이 내 머리를 내리치는 소리였는지도 모른다. 오래된 극장 화면에서 상연되는 옛날 영화 장면처럼 눈앞의 세상이 가물거렸다. 나는 정신을 잃었다.

50

깨어나고 싶지 않았다. 이렇게 다쳤는데 어떻게 아직 살아 있을까? 머리뼈가 으스러진 게 틀림없다. 그렇지 않다면 이렇게 머리가 욱신거릴 리 없으니까. 토하고 싶었던데다 욕지기가 치밀었는데 몸을 움직일 수가 없었다. 이 축축한 돌바닥에서 뱃속을 게워내다 숨이 막혀 죽으면 고통에서 해방될 것 같았다.

나는 토하지 않았다. 뱃속에 든 것이 아무것도 없었고, 갑자기 기침이 나와 경련을 하는 바람에 눈이 떠졌다. 동굴의 거친 석회암 바닥이 아니었다. 일정하게 잘린 매끄러운 돌로 된 바닥이었고 끔찍하게 찍찍거리는 소음도 머릿속에서 들린 것이 아니었다. 수십 마리의 작은 생명체들이 허공에서 맴을 돌며 소리를 냈다. 오래된 교회였다.

구멍조끼의 버클이 가슴을 옥죄었다. 한 손으로 바닥을 짚고 일어나 얼마나 다쳤는지 머리를 만져보려 했지만 그러지 못했다. 맷을 그 집에서 빼낼 때 썼던 나일론 줄에 두 팔과 몸이 한데 묶여 있었다.

돌바닥에 얼굴이 짓눌려 앞을 잘 볼 수도 없었다. 눈알을 굴리기만 해도 아팠다. 그래도 내가 교회 신도석을 향해 엎어져 있다는 건 알 수 있었다. 과거에 얼프레드가 익사할 뻔했던 웅덩이의 고인 물 냄새도 느껴졌다. 신도석 몇 개가 넘어져 있고, 몇 개는 똑바로 서 있는 것을 분간할 수도 있었다. 삼 미터도 채 떨어지지 않은 신도석 맨 앞줄에 얼프레드가 얌전히 앉아 있는 것도 보였다.

눈을 깜빡이자 그가 초점에 잡혔다. 월터와 아주 흡사했다. 월터보다 눈이 약간 작고 아래턱이 조금 돌출된 것 같았다. 월터보다 머리숱도 많고 조금 더 건장해 보였다. 그런 점만 뺀다면 그들은 사촌이라기보다 형제로 보였다. 어두운 불빛 속에, 어느 정도 떨어진 거리라면 둘을 착각하는 것도 무리가 아닐 듯했다. 다만 가느다란 파푸아산의 타이판을 무릎에 올린 채 정성을 쏟고 있다는 점에서 그는 분명 얼프레드였다. 그는 마디가 굵은 손가락을 모두 펼쳐 뱀을 꼬리 끝까지 쓰다듬었다. 뱀은 달아나거나 방어할 기미도 없이 몸을 그에게 내맡긴 상태였다.

'가만히 누워 있어.' 나는 속으로 말하고 다시 눈을 감았다. 얼프레드는 내가 의식을 잃었다고 여기는 한 그냥 내버려둘지도 몰랐다. 만약 레이철의 연락을 받은 경찰이 정확한 내용을 접수했다면 분명

출동을 했으리라. 어쩌면 벌써 마을에 도착해 내가 시킨 대로 클라이브 벤트리의 집에서 맷의 행방을 찾고 있을지도 몰랐다. 그들은 클라이브의 시체를 발견할 것이다. 맷을 찾을 것이고, 나도 찾아낼 것이다.

그런데 마지막으로 확인했을 때 휴대전화에 전화가 온 기록은 없었다. 어쩌면 레이철이 내가 지시했던 것들을 기억하지 못했는지도 모른다.

숨을 고르게 쉬고 눈꺼풀도 깜빡이지 말아야 들키지 않을 것이다. 그러면 무사할 것이다. 클라이브의 시체를 발견한 맷이 무전으로 도움을 청했을 수도 있다. 또 한 건의 살인이 발생했으니 경찰은 걸어서라도 마을에 들어왔을 것이다. 그러려면 먼저 맷이 클라이브의 시체를 봤을 거라고 가정해야 했다. 만약 그가 저택에서 나오는 얼프레드만 목격하고 뒤를 밟기로 결심했다면 도움을 요청할 기회도 없었을 것이다. 오, 이런…….

정신병원의 관리자 로즈 스코트도 있다. 그녀는 얼프레드가 고향 마을에 나타났다는 사실을 신고했을 것이다. 경찰은 어쨌든 출동했을 것이다. 그래야만 했다. 언제 도착할지가 관건이었다.

어디선가 인기척이 났다. 발소리도 들렸다. 얼프레드는 신도석 앞줄에 앉아 있었다. 죽은 듯 누워 있어야 한다는 생각을 하기에 앞서 몸이 뻣뻣해졌다.

"깨어난 줄 알았지."

얼프레드는 입술을 움직이지 않은데다가 나로선 그 목소리를 절대로 그의 것이라 생각할 수 없었다. 묵직하고 점잖게 나를 부르는 목소리에는 변두리 도싯의 억양이 전혀 남아 있지 않았다. 미국 남부식의 음색과 억양을 지닌 아치 위처가 마침내 고향에 돌아온 것이다.

나는 다리를 접으면서 몸을 세차게 밀어 무릎을 꿇다시피 했다. 머리에 몰렸던 피가 빠져나가자 상당한 통증이 느껴졌다. 나는 내 앞에 서 있는, 키가 180센티미터가 훨씬 넘는 남자에게 초점을 맞췄다.

아치는 사람들에게 들은 대로 미남이었다. 사진을 보고 짐작한 것보다 훨씬 잘생겼다. 아름다울 만큼 비례와 균형이 완벽했다. 하얀 피부는 나이 일흔을 넘긴 남자답게 주름이 졌지만 여전히 매력적인 인상이었고, 특히 연한 청록색의 눈동자와 검은 속눈썹이 두드러져 보였다. 인생의 황혼에 접어든 남자의 완벽한 모습이었다. 조카의 재산까지 물려받으면 그의 남은 인생은 정말로 유쾌한 것이 되지 않을까?

나는 약간 실망하지 않을 수 없었다. 결국 모든 사건이 돈 때문이었다니. 미국에서의 추문을 피하고 처벌을 면하기 위해 고향으로 돌아온 그가 자신보다 먼저 죽은 조카 덕분에 막대한 부를 얻게 된단 말인가?

"클래라 양, 불편하게 이곳까지 오느라 고생을 시켜 미안합니다.

물이 있는데, 필요하다면 주겠네." 아치가 아주 높은 곳에서 나를 내려다보듯 말했다.

나는 고개를 끄덕였으며, "부탁합니다"라고 쉰 목소리로 겨우 말했다. 지금 내게는 시간이 필요했다. 탈출은 불가능했다. 그렇지만 구조반이 오고 있다. 그들에게 시간을 줘야만 했다.

아치는 돌아서서 걸어 나갔고, 나는 클라이브 벤트리 저택에서 열렸던 마을 모임을 떠올렸다. 정확히 일주일 전, 검은 옷차림의 키가 큰 남자가 위층 갤러리에서 사라지는 것을 보았다. 로즈 스코트는 얼프레드의 면회객에 대해 말하며 독특한 억양을 지닌 인상적인 남자라고 했었다. 나는 클라이브일 거라고 생각했지만 아치였을 가능성이 높았다.

아치가 시야에서 사라지자 나는 대체 누구의 손에 클라이브가 목숨을 잃었는지 의문이 생겼다. 여전히 뱀을 쓰다듬으며 넋을 놓고 있는 얼프레드는 그저 서글퍼 보이고 이해하기 힘든 노인으로밖에 보이지 않았다. 분명 내 집에 침입해 나를 미칠듯이 무섭게 만들었지만, 그래도 그는…….

발소리가 다시 들렸다.

얼프레드는 그날 밤 내게 해를 입히지 않았다. 며칠 후 석회 광산에서도 해를 입힐 기회가 있었다. 나는 불과 몇 발자국 거리에서 그의 숨소리를 들었지만 그는 나를 가만히 내버려두었다. 정말로 얼프레드가 사람을 넷이나 죽였을까? 아니면 그의 사촌 아치가 그를 병원에서 나오게 도와주고 가족이 살던 예전 집에 숨겨주고 음식과 음료를 주며 이용했을까? 마을에서 얼프레드의 존재란 단지 연막에 불과했을까? 심지어 아치가 뱀 소동을 조작한 것도 무엇보다 얼프레드를 범인으로 몰기 위해 그런 건 아닐까?

아치는 가까이 다가와 나와 얼굴을 마주볼 수 있을 만큼 쪼그리고 앉았다. 그가 입고 있는 검은 셔츠와 바지에 번득이는 검은 얼룩이 잔뜩 묻어 있었다. 유리컵을 내미는 손에는 붉은색이 묻어 있었다. 나는 얼프레드를 다시 쳐다보았다. 그의 옷은 더러웠지만 핏자국은 찾아볼 수 없었다. 둘 중에 누가 클라이브 벤트리의 머리를 으깼는지 알 것 같았다.

그러나 모든 사건의 책임은 얼프레드에게 돌아갈 것이다. 나는 다른 식으로도 생각해보았다. 얼프레드는 유죄가 확정되더라도 자신이 오십 년 동안 살았던 병원으로 되돌아가게 될 뿐이다. 어째서 아치는 자신의 부유한 조카뿐만 아니라 다른 세 사람까지 죽였을까? 존 알링턴, 바이얼릿 버클러, 어니스트 앰블린을 죽여서 얻게 되는 것이 과연 뭘까?

아치가 유리컵을 입에 대주어서 물을 마셨다. 차가운 물이 정신을 차리는 데 도움이 되었다.

"고맙습니다." 나는 돌바닥을 보며 말했다. "저, 위처 목사님, 하나 물어봐도 될까요?" 나는 여전히 눈을 내리깐 채 목소리를 낮췄다. 나를 위협으로 여기지 않도록.

"물론이지." 한동안 아무것도 먹지 않은 사람처럼 아치의 숨결에서 시큼한 냄새가 났다. 그의 목소리는 나만큼이나 낮았다. 우리는 오랫동안 잊힌 교회에서 속삭이듯 말을 주고받았다. 바깥에는 폭풍이 몰아쳤다. 어떤 질문을 해야 그를 안심시킬 수 있을까? 잠시 후 생각이 났다. "어째서…… 어째서 얼프레드가 아기 침대에 뱀을 남겨두었던 거죠?" 나는 질문을 던지고 그를 힐끔 쳐다보았다.

아치는 안타까워하며 고개를 저었다. "클래라 양, 자네가 마침 그곳에 가주었던 것에 대해 나는 주님께 감사를 드렸다. 하마터면 끔찍한 사고가 될 뻔했지. 순결한 아기에게 말이다."

"그런데…… 사고라면…… 아기를 해칠 의도가 없었단 말인가요?"

"당연히 없었지. 그런데 아기의 부모가 닭을 키우고 있었거든. 갓 태어난 병아리도 있었고. 얼프레드에게 필요한……." 사실을 전부 밝히는 것이 민감한 문제라도 된다는 듯 그는 말을 끝맺지 않았다.

"뱀에게 먹이려 했던 거군요." 내가 눈을 내리깔며 말했다.

"그래, 맞아. 내가 듣기에는 그가 집안에 들어가자 아기 부모들이 너무 겁을 먹었던 것 같네. 황급히 빠져나오느라 뱀을, 가장 아끼는 뱀을 집안에 두고 왔을 정도였지. 앰블린의 집에 타이판을 남겨두고 왔을 때도 그랬고. 얼프레드에게는 재능이 많은데…… 뭐랄까, 항상 전적으로 믿을 만하지는 않거든."

그렇다면 소피아와 폴슨 가족은 계획된 피해자가 아닌 셈이다.

엉뚱한 시기에 엉뚱한 곳에서 문제가 생긴 것이다.

"얼프레드는 어떻게 남의 집에 들어갈 수 있죠?" 나는 가장 먼저 떠오른 의문에 대해 다시 물었다. 그가 내 집에 들어온 방법은 알아냈지만 다른 집들에 대해서는 알지 못했다. "에덜린의 열쇠를 쓴 건가요?"

나는 눈을 치켜떴고, 아치가 미소를 지으며 고개를 살짝 젓는 것을 보았다. "얼프레드는 재주가 많단다. 클래라 양, 나는 그의 행동을 절반도 이해하지 못한다네. 에덜린의 열쇠가 있으면 유용하겠지만 얼프레드는 어느 곳이든 마음대로 갈 수 있는 재주가 있거든. 마을에서 그가 잘 알지 못하는 집은 거의 없지. 너도 알다시피 그는 어릴 때부터 마을에서 자랐으니까."

그 점은 아치도 마찬가지였다. 문득 그의 억양이 거슬렸다. 아무리 미국에서 오십 년을 살았다고 해도 저렇게 철저하게 미국인처럼 말할 수 있을까? 단지 발음만이 아니라 말을 건네는 속도라든지 어법까지 타국의 방식이었다.

그는 나를 향해 몸을 기울였다. "그런데 클래라 양, 다른 타이판 한 마리는 어떻게 했나? 얼프레드는 그 뱀을 무척 아끼는데. 아직 라임 언더클리프의 집에 있는 건가?"

며칠 전 밤에 숀은 언더클리프에서 난초를 찾고 있던 나이든 미국인 관광객을 놀라게 했었다. 그리고 며칠 뒤 누군가가 그 집에 침입하려 했다. 나는 이제 그 사실들이 어떻게 연결되어 있는지 전부 납득했다. 아치는 타이판을 찾으려고 나를 미행했을 것이다. 치명적인 무기를 돌려받으려고.

나는 고개를 약간 돌려 얼프레드를 보았다. 얼프레드는 우리를 빤히 보고 있었는데 시선이 내 입을 향해 있다는 것을 알았다.

"당신의 아름다운 뱀은 아주 안전해요." 내가 천천히 입을 열며 얼프레드의 얼굴을 쳐다보았다. "잘 돌보고 있어요." 얼프레드의 작은 눈이 가늘어졌고, 무릎에 놓인 뱀을 어루만지던 손가락이 약간 떨리는 것처럼 보였다. "그래서 내 집에 왔군요? 뱀을 찾으려고요. 뱀은 돌려줄 수 있어요."

아치는 이제 일어설 것처럼 발뒤꿈치에 체중을 실었다. '다른 질문을 해. 계속 말을 시켜.'

"어째서 우리가 이 교회에 있는 건가요? 이제 고향에 돌아왔으니 여기서 다시 예배를 드릴 건가요?" 아치가 일어섰다.

그는 대답 없이 성단소 계단으로 걸어가 성가대 좌석 뒤에서 무릎을 꿇었다.

'계속 말을 시켜야 해!'

"제 아버지는 부주교님이세요. 아버지는 당신 교회에도 관심을 두실 거예요. 미국의 교회 일에 대해서도요." 나는 다급하게 말을 건넸다. 우리가 교회에 온 정확한 이유를 금방 알게 될 것 같았다. 그 이유를 듣고 싶지 않았다.

나는 아치가 뭘 하는지 볼 수 없었지만, 그래도 지퍼가 열리고 부스럭대는 소리를 들었다.

"그리고 믿는 자들에게는 이런 표적이 따르리니." 나는 크게 말했다. 다음 구절이 뭐였더라? "곧 저희가 내 이름으로 귀신을 쫓아내며, 새 방언을 말하며, 뱀을 집으며, 그리고…… 그리고……." 희망은 완전히 사라졌다. 그가 곧 돌아와 단단한 뭔가로 내 머리를 내리찧으면 공중으로 산산이 흩어지고 말 것이다. 그는 악취를 풍기는 웅덩이의 물로 바닥을 씻어낼까? 나는 입을 벌려 비명을 지르려 했다.

뒤에서 두 손이 어깨를 잡았다. "클래라 양, 우리 주님과 구세주 예수 그리스도를 마음으로 받아들이겠나?"

내가 세차게 고개를 끄덕였다.

"다행이구나." 그는 이제 내게 더 가까이 다가왔다. 그의 옷에서 파이프 담배 냄새가 났고, 숨결에서 아세톤 냄새도 풍겼다. 그 모든 냄새 속에 피 냄새가 섞여 있었다. 그의 손이 내 어깨를 주물렀다. "이 주님의 땅에 마지막날이 다가왔을 때, 진실로 정의로운 모든 자들은 구원을 받고 죄지은 자들은 영원한 불길 속에 던져질 게다. 클래라 양, 자네가 주님을 발견했다니 정말 기쁘구나."

속이 뒤집힐 것 같은 공포 속에서 분노가 솟아오르는 것을 느꼈다. 나는 성직자가 어떤지 잘 알았다. 그들은 그리스도를 마음에 받아들인 사람들이며 지금 내게 손톱을 드러낸 악마와는 전혀 달랐다.

"엘리야의 동반자에게 축복이 있으리니, 이 마지막날에 죄악과

부패에 끊임없이 맞서는 성자와의 연대에도 축복이 있으리라." 그는 몸을 기대어 뺨을 내게 붙인 채로 온몸의 체중을 실어 나를 눌렀다. 그의 손이 내 어깨를 타고 밑으로 내려갔다. 나는 점점 화가 났다. 나를 누가, 더구나 그가 이렇게 만져선 안 되었다.

"우리가 교회에 온 이유를 말해주마." 그가 목소리를 낮춰 다시 속삭였다. "우리 친구 얼프레드는 고향에서 오래 머물 수 있는 장소가 필요하지. 클래라 양, 만약 자네가 그의 거처에서 발견되면 그 집은 철저히 수색을 당할 게다. 그의 휴식처와 수집품마저 들키고 말 테지. 아직은 그런 일이 있어선 안 되거든."

아치는 시간을 벌려고 했다. 내게 누명을 씌웠을 때도 그랬다. 내 지하실에 살무사를 숨겨놓고, 내게서 훔쳐간 종이에 유언장을 가짜로 작성해 바이얼릿의 집에 남겨둔 것도 그랬다. 시간을 벌어서 도대체 뭘 하려 한 걸까.

내 속에서 분노와 공포가 서로 힘을 겨루었고, 이제 공포가 앞섰다. 공포로 인해 그에게 복종한다면 살 수 있을지도 몰랐다. 얼프레드는 신도석 앞줄에 앉아 우리를 지켜보며 계속해서 뱀을 쓰다듬었다.

"네가 루비 모트램과 얘길 나눴다는 걸 알고 있단다. 클래라 양, 그녀는 어디에 있나?" 아치가 물었다.

분노가 솟아났다. 그 연약한 노파가 다음 희생양일까? 나는 그를 향해 고개를 휙 치켜들었다. "알려줄 수 없어." 그리고 말을 멈췄다. 그의 서늘한 푸른 눈동자를 들여다보았고, 그때야 모든 일이 앞뒤가 맞아졌다. ‘겨울 하늘 같은 눈동자.’ 오, 이런, 맙소사! 충격으로 내 눈이 휘둥그레졌거나 주춤했는지도 모른다. 그게 뭐였든 그는 변화를 감지했다.

‘클래라, 안 돼. 말하지 마. 상황이 악화될 뿐이야.’

그의 시선이 내게 고정되었다. 나는 이제 눈을 피하지 않았다. 그가 입을 벌려 말을 꺼내려 했지만 틈을 주지 않았다.

“당신은 아치 위처가 아냐.” 내가 말했다.

파란 눈동자가 가늘어졌다. “클래라 양, 무슨 소릴.”

‘클래라, 그는 미쳤어. 그를 화나게 하지 마.’

나는 악을 쓰지 않으려고 억지로 천천히 말을 이었다.

“아치 위처는 묘지에 있어. 오십 년 동안 묻혀 있었어. 당신 이름이 적힌 묘지에. 당신은 묘비를 세우라고 돈까지 보냈지.”

“무슨…….”

“당신은 도싯 사람도 아냐.” 내가 일어서려고 몸부림을 치자 그는 나를 놓아주었다. “영국 서부 출신은 당신처럼 말하지 않아. 미국에서 백 년을 살아도 마찬가지지.” 그는 상체를 세운 채 가만히 서서 나를 제지하지 않았다. 그는 나와 함께 몸을 일으켰다. 나는 말을 이었다. “그것뿐만이 아냐. 아치 위처의 눈은 갈색이지. 진한 갈색 눈동자. 몇 사람이나 그렇게 얘기했어. 난 어제 당신 사진도 봤지. 컬러로 된 경찰의 수배 사진을. 그때 진작 알았어야 했는데. 오십 년이 흐른다고 해도 갈색 눈이 파랗게 변하진 않는다는 걸.”

그제야 마침내 그가 내 앞으로 걸어왔다. 거인처럼 키가 아주 컸다. 그는 두 손으로 내 어깨를 잡더니 자신에게 끌어당겼다.

"아치 위처는 그날 밤에 불에 타 죽었어." 나는 그의 얼굴에 대고 말을 뱉었다. "그날 밤 당신은 얼프레드도 죽일 뻔했지. 당신의 뱀에 세 사람이 물렸어. 그리고 두 명이 죽었지. 당신은 경찰의 조사가 시작될 거라는 걸 알고 고향으로 도망쳤지만 본래 이름으로는 돌아갈 수 없었어. 왜냐하면 그곳에서도 아버지를 살해해서 수배중이었으니까. 그래서 아치의 삶을 훔친 거지. 오십 년 동안 다른 사람인 척하며 살다가 이제 그 사람 조카의 돈을 훔치려고 돌아온 거야."

그는 나를 끌고 가려 했다. 나는 몸을 똑바로 세우려고 발버둥을 쳤다. 물웅덩이 옆에서 몸싸움을 벌이기 시작한 우리는 점점 물에 가까워졌다. 신도석에서 뱀을 만지고 있던 얼프레드가 일어섰다.

"그래서 그 사람들을 죽인 거야. 존 알링턴, 바이얼릿, 앰블린까지. 그들은 당신을 아니까. 당신을 알아봤을 테니까. 당신이 아치가 아니라는 걸 아는 사람을 전부 죽인 거야!" 나는 소리를 질렀다.

'이제 네 차례가 될 거야. 클래라, 어쩌려고 이러니?'

우리는 동작을 멈췄다. 여전히 내 상체를 꽉 붙든 그는 고개를 낮추어 얼굴을 내게 들이밀었다. 나는 얼프레드가 앞으로 걸어 나오는 것을 얼핏 보았다.

"그럼 내가 누구지, 클래라? 아치가 아니라면, 그럼 누구?" 그가 속삭였다.

"조엘 패인. 당신은 조엘 모건 패인 목사지. 오십 년 전 이 교회의 목사. 사람들은 당신을 믿었고 당신의 신앙을 믿었어. 그런데 당신은……."

나는 말을 잇지 못했다. 패인에게서 변화가 일어났다. 그는 나를 놓아주더니 굳은 자세로 숨을 크게 들이쉬었다. 눈을 감았고 경련을 일으키듯 몸을 떨었다. 다시 눈을 떴을 때 그는 달라졌다. 맹세컨대 초점이 훨씬 선명하게 맞춰진 사진을 보는 느낌이었다. 그의 눈동자는 빛깔을 찾았으며 키도 더 커진 것 같았다. 그가 입을 열자 젊고 힘찬 목소리가 튀어나왔다.

"고맙다, 클래라. 진짜 내 이름을 불러주니 기분이 좋구나."

나는 뒤로 물러서다가 몸의 중심을 잃어 성단소 난간에 부딪혔다. 조엘 패인이 큰 걸음으로 다가왔다. 그의 뒤에서 얼프레드도 가까이 다가왔다.

"클래라, 나도 너의 소문을 들었다." 패인은 흥얼거리듯이 말했다. "지난 몇 달간 벤트리 저택에 처박혀 있으면서도 말이다. 하인과 주민들이 세상을 피해 숨어 사는 흉터가 있는 여자에 대해 수군댔지. 네 어머니와 네가 어머니에게 한 짓들에 대해서도 말이다. 클래라, 넌 네 어머니를 죽였지. 네 어머닌 네 모습을 지켜보기가 괴로워 죽도록 술을 마셨다면서? 그 말이 맞지?"

머릿속에서 엄마의 목소리는 침묵했다. 침착하고 현명하게 나를 이끌어줬던 말들은 조엘 패인의 입에서 나오는 말과 뒤섞였다. 그 말도 옳은 것처럼 들렸다. 엄마의 죽음은 내 잘못이었다. 나를 볼 때마다 엄마는 술을 마셔야 했다. 패인은 손을 뻗어 내 얼굴의 흉터를 어루만졌다.

"죄인의 낙인이로구나. 카인의 징표처럼." 그가 속삭였다.

마음속 깊은 곳에서 뭔가가 풀려나오려 애쓰고 있었다.

"클래라, 자기 부모를 죽인 자들이 어떻게 되는지 아니?" 그는 여전히 내게서 손을 떼지 않았다.

"벌을 받아요." 나는 울먹였으며 얼굴이 축축해졌다. 패인은 손을 들어올렸고, 핏자국이 남은 그의 손가락에 반짝이는 눈물이 맺힌 것을 우리는 함께 보았다. 패인은 다시 고개를 숙여 마치 고통의 쓴맛을 즐기는 듯 내 뺨과 눈가와 관자놀이의 눈물을 혀끝으로 핥았다. 나는 고개를 뒤로 젖히거나 소리를 지르지도 않았다. 잠시 후 그가 물러섰다. 시선은 여전히 나를 향하고 있었지만 나를 보는 것 같지 않았다.

"벌을 받지, 벌을. 내가 처벌받았듯이." 그는 말을 반복했으며, 내가 미처 보지 못할 만큼 빠르게 자신의 셔츠 앞자락을 펼쳐 가슴을 활짝 드러냈다. 한때 윤곽이 뚜렷했을 그의 상반신은 이제 피부가 늘어져 있었다. 또 심한 화상으로 일그러진 생생한 흉터가 남아 있었다. 그는 내가 볼 수 있게 두 팔을 나를 향해 뻗었다. 더 많은 흉터가 보였는데 화상의 흔적이 아닌 것도 있었다.

"아버지는 강물에 내 머리를 처박으셨다. 무슨 말인지 알겠니, 클래라? 내가 고통스러워 죽기 직전까지 나를 잡고 계셨지. 그렇지만 난 죽지 않았어. 교회에서 몸에 불이 붙었지만 그래도 나는 죽지 않았다. 뱀과 독사가 수없이 몸을 휘감고 깨물었지만 죽지 않았다. 죽음의 사신은 나를 해치지 못한다, 클래라. 축복된 주님께서 내게 죽음을 넘어서는 힘을 주셨으니까. 나는 엘리야 동반자의 진정한 일원이고, 하나님의 땅에 마지막날을 알리러 왔다." 그는 나를 향해 두 팔을 내밀었다.

갑작스러운 소음에 우리는 깜짝 놀랐다. 박쥐 한 마리가 오르간 파이프 속에 걸려들었다. 박쥐가 날개를 퍼덕이자 바람이 낡은 종 사이를 통과하는 것 같은 소리가 났다. 저 소리가 마을 주민들에게 들릴 만큼 클까? 그렇지 않은 것 같았다. 그래도…….

나는 몸을 휙 돌려 제단 앞을 가로질렀다. 설교단에 몸이 부딪혔지만 어쨌든 중심을 잡고서 성가대 좌석 뒤로 돌아갔다. 그리고 껑충 뛰어서 오르간 건반을 얼굴로 짓눌렀다. 오랫동안 방치된 파이프들이 살아나 교회 부근에 일제히 소리를 퍼뜨렸다. 박쥐들이 끽끽거리기 시작했고 놀란 까마귀들이 회중석을 향해 날아들었다. 이때 머리채가 등뒤에서 붙잡혔고 패인이 팔로 목을 감았다. 나는 몸이 뒤로 젖혀져 성단소 계단의 앞바닥에 팽개쳐졌다. 바로 옆에 침례 웅덩이가 있었다. 우리는 동작을 멈췄고 나는 다시 일어섰다.

"클래라, 나는 죽은 자가 일어나는 것을 보았다." 패인이 말했으며 그의 눈은 이제 나를 보고 있지 않았다. "나는 너를 되살릴 수 있다. 네 신앙만 충분히 강하다면. 그래도 되겠니? 우리 둘이 함께 너의 어머니를 되살려볼까?"

"그만둬."

그는 입가에 게거품을 물었다. "너의 잘생긴 경찰 친구를 살려볼까?"

"그는 죽지 않았어!" 그 말을 내뱉는 순간, 내가 얼마나 멍청한지를 깨달았다. 패인과 얼프레드는 나를 해치우고 즉시 맷을 찾으러 갈 것이다. 그를 찾아내서 끝장을 볼 것이다.

"곧 죽을 거다. 타이판은 하나님의 땅을 기어다니는 생물 중에서 가장 치명적이니까. 어리석은 벤트리는 자기가 여행에서 가져온 것이 뭔지 몰랐어. 죽은 알인 줄 생각했지. 내가 얼프레드에게 그 알을 주었단다. 그가 알을 부화시킬 수 있을 거라고 믿었거든."

성단소 층계 앞의 웅덩이가 우리 옆에 있었다. 내가 지금껏 지켜봤을 때, 얼프레드는 우리에게서 한시도 눈을 떼지 않았다. 나는 고개를 돌려 그가 내 입을 볼 수 있는지 확인했다. "당신의 범행에 대한 모든 책임은 얼프레드가 지게 되겠지. 지금까지 그렇게 계획을 짰을 테니까, 그렇지? 당신이 그를 병원에서 나오게 도와준 이유도 조만간 사람들이 노인들의 죽음을 의심스럽게 생각할 거란 걸 알았기 때문이지. 그들이 내 시체와 맷과 클라이브의 시체도 찾아낼 거야. 그들은 모든 사건을 얼프레드의 소행으로 생각하겠지. 얼프레드는 병원으로 돌아갈 테고, 당신은 클라이브의 돈을 전부 차지할 속

셈이었어."

패인은 나를 밀어 바닥에 넘어뜨리려 했다. 나는 다시 일어섰지만 오래 버티지 못할 걸 알았다. 그는 힘이 세고 팔도 자유로웠다.

"그러면 뱀들은 전부 죽을 거야." 나는 얼프레드를 향해 소리를 질렀다. "뱀들이 이미 죽어가고 있어. 당신은 뱀들을 돌보지 않을 거지?"

"대체 무슨……." 패인의 인내심이 바닥났다. 그는 내 얼굴을 때리고 다리도 걷어찼다. 돌바닥에 쓰러졌을 때 등이 너무 아파 정신을 잃었다. 정신을 차렸을 때 나는 비닐 자루 안에 누워 있었다. 두꺼운 검은 비닐로 된 큰 자루로 가운데에 지퍼가 있었다. 병원 시체실에서 쓰는 것과 거의 동일한 시신 가방이었다. 사람의 시체를 담는 용도는 아니었다. 아주 큰 동물의 시체를 넣으려고 제작된 가방이었다. 동물원에 그런 것들이 있었다. 야생동물병원도 큰 사슴이 죽었을 때 쓰려고 이런 가방을 보관하고 있었다. 내 지하실에도 하나가 있었다. 바로 내 가방 속에서 나는 죽음을 맞을 예정이었다.

나는 웅덩이에서 멀어지려고 몸을 꿈틀거렸다. 그러나 패인이 배를 걷어차는 바람에 더 움직일 수가 없었다.

눈앞이 점점 어두워졌고 패인이 벽에서 떨어진 큰 돌을 집어 드는 것이 보였다. 그는 돌을 내 발밑에 내려두고 제단 쪽으로 돌아갔다. 얼프레드가 앞쪽으로 나와서 겁에 질린 표정으로 웅덩이를 바라보고 있었다. 패인이 손을 뻗어 그에게서 뱀을 건네받으려 했다. 얼프레드가 뒤로 물러나며 타이판을 더욱 꽉 쥐었다.

패인이 고개를 움직이며 얼프레드에게 무슨 말을 하는 것 같았다. 불길한 침묵이 점점 길어졌다. 얼프레드가 뱀의 머리를 향해 부드럽게 바람을 부는 것 같았지만 확실하지는 않았다. 잠시 후 그가 타이판을 넘겨주자 패인이 다시 나를 향해 다가왔다.

두 남자가 뱀을 주고받은 곳에서 내가 누워 있는 장소까지는 겨우 몇 미터밖에 떨어져 있지 않았지만 패인이 다가오는 데 한참이 걸린 것 같았다. 그동안 머릿속으로 이상한 생각이 떠올랐다. 맷을 물었던 뱀이 곧 나를 물게 될 거라는 점에서 기묘한 유대감이 형성되었다. 말하자면, 맷이 강에서 익사하지 않고 폭풍우에 노출되어 죽지 않고 제때에 병원에 옮겨져 살아남는다면 평생 나를 기억하게 될 테니까. 자신을 대신해 목숨을 잃은 사람은 쉽게 잊지 못하는 법이다.

잠시 뒤 나는 내가 늘 바랐던 죽음이 바로 이런 것이라는 생각을 했다. 포에나 쿨레이의 처벌로 죽음을 맞는다면 그것 역시 당연하다. 왜냐하면 패인의 말이 맞으니까. 나는 부모 중 한 사람을 죽게 만들었다. 엄마는 나 때문에 술을 마셨고 그래서 죽게 되었으니.

패인이 무릎을 꿇고서 뱀을 내 몸에 올려놓았지만 거의 무게가 느껴지지 않았다. 마지막 순간에 떠오른 생각은 숀이 정말로, 정말로 내게 화를 내리라는 것이었다.

무거운 벽돌이 가방에 채워졌고 지퍼가 닫혔다. 나는 움직이지 않았다. 타이판도 마찬가지였다. 무게를 거의 느끼지 못할 정도로 뱀은 가벼웠는데, 뱀의 머리는 내게서 불과 몇 센티미터밖에 떨어져 있지 않았다. 억센 두 손이 몸에 닿았다. 나는 그 손에 떠밀려 돌바닥 위를 미끄러져 물에 빠졌다.

51

함께 죽을 운명에 처한 우리는 빛과 소리가 사라진 깊은 곳으로 점점 가라앉았다. 얼마 내려가지도 않아 벌써 귀가 멍멍했고, 세상이 아스라이 멀어지는 느낌이었다. 인생이 물위를 떠다니듯이 내가 사랑했던 모든 것이 물위로 떠올라 사라지는 것이 보였다. 나는 그것들을 붙잡고 싶었다. 어느 때보다 사무치게 외로웠다.

춥고 기력이 소모되는 지옥 같은 곳에 있는 나는 가방이 이제 가라앉지 않는 것을 알았다. 돌바닥이 느껴졌다. 이 지옥은 공업용 플라스틱 냄새로 가득했다.

나는 여전히 숨을 쉬고 있었다.

패인이 우리를 집어넣은 두꺼운 폴리우레탄 가방은 방수가 되지 않아서 차가운 물기가 느껴졌지만 물이 한 번에 쏟아져 들어오지는 않았다. 작은 기포가 생겨나서 나와 내 친구 뱀을 계속 살아 있게 해 주었다.

나는 실낱같은 희망에 의지한 채로 감히 움직이지 못했다. 뱀에게 물리면 모든 게 끝이다. 해독제는 맷에게 주었고, 그것도 한 번 사용할 양밖에 되지 않았다. 놀랍게도 뱀은 얌전했다. 혹시라도 내가 움직이기 시작하면 뱀이 겁을 먹어 자신을 지키려 들 수도 있다.

가방이 물의 무게에 짓눌린 탓에 어쩔 수 없이 고개를 서서히 옆으로 돌려 계속해서 숨을 쉬었다. 뱀은 그때까지도 움직이지 않았다. 주머니에 든 칼을 꺼내려고 오른팔을 옆으로 움직였다.

팔은 옆구리에 붙어 있었지만 손은 호주머니 바로 위에 있었다. 하지만 끈이 너무 꽉 조여서 조금만 힘을 써도 기운이 다 빠질 것 같았다.

그때 뱀이 움직이기 시작했다.

뱀은 위로 기어올랐다. 물을 좋아하지 않든지, 혹은 구명조끼의 차가운 느낌이 싫은 모양이었다. 뱀은 따뜻한 곳으로 향했다. 아주 가볍지만 또 아주 위험한 뱀이 가슴팍을 지나 어깨 쪽으로 다가오는 느낌이 들었다.

'보라, 내가 너희에게 권세를 주노니, 뱀과 전갈을 밟으며 원수의 모든 능력을 제어하라, 너희를 해할 자가 결단코 없으리라.'

내 목소리였을까? 아니면 엄마의 목소리? 나는 알지 못했다. 그렇지만 손가락으로 주머니 속을 더듬을 때 목소리가 바로 귀 옆에서 크게 들렸다.

타이판의 매끄러운 비늘이 뺨을 쓸었고, 뱀이 가만히 멈춘 것이 느껴졌다. 뱀의 이빨이 살을 파고들 때의 끔찍한 고통을 예상하며 이제 모든 게 끝났다고 생각했다. 뱀의 숨소리가 들렸다. 뭔가가 얼굴을 살짝 스치더니 뱀이 다시 움직이기 시작했다.

손가락이 칼의 차가운 손잡이에 닿았다. 잠시 후면 칼을 쥘 수 있을 것 같았다. 하지만 가방에 물이 급속히 차고 있었다. 더구나 세상에서 가장 위험한 육상 뱀이 꼬리로 목을 감고 나를 향해 고개를 치켜들고 있었다.

'너희를 해할 자가 없으리라.'

나는 칼을 잡아 조심스럽게 손을 놀려 몸을 묶은 가장 아래쪽 끈부터 자르기 시작했다. 끈 하나를 자르는 데 시간이 많이 걸리지는 않았다. 끈을 차례로 하나씩 자른 뒤 마침내 팔꿈치를 굽힐 수 있게 되자 칼끝을 가방 위쪽으로 향했다. 숨을 쉴 마지막 기회라는 것을 알았기에 최대한 숨을 크게 들이쉬고 가능한 한 크게 칼을 내리그었다. 물이 쏟아져 들어왔다. 아직 끈에 묶여 있어서 헤엄을 칠 수는 없었지만, 구명조끼의 끈을 찾을 수 있었다. 패인은 내가 구명조끼를 입은 것을 알지 못했다.

구명조끼에 공기가 채워지자 나는 병에서 빠져나온 코르크 마개처럼 수면으로 솟아올랐다. 사방에서 시끄럽게 울려대는 종소리에 머리가 터질 것 같았다. 대체 이 불경한 소리의 정체는 뭘까? 건물이 무너지기라도 하는 걸까? 나를 묶은 끈이 느슨해졌다. 나는 끈을 풀어내고 웅덩이 가장자리까지 간 후 힘차게 발을 차올려 교회의 차가운 돌바닥에 엎어졌다. 머리의 고통마저 무시한 채 몸을 일으켰다. 폐허 속에서 시끄럽게 울리는 종소리에서 무작정 벗어나고 싶었다. 한편 몇 분 동안 나와 함께 있었던 세상에서 가장 치명적인 뱀도 물위로 떠올라 나를 향해 느리게 다가왔다. '너희를 해할 자가 없으리라.'

나는 비틀대며 뒷걸음질을 쳤다. 그리고 그때, 한 손으로 오르간의 파이프를 붙잡고 다른 손으로 건반을 두들기는 얼프레드를 보았다. 패인의 강인한 손가락이 그의 목을 조르는 것도 보았다.

나가서 도움을 청할 필요도 없었다. 교회의 악기가 시끄러운 불협화음으로 내 역할을 대신해주었으니까. 그리고 이때 든 생각은? 나는 엄마가 이 소동을 도우셨다고 생각했다. 웅덩이에서 나온 타이판의 축축한 노란 눈동자는 나만 쳐다보았다. 어쨌든 뱀은 사람보다 빨리 달릴 수 없다.

나는 돌아서서 뛰었다. 얼프레드와 내가 거의 목숨을 잃을 뻔했던 검은 물웅덩이를 지나쳤고, 래리 호지스와 진짜 아치가 불에 타 죽었던 긴 통로를 지났으며, 루비가 뱀에게 물렸던 현관을 향해 뛰었다. 나는 캄캄한 어둠 속을 내달렸으며, 오래된 라임 나무가 늘어선 길을 지나고 교회 정문을 벗어나서도 계속 뛰었다.

나는 로버트 태스커 경위의 품으로 뛰어들었다.

52

오래된 나무판은 깨지기 쉬운 유리처럼 산산조각 났다. 도끼로 세 번을 찍자 빗장도 부서지며 문이 활짝 열려서 젖혀졌다. 제복을 입은 경찰들이 안으로 들어갔고 문을 열어서 고정시켰다.

과학 수사반 직원들이 차례로 들어가더니 뿔뿔이 흩어져 현장을 측정하고 기록을 남기고 사진도 찍었다. 우리는 맨 마지막에 들어가서 살아 있는 것들을 처리하는 가장 중요하지 않은 역할을 수행했다.

문을 통과해 이 집에 들어가기는 어렵지 않았다. 그러나 집안에 들어가서 코를 찌르는 악취를 또다시 맡아야 하는 것이 가장 큰 고역 중 하나였다.

"문으로 들어오긴 처음이에요." 내가 겨우 말했다. 내 목소리가 전혀 아닌 것 같았다.

"차에서 기다려. 크레이그와 내가 처리할 테니까." 숀이 말했다.

"당신 차도 건강에 좋지 않긴 마찬가지예요." 내가 받아쳤다. 나는 걸음을 옮겼다. 악취가 내 주위에서 굳어버린 것 같았다.

"안정요법이 필요한 사람들에게 효과가 있을 만한 집이네요." 우리 뒤를 따라온 크레이그가 중얼거렸다.

"어디로 가죠?" 우리를 경호하는 경찰이 물었다.

나는 경찰 팀을 방해하지 않으면서 아래층 방을 지나 위층으로 길을 안내했고, 곳곳에 설치해놓은 조명 덕분에 이제는 전혀 어둡지 않은 복도를 이동했다. 그리고 다시 계단을 내려가 얼프레드의 은신처에 도착했다. 어디로 가든 우리는 소음과 조명 불빛에 둘러싸였다. 그러나 경찰들도 악취는 어쩌지 못했다.

"젠장." 숨은 방으로 내려왔을 때 내 뒤에서 숀이 탄성을 질렀다. "양해해줘요, 클래라."

"빌어먹을! 미안해요, 팀장님." 방을 처음 둘러본 크레이그가 중얼거렸다.

전날 밤에 나 역시 그들과 비슷한 반응을 보였다는 말을 하려다가 말았다. 방호복 차림의 젊은 여성이 바닥의 얼룩을 닦아내고 있었다. 맷의 핏자국이었다.

나는 돌아서서 숀이 천천히 방을 돌아다니며 몇 시간 전에 내가 그랬듯 상자들을 일일이 확인하는 것을 보았다. 그는 경악하며 연민하는 표정을 지었다. 그가 하품을 참는 것을 보다 잠시 후 나도 똑같이 했다. 그는 거의 밤새 깨어 있었다. 나 역시 한잠도 자지 못했다.

교회에서 뛰어나와서 겨우 말을 할 수 있게 되자마자 태스커에게 그의 상사가 있을 곳을 말했다. 십여 명의 경찰들이 출동했고, 한 시간이 지나기 전에 맷은 도싯 병원으로 옮겨졌다. 아슬아슬한 시간이었다. 병원에 도착한 지 십 분이 지나자 그의 호흡기는 기능을 상실했고 숨을 쉬지 못했다. 마비가 풀릴 때까지 살아 있으려면 인공호흡기에 의지해야 했다. 내가 고집을 부려 숀이 새벽 2시에 침대에서 끌려나왔고, 지역 병원의 의사가 타이판 해독제 남은 분량을 처방하는 것을 감독했다.

숀은 병원과 시드니의 독극물 연구소 전문가 사이에 전화를 연결했다. 호주의 의사들, 이 분야의 전문가들이 아직도 도싯 의료팀에게 맷의 치료를 지시하고 있었다. 가능한 한 모든 방법을 동원했지만 적어도 스물네 시간을 기다려야 그가 살아날 수 있을지 판단이 가능했다.

그때까지 어떻게 기다릴지 막막하기만 했다. 그렇지만 한두 시간 안에 할 수 있는 일을 찾았다. 뱀들을 처리해야 했다.

숀과 크레이그는 야생동물병원에서 평소 작은 동물을 실어나르는 공기가 잘 통하는 운반 상자에 이미 풀뱀 몇 마리를 옮겼다. 크레이그는 상자 세 개를 쌓아서 들었고, 우리를 돕던 경찰도 똑같은 운반 상자를 들고 계단을 다시 올라가 바깥에 세워둔 랜드로버에 상자를 실었다. 나는 허리를 굽히고 또 다른 상자를 찾아서 숀에게 내밀었다. 숀은 집게를 이용해 병들어 보이는 살무사를 낡은 마분지 상자에서 꺼낸 뒤 운반 상자에 담았다. 그는 나를 쳐다본 후 다시 뱀을 내려다보았다.

"절반도 못 살리겠군." 숀이 허리를 굽힌 채 다른 상자를 살피며 중얼거렸다. 잠시 후 그는 허리를 폈다. "대체 무슨 수를 쓴 거지? 패인이란 작자 말이야. 자기가 예전에 고문하고 죽이려 했던 남자를 어떻게 그렇게 조종할 수 있었지?"

"결국에는 그러지 못했죠." 내가 대답했다. 지난 몇 시간 동안 나는, 패인이 얼프레드에게 행사하는 것 같던 이상한 영향력이 실은 아무것도 아니었다는 생각을 하게 되었다. "애초부터 두려움과 의존심을 이용했던 것 같아요. 내 생각에 얼프레드는 조엘 패인을 무서워했어요. 그들이 젊었을 때 패인이 마을 주민들에게 행사하던 힘을 기억했던 거죠. 패인은 사람들을 시켜 얼프레드에게 온갖 끔찍한 일을 자행했어요. 패인이 어떤 위협을 가했을지 누가 알겠어요?"

"그러면서 음식도 제공해줬군." 숀이 깡통에 든 음식과 유리병 속의 상한 우유 찌꺼기를 둘러보며 말했다.

"연료도요." 가스통을 가리키며 내가 말했다. "웬만하면 이곳에 이렇게 불을 피울 이유가 없죠. 참, 당연히 그들에게는 뱀에 집착하는 공통점도 있었어요."

크레이그와 경찰이 돌아오는 소리가 들렸다. 우리는 살아 있는 뱀들을 상자에 모두 담을 때까지 말을 아꼈다. 크레이그와 경찰관이 다시 사라졌다. 숀은 나를 쳐다보았다.

"끝났군. 난 교회를 둘러보러 가야겠어. 혹시 발끈쟁이 클래라의 오빠를 찾을 수 있을지도 모르니까. 어젯밤 폭우 때문에 멀리 가지는 못했겠지. 당신은 가서 눈을 좀 붙여."

"그럴 수만 있다면요. 태스커 형사가 또 면담을 하자네요. 그리고 새벽부터 삼십 분 간격으로 아빠와 언니가 메시지를 남기고 있어요."

"기다리라고 해. 내가 집까지 태워줄 테니까."

나는 고개를 저었다. "병원에 가봐야 해요. 그의 상태를 보고 싶어요."

숀은 입술을 굳게 다물었다. "아무리 빨라도 오늘밤이 되기 전까지는 새로운 소식이 없을 거야. 아직 한참 기다려야 한다니까."

"얼프레드의 상태를 보려는 거예요."

전날 밤, 패인이 얼프레드를 목 졸라 죽일 뻔했던 순간에 태스커와 경찰들이 그들을 덮쳤다. 얼프레드는 병원에 급히 실려갔으며, 맷이 치료를 받고 있는 집중 치료 병실과 멀지 않은 곳에 입원했다. 패인은 유치장에 갇혔다.

"얼프레드는 당신이 말한 그런 힘을 지니고 있었어요. 뱀을 다루는 능력 말이에요. 그는 어젯밤 타이판에게 뭔가를 한 게 틀림없어요. 우습게 들리겠지만 난 알아요. 그래서 뱀이 나를 물지 않았어요.” 따뜻한 손이 양쪽 어깨에 와 닿았을 때 내가 말했다.

“난 더 이상한 일들도 많이 봤어. 이제 나가자. 여긴 충분히 둘러본 것 같으니까.”

나는 계단을 올랐다. 계단 꼭대기에서 숀의 인도를 받으면서 복도를 지나 다시 계단을 내려와 뱀의 집에서 빠져나왔다.

결말

삼 주 뒤

지난 며칠 동안 햇볕을 충분히 받은 달리아가 꽃을 피웠다. 나는 오래전 검은 머리의 소녀가 결혼식에 들고 갔던 장미들에 달리아 일곱 송이를 더했다. 또 그녀를 상냥하고 아름다우며 불안했던 여인으로 생각하려고 애썼다. 다행히 그녀는 착한 남자에게 사랑도 받았다.

슬프지만 월터는 내가 면회를 다녀온 뒤로 의식을 찾지 못했다. 그의 장례 예배가 조금 전 세인트 니콜라스 교회에서 끝났다. 행렬들에 앞서 나는 차를 몰고 마지막으로 그의 정원을 찾아왔다. 몇 분 뒤면 그는 에덜린의 옆에 누울 예정이었다.

내가 마지막으로 다녀간 뒤로 위처가의 집에서는 음울한 기운이 사라진 것처럼 보였다. 등나무는 시들었지만 진한 분홍색의 덩굴장미가 활짝 피었다. 꽃과 햇빛은 이 집을 더 아늑한 곳으로 보이게 해주었다. 나는 한때 즐거웠을 이 집의 가족을 떠올려볼 수 있었다. 이제 다시 그런 일이 없을 테지만.

지난 며칠 사이에 위처가의 집에 대해서 안전하지 않다는 공식적인 선고가 내려졌다. 집은 곧 허물 것이며 토지도 매각될 예정이었다. 절벽에서 조금 벗어난 자리에 새 집이 지어질 것이다. 어쩌면 아이들은 이 정원에서 뛰어놀게 될지 모른다. 그리고 위처 일가의 끔찍한 이야기도 영원히 잊히겠지.

"여기에 있을 줄 알았습니다."

나는 돌아섰다. 도싯 경찰서 부서장이 정문에 몸을 기대고 있었다. 경찰 예복을 완전히 차려입은 그는 어쩐지 몸이 뻣뻣해 보였다. 그는 나를 향해 걸어와 울퉁불퉁한 포석에 조심스레 걸음을 내디뎠다. 나는 다시 예전처럼 수줍은 기분이 들었다. 마지막으로 그를 제대로 본 건 그가 빠른 물살을 타고 사라지던 때였다. 방금 교회에서는 한 시간 동안 그의 뒤통수만 보았다. 직접 얼굴을 마주치게 되자 느낌이 전혀 달랐다.

"옷이 멋지네요." 나는 겨우 입을 열고 그의 구두를 내려다보았다.

"당신이야말로 그렇군요. 초록색이 잘 어울려요." 그가 대답했다.

내 발밑의 화단에는 양귀비꽃이 피기 시작했다. 그것들은 꽃을 따면 금세 시들어버린다. 어떤 꽃들은 그렇게 유순하지 않았다.

"샐리가 쇼핑에 데려가줬어요." 나는 솔직하게 말했다.

검은 구두가 나와 일 미터 거리에서 멈춰 서자 나는 고개를 들었다. 빳빳한 흰 셔츠 위로 드러낸 맷의 얼굴이 부자연스러운 잿빛이었다.

"일에 복귀했어요?" 아닌 줄 알면서도 내가 물었다. 그의 새로운 소식은 샐리에게서 매일같이 전해 들었다. 맷이 현업에 복귀하려면 몇 주 더 시간이 필요했다.

"그럴 리가요. 난 한 시간도 제대로 서 있지 못합니다. 이렇게 멀리 걸어와도 안 될걸요."

"잠시 앉으세요." 동의할 거라고는 기대하지 않았는데 그는 고개를 끄덕였다. 우리는 장미 그늘이 진 나무 벤치를 향해 걸어갔다. 벤치에 앉자 복숭아 빛깔의 작은 꽃잎들이 주위에 우수수 떨어졌다. 일이 분 동안 우리는 둘 다 말을 꺼내지 않았다.

"얼프레드는 병원에서 나왔습니다. 소식 들었어요? 투 카운티스 병원으로 돌아갔습니다." 마침내 맷이 입을 열었다.

"아무도 말해주지 않았어요. 아직도 하루 한 번 라임 레지스 경찰서에 방문해야 해요, 그렇지만 서로 정보 교환이 이루어지지 않아요." 장미 꽃잎을 발로 휘저으며 내가 말했다.

"뭐든 물어보십시오. 지금은 수다를 떨고 싶은 기분이니." 그가 말했다. 문득, 그의 얼굴을 빤히 쳐다본다면 그가 내 얼굴의 흉터를 제대로 보지 못할 거란 생각이 떠올랐다. 여태까지 그런 생각을 해 보지 않았다는 사실에 경악하며 나는 그에게 고개를 돌렸다. 그의 눈은 붉게 충혈되었고, 보통은 밝은 흰색이던 눈자위도 누렇게 병들어 보였다.

"그날 밤 무슨 일이 있었어요?" 내가 물었다.

진한 회색 눈동자에 작은 빛이 번득였다. "당신이 나를 닭처럼 묶어 구멍 속에 내던지는 바람에 갈비뼈 두 개가 부러졌다는 얘길 듣고 싶은 겁니까?"

"부러지진 않고 금만 갔어요. 그 둘은 달라요." 나는 여전히 그를 쳐다보고 있었는데 그다지 어려운 일은 아니었다.

"아프긴 매한가지예요. 어쨌든 당신 질문에 대답을 하자면, 당신과 통화하고 얼마 지나지 않아 클라이브에게 전화를 받아서 나갔던 겁니다. 그가 자기 집에 묵고 있는 남자에 관해 얘길 나누고 싶어 했어요."

"패인?"

"패인이죠." 맷은 고개를 끄덕였다. "그가 오래전에 사라진 삼촌, 아치 위처 행세를 했던 겁니다. 그는 작년 시월에 갑자기 나타났어요. 내륙을 우회해서 들어온 게 틀림없죠. 공항 이민국을 통과한 기록이 없으니까. 클라이브의 가정부는 그가 미국에서 온 먼 친척이고 성직자며, 어떤 영적인 묵상을 하는 중이라고 들었대요. 그녀의 말로는 온종일 방안에만 머물렀대요. 어두워진 후에 산책을 나갔는데,

오래된 교회를 찾아가길 좋아했다더군요."

"지명수배중이던 남자가 몇 달이나 마을에서 살았는데 아무도 몰랐단 말이군요. 그러고도 경찰이라고 할 수 있어요?"

"그때 난 당신에 대해 알아보느라 바빴습니다."

눈맞춤이 끝났다. 나는 시간을 확인하려고 아래를 내려다보았다. 내 왼쪽 손목에는 아무것도 없었다. "그런데 클라이브가 의심을 했군요?" 손등의 작게 긁힌 자국들을 살펴보며 내가 물었다.

"한참 후였죠. 처음에 클라이브는 그를 반갑게 맞아주었어요. 어린 시절을 고아원에서 보냈으니 가족이 그리웠겠죠. 그러다가 의심을 하게 된 거예요. 그의 칫솔을 훔쳐내 DNA 검사를 받았으니까요."

"보고서는 봤어요. 당신 주머니에 있던 보고서 말이죠. 그러니까 표본 A와 표본 B는 클라이브와 패인이죠?" 내가 눈을 올려 뜨며 말했다.

"맞아요. 생물학적으로 친족일 가능성이 전혀 없다는 결론이 나왔고요. 사실 클라이브는 자신이 속았다는 걸 이미 알고 있었습니다. 단지 확신이 없었던 거죠. 그날 밤 내게 자신이 위처 집안 출신이라는 사실도 인정했어요. 당신이 추측한 대롭니다. 그동안 입을 다물었던 까닭은 그의 가족, 특히 아버지가 사람들의 기억에 좋게 남아 있지 않다는 걸 알기 때문이었죠. 마을의 기물 파손 행위들에 그의 책임이 있는지는 확실하지 않습니다. 아무튼 그 건은 키치 패거리와 얘기하는 중이에요."

“어째서 클라이브는 패인에게 직접 따지지 않았을까요? 클라이브 벤트리가 소심한 타입은 아닌 것 같았는데요.”

“그렇죠. 타이판 알이 사라진 것이 문제였어요.”

“그럼 클라이브가…….”

“맞아요. 파푸아뉴기니에서 알을 발견했다더군요. 전세 비행기를 타고 다니면 불법으로 물건을 들여오는 게 훨씬 쉽죠. 그는 정말로 그 알이 죽은 것인 줄 알았다고 주장했습니다. 그런데 어린 열대 뱀들이 마을 근처에서 발견되자 그때야 알이 사라진 걸 알았고 사실을 깨달았던 거죠. 우린 가야 해요. 사람들이 곧 올 겁니다.”

그래도 우리는 벤치에 계속 앉아 있었다. 맷이 뒤로 몸을 기대며 내게서 조금 떨어졌다.

“난 어떻게든 경찰들을 마을로 데려오겠다고 했어요. 그리고 클라이브에게 문을 걸어 잠그고 그대로 있으라고 했죠.” 그는 발밑의 꽃잎들을 바라보며 말을 이었다. “그게 내 경력에서 가장 큰 실수였던 것 같습니다.”

나는 맷이 벤치에 손을 내려놓은 것을 보고 내 손을 살그머니 그쪽으로 뻗었다. “패인은 그때까지 저택에 있었군요?” 내가 조심스레 물었다.

내가 그의 손을 잡기 전에 맷의 손이 먼저 움직였다. 그는 장미 꽃잎을 한줌 집어서 손가락 사이로 움켜쥐었다. “분명 그랬겠죠.” 그가 말했다. “클라이브는 내가 나올 때까지도 살아 있었습니다. 한 시간도 안 돼 당신이 그곳에 갔을 때 죽어 있었던 거죠. 난 패인이 우리가 나누는 얘기를 엿듣고 게임이 끝났다는 걸 깨달았다고 생각합니다. 겁이 났겠죠."

"어찌되었건 그는 클라이브를 죽였을 거예요, 그렇잖아요? 돈 때문이죠? 모든 일이 돈 때문에 벌어진 거죠?"

맷은 고개를 저었다. "클래라, 난 그가 계획했던 게 뭔지 모르겠어요. 어쩌면 아치 위처로서 여생을 조용하게, 편안하게 살고 싶었는지도 몰라요. 클라이브가 근사한 거처를 마련해줬을 테고 약간의 연금도 지급했을 테니까요. 아니면 단지 불의의 사고만 계획했을 수도 있죠. 세상이 그를 클라이브의 가장 가까운 친척으로 받아들였다면요. 물론 그가 유산을 받고 싶었다면 오십 년 전에 자신을 알던 사람들을 제거해야만 했겠죠."

나는 그 점에 대해 가만히 생각해보았다. 존, 바이얼릿, 어니스트. 패인은 그들을 차례로 없앴다. 그다음 차례는 누구였을까? 루비? 퍼시 신부?

"그런데 어째서 이 집에 왔었죠?" 내가 물었다.

"월터 씨를 봤습니다."

나는 잠시 생각해야만 했다. "얼프레드 말이군요?"

"어렴풋이 말이죠. 지독하게 어둡고 비가 엄청 쏟아졌거든요. 난 보텀 레인 꼭대기의 울타리에 기대어 있던 남자가 정말로 월터 씨인 줄 알았습니다. 그런데 어느 사이엔가 사라졌더군요."

“맞아요, 그는 아주 능숙하게 사라지죠.”

“길을 따라 뛰어 내려왔지만 흔적이 없었습니다. 난 그가 어느 집에든 들어갔을 거라고 생각했어요. 무전으로 내가 어디로 가는지 통제실에 알리고 행방을 추적했어요.” 맷이 다시 벤치에 기대자 그의 재킷이 살에 닿았다. “이 집에 혼자 왔을 때는 훨씬 으스스하더군요.” 그가 위처가의 집을 바라보며 말했다.

“나도 마찬가지였어요.” 맷의 관점에서 이야기를 듣다 보니 우리 둘이 거의 죽을 뻔했던 그날 밤의 상황이 생생하게 떠올랐다.

“그날 밤 당신과 내가 흔치 않은 숨바꼭질을 했던 모양입니다.” 맷은 미소를 지으려 했다. “이 집은 빈 것 같았어요. 집안을 둘러본 뒤 포기하고 돌아가려고 했는데…….”

나로선 그런 얘기를 더 듣고 싶은지 판단이 서지 않았다. 그가 이야기를 그만하기로 결심한다면 구태여 막을 생각이 없었다. “우린 가야 해요.” 내가 말했다.

“그들을 계단에서 보았습니다. 내가 문을 열었을 때, 패인이 계단 밑에서 그 빌어먹을 뱀을 반려동물이라도 되는 듯 목에 감고 있더군요. 클라이브를 죽인 후 나를 따라왔던 거죠.”

“됐어요. 그만…….”

“뱀을 내려놓으라고 고함을 치려 했는데……. 젠장, 언젠가는 이 일을 두고 웃을 수도 있겠지요. 난 말을 끝마치지도 못했습니다. 뒤에서 소리가 들렸거든요. 얼프레드는 당신이 들어왔던 바로 그 통로로 들어온 거죠. 그가 뭔가로 나를 내리쳤고 난 쓰러졌어요. 일이 분 동안 꼼짝도 못했을 겁니다. 패인에게 시간은 그걸로 충분했죠. 그 후의 일은 당신도 알죠. 당신 말이 맞아요. 이제 가야 해요. 노인분이 편히 눕도록 도와드려야죠."

맷은 팔을 뻗었고 나는 그 팔을 살짝 잡아당겼다. 너무 쉽게 끌려와서 그에게 아무 힘도 없는 것 같았다.

"지금 패인은 어디에 있죠?" 길을 따라 걸음을 옮기며 내가 물었다.

"구속중입니다. 아직도 자기가 진짜 아치 위처이고, 모든 살인은 얼프레드가 저질렀다고 주장하고 있어요. 그래봐야 시간 낭비죠. DNA 증거가 없다손 치더라도 그의 정체를 밝혀줄 사람이 세 명이나 있거든요."

"이제야 말이죠?"

"그래요. 퍼시 스탠시 신부, 재닛 도스, 마거릿 로징까지. 아이러니한 점은 그들이 그의 다음 희생자였을 거란 사실입니다. 오십 년이 지났어도 그들은 자기 기억을 확신했어요."

"혹시 누구 빼먹지 않았어요? 루비 할머니는요? 그녀는 끼워주지 않아요?"

"그녀는 증인이 될 수 없어요. 너무 괴로워해서요."

"마음이 여린 분이죠." 나는 루비를 편들어주고 싶었다.

"그녀는 패인에게 편지를 세 통이나 보냈어요. 면회도 요청했고요."

"농담하는 거죠?"

"어느 시기나 그래요." 맷은 걸음을 멈추더니 안경을 벗고 눈을 문질렀다. "카리스마를 지닌 파렴치한이 감옥에 갇히면 항상 매력을 느끼고 따르는 여자들이 있기 마련이에요. 나처럼 근사한 남자는 거들떠보지도 않고 말이죠."

나는 다시 왼쪽 손목을 확인했다. 역시 시계가 없었다. 그가 내게 수작을 거는 걸까? 그날 밤 맷의 집에서 만났던 빨간 머리 여전사가 기억났다. '전 맷의 여자친구 레이철…….'

멀리서 차량 여러 대가 지나가는 소리가 들린 것 같았다. 우리는 다시 걸음을 옮겼다. "얼프레드를 찾아갔던 사람은 패인이었죠?" 내가 물었다.

"맞아요. 로즈 스코트가 확인해줬습니다. 바이얼릿의 집에서 찾은 가짜 유언장에도 패인의 지문이 나왔어요. 그에게 불리한 증거들은 아주 확실해요."

"재판을 받을까요?"

맷은 숨을 깊이 들이쉬었다. "개인적인 생각이지만 그럴 것 같지 않아요." 그가 대답했다.

"왜요?"

우리는 정문에 거의 다 왔다. 걸음을 멈추고 서로 얼굴을 마주하자 길가에서 달콤한 향기가 풍겨왔다. "그에게 기소 유예가 내려질 것 같아요." 맷이 말했다. "법원이 정신감정을 명령할 겁니다. 그가 동의하지 않는다고 해도 말이죠. 그 남자는 완전히 제정신이 아닙니다."

"꽤 확신하는 것 같군요?"

"내게 뱀을 내려놓을 때 그의 눈동자를 봤거든요."

그 순간, 나를 바라보는 눈동자는 약간 충혈된 회색이 아니었다. 서늘한 얼음 같은 눈빛으로 변했다.

자동차 문들이 쿵 닫히는 소리가 들렸다. 월터가 교회 묘지에 도착한 모양이었다.

"곧 떠난다고요?" 맷이 물었다. 그도 자동차 소리를 들은 게 분명했다.

"다음달에요." 가야 했다. 사람들이 영구차에서 월터를 실어내 묘지 길을 지나고 있을 시간이었다.

"조금 가까워질 만했는데 말이죠." 맷이 말했다.

"크리스마스쯤에 돌아올 거예요." 나는 얼버무리듯이 말했다. 정문 주위의 조그만 장미 봉오리에 달라붙은 진디가 보였다. 월터가 있었으면 잘 처리했을 거란 생각이 들었다. "임시로 일을 봐줄 사람이 올 거예요. 사직을 한 건 아니에요."

"흠." 그가 소리를 냈다.

"왜요?"

"도싯 변두리의 야생동물 수의사가 유명 방송인이 되려는 건 이

해할 수 있어요. 그런데 다시 돌아올지는 의문이군요."

우리는 서로 쳐다보았으며, 나는 또다시 왼손을 들어 손목을 내려다보았다.

"시계도 없잖아요. 벌써 십 분이나 늦었습니다. 퍼시 신부님에게 공개적으로 혼이 나겠군요." 맷이 말했다.

"난 늘 그래요." 한참을 들여다보면 기적처럼 시계가 나타나기라도 할 것처럼 계속 손목을 살폈다. "신부님은 나를 성가대에 넣으려는 개인적인 사명을 지니고 계시죠."

"최근에 당신을 자주 본다고 하시더군요."

어째서인지 우리는 더 가까워졌다. 나는 맷의 재킷 천과, 따뜻한 햇빛 속의 온기와 또 그의 피부와 머릿결 냄새를 맡을 수 있었다.

"괜찮은 겁니까?" 그가 물었다.

그 질문에는 대답할 수가 없었다. 지난 삼 주간 세인트 니콜라스 교회를 여러 번 찾았다. 오래된 교회 건물에 앉아 있으면 생각이 더 맑아졌다. 패인, 얼프레드, 검은 웅덩이, 중독된 피부 같은 무시무시하게 나를 옥죄던 것들이 사라지고, 엄마를 애도하고 미래를 생각할 수 있는 공간이 머릿속에 생겨나는 듯했다. 내가 겁에 질렸을 때, 우울함에 빠졌을 때, 숨을 제대로 쉴 수 없을 때조차 오르간 앞에 앉으면 언제나 마음이 차분해졌다.

어디선가 친숙한 향기가 솟아났다. 나는 허리를 굽히고 길가에 핀 캐모마일 위로 손을 휘저어 향기를 모아서 맷에게 내밀었다. 그는 내 손을 잡아 자기 얼굴 가까이에 가져갔다. 손가락에 그의 숨결이 느껴졌고, 입술이 내 손바닥에 닿았다. 이때 죽은 이를 기리는 교회 종소리가 울리기 시작했다.

나는 평생 찾아다녔던 신념을 결국 찾아낸 걸까? 솔직히 모르겠다. 그날 밤 죽음에 직면했을 때 내게 길을 일러주고 마음을 진정시켜준 목소리의 주인이 엄마였을까? 아니면 나보다 훌륭하고 강인한 나의 일부였을까? 나는 아직도 그 점에 대해 생각한다. 확실히 말할 수 있는 건, 내가 밤중에 뱀들 사이를 돌아다닐 수 있다는 사실이다. 그들은 나를 해치지 않으니까.

후기

파푸아뉴기니에서 영국으로 온 두 마리 뱀 가운데 크기가 작은 발끈쟁이 클래라는 몇 달 뒤 고향 섬의 풀이 우거진 언덕에 풀려났다. 숀 노스가 뱀을 살살 구슬려 상자에서 나오게 하는 장면을 전 세계의 육백만이 넘는 사람들이 보게 될 것이다. 진한 회색에 노란 눈을 가진 길이 삼 미터짜리 뱀이 햇빛 속에서 번뜩이며 자유를 찾아 떠나던 그 순간 활짝 미소를 짓고 있는 내 모습도 화면에 잡혔다.

발끈쟁이 클래라의 오빠 뱀은 영원히 자취를 감추었다.

뱀이 깨어나는 마을
AWAKENING

초판 발행 2015년 4월 30일

지은이 샤론 볼턴
옮긴이 김진석
펴낸이 강병선

책임편집 이현
편집 임지호 김세화 이송
디자인 최정윤
저작권 한문숙 박혜연 김지영
마케팅 정민호 김도윤
홍보 김희숙 김상만 한수진 이천희
제작 강신은 김동욱 임현식
제작처 한영문화사
독자모니터 엄정현

펴낸곳 (주)문학동네
출판등록 1993년 10월 22일 제406-2003-000045호
임프린트 엘릭시르

주소 413-120 경기도 파주시 회동길 210
문의 031-955-1906(편집) 031-955-2696(마케팅) 031-955-8855(팩스)
전자우편 editor@elmys.co.kr / 홈페이지 www.elmys.co.kr

ISBN 978-89-546-3601-8 (03840)

엘릭시르는 출판그룹 문학동네의 임프린트입니다.